굿 라이어

굿 라이어

니컬러스 설 장편소설

이윤진 옮김

이 책은 실로 꿰매어 제본하는 정통적인 사철 방식으로 만들어졌습니다.
사철 방식으로 제본된 책은 오랫동안 보관해도 손상되지 않습니다.

언제나처럼, C에게

차례

1장
가명

1

완벽하다. 로이는 그렇게 생각했다. 숙명이라고, 뜻밖의 기적이라고, 운명이라고, 우연이라고 불러도 좋다. 아니면 이 모든 것이 한데 합쳐진 것이라고 불러도 좋다. 자신이 운명을 믿는지, 오로지 현재 말고는 그 무엇도 믿지 않는지 잘 모르겠다. 생각해 보면 운 좋게도 이제까지 그의 삶은 꽤 괜찮았다.

그는 일어서서 언제나처럼 집을 돌아다닌다. 창문들이 닫혀 있는지, 가전들이 다 꺼져 있는지 확인하는 것이다. 그러고는 문 뒤에 걸려 있는 블레이저 재킷의 가슴 부근을 두드려 본다. 그래, 지갑은 거기에 잘 있다. 열쇠는 복도에 놓인 콘솔형 테이블 위에 준비돼 있다.

이번 여성은 그야말로 하늘이 보내 준 사람 같다. 어쨌거나 컴퓨터 화면에 띄워 놓은 프로필상으로는 그렇다. 오랜 시간 기다려 온 끝에 드디어. 그는 프로필을 있는 그대로 다 믿을 수는 없다는 것을 안다. 교묘하게 선별한 단어 몇 개나 단순하고도 사소한 거짓말에 의해 약간의 흠이 완벽한 장점으로 포장된 부분들이 있을 것이다. 소소한 수정 사항들이다. 이는 인간의 본능이다. 예를 들어 그녀의 이름이 에스텔인지조차 의심스럽다. 자신도 브라이언이 아니니까. 이런 하찮은 왜곡들은 당연히 있을 것이고 받아들여야 하는 부분이다. 부드럽지 않은 상황을 부드럽게 만들어 주니까. 사실이 모두 드러날 경우, 이런 작은 포장들은 관대하게 재미로 받아들여질 것이다. 가끔 맞닥뜨리는 상대적으로 엄청난 거짓말들과는 다르게 말이지. 그는 그렇게 생각하며 티백을 재활용 통에 던져 넣고 찻잔과 컵 받침을 씻어 식기 건조대에 엎어 놓는다.

그는 한숨을 쉬고 나서 컴퓨터 전원을 끄며 의자를 책상 안으로 깔끔히 밀어 넣는다. 전에도 이랬다. 이렇게 기대감에 한껏 부풀었지. 덧없는 회상을 하고 나니 잠시 피곤이 몰려온다. 런던 인근에 있는 비피터나 토비 스테이크 레스토랑에서 촌스럽고 나이 먹은 여성들과 가졌던 그 끔찍한 만남들이란. 능력 없고 지루한 남편들과 길고 불만족스러운 결혼 생활을 씁쓸하게 이어 갔던 그 여성들은 과부가 된 후 원한다면 언제든 거짓말을 마구잡이로 해도 된다는 일종의 자격을 부여받은 것처럼 설쳤다. 그들의 인생에 즐거운 추억의 잔흔이나 녹음이 우거진 서리[1] 대저택에서 플래티넘카드 급의 연금을 누리는 물질적 혜택 따위는 없었다. 튀긴 음식 냄새가 당연한 것처럼 풍기는 흔하디흔한 비좁은 집에서 정보 보조금으로 근근이 연명하며 자신의 인생을 빼앗았다는 버트나 앨프, 아니면 다른 어떤 놈을 욕하는 삶만이 있었다. 그들은 이제 수단과 방법을 가리지 않고 뭐든 쟁취하기 위해 나선 사람들이었다. 그런 이들을 진정 누가 탓할 수 있겠는가?

얼른 점검하자. 깔끔한 흰색 와이셔츠, 완료. 회색 플란넬 양복바지의 주름, 완벽하다. 침으로 광택을 낸 정장 구두, 번쩍인다. 레지멘털 스트라이프 넥타이, 잘 멨다. 머리 스타일, 깔끔하게 빗었다. 옷걸이에서 푸른색 블레이저 재킷을 꺼내 입는다. 더할 나위 없는 맵시다. 거울을 본다. 일흔, 조금 무리하면 예순 살 정도로 보이겠다. 시계를 본다. 조만간 택시가 도착할 것이다. 패딩턴 역에서 기차를 타고 가면 30분 정도 걸릴 것이다.

절박한 여성들에게는 이런 자리가 탈출구다. 모험이다. 반면 로이에겐 이 데이트라는 짓거리가 좀 다른 의미다. 전문적인 사업이랄까. 절대 그녀들에게 가벼운 유흥거리가 되어 주거나 천천히 실망시키는 일 따위는 하지 않는다. 그의 푸른 눈으로 그들의 시선을 사로잡은 뒤 시체를 해부하듯 그들을 무장 해제시킨다. 꼬챙이에 끼워 낚는다. 그는 사전 준비를 꼼꼼히 하며 그들에게도 그 점을 인지시킨다.

1 영국 남동쪽에 위치한 주. 이하 모든 주는 옮긴이의 주이다.

「그쪽은 168센티미터에 날씬한 체형이라고 했던 것 같은데요.」로이가 믿을 수 없다는 투로 말할지도 모른다. 그래도 〈병적으로 뚱뚱한 난쟁이가 아니라〉라는 말을 덧붙이지 않을 정도로 상대를 배려해 주기는 한다. 「프로필 사진과 많이 다르시네요. 몇 년 전에 찍은 사진인가 봐요?」(이때도 〈그쪽보다 더 외모가 뛰어난 여동생의 사진인 것 같은데요〉라고 추신을 덧붙이지는 않는다.) 〈턴브리지 웰스 근처에 사신다고 하셨던 것 같은데, 오히려 다트퍼드에 더 가까이 사시는 것 아닌가요?〉 또는 〈유럽에서 휴가를 보내신다는 말은 1년에 한 번씩 자매분과 베니도름²으로 패키지여행을 가신다는 말씀이었군요?〉라는 말을 할 수도 있다.

만일 계획대로 상대가 만남의 장소에 먼저 나타나면 로이는 은밀히 첫인상을 정찰하며 상황을 가늠해 본다. 낯익은 실망감이 밀려올 경우 자신을 소개하지 않고 그냥 자리를 뜰 수도 있다. 너무 뻔한 상황이니까. 하지만 절대 진짜로 그렇게 하지는 않는다. 그는 그들의 실현 가능성 없는 망상을 깨부수는 것을 자신의 임무로 여긴다. 결국에는 그렇게 하는 것이 그들 입장에서도 더 나을 것이다. 처음에는 보편적으로 상대의 환심을 사는 미소와 정중한 환대로 시작해 빠르게 일종의 핵심 각본처럼 되어 버린 절차로 넘어간다.

「제가 극도로 싫어하는 것 중 하나가 거짓말입니다.」로이

2 지중해 인근에 위치한 스페인의 휴양 도시.

는 말한다.

그러면 보통 상대는 미소를 지으며 온순하게 고개를 끄덕인다.

「그러니 사과의 말이나 이상하고도 불편한 경험들은 모두 뒤로하겠습니다.」여기서 그는 다시 한번 미소를 짓는다. 이보다 더 상냥하게 굴 수는 없다. 「우리 그냥 본론으로 들어갈까요?」

일반적으로 상대는 또 한 번 고개를 끄덕인다. 미소는 없어질 수도 있다. 그러고는 자리에서 자세를 살짝 바꾼다. 그 행위를 그는 알아채지만 다른 이들은 아마 모를 것이다.

다 끝났을 때 그는 데이트 비용을 정확히 반으로 나누고 미래에 대해서는 절대 모호하게 굴지 않는다. 진심이 담기지 않은, 입에 발린 말은 하지 않는다. 「제가 기대했던 상황이 전혀 아니네요.」그는 고개를 힘겹게 흔들며 말할 것이다. 「어이쿠, 이런. 정말 안타깝습니다. 그쪽이 좀 더 명확하게 자신을 밝히셨다면 좋았을걸요. 프로필에 자신에 대해…… 어떻게 말해야 하나…… 좀 더 정확하게 올리셨다면 우리 둘 다 이리 헛되게 힘을 낭비하지 않았을 텐데요. 우리처럼 이만큼 산 사람들에게는…….」여기서 잠시 눈을 반짝이고 설핏 미소를 흘려 상대가 무엇을 놓치고 있는지 보여 준다. 「그럴 여유가 없지 않습니까. 단지 만일…….」

오늘만큼은 로이도 이런 조치까지 취하지 않아도 되기를

바란다. 하지만 그래야만 하는 상황이 온다면 그는 자신을 위해, 불운한 상대를 위해, 그리고 절망적인 사람들과 망상에 빠진 사람들을 잘못 이어 주는 시스템에 대해 충실히 임무를 수행할 것이다. 더군다나 그가 보기에 이 시스템은 평판이 바닥으로 떨어질 극심한 위기에 놓이지 않았는가. 브리트빅 탄산음료를 마시며 보내는 모든 허송세월. 윤기 나는 믹스 바비큐와 대량 생산된 전자레인지용 비프 에일 파이, 채소 빵, 또는 티카 마살라 카레를 먹으며 지나치게 격식을 차리고 딱딱한 대화라도 나누려는 노력들. 어색한 이별 인사와 함께 앞으로 연락하겠다는 거짓 약속들. 전부 그와는 맞지 않는다. 삶의 마지막을 햇살 속에서 보내기를 갈구하며 만난, 수많은 망한 커플들.

로이는 그래도 비관주의자가 아니다. 기운을 내. 긍정적으로 생각하자. 그는 매번 기대를 안고 새 출발을 한다. 이번만큼은 잘될 거야. 그는 자신에게 말한다. 전에도 이 말을 수없이 해왔다는 사실에 대해서는 가볍게 눈을 감는다. 그런데 정말 이번만큼은 전과 다를 것 같은 느낌이 든다.

택시가 온다. 로이는 등을 펴고 자신을 향해 미소를 지은 뒤 현관문을 잠그고는 대기하는 차를 향해 씩씩하게 걸어간다.

2

베티는 마지막 준비를 마치며 자신의 마음이 흥분으로 너무 들뜨지 않도록 다스린다. 스티븐이 그녀를 술집까지 데려다준 뒤 밖에서 기다릴 것이므로, 그녀에게 실질적인 고민거리란 없다. 기차가 아슬아슬하도록 늦게 도착해서 얼굴이 화끈거리게 열 올릴 일이 없다. 시내 중심가를 경박하게 경보하며 극심한 골반통에 시달려야 하는 것도 아니다. 만남 직후 기분이 너무 안 좋아 집으로 돌아가는 길이 생각나지 않더라도 고생하지 않을 것이다. 그리고 예상치 못하게 만남의 자리를 일찍 파할 필요성을 느낀다면 스티븐이 자신을 챙겨 줄 것이다.

몇 분 뒤에 출발할 거라고 스티븐이 베티에게 알려 줬다. 스티븐이 구글과 그의 위성 항법 장치로 검색한 결과를 바탕으로 말한 것이다. 베티도 인터넷을 다룰 줄 안다. 하지만 당황스러울 정도로 헷갈리는 부분이 너무 많단 말이지. 예를 들어, 대체 트위터가 뭐야? 우리는 그간 어떻게 이 모든 장치 없이 지구상에서 살아남았단 말인가? 아니, 더 콕 집어 말하면 왜 요새 젊은 애들은 이런 것들에 그렇게나 의지하는 거지?

스티븐이 거실에서 서성거리는 발걸음 소리가 베티의 귀에 들린다. 그가 그녀보다 더 긴장한 것 같다. 애는 이렇게나 마음이 예쁘다니까. 베티는 립스틱을 바르면서 거울을 통해 자신의 모습을 확인한다. 거사 직전 막판에 긴장할 일은 없다. 그녀가 고른 파란 꽃무늬 원피스는 이 자리에 아주 적절할 것이며 그녀의 나이치고는 최대한 세련돼 보이도록 보브 컷으로 자른 금발을 돋보이게 해준다. 가는 은목걸이, 이와 세트인 브로치를 더 눈에 띄는 진주 세트 액세서리로 바꾸지 않을 것이다. 이보다 더 편한, 또는 덜 편한 신발로 타협하지도 않을 것이다. 마지막으로 커피 한 잔의 힘을 빌려 용기를 얻으려 하지도 않을 것이다.

베티는 자신을 가벼운 사람이라고 생각하지 않는다. 그녀는 침착하다. 현실적이기도 하다. 그렇게 생각하고 싶다. 한때는 외모가 아름답다는 말을 공연히 들었던 그녀다. 그리고 지금은 세월의 흔적을 흔쾌히 받아들이고 싶다. 이 흔적들을 참상이라기보다는 사사로운 변화라고 생각하고 싶다. 물론 그녀에게서는 여전히 나름의 빛이 나지만 더 이상 아름답지는 않다. 그래서 아무리 고급 잡지들이 대놓고 새로운 실버 시장을 창조해 주고, 장악하라고 부추겨도 그녀는 그 안에서 아름다운 여성인 척하지 못하겠다. 어쩌면 그녀는 뭔가 다른, 나이와 무관한 익명의 존재가 돼 있는지도 모르겠다.

베티는 립스틱 뚜껑을 딸깍 닫고는 입술을 〈음파음파〉 하며 립스틱이 제대로 발렸는지 확인한다. 그러고는 목걸이를 만지작거리고 머리를 가볍게 매만진 뒤 마지막으로 한 번 더 자신의 모습을 확인한다. 준비는 다 됐다. 그녀는 시계를 확인한다. 시계는 5분 빠르게 맞춰져 있다. 그녀가 거실에 들어서자 스티븐이 그녀를 조심스러우면서도 점잖게 안아 주며 인사한다.

「정말 예쁘시네요.」 스티븐이 칭찬한다. 그녀는 그의 말이 진심이라고 생각한다.

3

스티븐은 오늘따라 유난히 차분하게 빗속을 운전한다. 그게, 평상시보다 더욱 차분하다. 그는 컨디션이 좋을 때도 자신 있게 운전하는 스타일이 아니다. 그가 천천히 운전하는 건 베티를 위해 그러는 것이 아니라 자신을 위해서다. 신경을 안정시키기 위해서다. 베티는 강단 있는 사람이다. 확실히 스티븐보다는 더 강단 있다. 그들의 나이 차이에도 불구하고 말이다. 그녀는 단순히 남들은 어떻게 살까 고민하기보다는 자신의 인생을 충실히 살았다. 몇몇 사람은 그녀를 〈드센 할망구〉라고 부를 수도 있지만 스티븐은 절대 그러지 않는다. 그녀에게 이보다 더 어울리지 않는 별명도 없으니까. 그는 그런 격 없는 말투를 절대 쓰지 않는다. 게다가 사실도 아닌 별명이지 않나. 그녀는 참새만큼은 아니지만 가녀리다. 도자기 인형 같은 이목구비에 날씬한 몸매의 비율도 좋다. 그녀는 정신력이 강하다. 그가 보기에도 절대 흔들리지 않는 정신력이다.

그들은 조금이라도 늦는 것을 방지하려고 일찍 출발한다. 스티븐은 눈이 아프도록 사방을 살피며 천천히 교차로를 빠져나간다. 제한 속도보다 시속 15킬로미터 정도 느린 속도를 유지하며 신중하게 달린다. 또 과하다 싶을 정도로 철저히 교통 신호를 준수한다. 오늘은 베티에게도 그에게도 중요한 날이다.

「조금도 긴장되지 않으세요?」 스티븐이 묻는다.

「조금은 긴장돼.」 베티가 입을 연다. 「사실 별로 안 되는 것 같기도 하고. 너보다는 내 입장이 더 편하잖아.」

「왜죠?」

「난 직접 움직이니까, 기다리거나 지켜보는 것이 아니라. 나는 현장에서 뛰잖아. 하지만 너는 바깥에, 차 안에 있겠지. 아무것도 못 하면서.」

「하지만 베티 할머니는 저 안에 계실 거잖아요. 그와 함께요. 그가 어떤 사람일 줄 알고요? 또 할머니께 어떻게 할지도 모르고요.」 스티븐이 미소를 짓는다.

「바로 그 점이야. 그래서 모든 상황이 더 쉽다는 거야. 정말로. 너는 잘 모르겠지? 하긴 어떻게 알겠어. 내 나이에는 뭔가를 심각하게 여길 것도 없어. 젊을 때나 그렇지. 하물며 내 행동이나 말이 달리 신경 쓰이겠어? 나는 마음 내키는 대로 얼토당토않게 행동하고도 그 뒷감당에 대해서는 신경 쓰지 않아도 돼. 나는 위험 인자야. 부끄러움은 버린 지 오래지. 일이 잘 안 풀리면 그냥 안 풀리는 거야. 굴하지 않고 그냥 다음을 기약하면 돼.」

「놀라우세요.」스티븐이 감탄한다.「용감하시네요.」

「별로 그렇지도 않아. 무슨 일이라도 생길까 봐? 틀림없이 완벽한 신사분과 북적이는 시골 술집에서 가벼운 요리에 술이나 한잔 즐길 텐데. 번쩍이는 갑옷을 빼입은 내 수호 기사님은 밖에서 휴대 전화를 꼭 쥐고 대기 중일 테고. 뭔 일이야 있겠어?」

스티븐은 미소를 지으며 고속 도로 출구로 빠져나간다.

4

「에스텔이에요.」그녀는 말하며 손을 내민다. 그녀가 미소를 지으며 눈빛을 반짝인다.

「브라이언입니다.」그도 말한다.「반갑습니다.」

그녀는 그를 발견한다. 베티는 적절하게도 약속 시간보다 10분 늦게 왔다. 늦기 위해 스티븐은 신중하게 동네를 몇 바퀴 돌았다. 동네를 돌며 약속 장소인 건물도 살폈다. 그것은 일부러 오래되어 보이게 지은 새 건물로, 침침한 3월 한낮의 날씨에 밝게 불이 켜져 있었다.

로이는 그녀를 한눈에 알아본다. 중간 키, 야윈 몸매, 또래보다 젊어 보이는 외모. 그녀에게서는 뭔가 말괄량이 같은 매력이 풍긴다. 흥미로워하고 즐거워하는 표정에 사람을 사로잡는 두 눈. 예쁜 머리 스타일. 몸매를 드러내는 매력적인 원피스. 단연코 젊은 시절에 남자 여럿 홀렸을 것 같다. 온라인 사이트에 올린 사진은 거짓이 아니었다. 그녀가 그보다 약속 장소에 먼저 나타나지 않았다는 점에 대해 어느 정도 품었던 불만이 사라진다. 로이는 그녀가 마음에 든다. 아, 그렇다. 정말로 매우 마음에 든다.

「저, 마실 것은 뭐로 주문해 드릴까요?」로이가 묻는다.

「저는…… 보드카 마티니가 당기네요.」그녀가 대답한다.

왜 그런지는 그녀도 모른다. 그냥 그런 생각이 갑자기 든 것이다. 다음 한두 시간 동안에는 이런 충동을 조심해야겠다. 절제하고 또 자제해야지.

「흔들어서요, 저어서요?」[3] 로이가 미소를 짓고 한쪽 눈썹을 올리며 묻는다. 일반적으로 시키는 별 볼 일 없는 셰리주 한 잔과는 꽤 다른데. 그는 이렇게 생각한다.

「하하.」그녀가 일부러 웃는 소리를 낸다.

로이는 그녀의 음료를 주문한 뒤 자리 잡고 앉자고 제안하고는 그들의 음료 잔을 들고 16번 테이블로 간다.

「저를 어떻게 알아보셨나요?」로이가 묻는다.

「안에 들어와서 이곳을 둘러보니 그쪽이 바 앞에 서 계시던

---

3 〈007〉 시리즈에 등장하는 제임스 본드의 패러디. 본드는 항상 보드카 마티니를 젓지 말고 흔들어서 달라고 주문한다.

데요. 자기 소개란에 묘사한 대로 키가 크시고 기품 있어 보이시고 말쑥하시네요. 올린 사진과 실물이 굉장히 흡사하고요.」

사실과 그렇게 동떨어진 얘기는 아니잖아. 그녀는 자신을 합리화한다. 얼핏 보면 열여섯 살로 보이는 과시적인 영업 사원들이 바다를 이룬 것 같은 광경 가운데에서 이 남자를 구별해 내기란 사실 어렵지 않았다.

「위지위그[4]죠.」로이가 말한다.

「뭐라고요?」

「보이는 그대로 기대하면 된다고요.」

「오,」그녀가 반응한다. 「정말 실망스러운 소식이네요.」그녀는 마치 자신이 추파를 던지고 있음을 그에게 확인시키려는 것처럼 미소를 짓는다.

「허허허.」그는 잠시 침묵하다 크게 울리도록 웃어 버린다. 그의 어깨가 들썩인다. 「농담도 잘하시네요. 에스텔은 정신 차리고 잘 봐야 할 분이군요. 우리 둘은 전도유망하게 잘 어울리겠어요.」그는 솔직하게 그녀를 평가한다. 「그렇고말고요.」

그들은 음식을 주문한다. 그녀는 채식주의자용 파스타를, 그는 스테이크에 달걀과 감자 칩을 시킨다. 그녀의 요리는 플라스틱 질감의 조개 모양 파스타에 이유식처럼 으깬 채소를 바르고 줄줄이 늘어나는 치즈 소스를 얹은 것이다. 그녀는 그

---

4 WYSIWYG. 〈*What you see is what you get*〉의 약자.

것을 입에 가득 차도록 욱여넣으면서 중간중간 그를 더 찬찬히 살핀다. 그는 확실히 키가 크고 어깨도 넓다. 한 움큼 하얗게 새어 버린 머리를 뒤로 싹 넘겨 발그레한 얼굴을 드러내고 있다. 또 얼굴에는 혈관들이 지류처럼 뻗어 복잡한 지형을 그려 낸다. 머리는 헤어크림으로 손질해서 귀 뒤로 깔끔하게 붙인 모습이다. 그의 두 눈은 시선을 사로잡는다. 조금 무섭기도 하다. 홍채의 연하늘색이 타원형의 우윳빛 틀 속에 자리 잡아 피부라는 불그죽죽한 바다와 대조를 이룬다. 예의주시하는 눈이다. 그녀의 얼굴에 시선을 고정한 상태에서도 빠르게 움직인다. 나이라는 요인으로 물기가 어려 흐려진 눈빛만 아니었다면 그녀는 그를 무서워했을지도 모르겠다. 사실 조금 무섭긴 하다.

그의 존재감이 한때는 위압적이었겠어. 그녀는 생각한다. 뻣뻣하고 권위적인 존재. 그는 여전히 그런 식으로 몸을 세우지만, 물리적으로 굽은 자세는 숨겨지지 않는다. 어깨는 말렸고 눈빛에서는 그 또한 결국 삶이 유한하다는 사실을 부정할 수 없음을 인정하고 있다. 그에 대한 증거가 이제는 너무 설득력을 얻어 버린지라 육체 및 정신적 기능의 퇴화가 가속화될수록 실망을 불러일으킨다. 그녀는 그가 그래서 어떤 기분일지 조금은 안다. 물론 그녀는 단 한 번도 위압적이었던 적이 없다. 쾌활하긴 했을지언정 남성적 허영심을 품은 적은 없다. 그의 그런 허영심은 정력이 불가피하게 쇠퇴하면서 잔인하게 무용지물로 밝혀졌을 것이다. 그녀는 한편으로 그가 딱하다.

대화가 자연스럽게 이어진다.

「요리가 괜찮네요.」그녀는 난장판이 된 접시에서 고개를 들며 거짓말을 한다.

「그러게요.」그가 말한다.「이 식당에서 그 요리는 언제나 믿고 시킬 수 있죠.」

「그쪽의 스테이크는 어때요?」

「훌륭해요. 한 잔 더 하실래요?」

「어머, 브라이언, 물론이죠. 사양하지 않겠어요.」

「운전은 안 하시나 봐요?」

「네, 손자가 여기까지 데려다줬어요.」

「손자분이요?」

「네, 이름은 스티븐이에요. 밖에, 차 안에서 대기하고 있죠. 틀림없이 책에 몰입하고 있을 거예요.」

「그럼 가족들과는 가까이 지내시겠네요?」

「네.」그녀는 단호하게 대답한다.「친척들이 많지는 않지만, 서로서로 매우 가까이 지내요.」

「가족분들에 대해 얘기해 주세요.」

이것은 대화에 등장하는 뻔한 주제 중 하나다. 그래서 그녀는 대답할 준비가 돼 있다. 그녀의 아들이자 맨체스터 근처에 사는 제약 회사 간부인 마이클과 며느리 앤, 브리스틀 대학교에서 역사학자로 활동하는 손자 스티븐, 에든버러 대학교에서 영어를 공부하는 손녀 에마. 그녀는 사별한 남편 앨러스데어에 대해서도 스쳐 지나가듯 언급한다. 하지만 그녀도 안다. 지금은 개인적인 슬픔을 나눌 때가 아니라는 걸. 더군다나 어떻게 보면 그 슬픔 덕분에 그들이 이 자리에 나오게 됐으니 말이다.

이제 브라이언 차례다. 그의 아들은 시드니에서 부엌 인테리어 디자인 일을 한다. 그리고 부자간 연락은 드물며 별문제는 없지만 무심한 편이다. 게다가 브라이언에게는 손자 손녀가 없다. 확연히 그는 자신의 아들에 대해 말하는 것이 편치 않아 보인다. 브라이언 자신은 삼 형제 중 장남이고 형제들은 세상을 떠났다. 그리고 당연히 그의 아내 메리에 관한 얘기가 나온다. 불쌍하고도 불쌍한 메리. 그는 고개를 숙인다. 베티는 그의 눈에 눈물이 고이는 것 아닐까 생각한다.

「있지요…….」 그가 다시 기운을 차리고 고개를 들며 입을 연다. 「제가 극도로 싫어하는 것 중 하나가 기만이랍니다.」 그는 그녀를 바라본다. 그녀도 그의 시선을 피하지 않는다. 「오늘날에는 아무도 거짓말하는 것에 양심의 가책을 느끼지 않는 것 같더군요. 거짓말한 것이 들통나면 물론 문제가 되죠. 그런데 들키지만 않으면 거짓을 말해도 되는 것 같더라고요. 저는 이런 현실을 개탄합니다. 제 말을 이해하시나요?」

베티는 그를 바라보며 미소를 짓고 대답한다. 「네, 그런 것 같아요.」

「그러니 제 쪽에서 벌인 기만의 행위를 고해해야겠군요. 당신과 만나는 일에 대해서 말이죠.」 그는 뜸을 들이며 침통한 표정을 짓는다. 「애석하게도 제 이름은 브라이언이 아니랍니다. 로이예요, 로이 코트니요. 브라이언은 이 자리를 위해 정한 〈nom de plume(필명)〉 같은 것이었습니다. 제 말뜻을 아실 거예요. 속이 다 까발려진 기분이 드네요.」

그게 아니라 〈nom de guerre(가명)〉겠지. 베티는 살짝 짜증 난 상태로 생각한다.

「아, 그거요.」 그녀는 쾌활하게 별일 아닌 것처럼 말한다. 「저도 이런 자리는 처음이지만, 물론 그런 부분에 대해서는 어느 정도 예상했어요. 자신에 대한 자연스러운 방어 기전이죠. 그런데 이 순간이야말로 저도 사실을 털어놓아야 할 때인 것 같네요. 제 이름은 에스텔이 아니에요. 베티죠.」

둘은 한동안 서로를 진지한 표정으로 바라보더니 동시에 웃음을 터뜨린다.

「베티, 그것이 제가 당신에게 하는 마지막 거짓말일 거라는 걸 약속할게요. 제가 이 순간부터 앞으로 당신에게 하는 모든 이야기는 진실이랍니다. 베티, 완벽하게 진실만을 말하기로 당신에게 약속할게요. 완벽한 진실만요.」 로이가 활짝 웃는다.

좀 과한데. 베티는 생각한다. 하지만 로이의 미소에 대한 그녀의 화답은 조건부이거나 모호한 태도가 아니다. 〈그렇게 말해 주시니 기쁘네요〉라는 의미다.

그들은 선을 넘었다. 둘 다 사적으로 친해진 기분이 든다. 그리고 긴장을 푼다. 그들은 수다를 떤다. 젊은이들에 관해 얘기한다. 그것은 다루기에 안전한 주제다. 서로 진부한 의견들을 나누며 요즘 세상이 늙은이들에게 얼마나 곤혹스러운지 공감할 수 있다.

「젊은이들은 정말 용감해요.」 베티가 말한다. 「그들이 해내는 몇 가지 일을 보면 저는 절대 도전하지 못했을 것 같더라고요.」

「그런데 너무 태평스럽기도 하죠.」 로이가 말한다. 「그들에게는 세상일이 다 너무 쉽잖아요. 인내란 없죠.」

「그러게요. 세상에 대한 걱정이 하나도 없죠. 우리와 다르게요. 저는 그래서 그들이 좋아요.」

베티는 이것이 꼭 치러야 하는 절차의 일부라고, 그러니까 더욱 친밀해지는 과정의 한 단계라고 생각한다. 자신이 말하는 내용에는 별로 동의하지 않는다. 그것은 그냥 즉흥으로 지어낸 이야기들이다.

그녀는 로이에게 스티븐은 집에 전화기도 없다고 말한다. 스티븐에게는 똑똑한 그 뭐시기 휴대 전화만 있으면 되는 것 같다고. 그래서 그의 삶을 바지 뒷주머니에 넣고 다니는 꼴이라고. 베티와 로이가 젊었을 때는 높은 사회적 계층을 나타내는 궁극의 상징이 집 안의 전화기였다. 둘은 이 얘기에 공감한다. 하지만 이제는 그것이 사회적 낙오로 치부된다지. 베티의 아들은 차를 세 대나 보유하고 있다. 이제는 아이들이 둘 다 독립해서 집에 아들 내외만 살고 있는데 말이다. 아니, 더 정확히 말하면 아들이 차를 소유하고 있는 것이 아니라고 했다. 매달 터무니없는 금액을 금융 회사에 내고 3년 약정이 지나면 그냥 기존 차를 처분하고 새것을 뽑는다나. 아들이 그녀에게 이 난해한 절차에 대해 여러 차례 인내심을 갖고 설명해 줬지만, 그의 말을 빌리자면 그녀는 그 내용을 〈알아먹지 못한다〉. 요새는 아무도 진짜로 돈을 차곡차곡 모아서 뭔가를 살 생각을 꿈에도 하지 않는다. 그녀의 손녀는 스무 살인데 베티가 평생 가본 나라보다 더 많은 곳을 여행했다. 베티는 깨닫는다. 자신이 재잘거리고 있다. 성급하게 들이대고 있다. 하지만 상관없지 뭐. 다 괜찮아.

때맞춰 스티븐을 불러들였고, 그는 호평을 받는다. 「훌륭한 젊은이군요.」로이는 그 젊은이가 화장실에 들르는 동안 칭찬한다. 「베티, 당신께 경의를 표합니다. 훌륭한 젊은이를 키웠네요.」

전화번호와 함께 조만간 다시 만나자는 의도가 담긴 진심 어린 표현들을 교환한다. 스티븐과 베티는 로이를 기차역까지 데려다주겠다고 제안하지만, 그는 사양한다. 「제가 아직 그렇게까지 노쇠하진 않습니다.」그가 말한다. 「조금만 걸으면 돼요.」 그들이 떠날 때 그가 일어서서 베티의 볼에 뽀뽀한다. 그녀도 같은 식의 인사로 화답한다. 그리고 그의 팔을 꼭 쥔 뒤 그를 좀 더 가까이 끌어온다. 그래도 포옹할 정도로 가까운 거리는 아니다. 그 후 그녀는 양팔을 펴 그를 그 자리에 세워 두고 그의 눈을 직시한다.

「그럼 다음을 기약하죠.」 베티가 말한다.

「*Au revoir*(또 봐요), 베티.」 로이가 인사한다.

2장

겨우살이와 와인

1

이제 그들이 온다. 거리를 걸어오는 순수한 철부지 탐험가들[5]이 말이다. 해님은 모자를 쓰고 나와[6] 햇살을 비출 준비를 하고 있으며 세상사가 모두 평안할 따름이다.

그들은 고음을 내지르며 자갈길 위를 구르고 달린다. 넥타이가 삐뚤어졌다. 책가방이 날아다닌다. 셔츠는 바지에서 빠져나와 있다. 머리는 헝클어져 있다. 학교에서 쇼핑가를 향해 난 지름길을 따라 달리는 학생화들이 고대의 자갈들과 부딪치며 딸깍거린다. 그들은 액체처럼 흘러나오는 모양새다. 그리고 어린 목소리들은 흥분해서 떠들어 대고 다툰다.

여자애들은 좀 더 차분하게, 더 깔끔하게 움직인다. 뭐, 여

5 마크 트웨인의 여행기 『철부지 탐험가들*The Innocents Abroad*』에 빗댄 표현.

6 영국의 유명한 동요 가사. 〈*The sun has got his hat on*〉 부분의 해석이 〈해가 뜨려고 한다〉, 또는 〈구름이 끼었다〉로 의견이 분분하다.

자애들이 언제나 태도도 더 좋고 신중하지 않나. 버릇없는 애들만 빼고 말이지. 버릇없는 애들은 정말 발랑 까졌고. 아무렴, 그렇고말고.

잔디 광장에는 잔잔한 햇살이 젖어 들어 있다. 감사하고도 감사한 나무들 아래 그늘은 피신처가 되어 준다. 수백 년간 언제나 이랬다. 어린애들은 아무런 생각 없이 생기를 내뿜으며 언제나 그렇듯 이리저리 뺀질거리는 태도로 성당 학교에서 쏟아져 나온다. 그러는 동안 늙은이들은 제대로 숨기지 못할 질투심을 품은 채 마구간을 개조한 시골집에서 그들을 지켜보며 자신들의 지나간 젊음을 씁쓸히 회상한다.

흥미는 보이지만 공감하지는 않으며 로이는 거실 구석에 있는 자신의 의자에서 그들을 지켜본다. 여자애들은 특히나 재미있다. 중학생 나이의 남자애들은 세차게 몰려다니는 코뿔소들일 뿐이다. 치솟는 호르몬의 파도에 이끌려 다니는 족속들. 그 호르몬의 파도에 속수무책으로 당하면서 그런 자신들의 상황을 전혀 의식하지 못하는 족속들. 그들의 또래 여자애들은 정신적 자각을 이룬 상태다. 그리고 자각과 함께 불확실성이 나타나는데, 이는 여러 방식으로 표출된다. 평범하고 학구적인 애들은 성실함과 똑똑함으로 두려움들을 헤쳐 나간다. 그 덕목들이 외로움과 실패를 멀리하게끔 길잡이가 되어 줄 거라고 굳건히 믿는다. 반에서 건강하고 예쁘장한 여자애들은, 한편으로 대개 꽤 멍청하기도 하다. 하지만 그들의 뛰어난 외모가 일시적이며, 예측 불가한 앞으로의 신체적 발달이 어떻게 진행되느냐에 따라 달라질 수 있음을 어렴풋이 느낀다. 그리고 되바라진 여우들도 있다. 특별히 똑똑하진 않지만 자신이 머리가 좋지도, 미모로 상위권에 속하지도 않는다는 것을 인지할 정도로는 똑똑한 애들 말이다. 그들은 교활함을 수단으로 사용한다. 집에서 나오자마자 치마를 짧게 접어 올리고 남자애들을 홀린다. 그들은 〈섹스〉라고 불리는 그 뭔가가 아주 가까이에 도사리고 있다는 것을 안다. 그리고 자신들의 힘에 대해 아주 빠르게 터득하지. 암, 그렇고말고.

이제 나이가 더 든 애들 차례다. 볼품없이 쭉 뻗은 긴 머리에 애절한 표정을 보이는 여드름투성이 어린놈들이 절대 꾀지 못할 여자애들 앞에서 알랑거린다. 로이는 그 여자애들의 무시하는 태도가 좋다. 물론 이 답 없는 남성 표본들에 대한 그의 경멸은 그 여자애들의 마음조차 넘어선다. 여자애들은 대개 둘씩 짝지어 다닌다. 그들끼리 마스카라를 바른 눈으로 눈빛을 쓱 교환한다. 일부러 수줍은 것처럼 미소를 보이지만 로이는 그것이 비웃음이라는 것을 안다. 그렇게 여자애들은 자신의 감정을 숨긴다.

로이는 저 남자애들에게 자신을 이입시킬 수가 없다. 이 바보들. 그는 생각한다. 이 멍청이들. 나는 너희와 달랐다. 나는 대담하고 잘생겼었다고. 나는 불안해하지도, 허둥대지도 않았다고.

로이는 더 이상 열다섯 살이 아니다. 그렇다고 쉰 살도 여든 살도 아니다. 하지만 본능적인 감은 절대 변하지 않는다. 한때 유혹을 잘하는 사람이었으면, 그래서 이성에게 형언할 수 없을 정도로 매력적인 사람이었으면, 언제까지나 유혹을 잘하는 사람으로 남을 것이다. 그가 아무리 매력을 흘리지 않으려 한들 어쩔 수 없이 흘리게 되리라.

그녀가 저기에 나타났다. 로이가 특별히 눈여겨보고자 골라 놓은 애 말이다. 짧고 검은 교복 치마와 검은 타이츠가 얇고 여성스러운 다리를 감쌌다. 저 타이츠는 교복과 세트가 아니다. 그래도 전반적인 상태를 놓고 보면 적절히 어울리네. 그는 그렇게 다 알고 있다는 듯이 평가한다. 한 열다섯 살 되려나? 어쩌면 그보다 어려 조숙한 열세 살일지도 모르겠다. 요새 애들은 워낙 발육이 빠르니까. 어쨌든 아담하다. 또 머리 한 줌을 금발로 염색한 야성적인 메두사 스타일을 하고 있다. 저 머리 스타일은 절대 유행이 지나지 않는 것 같다. 아이새도를 어설프게 발라 놨는데 그가 보기엔 그래도 괜찮은 시도 같다. 그녀는 자신이 반항아라고, 유일무이한 사람이라고 생각하겠지. 하지만 그녀도 단순히 점차 사회적 집단에 녹아드는 익숙한 절차를 밟고 있을 뿐이다. 조금만 더 젊었어도 그녀에게 몇 가지 가르침을 줬을 텐데. 그녀는 오만한 척, 관심 없는 척할지도 모르겠다. 경험이 많은 척 허세를 부릴지도 모른다. 새로운 깨달음의 길로 모험을 떠나면서 열정을 보일 수도 있겠다. 하지만 결국에는 그녀도 두려움을 내비치리라. 로이는 두려움을 알차게 이용할 줄 안다. 암, 알고말고.

한편, 스티븐은 지각했다. 지각이 그의 인생 테마다. 베티에게 책 몇 권을 배달해 주기로 약속했는데 말이다. 그리고 그 뒤 제럴드와 회의를 하기 위해 6시까지 돌아가야 한다. 그 회의에서는 단연코 진이 빠지겠지. 여러 가지 질문이 예상된다. 절차가 다 제대로 진행되고 있나요? 모든 세부 사항이 다 처리됐나요? 리스트의 모든 상자에 체크 표시가 되어 있나요? 우리 같이 자리 잡고 앉아서 다시 짚어 보지 않을래요? 결국 이 프로젝트는 꽤나 우라지게 중요하잖아요.

솔직히 말하자면 그 질문들은 적절하며 스티븐에게는 감독이 필요하다. 스티븐이 고민하는 바는 제럴드가 아니다. 제럴드는 괜찮은 사람이다. 물론 자신의 지위를 어느 정도 즐기는 면도 있지만 말이다. 본질적인 문제는 모든 일이 잘 진행되고 있는지 여부를 스티븐이 모르겠다는 점이다. 그는 진행 절차가 눈에 들어오지 않는다. 세부 사항은 말할 것도 없다. 리스트에서 체크해야 하는 상자들도 아직 정하지 못했다. 이 일은 마치 알아서 살아 움직이는 것 같다.

프로젝트 관리는 스티븐이 자신 있어 하는 영역이 아니다. 아니, 관리라는 영역 자체가 그렇다. 일의 목적, 정신적 노동, 세밀한 조사, 일의 흐름을 바꿀 새로운 사실들을 어렵게 밝혀

내는 즐거움, 뭔가 가치 있는 것을 창조한다는 기분. 이런 것들이야말로 중요하다. 건조한 일의 절차는 글쎄. 제럴드는 필요악이겠지. 스티븐은 생각한다. 그가 없었다면 스티븐이 과연 이 일을 버티기나 했을까?

스티븐은 약국과 공인중개사 사무소 사이에 있는 골목길을 찾아낸다. 그것은 신시가지와 구시가지를 연결하는 길이다. 그는 그 길을 서둘러 올라가면서 평범한 시내 중심가를 통과하고 수백 년 된 자갈길을 지나 잔디 광장까지 도달한다. 가지런히 서 있는 떡갈나무들 뒤 어딘가에서 시계가 30분이 되었다고 알린다. 나뭇잎들이 바람을 따라 바스락거리며 햇살에 얼룩을 남기자 훌륭한 신록의 카펫 위로 물결 모양의 빛과 그림자가 드리워진다.

영국의 날씨가 아름다운 날이다. 이번 여름에는 이런 날이 며칠 없었다. 푸른 하늘 높이 해가 떴고 티 한 점 없이 하얘서 파우더의 분첩 같은 구름 떼가 산들바람을 따라 흘러 지나간다. 무리 지은 아이들은 자신들에게 할당된 힘겨운 일과에서 바삐 벗어난다. 해방감이 주는 아드레날린이 그들의 생기를 북돋운다. 멀리서 보면 교복이 깔끔하고 정돈된 것 같은데, 가까이 다가갈수록 개성을 주장하기 위한 여러 자잘한 시도들과 함께 하루 치의 고역이 남긴 확실한 흔적들이 보인다. 블레이저 재킷들이 어깨에 걸쳐져 있다. 셔츠는 구겨지고 지저분하다. 신발은 질질 끌린다. 그리고 학교 아이들 특유의 냄새가 있다. 그들의 땀내와 소변 냄새와 흙내가 톡톡한 합성 섬유 냄새와 뒤섞인 냄새. 또 학교 자체에서 스며 나오는 희미하긴 하지만 이상야릇한 구린내도. 세제와 광택제의 금속 비슷한 냄새, 그리고 대강당의 쪽모이 세공 바닥재와 장엄한 벽판에서 물씬 풍기는 오래된 먼지와 나무 냄새 말이다.

아이들에게는 스티븐을 더욱 낙관적으로 만들어 주는 쾌활함이 있다. 그는 남학생들로 이루어진 아수라장을 통과한다. 그들 뒤로는 다양한 여학생 집단이 밀집해 있다. 이들은 더 폐쇄적이고 조용하며 경계를 보인다. 사실 나이도 더 있으며 자기 인식을 더 많이 하고 있다.

스티븐은 의도적으로 여학생들을 볼 때 조심한다. 왜냐하면 오늘날 모든 여성의 마음속에는 모든 남성에 대한 의구심이 자리할 수밖에 없기 때문이다. 그는 그 의구심에 대해 잘 알고 있다. 정말 그 의구심이 그렇게 심할까? 그는 알 수 없다. 하지만 그의 시선이 음흉한 것으로 오해받는 위험을 감수할 수는 없다.

그는 젊음이라는 현상에 대해 흥미를 느낀다. 왜 그런지는 잘 모르겠다. 어쩌면 그냥 인간의 상태에 대한 단순한 호기심일 수도 있다. 성장 단계에 있는 이 어린것들이 관찰하고 모방하고 실험하고 수정하고 적응하고 마침내 자아의 정체성을 형성해 나가는 과정에 자극받아서일까. 한편 어쩌면 자신도, 거의 서른이 다 되어 가지만, 그 마지막 단계를 아직 완수하지 못했기 때문인지도 모르겠다.

잔디 광장 반대편에 있는 어린 여학생이 스티븐의 눈에 띈다. 열네 살쯤 되어 보이는데 홀로 걸어가고 있다. 흐느적거리며 불확실하고 의미 없이 반항기가 묻어나는 걸음걸이다. 학생은 치마를 짧게 줄이고 눈은 까맣게 칠하고 턱은 고집스럽게 내민 모습이다. 그렇지만 그녀는 단지 아이에 불과하다. 스티븐은 그녀의 눈에서 두려움을 읽는다. 두렵지 않은 척하는 그녀의 태도에 일련의 감정들이 일어난다. 사랑이라고밖에 정의할 수 없는 뭔가가, 상처받기 쉬운 아이라는 인식이, 그리고 그에게는 그럴 힘도 없고 그렇게 하고자 하는 발상 자체가 어이없는 것이겠지만, 그녀를 보호하고 싶은 욕구가 홍수처럼 밀려온다. 스티븐은 이런 감정들이 생기는 이유를 확인한다. 욕망이라는 그림자가 좀 더 구미에 맞는 표현으로 나타나는 것 아닐까 의심하는 것이다. 솔직히 말해 욕망은 숨어 있지 않다. 하지만 자신이 그 점을 재차 확인해야 한다는 사실 자체도 흥미롭다.

그러던 중 그가 보인다. 베티의 집 창가에서 의자에 앉아 있는 그가. 이제 베티의 집에서 산 지 두 달이 된 로이다. 저 도마뱀과 같은 눈이 이 여학생에게 고정되어 있다. 소유욕을, 탐욕을 보인다. 여학생은 계속 걸어간다. 문자 메시지를 보내느라 정신이 없다. 그녀가 스티븐을 지나치는 순간 로이도 그를 발견한다. 그들의 시선이 얽힌다. 1초도 안 되는 사이 로이의 표정은 놀라움에서 적대감으로, 그리고 마침내 창밖의 세상을 바라보며 무해하게 자신의 시간을 보내는 초라한 늙은이의 것으로 바뀐다. 로이는 일단 미소부터 짓는다. 스티븐은 그에게 미소로 화답하며 쭈뼛쭈뼛 손을 흔든다. 그러면서 생각한다. 나는 당신이 어떤 사람인지 알아. 아무리 내가 당신을 싫어해도 말이지.

2

「내가 자네였으면 조심했을 거야.」 스티븐이 방에 들어서자 로이가 말한다.

「네?」 스티븐이 반문한다.

「자네가 조심하는 것이 좋겠다고 말했어.」 로이가 자신의 말을 반복하며 과장되게 고개로 창을 가리킨다.

스티븐은 어리둥절해서 인상을 쓴다. 그러고는 뭐라고 말하기 위해 입을 열었다가 다시 생각한다. 로이의 시선이 그의 표정을 살핀다.

스티븐이 말한다. 「차 한잔하시겠어요?」

「그러지 뭐.」 로이가 의자에 도로 기대며 대답한다.

스티븐은 차가 담긴 머그잔들을 가져온다. 적갈색으로 진하게 우려서 각설탕 세 개를 넣은 것이 로이의 것이고 우윳빛으로 연하게 우리고 설탕을 넣지 않은 것이 자신의 것이다.

로이가 말을 이어 나간다.

그는 강조한다. 「조심해서 손해 볼 것은 없지.」

그의 말이 잠시 허공을 맴돈다.

「음, 네.」 스티븐이 마침내 입을 연다. 「무슨 말이시죠?」

쟤는 언제나 머리를 구름 속에 처박고 있지. 로이는 생각한다. 정신이 딴 곳에 가 있어. 형편없이. 엉망이야. 전형적인 상아탑이야.

「오해의 소지가 있다고.」 로이가 설명한다.

「아, 네.」 스티븐이 무뚝뚝하게 대답하며 옅은 미소를 짓는다. 「알겠습니다.」

「자네, 나를 깔보지 말게.」

스티븐은 멍하니 그를 바라보며 아무 말도 안 한다.

「베티 할머니는 집에 안 계시나요?」 스티븐이 마침내 대화를 이어 간다.

로이는 시비 걸기를 그만둔다. 마치 강아지를 괴롭히는 것 같구먼. 뭐, 그렇다고 내가 쟤를 안 괴롭히진 않겠지만. 스티븐은 지루한 놈이다. 이런다고 재미를 볼 수 있을 것 같지는 않다. 「응, 친구와 차 한잔하러 나갔어.」 그가 대답한다.

「아, 그런다고 하셨죠. 혹시 언제쯤 돌아오실지 아시나요?」

「오, 모르지. 자기 마음대로 하고 사는 여자잖아, 네 할멈.」 로이가 낄낄 웃는다. 「내가 그녀의 매니저는 아니니까.」

「그럼요, 당연히 아니시죠.」

「바쁜 일 있나? 어디 정신이 팔려 있는 것 같은데.」

「당장 신경 쓸 일이 많네요. 그냥 베티 할머니께 가져다주기로 약속한 이 책들을 드리려고 들렀어요.」 스티븐은 그 증거로 주황색 쇼핑백을 들어 보인다. 「할머니께서 이것들을 빌리고 싶다고 말씀하셨거든요.」

「오, 그렇군.」 로이가 말하며 스티븐을 한참 쳐다본다.

스티븐은 소파 가장자리에 걸터앉아 팔꿈치를 허벅지에 지지하고 몸을 앞으로 기댄다. 더위에도 불구하고 아직 재킷을 입은 상태다. 떠날 준비를 하는 것이다.

잠시 머뭇거리다 로이가 묻는다. 「자네 일은 잘되어 가?」

「네.」 스티븐이 응답한다. 「잘되고 있어요. 사실 교수님과 미팅이 있어서 가는 길이에요.」

「엄한 감독인가 보지?」

「그래도 괜찮은 사람이에요. 제가 한눈팔지 않고 앞만 쳐다보게 하거든요. 저는 그런 게 필요해요.」

「이해가 되네.」 로이가 대답하자 둘은 침묵한다.

「자네가 연구하는 것이 정확히 뭐라고 했지?」

「〈자코바이트[7]의 반란〉요.」 스티븐이 의욕적으로 설명하

---

7 〈제임스를 따르는 자들〉이라는 뜻으로, 스튜어트 왕조의 제임스 2세와 그 후손을 지지했던 세력. 스코틀랜드, 아일랜드의 가톨릭교도가 많았다. 1688년 명예혁명으로 오렌지 공이 제임스 2세를 퇴위시키고 윌리엄 3세로 즉위하자 수차례 반란을 일으켰으나 모두 실패했다. 이후 스튜어트 왕조는 1714년 앤 여왕의 사망과 함께 하노버 왕조로 교체된다.

기 시작한다. 「더 구체적으로는 존 그레이엄이 반란을 선동하는 과정에서 맡았던 역할과, 그가 1715년도와 1745년도의 반란에 끼친 영향에 대한 거예요.」

「그런가?」

「우리 역사에서 결정적인 시대였거든요. 하노버 왕조의 승계와 스코틀랜드 가톨릭교와 장로교 사이의 갈등이 있었을 때니까요.」

「물론 매우 흥미롭겠군. 나는 역사라고는 아는 것이 없어. 별로 학구적인 유형이 아니었거든. 나 자신에게 묻곤 하지. 과거를 살펴서 대체 어디에 쓰냐고? 내 미천한 견해로 볼 때 이미 벌어진 일은 벌어진 일이야. 그것을 절대 되돌릴 수는 없어.」

「그래도 그것을 이해하기 시작할 수는 있지요.」

「오, 물론. 그럴 거야. 그것을 부정하려는 말은 아니야.」로이가 말한다. 「더 많은 지식을 알고 있는 자네에게 고개를 숙이지. 역사는 그냥 나와 잘 안 맞아. 그게 다네. 그렇게 과거에 빠져 살아야 하니 말이지.」

시곗바늘이 째깍 소리와 함께 움직이며 둘 사이의 거리를 가늠한다.

「오, 그럼 각자 알아서 자기 의견을 지키기로.」로이가 말한다.

「저도 서둘러 가봐야겠네요.」 스티븐이 말한다. 「교수님에게 6시까지 간다고 했거든요.」

「그럼 가보게.」로이가 인사하고는 도로 창문을 향한다. 그의 머릿속에서는 스티븐이 이미 떠난 것이다.

3

가을의 시작은 여름의 간헐적 약속이 실현되지 못하면 으레 그렇듯 얄궂게도 맑고 따뜻하다.

로이는 밖으로 나가 산책을 시작한다. 베티가 그녀의 요란스러운 청소 일과를 시작했기 때문이다. 청소기의 소음과 신문을 들고 평화롭게 앉은 상태에서 발을 움직여야 하는 노고는 보통 그를 자극하고도 남는다. 베티는 물건들을 줍고 분무기로 물을 뿌리고 먼지를 털며 로이의 존재가 남긴 흔적들을 정리한다. 또 보이지 않는 장소들에까지 물을 끼얹고 화장실 변기 물을 내린다. 그러는 내내 음정이 맞지 않는 만큼이나 쾌활하게 콧노래까지 부른다. 한번은 그녀가 로이에게 〈어린 남자애들〉의 화장실 습관에 대해 설교를 늘어놓았다. 그것은 짧은 강좌에 맞먹는 것으로 듣기가 여간 고통스럽지 않았다. 그는 그것을 한 번이라도 다시 견딜 엄두가 나지 않는다. 당시 그녀를 동정할 뻔하기도 했고. 그녀가 너무 수치스러워했으니까. 불쌍한 여편네.

그래서 로이는 베티에게 방해가 되지 않도록 그녀를 평화롭게 두겠다고 웅얼거린 뒤, 지금은 느릿느릿 불편한 걸음걸이로 자갈길을 따라가고 있다. 일단 집에서 보이는 시야를 벗어나야만 발을 힘차게 들고 보행 속도를 올릴 수 있으리라.

고생스러운 일이긴 하지만, 자신이 병약한 상태라는 메시지를 전달하는 데 필요한 일이기도 하다. 이러기 위해 고심하고 계획하며 활기차게 움직이고자 하는 반사적 욕구를 억누르느라 종종 자기 부정을 해야 했다. 하지만 이렇게 하는 것이 그의 이해관계에 들어맞는다. 베티에게도 이러는 것이 더 좋다. 그들은 각자의 자리를 안다. 베티는 기꺼이 집안 살림을 도맡고 잡다한 일들, 그러니까 그의 식사를 준비하고 모든 것을 깨끗이 유지함으로써 훨씬 만족스러우리라. 그가 노린 점이 바로 이것이다.

지금으로선. 로이의 야망은 단순히 남이 그의 편의를 보장해 주는 것보다 다소 더 모험적이다. 이런 사기도 물론 좋은 꼼수이긴 하다. 하지만 그는 마지막 도박 또한 하고 싶다. 룰렛 테이블에서 심장이 멎을 만큼 두근거리는 그 마지막 한 판을. 그리고 베티가 그것을 가능케 만들어 줄 사람인 것 같다. 목적 분명한 사업들이 중단됐다는 사실은 마음에 맺힌다. 그러니 베티가 그를 도와 그의 가려운 곳을 긁어 줄 수 있으리라. 물론 자기도 모르게 말이다. 그러기 위해서는 섬세한 균형들을 연속적으로 잡아 나가야 할 것이다. 그런 일이야말로 내가 전문이지. 그는 어리석게도 이런 생각을 한다.

로이는 집에서 어느 정도 떨어져 보행자 구역으로 이어지는 어두운 통로에 다가서고 있다. 이제 더 빨리 움직여도 안전할 것 같다. 하지만 그러려고 하자마자 다시 속도를 늦추고 만다. 심장이 두근거린다. 숨이 찬다. 그리고 어렴풋이 속도 메스꺼우며 현기증이 난다. 그는 어쩌면 자신이 생각하는 것만큼 몸의 상태가 좋은 것은 아닐지도 모른다고 되새긴다. 더이상 허세를 부릴 수 있는 나이가 아니군. 그는 방향 감각을 조금 잃은 상태로 비틀비틀 걸어간다.

리틀 베니스 커피숍에서 로이는 드립커피와 크림이 듬뿍 올라간 초콜릿 케이크 한 조각을 시킨다. 이게 천국이지. 그는 자신을 위해 별로 사치를 부리지 않는 편이지만 제대로 된 커피만큼은 챙긴다. 영국에는 좋은 아라비카 원두를 구매해서 그것으로 뭔가 먹을 만한 것을 만들어 낼 능력이 있는 곳이 몇 군데 안 된다. 그러니 월트셔 황무지에 자리해 눈에도 안 띄고 생각도 안 날 법한 이 작은 성당 도시에는 말할 것도 없다. 하지만 이곳은 제대로 된 몇 안 되는 커피숍 중 하나다. 게다가 세심하게 손님을 배려하면서도 일의 효율을 놓치지 않는 서비스까지 급이 있다. 커피가 도착하자 로이는 한숨을 쉬고 눈을 감은 뒤 그 향기를 들이마신다. 충분한 믿음을 가지면 자신이 빈의 카페나 어떤 부르주아적이고 폐쇄적인 독일 마을의 잘 꾸며진 제과점에 앉아 있다고 상상할 수 있겠다. 물론 모든 독일 마을은 부르주아적이고 폐쇄적이지. 그는 그렇게 생각한다. 그리고 상상에 빠져 본다. 하지만 그것도 잠깐이다. 곧 개똥 같은 영국의 현실로 돌아온다. 한 60년 전에나 이런 상상이 가능했으려나? 아니, 70년 전은 되어야겠네. 어림도 없다. 그는 생각한다. 그러고는 신문을 펼치며 평화를 찾는다.

드디어 로이가 외출을 했다. 오후에 그를 저 의자에서 일으켜 세우는 방법은 오로지 청소밖에 없는 것 같다. 베티는 한 번씩 허구의 친구들과 허구의 차 한잔을 하거나 가상의 장 볼 일을 만들면서까지 집을 나가야 한다. 그래야만 자신을 다잡고 심란한 마음을 거의 정상으로 되돌리며 이 일에 적합한 태도를 다시 보일 수 있다.

로이는 그 나름의 일과가 있다. 그는 그녀보다 일찍 기상한다. 간간이 베티는 새벽 6시 정도의 이른 시각에도 그가 움직이는 소리에 깬다. 그가 부엌에서 차를 만들기 위해 달그락거리는 소리가 요란하니까. 그런 다음, 한 시간쯤 지나면 그가 발을 끌며 바닥을 지나다 천천히 터벅터벅 계단을 오르는 소리가 들린다. 그 후로 그는 두세 시간 더 침대에 머무르다 다시 모습을 보인다.

이것은 좋은 일이다. 왜냐하면 그녀가 하루를 여유롭게 시작할 수 있는 기회를 주기 때문이다. 그녀는 작은 화장실로 갈 수 있다. 그리고 거기에 있는 동안 목욕을 하고 변기와 그 주변으로 비닐을 깐 바닥을 청소한다. 처음에는 이 과업 때문에 토할 뻔했다. 어떻게 소변을 바닥에 그렇게 무차별적으로 사방팔방 뿌려 대고도 전혀 의식하지 못할까? 하지만 이제는 그것도 익숙하다. 그녀는 로이에게 일을 본 후 뒤처리를 하거나 애초에 이런 문제가 벌어지지 않게 하는 방법을 강구하라고 요청했지만 그는 먹통이었다. 그냥 무슨 말인지 이해를 못하겠다는 표정으로 그녀를 바라보며 아무 말도 하지 않았다.

그래도 이것은 계략의 큰 그림에서 볼 때 감수할 만한 작은 부분이다. 그렇게 베티는 자신을 타이른다. 물론 로이의 한도 끝도 없는 별스러운 습관들도 포함해서다. 그 별스러운 습관들이 계속 차곡차곡 쌓여 가긴 하지만. 게다가 별스러운 습관이라는 표현도 좋게 봐준 것 아닌가. 그녀는 생각한다. 그래도 그녀는 장기적인 이익을 위해 그것들을 참아 낸다.

베티는 로이가 면도를 하고 다시 나타날 때까지 목욕을 하고 아침을 여유롭게 먹을 것이다. 어떤 때는 그가 아침 목욕을 하면서 화장실에 한 번 더 분뇨를 남기기도 한다. 그녀는 작은 식탁 위에 꼭 신문을 준비해 놓아야 한다는 것을 안다. 그러면 그녀가 아침을 준비하는 동안 그는 회의적인 눈으로 신문을 훑는다. 며칠 간 아침마다 그는 아무것도 할 줄 모르면서 찬장 문을 열었다 닫기만 반복했다. 그러고 나서야 그녀는 이런 시스템이 더 편하다는 것을 깨달았다. 그는 접시에서 토스트를 집어 들고는 살짝 떨리는 왼손으로 능란하게 잡은 신문을 읽기 좋은 거리로 떨어뜨려 놓고 그것에 집중할 것이다. 어쩌다 한 번씩 나라의 상태에 대한 신랄한 평을 하겠지만 대개 그녀가 그날의 집안일을 마음 편히 처리할 수 있는 여건이 된다.

이제 그녀는 베토벤 교향곡들의 테마, 엘라 피츠제럴드의 앨범 「콜 포터 송 북」에서 부분부분, 그리고 비틀스의 히트곡들 후렴구를 돌아가며 콧노래로 부르면서 책장의 먼지를 턴다.

이것으로 충분할까? 베티는 창 너머로 구름 한 자락이 지나가는 사이 생각한다. 어쩌면 그 구름이 그녀의 마음속을 지나는 것일지도 모르겠다. 이것으로 정말 충분할까? 이것으로 내가 버틸 수 있을까? 그리고 정말 그렇다면 이 생활이 얼마나 지속될까? 다시 나만의 삶으로 돌아가려면 얼마나 걸릴까? 그래도 무슨 수를 쓰든 참아 내야 한다. 그녀는 그렇게 결론짓는다. 그녀가 갈망하는 만족과 안정을 위해서라면 할 수 있는 뭐든 해서 로이의 덜 바람직한 습관들과 함께 그의 게으름을 받아들여야 한다.

그녀도 알고 있다. 스티븐은 로이의 방식들을 참아 내고 그를 싫어하는 마음을 숨기는 일을 슬슬 꺼리기 시작했다. 보기 드물게 예의 바른 젊은이에게서 보기 드문 태도지. 그녀는 생각한다. 그리고 아직까지는 그 반감이 미세하게 돌린 고개나 살짝 짓는 표정들, 미미하게 부적절한 말들로 표현되고 있다. 보아하니 그녀만 알아챌 수 있는 정도인 것 같다.

어쩌면 스티븐으로선 그럴 수밖에 없는지도 모르겠다. 스티븐은 그녀를 열렬히 우러러본다. 그녀도 알고 있다. 스티븐과 이야기를 해봐야 할 것이다. 그는 꼭 이해해 줘야 한다. 그도 꼭 이것을 참아 줘야 한다. 그의 감정을 숨겨야 한다. 베티는 스티븐이 그녀를 사랑하며 로이를 싫어한다는 것을 안다. 그래도 스티븐은 무조건 그래 줘야 한다.

4

「여기서의 생활이 마음에 드세요?」 대략 5주쯤 지난 어느 날 앤이 이렇게 물을 때 그들은 셰리주를 홀짝이고 있었다.

「오, 물론이지.」 로이가 대답한다. 「물론이고말고.」 그는 남모르게 자신의 시계를 확인한다. 시계가 멈췄을지도 모른다는 두려움, 아니 희망을 품고 그것을 흔들어 보고 싶은 충동을 가까스로 참는다. 하지만 그도 그것이 멈추지 않았다는 것을 알고 있다. 자비로운 신이시여, 우리가 정말 이 자리를 시작한 지 25분밖에 안 됐습니까?

이 모든 일이 뼈만 앙상하고 볼품없는 이 남자와 그의 뚱뚱하고 너저분한 아내를 위한 것이라니. 로이는 그들을 향해 미소를 지었으나 그것은 오히려 찡그린 표정에 가까웠다. 베티가 집을 꾸미고 손님 맞을 준비를 하는 동안 그는 토요일 온종일 집에서 쫓겨나 있어야 했다. 그녀가 사온 지나치게 화려한

꽃다발을 커피 테이블에 올려야 할지 작은 호두나무 탁자에
올려야 할지 고민하는 일에만 몇 시간 허비한 것 같다. 손님
부부가 어차피 꽃을 갖고 올 거잖아. 그는 허망하도록 지적했
다. 그것은 돈 낭비라고. 아니나 다를까 그들은 정말로 꽃을
사왔다.

오늘 아침, 로이는 노인에게 과다 활동이라고 부를 법한 일
들을 겪었다. 손님맞이 준비 과정에 대한 중계방송을 듣는 일
과 그가 무슨 옷을 입을지에 대한 기나긴 논쟁이 바로 그것이
다. 신이시여, 나도 남들 앞에서 자신을 어떻게 포장해야 하
는지 너무 잘 알고 있다고요. 그 문제에서만은 그가 단호한
태도를 보여야 했다.

그리하여 그들은 이 자리에 모였다. 셰리주를 마시며. 이
불협화음의 모임을 이루는 개별적 구성원들은 전부 편안함
을 가장하기 위해 조용히 소득 없는 노력을 기울인다. 그럼에
도 로이를 제외하고 모두 불편해하는 게 명백하다.

작은 거실은 비좁다. 정말로 누군가가 베티의 작은 장식품
들을 하나 이상 쳐서 쓰러뜨릴 것같이 위태롭다. 마이클과 앤
은 어색하게 작은 소파의 가장자리에 걸터앉아 있다. 안경을
뒤집어쓰고 매가리 없는 긴 생머리에 여러 알 수 없는 피부 트
러블을 지닌 그들의 매력 없는 딸 에마는 부엌 의자에 앉아 있
다. 스티븐은 계단에 자리하고 있다. 로이는 생각한다. 대체
저들은 어디서 저렇게 못생긴 외모를 물려받았을까? 확실히

베티 쪽은 아닌데. 그녀의 남편은 정말 볼 만한 사람이었나 보군. 유전 인자도 우세했던 것 같고. 로이의 눈에는 마이클, 스티븐, 그리고 에마가 족제비 가족 같다. 의심을 다분히 담은 채 관찰하는 그들의 눈빛과 가파른 이마 때문이다. 물론 으르렁대는 것 같은 불쾌한 맨체스터식 억양도 한몫한다.

베티는 그들 사이에서 쉴 새 없이 움직이고 있다. 카펫이 깔린 좁은 구역을 여기저기 먼지 나게 돌아다니며 간식을 가지고 법석을 떨고 의미 없는 말들을 빠르게 쏟아 낸다. 로이는 의자에 등을 기댄다. 일정 부분 이 상황을 즐기고 있다. 그들이 그를 처음 만나면서 당황하는 모습이 재미있다.

로이는 하품을 참으며 밖을 바라본다. 그래도 최소한 차는 괜찮은 걸로 갖고 있군. 마이클의 커다란 독일제 차가 빗속에서 도로변에 세워져 있다. 그러니 이 별 볼 일 없는 사람들이 보기와 다르게 어느 정도 수준은 되는 것이다.

누군가가 로이에게 말을 건다. 잠시 그의 눈꺼풀이 감긴다. 지루함을 숨기고 예의를 차리기 위해 분투하는 것이다. 「실례지만 뭐라고요?」그가 묻는다.

「대도시 밖의 삶과 잘 융화되시냐고 물었습니다.」마이클이 무한의 인내를 보이며 말한다. 하지만 자신이 천치를 상대하고 있다는 식의 말투다.

융화라. 그래, 그것은 이 안경 쓴 책벌레가 쓸 법한 단어다. 심지어 자기 엄마도 이름으로 부르는 작자라니. 베티 어쩌고,

베티 저쩌고. 어머니라고, 엄마라고 절대 부르지 않는다. 어른에 대한 예의가 없다. 버릇없다. 그래도 성질을 죽일 필요가 있다.

「아, 그럼.」로이가 희미한 미소를 짓는다. 어쩌면 자신이 생각해도 별로 설득력 없는 미소일지 모르겠다.「별로 어렵지 않더군. 나는 이곳에서 사는 것이 좋거든.」

「그럼 런던에서 살던 집은 파셨나요?」

뻔뻔하군. 로이는 마이클이 무슨 의도로 자신을 몰아가고 있는지 알고 있다. 그래도 침착하게 대답한다.

「아니, 아직은 안 팔았어. 고려 중이야. 어떤 투자를 하는 것이 좋을지도 고민하고 있고.」로이는 베티 쪽을 쳐다보고는 미소를 짓는다.

「그럼 주식 투자를 하시는 건가요?」마이클이 로이에게 끈덕지게 묻는다. 로이가 생각했던 것보다 제법 근성 있는 태도다.

「오, 아니. 그런 것이 아니야, 절대로. 내 돈은 안전해. 오래된 지인이 있는데, 내 자산을 수년간 관리해 준 중개인이지. 그놈이 들고 오는 제안이라면 그게 뭐든 나는 괜찮아. 우리는 잘 살 거야. 그렇죠, 자기?」

「뭐라고요?」베티가 묻는다. 그녀는 부엌으로 향하는 길에 받은 기습 질문에 당황한 듯하다.「오, 네, 물론이죠.」

그들은 모두 서로서로 다시금 진심 없는 미소를 나눈 뒤 세

리주를 홀짝인다. 너희는 나를 싫어하는군. 로이는 생각한다. 물론 베티는 예외고. 너희는 나를 싫어해. 그래도 상관없지. 로이는 속으로 웃은 뒤 본격적으로 연기를 시작한다. 겉으로만 마땅한 예의를 차리고 의욕적으로 상대에게 관심을 보이며 가식적인 미소를 유지하기란 시간이 흐를수록 점점, 아니 훨씬 더 어려워지고 있다. 나이가 들어 가는 과정이겠지. 이것은 단순히 노력만 해서 되는 일이 아니다. 훨씬 더 잘 해내야 한다. 그들 모두에게 로이는 침입자가 되면 안 된다. 의욕적이고 열렬한 참여자로 보여야 한다. 이 자만한 소모임이 보이는 단란함 속에서 환영받는 신입이 되어야 한다.

하지만 진정 너무나 어려운 일이다. 로이는 언제나 관대함과는 거리가 먼 사람이었다. 그도 그 점만큼은 거리낌 없이 인정한다. 관대하지 못한 것을 숨기기는 잘한다. 하지만 그것은 실제로 관대한 것과 매우 차이가 크다. 지난 세월 동안 목적을 위해 너그러운 미소와 상냥한 말 한마디로 자신의 진짜 감정들을 숨기는 일은 흥미로웠을 뿐만 아니라 보람 있었다. 하지만 이제는 그에게 남은 시간이 별로 없다. 그리고 인정할 수밖에 없다. 체력도 달린다. 그래도 노력을 쥐어짜야 한다.

「그럼 시티[8]에서 일했었나요?」 마이클이 묻는다. 그러는 동안 그들은 슬금슬금 베티가 비좁은 부엌에 차린 식탁의 주어진 자리로 이동한다.

8 런던의 중심 행정 구역.

여섯 명이 앉을 자리가 가까스로 나왔다. 그래서 그들은 힘겹게 팔꿈치를 몸 뒤로 빼며 베티가 신중히 다린 구식 리넨 냅킨을 무릎 위에 펼친다.

로이는 평정을 찾기 위해 잠시 뜸을 들인다. 그러고는 쾌활하게 대답한다. 「한때는 그랬지. 주로 자산 관리사로 활동했어. 내가 한창일 때는 여러 직종에 종사했었지. 당시 내가 큰 손 중 하나였다고는 못 하겠지만. 당시에는 런던의 시티가 지금과 사뭇 달랐거든.」

스티븐은 생각한다. 로이가 작정하고 보이는 저 미소는 자상하고 친근하다. 역겹지만 자상하고 친근하다. 불그죽죽한 뺨, 반짝이는 눈, 흘러넘치는 자신감. 다 완벽하게 들어맞는다. 암살자의 미소다. 그는 또 생각한다. 그가 최근에 이 남자를 가까이에서 지켜보며 갖게 된 정보와 편견들로부터 자유로운 다른 사람들도 그와 같은 생각을 할까? 로이의 연기는, 노인의 것임에도 불구하고 꽤 인상적이다.

스티븐은 베티를 관찰한다. 그녀는 이렇게 좁디좁은 공간에서 가능한 최대로 바삐 움직이고 있다. 약간 숨도 찬 것 같은데 긴장해서 그러시겠지. 그가 그렇게 생각하는 동안 베티는 부지런히 접시를 나눠 주고 와인을 따르고 빵을 돌리며 손님들을 대접한다. 촛불을 밝힌 상태다. 그리고 평소와 다른 베티의 부산함과 불안함이 그녀에게 일종의 은은한 후광이 되어 준다. 그녀의 입에는 미소가 고정되어 있다. 부드러운 빛은 그녀의 갈색 눈동자에 깊이를 더한다. 미용실에 다녀온 그녀의 머리 스타일은 윤이 나며 반듯하고 우아하다. 그녀는 무대에 서 있다. 스티븐이 보기에 베티의 퍼포먼스에서는 빛이 난다. 테이블 끝자리에서 로이는 미소로 사람들을 즐겁게 해주고 있다. 베티를 도와주거나 별로 대화에 기여하지는 않지만, 그가 이 행사의 지휘자다. 결국에는 모든 것이 로이로 귀결된다. 또 그러는 것이 자연스럽기도 하고. 왜냐하면 여름부터 미뤄진 이 자리는 로이를 소개하고 그를 진정 이 기이한 가족의 구성원으로 받아들이기 위한 것이기 때문이다. 그들은 순리대로 로이에게 지대한 관심을 보여 준다. 그리고 로이는 그들의 질문 공세에 전에 없이 친밀하고 의욕적으로 응답해 준다. 그렇다고 그가 그들에 대해 동일한 호기심을 보이는 것은 아니다.

「크리스마스요.」 마이클이 뜬금없이 입을 연다. 그들은 모두 그의 말에 관심을 기울인다. 그들 사이에서는 그 말이 로이를 향한 것이라는 암묵적 합의가 되어 있다.

「오, 그래.」 로이가 응답한다. 그의 올라간 목소리 톤에 의구심과 호기심이 배어 있다.

「이제 한 달밖에 안 남았잖아요. 로이 씨는 크리스마스를 기대하는 스타일이신가요?」

「글쎄. 마이클 씨, 이렇게 설명해야겠군.」로이가 대답한다. 「한때는 나도 남들만큼 크리스마스를 간절히 기다렸다네. 생활이 궁핍한 시절이었다는 걸 참고하게. 아이의 크리스마스 양말에 넣을 오렌지 하나를 어떻게든 구해 오면 마법사나 다름없던 시절이었지. 나는 말이야, 아들을 위해 희한한 나뭇조각들로 장난감을 만들곤 했어. 손재주가 있었거든. 아무렴. 하지만 요샌 난무하는 상업주의 등 여러 이유와…… 나이가 들면서…….」그는 잠시 회상하며 뜸을 들인다. 「지난 크리스마스는 홀로 보냈네. 그날 저녁으로 돼지고기 소시지 두 개와 통조림 콩 한 캔을 먹었어. 여왕님의 연설을 지켜보며 눈물을 한두 방울 흘렸다는 사실도 기꺼이 밝히지.」

스티븐과 에마는 눈빛을 교환한다. 그리고 로이는 에마의 표정에서 나타나려다 금방 진압된 비웃음을 읽는다.

「그게, 올해는 그렇게 보내지 않으셔도 돼요.」마이클이 말한다. 「두 분께서 저희와 함께 크리스마스를 보낼 생각이 없으신지 궁금했거든요. 크리스마스이브 날 제가 기꺼이 이곳으로 와서 두 분을 모시고 갈게요. 그러면 기차 탈 걱정은 안 하셔도 될 거예요.」

「그게 말이지.」베티가 미소를 지으며 운을 떼는데 로이가 그녀의 맞은편에서 끼어든다.

그가 말한다. 「정말 상냥하군. 너무 상냥해. 우리가 그런 신세를 질 수는 없지.」

「아니에요.」마이클이 매우 빠르게 응답한다. 「꼭 함께하세요. 베티는 평소 같으면 어차피 저희 집으로 오셨을 거예요. 그리고 이번에 두 분을 모두 모시면 좋을 것 같아요.」

「아, 아니네.」로이가 마이클을 직시하며 거절한다. 「자네가 내 말을 잘못 이해했군. 베티와 나는 우리의 첫 크리스마스를 여기서 단둘이 보내기로 마음먹었어. 그렇죠, 자기?」

베티는 마이클을 바라보며 말한다. 「오, 그래. 나도 얘기해 주려고 했는데. 그렇게 해도 네가 괜찮았으면 좋겠다.」

분위기가 잠시 어색하다. 로이 눈에 마이클이 고민하는 것이 보인다. 아마 짜증을 방출하고 싶은 충동과 싸우고 있으리라. 어서, 이놈아. 이제라도 용기를 좀 보여 봐. 질러 버려. 로이는 속으로 응원한다. 하지만 역부족이다.

「오, 할 수 없죠.」마이클이 말한다. 「그냥 해본 소리였어요. 두 분이서 로맨틱한 크리스마스를 보내세요. 훌륭해요. 좋네요.」

스티븐의 얼굴에서 읽히는 저 표정은 안도감일까? 로이는 생각한다. 어쩌면 그럴지도. 하지만 아닐 수도 있다. 정말 찰나의 순간에만 읽혔는데, 요새는 그의 감이 단연코 예전처럼 예민하지 못하다. 눈도 전만큼 잘 보이지 않고.

5

나이가 들수록 계절감을 잘 느끼고 계절 간 이행과 그로 인한 차이에 민감해진다는 것이 진리라고 한다. 어쩌면 그것이 사실일 수도 있겠다. 혹은 어쩌면 전문가들이 말하듯, 날씨가 더 극단적으로 변해, 그 결과 계절들이 더 뚜렷해졌는지도 모르겠다. 베티는 그렇게 생각한다.

〈뭐래니.〉이것은 젊은이의 말이다. 희망이 꺼지고 체념 어린 뉘앙스로 이 세대가 탐구하다 당황하고 환멸을 느끼다 실의에 빠졌다는 점을 명시하는 말이다. 그러므로 베티와는 상관없다. 그녀는 속으로 바꾸어 말해 본다. 〈내가 이해할 수 있는 능력 밖의 이야기네요.〉애교 있는 소녀답게 킥킥거리며 이 말을 더하면 아주 적합하겠네. 그녀는 생각한다. 적절히 아내다운 표정도 짓고 말이지.

그는 물론 해답을 알 것이다. 그 말인즉슨 그가 답을 실제로 알든 모르든 간에 안다고 확신할 것이라는 얘기다. 그래서 그는 자신의 답을 충분히 권위적으로 제시하며 일말의 반박도 허용하지 않을 것이다. 로이라는 이 남자는 꽤나 자기 확신이 강한 사람이니까. 그리고 이것은 베티에게 좋은 일이다.

좌우간 지금 계절은 추위의 정점을 찍어 가차 없이 흉포하다. 9월에 베티는 자신도 모르게 여름이 지나가기를 바라며 상대적으로 시원한 저녁과 성큼성큼 다가오는 밤 시간을 환영했다. 사그라져 가는 여름보다는 제대로 된 가을이 나으니까. 그녀로선 이상한 일이었다. 왜냐하면 그녀는 어린 시절부터 여름의 아이였기 때문이다. 언니들과 정원에서 즐기며 보내던 무더운 날들. 장미가 덮인 높은 벽돌담 너머로 들려오던 도시의 소음과 걱정들. 흰 원피스를 입고 맨다리인 채 별장 옆의 맑은 호수에 발가락을 담그던 감촉. 강아지 엘사와 놀던 한때. 무도회 드레스를 입고 멋진 육군 장교들의 에스코트를 받는 언니들을 회랑 난간에서 구경하던 향기로운 밤들. 너무나 오래전 일들이다. 가을에는 음울함이, 그리고 잿빛 하늘 아래 잿빛 거리를 따라 잎사귀와 먼지들을 날리는 추분의 바람이 찾아왔다.

이제 달이 온전히 찼다. 베티가 부엌 창 너머를 구경하는 동안 납빛 하늘에서 눈이 내린다. 그것들은 그 복잡한 섬세함에 비해 너무도 묵직하다. 실내에는 아늑함이, 수백 년 된 이 따뜻하고 아담한 시골집이 추위와 고통으로부터 자신을 보호해 주는 느낌이 있다. 어쩌면 이것도 나이가 들어 간다는 또 하나의 징조일 수 있겠지. 그녀는 가볍게 생각한다. 겨울이라는 계절을, 또 이때는 실내에 오도카니 머물러야 한다는 강박을 더욱 편안히 받아들이는 것. 푹신하게 부풀린 이불이나 튼튼한 석조 건물, 그리고 활활 타는 난롯불과 같은 보호구들에 의지하는 것이. 어쩌면 다 나이가 들어서일지도 모른다.

그럼에도 베티는 이 생각이 비합리적이라는 것을 안다. 여름에는 최소한 라일락 나무 밑의 좁은 잔디밭에서 차 한잔 즐기고 책을 읽으며 노망난 시간을 소모할 수도 있다. 잠시 늙어 가지 않는 척이라도 할 수 있다. 관절염을, 멀리 나가기를 기피할 수밖에 없음을, 집에 갇혀 있어 겪는 고립을, 자신의 무력함과 무용성을 더욱 뼈저리게 느끼는 계절이 겨울이다. 그리고 그녀는 안다. 아늑하고 폭 싸여 있는 것 같은 따뜻함에도 불구하고 그녀는 조금도 안전하지 않다는 것을. 늑대는 도사리고 있다. 하지만 놈의 곡조는 바다의 세이렌처럼 유혹적이다. 그녀는 정신 똑바로 차리고 빈틈을 허용해선 안 된다.

크리스마스가 지나갔다. 한껏 습한 하늘 아래에서 우울하게도 아무 일 없던 날이다. 그래도 어느 모로 보나 그들이 둘이서만 지낸 것이 더 나았으리라. 그가 그녀에게 준 선물은 슈퍼마켓에서 산 초콜릿 한 상자였다. 인정하건대 고급 초콜릿이긴 했다. 반면 그는 그녀가 사준 양가죽 코트를 받으며 고맙다고 중얼거렸으나 전혀 미안함을 느끼지 않는 것 같았다. 크리스마스 저녁 식사를 말없이 한 뒤 함께 텔레비전을 보는 동안 그는 술을 마시고 코를 골았다. 비 맞으며 하는 산책은 없었다. 낄낄거리지도 않았다. 실없는 게임도 없었다. 난롯불 옆에 모여 앉은 친구들도 없었다. 가족도 없었다. 이것들이 그녀가 감수하기로 한 희생이었다.

밤에 그가 잠들었을 때 베티는 스티븐과 전화로 얘기했다. 스티븐은 하염없이 걱정했고 충격을 받아 말을 못 하는 모양이었다. 그와의 관계를 그만두세요. 전화 너머의 대화 속에서 스티븐이 묵언으로 전하는 그 말이 들렸다. 그만두시라고요. 하지만 그녀는 안다. 그녀는 그만두지 않을 것이다. 아니, 그만두지 못한다.

베티는 식탁 앞에 앉아 노트북을 펼쳐 놓는다. 그는 텔레비전 음량을 거의 최고치로 올려놓고 뭔가 시청하고 있다. 이웃들이 여러 번 소음에 대해 항의했지만, 그는 귀가 어두우며 고집도 세다.

「당신의 전자레인지용 반조리 식품들을 좀 더 살까요?」 베티가 소음 너머로 외치지만 그는 듣지 못한다. 그녀는 거실로 들어가서, 했던 질문을 반복한다. 그는 귀찮은 내색을 숨기려고 노력하며 텔레비전 음량을 줄인다.

「됐어요.」 그가 대답한다. 「고마워요.」

「정말 괜찮겠어요?」 베티는 집요하게 묻는다. 「며칠 간은 마트에 거의 못 가지 않을까 싶은데요.」

「오, 그럼 알겠어요. 몇 개만 사줘요.」

「온라인 슈퍼마켓이 없었으면 어떻게 살았을까 싶네요.」

「그렇죠.」 그는 대답하면서 이미 고개를 화면 쪽으로 돌리고 있다.

「사실 인터넷 자체가 없었으면 어떻게 살았을까 싶어요.」

「맞아요.」

「당신은 인터넷을 써보고 싶은 적이 한 번도 없었나요?」

「오, 없었어요.」 그가 껄껄 웃으며 잠시 자신의 성질머리를 누른다. 「그것들은 믿을 수가 없어요. 어디서부터 시작해야 할지도 모르겠고. 당신이 나보다 더 용감해요. 이건 꼭 인정해야겠군요.」

「글쎄요, 인터넷은 그렇게 어렵지 않은데요. 내가 가르쳐 줄 수도 있고요.」

「아니요, 괜찮아요.」 그가 확고하게 대답한다. 「나는 내 방식을 고수해요. 내 방식만으로도 언제나 만족했거든요.」

잠시의 침묵은 텔레비전의 변화무쌍한 총천연색 화면들로 메워진다.

「나를 어떻게 찾았어요?」 베티가 순수한 호기심으로 묻는다.

「네?」 그가 되묻는다. 다시 스멀스멀 짜증이 나기 시작한다.

「인터넷 말이에요. 우리는 인터넷으로 만났잖아요.」

그는 잠시 베티를 노려본다. 마치 그녀가 그에게 간통죄라도 뒤집어씌운 것 같은 모양새다. 그러더니 그는 눈에 띄게 밝아진 어조로 입을 연다. 「이웃 중 하나가 도와줬어요. 좋은 놈이죠. 그런 유의 일들에 아주 밝은 사람이었죠. 나는 신문의 광고란에 의존하고 있었어요. 그렇게 하는 것이 아니라고 그 이웃이 말했죠. 나를 앉혀 놓고 인터넷으로 데이트 상대를 구하는 법을 차근차근 알려 줬어요. 내가 그 사람 집에 앉아 있으면 그 사람이 모든 클릭을 해줬죠. 마법 같았어요. 하지만 내 스타일은 아니더군요. 늙은 개에게 새로운 재주를 가르칠 수는 없더라고요.」

로이는 미소를 짓고 나서 다시 텔레비전으로 고개를 돌리기 시작한다.

오, 아무렴. 이왕 시작했으니 계속 파볼까? 베티는 생각한다.

「로이.」 베티가 실험적으로 입을 연다. 자신이 어쩌다 이런 말까지 하게 됐는지 잘 모르겠다. 어쩌면 로이가 자신의 예전 방식에 대해 언급해서 그런지도 모른다.

「네.」 그가 대답한다. 아직, 정말 간신히 그녀와의 대화에 집중하고 있다.

「당신은 과거에 대해 절대 얘기하지 않는군요.」 그녀가 부드럽게 말한다.

「오, 나는 이미 벌어진 일은 벌어진 거라고 믿거든요. 과거를 회상해 봤자 득 될 것이 없잖아요.」 그가 단호한 태도로 말한다.

「하지만 당신이 내게 얘기해 줄 수 있는 이야기가 정말 많을 것 같은데요. 추억들도 그렇고요. 저는 듣고 싶어요. 당신의 과거도 꽤 흥미로울 거라고 짐작되거든요.」

「오, 우리 나이쯤 되면 당연히 어떤 식으로든 과거 하나쯤은 갖게 되죠.」 그가 말하며 쾌활한 태도를 유지한다. 그러더니 서서히 미소를 지운다. 「하지만 내 얘기 중 당신의 관심을 끌 만한 것은 없어요. 내 삶은 꽤 지루했거든요.」

「그 말은 믿기 힘든데요. 내 목소리로 내 이야기나 계속해서 시부렁거리는 것이야말로 지루한데요.」

그는 아무 말도 안 한다. 화면의 밝은 빛들로 그의 관심이 이끌려 가고 있다.

「그리고 당신은 기념품도 없더군요.」 베티가 덧붙인다. 「사진도 없고요. 왜 그런 거예요?」

「전에는 갖고 있었어요.」 그가 애석해하며 대답한다. 「낡은 여행 가방에 모아 뒀었죠. 모든 추억을요. 그러다 1990년대 집에 불이 났어요. 그때 다 잃었어요. 모두 사라졌죠.」

그는 슬프게 고개를 든다.

「로이, 내게 그것에 대해 얘기해 줘요.」 베티가 부드럽게 요청한다.

「싫어요.」 그는 거의 퉁명스럽다 싶게 거절한다. 「너무 아픈 기억이거든요. 다 잃었어요. 몽땅 사라졌다고요. 과거를 캐봐야 좋을 것 없어요. 나는 현재를 위해 살아요. 우리를 위해, 그리고 우리의 미래를 위해서요.」

그의 의식은 다시금 베티에게서 멀어진다. 그녀는 그가 보던 메디컬 드라마에 다시 몰입하도록 내버려 두고 부엌으로 돌아와 인터넷으로 장보기 주문을 마친다. 눈이 계속해서 내린다.

3장
1998년 8월
런던의 자랑

1

그들이 이 자리에 모였다. 무장한 이 친우들이. 또 한 번의 눈부신 승리를 기념하기 위해서다. 빈센트만 빼고. 그는 로이가 다른 목적을 위해 남긴 인재였다. 빈센트를 제외하고는 이들 중 그 누구도 이것이 로이가 작별하는 방식임을, 아니 더 정확히 표현하자면 송별회를 열어 주는 중임을 눈치채지 못했다. 또 엄밀히 말해 기념 파티가 이 상황에 그다지 적합하지 않다는 사실도 알아채지 못했다. 〈눈부시다〉라는 말도 〈승리〉라는 말만큼이나 현재와 어울리지 않는 표현이었다. 최소한 그들의 상황에선. 사실 그들은 모르고 있지만 그들은 슬픔에 빠져 있어야 맞다. 하지만 지금으로선 탐욕스러운 머리나 굴리면 되지, 그런 걱정을 하고 있을 필요가 없다. 다 때가 되면 하게 될 것이다.

그들은 창가 테이블에 앉아 템스강이 햇살을 받아 반짝이는 전경을 지켜봤다. 언제나 함께하는 강가의 교통체증도 보였다. 대도시 한복판에 드넓게 자리한 강물의 얼얼한 내음이 디젤 매연 냄새, 그리고 그들이 마시는 맥주의 홉 풍미와 뒤섞였다. 이것이 런던의 자랑이다. 이보다 더 영국적일 수는 없지. 로이는 생각했다. 지금이 절정기다. 이 미소 짓는 무리는 자신들의 전성기를 보내고 있었다. 승리가 주는 고양감이라. 그 승리가 아무리 환상에 불과하더라도 말이지. 이놈들은 알 도리가 없다. 맥주 몇 잔. 모두에게 돌린 담배. 맑은 날, 템스강의 북쪽 강둑 산책로에서 세상이 흘러가는 것을 지켜보며 술에 취하기. 그는 조만간 이런 나날들과 작별할 것이다.

로이는 그들을 애정 어린 눈으로 바라보며 태연한 태도를 연습했다. 이들은 예리했다. 하지만 로이만큼 빈틈없는 놈은 없었다. 그는 들키지 않을 것이다. 그도 현장에 함께 있었고 일의 대부분을 수행했으니까. 빈센트. 그래, 그놈이야말로 진정 자질이 있다. 이번 건에서 중추적인 역할을 꿰차기도 했고. 그래서 로이는 그를 이 항로의 마지막에 가서 자신과 함께할 파트너로 선택했다. 물론 견제와 균형도 적당히 유지하면서 말이다. 어쩌면 둘은 나중에 그들만의 사적인 기념 파티를 즐길지도 모르겠다. 단둘이서. 그럴 일은 거의 없겠지만. 빈센트는 지나치게 진지한 스타일이었는데, 로이는 그런 태도를 졸업한 지 오래였다.

이 잡다한 무리는 지난 몇 년에 거쳐 자연스럽게 결성된 것처럼 보였다. 마치 삼투 현상에 의한 것처럼 말이다. 하지만 사실은 로이가 힘들게 공들여 모아 놓은 것이었다. 데이브는 바에서 다음 차례 술잔들을 구해 오고 있었다. 그러는 동안 뚱뚱한 버니는 테이블에 또 하나의 외설적인 농담을 선보였다. 지켜보는 것을 잘해 관찰자 존스로 불리는 웨일스 출신, 브린은 원래 하던 일을 했다. 즉 관찰을 했다. 물론 그도 이미 한껏 취해 미소나 흘리는 상태였다. 콧수염을 기른 상냥한 마틴도 웃느라 눈물을 흘리고 있었다. 다음 날 그들은 모두 깨어나서 물을 것이다. 우리는 대체 왜 버니의 그 농담이 그렇게 재밌다고 생각했지? 오, 그래도 덕분에 꽤 웃었네.

「데이브, 그 비열한 자식은 어디로 갔대?」 버니가 우렁차게 외치자 마틴이 웃으며 움찔했다.

로이는 그들 중 마틴을 가장 오래 알았다. 로이가 그를 25년 정도 전에 시궁창에서 끌어냈으니까. 마틴은 똑똑하지 못했다. 하지만 자신의 지적 능력의 한계와 자신이 무엇을 잘하는지 잘 알았다. 마틴은 육군 대령의 아들이자 공립학교 교육을 이르게 끝내 버린 결과물이었다. 그런 그는 아무 소재도 없이 대화를 시작해 공감과 이해를 보이며 거의 무한정 그것을 이어 나갈 수 있었다. 그는 사람들이 말하는 소위 친화적인 사람이었다. 그리고 그가 훌륭하게 조절해서 구사하는 말투, 예의를 차리는 매력적인 태도, 그리고 상류 계급식 억양이 한데 어우러져 상대의 신뢰를 한없이 끌어냈다. 그 순간 다루는 주제에 대해 아무리 조금 알더라도 그는 겁이 없었다. 그리고 가장 곤란한 상황들에 배치될 마음의 준비가 된 놈이었다.

「오, 그는 여기 있네.」버니가 말을 잇는 동안 어느 모로 보나 쾌활한 전직 경찰관 데이브가 맥주 파인트 잔들을 잔뜩 담은 쟁반을 들고 왔다. 330밀리미터 크기의 부츠를 신은 그는 미소를 지으며 자리한 손님들 사이를 헤집고 들어오면서 그들 위로 술을 골고루 흘렸다. 로이는 남색 서지[9] 유니폼을 입고 안전모를 쓴 채 홍조를 띤 얼굴로 웃음을 터뜨리는 데이브의 경찰관이었을 적 모습을 쉽게 상상할 수 있었다. 「그리고 그 빌어먹을 망나니, 비니.[10] 그놈은 왜 여기 없는 거야? 그리고 너 방금 뭐라고 했지?」

그들은 로이를 쳐다보았다. 그는 침착하게 소음 너머로 설명했다.

「비니는 세븐오크스에서 뒷정리를 하고 있어.」지난 3개월 동안 세븐오크스에 있는 사무실이 그들의 기지였다. 「그가 유일하게…… 고객들을 대면하지 않은 놈이잖아.」〈고객들〉이라는 말에 모인 구성원들이 낄낄댔다. 「그 무리가 거기에 나타날 확률은 희박하지만 그래도 조심하는 것이 마땅하잖아.」모두가 고개를 끄덕였다.

실제로는 빈센트의 조카 배리가 세븐오크스로 내려가는

9 짜임이 튼튼하고 내구성이 좋은 모직물의 일종.
10 빈센트를 짧고 친근하게 부르는 애칭.

대가로 은밀히 2백 파운드를 받았다. 그는 작업복 차림으로 놋쇠 명패를 떼고 안쪽의 모든 표면을 씻어 내며 그들의 흔적들을 전부 제거할 것이다. 하지만 그것은 아직 짜릿한 본론으로 도입하지 못한 또 다른 이야기의 일부다.

그들은 부재한 친구들을 위해 술을 마셨다. 부재한 친구들이라고 해봤자 비니뿐이지만. 그리고 자신들이 살까 고민 중이라는 최신 레인지로버 차량 모델에 대해 토론했다. 그들의 사적인 삶에 대해, 즉 아내나 정부, 자녀들, 또는 가정에 대한 이야기는 건드리지 않았다. 누가 그들의 관계에 대해 물어본다면 그냥 같이 술 한잔하며 가끔 함께 웃는 친구 사이라고 했다. 로이는 그들이 각자 M25 순환 도로 부근이긴 하지만 장대한 도시 런던의 외곽에 살고 있을 것이라고 추정했다. 시골 마을과 소도시, 산업 불모지, 무리 지어 있는 철골 구조의 대형 마트들과 카펫 창고들로 어지러운 그 황무지에 말이다. 그들은 순환 고속 도로 부근에 한 조각의 럭셔리한 삶을 일구었으리라. 푸르고 비옥한 땅 몇천 평을 적당한 저택으로 화룡점정하고 울타리와 감시 카메라, 그리고 상시 대기 중인 보안 경비로 보호받고 있으리라.

로이의 경우에는 상황이 사뭇 달랐다. 그는 베커넘에 있는 수수한 아파트에서 홀로 살았다. 그의 소득은 다음의 계획을 위해 잘 쌓여 있었다. 확실한 다음의 도약을 위해.

로이는 자신의 왼쪽 가슴 부근, 유두 바로 위에서 기분 좋

은 진동을 느꼈다. 그가 조용히 속으로 기다려 온 일이 바로
이것이었다. 너무 시끄러워 다른 이들은 그의 셔츠 주머니 속
에서 진동하는 휴대 전화의 존재를 알아채지 못했을 것이다.
휴대 전화의 진동은 내버려 두자 금방 멎었다. 그는 침착하게
맥주를 한 모금 마신 뒤 말했다.「친구들, 화장실 좀 다녀올게.
물 좀 빼고 와야겠어. 좀 걸릴지도 몰라. 자네들도 나와 내 오
줌보가 서로 어떻게 지내는지 알잖아.」

　로이는 일어나서 취한 것처럼 어기적거리며 화장실로 향
했다. 일단 안으로 들어서자 재킷 주머니에서 작은 구강 청결
제 한 병을 꺼내 입안을 후루룩 헹군 뒤, 얼굴에 오드콜로뉴를
조금 끼얹고 넥타이를 바로 매고는 기품 있는 흰 머리를 빗어
넘겼다. 거울 속을 바라보니 대담하고 강한 남자의 모습이었
다. 흥분으로 전율이 일었다. 결국 이러려고 이 일을 하는 거
지. 그는 생각했다. 그리고 스스로에게 미소를 보낸 뒤 출입구
근처에 있는 다른 문을 통해 화장실을 벗어났다. 밖에서는 그
의 눈이 햇볕에 적응할 시간을 아주 잠시 허락했다. 그러고는
곧장 힘찬 걸음걸이로 길을 건너 목적지인 건너편 은행으로
향했다. 그는 자신의 활동 무대를 신중하게 골라 놨다.

　은행 안에서 빈센트가 미소를 지으며 로이를 맞이했다. 로
이는 지점장과 악수를 한 뒤 개인 사무실로 안내받았다. 그러
고는 자신의 시계를 확인하며 미안한 말투로 다음 회의에 참
석하러 가야 해서 몇 분밖에 못 드린다고 설명했다. 아무튼

정치인들, 장관들이란! 유감스러워하는 자기 비하적 미소를 짓고 한쪽 눈썹을 들어 올리며 그가 말했다. 괜찮습니다. 사장님, 신경 쓰지 마십시오. 지점장이 비위를 맞췄다. 모든 것이 사장님께서 사인만 하시면 되도록 준비되어 있습니다.

지점장이 커피를 제공하겠다고 했으나 로이는 상냥하게 거절했다. 그의 앞에는 서류들이 놓여 있었다. 그는 그것들을 신중히 읽으며 제시된 숫자를 이중으로 확인했다. 물론 이번 이체가 진행되면 단 몇백 파운드만이 계좌에 남으리라는 사실을 잘 알고 있었다. 법인의 비서인 빈센트를 제외한 임원진 중 두 명의 사인이 있어야 지불권을 행사할 수 있었다. 특이점이자 애로 사항이었지만 그들이 다 함께 법인을 설립하고 나서 서로 물어뜯지 않기 위해 넣어야 하는 조항이라며 빈센트가 고수한 부분이었다.

빈센트는 조심스럽게 사인했다. 브린 존스. 됐다. 사인을 적절히 위조했으니 은행의 런던 시티 지점이 보유한 복사본과 대조 검열을 통과하면 당일 아침 전송될 것이다.

로이도 사인을 하자 임무가 완수되었다. 그는 지점장과 근엄하게 악수를 나눈 뒤 앞둔 중요한 회의에 정신이 팔린 티를 팍팍 내며 웨스트민스터 지점을 편안히 이용할 수 있게 해줘서 감사하다는 인사를 충분히 남겼다. 그것은 다시 말씀드리지만, 별일 아닙니다. 로이는 존스 씨에게도 작별 인사를 했다. 정중하면서도 친근한 말투로, 어떻게 봐도 잘 모르는 임원진에게 하는 인사였다. 그러고는 자신 있게 문으로 향한 뒤 길을 건너고 다시 화장실로 들어가 자신의 매무새를 적절히 헝클어뜨렸다.

「로이, 이런 젠장, 대체 어디 있다 온 거야?」 그가 테이블로 돌아가자 버니가 물었다.

「우라질, 전립선 때문에.」 그가 답했다. 「이 좆같은 게 사람 죽이겠어.」

「오래도 걸렸네.」

「나도 안다고. 내가 가장 미워하는 적에게도 이런 일이 생기기를 바라지는 않겠어.」

「이상한데.」 브린이 특유의 의심스럽다는 억양으로 말했다. 「나도 방금 소변 보러 화장실에 갔다 왔거든. 너 거기 없던데.」

「모든 칸을 확인했나 보지?」

「너 그냥 소변만 보는 것 아니었어?」

「소변만 보는 거였지. 변기 앞에 서서 그게 나오기를 천년 만년 기다리기란. 브린, 네가 그 빌어먹을 짓을 해보든지. 사람들이 이상하게 쳐다봐. 게다가 이왕 그렇게 오래 기다려야 할 거라면 발이라도 쉬게 해주는 것이 좋잖아. 그런 편안함이라도 누려야지.」

데이브는 그의 휴대 전화 버튼을 누르고 있었다. 「방금 비니로부터 전화 받았어.」 그가 말했다. 「세븐오크스에서의 일을 마쳤대. 다 잘 끝났으니 자기 대신 체이서[11]나 한 잔씩 더 들이켜 달라는데.」

애드리브도 잘하는 놈. 훌륭하군.

2

프로젝트를 여기까지 다져 오느라 수개월이 걸렸다. 술집에서 로이는 그 즐거운 생각을 조용히 음미했다. 그의 미소가 조금만 더 짙었어도 지나쳐 보였을 것이다. 다른 놈 중 한 명이 그에게 뭐가 그렇게 뿌듯하냐고 물어왔다면, 그는 합당한 범주 안에서 사실대로 대답했을 것이다. 일이 잘 끝났으니까. 그렇게 대답했을 것이다.

하지만 그런 것을 묻는 놈이 없었기에 한참 후 그는 자리에서 일어나 떠날 준비를 했다. 매번 남자들끼리 모이면 치르는 의례대로 자신들을 버리고 가려면 한 잔 더 해야 한다는 떠들썩하고 외설적인 목소리들이 잇따랐다. 하지만 로이는 겸손한 미소를 보이며 모든 감언을 거절했다. 「우리 로이는 속을 알 수 없는 놈이야.」 그가 일단 자리를 뜨면 버니가 그렇게 말할 것이다. 「그래도 실력은 최고지.」 데이브가 사려 깊게 덧붙일 것이다. 「실력은 최고지.」 마틴도 그 말을 하며 잔을 들 것이다. 그럼 브린은 관찰할 것이다.

11 약한 술 뒤에 마시는 독한 술.

각자 이 시나리오에서 맡은 역할을 수행했다. 마틴은 달콤하고 지극히 자연스럽게 개입해 갈 길을 닦아 놨다. 거기에 버니는 위압적인 덩치와 험상궂은 인상으로 다툼이 발생하는 순간을 위해 상시 대기하며 마틴과 음양의 조화를 맞췄다. 자리에 없는 빈센트는 안경을 쓰고 눈을 끔뻑이며 토씨 하나까지 신경 쓰는 회계사였다. 데이브와 브린도 일에 걸맞게 경비를 맡으며 배역을 소화했다. 로이는 자연히 대장 역으로, 사람들 앞에서 친근하게 미소를 보이고 눈을 반짝이기만 하면 됐다. 이야기는 버니와 마틴이 풀어 나갔으니까. 물론 매일 밤마다 로이는 그날의 일과를 정리하는 회의 시간에 그들에게 이튿날을 위한 각본을 나눠 줘 다음 날 계좌 이체 건들이 적절히, 자연스럽게 이루어질 수 있도록 만들었다.

같은 일과 정리 시간마다 빈센트는 투자된 금융 상품의 소유권 계약에 대해 법적인 조언들을 했다. 그 소유권 계약에 관해서 생각할 시간이 한참 남은 것 같았으나 일이 갑자기 코앞에 닥쳤던 것이다. 이번 일을 성공시켜 큰돈을 벌려면 법을 엄격하게 준수할 수는 없다고 하며, 빈센트는 적발 가능성 있는 점들, 처벌 수위, 그리고 합리적으로 조심해야 할 부분들에 대한 의견을 냈다. 또 소송이 벌어질 경우 그들이 투자 상품에 걸어 놓은 돈이 있어야 최소한 선의에 의한 행동이었다고 방어할 여지가 생긴다고 반복적으로 강조했다. 그러므로 법인 계좌에 부은 돈은 일종의 보험 장치인 셈이었다. 사실 계좌 이체는 대부분 어떤 면으로 불법이었다. 그래도 로이는 그의 동료들에게 상대편이 관계 당국과 접촉할 가능성은 매우 미흡하다고 계속 주지시켰다. 그러는 동안 대개 진행 과정을 지켜보는 역할을 하는 브린과 데이브는 상대편의 처신 및 태도에 대해 보고하며 친근하고 털털한 표면적 태도 뒤에 혹시 조금이라도 거리낌이나 의심을 보이는지 살폈다. 오직 빈센트와 당연하게도 로이만이 이것들이 쓸모없는 행동이면서 동시에 추가적으로 벌이는 둘만의 교묘한 속임수를 완수하기 위한 필수 과정이라는 것을 알고 있었다. 로이가 진짜로 러시아의 신흥 재벌이나 전 KGB 감투 무리와 엮일 만큼 멍청했을까? 신이시여, 절대 아니며, 그런 적은 결코 없었다.

〈러시아인〉이라고 불리는 무리는 동유럽의 사회 부적응자들이었다. 로이가 발칸반도에서 한동안 살 당시 알던 놈들이었다. 로이는 돈을 두둑이 챙겨 주고 그들을 고용했다. 그리고 그들에게 사보이 호텔에서 2주간 숙박하며 그가 쥐여 준 소량의 용돈을 쓰라고 시켰다. 더불어 매일 몇 시간씩 대사를 읽는 일에 시간을 할애해야 했다. 그 대사 또한 로이가 신중하게 지어낸 것이었다. 물론 일은 이보다 훨씬 복잡하고 부담을 요했지만 대략의 뼈대는 이랬다. 이 동유럽 놈들도 영리하고 교활했다. 절대 온전히 믿으면 안 되는 놈들이었지만, 로이와 공동의 이해가 있음을 인지했다. 그리고 가장 중요하게, 로이가 최소한 그들만큼은 약삭빠르다는 것을 알고 있었다.

그들은 로이를 거스르지 않았으며 거스를 이유도 없었다. 그는 그들의 약점을, 그러니까 정말 말 그대로 그들이 숨겨 놓은 비밀과 시체들이 어디에 묻혀 있는지 알고 있었다. 로이는 이번 일의 본진 멤버 중 아무도 러시아어를 못 하고, 이 동유럽 놈들이 가끔 자기들끼리 웅얼거리는 말이 러시아어가 아니라는 사실을 알아챌 만큼 그 언어에 유창하지 않다는 점에 감사했다. 전형적인 영국인들이 잘 알지도 못하면서 무조건 외국인들을 향해 적개심을 보이는 태도에도 감사했다. 타고난 적대감은 의심을 살 법한 부분들을 깔끔하게 감춰 줬다. 이놈들은 내가 처리할 수 있어. 내겐 경험도 있거든. 로이는 다른 멤버들에게 그렇게 말해 뒀다.

또 로이는 브린이 경비 책무를 조금 과할 정도로 성실하게 이행할 경우를 대비해 보험으로 대책도 세워 뒀다. 브린에게 딱 둘이서만 알고 있자는 소곤거리는 말투로, 러시아인들이 그들의 진짜 정체를 〈들킨〉 상태여서 런던에 체류하기 위해 의심스러운 여권과 잡다한 발칸반도 시민권 등을 마련해 두었다고 얘기해 놓은 것이다.

물론 당연히 로이는 〈러시아인〉들이 진짜 돈 근처에는 절대 얼씬도 못 하도록 만들어야 했다. 진짜 돈이란 브린, 마틴, 그리고 버니가 법인 계좌에 송금한 것으로 2백만 파운드에 육박했다. 그것은 로이와 빈센트의 — 관념적이라고 표현할 법한 — 허구의 법인 기여금과 비슷한 금액이었다. 이 진짜 돈을 로이와 빈센트는 그날 오후 편안하게 다른 통장으로 이체하면 되었다.

여기까지는 전부 루틴대로였다. 제일 신경 쓰인 부분은 빈센트를 더 개인적인 프로젝트에 합류시키는 과정이었다. 그는 처음부터 이 일에 회계사가 필요할 것이라는 사실을 알고 있었다. 하지만 빈센트가 진상을 온전히 깨닫는 절차는 필히 조심스럽게 진행해야 했다.

로이는 단계적으로 조금씩 부차적인 정보를 노출해 빈센트가 거의 모든 정보를 인지할 수밖에 없게 만들었다. 그에게 러시아인들에 대해 의구심이 들며, 우리들을 터는 것이 저들의 목적일지도 몰라 불안하다고 털어놨다. 또 몰래 취조한 결과 이렇게 자신이 동요하는 것에 충분한 근거가 있다고. 그리고 이제 이 점을 잘만 활용하면 그들에게 이용가치가 있을 것이라고. 하지만 오직 로이와 빈센트만이 이 일을 성공시킬 만큼 충분히 손놀림이 교묘하고 발놀림이 민첩하다고. 다른 놈들에게는 애석한 일이지만, 종국에는 사랑과 전쟁에서 허용되지 않는 일은 없지 않으냐고.

그리고 마침내 빈센트가 말했다. 「당신은 처음부터 일을 이렇게 끌어갈 계획이었군. 그렇지?」

침묵. 상처받은 표정.

「저놈들은 당신의 수하야. 그렇지 않나?」

침묵. 애절한 눈빛.

「내가 손해 볼 것은 없어. 내가 최대 수혜자가 되기만 한다면 말이지. 그것도 나머지와 상당한 격차로.」

이것은 로이가 바라던 바로 그 이야기였다. 그는 빈센트를 이 지점까지 공들여 끌어왔다. 빈센트가 더 영악한 놈이 되도록, 스스로 상황을 유추할 수 있도록 만들었다. 로이는 의욕적으로 대화에 임했다. 빈센트에게 언제나 그를 참여시킬 생각이 있었지만 명백한 이유들 때문에 그것이 좀…… 예민한 사안이었다고.

그렇다. 빈센트는 그 말을 납득할 수 있었다. 그리고 실제로도 그것은 어느 정도 맞는 말이었다. 지분 문제를 합의하는 과정에서 조금 삐걱거림이 있긴 했다. 하지만 로이는 빈센트가 다른 놈 중 유일하게 정확한 세부 사안들을 알고 있다는 점을 감안해 그 문제에 관대해지기로 했다. 빈센트의 50퍼센트 지분은 로이가 보기에 투자였다.

이제 로이는 나와서 강가 산책로로 향했다. 잠시 건물 내부의 시끌벅적한 소리에 우두커니 멈췄다가 다시 산책로를 따라 걷기 시작했다. 어딘지 모르게 공허해 보이는 미소가 그의 얼굴에 남아 있었다. 그의 발걸음은 탄력을 받았다. 그는 속으로 생각했다. 얼마 전만 해도 발걸음의 탄력이 이보다 덜 앙증맞았는데. 로이는 나이가 들고 있었다. 대개의 기준에 따르면 그는 늙은이로 묘사될 것이었다. 하지만 그는 자신에게 일반적인 잣대를 들이대지 않았다. 그는 아직 대부분의 30대보다 더 활기찼으며 야망도 훨씬 컸다.

하지만 지금은 이 일을 끝내고 인생의 새로운 단계로 진입하기에 좋은 순간이었다. 그렇게 한다면 베커넘 아파트를 처분하고 자신을 위해 신중하게 구매해 둔 고풍스러운 서리 대저택으로 이사할 필요가 있을 것이다. 집세를 내지 않은 채 메리 설레스트[12]처럼 그의 작은 아파트를 훌쩍 떠날 것이다. 로이 매니언은 다시금 휴면에 들 것이며 그는 로이 코트니로 되돌아갈 것이다. 이것은 전부 그냥 일상에 불과했으며 세부 사항들에 조금만 신경을 기울인다면 쉽게 성공할 수 있는 것들이었다. 자신의 자취를, 말하자면 최종적으로 〈지워 버리기〉 위해서는 이 극적인 공연의 마지막 무대에서 벌여야 할 마지막 화룡점정이 남아 있었다. 하지만 그 부분은 초등학생 수준으로 쉬운 일이었다. 그는 은근슬쩍 자신의 걸음걸이를 확인하고는 뒤를 돌아보더니 다리로 오르는 계단에 도달했다.

로이는 웨스트민스터 다리를 느긋하게 건너다가 다리 가운데 멈춰 서서 난간에 기대어 템스강을 내려다봤다. 그 건너로 오늘날 런던 자부심의 척도라는 도클랜즈가 보였다. 블레어 씨가 우리를 잘 챙겨 줄 거야. 그는 생각했다. 블레어 씨 무리가 낭패만 하던 예전과는 다르지. 카나리 워프[13]가 보였다. 런던의 저돌성을 표현한 저 뻣뻣하고 깔끔한 남근의 상징체.

---

12 미국의 대형 상선. 1872년 실종되었다가 비어 있는 상태로 발견되었다.
13 도클랜즈에 위치한 복합 건물군. 런던의 금융 중심지이기도 하다.

그것의 끝은 여름 햇살 아래에서 빨갛게 반짝였다. 로이는 강의 썩어 가는 녹조와 소금 냄새를 들이키고는 여정을 이어 나갔다. 그렇게 조심스럽게 길을 건너고 계단을 내려가 수면과 가까워졌다.

로이는 강가 산책로에서 세인트 토머스 병원으로 들어가더니 통로를 통과하며 속도를 올렸다. 왼쪽으로, 오른쪽으로, 다시 오른쪽으로, 문들을 통과하고, 계단들을 오르고 내리고. 그가 고안하고 부지런히 익힌 노선대로였다. 브린이 로이가 충분히 믿지 못할 대상이라고 결론 내릴 수도 있었다. 로이가 보기에 이런 생각을 할 가능성이 가장 농후한 놈은 브린이니까. 그래서 브린이 그의 뒤를 추적하는 만용을 부리거나 그에게 추격자를 붙인다면 이 대처가 적절히 먹힐 것이다. 브린이 그럴 확률은 그다지 높지 않았다. 하지만 로이는 아무리 조심해도 나쁠 것 없다는 사실을 너무도 잘 알고 있었다. 게다가 이 대처는 소소한 종막을 위해 그와 빈센트가 꾸민 회심의 일격과도 깔끔하게 맞아떨어졌다.

3

로이는 얼른 택시에 올라 파크 레인을 따라 자리한 고급 호텔 중 한 군데로 이동했다. 그곳에 방 하나를 잡아 놓은 상태였다. 방에 들어서자 갑자기 피곤이 몰려왔다. 나이가 느껴졌다. 그가 침대의 부풀린 호화로운 쿠션에 쓰러져 잠들 수만 있다면 너무 좋았을 것이다. 하지만 원래 악한 자들에게는 휴식도 허용되지 않으니, 그는 다시 한번 이동하기 시작했다. 그렇게 해서 바로 옆 호텔로 자리를 옮겼다. 그곳에도 곧 버려질 법인의 이름으로 비즈니스 룸 하나를 빌려 놓은 상태였다.

로이는 침착하게 빈센트를 기다렸다. 빈센트는 언제나처럼 의지할 수 있는 놈이었다. 바위처럼 견고한 믿음을 줄 수 있었다. 딱 로이에게 필요한 덕목이었다. 그는 텀블러에 손가락 세 개 정도 높이까지 오도록 스카치위스키를 따랐다. 그는 이 정도 누릴 자격이 있었다. 거기에 얼음도 추가했다. 피로가 심했지만 좋은 종류의 피로였다. 그는 한숨을 내쉰 뒤 자신의 발을 잠시 바라보다 일어나서 팔과 어깨를 스트레칭하며 정신을 차렸다.

거의 다 왔다. 여생의 첫 번째 날을 맞이할 순간이. 이 말을 자기 자신에게 얼마나 많이 중얼거렸던가? 하지만 이번에는 진짜였다. 로이는 자신의 기력이 쇠하고 있다는 점을 제대로 인정했다. 공개적으로는 아니었지만. 지극히 신체적인 면만 고려했을 때 5년 전에는 하기 쉬웠던 일들을 수행하기가 상당히 어려워졌다. 게다가 신체의 쇠약보다는 덜 직접적이지만 그에게는 그것만큼이나 명백하게 느껴지는 부분으로, 정신의 집중력도 장시간 유지하기 어려워졌다. 다른 이들은 아직 아무도 그의 그런 상태를 알아채지 못했다. 아니, 최소한 그는 그렇다고 믿었다.

이제는 떠나야 하는 시간이었다. 전성기를 찍었을 때 유감 없이 말이다. 세상에 말이지, 그는 70대에 들어섰다. 좋은 한 판이었다. 좋은 것 이상이었다. 그는 이제 상대적으로 더 안락한 삶에 빠져도 된다. 자신의 몸과 정신이 풀어지고 피할 수 없는 그 운명의 날까지 시간이 천천히 흐르도록 내버려 둬도 된다. 결국, 이것이 인생이었다. 그러니 냉정하게 바라봐야 했다. 자신의 부족한 점들을 돌아보기보다는 마구잡이로 불가피한 상황에 불만만 토로하는 부류가 있다. 로이는 언제나 그런 행태를 참아 주기 힘들었다. 그래서 자신은 절대 그러지 않았다. 죽음과 마주한 순간 그는 히스테리를 부릴 생각이 조금도 없었다.

이제 로이는 최소한 이 사기극을 통해 어느 정도 안락함을 보장받은 상태로 늙어 갈 수 있을 것이었다. 자신의 휑뎅그렁한 아파트에서 여유 있게 지낼 수 있으리라. 카리브해 크루즈 여행도 1등석 자리로 즐기고 선장과 함께 식사도 할 수 있으리라. 택시를 타고 이리 갔다 페리를 타고 저리 갈 수도 있으리라. 호화로운 의료 케어를 받아 가능한 한 최대로 노화를 늦출 수도 있으리라. 너무 최고급이라 아는 놈들만 안다는 젊은 매춘 요정들의 서비스도 사서 집에서 누릴 수 있으리라. 매춘 요정이라는 단어야말로 구미에 딱 맞는군. 그들은 그의 남아 있는 정력을 거둬들이면서 그의 무너져 가는 남근에 대한 혐오를 숨기도록 돈을 두둑이 받을 것이다. 종국에는 그가 누워 있는 동안 고용한 도우미들이 그의 엉덩이를 닦아 주고 그의 떨리는 얼굴에 음식을 들이밀어 주며 흘러내리는 잔여물들을 톡톡 닦아 주는 호사나 누릴 수 있겠지. 참말로 암울한 생각이구먼.

로이의 생각은 빈센트가 도착하면서 끊겼다. 머뭇거리며 문을 두드리는 특유의 방식으로 그가 빈센트라는 것을 알 수 있었다. 로이는 빈센트가 젊었을 때를 기억하고 있었다. 그놈의 부끄러움, 그놈의 소심함은 변하지 않았다. 하지만 뭔가 다른 것도 있었다. 로이의 눈에만 보이는 것 같은 반짝임이었다. 그것이 회계사의 허술한 외관 아래 숨겨져 있었지. 로이는 문의 잠금장치를 풀고 그가 들어올 수 있게 해줬다.

「조심하며 왔지?」로이가 물었다.

「물론이지.」

「술 한잔 줄까?」

「어, 아니. 거절할게. 고마워. 나는 운전해야 하니까.」

빈센트는 자신에 대해서든 그들의 범죄 행각의 성공에 대해서든 별로 만족스러워하는 낯빛이 아니었다. 오히려 혼란스러운 불안 상태인 것처럼 신경이 살짝 곤두선 모습이었다. 하지만 로이는 별로 신경 쓰지 않았다. 이것이 빈센트의 평소 표정 같았기 때문이다. 또 한편으로는 이것 때문에 빈센트가 이 업계에서 성공할 수 있었으리라. 이 조심스럽고 지극히 평범한 회계사가 필요할 경우에는 사람들을 속일 수 있는 놈이라는 사실을 믿을 사람도 몇 안 될 것이었다. 빈센트는 로이가 바라보는 웅대한 총천연색 전망에 단조로운 안정감을 부여했다.

「오, 어쨌든,」빈센트가 말했다.「일이 다 끝났네.」

오, 어쨌든, 그렇고말고. 로이는 생각했다.

「문제는 없었나?」

「내가 아는 한 없었어. 배리가 전화로 보고하기를 세븐오크스에서의 일을 끝내고 돌아오는 기차를 탔대.」

「아까 센스 있던데. 네가 술집에 있는 데이브에게 전화한 것 말이야.」

「그러면 일에 색을 좀 입혀 볼 수 있지 않을까 싶었거든.」빈센트가 미소 없이 말했다.「당신한테 배웠잖아. 어쩌면 당신이라는 별과 어울리다 보니 당신의 별가루가 내게도 좀 떨어졌는지 모르지.」

로이가 웃음을 터뜨렸다.「모든 재정적 문제는 정리됐나?」

「모든 이체는 완료됐어.」빈센트가 응답했다.「돈은 계좌에 있어. 오늘 오후 내가 마지막으로 확인했어. 분위기가 안정되기를 기다렸다 다른 데로 옮기면 될 것 같아.」

「좋아.」

「그리고 나면?」

「플랜 A를 실행해야지. 계획을 변경할 이유가 생기지 않는 한.」

「내가 보기엔 변경할 일은 없을 것 같아. 최대한 빨리 이 일을 마무리 짓는 것이 좋겠어.」

「맞아.」

「그러고 나면?」

「그러고 나면 나는 은퇴식으로 부츠를 벗어 던지고 석양의 지평선으로 말을 타고 달려 나갈 일만 남겠지. 내가 관용어들을 짬뽕시켰군. 너는 계속해서 반짝이는 커리어를 이어 나갈 거고.」

「아무리 상상해도 납득이 안 돼. 당신이 정말 이렇게 좋아하는 일을 그만두는 것은 아니지?」

「오, 정말 그만두는 거야. 내 말을 믿어. 나는 아직 여유가 될 때 최대한 인생을 즐길 생각이야.」로이가 미소를 지었다.

「글쎄,」빈센트가 말했다.「그 광경을 내 두 눈으로 직접 보면 믿겠어. 그런데 그러고 보니 내가 볼 일도 없겠네. 그렇지? 그냥 당신 홀로 일을 확장시켜 나가려고 그러는 것일지도 모르겠군.」

「아니야.」로이가 감정을 담아 말했다.「내가 미래에 무슨 일을 잡는다면 무조건 너와 함께하겠지. 네 도움이 필요할 테니까. 그런 것이 아니야. 은퇴하려고. 정말이야.」

로이의 말투에서 더 이상의 설명은 하지 않겠다는 의지가 느껴졌다. 그래서 빈센트는 더 이상 이 화제를 이어 갈 수 없었다.

「그럼 뭐…… 다음에 만날 때까지 작별이군.」 빈센트가 인사했다.

둘에게는 아직 함께 해나갈 일이 조금 남아 있었다. 하지만 둘 다 만날 횟수가 몇 번 안 되리라는 것을 알고 있었다.

빈센트는 떠났다. 로이는 자리를 뜨기 전에 남는 시간을 때우는 김에 주변을 정리했다. 습관과 신중함. 요새 유행으로 떠오르는 말이지. 그 말에 따라 로이는 지문이 묻은 면들을 닦아 내는 조심성을 보였다. 그러고는 안내 데스크에 열쇠를 넘기고 급히 자신의 호텔 방으로 돌아갔다.

4

플랜 A가 실행에 옮겨졌다. 빈센트는 다른 멤버들에게 한 명씩 모두 연락을 돌렸다. 무슨 일이 벌어져, 다들 모여야 한다는 메시지를 침착하게 전했다. 멤버들은 각각 차례대로 불안해하는 반응을 보였다.

「아니, 걱정할 일은 없어.」 빈센트가 말했다. 「생각하는 그 일은 아니야. 그래도 전화상으로 말하기는 좀 꺼려져서.」

그들에게는 응급 회의가 필요할 때 실행하기로 한 규정이 있었다. 특정 골프 클럽에서 만나 모닝커피를 마시기로 정했던 것이다. 물론 그 골프 클럽은 중립적인 곳이며, 특색이 없음은 말할 것도 없고, M25 도로를 바로 벗어나면 나오는 장소였다. 버니와 마틴은 골프채를 들고 왔으며 다른 멤버들이 도착할 때쯤 이미 서늘하고 안개 긴 9월 아침에 불쾌할 정도로 습한 날씨 속에서 골프 라운딩을 한 차례 끝낸 상태였다. 브린은 자가용보다는 차를 빌려 타고 오는 조심성을 보였다. 데이브는 클럽의 공용 회의실 두 배 가격인 개인용 회의실을 예약해 놓았다.

빈센트가 가장 마지막에 도착했다. 그는 회계사 유니폼과도 같은 회색 정장과 검은 넥타이를 매고 나쁜 소식을 암시해 다른 이들에게 불길한 예감이 들도록 침통한 표정으로 회의실에 들어섰다. 커피포트 주변에서 달그락거리는 소리가 멎었다. 티스푼을 든 손들이 허공에서 멈췄다.

「로이는 어디 있어?」 빈센트가 회의를 시작하려고 하자 버니가 끼어들었다.

「그 얘기는 조금 있다 할게.」 빈센트가 침착하게 대답했다. 「먼저 우리 건에 대한 상황 보고를 하려고. 일은 전부 순조롭게 진행되고 있으니 모두 안심하도록 해. 중간에 걸리는 일도 없었으니 계좌에 손을 대고 수익을 배분하기 전에 합의했던 기간 동안 잠자코 기다리는 일만 남았어.」

긴장됐던 회의실의 분위기가 눈에 띄게 한결 수그러들었다. 굳었던 어깨가 풀어지고 서로 황급하게 주고받던 시선도 사라졌다. 버니가 자신의 커피를 한 모금 마셨다.

「그래서?」브린이 물었다.

「그래서……」빈센트가 뜸을 들이고 자기 앞 테이블에 놓인 초록색 메모 패드를 내려다봤다. 「우리 모두 이 자리에 모여 이렇게 회의를 해야 하는 이유가 그럼에도 불구하고 생겼어. 아무래도 너희에게 로이에 대한 좋지 않은 소식을 들려줘야 할 것 같다.」

빈센트는 극적인 효과를 위해 말을 멈췄다.

「이 일의 대부분은 내가 이미 정리해 놨어. 최근 로이의 아내분과 얘기를 나눴거든.」

「로이의 아내분이라고?」데이브가 물었다.

「응, 아내분한테서 전화를 받았어. 로이의 물건들을 정리하다 내 휴대 전화 번호를 발견한 것 같더라고. 그래서 나는 지난 며칠 동안 그분과 몇 차례 얘기를 나눴어. 근래 몇 주 동안 로이의 컨디션이 별로 좋지 않았나 봐. 아내분 말로는 그녀가 로이를 데리고 의사를 찾아가 보려고 노력했지만 로이가 의료업계와 관련된 것이라면 치를 떨었다더라고. 게다가 로이의 말로는 자신이 너무 바쁘다고 했대. 아무래도 우리 사업을 마무리 짓던 시기와 맞물렸던 것 같아.」

그들은 다음에 무슨 얘기가 나올지 알고 있었다.

「로이는 50대에 전립선암 진단을 받았대. 완치 판정을 받긴 했지만 추적 검사가 필요하다는 경고를 받았다더라고. 그래서 전립선 문제가 다시 터졌을 때 아내분이 그렇게 의사를 찾아가 보라고 권했던 거고. 하지만 어쨌든, 어느 날 저녁……
아무래도 그날은 우리가 계약을 마무리한 날이었던 것 같은
데…… 로이가 집으로 돌아오지 않았다더라고.」

「로이가 자기 전립선에 대해 불평을 늘어놓긴 했는데.」데
이브가 말했다.

「그가 그랬어?」 빈센트가 그의 말을 받았다. 「어쨌든 아내
분은 런던에 있는 모든 병원에 전화를 돌렸대. 그래서 로이가
세인트 토머스 병원에 입원한 상태라는 걸 확인했다더라고.
그녀도 그의 임종을 지키지 못했대.」

「로이가 그냥 튄 게 아니라고 장담할 수 있어?」 브린이 물
었다.

「글쎄다.」 빈센트가 무미건조하게 대답했다. 「그랬다고 보
기엔 우선 주검이라는 사소한 문제가 있겠지. 로이의 아내분
이 그를 식별했어. 아무리 로이라도 저승사자의 눈을 피할 수
는 없잖아. 그리고 굳이 그가 튈 이유도 없지 않나? 우리 현 상
황을 봐. 그랬다간 득보다 실이 많을 텐데.」

「그럼 우리는 이제 어떻게 되는 거지?」 마틴이 물었다.

「변하는 것은 없어.」 빈센트가 말했다. 「로이의 배당금을
어떻게 처리할지 정하는 문제 빼고는 말이지. 그의 배우자도
물론 있으니까…….」

그들은 잠시 고민했다.

「온전히 우리가 결정할 문제야.」 빈센트가 덧붙였다. 「돈은

아직 법적으로 법인 소유라서 개개인에게 지불되지 않은 상태야. 계약서 어디에도 사망할 경우 자산을 유족에게 넘겨줄 의무가 있다고 명시되어 있진 않아. 하지만 어느 정도 도의적 책임이 느껴질 수도 있는 부분이…….」

다들 잠시 입을 닫고 숙고할 시간을 가졌다.

「어쩌면 그런 책임은 그냥 넘기는 것이 낫겠어.」마틴이 입을 열었다. 「그 돈 때문에 아내분의 상황이 더욱 복잡해질 수도 있잖아.」

「맞아.」브린이 동의했다. 「대체 어떻게 이 모든 일을 아내분에게 설명해 드려? 자산 양도를 담당할 변호사에게는 말할 것도 없고.」

「일이 너무 복잡해져.」버니도 덧붙였다.

「로이 알잖아. 그라면 아내분이 여유 있게 살 수 있도록 재산을 어느 정도 남겨 뒀을 거야.」데이브가 말했다.

결과는 정해졌다.

「그럼 그러자.」빈센트가 말했다. 「우리는 그냥 예정된 시간 동안 기다린 후 다시 만나는 거야. 내가 제안한 대로 런던의 시티, 계좌를 튼 은행 지점에서. 우리 중 아무나 둘이 모이면 이체 권한을 충족할 수 있어. 기억하는 대로 나는 그 둘에 포함될 수 없고. 너희가 괜찮다면 내가 몇 주의 시간 차를 두고 은행에서 그것이 송금될 수 있도록 처리할게. 너희가 지정한 계좌 번호 목록은 내가 갖고 있어. 변동 사항이 있으면 내게 알려 줘.」

그들은 계획에 합의했다.

「로이, 그는 좋은 사람이었지.」마틴이 말했다. 「같이 일하기도 좋고 같이 어울려도 재미있는 놈이었어. 나는 그에게 빚진 것이 많은데. 그래도 한창 기분 째질 때 죽었으니 그나마 다행이야.」

「다이아몬드 같은 사람이었어.」데이브도 동의했다. 「언제나 동료들에게 일거리를 나눠 줬지. 그가 그리울 거야.」

「현찰만큼이나 믿을 수 있는 놈이었지.」버니도 칭찬을 중얼거렸다. 명백히 그의 정신은 다른 곳에 팔려 있었다.

브린과 빈센트는 추도에 참여하지 않았다. 빈센트는 비즈니스에 임할 때처럼 건조한 태도였다.

「장례식은 보아하니 목요일에 이루어질 것 같아. 레이턴스톤에서 짧게 영결 예배를 치르고 원스테드에서 화장한 뒤 그의 집에서 술자리가 있을 건가 봐. 나도 아직 세부 일정은 받지 못했어. 그의 아내분과 딸이 어떻게든 식을 준비하는 중이야. 아내분이 오늘 밤 내게 전화를 주기로 약속했어. 너희도 식에 참여하고 싶으면 내일이나 모레 내게 전화해.」

그들은 긍정의 의사를 밝혔다. 웅얼거리는 그들의 소리는 하나로 일치된 합창과 흡사했다. 빈센트는 알았다. 저들 중 단 한 명도 전화하지 않으리라. 가고 싶었는데 상황을 더 복잡하게 만들 것 같아서. 로이가 안식을 찾고, 유족들끼리 슬퍼할 수 있도록 접촉하지 않는 것이 나을 테니. 각자 그렇게 자신을 합리화할 것이다.

빈센트는 저놈들을 보는 것도 이번이 마지막이라는 사실을 알고 있었다.

5

일이 전부 끝나기 직전, 빈센트와 로이 둘이서 마지막으로 한 번 회의할 일이 남았었다. 그들은 수많은 장소를 놔두고 세인트 올번스에서 접선했다. 그것도 오래되고 위엄 있는 호텔 로비에서.

로이는 리무진 서비스를 통해 집에서 그를 태우고 갈 차를 빌린 상태였다. 운전사가 차 밖에서 대기했다.

로이는 자신의 새 아파트에 만족했지만 아직 집 같은 느낌이 들지는 않았다. 어린 시절부터 자주 이사 다닌 전력 덕분에 그는 딱히 어디에 속하고 싶어 하지 않았으며, 심지어 특정 관계를 갈망하지도 않았다. 하지만 멸시감이 빠진 친숙함이 언젠가는 찾아오기를 바랐다. 어쨌든 그도 다른 스타일의 삶에 익숙해져야 하니까.

「은퇴한 삶이 당신에게 잘 맞나 보군.」서로 인사한 뒤 빈센트가 말했다.

빈센트는 보통 칭찬을 하는 사람이 아니었다. 로이는 처음으로 놀라워하며 그를 돌아봤다가 결국 미소를 지었다. 그들은 술집으로 향했다. 새로 한 인테리어가 과하고 어둠침침한 그곳에서는 몇십 년이 지나 상한 맥주 냄새가 풍겼다.

그들은 자신들의 커피를 챙겨 구석 자리로 갔다. 커피는 쓰면서도 동시에 밍밍한, 특이한 맛이었다. 거래에 관해 둘은 사무적으로 처리했다. 그들은 곧 둘의 공동 계좌가 있는 은행의 센트럴 런던 지점에 갈 것이다. 그리고 각자의 개인 계좌로 돈의 이체를 실행할 것이다. 방문 예약은 승인된 상태였다. 로이는 런던에 잠깐 급히 들를 일이 있다며 자신의 리무진 서비스를 한 번 더 예약해 놓을 것이다. 일을 처리하는 약 5분 동안 운전사를 밖에 대기시킬 것이다. 그런 다음 다시 차를 타고 서리로 돌아오면 된다. 우리 사랑스러운 런던. 그는 그렇게 생각할 것이다. 수년간 그를 지탱해 주던 그의 런던이다. 그가 떠나 있을 때도 고무신을 거꾸로 신지 않으면서 여전히 매력 넘치는 애인처럼 그를 기다려 준 도시다. 심지어 이 도시는 그가 여기에 처음으로 발을 들이기 전부터 그를 기다려 줬다. 템스강이 반짝이는 은빛 동맥처럼 지나는 이 위대한 도시가 그의 운명 전반을 정하리라고는 꿈에도 몰랐다.

그사이 빈센트는 수개월 전 둘이 신중하게 작성한 편지들에 서명해 그것들을 우체통으로 보낼 것이다. 그것들은 버니, 데이브, 마틴, 그리고 브린의 아침 식사 자리에서 터질 수류탄이었다.

자네에게 이런 소식을 전하게 되어 유감이군. 그 편지들은 그렇게 시작한다. 애석하게도 우리 러시아 쪽 의뢰인들의 정체는 자신들의 주장과 온전히 일치하지 않은 것 같네…… 불행히도 우리는 이 점을 더 일찍 포착하지 못했지…… 그들의 활동을 대상으로 인터폴 수사가 이루어지고 있다는 정보를 은밀히 접했어…… 내 정보원들에 의하면 은행 계좌들도 감시 대상인데…… 우리 중 어느 누구도 범죄나 불길한 낌새가 풍기는 일과는 조금이라도 연루되고 싶지 않으니…… 우리의 은행은 고객 비밀 유지법에 따라 바위처럼 흔들리지 않을 거야…… 하지만 현재로서는 공동 거래 계좌에서 확실히 거리를 두는 것이 안전할 것 같아…… 먼지가 가라앉는 짧은 기간 동안 눈에 띄지 않는 것이 좋겠어…… 드물게도 전화로 전하지 않고 편지를 쓰기로 했어…… 이 상황 속에서는 이것이 가장 안전한 선택이라고 생각했거든…… 아마 현명한 처신은 이 편지를 계속 갖고 있지 않는 것일 텐데…… 그래도 다음 며칠 안으로 수령액을 확인하기 위해 전화를 할 거야…… 사랑과 애정을 담아, V. 또는 그런 의도를 가진 다른 인사 문구를 넣었을 것이다.

로이와 빈센트는 어떤 일이 벌어질지 알고 있었다. 빈센트는 형식상으로 그들의 번호로 한 명씩 전화를 걸 것이다. 물론 그 앞에는 각본이 놓여 있을 것이다. 각각의 휴대 전화는 개통이 중지됐을 것이다. 그 기계들은 마치 불이 붙은 것처럼 폐기 처분될 것이다. 그만큼 빠르게 개인 우편 사서함도 삭제돼 있을 것이다. 각자 상황에서 거리를 두고 자신의 호화로운 집에 은둔하며 앞으로의 행동 절차와 잠재적 징역형에 대해 고심할 것이다. 당장 시급한 일은 이익을 극대화하거나 복수를 하는 것이 아니라, 손실을 줄이는 것일 터이다. 다른 동료를 조금이라도 걱정하는 놈은 한 명도 없을 것이다. 오히려 다들 자신이 품었던 알에 대한 상실감과 그렇지만 아무것도 할 수 없다는 무력감에 분노할 것이다. 이들은 범죄 조직이 아니었다. 오히려 자기네들끼리도 뭐가 어떻게 돌아가는지 전혀 모르며 수사나 복수를 할 일말의 수단도 없는 2등급 기회주의자 무리였다. 그들이 모여 발휘한 능숙함도 어디까지나 로이 하나에 의존해야 나타날 수 있었다. 로이가 죽지 않았다는 사실을 그들도 의심할 수 있었다. 하지만 그렇다 하더라도 그들이 할 수 있는 일은 별로 없었다. 그들에게는 골프 클럽이나 로터리 클럽에서 만난 친구들 말고는 인맥이 전혀 없었다. 수사 기관에 접근할 기회는 더더욱 없었다.

일단 일단락됐군. 로이는 이런 생각을 하며 자신의 차를 탔다. 한탕이라는 이번 이야기도 끝이 났다.

4장
학술적 진실성

1

스티븐이 말한다.「저는 연구 대상과의 거리가 어려워요.」

제럴드는 입을 꾹 다물며 양손을 손가락 끝끼리 붙여 첨탑 모양으로 입 앞에 모은다. 그가 말하려고 입을 열면서 들릴 정도로 크게 숨을 들이마신다. 그러더니 생각을 바꿨는지 말을 아낀다. 할 말을 더 부드럽게 전할 방식을 찾는 거겠지. 스티븐은 추측한다. 굉장히 제럴드답지 않다. 그렇게 고생시키는 성향의 사람인데. 특히 그가 다음에 할 말의 파장을 둘 다 대략 아는 상황이니 더더욱 그렇다.

「거리라, 정확히 어떤 의미로 〈거리〉라는 단어를 꺼낸 건가요?」결국 제럴드가 묻는다. 그의 입장에서는 확실히 어렵게 꺼낸 말이다.

이 정도면 뭐. 스티븐은 생각한다. 제럴드 입장에선 저것도 자제한 거라고 봐야겠지. 공격을 뒤로 미루었으니.

「정말 가까이 접근하는 일을 말하는 거예요.」스티븐이 대답한다.

「흠.」제럴드가 반응한다. 스티븐은 제럴드의 인내가 한계에 다다르고 있음이 보인다. 「내가 단어의 사전적 의미를 요구한 것 같지는 않은데요. 그것도 부정확한 의미를 말이죠.」

스티븐은 유감스러운 미소를 보인다. 그도 이러면 제럴드의 짜증을 더욱 북돋울 것이라는 사실을 잘 알고 있지만 그래도 어쩔 수 없다. 「제가 제 입장을 별로 잘 설명하지 못하고 있군요. 그렇죠?」스티븐이 말한다.

「네, 별로 잘하고 있진 않아요. 그래도 계속해 봐요.」

「저는 대상에 대한 모든 것을 알아내는 과정을 말하는 거예요. 공들여 기록하고 메모하는 과정요. 제가 한 개인을 주제로 이렇게 광범위한 프로젝트에 임한 건 처음이에요. 정보들이 정말 강렬하고 자세해요. 대상에게 정말 가까이 다가가게 된다고요.」

「〈거리〉라고요. 그래요, 아까도 그렇게 말했던 것 같네요.」제럴드가 시니컬하게 말한다.

「대상에게 다가가는 과정의 방법론적인 성격을 말하는 거죠. 구성된 부위별로 대상을 해부하는 과정, 또 그 결과를 전부 검진용 스테인리스 테이블 위에 깔끔하게 펼쳐 놓고 등을 켜서 그것들을 살피는 과정요. 해부된 부분들이 전체와 이어지지 않는 것 같아요. 대상의 일부처럼 보이지도 않고요.」

「그래도 그거야말로 연구자의 일이지요. 당신도 그것은 확실히 알고 있지 않나요? 추론이나 이론이나 기정사실화된 정보들에 의지하지 않기, 원출처를 다시 살펴 진실에 더욱 근접한 사실들로 최종 결과물을 만들어 내기 말이에요.」

스티븐은 제럴드의 눈빛에서 강철 같은 의지를, 목적의식을 엿본다. 제럴드가 다른 직업을 선택했다면 눈빛 덕분에 산업체의 사장이나 유명한 정치인으로 보였을지도 모르겠다. 스티븐은 자신에게 저런 근성이 전혀 없다는 것을 인정한다. 그의 연구 대상이 넘치도록 갖고 있는 것 또한 근성이다. 하지만 스티븐도 이 순간만큼은 끈기 있게 버틴다.

「하지만 저는 대상에 더 근접할수록, 더 많은 정보를 취합할수록 더 모르겠는걸요.」

「이렇게 말하긴 뭣하지만, 그건 꽤 상투적인 불평 아닌가요?」제럴드가 되묻는다. 그는 평정심을 유지하기 위해 분투 중인 것 같다.「근접성으로 인해 생길 수 있는 근시안, 방향성 상실. 미시적 시각과 전략적 시각 사이를 넘나드는 것 또한 이 일의 일부일 뿐 아닌가요?」

〈내 일〉의 일부. 당신은 그렇게 말하는 거지. 스티븐은 생각한다. 제럴드의 짜증이 오르는 것도 보인다.

제럴드는 섬세한 손으로 카페티에르[14]를 감싸며 긴 손가락을 구부렸다 편다. 그러다 커피가 아직 충분히 따뜻하다는 것

14 갈아 놓은 커피를 걸러서 마시는 데 쓰는 주전자 모양 기구.

을 깨닫고는 자신을 위해 한 잔 더 따른다.

「물론……」제럴드가 살짝 미소를 짓는 동시에 입을 연다. 「이 모든 것은 단순히 당신이 세운 노골적인 계략일 수도 있 겠죠. 보고 시간에 대화의 방향을 우회시키고 연구의 진척이 별로 없다는 사실을 숨기기 위한 일종의 계략 말입니다.」그 러고는 더 부드러운 말투로 말한다.「이제까지 당신의 검진 용 테이블에 무엇을 펼쳐 놨는지, 그리고 그 부분들로 논리 정연한 무언가를 도출할 수 있을지만 확인해 봅시다. 따지고 보면 우리는 꽤 많은 자료로 연구를 시작했잖아요. 프랑켄슈 타인의 괴물은 어떤 형태를 띨 것 같아요?」

그들은 제럴드의 연구실에 자리한 커다란 책상 앞에 함께 앉는다. 전략적으로 배치된 등들이 책상을 비추고 있다. 남성 적이면서도 미적 감각을 가지고 디자인된 공간이네. 스티븐 이 평가한다. 제럴드는 고매한 학자의 얼굴을 보이고 싶어 안 달이지만 스티븐은 알고 있다. 제럴드는 겉모습과 인상을 중 요하게 따진다는 것을.

스티븐은 자신의 서류들을 조심스럽게 펼친다. 그의 서류 가방에서 나온 종이뭉치들이다. 그것들을 원본의 복사본, 프 린트한 평론, 타자한 원고, 그리고 그가 최근에 급히 필기한 것으로 분류해 쌓아 올려서 낮은 종이 더미들로 변신시킨다. 종이 더미들은 수십 년간 그의 연구 대상이 살았던 삶을 나타 낸다. 하나의 존재가 저렴한 종이에 찍힌 죽은 단어들로 건조된 것이다. 책상 여기저기 쌓인 종이 더미들은 불규칙한 직사각형을 이룬다. 그리고 그 중심, 윤을 낸 비단나무 책상 위에서 스티븐은 헛되이 이 부분들의 합을 찾고 있다. 대상의 실체는 어디에 있을까? 스티븐은 생각한다. 실체가 여전히 손아귀에 잡히지 않는다.

「자, 그러면 우리가 어디서 시작하면 될까요?」제럴드가 무정하지만은 않은 말투로 운을 뗀다.

스티븐은 제럴드의 가르치는 것 같은 말투에 살짝 짜증이 치밀지만 자기 비하적인 말투로 대답한다. 「저도 그것이 혼란스러워요. 대상은 시대에 따라, 사람에 따라 다양하게 포착될 수 있는 인물처럼 보여요. 그러면서도 동시에 여러 다양한 인격이 하나의 영혼으로 합쳐진 것처럼 보이기도 하고요.」

「우리 모두 그렇지 않나요? 우리 중 일관성과 정밀성, 그리고 공개성의 본보기인 사람이 있긴 한가요? 들쭉날쭉한 정보들에 대해서는 걱정하지 말아요. 우리가 낼 만한 독창적인 의견은 그것들의 틈새에서 발견될 거예요. 그냥 당신의 연구 대상을 추적하고 당신의 머릿속 그물로 포획해 핀으로 고정하는 일에만 집중해요.」

「판자에 고정시킨 나비처럼 말이죠?」

「정확해요. 결국 우리가 이루고자 하는 일도 바로 그것 아닌가요? 자, 여기에는 무엇들이 있나요?」

그들은 함께 서류들을 세세히 살핀다. 스티븐은 자신이 원하는 만큼 제대로 준비해 오지 못했음을 인정한다. 제럴드는 한숨을 쉰 뒤 스티븐이 진위를 파악하려고 시도하던 낮은 서류 더미의 첨부 사진들을 본다.

「이것은 언제 적 자료인가요?」 제럴드가 사진 하나를 조심스럽게 빼내며 묻는다.

「그것은 진위 파악이 끝난 겁니다. 대상의 30대 중반 시절 자료인데, 그 이상 자세한 정보는 모르겠어요.」 스티븐이 응답한다. 「장소는 에든버러라고 생각돼요.」 그는 다른 사진을 집어 든다. 다른 것들과 마찬가지로 질이 떨어지는 복사본이다. 「대상의 20대부터 40대 초까지 기간을 넘나드는 다른 사진들도 있어요. 대부분 진위 파악이 끝났지요. 자신 있게 확신하건대, 그것들은 전부 대상의 사진이 맞아요. 그리고 다른 사진이 다섯 장 더 있죠. 이것들은 아직 확인하지 못했는데, 대상의 소년 시절과 청년 시절 모습을 담은 사진들일지도 몰라요.」

스티븐은 복사한 서류들을 다시 한번 연구한다. 그의 눈에는 그 이미지들이 전부 같은 인물, 하나의 것처럼 보인다. 정면을 보는 얼굴의 이목구비는 소년의 인생 후반기에 그가 눈에 띄도록 잘생겼다는 평을 듣게 만들어 줄 것이다. 놀랍게도 그 소년의 사진에서 연구 대상과 동일한 우월 의식과 멸시가 읽힌다. 그래도 스티븐은 신중해야 한다. 그 시대에는 관례상 인물을 이상화시키고 거만한 진중함을 강조하는 사진을 찍는 경향이 있었으니까. 아무리 아이라도 순진하게 웃는 모습을 찍는 일은 이례적이었을 것이다. 스티븐은 사진 속의 눈을 들여다본다. 낮은 화소로 찍혀 있어 거기서는 아무런 의미도 도출할 수 없다.

「그럼 당신의 조사 내용 중에서 가장 크게 이어지지 않는 부분이 뭐죠?」제럴드가 묻는다.

「아마도 대상의 20대 중반에서 후반까지 기간일 거예요. 대상은 잠시 유럽 북해 연안의 저지대 국가들에서 살았고 프랑스에서도 군대와 함께 머물렀어요. 이 시기 내용들이 워낙 듬성듬성 있어서 사건들을 제대로 따라가기가 힘들어요.」

「알겠어요. 진심으로 당신이 뼈대를 더 만들어야 한다는 생각이 드네요. 이 더미들에서 나타나는 것처럼, 시간대를 10년 치씩 나눠 본론을 단계적으로 작성하세요. 각각의 요약을 삽입하고 당연히 참고문헌도 기록하시고요. 고찰과 각주, 결론은 당분간 빼놓으세요. 그리고 어떤 형식으로 이 건을 풀어 갈 건지는 걱정하지 마세요. 일단 사실들만 조합해 놓으면 당신의 대상 인물이 전체적인 하나의 개체로 보이기 시작하면서 감에 덜 의존할 수 있을 겁니다.」

스티븐을 공감이나 짜증 없이 사무적으로 전달된 제럴드의 힐책을 받아들인다. 그는 제럴드가 하는 말이 사실이라는 것을 안다. 학술적 연구란 뛰어난 지성보다는 방법론적인 꾸준함으로 이루어진다. 그러다가 제럴드처럼 업계에 충분히 몸담고 다른 이들에게 사실 관계를 조사해 오라고 지시할 수 있는 높은 지위에 오르면, 자신은 거기에 본능과 영감만 첨부해도 굴러가는 법이다.

2

그날 늦게, 스티븐은 베티의 식탁에 앉아 있다.

「그게, 대체 베티 할머니는 그를 어떻게 참아 내세요?」 스티븐이 베티에게 묻는다.

「네가 상상하는 것과는 조금 다르단다.」 베티는 침착하게 대답한다. 「우리 관계는 내가 그려 온 것과 거의 비슷하게 되어 가고 있어.」

「하지만 저는 그가 역겨운걸요. 그와 가까이 붙어 있는 걸 어떻게 견디시죠?」

「나는 이보다 더 안 좋은 것들도 경험했단다. 너는 그가 마음에 안 들 수도 있어. 나도 그것은 이해해. 하지만 내 선택은 내가 결정한단다. 감사하게도 말이지. 네 허락이나 축복이 필요하지 않지. 너도 내 관점을 존중해 주는 것을 고려해 보도록 하렴.」

그녀의 말은, 질책은 아니지만 매일의 관찰 사항을 보고하듯 일정하고 확고한 어투다.

「죄송해요. 하지만 그는 덩치가 크고 엉망이고 냄새까지

나잖아요.」

「그에게서 살짝 냄새가 나는 이유는 나이가 들어서야. 그의 노쇠함이 뼈 밖으로 스멀스멀 흘러나와 냄새가 나는 거지. 우리는 나이를 먹으면서 몸이 서서히 썩고 속에서부터 밖으로 그 티를 내다 늙어 죽는 거란다. 그가 어떻게 할 수 있는 부분은 아니잖니.」

「베티 할머니에게선 냄새가 안 나는데요.」

「칭찬으로 받아들이마. 나는 여자잖니. 난 이런 일반화를 싫어하지만, 어쩌면 여자들은 어떤 부분에서 남자들과 다를지도 모르지. 네게서 질투의 냄새가 좀 풍기는 것 같은데, 내가 잘못 봤니?」

스티븐은 자신의 얼굴이 한껏 붉어졌다는 점을 깨닫는다. 그녀의 말을 부정하기 어렵다.

「그래도 사람의 체취를 가지고 그 사람과 함께할 것인지 떨어질 것인지 결정하지는 않는단다.」

「왜 그렇죠?」 스티븐이 날카롭게 묻는다. 「그러면 안 되는 이유도 없잖아요? 대부분의 기준들만큼이나 그것도 유효한데요.」

「네 말도 그렇게 허무맹랑한 얘기는 아니지.」 베티가 미소를 지으며 말한다. 「하지만 판단할 때는 다른 요인들도 고려하게 되잖니, 너도 알다시피. 그리고 내 미래를 위해선 이런 이상한 타협도 해야 하는 거야.」

「하지만 정말 그럴 가치가 있다고 보세요? 제 말은 그와 함께한다는 것 말이에요. 그에 대해 이미 충분히 아시잖아요.」

「나는 이 주제에 대해 토의할 준비가 됐단다. 하지만 애석하게도 네가 아무리 뭐라고 해도 내 마음이 바뀌지는 않을 것 같구나.」 베티는 완강하지만 부드럽게 얘기한다.

「제가 가장 걱정하는 건 할머니예요. 정말 이걸 원하세요? 어떻게 할머니께선 안전하다고 장담하시죠? 그는 욱하는 성질이 있고 여전히 나이에 비해 힘도 세잖아요.」

「오, 그의 성질도 체력도 그렇긴 하지. 하지만 내가 감당할 수 있는 정도란다. 너도 알다시피 나는 그가 이 관계로부터 어떤 것을 원하는지 얼추 알고 있어. 그리고 그의 욕구는 분노가 치밀 때 브레이크 역할을 해줄 거야. 게다가 내 생각에는 그가 그런 욱하는 성질을 꽤 잘 조절하는 것 같더구나. 그리고 네 질문에 대한 대답도 해주마. 이것은 내가 정말 바라는 바야. 내게는 이것이 필요하단다.」

「죄송해요. 저는 그냥 베티 할머니를 너무 좋아해서 그러는 거예요.」

「나도 안다.」 베티가 애정 어리게 말한다. 「그러니 최선은 네가 내 의도를 따르고 로이에게 상냥하게 구는 거지. 과하게 비위를 맞추라는 것이 아니라, 그냥 상냥하게만 대하라는 거야. 그 정도는 할 수 있잖니? 너는 정말 착한 아이니까.」

「노력해 볼게요.」 스티븐이 대답한다.

「제럴드 때문이지?」

「무슨 말씀이시죠?」

「제럴드가 또 너를 힘들게 하는구나. 그렇지? 네게 압박을 가하고 있어.」

「평상시보다 더하지는 않아요. 제럴드 교수님이 어떤지는 베티 할머니도 아시잖아요. 우리가 연구에 진전을 보여야 한다는 말도 맞고요.」

「내가 조금이라도 도와줄 부분이 있니?」

「할머니께서 도와주실 수 있는 부분은 아니에요. 하지만 감사해요.」

「스티븐, 내게도 아직 힘이 남아 있단다. 게다가 제럴드의 생각이 어떻게 돌아가는지도 제대로 알고 있고.」

「괜찮아요. 저는 베티 할머니의 학술적 전문성을 전적으로 존경해요. 제럴드 교수님도 그렇고요. 물론 할머니의 관점은 평론으로서 중요해요. 하지만 제럴드 교수님에 대해서는 걱정 안 하셔도 돼요. 할머니께서 저를 거들어 주시면 별로 좋은 결과를 가져오지 못할 것 같아요.」

「제럴드가 평상시 반복적으로 지적하는 정확성, 세부 사항에 대한 관심, 그리고 입증 결과에 대해 핀잔을 들은 것 아니니?」

「대략 맞아요.」

「글쎄다, 한편으로는 그의 말이 맞지만 그는 연구 주제를 집요하게 파는 경향이 좀 있지. 그가 학위 논문을 준비할 때도 똑같이 그랬어. 내 생각에는 연구자에게 가장 중요한 덕목이란 좋은 마음인 것 같구나. 나는 제럴드를 포함한 내 학생들에게 그렇게 가르쳤단다. 객관성은 물론 중요해. 하지만 연구자가 인류에 대한 악의적인 의도, 또는 심지어 무관심이나 온전히 이기적인 동기만 품고 있다면 연구도 그런 방향으로 흐르며 엉망이 되지. 제럴드도 장황하게 지적을 쏟지만 이 얘기를 믿어. 그가 냉정함을 강조하는 이유는, 그 자신이 너무나 열정적이기 때문이야. 그는 좋은 마음을 갖고 있어. 그건 너도 마찬가지고.」

3

「무슨 일 있나?」 로이가 묻는다. 차가 우회 도로를 향해 미끄러지듯 나아가는 사이 스티븐이 앞 유리 너머를 살피고 있기 때문이다. 로이의 태도가 엄밀히 말해 다정하다고는 할 수 없지만. 그렇다고 호전적으로 스티븐을 멸시하지도 않는다. 어쩌면 그도 베티와 잠깐 이야기를 나눈 것일 수 있다. 「힘든 하루를 보낸 것 같은 모습인데. 낯빛이 상한 우유처럼 가버렸어.」

베티에게 떠밀려, 스티븐은 로이가 가야 한다는 정원용품점으로 그와 함께 거창하게 나들이를 나선 참이다. 로이가 얼버무리며 밝힌 과거 이력 중에 그가 묘목장을 운영했었다는 어렴풋한 언급도 있었다. 그에 따라 로이는 최소한 식물에 대해서는 자신이 좀 안다고 자부한다. 베티는 집의 뒤편에 있는 작은 울타리 정원을 되살려 볼 계획이다. 로이는 그 프로젝트를 꽤 기쁘게 받아들였지만 식물을 구매하는 임무에는 그녀에게 자신을 따라오지 말라고 고집을 부렸다. 대신 그가 전문가의 손길로 그 임무를 완수하는 동안, 그녀는 집에 남아 청소와 다림질을 하라고 했다. 하지만 로이에게는 운전기사가 필요해, 여기서 스티븐의 쓸모가 빛을 발한 것이다.

「별로 그렇지도 않아요.」 스티븐은 최대한 짜증 섞이지 않은 말투로 말하려고 노력하며 가는 길에 집중한다. 「그냥 평범한 것들이에요. 일이죠.」

「내가 보기엔 자네가 그것을 너무 심각하게 받아들이는 것 같아.」

「제겐 중요한 일이니까요. 저는 이 일이 의미 있다고 믿어요.」

「결국 따지고 보면 그냥 일일 뿐이잖나. 자네의 상사가 자네를 힘들게 해?」

「상사가 아니라 지도 교수예요.」 스티븐이 부드럽게 용어를 정정한다. 「살짝 그럴지도. 음, 아니에요. 제럴드 교수님은 언제나 그랬어요. 그냥 좀 어려운 단계를 거치고 있어서 그래요.」

「듣자 하니 제럴드라는 놈이 좀 어려운 성격의 보유자인 것 같군. 젊었을 적에 나도 그런 사람들을 꽤 만난 적이 있지. 내가 보기에 그런 놈들은 더 높은 자들의 눈 밖에 나봐야 해. 자네가 연구하고 있다는 놈에 대해 얘기 좀 해보게. 그의 이름이 뭐였다고?」

「클래버하우스의 존 그레이엄요. 나중에는 던디 자작이 됐죠. 1648년에 출생했고 자코바이트의 난 초기 핵심 인물이었어요.」

「자코바이트의 난이라고? 그게 정확히 뭔가?」

「오렌지 공과 개신교에 대한 반란이자 스튜어트 왕조 후계자의 복권을 위한 전쟁이에요. 존 그레이엄이 민중사에 어떻게 남았는지가 흥미롭죠. 그는 자코바이트 반란군들 사이에서 〈보니 던디〉로 알려졌어요. 하지만 장로교도들은 그를 〈피의 클래버스〉라고 불렀죠. 그가 장로교 공동체들을 상대로 피의 복수를 자행했기 때문이에요. 그는 1715년도와 1745년도의 반란에 대대적인 영향을 끼친 인물이죠.」

「그것들은 뭐였지?」

스티븐이 보기에, 로이는 흥미 있는 척을 꽤 잘하고 있다.

「1715년도와 1745년도에 벌어진 두 번의 자코바이트 반란을 말해요. 둘 다 영국군에 의해 대패했죠. 그레이엄은 그보다 일찍, 그러니까 1689년에 그의 부대가 사실 승리한 전투에서 사망했어요. 그때의 승리와 그레이엄이라는 존재는

107

이후 반란들의 성격을 결정하는 주요인이었어요. 하지만 그레이엄의 죽음은 반란들이 분열할 가능성을 야기하는 약점이 되기도 했죠.」

로이가 말한다. 「이 일을 해서 얻고자 하는 것이 뭔가? 목적이 뭐야?」

「사실상 세 가지예요. 존 그레이엄이 어떻게 반란의 성격을 결정했는지, 또 그에 대한 신격화와 악마화가 어떻게 이어져 왔는지, 그리고 마지막으로 그 모든 이면에서 진짜 그레이엄은 어떤 사람이었는지요. 그에게 어떤 동기가 있었나? 진짜 사실들은 뭔가? 그는 정말 카리스마 넘치는 지도자였나 잔혹한 범죄자였나? 이런 것들 말이죠.」

「전설과 진짜 사람을 밝히겠다는 건가?」

「정확해요. 그것이 주요 테마죠. 예를 들어 당시 돌던 신화에 따르면 그레이엄은 악마와 거래해서 납 총알에 면역이 없다고 했죠. 그것에 따르면 그는 자기 제복의 은단추가 그의 심장을 관통하는 바람에 죽었다죠. 이것은 수많은 전설 중 하나에 불과해요. 한편 아마 가장 중요한 점은 그레이엄이 생존했더라면 1715년도의 반란은 그의 존재감과 전문성으로 인해 현실과 매우 다르게 펼쳐졌을지도 모른다는 거예요. 그러면 오늘의 영국도 매우 달랐을지 몰라요.」

스티븐은 로이와 주고받는 대화가 감사할 정도로 물 흐르듯 자연스럽다는 점이 놀랍다. 진행이 더딘 그의 연구보다 상당히 자연스럽다. 어쩌면 결국 이 일이 할 만할지도 모르겠다.

「그럼 왜 제럴드는 자네를 힘들게 하는 거야? 자네는 자네 일에 꽤 능통한 것 같은데.」

「주로 기술적인 문제들 때문이에요. 제럴드 교수님은 제가 문헌과 데이터의 입증 속도를 올리고 뼈대 만들기를 시작하기를 바라요. 정말 별일 아니에요.」

「그렇게 하면 자네에게 떨어지는 이득은 뭔데?」

「운이 따른다면, 동료의 평가를 거친 후 학회지에 실리고 정말 사소하게나마 뭔가를 바꿀 논문이 생기는 거죠. 조금 더 운이 따른다면, 그 시대에 대한 새로운 역사적 관점을 얻을 수도 있고요.」

「내 말은, 그것으로 업계 내에서 자네의 위치가 어떻게 변하냐고?」

「오, 그 논문이 제 박사 학위의 주요 일부가 될 거라는 점을 제외하면 실질적으로 바뀌는 것은 없어요. 학회지에 실리는 모든 논문은 지도 교수인 제럴드의 이름으로 나갈 거예요.」

「별로 끌리지 않을 상황인데. 내가 충고하자면 1등을 노려. 그 제럴드라는 놈이 네 영예를 빼앗아 가기를 바라지는 않잖아.」

「제 세계는 그렇게 돌아가지 않아요. 학계는 다 연결되어 있고 명성을 바탕으로 굴러가요. 제가 일을 잘하면 얘기가 돌아

제가 좋은 학술적 입지를 다져갈 기회가 더욱 많아질 거예요.」

「그래도 신중해야 해. 인생은 리허설이 아니야. 세상에 나가서 원하는 것을 쟁취해야 하는 법이야.」

그들은 정원용품점에 도착했다. 스티븐은 로이 때문에 야단법석이다. 차 주변을 바쁘게 서성이며 로이가 조수석에서 내리는 것을 배려 넘치게 도와주려고 한다. 하지만 로이는 전혀 도움을 받지 않는다. 자신을 차에서 분리해 낸 뒤 그는 스티븐을 엄한 시선으로 바라본다. 하지만 서로에게 예의를 갖추자는 그들의 전략적이면서도 연약한 협약은 굳건하다. 그래서 로이는 억지로 미소를 지어 보인다.

스티븐이 카트를 미는 동안 로이는 라벨 명을 신중하게 읽고 잎사귀들을 만져 보며 흙을 찔러 보는 등 전문가처럼 식물들을 살핀다. 그들은 이 가판대에서 저 가판대로 함께 이동한다. 로이는 계속 살피고 스티븐은 좀처럼 재개되지 않는 대화를 기다리며 앞만 쳐다본다.

결국, 로이가 담담한 말투로 입을 연다. 「내가 이 일을 처리하는 동안 자네는 다른 곳에 좀 가 있지 않겠나? 이 일은 나 혼자 할 수 있네. 자네도 지루해 보이는구먼. 지금의 자네는 딱 초콜릿 주전자만큼 유용해 보여.」

스티븐은 실내로 들어가 노끈, 민달팽이용 살충제, 색색의 호스 릴, 그리고 정원용 등불들에 대해 잘 모르면서 고민한다. 그러는 동안 로이는 식물들을 자세히 들여다보다 그중 하나를 선별하고는 질질 끄는 발걸음으로 점점 채워지는 카트에 그것을 옮긴 뒤 다른 가판대로 이동하며 자신의 임무를 이어 간다. 스티븐은 결국 다시 소환될 것이다. 불안하게 쌓아 올린 식물 더미를 카트로 밀어 계산대까지 가져간 뒤 차에 실으려면.

5장
베를린의 알렉산더 광장

1

「휴일이네요.」 베티가 탄성을 지른다.

「오, 그렇군요.」 로이도 의욕적으로 응답한다. 「나도 등에 햇볕 좀 쬐어 주면 좋을 것 같은데. 스페인에 갈까요? 아니면 포르투갈?」

「나는 다 별로예요.」 베티가 말한다. 「내 머리를 좀 자극시켜 줄 뭔가가 필요해요. 나는 도시에서의 휴양을 생각했어요. 비용은 내가 낼게요. 꼭 가요.」

「좀 생각해 봐야겠네요.」 로이가 완전히 납득하지 못한 채 말한다. 「그럼 뉴욕으로 하죠. 빅애플[15]요. 수많은 박물관에, 브로드웨이 공연도 있고요.」

베티가 웃음을 터뜨린다. 「내가 주머니가 좀 두둑한 여자이긴 한데요, 로이, 그렇게 많은 비용을 댈 정도로 두둑하진

15 뉴욕의 별칭.

못한걸요. 구색 맞추며 그것들을 다 하려면 말이죠.」

「알겠어요. 그럼 바르셀로나로 가죠.」

「나는 중부 유럽에 있는 나라들을 생각하고 있었어요. 프라하나 부다페스트, 아니면 빈 정도요.」

「그래요, 그럼.」

일반적으로 로이가 좋아할 곳들은 아니다. 하지만 그녀가 비용을 다 댄다니까……. 그리고 휴양은 여름을 앞둔 그의 컨디션을 올려 줄 것이다. 어쩌면 봄볕을 쬘 만한 장소가 있을지도 모르고. 베티가 인터넷을 뒤지는 동안 그는 신문을 들고 앉아 그녀의 기쁜 제안들에 단답형 반응을 보인다.

결국 베를린으로 결정 났다. 로이는 뒤늦게 로마나 베네치아, 심지어 브루게까지 제안해 본다. 하지만 베를린으로 낙찰됐다. 천년 국가의 도시. 크리스탈나흐트[16]의 도시. 프리드리히 대왕의 도시. 체크포인트 찰리[17]와 브란덴부르크 문의 도시. 그곳에 깃든 역사는 그들이 평생 심취하고도 남을 만큼 풍부하리라.

---

16 일명 〈수정의 밤〉 또는 〈유리의 밤〉. 1938년 11월 9일, 나치 대원들이 독일 전역의 유대인 상점들을 약탈하고 유대교 사원들에 방화한 날.

17 냉전 당시 동서 베를린 사이에 있던 검문소.

2

더없이 행복한 어느 봄날 아침, 그들은 말쑥하고 굉장히 모던한 호텔에서 나와 그 모든 것의 한복판으로 걸어간다. 운터덴린덴가(街)가 그들 앞에 뻗어 브란덴부르크 문까지 닿아 있다. 잡다한 행상들과 거지들이 그들을 향해 다양한 독일어로 갈급하게 떠들어 대는 소리만 무시할 수 있다면 좋겠다. 로이는 그의 나이에도 불구하고 여전히 위압적이라 한번 노려보는 것만으로도 상황이 정리된다. 그가 보호하는 모양새로 자신의 굵은 팔을 베티의 어깨에 두르자 그녀는 미소를 짓는다.

「여기 다 멋지네요.」 로이가 자신의 다른 쪽 팔을 크게 휘저으며 말한다.

그곳은 상상했던 그대로의 베를린이다. 영웅적 규모로 건설되어 19세기 후반의 국가적 자긍심을 자랑하는 회색 벽돌 도시는 드넓고 남성적이며 무시무시하다. 반면 거리는 도시의 흉골 가운데로 자상을 남겼으며 U-반 지하철도는 한때 동베를린이었던 이곳까지 이어진다. 베를린은 공사 중이며 지평선은 기중기들이 장악하고 있다. 위풍당당한 구석에 기술만능주의적인 신식이 어울리면서 독일의 자신감에 대한 새로운 패러다임이 이곳에서 만들어지고 있다.

그들은 독일 역사 박물관에서 세 시간을 보낸다. 로이가 구상했던 여행은 이런 것이 아니었다. 베티가 과도한 흥미를 보이며 각각의 전시물을 관찰하는 동안 로이는 지루해서 참을 수 없다는 생각을 감추지 못한 채 따라다니는 여행이라니. 게다가 베티는 너무 행복해 그의 상태를 전혀 눈치채지 못하는 것 같다. 뭐, 그녀는 한때 학자였다니까. 로이는 자신의 시계를 살핀다. 게다가 조금만 더 참으면 자리 잡고 제대로 된 맥주를 마실 수 있으리라.

하지만 아니다. 점심으로는 기름진 브라트부르스트 소시지에 원색적인 머스터드가 처발라진 것을 길거리 가판대에서 사 먹었다. 로이의 시각으로 보면 이것은 베티의 조신하고 우아한 분위기에 반해 의외다. 그 후 그들은 다시 움직이기 시작해 S-반 지하철과 버스를 타고 카를로텐부르크로 떠난다. 그곳에서 궁전을 구경하고 티어가르텐 지구의 봉오리 맺힌 밤나무들 밑에서 잠시 산책을 즐기며 고풍스럽고 넓은 도로들을 따라 자리해 복잡한 보안 시스템으로 보호되는 거대하고도 고요한 저택들을 살핀다.

「19세기에 여기서 사는 것이 어떤 느낌이었을지 궁금하네요.」 베티가 말한다. 「20세기 초에, 또는 1930년대에 사는 느낌도 궁금하고요. 퇴폐미에 억지 유흥에 반짝이는 야회에. 게다가 그렇게 많은 부(富)에 자신감까지. 그 당시 사람들은 그게 다 어떻게 될지 꿈에도 몰랐잖아요.」

「오, 그래요.」 로이가 지루함과 냉소를 동시에 보이며 반응한다. 그녀의 에너지와 그녀의 눈동자에 깃든 저 빛이 놀랍다. 그는 자신이 나이에 비해 정정하다고 생각하는데도 온몸이 피곤하다. 그의 호텔 방이 주는 사적인 안락함과 고요한 낮잠이 고프다. 이런 모든 것, 이렇게 많은 열정 없이도 잘 살 수 있다. 그는 긴 인생을 살아왔고 그 인생은 다사다난했다. 이런 시각적 단서들 없이도 당시의 삶이 어땠을지 정확하게 추측할 수 있을 정도로. 후회되기 시작한다. 애초에 이 여행을 오겠다고 동의하지 말걸.

「오, 이런.」 베티가 탄성을 지르자 그의 정신이 현실로 돌아온다. 「당신, 지루해 보이네요. 피곤해 보이기도 하고요. 우리가 너무 과하게 다녔나요?」

「조금 그랬을지도 모르겠군요.」 로이는 관대한 미소를 보이며 대답한다.

「그럼 당신을 위해 호텔로 돌아가요. 갈까요?」

베티가 택시를 잡았고, 로이가 조는 동안 입심 좋은 운전사는 변덕스럽게 브레이크를 밟으며 라디오 방송의 재잘거림을 배경음으로 삼고 도로 위의 멍청이들을 향해 분노를 쏟아낸다. 이렇게 사람들이 동독에서 이곳으로 홍수처럼 들어오는 것은 전부 통일과 유럽 탓이에요. 그는 그렇게 주장한다. 로이는 경계가 풀어진다. 자신의 심장 소리가 들린다. 마치 자신의 나이가 지금과 다른 소싯적 어느 순간으로 되돌아간 것 같은 착각이 들락 말락 한다.

로이는 낮잠을 충족한다. 하지만 여유롭게 저녁 먹을 시간은 없다. 베티가 호텔 안내원에게 속눈썹을 깜빡이며 애교를 부려 그날 저녁에 열리는 베를린 필하모니 관현악단의 공연표를 손에 넣었기 때문이다. 로이는 불쾌함을 전혀 숨기지 않은 채 호화로운 최신식 통로 자리에 앉아 정말 간신히 공치사와 불협화음들을 참아 낸다. 거만한 오케스트라와 점잔을 빼며 당당히 입장하는 지휘자의 모습. 뚱뚱하고 자아도취에 빠져 휴고 보스 옷을 빼입은 남성 관람객들이 온몸을 보석으로 치장해 우아함을 뽐내는 날씬한 아내들을 액세서리처럼 끼고 있는 모습. 로이의 귀에는 조용한 구간들의 과장되고 섬세한 연주나 크레셴도 구간들의 사납게 몰아치는 연주가 모두 하나로 뒤엉켜 거슬리는 소음이 된다.

호텔의 문 앞에서 로이는 말한다. 「베티, 나는 들어가 쉬기 전에 산책 좀 할까 해요. 아까 낮잠을 자서, 신선한 공기를 좀 쐬지 않으면 오늘 밤을 뜬눈으로 지새울 것 같아서요.」

베티가 대답한다. 「알겠어요. 나도 불면에 대해서는 익히 알고 있죠. 나도 함께 갈까요?」

「오, 아니에요.」 로이는 응답한다. 어쩌면 응답이 살짝 성급했을지도 모르겠다. 「그럴 필요 없어요. 정말 잠깐만 돌고 들어갈 거예요. 당신은 어서 들어가 자요.」

그렇게 그들은 서로에게 잘 자라는 인사를 나누고, 그녀는 자신의 방으로 들어간다.

네 시간 뒤, 로이는 안도하며 자기 방의 깃털 이불 속을 파고든다. 이렇게 나이를 처먹었으면 더 현명하기라도 해야 하는데. 그는 한편으로 웃고, 또 한편으로는 살짝 자기연민을 느끼며 혼잣말을 한다. 하지만 늙은 멍청이만큼 멍청한 멍청이가 또 있을까. 5백 파운드를 잃고도 아무런 득을 보지 못하다니. 그는 이 도시의 질 나쁜 동네들이 어디인지 알고 있다. 그래서 자신의 여행에 즐거움을 가미하기 위해 쿠담[18] 근처 거리로 돌아갔다. 이곳의 오래된 사업들은 죽고 새로운 사업들이 싹을 틔웠다. *Plus ça change*(변해 봤자 그게 그거지). 젊을 때라면 이색적이라고 묘사했을 플로어 쇼를 관람했다. 그러고는 새벽 2시에 사람 한 명 없는 냄새 나는 호텔 방에서 길거리에서 데려온 여자와 둘이 있는데 거시기를 세우지 못하는 자신을 발견했다. 처음에 그녀는 멈칫했으나 그가 계속 우기니 〈알았어, 할아범〉이라고 승낙했었다. 그러고는 그를 이 방으로 데려와 그의 지시대로 그를 묶어 놨다. 자신이 그다음을 수행할 수 없었다는 점은 별로 놀랍지 않았다. 마지막으로 그의 거시기가 제대로 선 것은 대략 10년 전이었으니까. 그래도 어떤 찌릿한 느낌이나 흥분에 대한 환상이라도 좀 느끼지 않을까 기대했다. 하지만 현실은 별로 유쾌하지 않은 방식으로 그저 피로할 뿐이었다.

젊을 때라면 그냥 흥미로운 전환 정도로 받아들였을 일도

18 쿠르퓌르스텐담의 구어체적 명칭. 독일의 주요 번화가 중 하나.

살짝 당황스럽게 느껴졌다. 상대 여자가 사실은 남자였던 것이다. 이것은 그의 기능이 실패한 이후에야 명백히 드러났다. 「나는 할아범도 아는 줄 알았지.」 그가 말했으나 그 순간 로이는 기절하듯 잠들었다. 나중에 몸이 쑤시고 입이 마르고 속이 메슥거리는 상태로 정신을 차리고 보니 지갑이 비어 있었다. 다행히 묶여 있던 몸은 풀려 있었다.

10년 전만 해도 이런 일은 절대 벌어지지 않았을 것이었다. 최소한 호텔 방의 금고에 대부분 현찰과 모든 신용 카드 및 여타 귀중품을 넣어 두고 호텔 카드키는 신발 보조 깔창 밑에 숨겨 둘 생각을 했을 테니까. 자신의 길거리 생존성 영민함을 많이 잃었다고 인정할 수밖에 없었다. 그는 자신의 바지를 챙겨 추켜올리고는 관절염에 걸린 뼈들이 허용하는 한도 내에서 최대한 빨리 그곳을 벗어났다.

다행히 카데베 백화점 앞에서 택시를 잡을 수 있었다. 운전기사는 분명 로이를 태워도 될 정도의 점잖은 승객이라고 판단한 모양이었다. 택시는 매끄러운 밤거리를 빠르게 지났으며 로이는 아까의 경험에도 불구하고 여전히 약간의 흥분을 느꼈다. 그는 살아 있었다. 아니, 다시 살아난 것처럼 흉내 내고 있었다. 다시 호텔에 도착했을 때는 사소한 트러블이 생길 뻔했다. 하지만 로이는 호텔의 야간 보이에게 택시비를 임시로 내달라고 설득하는 데 성공했다. 합리적이며 신뢰가 가도록 자신이 노망나서 정신을 딴 데 팔고 다녔다고 호소한 것이다.

3

베를린의 4월치고는 유난히 계절답지 않게 더운 날이다. 한때 알렉산더 광장 인근의 활기찬 시장이었으나 지금은 시끌벅적한 먹거리 중심지인 하케셔마르크트의 레스토랑 테라스 자리에 베티와 로이는 앉아 있다. 그들은 산책 코스로 하케셔 회프를 지나온 참이었다. 그곳은 한때 좁은 뜰과 그 주변으로 늘어진 지저분하고 작은 가게들 위로 잿빛 공동 주택 단지들이 드리워져 미로 같은 구조를 이루고 있었다. 하지만 이제는 첨단 유행에 뒤처지지 않는 총천연색 소매상들의 안식처로, 파격적이면서도 멋진 가게들과 푸르른 공동 구역들이 즐비했다. 여기서 베티는 귀국할 때 가져갈 기념품들을 샀다. 로이는 그럴 필요가 전혀 없었다.

베티는 초록빛을 자랑하는 예리하고도 극도로 드라이한 맛의 리슬링 백포도주를 홀짝인다. 그러는 동안 로이는 거의 주전자만 한 커다란 잔에 담긴 필스너 맥주를 의욕적으로 들이킨다. 그는 남아 있는 자신의 족발 요리를 살펴며 혹시 아직 먹을 만한 기름진 살코기가 남았는지 확인한다. 적나라한 분홍빛과 이에 대비되는 흰 뼈로 인해 그것은 부검의 결과물을 연상시킨다. 그는 공격적으로 요리를 후비지만 낭창한 돼지고기 비계 몇 조각과 이상하고 시큼한 자우어크라우트 양배추 가닥으로 만족해야 한다. 그는 술에 취해 어딘가 모르게 활기가 솟고 들뜬 상태다.

「이렇게나 유구한 역사라니.」베티가 입을 연다. 그러자 로이는 자신이 응답해야 마땅한 상황이라는 것을 깨닫는다.

「오, 맞아요.」그가 말한다. 그는 그녀가 눈의 반짝임과 쾌활함을 이토록 유지할 수 있다는 점이 놀랍다. 그는 이 모든 것에서 압박을 받는 기분이 든다. 마치 이 모든 기념물 아래 깔아뭉개지는 것 같다.

「그렇고말고요.」그가 덧붙인다.

「물론 정말 많은 고통도 있었죠.」베티는 마치 그의 생각을 읽듯이 말한다.

「그렇고말고요.」그는 한 말을 되풀이한다. 그는 그녀가 그날 오후 바이마르 공화국이나 나치 독일, 또는 냉전에 대한 자료들을 읽었다고 해서 그것들에 대한 기나긴 해설을 듣고 싶은 마음은 없다.

「*Dort wo man Bücher verbrennt, verbrennt man auch am Ende Menschen*(책을 불태우는 곳에서 결국 사람들도 불태우게 된다).」그녀가 인용한다. 「하인리히 하이네가 1821년에 쓴 글이에요.」

「오, 맞아요.」그가 추임새를 넣는다.

「당신은 독일어를 못하는 줄 알았는데요.」

들켰군. 로이는 수줍은 미소로 자신의 부주의에 대응하기로 결심한다.

「〈책을 불태우는 곳에서 결국 사람들도 불태우게 된다.〉」 그녀는 조금도 떨리지 않는 목소리로 덧붙인다.

「물론이죠. 그가 언제 그 글을 썼다고요?」

「1821년에요.」

「정말 흥미롭군요.」 로이의 생각으로 이런 것들은 엄밀히 말해 휴가용 주제가 아니다. 하지만 그 생각이 스치는 순간 빠르게 그녀의 쾌활한 분위기가 회복된다.

「당신은 독일인들이 좋나요?」 그녀가 날카롭게 묻는다.

「오, 물론이죠.」 그는 재빨리 대답한다.

「왜요?」

이것은 상대적으로 좀 더 난해한 질문이다. 그는 단순히 상 냥한 대화를 나눌 의도였지 이렇게 법정식 토론에 참여할 생 각은 아니었다.

「오, 나도 모르겠군요. 당신도 알다시피 그들은 정말 효율 적인 사람들이잖아요. 그들의 호텔은 티 하나 없이 깨끗해요. 그리고 서비스도 손색없고요. 우리도 고국에서 그들의 효율 적인 정신을 좀 본받을 필요가 있어요.」

잠시 침묵이 흐른다. 베티는 자신의 메뉴판을 살핀 뒤 웨이 터를 불러 놀라울 정도로 유창한 독일어 실력으로 커피를 주 문한다. 로이는 주문을 생략하겠다고 말한다. 그녀도 알다시 피 그가 점심을 먹고 나서 커피를 마시면 밤에 잠을 못 잘 것 이다. 그렇다고 그가 지난밤에 그렇게나 구르고 나서 오늘 밤

불면에 시달릴 가능성이 높다는 것은 아니다.

「이곳에서의 여행은 즐거웠나요?」베티가 묻는다.

「오, 그럼요.」로이는 즉각 대답한다. 「그렇고말고요.」

「당신이 때때로 좀 지루해하는 것처럼 보였거든요.」

「오, 아니에요.」그가 해명한다. 「그냥 조금 피곤해서 그랬어요. 안타깝게도 내가 당신의 체력을 따라갈 수가 없네요. 그냥 어쩌다 한 번씩 내 배터리를 재충전할 시간이 필요할 뿐이에요.」

로이는 멈칫하다 조심스레 입을 연다. 「반면 당신은 말 그대로 반짝거리더군요. 당신에게서 빛이 났어요.」

「고마워요.」베티가 인사한다. 「나는 이 도시가 정말 생동감 있게 다가와요. 이곳에서 벌어진 모든 어두운 일을 고려하면 그렇게 느껴진다는 것이 살짝 황당하지만, 그래도 정말 살아 있는 도시 같아요. 이곳에는 어떤 생생한 기운이 돌고 있어요. 젊었을 적 나 자신을 떠올리게 만들어요.」

「흠,」그가 다시 입을 연다. 「하지만 당신도 인정하다시피 이곳에는 너무나 많은 비밀이 감춰져 있죠.」

「오, 나도 알아요. 하지만 아무리 과거에 거주했던 사람들이 비인간적이었다고 해도 그 장소까지 탓할 수는 없잖아요. 아니, 탓할 수 있나요?」

「나도 거기까지는 모르겠네요.」그가 부드럽게 말한다.

왁자지껄한 소리 속에 묻힌 그들은 평화롭다. 야외 난로들에 불이 켜져 찬기가 없어졌다. 난로로도 온기가 부족한 경우를 대비해 레스토랑에서 제공하는 담요들이 깔끔하게 접혀 의자 등받이에 준비돼 있다. 오스트레일리아 출신 여성이 기타를 치며 기본적인 팝송들을 어쿠스틱 버전으로 잇달아 부르는 것이 그런대로 괜찮다. 사람들은 지나가면서 기타 케이스 안에 잔돈들을 던져 준다. 베티는 자갈이 깔린 장터 쪽을 내다보고 있다. 그녀의 얼굴에 드리워진 미소가 만족감을 표현한다. 로이는 바로 지금이 움직일 순간이라고 판단한다.

「내 개인적인 일들을 좀 정리하고 있었어요.」 로이가 슬그머니 운을 뗀다.

베티는 몽상에서 급작스럽게 깨어난다. 「뭐라고요? 여기에서요?」

「아니요. 그게 아니라, 이 도시에 오기 전에요. 몇 가지 건을 정리해 보려고 노력 중이에요.」

「네?」

「우리 같은 연금 수령자들에게는 악몽이잖아요.」

「뭐가요?」

로이는 생각한다. 그녀는 일부러 못 알아듣는 척하는 것일까? 하지만 그는 자신의 평정심을 유지한다.

「불경기 말이에요.」 그가 설명한다. 「그것이 우리 연금 수령자들에게는 유난히 큰 타격이었잖아요.」

「그랬겠죠.」 그녀는 마치 그것에 대해 한 번도 생각해 본 적 없는 것처럼 응답한다.

「네, 낮은 이자율에 높은 물가 상승률까지. 투자 수익률을 일정하게 유지시키기가 어렵게 됐죠.」

「네, 뭐. 나는 내 직장 연금이 있으니까요. 그게 특별히 넉넉하진 않아도 그런대로 충분해요. 그리고 모아 둔 돈도 있고요. 남편이 만들어 놓은 신탁 자금이 있거든요. 나머지 재산은 은행의 저축예금 계좌에 거의 넣어 두고 있고요.」

「오, 이런. 세상에, 이럴 수가.」

「로이, 무슨 일이에요?」

「당신의 사유 재산에 대해 캐물을 생각은 아니었어요. 하지만 그것만으로는 부족해요. 물론 당신에게 어느 정도 충분한 자본금은 있겠죠?」 그는 그녀를 기대하는 눈빛으로 바라본다.

「오, 내게는 이 정도로도 충분해요. 나는 별로 돈에 관심 없어요. 삶을 즐기는 것에 더 관심 있죠.」 그녀는 쾌활하게 말한다.

「어이쿠, 세상에. 그렇긴 해도 안전하게 투자하고 적절한 수익을 얻을 수 있는 투자처를 발견하기란 어려워요.」 그는 낙담하며 고개를 절레절레 흔든다.

「당신은 보관해 놓은 돈이 좀 있나 봐요?」 그녀가 묻는다.

「조금요.」 그가 대답한다. 「그래도 아무렴 당신보다는 적을 거라고 생각했죠. 내 작은 아파트를 팔았다면 더 많이 보유하고 있었을 거예요.」

로이는 잠시 말을 멈췄다가 재개한다. 「사람들은 돈에 대해 얘기하는 것을 별로 좋아하지 않죠? 금기인 주제잖아요. 그렇죠? 그럼에도 정말 중요한 주제죠.」

「섹스처럼요.」 베티가 덧붙인다.

「뭐라고요?」

「섹스라는 주제처럼 그렇다고요. 결정적으로 중요하지만, 정중한 대화를 위한 주제는 아니죠.」

「오, 맞아요. 이해했어요. 정말 그렇군요. 그렇지만 핵심은…….」

「네?」

「그게요, 내가 아는 사람이 있어요. 회계사 친구인데, 나는 그를 기적을 만드는 친구라고 불러요. 그 친구가 내 자산 포트폴리오를 지금까지 몇 년간 관리해 줬어요.」

베티는 응답하지 않지만 당혹스러워하는 것처럼 로이를 바라본다.

「네, 전에도 그 친구에 대해 얘기해 줬던 것 같네요.」 그녀는 결국 말한다.

「이름이 빈센트예요. 일을 경이롭게 처리하죠. 당신만 괜찮다면 그가 당신과 함께할 자리를 만들어 당신의 자산을 살펴봐 줄 수도 있어요.」

6장
1973년 9월
죄짓고 살기

1

그들은 죄를 짓고 살고 있었다. 다 안다는 식의 북부식 웃음과 함께 그녀가 한 표현을 빌리자면 그들은 〈빗자루를 건너뛰었다〉.[19] 그는 가차 없이, 그리고 불가해하게도 정착하는 것 같아 보였다. 그의 새 여자는 두말할 것 없이 굉장한 미인이었다. 그가 한 4개월 전 그녀를 술집의 연기가 자욱한 분위기에서 소개시켰을 때, 그 자리에 있던 케니는 조심스럽게 〈와우!〉라고 감탄했다.

그녀는 맨체스터에서, 아니 리버풀에서, 아니 리즈에서 왔던가? 어쨌든 그곳 중 한 군데 출신이다. 정부 기관의 대졸자 수습 공무원인 그녀는 교외의 외딴 사무실로 발령이 났다. 그곳에서 그는 눈에 띄지 않는 하찮은 자리를 차지하고 있었다.

19 비혼 동거 생활을 표현하는 관용어로, 19세기에 결혼식을 올릴 형편이 안되는 연인이 연장자 둘의 손을 잡고 함께 빗자루를 건너뛰는 의식에서 유래했다.

그들은 허름한 탕비실에서 만났다. 그곳에는 상한 우유의 악취와 녹회색 곰팡이로 가득 찬 냉장고, 그리고 연노란색 막이 생겨 더 이상 스테인리스라고 주장할 수 없을 싱크대가 있었다. 그녀는 최소한 건강에 위협이 될 정도로 더럽지 않은 머그잔을 찾고 있었다. 그래서 그가 자신이 갖고 있던 여분의 머그잔을 반짝이는 티스푼과 함께 그녀에게 건넸다. 그것은 그가 자신의 책상에서 얼른 가져온 것이었다. 그녀는 눈이 돌아가게 예뻤다. 그래서 그는 매력을 발산하며 자신이 몰개성한 이 사막에서 인간성의 오아시스라고, 더 나아가 청결함의 오아시스라고까지 포장했다.

그는 그녀에게 조직 사회가 어떻게 돌아가는지 설명해 줬다. 그는 말단 직원이었다. 관리와 서류 작업에 파묻힌 사무직 담당자였다. 디킨스 소설 속의 깃펜을 든 직원과 별반 다를 바 없었다. 반면에 그녀는 관리직이었다. 대졸자로 이루어진 간부단의 일원이었으며 엄청난 위대함을, 아니 교육 과학부가 보일 수 있는 최고의 위대함을 지닌 인사로 올라 있었다.

그리하여 관계는 진전됐다. 점심 식사 다음에는 저녁 식사가, 그다음에는 영화관으로의 데이트가 이어졌다. 그의 나이는 참고로 그녀보다 대략 스물세 살 많았으나 그녀에게는 별로 문제가 되지 않았다. 오히려 이점으로 작용하는 것 같기도 했다. 그녀는 또래 사람들이 너무 어리게 느껴졌다. 그녀가 그렇게 말했다. 결국 둘은 함께 침대에 있는 자신들을 발견했다. 이것은 매우 만족스러웠다. 모린은 세상이 드디어 전쟁의 가책에서 벗어나고 있다는, 어리고 생동감 넘치는 증거였다. 때가 묻지 않았고 상실감과 죄책감과 박탈감에 얽매여 있지 않았다.

그녀가 자신을 급진파로 여긴다는 사실을 그는 곧 알게 됐다. 그녀는 교회에서 오르간을 연주하는 요트 조종사 히스[20]를 끔찍하게 혐오하고, 더러운 케이건 가넥스 윌슨[21]에게 실망했다. 또 무명의 트로츠키주의 정치 집단에서 목소리가 큰 회원이었다. 이 점에 로이는 실망하지 않았다. 그녀가 터프티 도로 안전 클럽[22]의 멤버십 카드를 보유한 회원이었다고 해도 개의치 않았을 것이다. 종종 나체로 감사한 신음 소리를 들려주기만 한다면야 다 괜찮았다. 그녀가 진심으로 선을 실천하기 위해 정치에 임하는 자세는 꽤 웃겼다. 그래도 비웃음을 숨기기 위해 노력하긴 했다. 그가 가끔 그녀의 페미니즘 사상에 대한 립서비스를 해주기도 했으나 딱히 그것이 그들이 함께하는 삶에 영향을 끼치지는 않았다. 그는 최신 사건들에 대한 화제를 꺼내지 않으려고 조심했다. 그랬다간 그가 세상을 불평등한 관점으로 바라본다는 사실이 드러날지도 모르기 때문이었다.

20 영국 총리였던 보수당 정치인 에드워드 히스. 1970~1974년 재임.
21 영국 총리였던 노동당 정치인 해럴드 윌슨. 1964~1970년과 1974~1976년 재임. 친구인 조지프 케이건이 발명한 가넥스 비옷을 즐겨 입었다.
22 터프티라는 다람쥐 캐릭터를 중심으로 만들어진 1950년대 교육 방송.

그들은 서서히 동거할 생각에 이르렀다. 그 결정은 최소한 부분적으로는 현실적인 이유 때문이었다. 쥐꼬리만 한 공무원 월급으로 인해 둘 중 누구도 딱히 돈이 넉넉하지 않았고, 그들이 함께 보내는 시간이 점점 늘고 있었다. 어쩌다 보니 그는 자신의 운명을 그녀의 것과 하나로 묶을지도 모르겠다는 계산에 도달하고 있었다. 둘이 건물 내 같은 사무실에서 일하지는 않았지만, 그는 모린이 재능도 뛰어나며 높이 평가되고 있다는 사실을 잘 알고 있었다. 본부로 돌아가면 그녀는 분명 진급할 것이었다. 그녀의 급진주의적 사상은 이 전초지에서 오히려 자산이었다. 그래도 나중에는 그런 사상에 대한 고집을 어느 정도 누그러뜨릴 필요가 있을지도 모르겠다. 그는 그녀에게 그 부분에 대해 조언을 해줄 수 있을 것이다. 그녀는 그의 허세를 사실상 일종의 지혜로 받아들이고 있으니까.

이 연속선 상에서 동거는 중요한 지점이었다. 그에게는 모린과의 삶을 자신이 장기적으로 이어 나갈 만한지 여유롭게 가늠할 수 있는 기회가 됐다. 그는 성인이 되어 타인과 함께 살아 본 적이 없었다. 전후 군대에서 보낸 시간은 치지 않았다. 사소하고도 중요한 타협들을 해야 한다는 점에 익숙하지 않았으며, 아무런 방해 없이 자신의 삶을 주도하지 못한다는 점이 답답했다. 섹스와 재정적 안정이 그 점들에 대한 적절한 보상이 되는지 여부는 미결이었다. 그래도 그들의 삶은 그렇게 흘러갔고 그 흐름의 방향은 둘 모두에게 명백했다.

　그가 결정을 유보할 수 있는 시간은 한정돼 있었다. 모린은 고지식하고 보수적인 인간상과 어느 정도 거리가 있는 사람이었다. 하지만 그녀도 긴요하게 생각하는 몇 가지 기준이 있었으며, 결혼하지 않고 동거하는 일은 사회에서 그제야 막 받아들여지고 있었다. 그녀는 결혼을 안 하고도 관계를 약속한 상태로 함께하는 삶에 만족할 것이었다. 하지만 언젠가는 최소한 조금이라도 그녀의 부모님과 친해지라고 그에게 요구할 것이었다. 그녀는 부모님과 가까웠으니까. 이제까지 로이는 잘 피해 어둡고 꽁꽁 언 북부 지역으로의 무시무시한 기차 여행을 가지 않아도 됐다. 북부의 네안데르탈인 광부들과 북부의 마일드 맥주 파인트들, 그리고 북부의 뚱뚱한 여자들이 두건을 쓴 채 음울하고 작은 집의 현관을 청소하는 모습들, 북부의 끔찍하고도 암울한 마을들, 그리고 그보다 더 암울한 황야들이란. 그는 모린의 가족을 만나고 싶지 않았다. 그녀의 아버지와 어머니가 그의 존재에 대해선 알고 있었지만 그의 나이에 대해서도 아는지는 의문이었다. 더군다나 그들은 로이와 모린이 집과 침대를 공유한다는 사실은 확실히 몰랐다.

　이런 새로운 삶에 대해 그가 내린 결론의 전반은 그것이 지루하다는 것이었다. 그에게는 더 이상 저녁에 집으로 돌아와 조끼를 입은 채 배스 맥주 한두 병 들고 종이 포장 봉투에서 곧바로 피시 앤드 칩스를 꺼내 먹으며 텔레비전 앞에 앉아 있을 자유가 없었다. 그의 월급을 도박장에서 편히 쓸 수도 없었다. 또 대부분 토요일마다 아스널 술집으로 사라졌다 집으로 돌아와 술이 잔뜩 취한 채 침대에 널브러질 수도 없었다. 야한 잡지 묶음을 조심스럽게 숨겨 둬야 했다. 동네에서 여자를 집으로 데려올 수도 없었다.

그래도 숨통이 트이는 여유가 조금은 있었다. 모린이 최소한 주 2회는 모임에 나갔으며, 그때 로이는 케니와 그의 친구들과 함께 술집으로 탈출할 수 있었다. 하지만 이제 그곳의 에일 맥주에서는 익숙하고 평범한 맛이 났다. 점차 그는 문제를 일으키기 위해 런던의 웨스트엔드로 떠나 있는 자신을 발견했다. 심지어 모린에게 세상을 바꾸자는 취지의 진솔한 비밀 회동이 잡혀 있지 않은 밤에도 그랬다.

2

그는 이런 형태의 가정적 행복에 대한 최종 판단에 도달하고 있었다. 그것이 하나의 관점으로 명백해지기까지 그리 오래 걸리지 않았다. 애매모호한 부분들은 빠르게 줄어들었으며 마침내 사라졌다. 이 끔찍한 사무직의 우울함에서 벗어날 방법이 보이기 시작했다. 모린과는 다르게 그는 결정을 내리는 기계의 미세한 일부가 되어 이 나라의 젊은 세대들의 삶에, 아니 최소한 그들 중 교육을 받은 자들의 삶에 영향을 주는 일이 전혀 감사하지 않았다. 그런 거창한 개념들에 그의 마음은 차갑게 식었다. 그의 하찮은 자리에서는 설사 원한다고 해도 아무런 영향을 끼치지 못할 것이었다. 강조하건대, 그러고 싶지도 않았고. 이게 무슨 헛소리인가. 그는 스스로에게 헛기침을 하면서도 그녀의 젊음이 누리는 자만심을 용인했다. 그녀는 앞으로 배울 것이다. 하지만 그가 만족할 만큼 빨리 배우지는 못할 것이다.

그는 사업할 기회를 찾고 있었는데, 금방 그것을 찾아냈다. 그것도 자신의 놀이터라고 여기던 환경에서. 소호는 여전히 지저분하고 어두우며 위험한 곳이었다. 리젠트가의 반짝임으로부터 몇 미터 떨어진 지하세계였다. 뇌물과 갱단이 그곳을 아직도 지배하고 있어 일부 시민들에게는 감흥을 일으키고, 일부 시민들에게는 격분을 일으켰으며, 방해하는 자들에게는 고통을 주고 있었다. 진열되는 삶이 끝나 버려 포주들에 의해 비도덕적인 둥지에서 쫓겨난 비참한 매춘부들이 소호의 상징이었다. 그들은 헤로인 정맥 주사를 맞으며 거리에서 사업을 재개해 보려고 노력했다. 하지만 사업이라고 해봤자 현관에서 몸을 팔고 겨우 몇 파운드 받는 것이 다였다.

두 개의 클럽 사이 골목길에서 새벽 2시에 그는 마틴 화이트를 우연히 발견했다. 마틴은 자신의 토사물 속에 널브러져 응답도 못 하는 상태였다. 그가 알기로 마틴은 클럽 중 한 곳의 안내 지배인이었다. 보아하니 마틴의 상류층인 척하는 태도가 암흑가의 의뢰인 중 한 명의 신경을 거스른 모양이었다. 그 결과 마틴은 눈 밖에 난 채 집도 잃고 술에 찌들게 됐다. 그럼에도 불구하고 로이는 그가 자신의 계획에서 중요한 역할을 담당할 수 있겠다는 가능성을 봤다. 로이는 마틴에게 3파운드를 던져 주며 인근에 벼룩이 들끓는 모텔이 많으니 그날 밤은 그중 한 곳에서 방을 잡고 당일 오후 4시에 특정 커피숍에 나타나라고 일렀다.

그때 만남에서 로이는 마틴을 의도적으로 강력하게 포섭했다.

「이제 우리의 시대야.」로이는 그를 설득했다. 「클럽계의 상황이 변하고 있고 성매매는 어느 정도 인정받기 시작했어. 우리는 이 흐름을 타야 해.」

마틴은 머뭇거렸다. 로이는 특유의 의지로 불타는 푸른 눈으로 그를 직시했다. 「너도 합류할래, 말래? 싫으면 말해. 시궁창에서 내가 끌어올 수 있는 너 같은 놈들이 수천 명은 되니까. 오늘은 그냥 네게 운 좋은 날인 줄 알아. 원하면 도로 빌어먹을 골목길 생활로 돌아가도 돼.」

거짓말이다. 로이는 정확히 마틴만을 원했다. 그의 부유해 보이는 매력, 일단 좀 씻고 꾸미면 빛을 발하는 그의 잘생긴 얼굴, 그리고 로이에게 없는 그의 인맥들 때문이었다. 둘은 담배를 태우고 유리잔에 담긴 카페라테를 마시며 자신들의 세계를 바꾸기로 결의했다.

「버윅가에서 망해 가는 작은 가게 하나를 봐뒀어.」로이가 말했다.「그 가게 임대료는 어떻게 구할 수 있을 것 같아.」

「내게 이 일에 적절한 인맥들을 가진 벨기에 친구가 몇 놈 있어.」마틴이 말했다.「그들이 스웨덴과 덴마크에서 자료들을 어느 정도 공수해 줄지도 몰라. 정말 노골적인 것들로. 잡지와 영상물들 말이야. 그러면 우리는 보통 거치는 중간상을 생략할 수 있을 거야. 대마초랑 알약도 좀 구할 수 있을 것 같고.」

그들은 공격적으로 당당하게 새로운 가게를 열어 뒷골목 문화였던 섹스를 주류 산업으로 만들기로 결심했다. 부업으로 은밀하게 마약도 취급해 더 젊고 부유한 고객들의 구미를 자극할 것이었다. 이것은 나팔바지를 입고 두꺼운 콧수염을 기른 현란한 남자들에 의해 이미 많이 형성된 길이었다. 그자들은 이미 밤 문화라는 별무리 속에서 자신들의 나이트클럽을 행성으로 키워 놓았으니까.

「그래도 시장은 활짝 열려 있어.」로이가 말했다.「시장이 잘 익었다니까. 우리의 순간이 왔다고.」

3

9월은 10월로 접어들었고, 안개가 런던을 뒤덮었다. 로이는 며칠 간 사무실에 병가를 냈다. 그리고 신장 개업을 위한 대출을 받으려고 라이언스 은행의 장기 저축예금 통장에 저축해 놨던 그의 소소한 개인 비상금으로 은행 지점장에게 뇌물을 먹였다.

「소호라고요.」프라이스 씨가 미심쩍다는 듯이 말했다.「엄밀히 말해 지구에서 가장 쾌적한 곳이라고 할 수는 없군요.」

프라이스 씨는 얇은 콧대에 은행 지점장다운 안경을 걸치고, 그 아래로는 은행 지점장다운 콧수염을 기른 모습이었다.

「바로 그거죠.」로이가 호응했다. 그의 얼굴에는 〈의욕〉이라고 쓰여 있었다.「하지만 상승세를 타고 있는 곳이에요. 그럴수록 가격이 치솟기 전에 얼른 들어가서 자리를 잡아야 하잖아요.」

「흠, 좋지 않은 평판을 얻을 위험이 있는 지역이나 사업에는 은행 입장에서 연루되는 것을 원치 않을 것 같습니다.」

「오, 아니에요, 전혀 그런 것이 아니라고요.」로이가 혀를 차며 부정한다.「오, 절대로요. 저도 그런 식의 사업은 벌이고 싶지 않아요. 저는 이곳에 양지에서 당당한 사업체를 세우려는 거예요. 은행이 제 사정을 좀 봐주십사 했죠.」

「많이 봐드리는 겁니다.」프라이스 씨가 입을 꾹 다문 채 회의적으로 말했다.「이 사업에 대해 좀 더 알려 주십시오.」

로이는 사실을 살짝만 틀어 전해야겠다고 다짐했다. 미리 경계하게 만들어서 좋을 것이 없으니까.

「저는 뭔가를 창조하려는 거예요.」로이가 설명을 시작했다. 「작고 저급한 가게를 지역 사회에 뿌리내린 사업으로 바꿀 거예요. 그리고 물론 동시에 돈도 좀 벌고요.」

프라이스 씨는 로이를 뜯어봤다. 「그럼 이 부지 내에서 정확히 무엇을 팔 계획입니까?」

로이는 그를 노려보다 금방 미소를 띤다. 「두어 가지요. 우리는 책도 팔고 아방가르드 영화도 상영할 거예요. 또 커피를 마시며 최근 사건들에 대해 토론할 수 있는 장소를 제공할 거고요.」

「그럼 일종의 모던한 책방이라는 건가요?」이 말을 내뱉는 것이 힘겨워 보이는 프라이스 씨는 인상을 썼다.

「그런 식으로 생각할 수도 있겠네요. 맞아요, 프라이스 씨도 알다시피 그 지역에는 기나긴 문학적 전통이 녹아 있어요. 그리고 그곳의 모든 싸구려와 성 상품들 가운데서도 여전히 그런 전통을 추구하는 부류의 사람들이 꽤 있죠. 지갑이 두둑한 지식인들요. 당연히 가게는 우리 대도시 전역에서 사람들을 끌어모을 거예요. 게다가 위치도 이상적으로 중심부인 지하철역 근처예요.」

「그럼 부지는 어떤가요?」

「조금 낙후됐어요. 현 세입자가 은퇴를 앞두고 있거든요. 그는 그곳을 제게 흔쾌히 넘기고 싶어 해요. 임대료 계약은 싸게 잘했는데 지금 기한을 얼마 못 벌었어요. 장소를 고객들에게 선보이기에 손색 없을 정도로 멋지게 꾸미는 데는 손이 얼마 안 가요. 제 동업자는 자재 공급자들과 인맥이 좋은데 지금도 그들과 흥정 중이죠. 우리는 미래를 꽤 낙관적으로 바라보고 있답니다.」

「물론 그러시겠지요.」프라이스 씨가 말했다. 「귀하도 현 시기가 엄밀히 말해 새 사업을 시작하기에 좋지 않다는 것을 잘 아실 겁니다. 그 때문에 은행들은 새로운 투자 건에 접근할 때 극도로 주의할 거예요.」

「오, 물론이죠.」로이가 응답했다. 「그리고 꽤 정확한 지적이시기도 하고요.」

「제가 이런 말을 하긴 좀 뭐하지만, 코트니 씨, 당신은 딱히…… 보헤미안 스타일 고객들의 수요를 충족하는 일에 자신의 미래를 걸 법한 부류의 사람처럼 보이지 않는데요?」

「프라이스 씨께서 의도하신 질문이 제가 긴 머리에 자아도취된 히피 무리와 어울리는지 묻는 거라면 당연히 대답은 〈절대 아니요〉입니다. 하지만 그들의 돈은 기쁜 마음으로 받을 의향이 있어요. 그것이 이 일의 묘미죠. 그들이 우스꽝스럽게도 소위 사업이라고 부르는 것들을 보세요. 그 협동조합들, 직접 뜨개질을 하고 홀치기 염색법으로 무늬를 낸 우산들을 선보이며 좋은 뜻으로 움직인다는 여자들 말이에요. 그들을 보면 웃어야 할지 울어야 할지도 가늠이 안 되잖아요. 하지만 저는 실제로 사업이 굴러가게 만들 겁니다.」

「알겠습니다. 개인적으로 저는 귀하의 사업안에서 일말의 가능성도 엿볼 수가 없습니다. 대출하고자 하는 사람이 당신이라는 것, 사업에 대한 당신의 감각보다도 당신이 타깃으로 삼는 고객층이 문제입니다.」이 말을 하며 프라이스 씨는 중간에 로이에게 희미한 미소를 지었다. 「제가 보기에 전혀 가당치 않은 것은 물론이고, 도의적으로도 문제가 많아 보인다는 것을 꼭 짚어야겠군요.」

「그럴 수도 있죠.」 로이가 미소를 보이며 말한다. 「그렇지만…….」

「그러나……」 프라이스 씨가 로이의 말을 저지하기 위해 손바닥을 들며 말을 이었다. 「이 사안을 본사에 올리긴 할 겁니다. 굳이 얘기하자면, 그쪽의 관점이 저보다 좀 더 진보적일 수도 있겠지요. 귀하의 일에 모든 행운이 따르기를 바랍니다.」

4

직장에서 로이는 가위, 풀, 그리고 타자기와 은행에서 온 낡은 편지를 가지고 은밀하게 작업했다. 타자용 사무실 구석에 자리한 새 복사기를 통과하니 그럭저럭 볼 만한 콜라주가 탄생했다. 참고로 복사기는 부장이 매의 눈으로 감시하고 있었다. 로이는 점심시간이 될 때까지 기다렸다가 땀에 젖은 손가락들을 움직이며 복사본을 만들었다. 첫 복사본은 그런대로 괜찮았지만, 혹시 몰라 두 장 더 복사해 놨다. 자기 자리로 돌아온 로이는 프라이스 씨의 사인을 위조했는데, 첫 시도는 너무 흔들렸다. 두 번째 복사본이 여분으로 있다는 것이 다행이었다.

그것은 유감스럽지만 필요한 속임수였다. 라이언스 은행 사안이라는 쳇바퀴는 굉장히 느리게 굴러갔다. 대출을 승인받을 것이라는 자신감은 있었다. 하지만 임대차 계약을 곧바로 체결해야 하는 상황이었다. 그 공백을 메울 방법은 자신의 계좌에 자산이 충분하다고 확인시켜 주는 편지를 제공하고 바라건대 곧바로 바로 현금으로 바뀌지 않을 수표에 사인하는 것뿐이었다. 각종 용품을 구비하고 소소하게 부지를 꾸미는 일에도 차후 수표를 발행해야 할 것이었다. 상품을 살 때는 수표가 필요 없었다. 이 사업에서는 유럽 대륙에 있는 마틴의 공급자들이 그들에게 상품을 보낼 때까지 현찰만이 필요할 테니까. 로이는 필요한 거래를 성립시키기 위해 필요한 유동 자산을 어디서 구할지 생각해 둔 바가 있었다.

로이는 병가를 내고 4시에 사무실을 나왔다. 다음 날도 병가를 내고 쉬어야 할지 모른다고 말해 뒀다. 그래도 그에게는 이 직장에 잠시 더 머무를 필요가 있었다. 곧 그는 그 잿빛의 기나긴 리놀륨 통로를 벗어나 진짜 세상의 밝은 빛 속으로 해방될 것이었다.

5

그들이 싸울 때가 되고도 남았다. 주기적으로 싸워 왔으니까. 그녀는 아무것도 없는 방에서도 트집을 잡을 수 있으리라. 로이는 언제나 그렇게 생각했다. 뭐, 그러려면 그러라지. 지금은 싸우기에도 적합한 시기였다. 사실 싸울 필요가 있었다. 그 싸움을 제대로 핵전쟁 급으로 키우는 것은 일도 아니리라.

이번에는 무슨 트집을 잡으려고 할까? 화장실 상태? 그의 게으른 생활 습관? 마틴이 시도 때도 없이 드나들며 그녀의 가슴을 쳐다보는 것? 지금 관점에서 봤을 때 그는 그들이 대체 어떻게 사귀게 됐는지, 그리고 대체 왜 계속 붙어 있었는지 전혀 알 수 없었다. 일단 그녀는 그보다 너무 많이 어렸다. 그 두 사람을 본 누구든 명백히 알아챌 수 있을 정도였다. 단순히 몇 년 더 어린 것이 아니었다. 모린은 순진했으며 거의 무한대로 열정적이었다. 한때는 그에게도 그런 덕목들이 있었으려나? 있었더라도 한참 전에 소멸했을 것이다. 긍정적인 삶이란 그에게 이해 불가 영역이었다. 그는 그렇게 살 이유를 찾을 수 없었다.

어쩌면 모린은 그의 존재감에 끌렸는지도 모르겠다. 어쩌면 그녀에게는 아버지상이 필요했는지도 모르겠다. 발달이 덜 된 시골 북부 지역에서 이 거대한 매연의 도시 런던으로 왔으니까. 어쩌면 그녀가 단순히 그에게서 참을 수 없을 만큼의 성적 매력을 느꼈는지도 모르겠다. 이들 중 어느 것도, 아니면 모두 다 이유가 될 수 있었다. 무엇이 됐든 그는 상관없었다. 그것은 희미해져서 유용성을 잃었으니까. 사실 그에게는 이제 완전히 다른 방향으로 삶을 트는 것이 이득이었다. 한때 그가 보는 이득 중에는 매력적인 어린 여자와 섹스를 원할 때마다 할 수 있다는 것, 그의 밥을 해주고 집안 살림을 맡아 줄 사람이 있다는 것(사실 그 두 가지 중 어느 것 하나도 그녀가 잘한다고 볼 수는 없지만), 그리고 자신보다 소득이 높은 사람과 함께 사는 물질적인 혜택이 있었다. 하지만 그들이 공동주택금융 계좌를 연 후부터 그녀의 목소리가 그렇게 커지고 공격적이고 단호하게 변할 줄은 몰랐다. 그는 무한한 인내로 그녀의 목청을 참아 줬다.

뭐, 그것도 더는 참지 않을 거지만. 이제는 그가 최대한 이득을 보면서 이 관계에서 빠져나오는 일만 남았다.

닥쳤을 때는 그야말로 일이었다. 그들은 저녁을 먹은 뒤 거실에 앉아 있었다. 텔레비전을 크게 틀어 놨다. 이웃집에 사는 젊은 커플의 롤링 스톤스인지 데이비드 보위인지 모를 소음을 차단하기 위해서였다. 로이는 그 커플이 약쟁이들일 거라고 추정했다. 너무나 수척하고 창백한 낯빛에 둘이 똑같이 매가리 없는 머리 스타일, 희미한 미소와 밤새 록 음악을 듣느라 검푸르게 내려온 다크서클로 봐선 말이다.

그들이 사는 건물은 1960년대에 급히 분할된 것이었다. 벗겨지고 색이 바랜 목조, 엉망으로 바른 모르타르, 그리고 기물 파손 행위라 할 만큼 즉흥적으로 칸막이만 세워 집을 만든 소행으로 인해, 한때 19세기 안락한 상인의 저택이었던 건물의 모습은 거의 찾아볼 수 없었다.

그들은 건물 1층의 3분의 1을 차지하고 살았다. 그들의 아래층인 굉장히 살고 싶지 않은 지하 집에는 어둡고 눅눅한 구석들이 많았는데, 그곳에는 조용하고 독실한 서인도 이민자 부부가 살았다. 로이가 추측하건대, 남편은 버스 기사 일을 하고 아내는 학교 청소부이니 꽤 깔끔하게 하고 살 것이었다. 통로 건너편에는 우리의 약쟁이들이 살았다. 그들은 가슴 아리게 순진하고 어렸으며 이대로 가면 일찍 죽을 운명이었다. 그들의 윗집에는 갈퀴처럼 마르고 적의가 많은 할아버지가 살고 있었다. 그는 언제나 납작한 모자와 칼라가 없는 셔츠 차림인데 얼굴에는 면도기가 놓친 한 뭉텅이의 수염이 덥수룩했다. 듣자 하니 홀아비였는데, 공동 구역에서 마주칠 때면 항상 남을 노려봤다. 로이는 남은 두 집에는 대체 누가 살고 있는지 전혀 가늠이 안 됐다. 그 건물은 시끄럽고 추웠으며 음울하고 절망적이었다. 이곳에서보다 더 나은 삶이 존재한다는 사실을 로이는 알고 있었다.

모린은 텔레비전으로 다가가 그것을 껐다. 쿵쿵거리는 박자와 귀에 거슬리게 내지르는 노래의 소음이 벽 너머로 들려왔다.

「자기는 매사에 관심이 없구나. 그렇지?」 그녀가 말했다. 그를 위협하는 그녀의 목소리는 날카롭고 가혹해 그의 귀를 후벼 팠다. 「당연히 자기의 커리어도 관심 밖이고.」

「그것은 어떤 의미로 말하느냐에 따라 다르지.」 그가 대응했다. 「나도 내 할 일은 해.」

「그런데 그게 다야. 그렇지? 그냥 할 일이야.」

「어떤 직장이든 그렇지. 그냥 할 일이잖아. 주어진 일을 하면 돈을 받고. 이야기 끝.」

「우리가 그것보다 더 중요한 일을 하고 있다는 생각은 한 번도 안 해봤어?」

그는 어깨를 으쓱하고는 신중하게 말을 고른다. 「내겐 일도 중요해. 그게 우리의 빌어먹을 생활비를 해결해 주잖아. 입에 풀칠은 하게 해주고.」

「자기는 무언가 사명을 갖고 임하는 일이 없는 거야?」

「사명을 갖고 임하는 일이라고? 그것이 정확히 무슨 뜻이야? 게다가 어쨌든, 내가 왜 그래야 하는데? 착실히 하루 일해 착실히 하루 수당을 받는 것 외에 대체 무슨 사명이 필요한데?」

「왜냐하면 우리가 원하면 세상을 바꿀 수 있으니까.」

그는 놀랍다는 표정으로 그녀를 바라본다.

「바꾼다고? 대체 내가 왜 그런 짓을 하고 싶어 해야 하는

데? 일단 그 바보 같은 생각이 타당하다는 전제하에 말이야. 세상은 세상 있는 그대로야. 그냥 세상에 적응해 사는 거지. 세상으로부터 가져갈 수 있는 것은 무엇이든 가져가면서.」

「자기는 매사에 관심이 없지? 그렇지?」 그녀가 했던 말을 반복한다.

「그런 짓은 다른 사람들의 몫이지. 나는 명령을 받고 그것을 수행해. 그리고 수당을 받지. 지시받은 일을 하지 않으면 해고당하든가. 아주 단순해.」

윗집에서 크게 쿵 소리가 났다. 아마 짐 가방이 바닥에 떨어졌을 것이다. 아니면 사람의 시체가 바닥에 떨어졌든가.

「나는 그냥 적응해서 사는 것에만 관심 있어. 이론은 제시하지 않고. 세상도 바꾸지 않고.」 그가 이 마지막 말을 던질 때 침이 씁쓸히 얇게 한 가닥 튀어 그의 턱에 거미줄처럼 걸렸다. 그는 그것을 소매로 닦아 냈다.

모린은 말이 없었다. 할 말을 잃은 상태였다. 그녀는 갑자기 이 언쟁을 이어 나갈 기력도 의지도 잃은 기분이었다.

「무슨 말을 해야 할지 모르겠어.」

「그럼 아무 말도 하지 말든가.」 그가 곧바로 응수했다. 의도적인 발언이었다.

「그냥 지금 대화를 그만둘까?」 그녀가 물었다.

날카로운 억양과 달리 그녀 입장에서 불편하게나마 화해를 제시하는 의도라는 것을 그도 알았다. 빠르네. 그가 생각했다. 일반적으로 그들은 이보다 훨씬 늦게, 그러니까 서로에 대해 지치고 한도 끝도 없이 답답해하는 상태가 되어서야 이 지점에 도달했다. 어쩌면 그의 날 선 말투에 그녀의 무의식적인 감이 반응했는지도 모르겠다. 하지만 그는 이 언쟁을 이렇게 그냥 놓을 생각이 없었다. 오, 절대 없었다.

「이런 위선자 같은 헛소리들은 이제 질렸어.」그가 말했다. 「〈나는 세상에 노래하는 방법을 가르치고 싶어. 완벽한 하모니를 이루도록.〉그럼 빌어먹을 콜라나 사고, 입 닥치든지.」

그녀는 놀란 기색이 확연했다. 그들의 게임은 이렇게 진행되는 것이 아니었다. 그들의 규칙은 이렇지 않았다.

「그럼 자기는 뭘 어떻게 해야 하는지 다 꿰뚫고 있나 보네.」그녀가 조용히 말했다.

「그럼.」그가 결론을 내렸다.

그녀는 눈을 살짝 흘겼다. 그는 그녀가 움찔했다는 것을 확신할 수 있었다.

그때의 일을 그는 자랑스러워하지 않았다. 그의 마음이 약해졌을 때 일어난 일이었다. 그날 그는 특히 어둡고 바람이 많이 부는 밤에 술집에서 돌아왔다. 그녀는 뭐라고 계속해서 잔소리를 퍼부었다. 지금은 무엇에 대한 거였는지 기억도 안 나지만. 어쨌든 그래서 그는 말없이 그녀를 벨트로 때렸다. 빠르고 세게 그녀의 관자놀이를 쳤다. 짧고 예리한 충격이었다. 그녀가 쓰러지거나 그녀에게 더 큰 피해를 입힐 정도로 세지는 않았다. 하지만 틀림없이 그녀는 정신이 나갔다. 잠시 그녀의 머리가 목 위에서 탄력적으로 굴렀다. 그 행위로 노리고 있던 효과를 거뒀다. 일시적으로 적대감을 품었던 표정은 공포로 바뀌었다가 감사하게도 순응하는 태도를 담았다. 즉흥적이고 계획에 없던 일이었지만 그는 그 일의 효율에서 배운 바가 있었다.

그는 아무런 가책을 느끼지 않았다. 당시 상황에서 그 행위는 엄밀히 말해 이상적이거나 우아하지는 않았지만 방어적이었으며 심지어 꼭 필요한 것이었다. 그는 이제 그렇게 생각했다. 그가 그녀를 바라봤다. 당시처럼 그녀의 눈빛이 흔들렸다.

「가서 엄마와 며칠 지내다 오는 게 어때?」 그가 말했다. 화해의 의도를 담은 제안이라기보다는 조용한 명령이었다.

그를 바라볼수록 그녀의 분개하는 공포심이 녹아 없어져 체념으로 바뀌었다.

「그래, 그렇게 하는 게 좋을지도 모르겠네.」 그녀가 대답했다. 그는 계속해서 그녀를 흔들림 없이 바라봤다.

6

바쁘다 바빠, 바쁘다고. 일에 착수할 때가 됐다. 자신의 소지품을 모두 챙기고 자취를 전부 지우며 그는 빠르게 그 집에서 이사를 나왔다. 이번 경험으로 소꿉놀이에 대해서는 평생 우려먹을 정도로 많이 배웠다. 그는 주택금융 계좌를 비웠다. 그 돈의 일부는 자신의 계좌로 이체했으나 대부분은 현찰로 준비해 놨다. 그 계좌는 모린이 고집해서 둘이 같이 개설한 것이었다. 주택 담보 대출을 갚기 위한 돈을 모으기 위한 것이었다. 그러고도 그녀가 인습에 얽매이지 않고 사회 체계에 반하는 사람이라는 것이 참. 행복한 가족 놀이는 이쯤에서 끝내자. 그는 은행 통장을 아주 즐거이 없애 버렸다.

로이는 관공서에서 사직했다. 얼룩덜룩하게 나오는 볼펜으로 바질던본드사(社)의 지저분한 메모지에 고통스럽게 갈겨 쓴 퉁명스러운 편지 하나로. 우라질 법적 고지 기간은 무슨. 그는 생각했다. 또 빌어먹을 마지막 달 월급은 무슨. 나를 찾으라고 해. 나를 고소하라지.

이제 가게가 그의 집이었다. 불결하긴 하지만 살 만했다. 온수도 난방도 없었다. 그는 창문 하나 없는 작은 뒷방의 실밥 터진 낡은 소파에서 자야 했다. 그 소파는 꺼림칙한 때가 묻어 있고 불쾌한 냄새를 풍겼다. 하지만 그는 많은 경험을 해봤다. 이보다 더 안 좋은 상황에서 살 때도 있었다. 은행 대출은 승인이 거절됐다. 그래서 현금 유통에 문제가 생길 가능성이 높았다. 하지만 당분간 그가 주택금융 계좌에서 뽑아 온 돈을 쓰고 임대주에게 은행의 기량 부족을 핑계 대며 그럭저럭 상황을 굴릴 수 있었다. 첫 탁송물만 들어오면 상황이 해결될 것이었다. 핵심은 그가 다시 살아 있는 느낌이 든다는 점이었다. 더 이상 무력화된 좀비이자 월급의 노예가 아니었다. 로이는 낄낄댔다. 모린은 습관적으로 노동의 신성함에 대해 말하곤 했다. 신성함은 없었다. 로이는 생각했다. 노동은 어딘가에 예속되는 것이었고 예속이란 전부 굴욕이었다.

마틴은 동업자들과 전화 통화를 했다. 모퉁이를 돌면 있는 공중전화기에서 만족할 줄 모르는 그것의 식욕을 달래느라 황급히 10펜스 동전들을 집어넣었다. 그래도 전화는 그 값어치를 했다. 첫 탁송물이 며칠 안에 도착하기로 결정됐으나 아직 그것에 대한 세부 사항들은 정해지지 않았다. 그사이 그들은 거무죽죽하고 작은 가게를 다시 꾸미기로 했다. 일단 창문을 신문지로 덮는 일부터 시작했다. 그들은 낡디낡은 카펫을 없애 버리고 담배 냄새에 전 어두운 벽면들은 흰 페인트로 칠한 뒤 여기저기 찍혀 있는 낡은 카운터에는 마무리용 광택 도료를 발랐다. 재고품들을 비축하기 위해서는 벨기에, 네덜란드, 그리고 스칸디나비아에 있다는 마틴의 인맥들이 필수적이었다. 로이는 사업의 진행 방법에 대한 지식과 뼈대를 제공했다.

로이가 막 소파에서 불편하게 기어서 일어나 자신을 위한 차 한 잔을 만들려고 하는데, 가게의 정문을 조급히 두드리는 소리가 들려왔다. 그는 해진 회색 담요를 벗어 던지고 숨을 고르다 신발을 질질 끌고 머리를 손가락으로 대충 빗은 뒤 셔츠를 바지 속에 넣고 아직 줄어들지 않은 소리 쪽으로 향했다. 작달막하고 멀쑥하게 차려입은 젊은 남자가 유리문 반대편에 서 있었다. 그는 조바심을 내며 로이를 쳐다봤다. 반면 로이는 그를 위아래로 훑으며 그의 초크 스트라이프 정장의 넓은 옷깃과 나팔바지, 첼시 부츠, 성긴 콧수염, 포마드를 바른 머리, 그리고 거만한 표정을 눈여겨봤다. 이런 부류의 인간을 잘 알았다. 돈을 노리고 접근했다 바삐 빠져나가는 부류였다. 물론 그로부터 일말의 얻을 것이 있을 수도 있으니, 그의 얘기를 들어 주긴 해야 할 것이었다. 어떤 재미없는 포르노나 정신을 잃게 만드는 술이나 그런 비슷한 것들에 대해 일종의 특별가를 제안하리라. 뭐, 그도 상대의 말을 상냥히 들어 주긴 할 생각이었다.

「매니언 씨 맞습니까?」 젊은 남자가 밝게 물었다. 로이는 이런 일종의 사업을 하면서 조심하는 차원에서 그 이름을 썼다.

「묻는 당신은 누구십니까?」 로이가 퉁명스럽게 물었다.

「스미스라는 이름의 사람입니다. 존 스미스요. 네, 그것은 제 진짜 이름이 맞습니다.」 젊은 남자는 일부러 웃음을 터뜨리며 연습해 온 농담이라는 것을 드러냈다. 「그 이름이야말로 제가 이고 다니는 짐 덩어리죠. 아무도 제 말을 믿지 않아요. 하지만 여기에 제가 존재하죠. 실물 그대로, 존 스미스가요. 제 운전면허증이라도 확인해 보실래요?」

로이는 관심 없어 보였다. 어차피 운전면허증 또한 가짜일 가능성이 있었다.

「제가 왜 그래야 하죠? 원하는 것이 뭐요?」

「당신은 이런 상황을 처음 접했군요? 그렇죠? 저와 제 동료들은 아치와 잘 아는 사이예요. 착한 놈이었죠. 최고 중 하나였어요. 구식을 고수했고요. 시민 의식도 있고 꽤 큰 역할을 맡던 놈이었어요. 아니요, M 씨. 저는 그냥 온 김에 들러 지역 사업체들을 대표해 이곳에 온 당신을 환영할 생각이었어요. 사실 저는 당신을 이 근방에서 본 적이 있어요. 당신도 저를 본 적이 있을 수 있고요.」

「그런 기억이 없는데요. 그쪽 가게는 어디요?」

「오, 제 사업체는 각지에 산발돼 있어요. 제 사업은 고정된 본부가 없거든요. 저와 제 동료들은 우리의 고객들을 위한 서비스를 제공하는 사업을 해요. 그리고 진심으로 당신도 조만간 우리의 고객이 되기를 바라고 있답니다.」

존 스미스는 활짝 웃었다. 로이는 그러지 않았다. 그는 지루했다. 학생을 위협하는 것 같은 이런 행위를 조금도 인내하고 싶지 않았다.

「어떤 서비스요?」

존 스미스의 좋은 유머 감각은 주인을 떠나지 않았다. 그는 다시 미소를 짓고는 설명했다. 「M 씨, 당신도 사업가잖아요. 당신이야말로 우리가 어떤 서비스를 말하는지 감이 올 텐데요.」

「어쩌면 제가 감을 잡았는지도 모르죠. 아닐 수도 있고요. 그러니 저를 이해시켜 주시죠.」

「여러 종류가 있죠. 우리는 사업가잖아요. 보급품, 음식, 음료, 문학 등과 같은 종류에 대해 도와드릴 수 있어요. 여기서 책 가게를 여실 거라고 들었는데요.」

「제대로 알고 오신 것 같네요. 어디서 들은 소식인가요?」

스미스 씨는 그의 질문을 무시했다. 「직원들까지 제공해요. 저희는 인력을 꽤 많이 데리고 있죠, 에헴. 어디에 내놔도 빠지지 않는 직원들이랍니다. 혹시 그런 쪽으로 관심 있으실까 봐 말해 두는 거예요. 저희는 지역 경찰들과도 관계가 아주 좋습니다. 원하신다면 소개를 좀 해드려서 M 씨의 앞길이 더 순탄하도록 만들어 드릴 수도 있죠. 결론은 저희가 거의 모든 것을 제공한다는 말입니다.」

「감사해요. 하지만 저희 사업은 이미 나름대로 준비가 잘된 것 같군요.」 로이가 무뚝뚝하게 말했다.

「저희의 가장 인기 있는 서비스 중 하나는 보안 쪽입니다. 우리는 이 지역에 자리한 여러 사업체를 돌봐 드리고 있어요. 새로운 지역에서 새로운 사업을 시작하는데 절도 등을 당하면 별로 좋지 않겠죠. 그런 일이 없도록 저희가 보증해 드릴 수 있어요.」

「별로 관심 없네요. 감사합니다.」

「반면 제대로 된 보험을 들어 놓지 않으면 여러 곤란한 일이 생길 수 있죠. 아니면 제 동료들이 합작 사업을 설립하는 일에 관심을 보일 수도 있답니다. 사업체들의 합병이라고 부를까요? 아니면 M 씨의 사업이 미래 전망이 있고 가격만 괜찮다면 그것을 사들일 생각도 있어요.」

「이 자식아, 그냥 좀 꺼져라. 응? 아니면 네 노고에 보답할 겸 귀싸대기를 때려 줄 테니.」

젊은 남자는 계속해서 미소를 지었다. 「M 씨, 그런 식으로 나올 필요 없어요. 우리 관계가 시작부터 틀어지길 바라는 것은 아니겠죠? 자잘한 오해는 없었으면 하네요. M 씨도 사업을 진행하면서 아마 도움이 좀 필요할 거예요. 약간의 호의라고 할까요?」

「네놈이나 네 친구 놈들과 같은 쓰레기들이 하는 협박은 필요 없다고.」

「어이구야!」 스미스 씨가 탄성을 질렀다. 「한 성깔 하시네요. 그렇죠, M 씨? 조언을 하나 해드리죠. 그런 식의 태도는 고객 관리나 지역 공동체 의식에 좋지 않아요. 우리는 다 함께 잘 지내고 싶답니다. 풍파를 일으키고 싶은 마음은 전혀 없어요. 그러면 사업이 안 풀려요. 풍파를 일으키는 주범에게는 특히 그렇죠. 저희 제안에 대해 생각 좀 해보시는 것은 어떤가요? 내일 또 들를게요. 그때 핵심을 다시 논하죠.」

「저리 꺼지라고. 다시 나타나면 너를 위해 특별히 엉덩이를 걷어차 주마.」

「명백하게도 저희는 친해지기를 실패했군요. 제 동료 중한 명에게 들르라고 하면 어떨까요?」

「그럼 그를 위해 그놈의 점박이 엉덩이도 걷어차 주지. 이제 그만 꺼져. 다시는 찾아오지 말고.」

「당신은 엄청 큰 실수를 저지르고 계십니다.」

「그래서? 네 친구 몇 놈과 함께 또 들르겠다고? 그럴 일은 없을 거야. 네 눈에는 내가 지금 겁에 질려 떨고 있는 것으로 보이냐?」

「M 씨, 별로 좋은 처신이 아니군요.」 존 스미스가 검지를 좌우로 흔들며 말했다.

7

「문제가 생겼어.」 며칠 뒤 마틴이 말했다. 「그것도 큰 문제가.」 가게에 들어선 그는 숨이 찬 상태였다.

「마틴, 진정해.」 로이가 말했다. 「자, 이제 이 로이 형님에게 다 얘기해 봐.」

「저번 날 자칭 존 스미스라는 놈이 들른 적 있어?」

「들렀다면? 그놈 정도는 내가 처리할 수 있어.」

「그놈을 걱정해야 하는 것이 아니라고. 그가 대표하는 놈들을 걱정해야지. 그는 그냥 분위기를 풀어 놓으라고 투입된 놈이야.」

「그냥 아마추어 폭력단의 갈취 행위일 뿐이라고. 우리는 그냥 개들에게 반항하면 돼.」

「너는 아직도 상황 파악을 못 하고 있어. 그들은 수년간 활동해 온 놈들이야. 대부분 부동산을 소유하고 있거나 그 임대주들을 꼼짝 못 하게 꼬챙이로 꿰고 있다고. 놈들은 사람들이 문 앞에서 지랄하지 않고 회비를 꼬박꼬박 내기만 하면 사업을 벌일 수 있게 내버려 둬.」

「그래 봤자, 찻잔 속의 폭풍처럼 시끄러워 봤자 별것 아니야. 초창기에 마주하는 사소한 문제들일 뿐이지. 우리는 괜찮을 거라고.」

「아니, 내 생각엔 그렇지 않은 것 같아. 놈들이 나를 불러들여 제대로 얘기하더라고. 네가 아는 존 스미스가 아니라 그 뒷배들이 말이야. 놈들은 너를 안 좋아해. 그렇다고 우리가 뭐 어떻게 할 수 있는 것도 아니고.」

「알았어.」로이가 천천히 말했다. 「얼마를 달래?」

「그런 수준을 넘어섰어.」

「그럼 어쩌라고? 워더가(街)에서 전쟁이라도 벌이자는 거야? 그들이 그런 걸 원할 리는 없는데. 그렇잖아?」

「물론 원하지 않지.」

「그럼 조건이 뭐래?」

「놈들이 한발 물러설 거래. 소란을 일으키고 싶지는 않다면서.」

「그것 좋은 소식이네. 그래서 놈들의 조건이 대체 뭐냐니까, 마틴?」

「우리가 오늘 이 가게를 비우고 열쇠를 카운터에 올려 두는 거야. 말 그대로 런던에서 쫓겨나는 거지.」

「우리가 그러지 않는다면?」

「그런 자세한 얘기는 안 해줬어. 근데 얘기는 여기서 끝이 아니야.」

「언제나 그렇지.」

「놈들은 우리의 탁송물에 대해 알고 있어. 내 생각에는 놈들이 멀리서 얻은 정보인 것 같아. 그래서 탁송물이 언제 어디로 운송될지 짭새들에게 흘렸대. 탁송물은 포크스턴 항구에 잡혀 있어.」

「그럼 놈들의 말만 믿고 우리가 움직여야 하는 거야?」

「놈들은 탁송물이 정확히 어떻게 들어오고 있는지 내게 알려 줬어. 항구 쪽에 있는 내 정보원이 그러는데, 그곳에 짭새들과 세관 공무원들이 깔렸대. 스미스의 뒷배가 우리에게 30분을 준다고 했어. 그것도 내가 놈들에게 애원해서 얻어 낸 거야. 그다음에는 짭새들에게 탁송물이 어디로 운송될 예정이었는지 흘릴 전화 한 통화가 또 있을 예정이래. 또 그 후에는 특별 기동 수사대가 우리를 추격하기 시작할 거고. 놈들 말로는 그냥 우리를 서둘러 쫓아내려는 조치라더군.」

로이가 잠시 이야기를 고려하다 입을 열었다. 「그래, 그럼 떠나자.」

말없이 그들은 함께 서둘러 로이의 소지품들을 챙겼다. 축축한 행주로 로이는 자신이 건드렸을지도 모를 모든 면을 닦았다. 그러고는 자신의 열쇠고리에서 열쇠를 빼내 그것을 카운터에 올려놨다.

그들이 떠난 뒤로 문이 쾅 닫혔다. 그들은 옷깃을 세운 채 지하철역을 향해 빠르게 걸었다.

「이제 어쩌지?」 마침내 일링 브로드웨이 역에 있는 술집에서 자리를 잡자 로이가 물었다.

「내게 몇 가지 안이 있긴 해. 로이, 대체 무슨 생각으로 그랬던 거야?」

「나는 한 번도 다른 사람의 괴롭힘에 끌려다닌 적이 없어. 그놈 같은 잔챙이 범죄자에겐 더더욱.」

「그 잔챙이 범죄자가 거물 중 한 명의 조카야. 매우 명성이 자자한 놈이라고. 여기서 우리 일은 끝났어.」

「그럼 이제 어떡해?」

「새로운 일을 잡아야지.」 마틴이 미소를 짓고는 자신의 파인트 잔을 비웠다.

로이는 마틴이, 그 멍청한 마틴이 옳고 자신이 틀렸다는 점
이 극도로 거슬렸다. 하지만 그는 틀렸다. 조심스럽게 버윅가
에 들렀을 때 그의 꿈과 희망의 자리에 불타 없어진 가게의 전
면이 자리한 것으로 확인할 수 있었다. 어떤 알 수 없는 수단
으로 로이가 모아 놓은 돈을 억지로 앗아 가려는 마틴의 정교
한 계략이 아닌 이상, 그것은 기정사실이었다. 마틴의 계략이
었다면, 로이는 곧이어 그의 꼼수를 확인할 수 있으리라. 아
니, 아니다. 마틴에게는 그런 거대한 계략을 세울 만한 머리
가 없었다. 절대 아니다.

로이는 패딩턴 호텔 방으로 돌아와서 기다렸다. 처마 밑에
자리한 그 방은 값이 싼 만큼 끔찍했다. 그래도 로이는 자신
의 삶을 진정으로 재개하기 전에 자산을 필요 이상으로 쓰고
싶지 않았다. 지루했다. 방에는 텔레비전이 없어 소호로 잠깐
외출했다가 신문 『선』지를 들고 돌아와 처음부터 끝까지 정
독했다. 오후에는 잠시 낮잠도 잤다.

심지어 마틴에게 의지하고 지내야 해서 더 힘들었다. 당분
간 마틴이 대장이었다. 마틴은 그들의 여행 일정을 정하고 런
던의 이스트엔드에 있는 인맥을 통해 여권을 구했다. 로이에
게는 그를 믿는 것 외에 다른 선택권이 없었다. 로이는 자신
의 은행 계좌에서 돈을 모두 인출한 상태였지만, 절대 상황을

정리하기 위해 독단적으로 나서지 않았다. 그에게는 생각나는 방안도, 인맥도 전무했다. 매일 저녁 둘의 회의 시간에 로이가 편안한 태도를 취하자 마틴은 부지불식간에 점점 더 로이를 멸시했다. 둘의 동업이 계속되면 언제고 마틴은 지금의 태도에 대가를 치르게 될 것이다.

오늘 밤, 마틴의 주장대로 그들은 움직일 예정이었다. 나라를 뜨는 과정에서 경찰에게 붙잡힐 경우를 대비해 로이는 여권을 위조하는 것이 안전하리라 판단했다. 위조한 여권에 쓸 증명사진을 찍기 위해 그들은 각자 어깨까지 내려오던 머리의 뒤와 옆을 짧게 치고 콧수염도 밀어 없앴다. 마틴은 여권들을 만들기 위해 이스트엔드로 파견 나간 상태였다. 두고 보자. 로이는 생각했다. 우리 젊은 마틴 화이트 씨가 돌아올지 여부는 두고 보자고.

그런데 마틴이 때에 맞춰 돌아왔다. 그러자 로이는 증오를 느꼈다. 그 감정은 비합리적임에도 불구하고 전혀 줄지 않았다. 마틴이 그를 이렇게 전락시켰다. 평상시에는 무해하고 그럭저럭 쓸모 있는 이 멍청이에게 무력하게 의지하는 존재로. 그는 자신의 경멸감을 숨겼다. 마틴이 새로 발견한 우월감을 기분 좋은 배려로 숨기는 것만큼이나 효과적으로.

특별한 밤이었다. 그들에게만 그런 것이 아니었다. 큰 무리의 사람들이 런던 중심부 주변에서 서성거렸다. 내년에 열리는 독일 월드컵에 잉글랜드가 출장할 수 있을지 결정하는 큰 경기를 보기 위해 많은 사람이 웸블리로 향하고 있었다. 마틴이 고민을 많이 한 흔적이 보였다. 이것만은 인정해 줘야 했다. 런던 경찰청이 대중을 관리하기 위해 분투하고 나머지 나태한 경찰들은 브라이언 클러프[23]가 ITV에서 전문가 식견을 늘어놓는 것을 관제실 텔레비전으로 관람하는 동안, 그들은 무리의 흐름을 거슬러 움직일 예정이었다.

지하철을 타고 빅토리아 역의 바글거리는 중앙 홀에 도달하자 상황이 수월해졌다. 항구로 가는 기차에서 빈 칸을 발견한 뒤 그들을 가장 힘들게 만든 것은 기다림이었다. 영국 철도가 시간에 맞춰 기차를 출발시키려는 일상의 투쟁에 임했으나 헛수고였기 때문이다. 사람들이 열차 칸에 뿔뿔이 흩어져 들어왔다. 눈을 깜빡이며 명백히 아무 생각 없어 보이는 독일 학생이 모서리가 뾰족한 배낭으로 로이의 무릎을 쳤다. 못생긴 이탈리아 여자애 두 명이 큰 소리로 떠들어 댔다. 만면에 미소를 짓고 있는 시끄러운 네덜란드 남자애도 세 명 있었다. 곧 여덟 명으로 열차 칸이 가득 찼다. 로이는 조는 척하며 끓어오르는 분노를 참았다. 이것은 우아한 여행이 아니었다. 자신이 상상했던 생활은 이런 것이 아니었다.

결국 기차가 출발한 시각은 예정보다 45분밖에 안 늦었다. 기차는 끼익 하는 소리와 함께 진동하며 도버 역 앞에 멈췄다.

23 잉글랜드 전 축구 선수이자 감독.

그 바람에 로이는 빠져들었던 깊은 잠에서 깨어났는데, 기차는 아무런 이유도 없이 거의 20분을 멈춰 있다가 다시 거칠게 흔들리며 앞으로 움직이기 시작했다.

그들은 어린 동료 탑승객들이 기차에서 내리는 것을 기다린 다음에야 자신들의 가방을 챙기고 힘겹게 코트를 어깨에 걸친 뒤 연락선 출입국 관리실로 향하는 통로를 지났다. 로이는 속으로 자신의 돈이 수중에 잘 숨겨져 있는지 확인했다. 그가 억류되고 개인 물품들이 수색되면 모든 것이 끝이리라. 그 생각이 기이하고도 친숙하게 다가와 그를 진정시켰다. 그는 전에도 이 길을 걸어 본 적이 있었다. 이 순간에 작용하는 요소들은 오로지 그의 처신과 더불어 행운일지 불운일지 모르는 운이었다.

마틴과 로이는 헤어져, 로이는 청소년들 무리 뒤쪽에 붙었다. 보아하니 영국 중학생들이 일종의 수학여행을 와서 흥분한 모양이었다. 그는 그들의 추레한 보호자들을 관찰하고는 자신의 넥타이를 풀고 머리를 헝클어뜨린 뒤 세상 피곤한 표정을 연기했다. 그의 새 여권에는 교사라고 명시돼 있었다. 일단 26명의 아이와 어른들이 통과하기를 기다렸다. 그들을 곧바로 따라가기까지 한순간이었다. 공무원은 지루해하며 그를 본 뒤, 그의 여권도 잠시 확인하고는 돌려줬다. 쉽게 해결됐다. 그는 속으로 뿌듯함을 느꼈다.

선창의 눈부신 빛을 받으며 로이는 배에 올라탔다. 그러는 사이 선원 중 한 명이 들고 다니던 요란한 라디오에서 잉글랜드가 폴란드와 비겨 결국 1974년도 월드컵 본선에 진출하지 못하게 됐다고 방송했다. 로이는 도버 역을 뒤돌아보며 생각했다. 영국이여, 나의 영국이여. 한동안 너와 거리를 두게 되어 다행이구나.

그들은 술집에서 파인트 잔으로 세 번째 축배를 들었다. 그때 마침 로이가 그들의 미래에 대한 계획과 관련해 화제를 꺼냈다. 연락선은 거친 바다 위에서 휘청거리며 흔들렸다. 그 덕분에 인근 탁자들 위에서 빈 유리잔들이 미끄러지며 움직였다. 두 사람은 반만 불이 켜진 공간에 거의 유일하게 남아 있었다. 마틴은 안색이 파리해져서 담뱃불을 껐다. 하지만 로이는 그보다 비위가 좋았다.

「다음 계획이 뭐야, 마틴?」로이가 물었다.

「아직 생각해 보지 않았는데.」마틴이 뭉개지는 발음으로 대답했다. 「최우선 순위는 경찰들에게 발각되기 전에 자리를 뜨는 것이었거든.」

「그건 맞는 말이지.」로이가 침착하게 동의하며 한 박자 쉬었다. 「그래도 우리에게 계획은 필요하잖아.」그가 격려하는 미소를 보냈다.

「파리에서 좀 싼 호텔을 하나 잡은 뒤 거기서부터 생각해 볼까 했지.」

로이가 들릴락 말락 하게 한숨을 쉬었다. 그러고는 말했다.

「알겠어. 일단 그렇게 해도 되겠지. 그런 다음에는?」

마틴은 아무 생각 없어 보였다.

「브뤼셀에도 네 인맥이 좀 있었나?」 로이가 눈썹을 들어 올리며 대답을 유도했다.

「응.」

「다양한 물자를 취급하는 사람도 있어?」

「있지. 하지만 일단…….」

「일단?」

「일단 시작부터 돈이 필요할 거야.」

「내가 현찰 몇 장 정도는 구할 수 있을 것 같은데. 이 어여쁜 여권들을 그냥 버리기엔 너무 아깝잖아.」

「다시 영국으로 돌아갈 생각을 하는 거라면…….」

「그런 말은 안 했어. 하지만 네 친구들이 북유럽이나 북아프리카에서 물자들을 들여오는 일에 도움이 필요하다면 정직한 영국 사업가 몇 명이 손 좀 빌려주는 게 낫잖아? 우리가 그쪽 일에 몸담을 수 있을 것 같은데. 그렇지 않아? 가격만 맞으면 말이야. 그러다 시간이 흐르면 무역업계에 제대로 자리 잡을 수 있겠지.」

「네 말은 중간에 그들을 배제한다는 거야? 놈들은 그런 식을 별로 안 좋아할 텐데.」

「또 앞서 나가네, 마틴. 나는 그런 말 한 적 없어. 일단 애초에 우리의 쓸모를 찾은 뒤 일이 어떻게 흘러가는지 두고 보자고. 알겠어? 아니면 다른 좋은 생각 있나?」

「아니.」

「그럼 됐네. 너는 그냥 만남만 주선해. 나는 돈 문제를 해결할게. 그러면 되지 않겠어? 너도 괜찮지?」

「그럴 것 같기도 하고.」

「좋았어.」로이가 달래는 투로 말했다.「훌륭해. 나는 이 일에 건배를 해야겠어.」그는 속으로 살짝 회심의 미소를 지었다. 방금 적당한 수준의 주도권을 되찾았다.

7장
가정의 행복

1

그들은 이번 주말을 로이와 함께 보내지 않아도 된다. 간밤에 잠을 잘 자지 못한 로이는 정신이 산만하고 자꾸 불만스럽고 짜증도 났다. 그래서 그는 자신만의 공간에 칩거하며 자기 일을 정리하기로 했다. 일단 그의 말에 따르면 그렇다. 그는 자신의 소지품을 대부분 창고에 보관하다 팔 계획이다. 부동산 시장의 상황을 고려하면, 그가 어느 정도 수준의 수익을 낼 수 있는 마지막 기회다. 그는 그렇게 주장한다.

「그래서 내가 빈센트와 상의하는 거예요.」 그가 아침 식사 중에 말했다. 「자신의 노후는 준비해 놔야죠. 내 평생 많은 경우를 봤어요. 우리 나이가 되도록 과거 하나 없는 사람은 없잖아요. 그렇지 않나요?」

그것은 질문이 아니다. 그는 자신의 과거에 대해서는 별로 얘기하고 싶어 하지 않으며 가끔 모순되도록 그가 지루한 인

165

생을 살아왔다고 주장하면서도 이런 식의 얘기를 한다. 그녀는 그의 이런 반복적인 말을 처음 듣는 것이 아니다. 그가 최소한 말의 일관성이라도 유지하려고 노력했다면 좀 나았으려나? 보아하니 그는 그녀를 쉽게 속는 부류의 사람이라고 여기는 것 같다.

로이는 개의치 않고 계속해서 말을 쏟아 낸다. 「어쩌면 내가 당신보다 더 많은 것을 보고 살았는지도 모르겠군요. 당신이 온실 속의 삶을 살 수 있었다는 것이 다행이라고 생각해요. 진심으로요. 내가 경험한 것 중 몇 가지는 당신이 절대 보고 싶지 않을 테니까요. 그래도 그랬기에 나는 인생의 중요한 것들을 지켜야 한다는 사실을 배웠어요. 자신이 갖기 위해 노력한 모든 것을 다 지켜 내야 해요. 자산도 관심도 가족도, 전부요. 당신도 마이클과 스티븐과 에마가 미래에 쓸 자산을 남겨 주고 싶잖아요. 당신이 그러니까…… 현실을 마주합시다. 우리는 현실적으로 생각해야 하니까요. 우리 나이에는 언제든 우리가…….」

베티는 로이가 신문에서 일기예보라도 낭독한 것처럼 그를 향해 온화한 미소를 짓는다.

「내 말은, 당신이 언제든 빈센트와 상담이라도 해보고 싶다면…….」

하지만 일단 지금은 로이가 정리해야 할 일이 무엇이든 그것들을 처리하러 떠났다. 그래서 베티에게는 숨 쉴 공간이 생겼다.

　스티븐이 그녀와 함께 있다. 그가 로이에게 자택까지 차로 모셔다 드리겠다고 제안했으나 로이는 퉁명스럽게 거절했다.

　「눈 감고도 갈 수 있다네. 역까지 태워다 준다면 좋겠지만 그다음에는 리딩 기차역에서 갈아탄 뒤 패딩턴 역에서 택시만 타면 끝이야. 아마 나는 내일까지 돌아오지 못할 거야. 정리할 일이 아주 많거든.」

　로이가 없으니 분위기가 한결 편안하다. 별로 놀라운 일도 아니다. 그들은 부엌에서 빈둥거리면서 지속적으로 숨을 편안히 내쉴 수 있다. 집 안에서 대위법처럼 진행되는 그들의 움직임에도 마치 느긋한 우아함이 깃든 것 같다. 스티븐이 조리대에서 커피콩을 가는 동안 베티는 파슬리를 씻는다. 그녀가 허브들을 자르기 위해 몸을 돌리자 그는 정확한 순간에 찬장으로 이동해 카페티에르를 찾는다. 그가 주전자를 들어 끓는 물을 따르는 동안 그녀는 비스킷 과자 통 쪽으로 손을 뻗는다. 둘은 함께 거실로 걸어가 쌓여 있는 토요 신문들 옆에 자리를 잡으며 이 말 없는 안무를 완성한다. 그녀는 등받이가 수직인 그녀의 의자에 앉고 그는 소파에 대충 너부러진다.

　허브들은 페이퍼 타월 위에서 건조되고 있다. 베티가 한 시간쯤 뒤 그들의 점심으로 요리할 오믈렛을 위해서다. 점심 식사 후에는, 스티븐이 부엌 식탁에서 이메일과 다른 몇가지 IT

관련 문제들을 확인하기 전에, 둘이 잠깐 전원으로 드라이브를 나갈지도 모르겠다. 그런 다음, 베티는 의자에서 낮잠을 자거나 그냥 눈만 감고 바흐 음악을 들을 수도 있겠다. 그들은 저녁으로 인도 음식을 시켜 먹자고 합의를 봤다. 로이는 자극적인 음식을 소화하지 못한다. 그러니 이것이야말로 큰 즐거움일 것이다.

2

빈센트는 입을 떼었지만 말이 나오지 않는다. 무슨 말을 어떻게 할지 한창 고민하는 것처럼 보인다. 결국 그는 말한다. 「로이, 왜 이런 짓을 하는 거야? 당신은 이런 귀찮은 짓을 안 해도 살만하잖아. 돈도 아주 여유롭게 모아 놓았을 텐데. 이 돈이 또 필요할 리 없잖아.」

글쎄, 인생이 이렇게 노년기에 이르렀는데, 조금은 진실을 풀어놓는 것도 괜찮겠지. 이 세계에서 그의 유일한 수증자라고 할 수 있는 빈센트에게라면 상황을 설명하는 것도 나쁘지 않을 것이다.

「돈은 언제나 더 있으면 좋지.」 로이가 설명한다. 「절대 현금이 〈너무〉 많을 수는 없어. 게다가 이것이 내 일이잖아. 나는 이 일을 할 수 있어서, 이 일을 잘하기 때문에 하는 거야. 그리고 이 사람들은 또 어떻고. 이 바보 같고 안일한 사람들 말이야. 이들은 고생한다는 것이 뭔지 몰라. 자기 인생의 주인 공이 되어 살지. 따뜻하고 아늑하게. 그들의 상황을 좀 흔들어 놓을 필요가 있다고.」

　로이는 여기에 덧붙일 수도 있겠다. 이것은 약점이라고, 충동이라고. 거짓말을 공들여 만들어 내고 그 뒤로 복잡하게 덧붙이는 작업. 이거야말로 아드레날린이 솟구치게 만든다. 과거의 삶에서 그는 큰 거짓말을 하고 들키지 않았을 때 절대 기쁨을 표현하지 말라고 배웠다. 표적을 놀리고 싶은 마음에, 믿을 만한 이야기에서 조금이라도 벗어나 거짓말에 색을 입히고자 하는 충동을 지양하라고도 배웠다. 하나의 거대한 거짓말만 있으면 된다. 그는 경험으로 그것을 알고 있다. 그리고 거짓말이 통했다는 즐거움을 혼자서 속으로 누리기만 해도 충분히 감사한 일이다. 일의 종반에 얻을 결과를 무시하지 않을 필요는 있다. 하지만 로이에게는 성취감이 그런 것에서 오지 않았다. 실행 과정에서, 사기 행위 자체에서 왔다. 빈센트는 이해하지 못할 것이다. 그는 특이하게도 즐거움이 없는 인간이니까.

　「그들은 꽤 착한 사람들이야.」로이가 급하게 말을 이어 간다.「그들 부류 중에서 말이야. 특권층에, 의기양양하고, 시야가 좁은 그런 부류 말이야. 너도 그들을 만나게 되겠지. 아마 너도 그녀에게 호감을 느낄걸. 나는 그랬거든.」

　「그럼에도 불구하고 사기를 멈출 정도는 아니라는 거지?」

빈센트가 말한다.

「그런 이유로 왜 멈춰야 하는데? 이것도 그녀에게 중요한 가르침이 될 거야. 비록 꽤 나이 들어 얻는 가르침이겠지만. 나는 그녀가 좋아. 하지만 내가 그녀를 아는 이유는 그녀가 스스로 자신을 드러냈기 때문이야. 애초부터 말이야. 나도 한창때 꽤나…… 충분히 상냥한 사람들을 많이…… 상대해야 했다고.」

그래도 이 건을 반드시 해야 하는 것은 아니다. 물론 지난 몇 년 사이 로이의 자산이 급격히 줄긴 했지만 남은 것으로 근근이 살아갈 정도는 된다. 하지만 이런 일에서 그는 만족감을 얻는다. 게다가 그는 베티를 좋아하면서도 동시에 경멸한다. 하물며 그녀의 끔찍한 가족을 생각하면, 맙소사!

그들은 닥친 일로 돌아온다. 꽤 부끄럽게도 진심을 일부 드러낸 뒤다. 아니다. 진실을 풀어놓는 것은 다시 생각해 보니 별로 좋은 선택이 아니다. 로이는 생각한다. 그런다고 양심이 달래지는 것도 아니다. 질문만 야기한다. 특히 자기 자신에게도 의문이 들면서 한껏 다져 놨던 확신이 흔들린다. 그의 나이에 그런 동요쯤은 없어도 된다.

로이는 베티에게 빈센트의 조언이 필요하다고 설득할 것이다. 그래서 그녀가 넘어오면 빈센트가 투입될 것이다. 이 일에는 어느 정도 끈기가 필요할 것이다. 물론 이미 관계를 구축해 오면서 밑밥을 깔아 놓았다. 로이는 빈센트와의 자리에 베티가 누구누구를 부르고 싶어 할지 생각해 본다. 운이 좋으면 풋내기 스티븐을, 그리고 운이 살짝 덜 좋으면 그녀의 아들 마이클을 원할 것이다. 두 초대 손님 모두 결국 손바닥 위에서 굴릴 수 있을 것이다. 로이는 빈센트에게 어떤 모습으로 나타나야 하는지 꽤 신경 써서 요구한다. 빈센트의 태도뿐만 아니라 옷차림까지도 특정 짓는다. 빈센트는 심기가 불편하지 않다. 그는 로이가 세부 사항까지 신경 쓰는 습관에 아주 익숙하며, 일반적으로는 로이의 판단이 옳다는 것을 잘 알고 있다.

그들은 기본적인 각본을 함께 훑어본다. 꽤 많은 부분에서, 더군다나 베티가 가질지도 모를 의문들에 대응하기 위해 즉흥적으로 움직여야 한다. 그래서 각본은 어디까지나 이번 사기의 윤곽에 불과할 수밖에 없다. 로이는 주요 전달 내용들과 그들이 벗어나면 안 될 경계선들을 보강한다. 좀 까다로운 부분들도 있다. 주로 베티가 로이와 함께 이 모든 일에 발을 들이게 유도하는 과정에 대한 것들이다. 그런 부분들은 여러 차례 살펴야 한다. 빈센트와 로이가 따로 계좌를 개설할 수도 있겠지만 포기한다. 그렇게 하려면 그들이 원하는 것 이상으로 기술적 묘기를 부려야 하고 이 모험 전체를 일반적인 허용 범주보다 더 많이 위험에 노출시켜야 하기 때문이다.

마지막으로 그들은 기술적 문제들과 씨름한다. 계좌는 이미 다 개설됐다. 로이는 베티의 집, 그의 침실에 숨겨 놓은 얇은 태블릿 PC로 은밀히 시험 삼아 그 계좌에 온라인으로 접속해 봤다. 로이는 주요 순간이 다가오면 극적 신빙성을 더하기 위해 둘의 이름으로 개설된 공동 계좌에 함께 금액을 이체시키자고 말한다. 공동 계좌는 잘 알려지지 않은 해외 금융 기관에 개설돼 있다. 빈센트는 이 과정에 문제가 있을 수도 있겠다고 생각하지만, 곧 깨닫는다. 로이는 언제나처럼 이 일을 화려하고 멋들어지게 처리하고 싶은 것이다. 그래서 로이에게 돈을 이체할 가장 빠른 기회를 놓치지 말고 꼭 실행하라고 강조한다. 그런 뒤 일의 종반전이 닥칠 것이다. 그러면 빈센트는 자신의 다음 계획들을 미리 정해 놓고 즉시 뜰 준비를 해야 할 것이다.

일이 굴러가기 전에 둘이 다시 길게 논의할 기회가 없을지도 모른다. 운명의 바퀴가 굴러가기 시작하면 그들이 얘기를 나눌 기회를 빼앗길 수도 있어 그것에 의지할 수 없다. 그러니 상황이 예측하지 못한 방향으로 흘러갈 경우를 대비해 반드시 둘 다 공동의 전망과 일의 취약성을 온전히 파악하고 있어야 한다. 로이는 베티에게 완전히 속이 보이는 것 같은 이미지를 유지하면서 그녀의 의심을 조금이라도 일으키지 않으려고 할 것이다. 로이와 빈센트에게 이것은 이미 여러 번 함께 걸어 본 길이다. 훨씬 힘든 상대들도 경험했다. 서로 악수를 한 뒤 로이는 돌아가는 기차를 잡으러 간다. 이 일은 문제없을 것이다. 오, 전혀 문제없을 것이다.

3

「내 생각에는 당신에게 사과해야 할 것 같아요.」로이가 입을 연다.

「네?」베티가 말한다.「왜 그렇게 생각하는데요?」

「생각해 봤는데, 내가 떠나 있던 동안에요, 당신은 당신의 삶과 가족에 대해 얘기해 줬는데 나는 조금…….」

「말수가 적었다고요?」

「부드럽게 표현하자면 그렇죠. 당신과 다르게 내 인생에는 별로 흥미로운 일이 없었어요. 당신도 보다시피 나는 내 인생에 자부심을 갖고 있다고 말할 수 없죠. 그래서 속 얘기를 터놓는다고 해야 하나, 어쨌든 그런 것이 별로 내키지 않았어요. 나는 남의 사생활에 관심을 끄도록 배우고 자랐거든요. 하지만 내가 털어놓은 것보다 훨씬 많은 얘기를 당신에게 해 줄 의무가 있더라고요. 우리의 관계를 다음 단계로 진전시키고자 한다면 말이죠.」

「그 말이 무슨 의미죠?」

「당신이 제안했듯이 내가 내 집을 팔고 당신의 집에 영구적으로 이사 오는 것 말이에요.」

「저는 이미 당신이 이사 왔다고 생각한걸요. 게다가 그것이 내 제안이었는지도 몰랐군요.」베티가 새침하게 덧붙인다.

「그래요, 뭐. 내 작은 아파트를 팔면 이사가 공식화되겠죠.

우리 둘의 훌륭한 미래를 안정적으로 보장해 줄 만한 돈도 마련할 수 있고요.」

「과연 그렇군요.」

「한 가지는 분명히 짚고 넘어가고 싶어요. 나는 단 한 번도 당신에게 거짓말을 한 적이 없어요. 그냥 단순히, 음······.」

「진실을 가려서 얘기했다고요?」

로이는 인상을 쓰고 단호히 말한다. 「오, 아니요. 그 표현은 별로 마음에 안 드는군요. 아마도 내가 내 마음만큼 당신에게 다가서지 않았던 모양이에요.」

「로이, 농담이었어요. 당신을 놀리는 말이었다고요.」

「오, 그래요, 뭐. 어쨌든 이게 나예요. 짧고 단조로운 이야기죠. 당신이 경계할 만한 내용은 하나도 없어요. 잠이 솔솔 오는 이야기이기도 하고요. 시작하자면 나는 원래 도싯 출신이에요. 가족 안에서 나는 골칫덩이 같은 존재였다고 할 수 있죠. 아버지는 아버지의 아버지처럼 그곳의 지역 목사였어요. 장남으로서 나는 뒤를 이으라는 기대를 받고 있었어요. 사립 학교를 다니고 케임브리지 대학교에서 신학을 공부하기로 예정돼 있었죠. 그런데 내 인생에 전쟁이 개입했어요. 게다가 나는 당시 일종의 모험가였어요. 물론 지금도 그렇지만요. 가능하게 되자마자 군대에 입대했어요. 하지만 애석하게도 입대자 목록에서 뒤로 밀려 최전방에서 싸울 기회는 찾아오지 않았죠. 훈련이 요구되는 생활과 시대의 혼돈, 그리고 전쟁이 마지막 단계에 이르러 흐지부지되고 있다는 사실이 뒤죽박죽된 삶이었어요. 한창 힘들었을 때 전쟁을 치른 자들에게는 최후의 일격에 가담할 수 있는 자격이 주어졌어요. 우리 어린애들은 예비군으로 붙잡혀 있었고요. 나는 언제나 당시 선택을 후회해 왔어요. 나는 사람들이 비웃는 군사 정보부라고 부르는 집단에 속해 있었어요. 그래도 나름대로 최선을 다해 국가를 위해 일했다고 생각해요. 나는 사건들을 수사하고 도망치는 전범들의 위치를 추적하기 위해 유럽에 파견된 작은 집단의 일원이었어요. 어느 정도 성공도 거뒀고요. 당시 경험을 통해 나는 인생에 대해 많이 배웠어요. 물론 몇 가지 경험은 아무리 타인이라도 겪기를 바라지 못할 정도로 끔찍했지만요.」

「예를 들어 어떤 경험요?」

「오,」로이가 불편해하며 대답한다.「내가 누구에게도 말하지 않는 것들요.」

「나에게조차요?」

「당신에게는 특히 더 말하지 못해요. 당신이 알지 않아도 되는 것들이에요. 나라는 인간을 바꿔서 오늘의 나를 만든 것들이기도 하고요.」

로이는 베티를 슬픈 눈으로 바라본다. 그녀는 그의 촉촉한 눈가에서 눈물이 보이는 것 같다고 생각한다. 하지만 한편으로는 그녀가 잘못 본 것일 수도 있다.

「나는 모든 일을 뒤로했어요. 곧바로 군대를 떠나지는 않았어요. 물론 공부하는 길로 돌아가 시골 목사 자리로 자연스럽게 녹아들 수도 있었겠죠. 나는 결국 한국에서 최전선에 투입돼 싸울 기회를 얻었어요. 그때 나는 대위였어요. 진급된 자리였죠. 당시도 힘든 시기였어요. 한국의 겨울은 혹독하거든요. 가족들과의 연락이 모조리 끊겼죠. 내가 인생을 바라보는 관점은 부모님과 사뭇 달랐어요. 내 관점이 덜 소극적이라고 해야겠죠. 하지만 연락을 유지해 보려 노력하지 않은 점에 대해서는 두고두고 후회돼요. 다시 연락해 볼 용기를 끝까지 내지 못했어요.」

「이제라도 할 수 있잖아요.」 베티가 말한다. 「내가 도와줄게요.」

로이는 격렬하게 고개를 흔든다.

「아니에요, 이제 다 없어졌어요. 단연코 그들은 모두 죽었을 거예요. 그 뒤 세대들이 있긴 하겠죠. 하지만 오랫동안 잊었던 어떤 먼 친척이 그들 문 앞에 나타나는 일만큼 그들이 싫어할 일도 없을 거예요.」

「그렇지 않을 수도……。」

「아니에요.」 로이가 단호하게 부정한다. 「아니에요. 어쨌든 나는 1953년에 군대를 떠나 한동안 할 일이 없었어요. 그래서 다양한 직종에 종사했죠. 정신을 차려 보니 서른 살이었고 내 인생으로 무언가 이룰 때가 됐더라고요. 나는 런던에서 살고 있었지만 시골에서 사는 게 더 좋겠다고 판단했어요. 그래서 노리치 근처에 있는 이스트앵글리아로 이사했죠. 그리고 거기서 메리를 만났어요. 그녀는 평범한 배경에 바람도 소박하고 복잡하지 않은 여자였어요. 나는 사회적 명예나 지위에 대한 욕구가 오래전에 사라진 상태였고요. 오히려 가정을 꾸리고 독립하는 일에 더 관심이 많았죠. 그래서 작은 땅덩이를 가지고 상품용 묘목장을 시작했어요. 스스로 모든 일을 터득해 나갔죠. 이른 새벽까지 탐욕스럽게 책을 읽고는 다음 날배운 바를 실천했어요. 그러다 곧 우리에게 로버트가 생겼죠. 출산 과정이 그렇게 힘들지만 않았다면 로버트가 태어난 날은 내 인생에서 가장 기쁜 날이 됐을 거예요. 그 후로는 얘기할 거리가 별로 없네요. 내 사업을 일으켰고, 솔직히 말하자면 대부분의 시간을 그 일에 할애했거든요. 이렇게 말해서 내게 득 될 것은 하나 없지만 사업이 점점 더 성공적일수록 메리와 로버트를 등한시했어요. 그게, 메리가 병으로 앓아눕기 전까지는요. 그다음 몇 년은 끔찍했어요. 메리의 상태가 서서히더 안 좋아졌거든요. 그러다 그녀는 세상을 떠났죠. 내 인생에서 그때만큼 자존감이 낮았던 적은 없었던 것 같네요. 당시는 아마 1970년대 초였을 거예요. 로버트는 열다섯 살쯤 됐을 때였고요. 우리 부자는 점점 소원해졌어요. 최소한 부분적으로라도 우리가 그렇게 된 이유에는 서로에게 표현하지 못한 슬픔이 있었을 거예요. 그러다 로버트가 열아홉 살 됐을 때 갑자기 집을 떠났어요. 그 때문에 나는 자살할 뻔했죠. 정말로요.」

로이는 말을 멈춘다.

「그래서 그다음에는 어떻게 했어요?」 베티가 부드럽게 묻는다.

「집을 팔았어요. 새로운 시작이 필요하다고 나 자신을 타일렀죠. 다시 런던으로 이사했어요. 부동산에 뛰어들었죠. 금융 상품에도 손을 댔고요. 당시는 호황기의 시작이었어요. 투자를 시작한 게 실수였죠. 도시 놈들. 나는 잘못된 무리와 얽히게 됐어요. 매일 밤 술에 취했고 소위 내 동업자라고 불리는 놈들은 사방에서 나를 뜯어 가고 있었어요. 나는 거의 망한 상태였죠. 결국 1985년도에 정신 차리고 남은 자산을 챙긴 뒤 노퍽으로 돌아갔어요. 거기에서 은퇴한다는 지인으로부터 작은 묘목장을 매입했죠. 그래서 그 사업으로 나도 은퇴 전까지 생활을 이어 나갈 수 있었어요. 사실 묘목 사업이 꽤 잘돼서 어느 정도 소박하긴 하지만 여유롭게 살 수 있었어요. 대략 이것이 내 이야기의 전부예요. 당신이 나타나기 전까지는요.」

「그럼 로버트는 어떻게 됐어요?」

「걔는 세계를 여행했고 우리 부자는 1995년까지 한 번도 연락하지 않았어요. 그러다 뜬금없이 그로부터 편지를 받았어요. 오스트레일리아에서 보냈더군요. 걔가 나를 어떻게 다시 찾았는지는 잘 모르겠어요. 아마 인터넷을 통해서였겠죠. 우리가 헤어진 이후 지금까지 나는 단 한 번도 걔를 보지 못했어요. 그리고 서로 연락하는 것도 정말 어쩌다 한 번씩이에요. 걔는 절대 영국에 오지 않거든요.」

「로버트를 만나고 싶어요?」

「별로 그러고 싶지 않아요.」로이가 대답한다. 「우리 부자는 공통점이 거의 없어요. 게다가 내 도덕적 잣대는 그야말로 지나치게 뻣뻣해요. 나는 그의 삶의 방식이 납득이 안 가고 받아들일 수 있을 것 같지도 않아요. 우리 부자는 그냥 이 상태 그대로 내버려 두는 것이 최선이에요. 어쨌든, 그게 다예요. 우리가 우리 인생에서 이 새로운 단계에 돌입하면서 이렇게나마 얘기해야만 공평하다는 생각이…….」

「아마도 관계를 다지기 위한 최후의 처신이겠군요.」베티가 미소를 지으며 말한다.

「그래요. 당신이 나에 대해 알아야 한다고 생각했어요. 아쉽게도 내 경험들 때문에 내가 꽤나 뚱한 사람이 됐더라고요. 그렇지만 이제 와서 이 성격을 어떻게 할 수 있는 것도 아니고요. 나는 사람을 믿지 말라고 배워 왔어요. 물론 말할 나위도 없는 일이지만, 당신을 믿지 않는다는 말은 아니에요. 나 자신에 대해 얘기하는 걸 좋아하지 않고, 그것은 변하지 않을 거예요. 하지만 당신이 묻고 싶은 것이 있다면…….」

「아니에요.」베티가 영혼 없이 대화를 끝낸다.

8장
1963년 3월
터져 버리다

1

딱딱하고도 딱딱한 성에로 뒤덮였다. 지난 3개월 정도 날씨가 언제나 그래 왔던 것처럼. 너무 추워서 생각조차 하기 어려웠다. 특히 일요일 아침에 아무런 기별도 없이 방에서 끌려 나왔으니, 그 아늑한 요새에서 이 상황으로 떨어졌으니 더욱 그랬다. 그는 몸을 떨며 그런 생각을 하고는 다시 자신의 침대를 그리워했다.

안개다. 씁쓸하고 공허하며 미치도록 추운 안개가 펜스 전역으로 퍼지고 있었다. 바람 한 점 없었다. 눈은 여전히 바닥에 두껍게 깔려 있었다. 지난 몇 주간 내린 눈이었다. 기억이 축적되듯 쌓여 있었다. 도로들은 몇 차례에 걸쳐 청소했는데도 또다시 빙판으로 코팅됐다.

로이는 대형 트럭의 운전석 문에 기대섰다. 둔하고 떨리는 손가락으로 그는 담배에 불을 붙이려고 노력했다. 그는 홀로 있었다. 밥을 기다리는 중이었다. 콜 씨는 한참 전에 떠났다. 그리고 가는 길에 대형 트럭의 운전사도 데려갔다. 이것은 밥의 솜씨를 요하는 일이었다. 그러나 콜 씨는 그것을 기다릴 여유가 없었다. 「너 괜찮겠지, 로이?」 그가 물었다. 「나는 어서 운전사를 마을로 다시 데려다줘야겠어. 그 불쌍한 친구가 늙은 포사이스 아줌마네와 전화기까지 가는 데 한 시간이나 걸렸더라고.」 그 불쌍한 친구는 아마 난로 옆에 쭈그리고 앉아 콜 씨의 부인이 내준 차를 마시고 있을 것이다. 로이의 현재 상황보다는 훨씬 낫다고 할 수 있었다.

그들이 친숙한 킹스린 도로에서 그 차량의 위치를 파악하기까지 45분이 걸렸다. 그곳은 고립된 장소였다. 오늘 같은 날씨에는 그곳을 지나치는 존재가 거의 없을 가능성이 컸다. 차가 완전히 망가졌을 때 운전사는 자신의 위치를 파악하지도 않은 채 오로지 걸어서 사람이 거주하는 흔적이 보이는 가장 가까운 곳을 향해 나섰다. 안개를 뚫고 지나가기가 거의 불가능해 보였다. 그래서 콜 씨는 에세넘 마을에서부터 기어가듯 밴을 운전했고, 트럭 운전사는 불편한 자세로 뒷좌석에 앉아 모호하게 지시를 내렸다. 그는 대형 트럭이 어디 있는지 전혀 몰랐다.

마침내 그들은 트럭을 발견했다. 그것은 도로 한복판에 서 있었다. 트럭 운전사는 얼음 덩이를 친 뒤 브레이크를 밟고 미끄러져 통제 밖 상황에서 멈췄는데 그 과정에서 시동이 꺼졌다고 했다. 그는 차량의 시동을 다시 걸 수 없었다. 아마 기화기에 너무 많은 기름이 유입된 것 같은, 단순한 문제였을 것이다. 하지만 콜 씨는 로이가 밥을 기다리는 것이 좋겠다고 고집했다. 그래야 수당을 더 많이 받을 수 있기 때문일 것이었다.

빌어먹을 노력 같으니라고. 로이는 생각했다. 지난 5년간 그는 그 마을에서 영예로운 잡역부로 살았다. 여름에 운영하는 상품용 묘목장의 일은 즐거웠으나 온전히 한 철 장사였다. 브라운 씨는 로이를 1년 내내 고용하기에는 지나치게 아량이 없는 사람이었다. 그래서 10월이 되면 로이는 어쩔 수 없이 무엇이든 할 수 있는 일을 찾아 나서야 했다. 대개는 콜 씨의 차량 정비소만이 그를 불러 줬다. 그 일이 술값과 담뱃값 정도는 됐다. 그래도 소명을 이루는 것과는 거리가 먼 삶이었다. 근근이 입에 풀칠하는 정도였다.

로이는 척추를 따라 위아래로 도는 소름에 부르르 떨렸다. 밥은 어디 있지? 쉽게 쾌활함을 잃지 않는 밥, 그보다 열다섯 살 어린 밥, 남아도는 낙관주의에 곧 있으면 결혼식을 올릴 예정인 밥? 정비공 자격증을 갖춘 밥은 그래도 전망이 있었다. 특히 동요 속 주인공과 동명이인인 우리 고용주, 늙은 콜 왕[24]께서 결국 정비소를 팔고 은퇴하기로 결정했을 때도 말이지. 콜 씨는 밥을 특별히 어여쁘게 봤다. 반면 로이에게

24 영국의 동요 〈늙은 왕 콜Old King Cole〉에 빗댄 표현.

는 언제나 호기심 섞인 의심을 보였다. 누가 보면 마치 로이가 어떤 위법 행위를, 그것도 정확히 기억도 안 나는 불법적인 일을 저지른 줄로 착각할 정도였다. 사실 로이는 이곳으로 밀려왔을 때부터 언제나 최선의 태도만을 보여 왔는데도.

로이는 다시 담배에 불을 붙이려고 시도했다. 이번에는 성공했다. 그는 말린 종이를 탐욕스럽게 빨아 대고는 그것이 타면서 바스락거리는 소리와 살짝 크게 타다닥거리는 소리를 들었다. 그는 입에서 담배를 빼내 잠시 살펴보더니, 불이 붙지 않은 반대편에 빠져나와 있는 담뱃잎을 엄지와 검지로 만지작거렸다. 담배는 그에게 최소한 추가적인 온기의 흐릿한 흔적이라도 남겨 주었다.

고요함. 이쪽 부근이 가장 좋을 때 찾아오면 그것이 주요 테마였다. 겨울 안개 속에서 인적이 끊긴 이곳에 좌초되면 세상과 동떨어진 기분이 들었다. 이곳은 허망한 고요와 고립의 세계였다. 마치 그가 죽고 그의 영혼이 매여 있던 끈도 끊어진 기분이었다. 원래도 그는 끈끈하게 지내는 사람이 별로 없었다. 하지만 지금은 그런 관계들조차 완전히 끊긴 기분이었다. 그것이 신경 쓰인다기보다 활기가 생기는 것 같았다. 안전망도 없지만 제약도 없으니까.

2

본질적으로 밥은 좋은 청년이었다. 그는 외딴 마을에서 자랐고, 그곳을 절대 떠나지 않았다.

밥에게는 실라라는 연인이 있었다. 그녀 또한 이곳에서 자랐다. 밥은 로이에게 자주 얘기하곤 했다. 둘은 마을 유치원에 간 첫날부터 서로에게 운명을 느꼈다고. 그들의 가족들 또한 재미있어하며 이 근거 없는 믿음에 가담했다. 그리하여 결국 그것은 실현됐다. 그들은 여름에 결혼을 기약하고 약혼을 했으며 실라는 혼수를 준비하느라 바빴다.

밥은 에너지 넘치고 의욕적이었으며, 대견하게도 그 좁은 마을 너머의 세계를 그릴 수 있었다. 로이는 그의 이런 능력을 격려했다. 주로 둘이 술집에서 시간을 보낼 때 그랬다. 그럴 때면 언제나 로이가 밥을 부모의 집까지 데려다줘야 했다. 그래서 쓴웃음을 짓고 눈썹을 들어 올리며 문을 두드리면 밥의 아버지는 불쾌함을 내보였다.

밥은 스피드와 말을 사랑했다. 밥은 그의 아버지처럼 삐쩍 마르고 운동 신경이 뛰어났다. 그리고 한때는 기수가 되기를 열망했다. 그의 아버지가 그 열망만은 허락하지 않았다. 25년 전에 밥의 아버지도 뉴마켓에 있는 유명한 훈련용 마구간에서 유망한 기수 훈련생이었는데, 낙마로 다리가 심하게 골절됐기 때문이다. 당시 밥의 아버지는 다시 삶을 구축하는

데 몇 년 걸렸다. 그래서 밥도 같은 고통을 겪지 않기를 바랐다. 하지만 밥은 여전히 그 꿈을 갈망했으며, 뉴마켓과 동커스터에서 열리는 경주를 자신의 자금 사정 안에서 최대한 자주 보러 갔다.

밥은 트라이엄프 오토바이를 타고 자신의 작은 세계 속을 질주해 다녔다. 그 오토바이는 몇 년간 돈을 모아서 산 것이었기에 최상의 컨디션으로 관리했다. 이 또한 결혼하면 포기해야 할 부분이었다. 아마 한두 해 안에 오스틴 A35나 앙글리아와 같은 자동차로 바꿔야 할 것이었다. 하지만 그 전까지라도 밥은 반듯한 소택지 도로들을 따라 가속하고 질주했다. 그렇게 바람을 맞고 모터의 우렁찬 소리를 들으며 그의 앞에 펼쳐진 단색 평면을 훑고 지나갔다.

3

바람 한 점 없는데 저 멀리서 오토바이 소리가 들려오는 것일까? 로이는 생각했다. 아니다. 그것은 혼란을 야기하는 이 안개의 장난일 것이다. 그의 기대에 속은 건가.

로이는 운전석에 올라탔다. 조금이라도 더 따뜻해지기를 희망하며 차 문을 닫자 쇳소리가 철컥 났다.

5년이라. 전부 축축하고 내향적이라 숨 막히는 소택지의 음침함 속에서 평생을 산 것 같은 착각이 때때로 들었다.

로이는 육체노동으로 거칠어져 굳은살이 박인 자신의 손을 관찰했다. 신체적으로 따지자면 자신에게는 그런 일들을 하고도 남을 기량이 있었다. 하지만 그것이 핵심은 아니었다. 원래 이러면 안 되는 것이었다. 로이는 인생의 낙오자 중 하나가 될 운명이 아니었다. 성공한 자들이 자신들의 지위를 유지할 수 있도록 힘든 일을 도맡아 하는 따까리가 될 운명이 아니었다. 곧 상황을 바꿔야 했다.

얼굴을 만지자 손이 사포처럼 턱을 쓸고 지나는 소리만 들렸다. 새벽 5시에 바지를 입고 부츠를 신고 셔츠를 입고 넥타이를 맨 다음 재킷과 겨울 코트 밑에 입을 가장 두꺼운 스웨터 찾는 일을 단 몇 분 안에 해내야 했다. 뜨겁고 달콤한 차 한 모금이 체내에 도는 느낌이 느껴졌다면 너무 감사했을 것이다. 그는 실험적으로 숨을 내쉬고는 숨결의 수증기가 구름을 이루어 차량의 앞 유리 쪽으로 날아갔다 응결돼 사라지는 모습을 지켜봤다. 뭐든 달리 할 일이 없을까 찾느라 운전석의 안쪽을 뒤졌다. 클립보드에 깔끔하게 정리된 영수증들을 살피고, 오래된 『데일리 스케치』 신문을 훑어보고, 앞 좌석 사물함에서 배 맛 알사탕이 반쯤 채워진 종이봉투를 찾았다. 지저분한 회색 군용 모포가 조수석 밑에 아무렇게나 뭉쳐져 있었다. 그는 조수석의 발밑 공간에 떨어져 있는 크랭크 핸들을 주워 들었다. 그러고는 밥과 그의 비법 주머니를 기다리자고 자신을 다시금 타일렀다.

4

밥을 선동하는 일은 상대적으로 쉬웠다. 그의 시골 무지렁이다운 품행과 존재감에 대해 언급하고, 그의 신경을 벅벅 긁어 놓은 뒤 마무리 짓고는, 그를 안주 삼아 냉소적으로 비웃으면 그만이었다.

그러나 그 괴롭힘에도 일종의 목적은 있었다. 밥은 결혼이라는 창살 없는 감옥에 돌입하기 전에 인생을 더 느껴 보고 싶어 했다. 아니, 그럴 필요를 느꼈다. 그는 로이가 전쟁 직후의 중부 유럽에서 얻었던 경험담들을 늘어놓자 그것에 훅 빠져들었다. 권총을 조준해 나치의 죄를 물었던 일, 그 뒤로 스탠브룩 경과 함께 세계를 여행했던 일, 래플스 호텔에 겨우 때맞춰 돌아와 싱가포르의 일출을 감상했던 일 등이었다. 대부분 이야기는 진실에 어느 정도 이상 살을 붙인 것이었다. 하지만 그럼에도 불구하고 그것들은 밥의 내면에 상상력과 유사한 무언가를 불 지핀 것 같았다.

사실상 로이는 그들 전부를 경멸했다. 로이를 좋아하는 밥도 그들에 포함됐다. 하지만 그 둔한 멍청이들 사이에서 밥이 그나마 로이의 구미에 가장 맞았을 뿐이다. 이 휴지기가 처음 찾아왔을 때는 놀랐지만 그런대로 견딜 만했다. 하지만 5년이라니, 세상에나. 이제는 본업으로 어느 정도 돌아갈 때였다.

그래서 로이는 좋은 때를 기다렸다. 밥의 야망과 방랑벽을 건드리고 밥의 아버지에게 미운털이 박히며 즐거움을 찾기도 했다. 덕분에 밥의 아버지는 로이의 자만한 발상에 대해 몇 차례나 설교를 늘어놨다. 로이는 밥의 아버지를 적절히 무시했다. 그러는 동안 얼굴에 미소를 띠었다고 할 수는 없다. 엄밀히 말하면 말이다.

하지만 밥의 아버지인 매니언 씨 꼬리나 잡아당기는 놀이는 취미라고 부르기도 힘들었다. 로이의 포부에 못 미치는 일이었다. 로이는 돌아가고 싶었다. 저녁용 정장 재킷과 사냥용 트위드 재킷의 세계로, 담배 한 대와 포트와인 한 잔 즐기며 속삭이는 대화의 세계로, 망가진 것은 고쳐져 있고 톱니바퀴에는 기름칠이 된 세계로, 화려하고 도도한 여성들이 자신들의 남편에 대해 느끼는 따분함과 경멸을 의욕적인 섹스로 풀고자 하는 세계로.

로이의 지도하에 밥은 진정으로 바람이 든 징후들을 보였다. 그것들은 술집에서의 잡담들을 넘어 드러나기 시작했다. 밥은 런던 대도시에서 자신의 운명을 걸어 보는 것이 더 좋겠다며 아버지와 다퉜다. 그러고는 킹스린에 있는 이발소로 가서 꽤 화려한 앞머리를 만들고는 그것을 공들여 관리했다. 가죽 재킷도 입고 다니기 시작했다. 또 엔진 블록의 스테인리스 부위와 크롬 배기관이 반짝이도록 광이 나는 트라이엄프 오토바이를 타고 사방을 질주해 다녔다.

5

드디어 멀리서 부르릉하는 오토바이 소리가 들렸다.

로이는 힘겹게 귀를 기울였다가 그제야 확신했다. 소리가 점점 커지고 있었다.

곧 밥은 트럭의 기름 낀 내부에 손을 집어넣을 것이다. 쾌활한 수술의가 되어 일하는 동안 쉴 새 없이 떠들어 대며 우드바인 담배를 입에 문 채 미소를 지을 것이다. 그리고 마침내 기름때 묻은 손가락들을 기계 속에서 꺼내 걸레에 닦고는 멋들어지게 트럭의 시동을 걸 것이다.

이쯤 되자 밥의 오토바이 소리가 틀림없었다. 조절판이 개방되면서 낮고도 성난 윙윙 소리가 속에서부터 긁어서 나오는 것 같은 포효로 바뀌었다. 로이는 트럭 뒤쪽의 긴 화물칸 쪽으로 간 뒤 후드를 열었다. 그는 트럭을 정비소까지 운전해서 가고 밥은 그의 뒤를 따를 것이었다. 맥주 파인트 한잔 하기에는 조금 이른 시간이었지만, 어쩌면 로이의 집주인인 랭리 아주머니가 그들을 위해 기름진 안주를 볶아 줄지도 모를 일이었다. 대부분 여자들처럼, 그녀도 까불이인 젊은 밥에게 마음이 약했다.

밥은 오토바이를 타면서 꽁꽁 얼었을 것이다. 올해 들어 밥이 저것을 타고 나간 것이 아마 처음일 것이다. 대체 언제쯤에야 이 나라에 따뜻함이 다시 찾아올까?

다가오는 오토바이 소리가 계속해서 점점 커졌다. 고요가 깨지는 소리를 로이는 환영했다. 다시 모든 것이 움직이기 시작했다는 소리니까.

그러더니 세상이 다시 멈췄다.

여전히 차량의 후드를 살피고 있던 로이는 갑자기 절박한 느낌이 들었다. 나중에 가서 생각해 보니 오토바이 소리가 너무 크고 가깝게 들려왔다고 무의식적으로 계산했던 것 같다. 하지만 당시엔 그런 것을 이성적으로 따질 겨를이 없었다.

오토바이 모터가 비명을 질렀다. 트렁크 반대편 어디에선가, 로이가 보지 못하는 사이 오토바이가 속수무책으로 미끄러져 회전했다. 브레이크 기능이 말을 안 들은 것이었다. 크게 쿵 하는 소리가 났다. 반대편에서 충격이 가해지자 로이는 잠시 대형 트럭의 진동을 느꼈다. 진동은 금방 가라앉았다. 금속이 아스팔트를 긁는 소리가 로이의 귀에 들려왔다. 대형 트럭 밑에서 불꽃이 튀는 것을 알았지만 로이는 오토바이를 지켜봤다. 그것은 분노에 차서 몸을 뒤트는 짐승처럼 대형 트럭 아래 시야 안으로 스르륵 나타났다가 도로를 따라 몇 미터 더 미끄러져 가더니 멈췄다.

숨 막히는 고요가 다시 찾아왔다. 로이는 여전히 손을 후드에 댄 채 그것을 열어 놓고 있었다. 밤의 모습은 어디에도 없었다.

어느 정도 정신을 차려서야 로이는 후드를 놓을 수 있었다.

그것이 쾅 하고 닫히자 엷은 안개 속으로 메아리가 퍼져 나갔다. 로이는 잠시 무력하게 서 있었다. 그러다 기침을 했다. 단순히 일부러 소리를 내기 위해서였다. 그 공허함을 듣기 위해서였다. 마치 자신의 존재를 확인하는 것처럼.

기이하고도 자신의 것 같지 않은 불길한 예감이 그의 몸에 퍼져 나갔다. 그것이 두려움으로까지 번지지는 않았다. 시험 삼아 그는 쉰 소리를 냈다. 「밥?」 그러다 자신의 원래 목소리를 찾으며 더 크게 외쳤다. 응답이 없었다. 잠시 시간이 더 지나서야 로이의 다리 근육이 반응할 수 있었다. 그제야 로이는 트럭 반대편으로 향하는 기나긴 여정을 시작했다.

대형 평상형 트럭의 무쇠 차대에서 튀어나와 있던 횡량에 밥이 찔려 있었다. 몸통 정중앙으로 들이박힌 모양새로 밥은 마치 공중에 있는 것처럼 매달려 있었다. 그의 발끝은 바닥에 닿아 있고 여전히 오토바이를 타고 있는 것처럼 양팔을 뻗은 앉은 자세를 유지하고 있었다.

기이한 사고였던 것 같다. 로이는 밥이 대체 얼마나 빨리 달리고 있었을까 생각했다. 무모하게 시속 100킬로미터, 120킬로미터, 아니면 140킬로미터까지 속도를 냈을까? 멍청한 새끼. 사고로 인해 흐르던 피가 멎었다. 얼음으로 덮인 도로에 튀긴 피의 모양은 거의 대칭적인 원형을 이루었다. 트럭 밑으로 오토바이가 홀로 더 미끄러져 이동한 궤적을 상흔처럼 확인할 수 있었다.

6

 이제 로이는 더 이상 추위를 느끼지 않았다. 신체와 정신의 둔감함만이 느껴질 뿐이었다. 완전한 고요가 다시 찾아왔다. 안개가 무겁고 하얗게 드리워져 있었다.

 로이는 자신의 뇌에 움직이라고 명령했다. 그의 첫 번째 결론은 이상한 것이었다. 이 끔찍한 일련의 사건은 자동적으로 상응하는 반응을 유발할 것이었다. 그는 물론 밥을 위해 자신이 할 수 있는 일을 해야 마땅했다. 하지만 밥의 남은 신체 부위들이라도 보존해 보려고 조바심을 내는 것이 과연 의미 있을까? 어쩌면 자신 앞에 놓인 그 무시무시한 광경에 구토를 해야 마땅했다. 어떤 방식으로든 간에 적절하게 친구를 애도하기 시작해야 마땅했다. 슬픔에 울부짖지는 않을지언정 단순히 그날 저녁 술집에서 술 한 잔 바치는 것보다는 더 적합한 방식이어야 마땅했다. 최대한 빨리 관계 당국에 찾아가 그들이 무엇이든 적절한 조치를 취할 수 있게 해줘야 마땅했다. 글쎄, 어쩌면…… 잠시 후에 그렇게 해야겠다.

 하지만 어느 것 하나도 실현되지 않았다. 로이는 밥을 냉정하게 바라봤다. 한숨이 나왔으나 그는 그것을 참을 수 있었다. 이것 참, 상황이 좀 불편하게 됐다. 뭐, 아닐 수도 있고.

 짧은 시간 내 밥은 친구에서 일반적인 난제로, 위험과 기회라는 흥미로운 프로젝트를 성취하기 위해 현실적으로 넘어야 하는 일련의 산으로 전락했다. 현장에서 무엇을 해야 고인에 대한 예의를 지켰다는 평가를 받을까? 혹시라도 지나가던 행인이 이 광경을 목격했을 때를 대비하는 것이었다. 물론 그럴 가능성조차 상당히 저조하겠지? 어떻게 가장 가까운 경찰서로 갈 수 있을까? 밥의 부모님에게는 뭐라고 말해야 할까?

아니면.

로이의 머릿속에 양자택일의 선택안이 형성되기까지 그리 오래 걸리지 않았다. 붙어 있을까 튈까? 언제나처럼 로이의 즉각적인 선택은 튀는 것이었다. 그는 이성적이자 본능적으로 다음 며칠이나 몇 주간 일 처리에 어느 정도 교묘함이 요구될 것이라는 사실을 알고 있었다. 또 이 모든 것을 설명할 방법도 찾아내야 했다. 실현 가능한 방법이기만 하면 됐다. 해야 하는 일들이 점차 쌓이다 그가 그것을 감당하지 못하게 될 경우에 대비해 놓는 것이었다. 그는 차가운 이성을 사용했다. 게다가 자신이 일 처리를 가장 잘하는 상황이 원래 이런 것 아닌가. 그는 자신을 타일렀다. 침착하게 행동할 것이다. 모든 불안을 누를 것이다. 그리고 이성적인 결단을 하나씩 점차 실행해 나갈 것이다. 빠른 처리에는 속도가 아주 중요할 것이다.

로이는 현장을 교차하는 두 도로를 따라 각각의 방향으로 몇 미터씩 걸어다니며 상황을 점검했다. 위험 부담은 따르겠지만 실현 가능한 방법이 있었다.

로이는 트럭으로 돌아가 다시 밥 매니언의 남은 잔재를 바라봤다. 충격적이었다. 오, 세상에. 오, 세상에나. 다음 과제들은 극도로 불쾌할 것이었다. 하지만 그것들을 피할 방도가 없었다. 그는 운전석에서 담요를 꺼냈다. 물론 트럭 운전사가 담요가 없어진 것을 알고 머리를 긁적이겠지만 꼭 사용해야만 했다.

밥의 몸통은 여전히 차대에 붙어 있었다. 이제는 마치 그가 술에 취해 트럭 측면에 기대어 의지하고 있는 모양새처럼 보였다. 로이는 담요를 판판하게 펼친 뒤, 밥의 발밑으로 끼워 놓고는 신중하게 위치를 잡았다. 그러고 나서 밥의 팔 밑을 단단히 잡고 숨을 깊게 들이마신 뒤 밥을 뒤로 당겼다. 살아 있었을 때의 밥은 페더급 체중 정도로 가벼웠다. 그래서 이 과정은 생각했던 것보다 실제로는 덜 힘들었다. 결국 밥은 빨대를 빠는 것같이 쪽 하는 소리와 함께 빠져나왔다. 로이는 그를 담요 위에 눕혔다. 그 과정에서 그를 너무 자세히 보지 않으려고 조심했다. 담요의 용도는 로이가 그 끝자락으로 밥이 꽂혀 있던 차대의 끝을 닦으면서 끝났다. 로이는 시체의 잔여물이 자신에게 묻지 않도록 조심하면서 밥의 주머니를 비우는 소름 끼치는 작업에 착수했다. 그러는 와중에 밥의 얼굴을 보지 않으려 했지만 완전히 피할 수는 없었다. 밥은 만족한 표정이었다. 거의 천사 같았다. 그의 앞머리 스타일이 망가짐 없이 잘 보존됐다는 사실에 기뻐했을 것이다. 그 덕분에 로이는 최소한 밥이 안식을 찾았으며 고통을 겪지 않았을 거라고 자신을 설득할 수 있었다.

작업의 끔찍한 부분은 다행히 끝났다. 세상에, 신이시여. 비가 오기 시작했다. 로이에게는 이보다 상황이 더 안 좋을 수 없었다. 그의 노고에 대한 배경음은 더 이상 죽음 같은 고요가 아니라 얼음 위에 빗방울이 떨어지는 소리였다. 물이 그의 목을 타고 흘러내리기 시작했다. 그는 몸을 떨었다.

두 개의 도로 중 더 큰 것과 평행으로 커다란 배수로가 있었다. 그것은 17세기부터 다양한 지점에서 착공된 수로망의 일부로, 이 땅의 물을 흘려보내 농사가 가능하게 만들어 주는 용도로 설치된 것이었다. 이 배수로의 물은 의심할 여지 없이 중간급 하천으로 흘러간 뒤 결국 그레이트우즈강과 합쳐져 북해로 이어질 것이었다. 배수로는 낡았다. 관리가 됐다고 주장하더라도 아주 형편없을 것이 분명했다. 게다가 보아하니 잡초와 갈대가 과하게 자라 수로를 막고 있었다. 이것은 수년간 방치된 것이 틀림없었다. 지금은 이것저것 가릴 처지가 아니었다. 로이는 밥의 시체가 바다에 도달할지 말지 따질 새가 없었다.

배수로의 가파른 둑을 따라 조심스럽게 신중한 발걸음으로 내려갈 때마다 언 풀이 으깨지며 와그작 소리를 냈다. 마침내 로이는 물가에 도달했다. 수면은 단단했다. 로이는 배수로가 가장 좁은 지점에서 그 폭을 가늠해 봤다. 대략 2미터에 달했다. 그 정도는 돼야 했다. 둑에서 45도 경사로 뻗어 있는

나무의 가느다란 가지를 잡고 로이는 얼어붙은 수면을 그의
부츠 뒤꿈치로 쳤다. 시험해 보기 위해서였다. 저항이 느껴졌
다. 한 번 더, 더욱 세게 시도하자 얼음이 깨졌다. 그가 살짝 미
끄러지자 차갑고 염분 섞인 액체가 밀려 올라와 그의 발목을
덮었다. 그는 다시 중심을 잡고 물에서 발을 빼냈다. 대형 트
럭에서 크랭크 핸들을 가져와 구멍 넓히는 작업에 착수했다.
그 안에 밥의 시체를 넣을 생각이었다. 임기응변이었다. 그도
알고 있었다. 하지만 달리 방도가 없었다.

두 손을 모두 사용해 로이는 담요를 배수로 가장자리까지
끌고 왔다. 그러고 나서 신중하게 자리 잡은 뒤 담요의 한쪽
끝을 잡아당겼다. 밥의 시체가 고꾸라져 둑 아래로 떨어지더
니 구르다 풍덩 하고 물속에 빠졌다.

수면이 잔잔해지자 시체가 살짝 떠올랐다. 물에 뜨고 있긴
하지만 어느 정도 잠긴 상태였다. 네모난 구멍이 뚫려 있는
밥의 등과 손, 그리고 발이 명확히 보였다. 그래서 허둥지둥
둑 아래로 내려갔다. 시체를 가라앉히기 위해 그가 쓸 수 있
는 물건이 아무것도 없었다. 이것은 그가 시체를 물에 빠뜨리
기 전에 고려했어야 하는 사안이었다. 그는 할 수 있는 것을
찾아보았다. 도로에서 덜 보이는 수로 가장자리로 시체를 살
살 밀어낸 뒤 둑에서 딸 수 있는 덤불들의 얼어붙은 이파리로
그것을 덮었다.

그 효과가 전문적이진 않았지만 아마도 간신히, 정말 간신

히 통할지도 몰랐다. 시체는 집중적으로 수색해야만 발견될 것이었다. 로이가 다음 몇 시간, 아니 며칠 동안 제대로 일을 처리한다면 절대 그럴 일은 없을 것이었다. 어쨌든 주사위는 던져졌으니 그는 조바심을 내지 말아야 했다. 자신은 최선을 다했다. 그는 얼어붙은 손에 바람을 불어 온기와 생기를 회복해 보려고 노력하며 트럭을 향해 걸어갔다. 다음 결정을 내릴 시간이었다.

로이는 오토바이를 처분하기로 결정했다. 오토바이의 시동을 다시 켠 뒤 그것을 타고 마을로 돌아가는 일은 너무 위험 부담이 컸다. 그가 오토바이를 탔건 안 탔건 간에 그를 보고 밥 매니언이라고 착각할 사람은 아무도 없었다. 하지만 그가 만약 트럭의 시동을 켤 수만 있다면 이미 머릿속으로 그린 계획을 실행할 시간이 나올 것이었다. 그렇지 않다면 가장 인근에 있는 집까지 몇 미터를 힘겹게 걸어간 뒤 즉흥 연기를 해야 했다.

로이는 오토바이 쪽으로 걸어간 뒤 휘발유의 자극적이고 강한 냄새를 들이켰다. 고철 덩이를 세운 뒤 발로 차서 시동을 켜보려고 시도했지만 실패했다. 이것을 처리할 방법은 하나뿐이었다. 밥의 시체를 버린 수로는 이 오토바이까지 숨기는 시늉이라도 하면서 버리기에 너무 좁았다. 로이는 수로와 평행으로 이어진 도로를 따라 걸으며 수로가 넓어지는 지점이 있는지 찾았다. 8백 미터쯤 걸어가자 도로들이 교차하는 다음 지점에서 수로가 수직으로 더 넓어졌다. 그곳에 고여 있는 얼음덩이는 이미 조금씩 녹아 물이 졸졸 흐르고 있었다.

로이는 모래시계로 빠져나가는 소중한 시간을, 절대 되찾을 수 없는 시간을 의식하고 있었다. 또 다음 단계에서 잠재적으로 자신이 노출될 상황에 대해서도 인식하고 있었다. 그는 멈춰 서서 자신을 소리 없이 타일렀다. 그의 숨결이 안개 속에 녹아들어 사라지고 있었다. 당황하면 절대 좋을 일이 없다. 위험을 감수하는 것이 인생이다. 그냥 움직이자.

로이는 오토바이를 가지러 다시 돌아왔다. 핸들에 체중을 실은 뒤 오토바이를 밀었다. 부츠가 얼음 위에서 미끄러지자 그는 허리를 더욱 굽히고 밀었다. 오토바이는 초반에는 아주 미세하게 움직이다가 점점 탄력을 받았다. 곧 트럭이 그의 뒤쪽 시야에서 사라졌다. 마치 그것이 처음부터 존재하지 않았으며 이 일이 하나도 벌어진 적 없었던 것 같았다. 하지만 그 반대에 대한 증거가 그의 손에 잡혀 있었다. 그는 계속해서 오토바이를 밀었다. 그의 어깨와 허벅지가 노고로 고통을 호소했다. 자신이 목표로 세워 둔 지점에 도달할 때까지 일부러 생각을 비웠다. 아무리 임의적인 목표라도 그것을 이루기 전까지는 절대 그만두지 않겠다는 일념을 꼭 지켰다. 몇 미터 덜 간다고 해서 상황이 별반 다르지 않을 수도 있다. 하지만 그의 머릿속에서는 그 차이가 분명했다.

비가 점점 더 세차게 내리고 있어 로이는 점점 더 젖었다.

이쪽 수로가 훨씬 넓고 깊었다. 물이 다시 조금씩 흐르기 시작하고 있었다. 얼음이 녹기 시작하는 것 같았다. 그것도 아주 빠르게.

로이는 둑 가장자리까지 오토바이를 끌고 가서 힘껏 밀었다. 오토바이는 가파른 둑을 따라 덜그럭거리며 떨어지더니 가속하며 수면에 다다랐다. 앞바퀴가 얼음 속을 푹 파고들자 오토바이는 한 바퀴 굴렀다. 오토바이 몸체는 대부분 시야에서 사라졌으나 두 바퀴가 모두 물 밖으로 튀어나와 있었다.

로이는 한숨을 쉬었다. 달리 처리할 방법이 없었다. 화를 내며 로이는 부츠와 양말, 그리고 바지를 벗고 허둥지둥 물가로 내려갔다. 물은 충격적일 만큼 차가웠다. 그래도 물속에서 몇 걸음 만에 오토바이에 다다를 수 있었다. 물이 그의 무릎 바로 위까지 올라왔다. 세게 밀자 곧 오토바이가 옆으로 드러누워 보이지 않았다. 그것은 그가 바랄 수 있는 최선이었다.

옷가지와 부츠를 챙기고 도로변까지 기어오른 로이는 달리고 얼음 위를 미끄러지며 최대한 빨리 트럭으로 돌아왔다. 로이는 아까의 담요로 최선을 다해 자신의 몸을 닦았다. 밥의 시체에서 흐른 내용물로 지저분해지거나 축축해지지 않은 부분을 사용했다. 그러고는 옷과 부츠를 모두 챙겨 입고 운전석의 문가에 잠시 앉아 격렬하게 몸을 떨었다. 하지만 이것은 생존이 걸린 문제이니 그는 계속 움직여야 했다.

트럭의 크랭크 핸들을 찾은 로이는 기어 박스가 중립에 있는 것을 확인하고는 그것을 제자리에 꽂았다. 크랭크 핸들을 두 번 돌려 시동을 준비한 뒤 운전석에 올라탔다. 차량에는 초크 제어 장치가 있어 그것을 반까지 당겼다. 그는 이것이 추측놀음이라는 것을 알고 있었다. 또한 이 짐승이 반항해서 그가 크랭크 핸들을 돌리려고 하면 그것을 반대 방향으로 날려 버리고 그의 팔을 부러뜨릴지도 모른다는 사실 또한 아주 잘 알고 있었다. 하지만 이외에 그에게 유일하게 남은 대안이란 차갑고 축축한 옷을 입고 그 기나긴 거리를 걷는 것뿐이었다.

　이제 다 됐다. 추위에도 불구하고 로이는 자신의 코트와 모자를 벗어 가능한 최선의 공격을 위한 준비를 마쳤다. 그러고는 조심스럽게 자세를 만든 뒤 핸들을 잡고 모든 힘을 동원해서 돌렸다. 아무 반응도 없었다. 다시 한번 시도했다. 아무런 반응이 없었다. 세 번째로 시도했을 때는 차량이 살짝 흔들리는 것 같았다. 마치 무슨 일이 벌어진 것 같지만 로이는 그것이 무엇인지 확신할 수 없었다. 네 번째 시도에야 엔진이 캑캑거리며 기침을 하고는 다시 캑캑거렸다. 로이는 뒤쪽으로 뛰어 넘어간 뒤 운전석 안으로 점프해서 들어갔다. 그가 액셀러레이터를 거칠게 밟자 엔진 모터에 걸걸하면서도 주저하는 것 같은 생기가 돌았다. 조절판에 발을 계속 대고 있으면서 초크 장치를 살살 넣어 줬다. 걸걸한 엔진 소리가 서서히 사라지자 휘발유 엔진이 징징거렸다. 어느 정도 시간이 지나자 로이는 자신이 액셀러레이터에서 발을 떼도 안전하겠다고 판단했다. 엔진은 어느 정도 안전하게 굴러갔다. 그는 즐거웠다. 계획은 계속 진행 중이었다.

로이는 밤의 시체가 누워 있는 배수로에 지저분한 담요도 던져 버렸다. 그러고는 크랭크 핸들을 떼어 낸 뒤 운전석 안으로 기어 들어가 페달을 내리누르고 기어를 1단에 맞췄다. 그는 무거운 부츠로 조절판을 아주 부드럽게 살짝 누른 뒤, 클러치를 풀었다. 처음에는 바퀴들이 헛돌다 마찰력을 발견했다. 트럭이 앞으로 움직였다. 그래서 조심스럽게 마을 쪽을 향하도록 차체를 틀었다. 이렇게 좁은 도로에서 움직이기란 쉽지 않았다. 그의 몸을 둔하게 만든 추위와 고도의 긴장 상태를 감안했을 때 조절판과 클러치를 다룰 때 필요한 만큼의 능숙함을 끌어내기란 어려운 일이었다. 그럼에도 불구하고 그는 성공했다. 그래서 앞으로 천천히 이동하며 결국 어느 정도 속도를 내기 시작했고 에세넘까지 운전해 갔다.

그렇다. 사고였다. 그게 다였다. 빌어먹을 사고가 터져 버려 밤이 홍수에 쓸려갔을 뿐이었다.

7

콜 씨와 트럭 운전사는 정비소에서 차를 마시고 있었다.

「그래서 차가 움직이게 만든 건가?」 콜 씨가 특유의 힘을 들이지 않은 소박하고 느릿한 말투로 물었다.「밥이 고친 거야?」

「밥은 끝까지 나타나지 않았어요. 제가 차 속을 만지작거리다 혼자 시동을 거는 데 성공한 거라고요.」

「그럼 밥은 어디 있는데?」

「저야 모르죠.」로이가 대꾸했다.「저도 기다리며 허송세월만 했다고요. 그러다 포기했죠. 누가 그를 부르러 그의 집으로 간 건 확실해요?」

「물론 우라지게 확실하지. 우리 여편네가 다녀왔어. 매니언 아주머니가 그를 보내겠다고 말했다고.」

「그럼 제 생각에는 그가 아직 일어나지 않았을 것 같은데요. 어쨌든 다 잘 해결됐잖아요.」

「너 우라지게 추워 보인다. 떨고 있잖아. 젖기도 했고.」

「네, 뭐. 잘 모르시나 본데, 날씨가 꽤 추웠거든요. 게다가 대략 한 시간 전부터 비도 내렸고요.」

「그럼 날씨가 풀리기 시작하려나?」

「어쩌면요. 어쨌든 저는 집에 가서 몸 좀 녹이고 목욕이나 해야겠어요.」

운전사는 로이가 그에게 트럭 열쇠를 건네자 감사 인사도 없이 끙 소리만 냈다. 저 남자가 결국 자신의 담요가 없어졌다는 사실을 깨닫고 혼란스러워하며 기분 나빠 할 것을 예상하니 마음이 조금은 즐거워졌다.

로이는 곧바로 집에 가지 않았다. 만약 누가 그에게 트집

잡는다면 밥이 아직도 침대에서 뭉그적거리고 있는지 확인하러 간다고 말할 예정이었다. 언제나처럼 매니언 씨 집의 뒷문은 잠겨 있지 않았다. 로이는 문을 열고 조심스럽게 외쳤다.「집에 누구 없나요?」

아무런 대답이 없었다. 매니언가 사람들은 독실한 신자들이었기에 교회에 가 있을 것이었다. 로이는 이 점을 노렸다. 부엌 시계를 보고 계산하니 그에게 20분 정도가 주어졌다. 부엌의 따뜻하고 탁한 공기가 유혹적이었으며 쇠고기 로스트 요리 냄새에 마음이 끌렸다. 하지만 조심하는 차원에서 다시금 사람들을 불러 본 뒤 자신의 손을 아가[25] 히터에 잠시 대며 온기를 구하고는 2층으로 향했다.

마치 밥이 방금 전 기상한 것 같은 모양새였다. 이불은 침대 위에 너저분하게 펼쳐져 있고 깔개는 구겨져 있고 벽 한쪽 구석에 찌그러져 있는 베개는 밤잠을 설친 흔적이었다. 그리고 도톰한 무늬가 새겨진 분홍색 침대보는 바닥에 떨어져 있었다. 방에서 한기가 느껴졌으나 밥의 냄새가 여전히 남아 있었다. 뭐라고 묘사할 수 없이 뒤섞인 남성의 땀과 호르몬 냄새에 밥이 매일 바르는 애프터셰이브 로션 특유의 향이 더해진 것이었다. 콜 씨는 밥이 그런 로션을 바르는 것을 재미있어했다. 방과 어울리지 않을 정도로 여성스러운 화장대의 유리판 위에는 아무렇게나 던져 놓은 옷들과 함께 낡은 신문 한

25 무쇠로 만든 영국의 히터 상표명.

뭉치와 잔돈 몇 푼이 놓여 있었다. 밥 매니언은 별로 정리정돈을 잘하는 놈이 아니었다.

로이는 옷장 위에서 낡은 짐 가방 하나를 꺼냈다. 지금이 가장 위험한 순간일지도 모른다는 생각이 들었다. 그는 밥의 옷가지를 무작위로 몇 벌 골라 가방에 담았다. 옷장 뒤쪽에서 낡은 신발 상자 하나를 발견했다. 그 안에는 몇 장의 편지가 담겨 있었는데 로이는 그것들을 별 흥미 없이 훑어봤다. 대부분 실라에게서 온 것이었다. 그는 그것들을 처분했다. 은행에서 날아온 편지 몇 장은 상자 속에서 발견한 수표책과 함께 점퍼 주머니에 쑤셔 넣었다. 로이의 주머니 속에는 이미 밥의 집 열쇠와 4파운드가 담긴 지갑, 그리고 밥의 운전면허증이 들어 있었다.

이제 어려운 부분이 남아 있었다. 로이는 밥의 소지품 중에서 종잇조각을 찾다 결국 작은 바질던본드 메모지 한 권을 발견했다. 로이는 밥의 필체를 아주 잘 알고 있었다. 정비소에서 매우 열심히, 그리고 엄청난 집중력을 들여 가며 밥이 작성했던 청구서와 영수증 들 덕분이었다. 다행히 밥은 그다지 능숙하게 글씨를 쓰는 놈이 아니었다. 로이는 그를 아주 후하게 쳐줘도 반문맹인 정도라고 생각했다. 밥은 언제나 필기체를 시도하기보다 노고가 많이 드는 대문자로만 글씨를 썼다. 그 글씨체는 상대적으로 따라 쓰기가 쉬웠다. 로이는 일부러 간단한 메시지를 남겼다.

죄송해요. 허스트 씨의 마구간에 일하러 가요. 아빠, 엄마와 실라에게 말할 수 없었어요. 그녀에게 꼭 전해 주세요. 저는 꼭 이 일을 해야 해요. 저를 찾지 마세요. 다시금 죄송해요. 아들 로버트[26] 매니언이.

이 정도면 됐다. 로이는 허스트 씨의 마구간 같은 곳을 들어 본 적도 없지만 상관없었다. 이것으로 매니언 씨가 자신의 아들을 찾으러 나선다면 수색 작업이 불가능해질 것이었다. 게다가 매니언 씨는 단연코 아들을 찾으러 가고도 남을 양반이었다.

로이는 침대를 정리하고 남은 옷가지들은 바닥 한 군데 쌓아 올린 뒤 화장대에 놓인 메모 위에 밥의 열쇠도 남겨 놨다.

이제 시간이 다 됐다. 일단 그가 정비소에 이 짐 가방만 감추면 아까 계획했던 목욕과 잠을 즐길 수 있으리라.

8

날이 풀리기 시작하면서 기온이 섭씨 10도 후반까지 올랐다. 그 겨울을 살아남고 다시 한번 삶에 돌입하는 기분이란 기상천외했다.

로이는 그가 밥의 시체를 두고 간 그 한적한 장소로 돌아가

26 흔히 로버트를 애칭으로 짧게 〈밥〉이라고 부른다.

지 않았다. 그런데도 초조하긴 했다. 풀린 날씨 덕분에 강과 수로에 물이 불었다. 그는 매일 밥의 시체가 홍수 속에서 떠올라 하류 쪽으로 떠내려오다 강둑 어딘가에 쓸려 올까 봐 두려웠다. 그래서 누군가가 문을 두드리기를 기다렸다. 정작 누가 찾아오는 상황에 대처할 이야기는 없었다. 하지만 전혀 아는 바가 없다고 반복해서 잡아떼는 것만으로도 어쩌면 풀려날 수 있을 것 같았다. 경찰이 그를 심문한다면 이야기에 세부 사항들을 조금 덧붙이는 것도 구미에 맞았다. 그러면 경찰은 밥이 모르는 사람, 또는 사람들에게 끌려갔다고 결론 지을 것이었다. 예를 들면 자신이 대형 트럭 옆에서 침착하게 기다리던 장소에서 낯선 목소리들이 들려왔다는 단서를 흘리거나……. 하지만 로이는 이 방법이 현명하지 않다는 것을 알았다.

예상했던 대로 매니언 씨는 로이에게 밥이 사라지기 전의 정신 상태에 대한 질문들을 쏟아냈다.

「밥의 행동이 좀 의심쩍었나?」

「아니요, 별로 특이한 점은 없었어요. 그래도 개가 일요일 아침에 나타나지 않은 것은 이상했지만요. 대부분의 경우 약속만큼은 꽤 잘 지켰거든요.」

「밥이 혹시 네게 기수 훈련생이 되고 싶다는 얘기를 한 적 있니?」

「네, 개가 말을 얼마나 좋아하는지에 대해서는 익히 알고 있었죠. 사실 그런 애기를 많이 하긴 했어요. 하지만 저는 별로 주의 깊게 듣지 않았죠.」

「놈이 무슨 허스트 밑에서 일하러 갈 거라는 애기를 한 적은 있고?」

「허스트요? 아뇨. 기억 안 나는데요. 전혀 낯익은 이름이 아니네요. 첼트넘에 대해서는 많이 애기했어요. 솔직히 말하자면 그냥 평상시처럼 그림의 떡 애기를 한다고 여겼어요. 그래서 한 귀로 듣고 한 귀로 흘렸죠.」

「놈이 결혼에 대해 재고하기 시작하더냐?」

「네, 말씀하시니까 생각나는데 결혼이 약간 고삐 잡히는 것처럼 느껴진다고 말했어요. 경찰서에 실종 신고를 해볼 생각은 하셨나요?」

이제 앉아서 기다릴 때라는 것을 로이는 알았다. 분 단위로, 시간 단위로, 일 단위로, 주 단위로 시간이 지나는 것을 견뎌야 했다. 3주 후, 그는 웨스턴슈퍼메어에 사는 이모를 보러 가야 한다고 둘러대며 며칠 휴가를 냈다. 그러고는 기나긴 기차 여정을 시작해 런던까지, 그 후에는 첼트넘까지 갔다. 그곳에서 하숙집 하나를 발견한 로이는 자신의 가장 매력적인 태도를 선보이며 방 하나를 이틀 밤 동안 빌리고 선불로 대금을 치렀다. 아침 식사를 하면서 그는 주인아주머니에게 자신이 런던에서 왔으며 지방 의회에서 간부직을 받아들일까 고민 중이라고 말했다.

「제가 이곳에 영구적으로 이사 올 때까지 제 우편물을 대신 받아 주시는 일이 너무 번거로우실까요?

「아니요, 매니언 씨. 절대 아니에요.」 주인아주머니가 말했다.

「어떤 우편물이든 전달하실 필요는 없어요. 제가 정기적으로 이곳에 들러 챙길 테니까요. 급한 우편물은 하나도 없을 거예요.」

로이는 라이언스 은행 첼트넘 지점에서 로버트 매니언이라는 이름으로 새 계좌를 텄다. 새로 얻은 주소 또한 활용했다. 그는 점원에게 밥의 운전면허증 및 수표책과 함께 밥의 방에서 챙겨 온 편지들과 진술서들을 신원 확인용 증거 자료로 제시했다. 같은 거리를 따라 내려가면 마틴스 은행이 보였다. 거기에서도 로이는 매니언의 이름을 다시 대며 자신이 말들과 함께하는 일을 하기 위해 첼트넘으로 영구적으로 이사 올 예정이라고 밝혔다. 그러고는 자신의 돈을 마틴스 은행 첼트넘 지점으로 이체시켜 달라고 요청했다.

에세넘 쪽에서는 여전히 밥 매니언의 행방에 대한 소식이 하나도 들리지 않았다. 그 주 주말 술집에서 로이를 마주친 매니언 씨는 자신의 아내가 매일 밤 눈물을 흘린다고 은밀히 털어놨다. 매니언 씨도 전에 없이 점점 더 많은 시간을 술집에서 보내고 있었다.

「그래도 오늘 아침에는 아들에게서 엽서 한 장을 받았어. 첼트넘에서 보냈더라고. 그나마 다행이지. 최소한 애가 살아 있다는 얘기니까.」

「저라면 그래도 경찰에 실종 신고를 할 텐데요.」로이가 말했다.

「아니야. 개가 명백하게도 여기에 있고 싶어 하지 않잖니. 그래도 놈의 엄마가 겪은 괴로움을 생각하면…….」

밥이 죽은 지 거의 4개월이 되자 로이는 본격적으로 움직일 준비를 마쳤다. 여름이 도래했다. 해가 뜬 날이 거의 끝없이 이어지는 것 같았다. 펜스 지역을 드리운 하늘은 상상 이상으로 넓고 높았으며 빠르게 지나가는 긴 구름들에서는 비를 내릴 위협이 느껴지지 않았다. 로이는 콜 씨에게 조용히 사직을 예고했다. 런던 대도시에서 자신의 운을 시험해 볼 예정이라고 말했다. 집주인에게 집세도 냈다. 킹스린에 있는 파크스 백화점에서 새로 산 작은 여행 가방에 소지품을 챙겼다. 그러고는 리버풀 스트리트 역으로 향하는 저녁 기차를 잡아 탔다.

런던 남부에서 하숙방을 잡은 로이는 로버트 매니언으로서 마지막으로 잠깐 첼트넘에 들렀다. 그곳에서 밥의 마틴스 은행 계좌에 남은 돈을 라이언스 은행의 새 계좌로 이체했다. 그 후 라이언스 은행 계좌 자체와 그 자금을 라이언스 은행 클래펌 지점으로 옮겨 놓으라는 지시를 남겼다. 로이는 그의 하숙집 주인아주머니에게 뼈아픈 후회의 표정을 지으며 슬픈 소식을 전했다. 기다리던 간부 자리가 결국 애석하게도 넘어오지 못했다고.

이제 로이는 새로 시작할 수 있게 됐다.

9장
남성과 여성

1

밥 매니언이라. 그가 생각나다니, 이 얼마나 이상한 일인
가. 로이가 딱히 그에 대해 슬퍼했던 기억은 전혀 나지 않는
다. 다 효용에 따른 움직임이었다. 즉각적인 대응과 행동이
필요한 상황이었다. 심지어 오늘까지도 그는 생각을 모으고
이성적으로 일을 진행시킬 수 있는 자신의 능력에 감탄한다.
그리고 그해 겨울이란. 2백 년간 가장 추운 겨울이었다. 아무
도 그 겨울이 끝날 것이라고 생각하지 못했다. 밥에게는 실제
로도 끝나지 않았다.

로이는 밥의 죽음에 대해 이제 슬픔이라고 할 수는 없는,
일종의 후회 같은 감정을 느낀다. 그러면서도 동시에 밥의 죽
음은 자신에게 역경에서 벗어날 길을 선사했다는 것을 유념
하고 있다. 덕분에 당시의 역경은 그곳에서 끝났다. 홍수로
쓸려가 과거로 남았다. 런던으로 다시 이사 온 뒤로 로이는

대도시의 생활에 파묻혀 지냈다. 물론 그것은 얼마의 시간이 흐르고, 밥의 돈으로 로버트 매니언이라는 이름하에 연 은행 계좌에 조심스럽게 손을 댄 이후의 일이었다. 심지어 가끔은 그의 필요에 따라 R. 매니언 씨, 그러니까 로이 매니언으로 지낼 때도 있었다.

몇 년에 걸쳐 그 신원은 자연스럽게 로이와 하나가 됐다. 자신에 대해 언급하고 입증하는 반복 순환적인 과정에 의해 의심할 여지 없이 자신이 매니언이라고 증명됐다. 공문들로 증빙된 대체 가능한 신원이 있다는 점은 유용하고도 남았다. 때때로 로이 코트니인 자신이 얼핏얼핏 나타나려고 하는 것을 억제하는 일이 도전이었다. 희박하긴 하지만 조만간 그가 매니언을 다시 선보이며 순환적 과정을 마지막으로 한 번 더 돌아야 할지도 모른다. 그것은 물론 베티와의 작업이 어떻게 흘러가느냐, 그리고 그녀의 가족들이 얼마나 근면성실하고 소송하기를 좋아하느냐에 달린 일이었다.

후회? 로이는 그것을 몇 차례 하긴 했다. 그와 빈센트가 마틴, 버니, 데이브, 그리고 브린의 뒤통수를 때려야 했을 때도 그랬다. 마틴에게는 더더욱 유감이었다. 불쌍한 자식. 하지만 사실 별로 그렇지도 않다. 〈칼로 흥한 자 칼로 망한다〉 등등의 말도 있잖은가.

하지만 밥 매니언은. 진짜로. 뭐 때문에 이런 생각이 들었을까? 뇌의 기이한 화학 작용이란.

놀랍게도, 로이는 울고 있다. 거울에 비친 그의 모습이 그것을 확인시켜 준다. 로이는 자신의 길고 피로한 얼굴, 한때 사나웠으나 이제는 단순히 슬픔으로 찬 눈빛, 그리고 처진 볼을 따라 흘러내리는 눈물 자국들을 본다. 면도기를 세면대 위에 조심스럽게 올려놓은 그는 양손으로 세면대의 양쪽을 붙잡으며 자신의 몸을 가눈 채 울부짖는다.

밥은 뒤에 남겨진 다른 모든 자들과 똑같다. 로이는 스스로에게 말한다. 일단 과거가 되면 그들은 죽은 것이나 마찬가지다. 그들에 대해 생각하는 것은 그에게 시간과 에너지의 낭비다. 그에게 그들은 어차피 죽은 자들이다.

모린은 그가 알기로 세간의 주목을 받고 있다. 교육부 차관을 지낸 그녀는 이제 상원의 일원이 되어 상부에서 의견을 표명하고 있다. 상원은 목소리가 크고 불우한 자들과 잡다한 소수자들에 대한 꽤나 성가신 지지자들이다. 특권층으로 자라 우월한 관점으로 세상을 보면 그러기도 쉽겠지. 그녀라는 그 특정 경마에 조금 더 오래 돈을 걸어 두는 것이 좋을 뻔했다. 하지만 당시에는 단순히 인생의 갈림길에 서 있었다. 그에게는 모린 또한 밥만큼이나 죽은 사람이다. 그가 그들의 우중충한 클래펌 아파트에서 떠난 날부터 쭉 그래 왔다.

수십 년 전의 그 자매들도 그렇고. 그들 또한 인생의 쓴맛을 배울 필요가 있었다. 그리고 실제로 배웠고. 그보다 나이가 많은 아이들은 그의 서투름을 비웃었다. 그보다 어린 아이

213

는 그에게 창피를 줬고. 그들 모두 쓴맛을 봤다.

스탠브룩 경의 아들 루퍼트는 로이가 한때 무릎에 올려놓고 흔들며 놀아 주던 녀석이었다. 그랬던 놈이 이제는 병든 다섯 번째 백작이 되었으며 스캔들을 몰고 다니는 무책임한 플레이보이 아들을 두고 있다. 루퍼트의 아버지 찰스는 별세한 지 오래다.

로이는 그들을 예의주시하지 않았다. 대중 매체를 통해 이런저런 소식을 알게 됐으며 나머지 내용은 그가 그냥 상상해 낸 것이다. 상관없지 않은가. 죽었다. 모조리 죽었다. 그에게는 최소한 그렇다. 게다가 그들 중 애도할 만한 놈도 없다. 밥 하나만은 제외해야 할지도. 밥은 좋은 놈이었다. 그런 면에서는 빈센트와 같지만, 다른 방식으로 좋은 놈이었다. 올바른 방식으로 감수성이 강했으며 외부의 영향을 잘 받았다. 게다가 밥이 죽어서 그에게 이례적으로 도움이 됐다는 점을 누가 반박할 수 있을까?

「젠장!」로이는 크게 고함친다. 아직 그에게는 타오르는 열망이 있다. 「젠장.」

자신이 대체 무슨 짓을 하고 있는 것이란 말인가? 투덜거리는 늙은 연금 수급자처럼 횡설수설하다니. 정신 좀 차려라, 이 사람아. 최소한 지금은 그의 생각이 딴 길로 새더라도 그것을 자각하고 있다. 언젠가는 자신이 이런다는 것을 깨닫지 못할지도 모른다. 노망나는 것보다는 죽는 것이 낫지. 하지만 그도 안다. 자신은 노망이 나지 않았다. 그는 잊는 법이 없다. 모든 것을 기억한다. 치매는 그의 문제가 아니다. 목적의식이 문제다. 분투할 의지를 잃는 거야말로 그가 두려워하는 일이다.

「젠장.」로이는 다시 욕한다. 이번에는 냉정하게 거울 속의 얼굴을 살피며 더 조용히. 눈앞에 보이는 모습이 별로 마음에 들지 않는다.

「로이?」베티가 아래층에서 부른다.

「네?」그가 대답한다.

「당신이 소리치는 걸 들었어요. 무슨 문제가 있는 건 아니죠? 당신 괜찮아요?」

「우리 자기, 나는 괜찮아요.」로이가 담담한 말투로 응답한다. 「면도하다 벤 줄 알았어요. 예전처럼 민첩하지 못해서 그렇지요. 하지만 다 괜찮아요. 미안해요. 욕설처럼 들리는 내 미흡한 프랑스어는 양해해 줘요.」

2

요새 들어 그는 그녀를 〈우리 자기〉라고 점점 더 자주 부른다. 사실 너무 자주 부른다. 처음에는 가끔 머뭇거리며 부르던 애칭이 이제는 거의 기계적으로 나온다. 특히 그가 잘난 체하기로 마음먹을 때는 더더욱 그렇다. 그런데 그가 잘난 체하는 상황이 결코 드물지 않다.

베티는 이러한 그의 태도가 자신을 그녀의 인생에 더욱 확실하게 박아 두는 과정으로 여기는 것인지, 완전히 무의식적으로 나타나는 것인지 분간이 안 된다. 설마 그가 청혼할까 봐 두려워해야 하는 건가? 그가 한쪽 무릎을 굽히고 앉으며 결혼 애기를 꺼내는 상황은 상상만 해도 999에 신고하고 싶어진다.

마침내 그녀는 그 애칭이 무해하며 나름대로 꽤 달달할지도 모르겠다고 결론 내린다. 만약 그와의 관계에 〈달달하다〉라는 용어를 적용할 수 있는 상황이라면 말이다. 그리고 그녀는 여전히 그가 이곳에 남아 있다는 사실에 기뻐한다.

점심으로 샌드위치를 먹은 뒤 베티가 가스난로의 불을 켠다. 둘은 거실에 함께 앉아 있다. 그녀는 책을 들고 있고 그는 무릎에 손을 올린 채 지루해하며 짜증을 내고 있다.

「여성에 대해 진짜로 어떻게 생각하세요?」 베티가 뭔가 더 뜻깊은 대화를 나눌 의도로 그에게 묻는다.

로이는 가슴이 철렁 내려앉는다. 어디서 시작됐는지도 모르겠고, 가늠할 수 있는 특정 방향으로 향하는 것 같지도 않고, 그에게 수치를 안겨 주기 위해 계산된 것 같은 그런 끝없는 토론을 기어이 하자는 건가. 그딴 토론은 평생 우려먹을 만큼 모린과 충분히 했다. 그래도 이것을 말다툼으로 변질시키면 안 되겠지.

남성과 여성이라. 로이는 생각한다. 완전히 다른 두 종족이다.

「우리 자기, 그게 무슨 말인가요?」로이는 정중하게 물었으나 그의 눈빛은 형형하다.

보아하니 그런다고 베티는 물러설 것 같지 않다. 「우리 세대가 익숙해하는 이성 간의 관계는 요즘과 사뭇 다르죠.」

내게 힘을 주소서. 로이는 생각한다. 하지만 마음의 평정을 잃지는 않는다.

「오, 나도 모르겠군요.」로이가 말한다. 마치 질문이 충분히 합당한 것처럼 대응해 준다. 「나는 이런 주제에 관해서는 전문가가 아니잖아요.」

「전문가여야만 대답할 수 있는 질문이 아니잖아요?」

「뭐, 그렇긴 하죠. 제 말은 그런 뜻이 아니었어요. 저도 살면서 몇몇 여성과 경험이 있었죠.」로이는 활짝 지은 미소가 통하기를 바란다.

「그래서요?」베티가 말한다.

「그래서, 그래서 글쎄, 나는 언제나 여자들과 잘 지내는 방법을 발견했어요. 그들과 의견을 공유하기도 했고요. 당신도 알다시피 많은 남성이 그렇지 않잖아요. 저는 여성을 좋아해요. 그중에서 당신이 특별히 더 좋고요.」

「그런 당신의 마음은 이해해요. 하지만 일반적으로는요?

남성과 여성들 간의 차이점은요?」

　로이는 생각한다. 저 족속들은 입 놀리기를 진정으로 좋아하지. 아무렴.

　「글쎄, 나도 당신에게 같은 질문을 던져도 되겠네요. 당신이야말로 남성들에 대해 어떻게 생각하나요?」

　「충분히 공평한 질문이네요. 저는 오늘날의 남성들이 과거에 비해 더욱 불안에 떠는 것 같아요. 자기 자신에 대해 온전히 만족을 느끼는 남성들도 충분히 많죠. 사실 그들의 경우에는 자신에 대한 만족감이 과해요. 하지만…….」

　로이는 그녀를 바라보며 귀를 기울인다.

　「……대부분 남성은 예전보다 덜…… 단단한…… 것처럼 느껴져요. 게다가 앙심을 더 많이 품고 있는 것 같고요. 이것이 그냥 자연스러운 것일지도 모르겠어요. 우리 여성들이 〈자유로이 풀어졌으니까요〉. 그렇다고 해서 제가 특별히 자유롭게 느껴지는 건 아니고요.」 베티가 계속해서 말을 잇는다. 「예전에는 우리의 역할이 명백하게 정의돼 있었잖아요. 하지만 두 차례 전쟁으로 그 모든 것이 변했어요.」

　역사라니. 로이는 생각한다. 이번에도 또 역사라니. 그녀가 내게 빌어먹을 강의를 하고 있네. 이런, 신이시여. 그래도 그는 미소를 띠며 그녀를 향해 상냥하게 관심을 보여 준다.

　「남성들이 불안해하고 위협을 당하는 것처럼 느끼는 것은 어느 정도 감안해야겠죠. 그렇다고 특별히 여성들이 승리자라는 것은 아니고요.」

「흠.」로이가 추임새를 넣는다.

「더욱 극단성을 보이는 것 같아요. 자신감이 부족해요. 하지만 공격성도 보이죠. 둘 다 불안의 표현이잖아요.」

「그럴지도 모르겠네요.」로이가 말한다.「나는 한 번도 자신감이 부족해 본 적 없지만요.」

「그렇죠, 그런데 그건 당신 고유의 성향이잖아요. 그렇지 않나요? 당신은 매사에 적극적으로 임하고 이끌라고 배우며 자랐어요. 단지 당신이 남성이기 때문이죠. 당신은 모든 일에 달리 접근할 생각을 하지 않도록 길들었어요.」

그래서 빌어먹을 시간도 많이 아낄 수 있었지. 로이는 생각한다.

베티는 말을 이어 간다.「제 말은 남성들이 더 이상 자신들의 존재가 어때야 하는지 모른다는 거예요.」

「약하죠, 많은 남성이. 우리 남성들은, 결론부터 말하자면 꽤 단순해요. 복잡함도 숨겨진 감정도 없죠. 내가 여성의 권리에 반한다고 생각하지는 않아요. 하지만 소위 말하는 〈정체성〉이 불확실한 남성들은 호들갑쟁이예요. 나는 그냥 우리 자신은 그냥 우리 자신일 뿐이니 이렇게 삶에 임하는 것 외에 달리 방도가 없다고 생각해요. 너무 생각이 많아지면 온갖 고민거리가 생길 수 있어요.」

말이 너무 많아져도 그렇고.

「그래서 여성들은요, 당신이 보기에 우리는 어때요?」

「어떻게 말을 시작해야 할까요?」로이가 미소를 지으며 말한다. 「훌륭하고 경이롭고 혼란스럽고 답답하고 비이성적이에요.」

베티는 아무 말이 없다. 로이는 자신이 잘못 접근했다는 것을 알지만 바른 대답을 찾지 못하겠다.

「제 말인즉슨,」로이가 위험을 무릅쓰고 입을 연다. 「저는 남성과 여성 사이에 어느 정도 신비감이 남아 있는 것이 좋다는 뜻이에요. 여성에 대한 수수께끼가 다 풀렸다면 저는 훨씬 덜 행복한 남자였을 거예요.」

「저는 당신이 여자에 대해 다 안다고 생각했는데요.」베티가 미소를 지으며 말한다.

좋아, 우리가 다시 안전지대로 돌아오고 있는 것 같군.

「오, 아니에요.」로이가 대답한다. 「절대 아니에요. 요새는 모두가 모든 것에 대한 해답을 갖고 있어야 한다고 생각하죠. 나는 그런 스타일이 아니에요. 우리가 그냥 삶을 좀 즐기고 우리가 잘하는 일을 하고 생각을 적절히 줄인다면 우리 모두 좀 더 행복하지 않을까 싶군요.」

「그럼 지적인 결핍이 좋다는 건가요?」

「오, 아니에요. 절대 아니죠. 하지만……..」

「당신은 아직도 제 질문에 대답을 안 했어요. 여성에 대해서, 그리고 저에 대해서 말이에요.」

로이는 모험 삼아 다시금 부끄러운 미소를 선보인다.

「베티, 당신을 향한 제 마음은 존경뿐이에요. 당신은 당신의 삶 속에서 너무나 많은 것을 이뤘죠. 당신은 저보다 압도적으로 우월한 사람이에요.」

이 휘몰아치는 대화는 무의미한데 멈춰지지 않는다. 로이는 자신이 말하는 내용이 이치에 맞는지 전혀 개의치 않는다. 공백을 메우기만 하면 된다. 그는 자신의 말에 설득력이 있는지는 고사하고 그 내용이 이해되는지조차 신경 쓰지 않는다. 게다가 이 쓰레기 같은 헛소리들을 자신이 진짜로 믿는지는 더더욱 고려하지 않는다. 전부 게임의 일부다. 그는 생각한다. 남성과 여성이라.

로이는 전혀 희석되지 않은 독을 품고 베티를 내려다본다. 그 눈빛은 호의적인 미소로 포장됐다. 그녀는 너무 멍청해서 이런 자신의 상태를 눈치채지 못한다. 그는 그렇게 생각한다.

그는 내가 다 눈치챘다는 것을 모르네. 베티는 생각한다. 그녀는 그가 꿈틀거리게 만드는 것이 한편으로는 즐겁다. 그는 다툼을 야기하지 못한다. 아니면 안 하는 것일지도 모른다. 그가 그녀보다 덜 영리하다는 점에서는 그의 말이 맞다. 그러니 그녀가 그를 이렇게 자극하는 일에는 어느 정도 잔인함이 내포돼 있다. 그래도 그가 평정심을 잃고 주도권을 빼앗긴 채 발버둥치는 모습을 보니 기분 좋다. 그는 마냥 횡설수

설하고 있다. 이것은 소소한 복수다. 어쩌면 현명하지 못한 처신일지도 모른다. 아무래도 나중에 그에게 보상을 해줘야지 싶다. 그가 원하는 말을 들려줌으로써 말이다.

3

로이는 화장실에 있다. 좀 힘들어하고 있다. 아무런 기별도 없이 복통이 다시 찾아왔다. 그래서 그는 위층으로 재빨리 올라가 급히 바지와 팬티를 내리고 변기 위에 자리를 잡아야 했다. 그러면서 대장의 맹습을 당하기 전에 사고가 일어나지 않았다는 사실에 잠시 안도의 한숨을 내쉰다. 고통스럽고 지독한 일련의 폭발들이 몸의 중심을 뒤흔든다. 불화살들에 맞는 것 같다. 그 뒤로 곧바로 유독한 액체가 폭포처럼 쏟아져 나온다. 그러는 동안 그의 존재 전체가 변기 안으로 떨어지는 것 같은 기분이다. 그는 이 행위의 폭발적인 힘에 놀란다. 그러고는 몸을 앞으로 수그린다. 모든 근육이 다시 주도권을 회복하기 위해 긴장하지만 헛수고다. 악취가, 유황과 썩은 내장 냄새가 말도 못 할 정도다. 그는 거의 토할 것 같은 기분이다.

로이는 그 자리에 앉아 일이 벌어지도록 내버려 둔다. 그에게는 선택권이 없다. 이것은 불수의적이다. 마치 밸브 하나가 터진 뒤 몸속의 나쁜 것들을 쏟아 내는 기분이다. 그럼에도 불구하고 이 과정이 너무 수고롭다. 장기들과 반사 신경들이 더 이상 그의 지시를 따르지 않는다. 이 현상은 그의 가장 내밀한 부분을 뒤흔든다. 하지만 그것을 어떻게 받아들일지에 대해서 전혀 배려받지 못한다. 두렵다. 현 순간도, 이것을 기점으로 삼아 예고될지도 모를 가까운 미래도. 고통보다도, 수치보다도, 통제력의 상실이 가장 두렵다. 그는 조용히 훌쩍인다.

마침내 속이 텅 비워지자 그는 기진맥진한다. 몸을 가누기 위해 잠시 더 앉아 있다. 몸이 떨린다. 숨을 쌕쌕거린다. 불안하다. 과도하게 덥다. 머리가 바쁘게 돌아간다. 자신의 능력 안에서 최선을 다해 뒤처리를 깨끗이 한다. 떨리는 손으로 바지를 치켜 올린다. 멜빵이 달랑거리고 셔츠 자락이 빠져나와 있다. 그는 남은 한 손으로 벽을 집고 기대며 천천히 어기적어기적 침대로 향한다. 마침내 침대에 풀썩 눕는다. 그러자 침대 스프링이 삐걱거리는 소리가 크게 들려온다. 여전히 지치고 괄약근이 화끈거리며 아프다. 그는 천장을 뚫어지게 쳐다보며 억지로 머리를 굴리기 시작한다.

베티는 어떤 면에서는 실망스러운 대상이다. 너무 잘 속아넘어가고 착취하기도 너무 쉽다. 전혀 도전이 없다. 일이 전부 너무 쉽게 풀렸다. 아드레날린이 솟구치는 상황은 전혀 없었다. 뭐, 상관없지. 기분 전환과 여흥은 부차적일 뿐이다. 더 중요한 것은, 베티가 속된 말로 주머니가 아주 두둑하다는 점이다. 그녀의 펀드 매니저로부터 온 편지들을 통해 안 사실이다. 로이는 베티가 외출한 사이 시간 날 때마다 그녀의 침실을 뒤지며 편지들을 찾아내 읽어 왔다. 게다가 그녀가 현 상태에 안주하는 마음이나 잘 속는 성향 덕분에 이 게임이 더 쉬워진다면 나쁠 것도 없지 않은가. 이 모험에서 그가 배운 한 가지가 있다면, 그것은 사람이 나이가 들면 모든 방면으로 둔해진다는 것이다. 일단 이번 건이 끝나면 그는 이 업계를 영영 떠나야 할 것이다. 생각하면 슬프다. 하지만 현실이 그런 걸 어쩌겠는가.

베티가 아래층에서 부른다. 「로이, 당신 괜찮아요?」

「나는 괜찮아요.」 그가 미약하게 대답한다.

베티가 위층으로 올라와 침실에 들어온다. 「오, 세상에.」 그녀는 침대보 위에 대자로 아무렇게나 뻗어 있는 그를 보고 걱정한다. 그는 상기된 채 동요하고 있다. 「당신, 별로 괜찮아 보이지 않는데요.」

「나는 괜찮아요.」 로이가 신뢰를 담은 미소를 살짝 지으며 안심시킨다. 「그냥 뭘 잘못 먹어서 탈이 난 것 같아요. 정말 괜찮아요.」

베티는 침대 가장자리에 앉는다. 「정말로 그래요?」 그녀가 묻는다. 그녀의 눈썹이 모인 모습이 특히 매력적이다. 그녀를 그녀의 젊은 시절에, 그리고 그의 젊은 시절에 알았더라면 더 좋았을 것을.

「나는 괜찮다니까요. 우리 자기, 고마워요.」 로이가 여전히 상냥한 미소를 유지한 채 인사한다. 그리고 그녀의 손을 두드린다.

「로이, 제가 생각해 봤는데요…….」

「응?」

「어쩌면 제 투자금을 분석하는 것이 도움이 될지도 모르겠어요. 그런데 어디서부터 시작해야 할지 모르겠네요.」

로이는 즉각적으로 정신을 차린다. 그리고 어렵사리 옆으로 몸을 세워 한쪽 팔꿈치에 기댄다.

「당신의 자산 포트폴리오를 관리해 주는 사람이 있지 않나요?」

「그게, 네, 회사가 있긴 해요…….」

「회사요? 아.」

「왜요, 로이?」

「제가 장담컨대 회사에선 하는 일도 적으면서 매년 엄청 수수료를 떼갈 거예요. 간간이 당신에게 편지도 보내겠죠. 거기에서 일하는 사람 중 당신과 통성명한 사람이 있나요? 그쪽 사람들과 말 한마디라도 섞어 본 적 있어요?」

「그게, 아니요. 자금은 아주 예전에 투자해 놓은 거라 누구에게 물어야 할지도 모르겠어요. 편지로 미루어 봐선 그들도 괜찮아 보이긴 해요.」

「물론 괜찮겠죠. 그들 나름의 방식대로는요. 하지만…….」

「그들은 아무래도 뭐랄까, 음, 개인적으로 관리해 주는 느낌을 주진 못해요.」

「흐음.」

로이는 기다린다. 그녀의 입으로 말해야 한다. 그의 입을 통하면 안 된다.

「고민해 봤는데요…….」

「네?」 너무 빨리 반응해 주면 안 된다.

「당신이 저번에 아는 사람이 하나 있다고 했잖아요…….」

「빈센트 말인가요?」

「네, 당신 친구요.」

「오, 빈센트는 친구라기보다는 전문가죠. 그래도 그에게 내 인생을 맡길 정도로 그를 신뢰해요.」

「그가 제 투자에 대해 상담해 줄 마음이 있을까요?」

「오, 네, 물론이죠. 물론 중립적인 입장에서 말이에요. 내가 그에게 말해 놓으면 그는 의심할 여지 없이 흔쾌히 상담해 줄 거예요.」

쉽다. 그가 상상했던 것보다 훨씬 쉽다. 덕분에 복통도 조금 사그라진 것 같다.

10장
1957년 8월
이보다 더 좋은 적은 없었다

1

그들은 빠르고 은밀하게 떠나야 했다. 그 말인즉슨 이 일을 가능하게 해줄 놈들에게 수천 프랑씩 뿌리고 다녀야 한다는 것을 의미했다. 우선 호텔 매니저, 그다음에는 그 조직의 계층 구조를 따라 내려가며 수석 컨시어지 안내원과 접수 담당자를 거쳐 저 바닥 계층인 엘리베이터 보이까지 매수해야 했다. 로이는 환율을 계산하며 지폐를 뭉치별로 책상에 깔끔하게 쌓아 올렸다.

그들은 짐을 다 싼 상태였다. 물론 아무렇게나 꽤 급하게 쌌다는 것을 인정한다. 로이는 호텔 프런트로 전화를 걸었다. 호텔 매니저가 전화를 받자 그는 조용히 말했다. 「우리는 준비가 됐습니다.」

「저는 아직도,」 응답이 왔다. 「경찰에 신고해야 할지 말지 결정이 안 서는군요. 호텔의 명성도 신경 써야 하니까요.」

로이는 이 일을 천천히 신중하게 처리할 여유가 없었다. 그래서 일단 급한 불부터 끄기로 했다.

「클로드, 저도 그 문제에 신경 쓰고 있죠.」로이가 말했다. 그의 말투에는 안타까움과 후회의 감정이 한층 실려 있었다. 「바로 그 이유 때문에 이 일을 함께해 나가야 하는 거예요.」

「하지만 제가 중죄인의 도주를 도왔다는 사실을 나중에 경찰이 알게 된다면…….」

「스탠브룩 경은 중죄인이 아니에요.」로이가 짜증을 내며 강조했다. 「제가 이 문제에 대해 설명했잖습니까. 오해가 있었어요. 상황이 우리 손을 벗어났다고요. 저는 이 문제를 조심스럽게 다루려 노력하고 있답니다.」

「흐음, 하지만 경찰이 난감한 질문들을 하기 시작하면 그 결과에 대해 책임져야 할 사람은 바로 접니다.」

「당신이 책임져야 할 결과는 없어요. 난감한 질문들도 없을 거고요. 당신은 그냥 각하가 어디에 있는지 전혀 모르겠다고만 하면 돼요.」

「그쪽 입장에선 그런 말을 쉽게 할 수 있죠. 하지만 이 호텔의 명예를 걸고 위험을 감수하는 사람은 바로 접니다. 저 혼자라고요.」

「전혀 그렇지 않아요. 결단코 그렇지 않다고요. 오, 절대 아니에요. 우리는 둘 다 조지 5세 호텔[27]의 명성을 지키려고 이

27 프랑스 파리에 있는 최고급 호텔.

러는 거예요. 영국 귀족의 일원을 귀족들의 공간에서 체포하는 것보다 끔찍한 일이 어디 있겠습니까? 호텔 고객들은 어떻게 생각하겠어요? 그래도 당신이 왜 그런 말을 하는지는 알겠습니다. 제가 당신에게 요구하는 바가 많네요. 당신은 저를 그냥 믿고 뛰어들기엔 따져야 할 것이 많겠죠. 다시 생각해 보니 제가 위로차 드리기로 한 금액이 다소 적었던 것 같군요.」

이 말과 함께 대화는 쉽게 종결됐다. 로이는 책상에 쌓아 올린 가장 큰 뭉치 위에 지폐 몇 장을 더 올렸다. 그의 고용주는 침실에서 침대 가장자리에 앉아 있었다. 열린 문틈 사이로 로이는 그가 손으로 머리를 쥐고 있는 모습을 확인했다.

로이는 문으로 들어간 뒤 그의 어깨를 부드럽게 건드렸다.

「다 됐어요, 찰스. 우리는 이제 곧 떠날 거예요. 5분만 시간을 내주시겠어요?」

「문제가 생겼나?」 스탠브룩이 물었다.

「그렇지는 않아요. 매니저가 돈을 더 요구했어요. 그것뿐이에요. 이런 상황에서 전형적으로 벌어지는 일이죠. 문제는 전혀 없을 거예요.」

로이는 남자 하인에게 지시 사항들을 신중하게 전달했다. 두 시간 정도 기다렸다 주문한 차량으로 오를리까지 와라. 각하의 짐도 직접 챙겨라.

남자 하인은 방에 남았다. 로이는 스탠브룩을 이끌고 통로를 지나 대기하는 승강기에 도달했다. 보는 눈에 대비해 둘 다 각자 여행 가방을 들고 있었다. 매니저가 수행원과 함께 승강기 안에 있었다.

「정말 일찍 떠나시네요.」매니저가 로이에게 말했다.

스탠브룩은 승강기의 뒤쪽에 서서 멍하니 거울을 바라보았다.

「시간 안에 여유를 갖고 오를리 공항에서 수행해야 할 형식적인 절차들을 완수하려고요. 오해가 될 소지는 모두 피하고 싶거든요.」

승강기는 그들을 지하 2층으로 데려갔다. 그 층에는 건물의 반짝이는 외관을 받치고 있는 허름한 보강물들이 보였다. 이 상황에서 화려한 환상이 산산조각 나는 일은 별로 상관이 없었다. 매니저는 그들을 기나긴 통로로 안내했다. 시멘트가 거칠게 발라진 천장의 중앙선을 따라 노출형으로 달린 백열전구들이 통로를 밝히고 있었다.

로이는 잠시 불안해하는 눈빛으로 뒷문 밖 양쪽을 살핀 뒤 찰스를 빠르게 차 안으로 안내했다. 그는 호텔 매니저를 믿지 않았다.

운전사가 차량의 기어를 바꾸고 출발하자 자동 변속기가 투정을 부리는 어린아이처럼 우왕 소리를 냈다. 그제야 상황을 점검할 수 있는 시간이 몇 분 주어졌다.

간밤에 일이 벌어졌다. 수습할 수 없는 상황이 되기 전에 로이가 눈치채고 찰스를 끌고 나올 수 있어 천만다행이었다. 그들이 크리용에 머물고 있을 거라고 사람들에게 알려 놔서 천만다행이었다.

로이가 찰스의 군속 여권을 챙겨 올 선견지명을 지녀 천만다행이었다. 로이는 그것이 자신의 여권과 함께 안쪽 주머니에 안전하게 있는지 다시 확인했다. 그들의 나머지 문서들과 제일 중요한 현금이 그의 작은 서류가방에 담겨 무릎 위에 놓여 있었다. 찰스는 그런대로 버티고 있는 것 같았다. 차량의 측면 창문 너머를 멍하니 쳐다보긴 했지만, 최소한 흘리던 눈물은 멎었으니까.

그들은 오를리를 향해 빠르게 이동했다. 햇살이 창문에 반사되었다. 낡은 시트로엥 뒷좌석 바닥을 나누는 변속관이 부식돼 있었다. 덕분에 로이는 그들의 발밑으로 포장도로가 스쳐 지나가는 모습을 볼 수 있었다.

지금이 적절한 타이밍이었다. 그렁저렁한 프랑스어 실력으로 로이는 운전사에게 마음이 바뀌어 다른 목적지로 향할 거라고 말했다. 그는 지폐 한 뭉치를 늙은 운전사의 얼굴 앞에 흔들며 칼레로 데려가 달라고 했다. 게다가 그곳에서 3시에 떠나는 배를 잡을 수 있도록 일찍 도착하면 비용을 두 배로 지불하겠다고 말했다. 말도 안 되는 금액이었다. 그 정도 돈이라면 그 노인네를 그 자리에서 매수하고도 휘발유 한 탱크까지 얹어 사들일 수 있었다. 운전사는 떨은 표정으로 끙 소리를 냈다. 로이는 그것을 묵인의 반응으로 받아들였다. 추가로 로이는 운전사에게 자신이 그 거리들을 잘 알고 있으니 다른 길로 새면 바로 알 거라고 알렸다. 물론 순전히 허풍이었다. 운전사가 한 번 더 끙 소리를 냈다. 눈을 옆으로 치켜뜨고 노려보는 것만으로도, 운전사로부터 의욕적이라고 할 수는 없지만 그런대로 용납할 만한 사과를 받아낼 수 있었다.

로이는 뒷좌석을 확인하기 위해 몸을 돌렸다. 찰스는 잠이 들어 있었다. 갈 길을 잃고 공격에 취약한 상태였다. 저 불쌍한 양반은 이미 지친 모양이었다. 하지만 로이는 긴장을 늦출 수 없었다. 그러는 사이 차는 북프랑스의 시골 지역을 질주해 지나갔다. 달궈진 가죽 냄새와 남자들의 땀내가 심해지고 있었다. 그들이 프랑스 국도를 따라 올라가는 동안 로이는 끊임없는 평지를 좌우로 시급하게 살폈다. 갈 길이 약 3백 킬로미터나 되었다. 시간을 맞추려면 속도를 좀 더 내야 했다.

칼레의 항구에서 그들은 한층 밝아졌다. 운전사는 보너스를 받고 바쁘게 떠났다. 로이는 짠 내를 맡으며 영국과 안전을 떠올렸다. 그들은 항구 벽 옆에서 담배를 피웠다. 그러는 동안 로이는 그들이 즉각 구금될지도 모를 가능성을 시사하는 일반적이지 않은 상황 변화가 있는지 살폈다. 그러고 나서 만족한 채 사무소로 천천히 걸어가, 상대를 사로잡는 미소를 띠며 그곳에서 일하는 예쁘장한 여자애로부터 한 쌍의 입석표를 구매했다. 로이는 추측했다. 배표 없이 항구에 나타나는 입석 승객들은 상대적으로 드물 것이었다. 그들은 사람들의 눈에 띌 것이었다. 하지만 그것은 그들이 감수해야 할 위험이었다. 게다가 그의 상냥한 태도 때문에 눈에 띄어도 상관없을 것이었다.

그들은 마지막 순간까지 대기하다 배를 향해 뛰었다. 그렇게 콘크리트로 된 항구의 중앙 홀을 쏜살같이 지나 잠시 여권 확인 절차를 거쳤다. 로이는 단순히 믿을 수 없는 앨비언[28]들을 괴롭히기 위해 확인 절차가 까다로워질까 봐 걱정했다. 하지만 더 많은 매력 발산과 준비된 미소, 그리고 이전에 철도 공무원에게 프랑스의 훌륭한 수도와 효율적인 철도 네트워크, 그리고 친절한 프랑스인들에 대해 칭찬했을 때보다 좀 더 유창한 프랑스어를 쓰는 것만으로 상황이 해결됐다.

조지 5세 호텔을 떠난 이래 말이 없던 찰스 스탠브룩은 도버 항구에 내려서야 첫 말을 내뱉었다.

「빌어먹을 차는 어디에 있지?」 스탠브룩이 물었다.

「호텔에서 미리 전화를 넣을 수가 없었어요. 그 호텔 매니저가 단어 하나도 놓치지 않고 다 듣고 있었을 테니까요.」

「그럼 우리는 어떻게 돌아가지?」

「다른 사람들과 마찬가지로 기차를 이용해야죠. 매표소는 저쪽에 있어요.」

「씨발.」 찰스가 욕을 하고는 도로 시무룩한 침묵 모드에 돌

28 영국인을 가리키는 옛말.

입했다. 그리고 로이가 자신의 팔꿈치를 잡고 안내해 주기를 허락했다.

빅토리아 역에서 그들은 택시를 타고 런던의 저택에 도착했다. 저택의 문턱을 넘어서면서 로이는 평상시처럼 제멋대로인 상사 찰스를 안내하는 입장에서 스탠브룩 경의 충직한 수하라는 입장으로 전환했다.

2

로이는 그의 일이 좋았다. 10년 전에 그는 갖은 고생 끝에 운 좋게도 이 자리를 발견했다. 오히려 자리가 그 앞에 나타나 그를 환영했다는 표현이 맞겠다.

1946년 사건 이후 로이는 한동안 격무 면제를 받은 상태였다. 그의 원대로 복귀하지는 못했다. 어쨌건 원대는 해체 과정에 놓여 있었으니까. 그래서 군대에서도 그를 어찌해야 할지 난감해했다. 먼저 그는 브뤼셀에 있는 공군 사무실의 자리로 보내졌다. 거기에서 향후 브뤼셀 조약으로 알려질 건에 대한 일을 맡았다. 굉장히 거대한 기계 속의 굉장히 작은 톱니같은 자리, 단어의 바다에서 허우적거려야 하는 자리였다. 그의 적성에 전혀 맞지 않았다. 오, 절대로. 그런 다음 그는 빈으로 파견되어 영국 점령군을 위한 이동 서류를 작성했다.

그곳에서 로이는 정보 장교인 스탠브룩 소령을 만났다. 둘은 곧바로 서로 호감을 느꼈으며 스탠브룩은 로이를 자신의 부대원에 끼워 넣었다. 스탠브룩은 상원에서 한 자리 차지하기로 결심했을 때 로이에게 비공식적인 보좌관이 되어 주지 않겠냐고 제안했다. 로이는 그 기회를 놓치지 않았다.

프랑스에서 돌아와 며칠 지나자 스탠브룩 경은 격발하던 그의 기질적인 성향을 회복했다. 로이는 벌어졌던 유감스러운 오해 상황을 해결하기 위해 거의 곧장 파리로 돌아갔다.

조지 5세 호텔의 클로드는 자기 커리어의 끝을 목전에 둔 상황에서 벗어나자 더 호의적이었다. 클로드는 순진하고 상처받은 표정을 보이며 경찰과의 문제들을 성공적으로 타개했으며 사건을 맡은 조사관의 이름을 로이에게 전달해 줬다.

경찰서에서 로이는 친절한 환대를 받았다. 경찰 조사관은 실제로 벌어진 상황을 알게 되면서 굉장한 흥미를 보였다. 진실이 클럽 직원 몇 명과 피해자라고 주장하는 인물로부터 들은 이야기와 사뭇 다르다는 점을 알게 되고는 동요했다. 소규모 충돌과 그 뒤로 남자의 양팔 골절을 유발한 사고들은 불운한 상황의 결과였다고 로이는 설명했다. 또한 각하에 대한 모든 혐의는 전부 근거가 없으며 악의를 가지고 꾸며 낸 것이라고 말했다. 사건 이후 피해자 자신도 스탠브룩 경이 당시 동반하고 있던 젊은 여성을 대하던 의도를 오해했다고 인정한 상태였다. 조사관은 세상에 대한 피곤한 정보를 얻고는 고개를 끄덕였다.

「제 고용주는 부유한 사람입니다.」로이가 말했다. 「영국 사회의 기둥이자 정부 장관이면서, 이 말을 꼭 강조하는데, 나무랄 데 없이 고결한 사람이십니다. 이런 악의적이고 근거 없는 혐의들이 지속된다면 그는 반드시 법의 힘을 빌릴 것입니다.」로이는 조사관에게 이 사건과 관련해 미리 만나 본 변호사들의 명함을 건넸다. 그것은 에셀가에 있는 비싼 변호사들에게서 받은 명함이었다. 그런 다음 로이는 조사관에게 커피나, 원하신다면 좀 더 센 음료라도 대접하겠다고 제안했다.

그들은 식당의 바 앞에 서서 로이가 런던을 떠나기 전에 챙겨 놓은 미국산 담배를 피웠다. 각자 앞에는 에스프레소 커피와 작은 유리잔에 담긴 마르[29]가 한 잔씩 놓여 있었다. 로이가 자신의 잔을 비우자 조사관도 그대로 따라 했다. 로이는 잔을 채워 달라고 신호했다.

「곤란한 점은,」로이가 말했다. 「어떤 관점으로든 사건을 주물러 보려는 사람이 단연코 너무 즐비하다는 거예요. 게다가 그 관점은 어떤 것이든 상관없죠. 마치 우리 국가들이 나란히 매우 용감하게 싸운 전쟁 이후 도덕성 와해와 비슷한 뭔가가 일어난 것 같다니까요. 솔직함을 더 이상 값진 덕목으로 치지 않죠. 다들 어느 정도 거짓말까지 하고도 걸리지 않을 수 있을지에 목을 매요.」

조사관이 고개를 끄덕였다. 그가 입을 열어 호응해야 하는

29 포도 찌꺼기를 증류해서 만든 독주.

상황은 아니었다.

「스탠브룩 경은…… 글쎄요, 그가 전쟁 영웅으로 추앙받고 싶어 하지는 않을 테니, 자신의 나라를 위해 계속 몸 바치는 용감한 사람이라고만 해둡시다. 어떤 악당에 의해 그런 사람의 명예에 금이 간다면 굉장히 불운한 일이겠죠. 당연히 조사관님의 나라도 그런 일이 벌어지기를 바랄 거라고는 생각하지 않아요.」

로이는 말을 멈췄다. 자신이 말을 충분히 해서 그들이 금방 일을 종결지을지 판단이 서지 않았다. 그는 타야 하는 기차가 있었다. 둘 다 암암리에 이 대화가 형식적이라는 것을 알고 있었다. 조사관이 음료 제안을 받아들인 순간부터 거래는 성립됐다. 하지만 언제나처럼 그 거짓말을 유지해야 했다. 보아 하니 조금 더 오래 말이다.

「파리 경찰서의 경찰관 중 어느 누구도 갈취 행위가 벌어지도록 내버려 두는 일에 공모하기를 바라진 않을 거예요. 조사관님은 더더욱 그렇죠, 자크. 제가 조사관님을 이렇게 이름으로 불러도 될까요?」

상대 남자는 머리를 살짝 끄덕였다. 로이는 그의 얼굴에서 미소의 흔적을 감지했다.

「그런 경우라면 저는 안심이 되네요. 제 일은 끝났군요. 제가 더 이상 제 고용주의 무죄를 주장하고 다니지 않아도 되겠어요. 조사관님의 판단만을 온전히 믿겠습니다. 하지만 어떤 불상사가 생긴다면 제게 연락을 주세요. 어떻게 연락할지는 이미 알고 계시겠죠.」

그 말과 함께 로이는 모자를 쓰고 바텐더를 위해 꽤 고액의 지폐를 바 테이블 위에 올려놨다. 그러고는 조사관과 악수를 하고 식당 밖으로 나갔다. 그는 식당 안에 들어오면서 사온 저녁 신문 밑에 꽤 두툼한 봉투 하나를 남겨 두었다. 그는 기차역에 10분 일찍 도착해 기차를 잡을 수 있었다.

3

그들이 런던이나 시골 저택에 있을 때와, 스탠브룩 경의 표현을 빌리자면 〈소동에 휘말렸을 때〉 적용되는 규칙은 달랐다.

하지만 태도의 문제는 확실했다. 로이의 고용주는 찰스라기보다 각하였기에 적절한 경의의 태도는 관습상 필요했다. 로이 또한 그의 고용주를 달리 대하고 싶어 하지 않았다. 이렇게 하는 것이 덜 복잡했다. 어색한 순간들은 있었다. 스탠브룩이 번즈퍼드에서 손님들과 함께 하는 저녁 식사 자리에 로이를 동반해야 할 때는 특히 그랬다. 하지만 이런 경우는 드물었다. 관련된 손님들은 대개 로이의 존재와 그가 고용주 옆에 붙어 있어야 하는 이유에 대해 알고 있었다. 로이는 말과 행동에 대해 거의 신경을 안 쓰는 듯한데도 실수를 하지 않왔다. 그의 전문 분야 중 하나였으니까. 그는 이 사람들 사이에서 어울리는 일이 상대적으로 쉽게 느껴졌다.

이번은 상대적으로 느긋한 주말 중 하나였다. 정치적 손님들이 없었다. 그들은 금요일에 비공식적인 저녁 식사를 하러모일 것이었다. 이번 손님들은 그들이 런던에서의 고된 일정을 벗어날 수 있을 때에 맞춰 도착했다. 번즈퍼드 저택은 특색 없는 중부 지방에 자리했다. 그곳은 버밍엄의 남쪽, 앙증맞은 튜더 양식 스트랫퍼드의 동쪽, 그러면서도 이스트 미들랜즈의 때에 찌든 산업 도시들로부터 한참 떨어진 위치였다. 가장 인근에는 매력 없는 노샘프턴이 있었으나 기차를 타고오는 손님들은 대개 대븐트리에서부터 모셔 왔다.

로이는 몹시 짜증 나게 하는 자작과 그의 부인을 저택으로모셔 와 그들에게 배당된 방을 보여 준 뒤 그들이 짐을 풀 수있도록 자리를 비켜 줬다. 그러고는 서재에서 방해받지 않고앉아 담배를 피웠다. 이번 주말에 열리는 파티는 규모가 작을예정이었다. 오늘 저녁에는 식탁 앞에 열 명이 자리하기로 되어 있었다. 스탠브룩 경과 그의 끈기 있는 아내, 그들의 딸 프란체스카, 웩스퍼드 자작과 그의 아내 마거릿, 스탠브룩의 오랜 지인이자 독일 백작인 요하임 폰 헤셴탈, 외무장관의 개인비서 올리버 라이트, 로이, 그리고 토머스 뱅크스 경과 그의아내인 실비아. 실비아. 그는 조용히 탄식했다.

로이는 그저 머릿수를 채우기 위해 그 자리에 있었다. 스탠

239

브룩 부인은 테이블에서 홀수로 앉아 식사하는 것을 좋아하지 않았기 때문이다. 최소한 허구로라도 이런 이유를 대고 있었다. 로이는 자신의 입장을 분명히 하기 위해 손님 중 한 명이 나타나지 않으면 자신도 불참할 예정이었다. 하지만 그가 그 식사 자리에 나타난 진짜 이유는 머릿수와 하등 상관없었다.

그들은 토요일에만 저녁 식사를 위해 정장을 갖춰 입었다. 그러므로 로이에게는 시간이 좀 남았다. 웩스퍼드와 그의 아내는 이미 도착해 있었고 폰 헤센탈은 그의 운전사가 데려다주었다. 로이는 뱅크스 부부와 인사하는 자리만큼은 무슨 대가를 치르고서라도 절대로 피하고 싶었다. 그러므로 라이트씨만 남았다. 로이는 자신의 시계를 확인했다. 험버에 있는 기차역을 향해 나서기 전에 몇 분간 담배와 차 한 잔 음미할 시간은 남아 있었다.

「당신도 우리와 함께 저녁 식사를 할 거라고 들었습니다.」 그들이 저택으로 돌아오는 길에 차량의 와이퍼가 똑딱이는 동안 라이트 씨가 말했다.

「그렇습니다, 선생님.」 로이가 응답했다. 「오늘 밤 저녁 식사 자리는 비공식적이랍니다. 내일은 공식적인 자리고요.」

「옳거니, 그렇구먼.」

올리버 라이트는 생각이 많은 젊은이였다. 또 명백한 영양실조라고 할 수밖에 없을 정도로 각지고 수척했다. 정부 모임

내에서 그는 정책의 귀재이자 앞날이 꽤 창창한 젊은이로 알려져 있었다. 라이트는 차의 앞 좌석에서 로이 옆자리에 앉았다. 라이트의 뼈만 남은 것 같은 하얀 두 손은 그의 무릎 위에서 쉴 새 없이 뒤집기를 반복했다. 마치 로이가 능란하게 차를 몰아 빠르게 물웅덩이들을 지나고 코너를 도는 것에 불안해하는 것 같았다. 그는 인상을 썼다.

「그 저택에서 당신 자리가 정확히 무엇인가요?」 라이트가 물었다. 「너무 주제넘은 질문 아닐까 싶지만 물어야겠네요.」

「정말 괜찮습니다, 선생님.」 로이가 응답했다. 「제 역할은 스탠브룩 경의 업무를 보조해 드리는 것입니다. 잡역부라고 일컬을 수도 있겠죠.」

「당신이 그를 대신해 사유지를 관리하나요?」

「오, 아니에요, 선생님. 저는 사유지 자체와는 거의 엮이지 않는다고 볼 수 있어요. 그런 일들을 하기엔 제가 너무 부족하죠. 스탠브룩 경께서는 다양한 사업을 벌이고 계세요. 저는 모든 필요한 일이 처리됐는지, 잊어버린 일은 없는지 확인함으로써 그분의 정치적 업무를 관리해요. 그분의 출장길에도 따라가고요.」

「해결사라는 말이군요.」

「그렇게 표현하자면 그럴 수도 있겠네요, 선생님. 하지만 단연코 스탠브룩 경은 사뭇 다르게 표현할 것 같군요.」

「그렇군요. 당신은 폰 헤센탈이라는 사람을 만난 적이 있나요?」

「아니요, 뵌 적 없습니다. 스탠브룩 경께서 그분과 전쟁 전부터 알고 지낸 사이였다는 것은 알고 있습니다. 물론 두 분다 장교였고 1930년대에 직업적으로 서로 알고 있었다죠. 하지만 폰 헤센탈 백작께서 이 만남을 기쁜 우연으로 치부할지는 잘 모르겠네요. 1945년에 무기를 넘기고 항복한 대상이 스탠브룩 경이었으니까요.」

「그 자리에 또 누가 오나요?」

「스탠브룩 경의 딸 프란체스카요. 또 웩스퍼드 자작과 토머스 뱅크스 경, 그리고 두 분의 아내도요. 선생님께서도 토머스 경과 아는 사이시죠?」

라이트는 이 질문에 의미가 부여된 것처럼 로이를 쳐다봤다. 로이는 도로에서 눈을 떼지 않은 채 코너를 돌며 속도를 높였다. 그 속도는 차량이 도로 표면에서 미끄러지며 라이트를 긴장시키면서도 로이의 통제를 온전히 벗어나지 않을 정도로 딱 적당했다.

「그래요.」라이트가 대답했다.「우리는 정치적인 일로 마주친 적이 있어요.」

「그 말을 들으니 기억나네요. 각하께서 제게 이번 주말은 비공식적인 행사라는 사실을 강조하라고 요청했습니다. 느긋한 자리예요. 단연코 업무가 이어지는 주말이 아니죠. 각하께서는 모두가 완전히 편안함을 느끼기를 바라세요. 정치나 다른 정부의 일과 관련된 논의는 하지 맙니다. 음…… 격식 또한 차리지 말라고 하셨고요.」

「알겠습니다.」라이트가 말했다.

로이는 이번 길에서 라이트가 처음으로 미소를 지었을지도 모른다는 생각을 했다.

4

실비아는 그녀 나름대로 적절히 욕망을 숨긴 상태로 식탁 너머의 로이를 바라봤다. 그녀의 신중함과 속임수에 대한 판단은 익히 경험을 토대로 쌓인 것이기에 결코 틀리지 않았다.

그는 아름다웠다. 말 그대로 아름다웠다. 그녀는 그를 그렇게 표현할 수밖에 없었다. 그는 키가 크고, 우아하고, 나른해 보이면서도 근육질에 운동 신경도 좋았다. 또 맵시 나는 금발을 주기적으로 거만하게 눈썹에서부터 넘겼다. 게다가 저 눈을 보라. 푸르면서도 깊이가 있고, 박식하다는 듯 경멸을 훤히 드러냈다. 게다가 무섭기도 했다. 그의 외모만 놓고 보면 옥스퍼드 대학교의 선수라거나, 잉글랜드 럭비 팀의 팀장이라거나, 특공대의 대장이라고 해도 믿을 수 있었다. 하지만 그는 절대 그녀와 같은 계층 사람이라고 오인되지 않을 것이었다. 콕 집어 어느 지역인지 모를 경미한 억양은 만무하고도 그는 그녀의 주변 사람들보다 더욱 단단해 보였다. 그런 그는 그녀에게 흥분과 두려움을 똑같이 안겨 줬다.

턱수염.[30] 그것은 실비아가 원했던 별명이 아니라 비열한 거트루드가 그녀에게 억지로 붙인 것이었다. 은어로 쓰이는 이 단어는 그녀가 최근 뉴욕으로 여행 간 사이 거트루드가 어쩌다 배워 온 것이었다. 실비아가 알기로는 그 천박한 용어가 아직 영국 사회에는 퍼지지 않은 상태였다. 그렇지만 사적인 다과 시간에 거트루드는 그 용어 사용을 자제하지 않았다.

실비아의 결혼은 중매라기보다 어쩌다 이루어진 것이었다. 이 미묘한 문제에 대해 양가 부모는 그들끼리 쉬쉬하는 목소리와 불분명한 용어들을 써가며 많은 논의를 벌였다. 그런 뒤에야 실비아의 어머니는 토미[31] 뱅크스가 좋은 신랑감이 될 거라고 평했다. 실비아는 자신에게 요구되는 방식에 순응했다. 이후 결혼식이 순조롭게 이어졌다. 그 과정에 그녀의 참여는 없었다. 하지만 실비아는 자신이 어떤 식의 결혼 생활에 걸어 들어가고 있는지 정확히 알고 있었다.

로이는 실비아를 은밀히 쳐다봤다. 그녀는 그를 뚫어지게 쳐다보는 것 같았다. 하지만 그것은 어쩌면 그의 자의식이 작용한 착각일지도 몰랐다. 이 관계는 모든 집단의 이익을 적절히 만족시켰기에 암묵적으로 합의된 것이었다. 그리고 적절

30 동성애자인 남성이 성 정체성을 숨기기 위해 결혼한 여성을 지칭하는 은어.
31 토머스의 애칭.

한 만족이야말로 영국적인 방식이었다. 로이는 저 오만한 독일 백작이 현재 작용하고 있는 이 미묘한 관계의 균형을 조금도 눈치채지 못하리라 생각했다.

실비아는 진실로 굉장히 매력적이었다. 그녀가 받은 가정교육과 자라 온 환경의 결과로 빚어진 자세도, 마른 타원형 얼굴도, 큰 눈과 앙증맞은 코도, 이목구비를 에워싼 쪽 진 머리도, 머리 스타일에 의해 최대한 예쁘게 부각된 섬세한 목덜미도. 저 목덜미에 그가 키스를 퍼부으리라. 그녀는 가슴이 풍만했으며 약간 마르고 날씬했다.

실비아는 결혼 생활을 유지하면서도 로이와 미래의 삶을 만들어 나가겠다는 판타지를 비밀리에 털어놓은 상태였다. 그렇게 해서 가는 줄만큼의 품위라도 유지하겠다는 심사였다. 로이는 이것이 헛소리라는 것을 알았다. 그녀는 결국 자신의 사회적 위치를 고수할 것이었다. 게다가 어찌 됐든 나중에 그녀가 늙은 까마귀 같은 짜증 나는 노인이 된 모습 또한 예견할 수 있었다. 이 관계가 지속되는 한 그들은 은밀한 간통 행위를 이런 주말로 한정하거나 주중에 그녀가 토머스 경과 함께 쓰는 연립 주택에서 이어 갔다. 또 기회를 잡아 둘이 런던 인근의 주들에 자리한 은밀한 호텔에서 만난 경우도 여러 번이었다. 로이는 진지한 관계라고 부를 만한 사이가 되어 복잡한 문제들에 얽히는 것보다 이런 상황이 훨씬 만족스러웠다.

저녁 식사 후, 남자들은 포트와인과 담배를 들고 서재로 갔다. 백작은 독일 동부의 작센안할트에 있는 자신의 사유지에 대한 이야기를 단조롭게 이어 나갔다.

「독일은 정말 미개해요.」백작이 선언했다. 「서민들이 주도권을 잡았어요. 동쪽에서는 그들이 나름의 사회주의 국가를 만들었어요. 그들만의 나라를요! 실제로 그곳이 돌아가게끔 관리하는 건 볼셰비키지만요. 이것은 실패가 예정된 실험이에요. 경제적 기적을 이룬 서쪽의 상황은 오히려 더 심해요. 전혀 자격 없는 사람들이 오래된 가치를 희생시키며 번창하고 있지요. 저는 그런 사람들을 받아들일 수 없습니다.」

「동쪽에 있는 백작님의 땅에 도달하는 데 어려움을 겪고 계십니까?」라이트가 물었다.

「아니요, 지금은 아니에요.」폰 헤센탈이 대답했다. 「저는 그쪽 당국과 괜찮은 관계를 쌓아 놨어요. 그들의 신조에도 불구하고 말이죠. 적절한 기부를 하며 지역 당원들과 호의적인 관계를 구축해야 하긴 하지만 이 방법이 통해요. 그래도 이 방법만 영원히 믿고 앉아 있을 수는 없죠. 경계 지역은 계속 발달하고 있으니까요. 게다가 당국에서 제 부동산 상태를 합법화하려는 움직임이 있다는 소문도 심심찮게 들리고요. 〈합법화〉는 그들이 쓰는 표현이죠. 저는 그것을 〈강탈〉이라고 말해요. 다행스럽게도 제겐 그들의 손아귀에서 벗어난 자금과 땅 또한 충분히 있답니다.」

「주로 런던에서 사시나요?」라이트가 상냥하게 물었다.

「그럼요, 바바리아에도 땅이 있어요. 하지만 오늘날 독일 땅값은 너무 저렴하죠. 불쾌해요. 동쪽이나 서쪽이나 별 차이가 없어요.」폰 헤센탈은 극적인 효과를 위해 치를 떨더니 다시 입을 열었다. 「찰스, 제가 무례하게 행동하고 싶진 않은데, 질문을 하나 해도 될까요?」

「물론이죠.」스탠브룩이 허락했다.

「각하는 이번 저녁 식사 자리에 각하의 수하 중 한 명을 초대한 것 같군요.」

「코트니 말인가요? 그게…….」

「이런 환경에서 제 일에 대해 논의하기가 사뭇 불편하다는 점을 꼭 말씀드려야겠군요.」폰 헤센탈이 불쾌함을 숨기지 않은 채 로이를 직시했다.

나를 걱정할 때가 아닐 텐데. 로이는 생각했다. 올리버 라이트처럼 자신의 발톱으로 당신을 찔러 보고 싶어 견디지 못하는 자들을 경계해야지. 하지만 로이는 호의적인 미소로 화답했다.

「그게 말이죠.」스탠브룩이 설명했다. 「코트니는 대부분의 제 사람들과 다른 위치에 있어요. 저는…….」

「아닙니다, 각하.」로이가 끼어들었다. 「제발요. 어차피 저도 이만 갈 준비를 하고 있었어요. 신사 여러분, 좋은 밤 되시기를 바랍니다.」

로이는 가죽 팔걸이의자에서 일어나 담배꽁초의 불을 끄고 여전히 활짝 미소를 지으며 서재를 떠났다. 시야 끄트머리로 백작의 눈이 적대감을 숨기지 않은 채 그의 여유로운 움직임을 따라오는 것을 확인할 수 있었다.

사실 로이는 폰 헤센탈의 말에 전혀 개의치 않았다. 지나치게 격식을 차리며 상냥함을 가장하고 극도로 지루한 당구 게임을 피할 수 없게 만드는 그런 대화에서는 빠지는 것이 그로서도 훨씬 좋았다. 그는 자기 방으로 돌아가 실비아를 만날 준비를 했다.

실비아는 그를 기다리고 있었다. 그는 그녀를 거칠게 대했다. 그녀가 그것을 선호했다. 그렇게 그는 그녀의 연약한 팔을 고정한 채 그녀의 상태에 대해서는 조금의 배려도 없이 무자비하게 그녀의 부드러움 속으로 치고 들어갔다. 오늘 밤, 나중에라도 다정한 포옹을 나눌 시간은 있을 것이었다. 사랑이 있을 자리는 없겠지만. 그녀는 신음을 크게 흘렸으며 정사는 곧 끝났다.

곧 토머스 경과 올리버 라이트가 옆 침실로 들어갈 것이다. 새벽 4시에 로이는 내쫓겨 자기 방으로 돌아갈 것이며 라이트에게도 같은 상황이 닥칠 것이다. 방들을 연결하는 화장실 문들의 잠금장치가 풀릴 것이다. 그리고, 아침 식사 트레이가 대령될 때쯤에는 결혼 생활의 행복이 복원돼 있을 것이다. 저택의 어느 누구도 거기에 속아 넘어가지 않을 것이다. 어쩌면 그 불쾌한 독일인과 그의 수하는 예외일지 모르지만. 어쨌든 그런 연기로라도 품위는 유지됐다.

실비아가 로이의 품속에 안긴 채 누워 속삭이는 동안 그는 듣고 있지 않았다. 눈은 천장을 보고 있었지만 실제로는 아무것도 보고 있지 않았다. 나는 이 사람들을 경멸한다. 그는 생각하고 있었다. 나는 너를 경멸한다.

5

다음 날 아침, 로이는 무리와 어울리지 않기로 결정하고 폰 헤센탈의 안경 쓴 남자 하인과 함께 부엌에서 아침을 먹었다. 그래서 에른스트 마이어가 최근에야 백작에게 고용된 인물이라는 것을 알게 됐다. 그 지루하고 작은 남자가 폼 안 나게 재단된 정장을 입은 채 끔찍한 억양이 가미된, 하지만 정확한 영어로 그의 인생사를 이야기했다. 그것을 들어 주느라 아침 식사가 늦어졌다.

마이어를 떨쳐 낼 의도로 로이는 정원으로 산책을 갈 거라고 알렸다. 마이어는 자신도 함께하겠다고 말했다.

「독일의 상황은 변하고 있어요.」 그 작은 남자가 말했다. 「세계 어느 곳이나 그렇듯 말이죠. 서독이 오늘날에는 자본주의를 고수하고 있지만 미래에는 우리 모두 사회주의 정부 밑에서 하나가 될 거예요.」

「백작의 아랫사람이 하기엔 꽤나 거창한 주장이네요.」로이가 말했다.

「저는 저 자신을 아랫사람이라고 여기지 않아요. 백작님도 그러지 않을 것 같고요. 저는 오히려 조언자에 가깝죠. 백작님은 어떤 타협이 필요한지 알고 있어요. 고향에서 그는 절대 자신을 백작이라고 칭하지 않아요. 그냥 단순히 헤센탈이라고 불리거나 때에 따라 헤센탈 동무라고 불리죠. 여기서 백작님은 자신의 〈사유지들〉이 마치 아직도 존재하는 것처럼 얘기하죠. 사실 우리가 대화를 나누는 바로 이 순간에도 그것들은 협동 농장으로 개발되고 있는데 말입니다. 그는 절박하게 어떤 일종의 보상을 붙잡아 보려 하고 있어요. 제 일은 백작님에게 현실을 일깨워 주는 거죠. 그리고 당신네 영리한 라이트 씨와 같은 사람의 손아귀에서 백작님을 보호하기도 하고요. 저는 앞으로의 얘기를 부드럽게 풀어 보려 노력하고 있답니다. 저는 비정하지 않아요. 제 동료 중 몇 명은 저를 보고 물렀다고 하죠.」

마이어는 걸음을 멈추고 로이를 돌아봤다.

「우리 모두 미래를 예측하고 그것에 대한 적절한 대비를 갖춰야 해요.」마이어가 말했다. 「받아 줄 곳을 찾아다녀야 하는 경우도 있고요. 당신도 당연히 그랬을 거라고 생각되는데요.」

이 작은 남자는 참으로 묘했다. 로이는 다시 걷기 시작했다. 그러면서 말했다. 「의심할 여지 없이 역사 속의 이 시점은 어떤 기이한 타협이라도 해야 하는 상황을 만들죠. 속마음을 알 수 없는 동료를 만들어야 하기도 하고요. 백작도, 아니 헤센탈 동무도 그런 타협을 했다는 사실이 이해되네요.」

「아무렴요. 그리고 헤센탈 동무는 앞으로도 더 많은 타협을 해야죠. 우리 모두 그래야 해요.」

한동안 그들은 침묵하며 장미 정원을 걸었다. 마이어는 스탠브룩 부인이 보물처럼 가꾼 그곳에 전혀 관심을 두지 않았다. 그들은 어느덧 저택에서 어느 정도 떨어져 사유지의 경계 부근에 자라는 얕은 잡목림 사이를 거닐었다.

「그것은 의심할 여지 없이 당신도 마찬가지일 겁니다.」

로이는 자신이 끊었던 대화를 마이어가 재개하고 있다는 사실을 깨닫기까지 시간이 걸렸다.

「글쎄요, 다들 하는 말처럼 우리 모두 변하는 상황에 적응해야 하니까요. 저는 꽤 적응을 잘하는 놈이랍니다. 어느 정도 잘 지내고 있어요.」로이는 겸손한 미소를 보였다.

「네, 그런 것 같군요.」마이어가 다소 불확실한 말투로 호응했다. 「하지만 미래에 당신이 또다시 상황에 적응해야 할 수도 있답니다.」

「새로운 사회주의 국가에요? 그럴 가능성은 희박하다고 봅니다. 저는 영국의 많은 이가 당신의 세계관에 공감하지 못할 거라고 생각해요.」

「저는 그렇게 생각하지 않아요. 이 문제에 대해선 다음에 다시 토론을 벌여야겠군요. 그보다 당신이 당신의 자리를 살펴야 할 더 급박한 이유가 있어요.」

로이는 계속해서 그의 말을 받아 줬다. 「예를 들면 어떤 이유요? 저는 이해가 안 되는군요.」

「제 설명을 들으면 이해가 될 겁니다.」

그들은 돌아서 저택으로 오는 길에 들판에 도달하자 벌채목의 그루터기 위에 자리를 잡았다. 마이어는 러시아산 담배한 갑을 꺼내 로이에게 한 개비 건넸다. 그는 거절했다. 그러냐는 식으로 어깨를 으쓱하고 나서 마이어는 유독한 냄새를풍기는 대롱에 불을 붙이고 재킷의 지저분한 소매로 눈썹을 닦았다. 햇볕이 그들을 끊임없이 내리쬐었으나 어느 남자도 재킷을 벗지 않았다.

「전쟁 이후로 당신은 나치 강제 수용소 관계자들을 대담무쌍하게 추적하는 인물로 진화했죠.」

「그 얘기는 어디서 들으신 겁니까?」 로이는 그 말을 하면서 정신이 번쩍 들었지만 천천히 느긋하게 양팔을 스트레칭하며 그 사실을 감췄다.

「그럼 사실이 아닙니까? 저는 당신이 그런 일을 했다고 보고받았거든요.」

「전쟁 이후 어느 정도 뒷정리 일에 투입된 적은 있습니다. 온전히 관례적이었어요. 사실 굉장히 하찮은 일이었죠.」

「너무 겸손하시군요. 분위기가 한껏 고조된 시절이었어요.

그렇지 않나요? 혼란, 파괴, 그리고 카오스의 나날이었어요. 그럼에도 불구하고 우리는 그 끔찍함으로부터 무언가를 만들어 내고 있었죠. 그것은 제가 증언할 수 있어요. 저는 1940년 독일군에 징병됐으나 1942년 스탈린그라드 후퇴 과정에서 포로로 붙잡혔어요. 제게 벌어진 최고의 일이었죠. 저는 사회주의를 향한 제 충성심을 증명할 수 있었거든요. 그래서 나치군을 파괴하는 일을 돕겠다고 자원했죠.」

「굉장히 고결한 선택을 했군요.」로이가 칭찬했다.

「별로 그렇지도 않아요. 그것은 생존이었어요. 생존하기 위해 우리는 해야 할 일을 하잖아요. 그렇지 않나요?」

대답이 필요하지도 기대되지도 않는 질문이었다.

마이어는 말을 이어 갔다.「카오스 속에서 여러 일이 벌어졌어요. 우리가 벌어지지 않기를 바랐던 여러 일이요. 하지만 어떻게든 우리는 그것들을 견뎌 냈어요. 물론 당신은 그 싸움에 직접적으로 연루되지 않았지만 이것에 대해 조금은 아실 거라고 생각해요.」

「어째서 알 거라고 생각하나요?」

「나치의 잔당을 추적하기 위한 당신의 노력을 통해서요. 당신의 동료 중 한 명이 생명을 잃은 비극적인 사건이 있었다고 하던데요.」

로이는 말이 없었다.

「슬픈 사건이었죠.」마이어가 말했다.「하지만 당신이 극복한 사건이기도 하죠. 그래서 저는 이제 당신이 자리 잡은 모습을 보니 기쁩답니다.」

「그것을 당신이 어떻게 알죠?」로이는 이 질문을 내뱉자마자 후회했다.

「우리 정부 당국은 당연하게도 기록 보관소를 보유하고 있어요. 제겐 적절한 곳마다 인맥이 있고요. 그들이 저 대신 수고해서 특정 기록들을 검색해 줬지요. 그 기록들에는 사건에 대한 생생한 설명이 담겨 있었고요. 그것은 우리의 러시아인 동지들에 의해 작성된 것이었어요. 저는 운 좋게도 그것을 열람할 수 있게 됐죠. 그런데 이 햇볕 말인데요, 정말 세네요. 같이 저택으로 돌아가서 물이나 한잔 마실까요? 더 깊은 이야기는 나중에 다시 하죠.」

마이어는 일어서더니 자신의 얼굴 앞에서 손을 흔들며 축축하게 가라앉은 공기를 움직여 보려고 했으나 별 소용 없었다.

저택으로 돌아가자 마이어는 로이가 인식하기도 전에 사라진 모양새였다. 로이는 그 철사같이 삐쩍 마르고 작은 남자와 꼭 다시 얘기를 나눠야 했다. 하지만 남자를 쫓아가서는 안 됐다. 자신이 매달리는 쪽이 되면 절대 안 됐다.

점심 식사 후, 스탠브룩 부인은 실비아의 설득에 넘어가 로이를 불렀다. 그가 테니스를 쳐야 하는 상황이었다. 백작의 기분이 어떻든 상관없이 말이다. 먼저 남자들 간의 단식 시합

이 벌어졌다. 폰 헤센탈은 전쟁 중 다리에 상처를 입었다고 주장하며 경기에 불참했다. 그래서 그는 레몬에이드를 홀짝이며 경기를 신랄한 표정으로 지켜봤다. 로이는 토머스 경을 짤막하게 상대했다. 토머스 경은 아마도 로이보다 스무 살은 많은 듯했다. 그 후 올리버 라이트가 땅딸막하고 통통한 스탠브룩 경에게 져줬다. 스탠브룩 각하는 새빨간 이마에서 땀을 닦아 내며 환한 미소를 지었다.

여자들끼리 단식 경기를 벌이라고 했으나 부인들은 거절했다. 그래서 남자들은 즉각적으로 결승 경기에 돌입했다. 점점 지루해하며 마이어에 대한 생각으로 머리가 뒤숭숭했던 로이는 평상시보다 훨씬 과격하게 그의 고용주를 해치웠다. 6 대 0의 대패 후, 스탠브룩 경은 살짝 어안이 벙벙할지언정 결과에 품위 있게 승복했다. 경기를 할 때면 로이는 원래 스탠브룩 경을 봐주지 않았다. 스탠브룩 경도 그러기를 바라지 않았고. 하지만 이번 경기는 잔인했다. 로이는 정신이 다른 데 팔려 있었다. 그래서 그는 양해를 구하고 자리를 떴다. 남은 남자와 여자들은 혼합 복식 경기를 위해 짝을 지었다. 실비아는 실망한 눈치였다.

마이어는 와이셔츠 차림으로 테라스의 탁자 앞에 앉아 책을 읽고 있었다. 로이는 그의 옆에 자리를 잡았다. 세상에, 신이시여, 정말 더웠다. 그래서 이제 그늘 밑에 있으니 좋았다.

마이어가 물었다. 「이기셨나요?」

「네, 아까 하던 얘기를 계속해 보시죠.」

「네?」

「무슨 말을 하고 싶으신 거죠?」

마이어는 책을 덮어 탁자 위에 조심스럽게 내려놨다.

「우리가 솔직하게 얘기를 나눌 수 있게 되어 기쁘군요. 우리 모두 미래의 안정을 확보해야 한다고 말씀드렸습니다. 이 방면에서 당신도 당신 자신을 도울 방법이 있을지 몰라요.」

「어떻게요?」

「우리 나라를 위해 일하는 겁니다.」

「우리 나라라고요? 우리 나라라니, 그게 무슨 말이죠?」

「물론 저와 헤센탈의 나라를 말하는 겁니다. 달리 어느 나라겠어요? 제 제안은 우리 모두에게 득이 되는 일입니다. 국가 간의 이해관계에 대한 서두는 건너뛰어도 되겠죠. 당신은 저와 제 동료들에게 가치 있을 정보들을 모을 수 있어요. 우리를 도와준다면 돌아가는 판 속에서 당신의 미래 자리를 보장할 수 있습니다. 게다가 당신에게 돈도 지불할 거예요. 그것도 아주 넉넉히요. 사회주의 국가도 돈을 넉넉히 지급할 수 있답니다. 각자 자신의 능력에 따라, 각자 자신의 필요에 따라 움직이는 거죠. 그리고 제가 보기에는 당신의 필요가 굉장히 클 수도 있겠는데요.」 마이어가 능글맞게 웃었다.

「절대로 거절합니다. 저는 이 일을 스탠브룩 경에게 보고할 거예요.」

「마음대로 하십시오. 하지만 저는 당신이 그러지 않으리라 생각합니다. 당신은 먼저 생각을 해보겠죠. 결과에 대해 고려하고 포기하게 될 이득을 계산할 겁니다. 이것은 좋은 일이에요. 당신에게 이런 고민을 할 시간이 있어요.」

「저는 시간이 필요하지 않아요.」 로이가 조용히 말했다. 「저는 충직한 영국 시민입니다. 저는 이 일과, 그리고 당신과 조금도 연루되고 싶지 않군요.」

「물론 그러시겠죠. 좋은 말씀입니다. 그건 당신의 권리예요. 그리고 바로 나타날 법한 자연스러운 반응이죠. 하지만 이 일에 대해 생각을 좀 해보세요. 우리는 단연코 다시 볼 날이 있을 겁니다.」 마이어는 미소를 지으며 일어선 뒤 거의 알아챌 수 없도록 허리를 숙여 인사했다. 그것은 기이하게도 군대식 인사였다. 「그럼 다시 만날 때까지 잘 지내십시오.」

6

로이가 에른스트 마이어와 다시 인생의 길목에서 마주친 것은 그다음 주 화요일이었다. 로이가 상상했던 것보다 빨랐다.

로이는 바로 전날, 스탠브룩 경과 런던에 돌아온 상태였다. 세인트 제임스 파크를 거닐던 중에 그들을 포착했다. 그들은 난간에 하릴없이 기댄 채 그를 바라보며 미소를 짓고 있었다.

그들은 자신들의 모자를 들어 인사했고 그는 그들을 보지 못한 척했다. 그의 주변 시야에 그들이 빠르게 움직이는 것이 잡혔다. 마치 길의 다음 교차점에서 그를 가로막으려는 모양새였다. 그는 클럽으로 돌아가기 위해 뒤로 돈 다음 왔던 길을 씩씩하게 걸어갔다.

그들은 로이를 따라잡았다. 살짝 숨이 찬 상태였지만 여전히 미소를 짓고 있었다. 마이어는 전과 똑같은 반질거리는 싸구려 정장을 어깨에 걸쳐 입고 있었다. 로이는 나머지 한 남자도 알아봤다. 10년 동안 보지 못했던 남자였음에도 불구하고 알 수 있었다. 당시 베를린에서 러시아 통신 장교 중 한 명으로 있던 대위였다. 로이는 기억을 더듬었다. 카롭스키다.

로이는 어쩔 수 없이 멈췄다.

「뭐 잊어버린 것이 있으신가요?」 마이어가 물었다.

「뭐라고요?」 로이가 되물었다.

「뭐 잊어버린 것이 있으시냐고 물었습니다. 마치 방금 무슨 일이 생긴 것처럼 뒤로 도셨잖아요.」

마이어와 같이 온 남자는 마치 마이어가 엄청 재미있는 농담이라도 한 것처럼 그를 향해 미소를 지었다.

「없어요. 그게 아니라…… 왜 저를 따라오시는 건가요?」

「우리는 그런 적 없어요.」 마이어가 결백한데 상처받았다는 표정을 지었다. 「유리와 저는 당신네들의 아름다운 공원의 공기를 만끽하고 있었어요. 그런데 우연히 당신을 보게 된 거죠. 물론 유리 이바노비치를 기억하시죠?」

로이가 대답할 사이도 주지 않으며 옆의 남자가 끼어들었다. 「코트니 대위 맞으시죠?」 그는 뜸을 들이더니 밝은 웃음을 쩌렁쩌렁 울리도록 터뜨렸다. 뭔가 굉장히 재미있는 모양이었다. 「우리 둘 다 같은 시기에 베를린에 있었잖습니까. 기억 안 나십니까?」

로이는 상냥한 표정을 지었다. 「아, 그래요. 물론이죠. 그때와는 상황이 다르군요. 제복이 없으니까요.」 그가 손을 내밀자 카롭스키도 손을 내밀며 따뜻한 악수를 나눴다. 「이제는 런던에서 사시나요?」

「아니요, 방문차 들렀습니다.」 카롭스키가 대답했다. 「저는 간혹 전쟁 후의 그 시절을 되새긴답니다. 우리 모두 역사 속에 휘말렸었죠. 그렇지 않습니까?」

카롭스키의 영어 실력이 좋아졌다. 아니, 어쩌면 원래 이렇게 잘할 수 있었는지도 모른다. 로이는 당시 통역관에게 힘든 통역을 강요하던 살기 어린 장교를 떠올렸다.

「그랬을지도 모르겠네요.」 로이가 말했다. 「엄청난 시절이었죠. 저도 당시에는 그렇다고 생각하지 않았지만요. 상황이 너무 급박하게 돌아갔잖아요. 뭐 때문에 런던에 오셨나요?」

「이런저런 일들 때문에요.」 카롭스키가 미소를 지으며 모호하게 대답했다. 「저는 간혹 당신의 독일인 통역관과 그가 어떻게 됐는지 떠올리곤 한답니다. 끔찍한 일이었죠. 그 통역관의 이름이 뭐였죠?」

「한스 타우프요. 끔찍했죠.」

「에른스트, 제가 이 얘기를 당신에게 해준 적 있던가요?」
카롭스키가 마이어를 돌아보며 물었다. 마이어는 고개를 끄
덕였으나 카롭스키는 명백히 미리 짜놓은 자신의 각본을 따
르려는 모양새였다. 「무시무시한 사건이었어요. 여기 있는
우리 친구와 그의 동료가 별로 중요하지 않은 나치 놈 몇 명을
체포하기로 되어 있었죠. 우리 구역에서요. 저는 그들을 보조
해 줄 부대 한 팀을 그쪽으로 보냈어요. 하지만 모든 일이 잘
못됐죠. 불쌍한…… 한스라고 했던가요? 한스는 결국 그때 발
발한 총격전에서 사망했어요. 우리 모두 전쟁 중에는 죽음을
나름 볼 만큼 봤다고 할 수 있죠. 하지만 그때는 전쟁이 끝난
후였어요. 비극적이었죠. 그냥 어떤 미친 파시스트의 짓이었
어요.」그는 고개를 절레절레 흔들더니 로이를 직시했다. 「코
트니 대위, 당신은 변했군요.」그가 말했다. 「정확히 어떻게
변했다고 말할 수는 없지만 변했습니다. 에른스트가 주말에
당신과 조용히 얘기를 나눴으리라 생각해요. 당신은 그의 말
에 설득되지 않았죠. 다른 어느 누구에게도 그 얘기를 발설하
지 않으셨겠죠?」

로이는 아무 말도 하지 않았다.

「그러실 줄 알았습니다. 그럼 우리는 그 주제에 대해 좀 더
깊은 대화를 나눌 수 있겠네요. 당신이 어떤 식의 확신을 원

한다면 그것이 뭐든 다 제공할 수 있습니다…….」

「저는 관심 없어요.」로이가 말했다. 「지난번에도 그렇게 말씀드렸습니다.」그는 그들로부터 벗어나 걸어가기 시작했다.

카롭스키는 더 크게 이야기했다. 「우리는 당신의 안전을 보증하기 위해 필요한 모든 것을 제공할 수 있습니다. 반면 우리와 얘기하지 않기로 결정하시면 그런 보증들이…… 뭐라고 표현해야 할까요…… 전부 거래 대상에서 제외될 것입니다.」

로이는 되돌아서서 양손을 꽉 쥐어 몸의 양옆에 붙인 채 상기된 얼굴로 카롭스키에게 다가갔다. 「제 말이 안 들리십니까? 저는 당신의 보증이 필요 없다고요. 이 일을 경찰에 신고하겠습니다.」

빨간 원피스를 멀끔히 차려입은 여성 하나가 그들을 쳐다보고는 바쁘게 갈 길을 갔다. 한 발 뒤로 물러선 카롭스키의 표정은 여전히 차분한 미소를 유지했으나 로이는 그의 눈빛에서 불편함을 감지할 수 있었다.

「자, 자, 이러지들 마시죠.」마이어가 중재에 나섰다. 마이어의 손이 로이의 팔을 잡았다. 로이가 잠시 그것을 쳐다보자 마이어는 손을 거뒀다. 그들도 로이가 원하기만 한다면 그들을 파리처럼 때려잡을 수 있다는 걸 알고 있을 터였다.

카롭스키는 어느 정도 마음의 평정을 되찾았다. 「제발 이

성적으로 생각해 보세요, 코트니 대위. 우리는 문명의 중심에, 세인트 제임스 파크에 와 있잖습니까. 저는 러시아 고위 외교관입니다. 스탠브룩 경의 수하 중 한 사람이 저 같은 사람을 폭행하는 사건을 경찰이 처리해야 한다면 그것도 불행한 일이겠죠. 당신 입장에서 불행할 거란 말입니다. 온갖 종류의 오해가 생겨날 수 있을 테니까요.」

로이는 진정했다. 그제야 자신이 팔을 반쯤 들어 올려 언제든 저 러시아인의 멱살을 잡을 태세였다는 사실을 깨달았다.

「이제 좀 낫군요.」 카롭스키가 말했다. 「저는 대화를 좀 나누고 싶을 뿐입니다. 당신도 관심이 동할 만한 사진 몇 장을 베를린에서 가져왔어요. 이번 주에 날을 잡아 저녁때 식사나 함께 하죠? 그럼 와인 한 잔과 좋은 음식을 즐기며 이 모든 사태를 정리할 수 있을 겁니다. 코트니 대위, 제가 보증하건대 당신의 이익에 매우 부합하는 얘기랍니다.」

「계속 말씀드리지만 저는 관심 없다고요.」

「그것은 저도 알겠습니다. 하지만 당신에게 무엇이 최선일지 고민한다면 부디 저희와 꼭 함께하시기를 권합니다. 이봐요, 당신을 여기 붙잡아 놓을 바에는 내일 저녁에 제가 예약해 놓은 갤브레이스의 해산물 레스토랑에서 만나죠. 당신은 생선 요리를 특히 좋아하잖아요. 그렇지 않나요? 아니면 당신의 친구 한스가 그랬던가요? 기억이 잘 안 나네요. 저는 언제나 당신네 둘이 헷갈리더라고요. 너무 오래전 일이었고 기억도 가물가물해졌으니까요. 레스토랑 자리는 저녁 7시로 예약돼 있어요. 거기에서 보죠.」

두 남자는 동시에 가장 가까이 있는 출입구를 향해 바삐 움직였다. 그러면서 마치 농담을 주고받는 것처럼 서로를 향해 고개를 돌리며 미소를 지었다. 로이는 잠시 서 있다가 반대편으로 성큼성큼 걸어갔다. 자신이 어디로 향하고 있었는지 완전히 잊어버렸다. 그래서 뒤로 돌아 도로 클럽으로 향했다.

7

로이는 갤브레이스의 레스토랑에 가지 않았다. 마이어와 카롭스키에게서는 더 이상 들려오는 얘기가 없었다. 하늘은 무너지지 않았다. 그것이…… 일단 그랬다.

접선이 있은 지 이틀 후, 로이는 런던 저택의 아침 식사용 식당에서 신문을 읽고 있었다. 때마침 스탠브룩 경의 정치적 개인 비서인 데이비드 밀워드가 지나가면서 문가에 그림자가 드리워졌다. 밀워드는 되돌아와서 문 앞에 섰다. 그러고는 문틀에 기댄 채 생각에 잠기며 그것을 손가락으로 만지작거렸다.

「좋은 아침이에요, 로이.」밀워드가 인사했다.

「좋은 아침이에요, 데이비드. 잘 지내죠?」

두 사람은 서로 어울릴 일이 별로 없었지만 지나가면서 인사를 주고받는 정도의 친근한 관계를 이어 왔다. 로이는 정치에 전혀 관심 없었으며, 데이비드는 정부의 시끌벅적하고 정신없는 상황에 전혀 눈길도 주지 않는 남자를 전반적으로 마음에 들어 했다.

밀워드는 환한 미소를 보였다.「더할 나위 없죠. 우리 보스에게 신문 좀 가져다드리려고 잠깐 들렀어요. 오늘 오후 무기 조달에 대한 토론이 있거든요.」

「오, 그래요?」로이가 도로 신문에 관심을 돌리며 호응했다.

「저기…….」밀워드는 평상시답지 않게 조심스러워하며 입을 열었다.「저와 잠깐 얘기할 시간 좀 내줄 수 있을까요?」

「뭐에 대한 얘기요?」

「그냥 이런저런 얘기요.」

로이는 신문을 덮은 뒤 그것을 식탁 위에 깔끔하게 접어 놨다.

「생각해 보니…… 우리 보스의 서재에서 얘기하는 것이 나을지도 모르겠네요.」밀워드가 말했다.

그들은 함께 이어지는 계단을 올랐다.

「요새 날씨가 정말 좋네요.」

「그러네요.」로이가 호응했다.

「하지만 런던에서는 살짝 더운 감이 있어요. 이런 날씨에는 시골로 가고 싶어지죠.」

「그렇죠. 우리는 주말에 번즈퍼드로 떠나려고요.」

「오, 그래요?」밀워드는 살짝 맥이 빠져 보였다.

그들은 서재에서 각자 자리를 잡았다. 로이는 커다란 골격으로 가죽 체스터필드 소파를 넓게 차지하고 밀워드는 낮고 묵직한 안락의자 중 하나에 꼿꼿이 앉았다.

「이제 시작해 볼까요?」밀워드가 말했다.「이것 참 어색하군요.」

「네?」로이가 정말 천천히 눈을 깜빡이며 물었다.

「우리 보스께서 어떤 사람들로부터 연락을 받았어요. 이런저런 일들을 처리하고 돈을 받는 부류죠. 그림자 속 사람들 말이에요. 당신도 알다시피…….」

「저는 잘 모르겠는데요.」

「첩자들 말이에요.」

「아.」

「그것이…… 그들이 런던을 방문한 어떤 러시아인의 뒤를 따라다니고 있었던 모양이에요. 그런데 저번 날 그들이 그 러시아인이 그의 동독 동료와 함께 당신과 이야기 나누는 모습을 포착했죠. 정확히 말하자면 세인트 제임스 파크에서요.」

「그래요?」

「네, 독일인 친구는 폰 헤센탈 백작의 수하 중 하나인 모양이에요. 그도 지난 주말에 번즈퍼드에 있었어요.」

「맞아요, 에른스트 마이어지요.」

「정확해요. 당시 무슨 얘기를 나눴는지 저에게 털어놔 주시겠어요?」

「별로 할 얘기도 없는데요. 저는 마이어에게 그다지 호응하지 않았어요. 그랬더니 그와 그의 친구가 공원에서 일부러 저와 마주친 거고요.」

「언쟁이 있었던 것 같군요.」

「네, 그 러시아인은 제가 베를린에서 군 복무할 때 알았던 사람이에요. 그는 저와의 관계를 회복하고 싶어 했어요. 저는 그렇지 않았고요. 그것이 이야기의 끝이에요.」

「그렇군요. 당신이 표현한 대로 별로 복잡하지 않은 이야기였군요. 하지만 애석하게도 그렇게 간단한 상황이 아니에요. 그것이…… 첩자들은 당신이 어떤 일을 제안받았을지도 모른다고 의심하고 있거든요.」

「일이라니요? 어떤 일요?」

「이봐요, 로이, 그렇게 추측하기 어려운 일도 아니에요. 그렇잖아요? 당신은, 우리끼리 표현하자면, 좀 조심스러운 자리에 있잖아요. 그들은 단연코 당신을 매수하면 큰 이득을 볼 수 있을 거라고 생각하겠죠.」

「어쨌든 그들은 저를 매수하지 못했어요. 제가 그 대화를 종결했다고요. 당신네 첩자들도 제가 그랬다는 것쯤은 보고할 수 있어야 하잖아요.」

「그랬다니 기쁘군요.」 밀워드가 달래듯 말했다. 「매우 기뻐요. 하지만…… 그들은 당신과 직접 얘기하기를 꽤나 고집하고 있어요.」

두려움이 로이의 혈관을 타고 퍼졌다. 「제가 추구하는 것은 오히려…….」

「물론 우리 모두 같은 마음일 거예요. 우리 보스도 그 거지같은 놈들이 자신의 일에 이래라저래라 하는 것을 원치 않으세요. 하지만 그들은 계속해서 요구하고 있죠. 이 모든 상황이 꽤나…….」

「어색하다고요. 저도 알아요. 아까도 말씀하셨잖아요.」

「그래도 대안이 있긴 해요. 우리 보스께서 가능한 한 다른 해결책으로 타협을 볼 수 있었거든요.」

「무엇을 수반하는 해결책인가요?」

밀워드가 몸을 앞으로 수그리며 다가왔다.

「그게, 로이, 별로 이상적이진 않아요. 하지만 우리 각하께서 그 사람들과 겨우 합의한 바는, 당신이 그분과의 고용 계약을 종결하고 적절히, 음…… 비밀리에 사임한다면 그들도 더 이상 이 문제를 파고들지 않겠다는 거예요.」밀워드는 적절한 이야기를 건드릴 수 있었다는 안도감에 극미한 미소를 지었다.

「저는 오히려 계속 이 자리에 남아서 운에 맡겨 보고 싶은데요.」로이가 무뚝뚝하게 말했다.

「글쎄요…….」그 길고도 여운이 남은 말은 다시 반복됐다.

「글쎄요, 애석하게도 우리는 그것이 가능하다고 보지 않는답니다. 그 물밑 사람들도 마찬가지고요. 조금 실망하시겠지만 안타깝게도 스탠브룩 경과 당신의 고용 관계는 막다른 골목에 다다른 것 같군요.」

「저를 해고하시는 건가요?」

「스탠브룩 경은 당신을 내보내신다는 표현을 선호하실 것 같군요. 물론 그분도 이 상황을 굉장히 유감스럽게 생각하신답니다. 그분은 모든 이의 이해에, 특히 당신의 이해에 부합하는지 고려해 봤을 때 이것이 유일한 방안이라고 생각하세요. 당신이 결국에 가서 어차피 사임할 수밖에 없을 바에는 그 모든 고생을 하게 만들고 싶지 않으신 거죠. 게다가 그분 또한 의심받을 구석이 하나라도 존재하면 안 되잖습니까. 스파이 행위의 낌새가 보이는 것을 절대 가까이에 둘 수는 없어요. 당신도 이 논리를 이해하리라 믿습니다. 그러니 죄송하지만 일이 이렇게 됐네요.」

「최소한 그분과 직접 만나 제 입장을 변론할 수도 없는 건가요?」

「그럴 수 없을 것 같군요. 그분은 지금 상원에 계신데 현재 통과시키기 위해 신경을 꽤나 써줘야 할 의안이 있거든요.」 밀워드는 미안해하는 표정을 지었다.

「그럼 제가 이 자리에서 그냥 버티겠다고 하면요?」

「물론 당신에게는 당신이 선택한 것이 무엇이든 그것을 실행할 권리가 있어요. 저는 단지 좀 더, 음······ 우아하고 당신의 이해에도 부합하는 해결책을 제안했을 뿐이에요. 제 조언을 무시하는 것은 온전히 당신의 자유예요. 저는 그 결과를 예측할 수 없답니다.」

「스탠브룩 경께서 저를 계속 남겨 두실까요?」

밀워드가 잠시 미소를 지었다. 「제 생각에는 우리가 이미 그럴 수 있는 지점을 넘어선 것 같군요. 애석하게도 당신은 각하와의 고용 관계가 끝났다는 사실을 받아들여야 합니다. 만약 법정에 가게 된다면, 이런 특정 상황에서 해임이란 온전히 정당하다고 판단될 거예요. 당신이 그런 부류의 사람들과 접촉한 사안을 놓고 봤을 때 말이죠. 하지만 저도 사태가 그렇게까지 흐르지 않기를 바랄 뿐입니다.」

로이는 생각했다. 그의 얼굴에는 표정이 없었다.

밀워드가 입을 열었다. 「물론 각하께서는 그분을 위했던 당신의 훌륭한 노고에 대해 적절히 치하하실 생각이십니다. 그분은 이 자리를 대신하여 당신이 곧바로 고용될 수 있는 다른 자리를 마련해 놓으셨어요. 그분 아버님의 예전 정원사 중 한 명이 노퍽에 있는 유쾌하고 아담한 마을에서 작은 묘목장을 운영하고 있어요. 당신이 다음 월요일부터 그곳에서 바로 일을 시작할 수 있도록 제가 감히 자리를 마련해 놓았습니다.」

「저는 원예에 대해 아는 바가 전혀 없는데요.」

「그 자리의 직무는 좀 더 일반적인 일들을 다루는 것입니

다. 별로 힘들지 않을 것이며 임금은 충분하고도 남을 거예
요. 게다가 한 가지가 더 있어요.」

「네?」

「스탠브룩 경은 당신의 모든 노고에 대해 굉장히 감사하고
있답니다. 그분께서는 당신에게 계약 기간을 모두 충족했을
때의 임금과 당신의 충성심에 상응해 적절한 보상을 지급하
도록 제게 명령하셨습니다. 제가 수표를 준비했어요. 새 직장
에 대한 제안과 보수는 말하자면 하나의 패키지입니다. 두 개
가 같이 가는 거죠.」

막대기 같은 손가락들로 밀워드는 능숙하게 주머니에서
한 장의 종이를 꺼내더니 그것을 소파 앞의 낮은 탁자 위에 올
려 뒀다. 그것을 건드리지 않은 채, 로이는 몸을 숙여 무표정
한 상태로 쳐다봤다.

「그럼 제게 얼마만큼의 시간이 남았나요? 언제까지 나가
야 하나요?」

밀워드는 별로 득의만면해하지 않는 미소를 지었다. 「우리
가 계속해서 개떼들을 떨궈 놓을 수 있는 시간은 그리 길지 않
아요. 모든 관점에서 봤을 때 저는 스탠브룩 경이 오늘 저녁
에 귀가하시기 전까지 당신이 떠나는 것이 이상적이라고 봅
니다. 제가 임의로 리버풀 스트리트 역에서 오늘 오후에 떠나
는 기차표를 예매해 놨어요.」 그는 주머니에서 명함만 한 빳
빳한 종이 한 장을 꺼냈다. 「물론 당신의 짐들은 당신이 머무

를 숙소의 주소로 저희가 보내 드릴 겁니다. 그 주소와 브라운 씨의 묘목장에 대한 세부 사항들은 이 메모지에 적혀 있어요. 브라운 씨는 다음 월요일에 당신이 나타날 것으로 알고 있어요.」 그는 깔끔하게 타자를 친 메모지를 기차표와 함께 탁자 위, 수표 옆에 놓았다.

로이는 적대감을 감추지 않은 채 밀워드를 노려봤다. 그 눈빛을 상대편은 알아채지 못했거나 무시하기로 한 모양이었다.

「좋습니다.」 밀워드가 미소를 지으며 말했다. 「이제 문제가 해결된 것 같군요.」 그는 악수를 청했지만, 로이는 바로 고개를 돌려 버렸다. 「그럼 저는 어서 상원으로 돌아가야겠습니다. 로이, 당신이 합리적으로 결정해 주셔서 정말 다행이에요. 퍼시벌 씨에게 당신의 열쇠를 남겨 주시겠어요? 제가 미리 언질을 드려 놓겠습니다.」

밀워드는 일어서서 떠났다.

빌어먹을 개새끼들. 로이는 생각했다. 단 한 놈도 빠지지 않고 전부 빌어먹을 개새끼들이다. 하지만 그는 수표와 기차표와 메모지를 챙기고 짐을 싸러 자신의 방으로 향했다.

11장
돈 문제

1

빈센트가 눈썹을 한껏 모으고 걱정을 보이며 세심하게 배려하는 표정으로 나타난다. 그의 마크스 앤드 스펜서 양복은 부유함도 가난함도 자랑하지 않는다.

「매클리시 부인, 당신의 지성을 모독하지 않겠습니다.」 빈센트가 말한다. 서두를 끝내고 자신의 각본을 시작하는 한마디다.

「베티라고 부르세요.」

빈센트는 당혹해하며 잠시 그녀를 바라본다.

「고맙습니다, 베티 씨. 선생님께서는 학자였더군요. 제가 일하면서 당신과 저에게는 자명해 보이는 개념들을 클라이언트들에게 얼마나 자주 한 글자씩 찬찬히 설명해 나가야 하는지 아시면 깜짝 놀라실 겁니다. 물론 코트니 씨와 같은 클라이언트는 예외죠. 그러니 저는 기나긴 설명으로 선생님의 지성을 모독할 생각이 없습니다. 하지만 질문이 생긴다면 언제든 제 말을 멈추고 물어 주십시오. 그쪽 분도 마찬가지입니다.」

빈센트는 식탁 너머의 그들을 부끄러워하며 바라본다.

「이쪽은 스티븐이에요.」 베티가 말한다. 「부디 성을 빼고 이름으로 불러 주세요. 그래야 우리 모두 훨씬 편안함을 느낄 테니까요. 게다가 이제껏 만나 본 가장 멍청한 클라이언트를 대하는 것처럼 저를 대하는 것이 나을지 몰라요. 저는 금융 문제에 대해서는 완전히 무식하거든요.」 그녀는 쾌활하게 싱글거린다.

「그럼 시작하겠습니다. 보통 상담 과정이었다면 지금은 독립적인 재정 고문으로서의 제 역할과 금융 서비스 당국에 귀속된 법에 따라 제 책임이 무엇인지 설명해 드릴 차례예요. 그런 다음, 저는 여러분에게 서류 한 장을 드리고 서명해 달라고 요청할 겁니다. 하지만 코트니 씨께서 알려 주신 바에 따르면 여러분께서는 그 모든 절차를 생략하기를 바라신다고 하더군요.」

로이는 의도적으로 자신의 손만 내려다보고 있다. 이제 그는 고개를 들었지만 아무 말도 하지 않는다.

「맞아요, 로이는 당신을 믿는다고 했어요. 그런 상황에서 관료주의적인 복잡한 절차가 굳이 도움이 될 것 같지는 않거든요.」

「알겠습니다. 하지만 정당한 절차를 따르고 싶으시다면 지금이라도 알려 주세요.」 빈센트가 말을 멈추자 아무도 끼어들지 않는다. 「한편으로 봤을 때는 지금 시기가 아주 좋아요.」

「왜죠?」 스티븐이 묻는다.

「왜냐하면 제가 추천하는 투자 옵션들은 일부…… 색다른 면이 있거든요. 그것들은 아직 시장의 발달 상황을 쫓아오려면 갈 길이 먼 영국의 일반적인 규정 범주를 벗어나요. 게다가 금융 서비스 당국의 사법권도 벗어나죠.」

「그것들이 불법이라서 그런 건가요?」

「아니요, 매클리시…… 죄송합니다, 스티븐 씨. 절대 아닙니다. 저도 비도덕적이고 불법적인 상품들은 취급하지 않아요. 제 입장은 이렇습니다. 저는 기존과는 다른 국제적인 투자 흐름과 뭐랄까, 최첨단인 금융 상품들을 다룰 수 있어요. 업계 전반은 아직 따라오려면 멀었죠. 그래서 기대되는 수익이 일반적으로 예상되는 것들보다 더 높습니다.」

「어떤 종류의 수익들이죠?」

「엄밀히 말씀드리긴 어렵네요, 베티 씨. 상품들의 가치는 오르내릴 수 있어요. 하지만 제가 추천하는 상품들로 가입하고 5년 이상 투자금을 묶어 둔다면 제가 가장 비관적으로 예상했을 때에도 매년 15퍼센트의 수익을 기대할 수 있습니다. 그러면 선생님의 자본금이 5년에 걸쳐 거의 두 배로 뛴다고 볼 수 있죠. 사실 매년 25~30퍼센트의 수익이 날 가능성이 더 커요. 그러면 선생님의 자본금은 거의 네 배로 뛰겠죠.」

「하지만 위험 부담이 있나요?」베티가 묻는다.

「모든 일에는 위험 부담이 있죠.」로이가 말한다. 「심지어 길을 건널 때도 그렇잖아요.」

빈센트가 잠시 로이를 바라본다. 「맞아요, 위험 부담은 있어요. 어느 정도 수익성에 대한 변수도 있고요. 당연히 제게 미래를 알아맞히는 수정 구슬 속을 들여다볼 능력은 없어요. 하지만 이 투자 상품들은 위험 척도로 봤을 때 위험 회피형 투자 종목들의 극단에 서 있어요. 매우 신중한 투자 방법이지요. 상품들에 대해 더 알고 싶으신가요?」

「네, 부디 계속하세요.」

「개발도상국의 빠르게 성장하는 경제에 대해 들어 보셨을 겁니다. BRIC이라는 말을 들어 보신 적 있나요?」

「아니요.」

「BRIC은 브라질, 러시아, 인도, 그리고 중국의 경제를 지칭해요. 그곳에 투자할 것을 제안하는 것은 아닙니다. 브라질은 경기 침체로 고생했어요. 중국 정부는 부채를 줄이기 위해 경제 성장을 제한시키려 하고 있고요. 러시아는 부패와 정치적 문제들 때문에 정신이 없죠. 그 나라들의 버블은 아직 터지지 않았어요. 터지려면 멀었죠. 그럼에도 여전히 이곳들에서 꽤 괜찮은 수익을 낼 수 있어요. 하지만 그것은 이전에 낼 수 있었던 수익률과 비교도 안 되고 감수해야 할 위험 부담이 점점 커지고 있죠. 그래서 저는 그곳들을 추천하지 않아요. 오히려 다른 나라들로 점점 더 눈을 돌리고 있죠.」

「예를 들면 어떤 나라요?」

「터키, 말레이시아, 그리고 인도네시아. 어쩌면 나이지리아도 가능할 수 있고요. 경제 발전의 다음 주자예요. 우리는 크게 세 가지 요인으로 그것을 판단해요. 바로 인구의 증가, 출세 지향적인 젊은 세대, 그리고 정부에서 내는 계몽적인 경제 정책이죠. 자, 이런 나라들에 투자하는 일은 초보자에게 적합하지 않아요. 예를 들면…… 부패 사건이 벌어질 때마다 그것에 반응하는 경제 지표의 문제들이 있죠. 저는 이 모든 나라를 대상으로 한 투자 상품들을 스프레드시트에 나열해 코트니 씨에게 추천해 드린 바 있어요. 나이지리아에는 덜 투자하라고 콕 집어서 조언드렸습니다. 그곳의 부패와 사기 문제들 때문이었죠. 편지나 이메일을 통해 벌어지는 다양하고도 상스러운 신용 사기들에 대해 알고 계신가요?」

「네.」

「좋아요. 그럼 저는 굉장히 조심스럽게 일을 진행시킨다는 사실을 다시 한번 강조하겠습니다. 제가 꼭 당부드려야 할 한 가지는 비밀을 지켜 주셔야 한다는 겁니다. 제가 이제부터 설명드리려는 상품들과 투자처들은 일반적으로 찾을 수 없는 것들이에요. 제가 함께 일하고 있는 기관들은 잘 알려져 있지 않아요. 비도덕적인 상품은 하나도 없어요. 오히려 우리가 하는 일은 후진국들의 성장을 돕는 겁니다. 그 나라들 입장에서는 우리의 투자를 사적인 사안으로 여기지만요. 이 부분에 대해서는 제가 아무리 강조해도 부족하다고 봐요.」

빈센트는 말을 멈추고 뒤로 기대며 그가 한 말을 사람들이 소화할 수 있도록 시간을 준다.

「자,」 빈센트가 마침내 다시 말을 이어 간다. 「선생님께서 감사하게도 작성해 주신 자산 도표를 사전에 살펴봤습니다. 진심으로 선생님의 자산 규모라면 현재의 포트폴리오보다 더 나은 성과를 낼 수 있으리라 생각해요. 그리고 제가 선생님께 추천드리기 좋은 상품들도 있으리라 생각되고요.」

베티가 미소를 짓는다. 「뭐, 그건 좋은 소식이네요.」

「네, 하지만 제가 촘촘한 빗으로 선생님의 자산을 전부 검토해야 합니다. 그 과정을 너무 거슬린다고 여기지 않으셨으면 좋겠네요.」

「빈센트, 단언컨대 그럴 일은 없어요.」

「마지막으로 한 가지만 더요.」

「네?」

「선생님께서 고려해 보실 만한 사안이에요. 코트니 씨도 마찬가지고요. 우리가 간접비를 줄이고 전체적인 투자를 간소화할 방법이 있어요. 선생님과 코트니 씨께서 공동 포트폴리오를 만드신다면 우리는 수수료, 이체비, 그리고 관리비를 제한할 수 있어요. 그것들도 쌓이면 많아질 수 있거든요.」

「그렇군요.」베티가 호응한다.

「제가 말씀드렸다시피 한번 고려해 보실 만한 일이에요. 그렇다고 제가 선생님께 드린 조언이 달라지지는 않아요. 그냥 선생님께서 마지막 결정을 내리실 때 그 사안도 한번 고려해 볼 만한 또 다른 한 가지라는 거죠. 투자를 함께하실지 따로 하실지는 선생님께서 선택하시면 됩니다. 온전히 선생님의 선택에 달렸어요. 자, 이 긴 질문들의 목록을 선생님과 함께 하나씩 살펴보겠습니다. 부디 명확하지 않은 이야기가 조금이라도 있다면 주저 없이 끼어드세요.」

2

「저는 확신이 잘 안 서네요.」스티븐이 말한다.

「그건 나도 마찬가지란다.」베티가 말한다.

「당신은 돈 문제를 별로 다뤄 보지 않았잖아요.」로이가 말한다.「조금 불편함을 느끼는 것은 당연해요.」

빈센트는 돌아갔다. 그들은 그가 한 묶음 두고 간 브로슈어와 투자 수익 예측 보고서들을 살핀다.

「전부 좀 당황스럽네요.」베티가 말한다.

「흐음.」스티븐이 추임새를 넣는다.

「로이, 당신은 빈센트를 믿나요?」베티가 묻는다.

「베티, 나는 내 목숨도 맡길 정도로 그를 신뢰해요. 그건 내가 누군가를 신뢰하는 최대한의 한계치죠. 당신도 알다시피 내가 바보는 아니잖아요.」

「네, 바보가 아니죠.」

「나도 이 결정이 굉장히 어렵다는 걸 알아요. 하지만 나는 빈센트의 판단이 틀리는 걸 본 적이 없어요. 그는 신중해요. 투자 상품들도 안전한 상품과 투기적인 상품이 골고루 들어 가고요. 간혹 어떤 상품들은 다른 것만큼 훌륭한 결과를 내지 못할 때도 있죠. 그래도 최소한 자신의 돈을 전부 룰렛에 걸 며 도박하는 것은 아니잖아요.」

「체감은 그것과 다를 바 없는데요.」 스티븐이 끼어든다.

로이는 스티븐을 옆눈으로 흘기지만 그의 말투는 눈빛과 사뭇 다르다. 「물론 자네 말이 맞네. 당연히 그렇게 느껴지고 말고. 하지만 이건 매우 과학적이라네. 빈센트는 그의 알고리 즘과 컴퓨터 프로그램 들에 대해 내게 설명해 줬어. 그는 자 신의 일을 잘 알아.」

「금융 위기 직전에 은행원들도 그와 똑같은 말을 하지 않았 나요?」

로이가 한숨을 쉰다. 「자네도 곧 알겠지만 빈센트와 그의 클라이언트들은 금융 위기 당시에도 수익을 꽤 잘 냈다네. 빈 센트는 무리를 지어 몰려다니는 짐승이 아니야. 그 친구는 직 접 발로 뛰어다니면서 자신만의 결론에 도달하지.」

「그럼 빈센트는 일반 상식을 따르지 않는다는 말인가요?

제게는 그것도 나름대로 위험하게 들리는데요.」

「어쩌면 자네 할머니가 스스로 마음을 정할 수 있도록 자네가 할머니와 거리를 좀 두는 것이 좋을 것 같군.」

「아니에요.」 베티가 말한다. 「저는 스티븐의 생각도 듣고 싶어요. 사실 제가 이 투자에 발을 들인다면 그 과정에 스티븐도 충분히 참여했으면 좋겠어요. 그가 모든 투자 설명서와 다른 글들을 읽어 주고, 노쇠한 제 머리가 놓칠지도 모르는 부분들을 그의 젊은 머리가 대신 처리해 주면 좋겠거든요.」

「물론이죠, 베티. 내 의도는 그게 아니라…….」

「물론 아니겠죠. 하지만 상관없어요. 스티븐도 이 일에 충분히 참여해야 해요. 애야, 네 감은 어때?」

「별로 좋지 않아요. 빈센트가 그의 일을 매우 잘한다는 것은 의심할 여지가 없어요. 그를 믿는 로이의 판단력은 맞다고 봐요. 하지만 이렇게까지 하지 않아도 할머니는 충분히 편안하시잖아요. 안 그래요?」

「그렇다고 볼 수도 있겠지. 하지만 자산이 좀 더 있다고 잘못되지는 않을 거야. 게다가 나도 너와 네 여동생, 그리고 네 부모를 위해, 그리고 몇 가지 좋은 이유 때문에 좀 더 상당한 양의 자금을 남길 수 있었으면 좋겠구나.」

「확신하건대 우리 가족들은 그것을 원하지 않을 거예요. 우리는 할머니의 돈에 관심 없어요. 그냥 돈일 뿐이잖아요.」

「돈일 뿐이라, 거참.」 로이로부터 불수의적으로 반응이 튀어나온 것 같다. 〈돈이 부족해 본 적 없는 사람처럼 말하는군〉이라고.

「맞아요.」 베티가 호응했다. 「스티븐, 나도 네가 어째서 의구심을 갖는지 이해해. 그래도 나는 그냥 진행할 마음이 있단다. 이 문제에 대해서는 일단 하룻밤 동안 결정을 보류하마. 하지만 내가 밤중에 생각이 바뀌지 않는 한, 네가 빈센트와 함께 일을 진행시켜 줬으면 좋겠어. 인쇄물들을 살피고 서류들을 나 대신 읽어 보고 내가 제대로 된 것들에 사인하는지 부디 확인해 주려무나.」

베티는 일어서서 부엌을 지나 주전자에 물을 채우고 전원은 켠다.

「차 한잔하실 분?」 베티가 쾌활하게 묻는다.

로이는 스티븐에게 음흉한 미소를 능글맞게 보낸다. 스티븐은 태연자약하게 그를 되돌아본다.

3

마침내 집이 조용하다. 스티븐은 떠났으며 베티는 가볍게 샌드위치로 식사를 준비한 상태다. 요새 둘 중 어느 한 명도 제대로 된 식사를 소화하는 경우가 드물다.

「당신도 알다시피 스티븐이 옳은 말을 했어요.」 로이가 말한다. 「당신이 최대한 잘되기를 바라는 마음에 걱정되는 거죠. 그렇게 많이 신경 써주는 손자가 있어서 당신은 뿌듯하겠어요.」

베티는 차를 따른다. 「네, 하지만 나는 마음먹었어요.」

「당신이 하룻밤 동안 생각해 볼 시간이 필요한 줄 알았는데요.」

「실은 스티븐을 위해 그렇게 말한 거예요. 빈센트가 한 얘기는 정말 타당하게 들리잖아요.」

「좋네요, 나도 당신이 밤 동안 이 문제를 머릿속으로 굴리기를 바라지 않아요. 빈센트가 말한 공동 포트폴리오에 대해서도 논의할 필요가 있겠어요.」

「그렇게 하는 것이 더 말이 되긴 하죠?」

「오, 그럼요. 나도 그렇게 생각해요.」

「나는 단지 이렇게 하는 것이 올바른 선택이라는 확신이 필요해요.」

「물론이죠. 또 당신과 상의해 보고 싶은 다른 문제도 있어요.」

「네?」

「우리가 공동 모험을 떠나는 이 순간이 내 생각에는 적절한 타이밍인 것 같군요. 나는 우리 관계가 더욱 굳건하도록 진전시키는 것이 어떨까 생각해요.」

「그게 무슨 말이죠?」 베티가 급하게 묻는다.

「결혼을 제안할 예정은 아니에요. 그걸 걱정하고 있다면 안심해요.」로이가 미소를 지으며 말한다. 「그런 일을 벌이기엔 우리 둘 다 사뭇 나이가 먹은 것 같네요. 그런 게 아니라, 그냥 요새 젊은 애들 방식을 따라 하며 살짝 막 나가 보면 어떨까 했어요.」

「어떤 방식으로요?」

「우리가 큰 침실을 같이 쓰는 것이 어떨까 싶어요. 어쨌든 인생의 종착점이 보이는 시점에서부터는 살짝 인간의 온기를 느끼는 것도 좋잖아요. 나는 밤에 그런 부분이 분명 그리워요. 스스로 잠을 못 이뤄도 다른 이의 숨소리가 들리는 것 같은 부분 말이에요. 그런 존재감이 느껴지면 왠지 진정되잖아요. 세상이 괜찮은 곳처럼 느껴지기도 하고요.」

베티는 크게 당황한 것처럼 보인다.

「오, 아니에요, 그게 아니에요.」로이가 부연 설명을 이어간다. 「어이쿠, 세상에. 절대 그런 말이 아니에요. 내 인생에서 그 부분은 한참 전에 끝났어요. 연필에 심이 하나도 안 남았네요. 내 노골적인 표현은 양해를 좀 해주세요. 나는 그냥 생각해 본 거예요. 때때로 내가 외로움을 느끼거든요. 당신도 그럴 거라고 생각해요. 우리가 서로를 위로함으로써 서로에게 호의를 베풀 수 있잖아요. 간간이 침대 속에서 기분 좋게 끌어안는 정도만 생각하고 있었어요.」

「글쎄요.」베티가 입을 연다. 「좋은 생각이긴 해요. 하지만 당신이 처음 이사 올 때부터 우리 관계는 로맨스가 아니라 동료애를 바탕으로 이어질 거라고 합의했잖아요.」

「인정해요. 하지만 우리는 그때부터 계속 진전해 왔잖아요. 내 감정이 그보다 깊어졌어요. 당신 입장은 그렇지 않은가요?」

「로이, 그런 말이 아니에요. 절대 그런 말이 아니에요. 그게 그냥…… 앨러스데어가 생각나서…….」

「나도 당신이 그분과 굉장히 사이좋았다는 걸 알아요.」

「네, 미안해요. 나는 여전히, 말도 안 되지만, 배우자에 대한 정절을 지킬 의무가 느껴지네요.」

「전혀 말도 안 되지 않아요, 베티. 그건 존경할 만한 덕목이에요.」

「로이, 나는 못 하겠어요. 그랬다간 내가 보잘것없는 배신을 한 것처럼 느껴질 거예요.」

「설명할 필요 없어요. 나도 이해해요. 물론 정말 괜찮고요.」

베티는 고마워하는 미소를 보인다. 「그리고 어쨌든 당신도, 다른 어느 누구도 내 코골이를 참아 내지 못할 거라 생각해요.」

「베티, 당신이 코를 곤다고는 절대 상상할 수 없는데요. 다른 사람도 아닌 당신이요.」

「믿어야 할 거예요. 나는 정말 코를 많이 골아요. 수년간 그래 왔죠. 50대부터 시작됐는걸요.」

「그렇다면 뭐, 내가 운 좋게 그걸 피한 것 같군요. 우리의 우정은 변함없죠?」

그들은 서로를 향해 미소를 짓는다.

「네, 물론이죠. 로이?」

「네?」

「당신은 절대 〈사랑〉이라는 단어를 안 쓰네요. 그렇죠?」

「그 단어를 쓰는 사람이 있긴 한가요? 실제 삶에서요? 특히나 우리 세대에서요? 어쨌든 남자들은 안 쓰잖아요?」

「나도 잘 모르겠어요. 하지만 당신은 단연코 쓰지 않는 것 같네요. 과거에 대해 말할 때도 그렇고 우리에 대해 말할 때도 그렇고요.」

「내가 그 단어를 썼으면 좋겠어요? 그렇다면 당신이 더 기뻐할까요? 당신이 원한다면야 시도하고도 남죠. 어색하게 느껴지긴 하겠지만 해볼 수는 있어요. 왜냐하면 당신의 행복은 내게 다른 무엇보다 중요하거든요. 나는 당신에게 정이 흠뻑 들었어요. 내가 사랑에 대해 말했으면 좋겠어요?」

베티는 미소를 짓는다. 「아니요, 그런 의도로 한 말은 아니었어요. 그냥 그런 생각이 떠올라서요. 당신의 의식에 반하는 뭔가를 당신에게 억지로 시키고 싶지는 않아요. 게다가 어쨌든 그것이 영국인의 방식이지 않나요? 그런 말은 입에 올리지 않는 것이 말이에요. 우리는 호감과 정에 대해 얘기하죠. 그러는 것이 안전하니까요.」

「뭐, 그럴지도 모르겠군요. 하지만 베티, 내가 당신을 사랑한다고 말하기를 바란다면 나는 당연히 그렇게 할 거예요.」

「로이, 나도 당신이 분명 그럴 거라고 생각해요. 고마워요. 하지만 사양하겠어요. 정말 그런 의도로 한 말이 아니에요.」

로이는 안도한다. 동료애를 넘어서는 삶을 공유하자는 제의를 함으로써 가까스로 이번 건을 성사시킨 것 같다. 아무리 그 제의가 헛소리였더라도 말이다. 금상첨화로 그녀가 그 제의를 거절했다. 그는 이제 그런 모든 것에 대해 더 이상 고민하지 않아도 될 것이다. 일단 당분간은 말이다.

12장
1946년 5월
모든 일의 중심

1

베를린. 모든 것이 이 도시를 중심으로 돌아갔다. 그들이 빈에서 보낸 5개월은 재미있었다. 그것이 바른 표현이라면 말이다. 하지만 거기 있던 어느 누구도 더 이상 나치 수용소의 별 볼 일 없는 관계자들을 수색하는 일에 온 힘을 쏟고 싶어 하지 않았다. 탄력이 붙은 분야는 빠르게, 아니 러시아 놈들을 상대한다는 것을 감안하고 최대한 빠르게 화해하고 재건하는 일이었다. 서방 세력들은 이제 러시아가 동쪽으로 후퇴해 프라하와 부다페스트를 그들의 영향권 안에 남길 수 있으리라 상당히 확신하고 있었다. 로이 코트나 그의 통역관인 한스 타우프와 같이 이러지도 저러지도 못하는 인물들, 그리고 분쟁을 일으키는 그들의 집요함은 더 이상 필요하지 않았다.

그들은 하노버로 배속됐다. 독일에서 영국이 점령한 구역으로, 비교적 후방이었다. 그들은 커다란 철도역 반대편에 자리한 작은 사무실에서 일했다. 하노버는 이 나라의 나머지 지역들과 마찬가지로 폐허가 되어 무릎이 꿇린 상태였다. 그럼에도 불구하고 변방인 데다 조용해 그들은 상부로부터 별로 방해받지 않고 자신들의 일을 알아서 해나갈 수 있었다. 개인의 카리스마 하나만으로 다른 군부대들로부터 원조를 유도하기도 했다. 코트니 대위는 설득을 잘했다. 게다가 거의 모든 계급의 영국군들은 이제 전쟁이 끝나고 상황을 정리하기 시작하는 마당에 일반적으로 흔쾌히 원조할 준비가 되어 있었다. 요청된 일이 나쁜 놈들을 사냥하는 것일 때는 더더욱 그랬다.

코트니의 윗선들은 그의 활동에 별로 관심이 없었다. 그들에게는 해결해야 할 더 중요한 일들이 있었으며 전후의 군 커리어도 쌓아야 했다. 코트니는 명목상 소령에게 보고를 올렸으나 최대한 본부로부터 떨어져 지냈다. 그의 수하는 다섯 명으로 비서 한 명, 하사관 서기 세 명, 그리고 그의 독일인 통역관 타우프였다. 한스 타우프와 그는 농담으로 〈무시무시한 2인조〉라고 불렸다. 그것은 지난해 개봉된 만화 영화에서 따온 별명이었다. 타우프가 런던에서 파견 온 순간부터 그들은 아주 죽이 잘 맞았다.

신체적으로 둘은 비슷했다. 키가 크고 금발에 위엄이 있었다. 타우프에게는 자기 확신이 있었다. 그는 시골에서 자라는 혜택을 누리지 못했다. 열등감의 시초를 교묘히 불어넣기 위해 고안된 것 같은 사립 학교의 교육을 받으며 다듬어지지도 못했다. 태생 자체가 타협하고자 하는 욕구와 어색함과 부끄러움 속을 허우적거리는 영국인도 아니었다. 어쩌면 모든 영국인이 로이 같지 않을 수도 있었다. 또 모든 독일인이 타우프 같지도 않을 것이었다. 하지만 로이는 타우프의 소심하지 않은 모습에 숨통이 틔는 기분이 들었다. 타우프는 독일에서 망명을 떠났다가 나중에 자살한 진보적 언론인의 아들이었다. 또 그의 어머니는 1939년에 처형당했다. 그래서 비탄과 의구심에 짓눌렸을 법한데도 타우프는 확신에 차 있었다.

로이는 자신의 내면에서 언제나 존재하지만 감춰져 있던 무언가를 발견했다. 그의 외용에서, 열정에서 그리고 그의 판단에서 때때로 풍겨 나오는 자신감이었다. 그는 이제 그 자신감을 표현할 수 있게 됐다. 한스의 단순한 태도와 비교하면 그의 시원찮은 감정적 억압은 제멋대로에 불필요하게 복잡한 것처럼 느껴졌다.

일반적으로 그 둘은 심문 단계를 처리하러 나갔다. 체포 단계가 목전에 닥치면 헌병대로 전화 한 통만 넣으면 되었다. 그러면 우람하고 못돼 보이는 남자들이 팀을 이뤄 파견 와서 지저분한 일을 도와줬다.

코트니는 정해진 과정을 수행하는 것 이상으로 하는 일이 거의 없었다. 일은 그다지 어렵지 않았다. 그렇다고 일의 결과가 딱히 눈에 띄게 대의에 부합하지도 않았다. 웬만한 일은 그들의 관할 지역 안에서 처리가 가능했다. 대부분 수용소 관계자들은 멀리 가지 못했다. 첼레 주변 마을과 도시들 주변에서 그들을 주워 담을 수 있을 정도였다. 그들은 마치 자동차의 헤드라이트 앞에서 얼어붙은 토끼들 같았다. 그들의 동포들은 대체로 그들을 아주 흔쾌히 넘겨줬다. 정말 중요한 인물들은 이미 붙잡혔거나 사라진 지 오래였다. 탈(脫)나치화는 단순한 과정으로 전락했다. 그 과정을 중요하다고 믿는 사람들은 아주 드물었다. 그것은 단순히 평상으로 돌아가는 방도일 뿐이었다. 물론 평상이라는 것이 혼돈과 고통 속에서 몇 년을 보낸 지금 와서 무슨 의미인지 잘 모르겠지만. 탈나치화는 일종의 컨베이어벨트 라인으로 변모했다. 신원을 확인하고, 위치를 파악하고, 체포하고, 처리하고, 고발하고, 기소하고, 탈나치화하고, 교도소에 처넣거나 풀어 주는 과정이었다.

어쩌다 한 번씩 그들은 위험을 무릅쓰고 미국이나 프랑스의 관할 지역들로 침투해 조사를 해야 했다. 하지만 절대 러시아 관할 지역으로 이어지는 하르츠산맥 경계선을 넘어가지는 않았다. 적군(赤軍)을 상대하는 일은 그로 인해 얻는 이득에 비해 지나치게 수고로웠기 때문이다. 고의로든 아니든 그들은 갇이 잡혀 있지 않았으며 비협조적이었다.

로이와 한스는 열심히 일하고 열심히 놀았다. 밤에는 도시의 혼돈 속에서 쾌락적이고 도덕적으로 의문이 드는 생활에 젖으며 슬픔과 비애로부터 도피했다. 그렇다고 1946년의 하노버가 술에 찌들어 즐길 만큼 보존돼 있었다는 것은 아니다.

하지만 베를린이라. 그야말로 첫 경험이었다. 베르겐-벨젠 강제 수용소의 전 관리자였던 클라우스 뮐러에 대한 수색 건 덕에 그들은 이곳에 오게 됐다. 베를린 출신인 뮐러는 1937년에 결혼하면서 첼레로 이사했으며 지금은 명백히 자신의 고향 도시가 시선을 피하며 지내기에 더 안전한 장소라고 판단한 모양이었다. 베를린에 있는 영국 당국에 조사를 넘기기보다 로이는 따분해하는 상사에게 자신과 타우프를 그곳으로 파견해 달라고 설득했다. 로이는 이번 일이 스스로 그 중요성을 어느 정도 납득할 수 있는 역할로 돌아갈 기회가 되지 않을까 기대했다. 그는 승진하는 것보다는 어느 정도 선을 행하는 일에 더 관심이 많았다. 곧 자신도 모르는 사이 옥스퍼드 대학교로 돌아가 당연하게 기독교 공부를 재개한 다음, 그의 가족들이 모여 사는 도싯의 집 근처에서 부목사로 활동할 것이었다. 아니, 정말 그럴까? 이 전쟁이 그를 변화시켰다. 다른 수백만 명의 사람처럼 말이다.

전쟁이 로이를 짐승같이 만들었다고 할 수는 없었다. 그의 신념은 여전히 건재했다. 그의 본능도 여전히 소극적이며 평화주의적이었다. 그와 반대되는 행동들을 선보여야 하는 자리가 끊임없이 닥쳐 왔음에도 불구하고 말이다. 1944년에 네덜란드를 통과하면서 그는 전선에서 부대를 이끌었다. 그러다 보니 그의 부하들과 동일한 위험에 노출됐다. 덕분에 부하들은 그 점에서 그를 존경했다. 그는 언제나 그들이 폐허가 된 건물들에서 저항하는 무리 가운데 잡아 온 독일군들에게 연민을 갖자고 주장했다. 심지어 몇 분 전 그 독일군들이 자신의 부하들을 죽이고 상처를 입혔을 때도 마찬가지였다. 하지만 전쟁은 한 인간이 다른 인간을 향해 보일 수 있는 잔혹한 악의가 어느 수위까지인지 그에게 가르쳐 줬다. 그 악의의 수위는 제복, 직급, 또는 계층과 거의 무관했다.

로이는 자신의 짧은 시를 타자기로 칠 때 이것을 느꼈다. 그것은 쓸 때마다 점점 더 세속적이고 시니컬한 구석을 보였다. 그가 점심 휴식 시간에 타자실의 열쇠를 문구멍에 과격하게 밀어 넣을 때마다 그의 하사관들은 팔꿈치로 그의 늑골을 장난스럽게 찌르곤 했다. 「『전쟁과 평화』라도 쓰시나 보죠.」 그들은 농담을 했다. 하지만 그는 자신이 들고 다니는 그 작은 휴대용 타자기가 너무 마음에 들었다. 그것은 휘갈겨서서 가늘고 기다란 그의 필체에 비해 기이한 안정감과 확신을 줬다. 그가 집으로 보내는 편지들도 절대 손으로 쓰지 않았다. 이 또한 그의 부하들이 밑도 끝도 없이 재미있어하는 점이었다.

로이는 시계가 돌아가는 것처럼 정확히 일주일마다 가족들을 위한 편지를 타자로 쳤다. 하지만 갈수록 점점 쓸 말이 없어졌다. 그와 가족들 간의 연결고리가 점점 없어졌다. 과연 고향으로 돌아갔을 때 무명의 시골에서 종교인으로 사는 삶을 그는 여전히 열망할까? 게다가 과연 그 삶이 이제 미래에 대한 그의 이상에 부합할 수 있을까? 알 수 없었다.

2

그들이 찾는 집은 야노비츠브뤼케 역과 슈프레강 인근의 마르실리우스 거리에 있었다. 그렇게 아무렇지 않게 러시아 관할 지역의 경계를 넘어가면 바로 나왔다. 그들은 대상을 포획하기 위해 빠르게 급습을 할까 고민했다. 하지만 그렇게 한다면 미국 관할 지역 또한 지나야 한다는 것을 의미했다. 그리고 미국은 이미 러시아와의 관계가 좋지 않은 마당에 그렇게나 소소한 이익을 위해 또다시 분란을 무릅쓰지 않겠다고 선언한 상태였다. 그들은 쇠네베르크에 있는 연합국 통제 위원회로 문제를 들고 가서 위험을 감수하고 결판을 내기로 결정했다. 미국 관할 지역 남쪽에 자리하고 있는 쇠네베르크의 연합국 통제 위원회는 전후 독일을 통치하는 4개 국가가 관할 지역들 간의 물리적 경계선을 넘나드는 문제을 처리하는 곳이었다.

그들은 넓은 통로에서 무력하게 담배나 태우고 기다리며 이틀을 보냈다. 그러는 동안 관료들은 그들의 요청을 논의하고 중재했다. 참고할 만한 명백한 선례가 없었다. 처음에는 러시아 쪽에서 뮐러를 단독으로 데려가고 싶어 했다. 그러나 뮐러가 저지른 전쟁 범죄들이 모두 현재의 영국 관할 지역에서 벌어졌으며 영국이 모든 증거를 쥐고 있어 나중에 러시아가 영국에 뮐러를 넘겨줘야 할지도 모른다고 인정했다. 영국은 최대한 상냥하게 자신들이 수사한 결과나 증인들을 러시아 법정에 넘길 수 없을 것이라고 짚었다. 러시아는 재판이 굳이 필요한 상황이냐고 되물었다. 영국과 미국은 일부러 머쓱한 태도를 보였다. 그러자 러시아는 결국 뮐러 양반이 보잘 것없는 대상이라고 판단했다.

빈에서는 이런 나라 간의 분쟁 조정 과정이 훨씬 단순했다. 물론 거기에서도 나름의 씨름이 없었던 것은 아니다. 그래도 최소한 충분한 인내만 가지면 결국 합리성이 승리하리라는 가능성이 있었다. 게다가 거기에서는 러시아인들이 진심으로 달려들지 않는다는 것을 알 수 있었다. 하지만 러시아에게 베를린은 중요했다. 러시아는 빈이 현실에 안주하며 주변에 둔감한 상태로 돌아가도록 내버려 둘 준비는 돼 있었으나 최소한 은연중에 그것에 대한 대가로 베를린을 찍었다. 그래서 이곳에서의 모든 전쟁 같은 분쟁들은 끝까지 이어졌으며 거기에 합리성이 작용할 수 있는 부분은 아주 미미했다.

마침내 합의점이 도출됐다. 러시아는 영국이 체포를 이행하는 과정에 응하겠지만 영국의 무장한 지원 인력이 자신들의 관할 지역에 들어서는 것은 허가하지 않겠다고 했다. 이

건의 담당 소령이었던 반스는 로이와 한스에게 이런 일이 벌어질 수 있다는 것과 이에 동반되는 위험들에 대해 경고한 바있었다.

「말이 안 통하는 것은 가장 부차적인 문제야. 러시아 놈들은 일을 대충 할 거야. 그들 군대에는 규율이 없어. 그들은 너나 네 통역관의 뒤를 봐주지 않을 거야.」

로이는 어깨를 으쓱했다. 「반스 소령님, 걱정해 주셔서 감사합니다. 하지만 이건 우리가 일상적으로 해오던 일입니다. 수십 번이나 해왔어요.」

게다가 로이는 그들이 제복을 입거나 무기를 장착하는 것을 러시아 놈들이 허가하지 않은 일도 걱정하지 않았다. 「뮐러가 무장했으리라 믿을 이유가 하나도 없잖아요. 저는 이 일을 최대한 눈에 띄지 않게 처리하고 싶습니다. 그가 무슨 일이 벌어졌는지 눈치채기 전에 얼른 잡아 올게요. 그곳에 군인들이 단체로 밀고 들어가는 것은 원치 않습니다.」

「그럼 그 뒷일은 자네가 책임지게.」 반스가 코를 훌쩍이며 말하더니 필요한 서류에 서명을 하고는 그 작전에서 손을 뗐다.

그리하여 그들은 이 자리에 있었다. 알렉산더 광장에서 조금 벗어난 곳에 자리한 음울한 사무실에 앉아 그 짜증 나는 적군(赤軍) 대위 카롭스키를 기다리며. 카롭스키가 그들의 계획을 인가하기로 돼 있었다. 카롭스키는 로이가 제안한 미국 담배를 퉁명스럽게 거절하고는 역한 냄새를 풍기는 자신의 러시아산 궐련을 피웠다. 그러고는 자기 자리에 도로 기댄 채 연합국 통제 위원회에서 보내온 지령을 다시 확인했다. 마치 그것을 세 번 정도 살피면 그 내용이 바뀌지 않을까 희망하는 것 같았다.

「영국 군사 정보부라.」카롭스키는 어설픈 억양으로 그것을 읽으며 웃었다. 통역관에게 손짓하자 책상에 앉아 있던 통역관이 어기적거리며 왔다. 통역관을 통해 카롭스키는 미소를 지으며 말했다.「저는 당신네들을 좋아합니다. 당신네들은 아주 이상하고도 이상한 사람들이지만 좋아해요. 우리는 적이에요. 당신네들은 한때 제국을 갖고 있었어요. 아직도 당신네가 중요하다고 착각하기를 좋아하죠. 우리는 베를린을 해방시켰어요. 그런데 이제 와서 당신네들은 별 볼 일 없는 체포 건을 수행하기 위해 우리의 거리로 들어서기를 바라고 있군요.」

「전혀 별 볼 일 없지 않습니다.」로이가 반론했다.「우리가 체포하려는 남자는 베르겐-벨젠 강제 수용소의 관리자였습니다.」

통역하느라 걸린 시간 이후, 카롭스키는 로이의 발언을 흘려들었다.「독일에는 전쟁 범죄자들이 중범과 경범으로 넘쳐납니다. 어쩌면 자기 국가가 저지른 범죄를 부정하는 독일인이 전부 범죄자일 수도 있겠지요. 저는 잘 모르겠습니다. 어째서 제가 당신네들을 도와야 하죠?」그는 정말로 잘 모르겠다는 몸짓으로 양팔을 양쪽으로 살짝 벌린 채 손바닥을 위로 보였다.

「연합국 통제 위원회에서 직접 내린 명령서가 당신 코앞에 놓여 있기 때문 아닐까요?」

카롭스키가 미소를 지었다. 「당신네들은 최근 빈에 가보신 적 있습니까?」명백히 무심한 태도에도 불구하고 그는 확실히 사전 조사를 꼼꼼히 해놓은 모양이었다. 「저는 그쪽의 일들이 훌륭하게 해결되고 있다고 들었습니다. 오스트리아인들이 자신들의 축복 같은 무지로, 그들의 왈츠로, 그리고 그들의 자허토르테[32]로 돌아갈 수 있도록 질서가 빠르게 회복되고 있다지요. 4대 강대국 간의 관계가 참으로 경이롭죠.」그는 비아냥거리는 웃음을 터뜨렸다. 「하지만 베를린은 다른 곳입니다. 빈은 우리가 더 이상 별로 신경 쓰지 않아요. 하지만 그렇다고 베를린에서도 당신들에게 무한한 주도권이 있다고 착각하진 마십시오. 연합국 통제 위원회에 대해 말하자면 그쪽은 매일 말도 안 되는 요구 사항들과 결정들을 발표하죠. 저는 제 판단하에 그것들을 적절히 무시한답니다. 제 선임 장교들도 전적으로 그런 저를 밀어 주시고요. 그러니 당신네들이 당신네들의 하찮은 작전을 이행할지 여부는 이 종이 쪼가리가 아니라 저에게 달렸단 말입니다.」

32 초콜릿 케이크의 일종이자 오스트리아 빈의 명물.

카롭스키는 명령서를 책상 옆으로 밀어낸 뒤 통역을 기다린 후 미소를 지었다. 로이는 한스를 잠시 바라봤다.

「글쎄요, 그것이 당신의 최종 결정이라면…….」

「제가 안 된다고 하지는 않았습니다. 하지만 정말로 작전을 이행하게 된다면 제 조건하에 이루어질 겁니다. 영국 제복은 모조리 불허합니다. 그리고 죄인은 제가 직접 취조하기를 바랍니다. 당신네 영국인들이 우리를…… 다시금…… 속이려는 것 아닌지 재차 확인하기 위해서 말입니다.」

「알겠습니다.」 로이가 말했다. 「저도 취조 자리에 같이 있는 한 그렇게 하겠습니다. 저희가 오늘 그 주소지에 대한 간단한 정찰을 할 수 있도록 허가해 준다면, 내일 우리가 체포 작전에 대한 논의를 할 수도 있겠지요. 당신들의 도움은 필요 없습니다. 허가가 없다면 외부에서 그 주소지를 정찰할 수밖에 없겠지요.」

「우리의 도움이 필요 없을 거라고 생각하는군요. 하지만 제가 고집하겠습니다. 제 부하 세 명이 동행할 겁니다. 그들은 눈에 띄지 않는 곳에서 대기할 거예요. 제가 알기론 당신네들이 무기 없이 갈 거라던데요?」

「들고 가지 않습니다. 우리를 직접 수색하시겠습니까?」 로이가 상대의 불신하는 눈빛을 보고 가볍게 응답했다. 계산해서 감수한 위험이었다. 영국군의 몸을 수색한다면 연합국 통제 위원회가 시끄러워질 것이며, 이는 두 남자 모두 알고 있는 사실이었다.

「아닙니다, 사양하죠.」

3

그들은 계절과 달리 서늘한 날씨에 감사했다. 그 덕분에 외투를 입을 명분이 생겼기 때문이다. 외투의 큼직한 주머니들 안에는 그들의 앞길을 기름칠할 밀수품들과 일이 계획대로 돌아가지 않을 때를 대비한 무기가 숨겨져 있었다. 그들의 정장 차림은 우스꽝스러웠다. 러시아인들이 공수해 준 의상들이었다. 보나마나 싸구려 양복점에서 약탈해 왔을 것이었다. 코트니와 타우프는 하노버에서부터 제복을 입고 길을 떠나왔다. 외투와 세면도구, 그리고 갈아입을 속옷만 챙긴 상태였다. 정장들은 몇 치수 작았다. 허벅지 부근이 너무 죄어 어정 쩡하게 걸을 수밖에 없었다. 재킷 단추들은 간신히 잠겼다. 마치 광대처럼 보였다. 로이는 카롭스키가 개인의 즐거움을 위해 그들에게 이런 수모를 안긴 것 같다고 말했다. 로이는 그래도 최소한 상대적으로 높은 계급을 이용해 푸른색 서지 정장을 고를 수 있었다. 한스의 회색 초크 스트라이프 정장 바지는 길이가 최소 10센티미터는 짧아 보기 흉하게 부츠를 드러냈다. 그의 모습은 한마디로 어처구니없었다. 하지만 이 황폐한 도시 안에서는 그런 희극도 대체로 눈에 띄지 않았다.

그들은 최소한 어느 정도 사이즈가 맞는 모자라도 구할 수 있었다는 사실에 감사했다. 이제 그들은 민간 경찰 행세를 할 것이었다.

그들은 거의 폐허가 된 성당 옆에 멈춰 섰다. 성당의 둥근 지붕은 뼈대만 남은 상태였다. 거기에서 그들은 슈프레강 너머를 지켜봤다. 강에는 잔해가 떠다녔으며 지저분한 회색 거품이 강둑으로 빠르게 모여들었다. 그들은 운터덴린덴가를 따라 걸으며 잔해가 쌓여 있는 모습을 지나쳤다. 거의 누더기 차림인 독일 일꾼들이 그 잔해를 빠르게 청소했다. 러시아 군인들이 멈춰서 담소를 나누고 담배를 피웠다. 한때 훌륭했던 길가에 늘어서 있던 웅장한 건물들의 잔해에서 거대한 망치와 낫이 그려진 깃발들이 득의만면하게 날리고 있었다. 린든 나무들의 흔적은 하나도 보이지 않았다.[33]

타우프는 심란해하는 것 같았다. 「여기는 제 고향 도시였어요.」 그가 말했다. 「이 사람들이 이곳을 어떻게 만들어 놨는지 보세요. 이 모든 일이 벌어지기 전에는 이 길을 따라 산책할 수 있었어요. 뭐랄까, 저의 가장 오랜 기억 속에서도 이곳이 언제나 일종의 위기에 처해 있긴 했죠. 사회주의자들과 파시스트들. 행진과 연설들. 길거리 싸움과 사보타주. 번영과 붕괴. 빈곤과 부유. 언제나 대립했어요. 어쩌면 제 가족만 그랬는지도 모르겠지만요.」

33 운터덴린덴은 독일어로 〈린든 나무 아래〉라는 뜻이다.

「자네도 아버지의 정치싸움에 끼어들었나?」

「별로 그렇지도 않았어요. 부모님은 두 분 다 적극적으로 정치에 개입하셨지만요.」 씁쓸히 강조하는 어투로 그는 마지막 말을 뱉었다. 「그래도 아버지는 저를 어디든 함께 데려가 주셨어요. 정치 세계에 발을 들이면 그렇게 되는 거죠.」

「어쩌면 미래에는 더 평화로운 장소가 될지도 모르지.」

「그 말을 진짜로 믿는 건 아니잖아요. 러시아와 당신네 서방 세력은 이 도시와 제 나라를 갖기 위해 영원히 싸울 거예요.」

한스 타우프는 평상시엔 이런 거센 불만을 드러내지 않았다.

「우리에게는 해야 할 일이 있지.」 로이가 그에게 상기시켜 줬다.

「맞아요.」 타우프가 낯을 밝히며 말했다. 「그리고 제가 오늘 밤을 위한 계획을 준비했어요. 우리는 아까 그 클럽으로 돌아갈 수 있을…….」

정신없는 흥밋거리와, 결과에 대해서는 별로 고려하지 않는 태도로 눈앞의 끔찍함을 부정하기, 그 상황에서 할 수 있는 거라고는 이게 전부였다.

그들은 브란덴부르크 문에 거의 다다랐다. 그곳에는 이오시프 스탈린의 거대한 초상화가 문의 기둥 구조물들을 대부분 가리며 아래의 그들을 향해 미소를 짓고 있었다. 그들은 빌헬름가를 돌아서 포스가로 향했다. 단지 작은 원뿔 모양의 탑과 수수한 출입구를 보기 위해서였다. 그것들은 끔찍한 나날들의 마지막이 펼쳐지며 남긴 흔적이었다. 바로 이곳에서 시체들이 태워졌다고 했다. 불안해 보이는 러시아 군인들이 그 구역을 지키고 있다가 퉁명스럽게 다가와 한스를 밀치기 시작했다. 로이가 급히 주머니에서 서류들을 내보여 상황이 어느 정도 진정됐다. 그들은 안내인과 약속한 만남을 위해 빠르게 알렉산더 광장으로 걸어 돌아가며 전략을 의논했다.

「우리가 정말 운이 좋지 않은 한, 저들이 우리에게 내주는 인원만 가지고는 택도 없어.」로이가 말했다. 「우리에게 도움보다는 위험이 될 확률이 더 크지. 최대한 빨리 그들을 떼어내자고. 아니면 최소한 그들이 뒤로 물러서게 만들든가. 그들을 구워삶을 수 있을 것 같아?」

「그들 중 한 명이 독일어나 영어를 조금이라도 할 줄 안다는 전제하에는요.」한스가 대답했다.

「좋아. 우리는 이 뮐러라는 인물이 낮에 외출한다는 사실을 알고 있지.」

「그의 아내 말에 따르면 그렇죠. 그녀는 그로부터 매주 편지를 받는데 거기에 그렇게 쓰여 있다더군요. 러시아인들도 그에 대해 아는 바가 하나도 없대요?」

「러시아에는 그나 그의 집주인에 대한 기록이 하나도 없대. 말만 그렇게 하는 건지 모르지만. 일단 주소지 주변부터 정찰을 시작해, 거기서부터 차차 처리해 나가 보자.」

4

로이가 예상했던 대로 그들에게 배당된 러시아 군인들은 무례하고 무뚝뚝했다. 한스가 간신히 그들 중 상등병과 소통했다. 다섯 남자는 엉망진창으로 무리를 이루며 주소지를 향해 터벅터벅 이동했다.

한스는 외투 안에서 힘겹게 담배를 찾아내 이등병들에게 각각 한 갑씩 나눠 주고 상등병에게는 두 갑을 줬다. 그러고는 그들이 영국인들을 대상으로 농담과 욕을 할 수 있도록 블루멘가 귀퉁이에 그들을 떼어 놨다.

작은 아파트는 그 거리에 있는 다른 건물들보다 특별히 더 허름해 보이지는 않았다. 이것은 별로 칭찬이 아니었다.

클라우스 뮐러는 오래된 학창 시절 친구인 프란츠 쾨니히로부터 방을 빌렸다. 식당 종업원인 쾨니히는 주로 저녁에 일했다. 뮐러는 가명으로 러시아 당국의 건설부에 취업했다. 이 모든 정보는 뮐러의 아내로부터 얻은 것이었다. 그녀는 자신이 전범의 도주를 도와준 죄로 기소될 수 있다는 가능성과 마주하자 매우 협조적으로 나왔다.

그들은 건물 앞을 지나가 봤지만 얻을 수 있는 정보가 없었다. 정문의 경첩이 떨어져 문이 가까스로 달려 있었기에 안으로 들어가 보기로 결정했다. 그들이 찾는 집은 아파트 1층에 있었다. 계단을 오르는 동안 썩은 음식 냄새인지 뭔지 심한 악취가 났다. 전쟁 전에는 이곳이 꽤나 부촌이었을 것이다. 계단들은 넓고 화려한 난간으로 장식되어 있었다. 하지만 이제는 추레하고 강탈당한 흔적들뿐이었다. 러시아 군인들이 그 지역을 역병처럼 쓸고 지나간 지 1년도 안 됐기 때문이다. 아파트 문짝들은 박살 나 고치지 않은 상태였다. 발을 내디딜 때마다 먼지가 떠올라 구름을 이루었다.

결국 그들은 대충 메모지가 꽂힌 문을 발견했다. 휘갈겨 쓴 대문자들은 이곳이 쾨니히의 집이라는 것을 깔끔하게 알려 주었다.

로이는 한스를 쳐다봤다. 한스는 눈썹을 들어 올렸다.

「칼을 뽑았으면 무라도 썰어야겠지.」로이가 속삭였다.

그들은 절차를 알고 있었다. 일단 한스가 모든 이야기를 이끌어 가며 그들이 독일 경찰이라고 착각하게 만들 것이었다. 이렇게 되면 일반적으로 접근에 성공하면서 대상의 경계를 살짝 풀어 놓을 수 있었다. 그들은 베를린 경찰 서류들을 구비해 놓은 상태였다. 그러다 적절한 시점에 자신들의 신원을 더 정확히 밝히리라.

로이가 고개를 끄덕이자 한스가 문을 크게 두드렸다. 고요하더니 안쪽에서 재빨리 움직이는 소리가 들렸다. 곧이어 앞쪽 머리의 탈모가 진행되고 있는 중년 남자가 조심스럽게 연 문틈 사이로 머리를 내밀었다.

「쾨니히 씨인가요?」한스가 예의 바르게 물었다.

남자는 휘둥그레진 눈으로 한스를 잠시 쳐다봤다. 「네.」 그가 마침내 천천히 질문을 소화하며 대답했다. 「무슨 일인가요?」

「지극히 일상적인 조사 때문에 왔습니다.」 한스가 그의 경찰 서류를 보여 주고 미소를 지으며 말했다. 「방해해서 죄송합니다.」

남자는 로이를 바라봤다. 로이는 자신의 모자를 살짝 들며 인사했다. 그러고는 그 행동을 곧바로 후회했다. 그와 한스가 이 행위에 대해 얘기를 나눈 적이 있었다. 설명할 수는 없지만 독일인은 절대 그렇게 인사하지 않을 거예요. 그것은 〈안녕하십니까?〉라고 영어로 인사하는 것만큼이나 명백하게 자신이 영국인이라고 밝히는 행위예요. 꼭 무언가 해야겠으면 그냥 고개만 살짝 까딱하세요. 한스는 그렇게 말했었다. 하지만 몸이 반사적으로 움직였다. 쾨니히는 그것을 알아채지 못한 모양새였다.

「쾨니히 씨, 잠시 들어가도 되겠습니까?」 한스가 물었다.

「물론이죠.」 작은 남자가 급히 승낙했다. 「죄송해요, 제가 딴생각을 하고 있었나 보네요.」 그가 문을 열어 주어 그들은 허름한 내부로 발을 들였다. 넓은 복도는 한때 웅장한 응접실이었으나 몽땅 뒤엎어진 방으로 연결되었다. 회반죽의 천장에 돌림띠가 매달린 모습은 위험해 보였다. 카펫이나 깔개도 없는 바닥에는 판자들이 빠져 있었다. 방 한쪽 끄트머리에 가구들이 모여 있었다. 그것들은 소파 두 개와 무작위로 모아 놓은 식탁용 의자들이었다. 모든 것 위로 한 층의 먼지가 두 껍게 깔려 있었다.

쾨니히는 면도를 하지 않은 채 칼라가 없는 셔츠 차림이었 다. 야밤에 술을 마셔 눈빛도 분명치 않았다. 퀴퀴한 땀내로 미루어 볼 때 한동안 목욕도 하지 않은 것이 확연했다. 그는 마치 길을 잃은 것처럼 애원하는 눈빛으로 그들을 바라봤다.

「당신의 손님 중 한 명에 대한 겁니다.」한스가 말했다.

「손님요?」쾨니히가 물었다.

「맞습니다. 클라우스 뮐러를 아십니까?」

「아, 클라우스요. 학창 시절부터 알고 지낸 오래된 친구죠. 그는 이곳에서 며칠 정도만 머무를 거랍니다. 안타깝게도 지 금은 부재중이고요.」

「네, 그렇더군요. 그는 직장에 있습니까?」

「그가 어디에서 일하는지는 저도 잘 모르는데요.」쾨니히 가 대답했다.

「네, 당신이 알 리가 없죠.」한스가 생각에 잠기며 얘기했 다.「그래도 상관없습니다. 클라우스가 조만간 들어올 예정 아닙니까?」

「제가 그것을 어찌 알겠어요? 저는 그놈의 엄마가 아닙니 다. 하지만 아니에요, 제 생각엔 금방 들어올 것 같지 않아요.」

「그것은 별로 중요하지 않습니다. 어차피 우리가 얘기를 나누고 싶었던 대상은 당신이니까요.」한스는 필기장 한 권을 꺼냈다. 「당신에 대한 질문 한두 가지로 심문을 시작해도 되겠습니까? 당신은 식당 종업원으로 일하고 있습니까?」

「맞아요. 카를리프크네히트가에 있는 〈황금 곰〉 식당에서요.」

「그리고 당신은 전과 기록이 없지요?」

「그건 그쪽이 더 잘 아실 텐데요.」

「압니다, 하지만 그래도 협조해 주십시오.」

「네, 전과 기록은 없어요.」

「국가 사회주의와 연루된 적은 없습니까? 나치 당원을 위한 일을 한 적은요? 국가 사회주의 체제를 위해 공식적으로 일한 적은 없습니까?」

「절대 없어요. 그런 쓰레기 같은 인간들…….」

「그렇군요.」한스가 날카롭게 말했다. 「아무도 그들을 지지한 적은 없는 것처럼 보이더군요. 그들이 애초에 어떻게 힘을 얻게 됐는지 참 놀랍지요.」

잠시 침묵이 돌았다.

「커피 좀 드릴까요?」쾨니히가 말했다. 「애석하게도 제가 지금 드릴 수 있는 건 에어자츠 커피[34]밖에 없지만요.」

한스가 조용히 한숨을 쉬었다. 「그 부분에 대해서는 제가 도와드릴 수 있을지도 모르겠네요.」그는 자신의 주머니에서

---

34 도토리 등 견과류로 만든 커피 대용품. 주로 독일에서 전쟁 중에 사용했다.

작은 종이봉투에 포장된 진짜 커피를 쾨니히에게 건넸다. 쾨니히는 그것을 자신의 코 가까이 가져가 향내를 들이마시며 대놓고 행복해했다.「제 주머니에서 그것들을 좀 더 찾아낼 수 있을지도 모르겠군요. 그것은 우리 상황이 얼마나 잘 풀리느냐에 달렸습니다.」

로이는 한스를 향해 고개를 끄덕이며 부추겼다.

「그리고 쾨니히 씨가 커피를 타는 동안 우리가 밀러 씨의 방을 좀 살펴봐도 되겠지요.」

「물론이죠. 이쪽으로 오세요.」

그들은 어둡고 텁텁한 방으로 안내됐다. 로이는 전원 스위치를 켰다. 전력이 들어오지 않았다. 그가 무거운 커튼을 젖히자 햇살이 더러운 판유리들을 넘어 밀려들어 왔다. 먼지는 시간이 멈춘 것처럼 허공을 맴돌았다. 침대는 정리가 안 돼 있었으며 구겨진 침대보들은 더러운 회색빛을 띠었다. 작은 짐 가방도 휜히 열린 채 침대 밑에 던져져 있었다.

「자, 그럼.」한스가 말하자, 작은 남자는 조그만 커피 봉투 하나를 들고 부엌으로 들어갔다.

방 안이 더웠다. 로이와 한스는 외투를 벗어 의자에 쌓아 올렸다. 그런 뒤 자신들 앞에 펼쳐진 일을 가늠했다. 여기서 살필 것은 별로 없었다. 옷장들은 약탈된 상태였다. 짐 가방 속과 침대 매트리스 밑, 그리고 침대 아래를 빠르게 살피면 될 것이었다. 프라이팬이 달그락거리는 소리가 부엌에서 들려왔다.

「우리 친구를 곁에서 지켜봐 줘.」로이가 말했다. 「그리고 그에게 계속 밀수품들을 퍼줘. 이 일이 오래 걸리지는 않을 거야. 내일 동료들과 함께 다시 오자고.」

한스는 방을 나섰다. 로이는 두서없는 수사를 시작했다. 그들이 예상한 대로 무기는 없었다. 여기에 중요한 물건은 아무것도 없을 것이었다. 아무런 단서도 없었다. 결국 따지고 보면 이 일에서 풀리지 않는 부분도 딱히 없었다. 정해진 놈을 붙잡고 다시 본부로 돌아간다. 그런 뒤 뮐러가 처리되면 며칠 후 하노버로 돌아간다. 우울한 생각이었다. 타우프는 쾨니히 라는 놈을 대체 어디까지 구워삶았을까?

로이는 그릇이 깨지는 소리를 듣고 일어섰다. 몸이 뻣뻣해지고 긴장됐다. 빠르게, 그리고 최대한 소리 없이 그는 방을 나서며 자신의 외투 주머니에서 군용 웨블리 권총을 꺼냈다. 복도 가장자리에 붙어서 이동하니 열린 문틈으로 부엌의 불빛이 새어 나오는 것이 보였다. 더 가까이 다가가서 문설주 사이로 상황을 살폈다. 그리고 자신을 직시하는 두 눈과 마주쳤다. 그 눈빛은 난폭하고 공포에 질려 있었다.

「들어오십시오, 영국인이여.」작은 남자가 말했다. 「조심하세요. 언제나 조심하세요.」

로이는 타우프가 문을 바라본 채 남자 앞에 무릎 꿇고 앉아 있는 모습을 보았다. 남자는 의자에 앉은 채 타우프의 목을 쥐고 있었다. 부엌 칼날이 타우프의 목을 누르고 있었다.

「조심하세요.」남자가 말했다. 그런 뒤 독일어로 말한 부분을 한스가 숨 가쁘게 통역했다.

「그는 당신이 부엌으로 바로 들어오지 않으면 제 목을 그을 거라고 말합니다.」

천천히 로이는 문을 돌아 부엌 안으로 들어섰다. 그러고는 권총을 들고 의자를 겨눴다. 명중할 가망이 없었다. 타우프까지 죽게 하거나 둘 다 빗맞힐 것이었다.

「아,」로이가 최대한 태연하게 말했다. 「알겠어요. 당신이 뮐러로군요.」

작은 남자는 응답하지 않았다. 그가 속삭이는 내용을 한스가 계속해서 통역했다. 「그가 총을 바닥에 내려놓으라고 합니다.」

「알겠어요. 저는 이 행위를 정말 천천히 할 겁니다. 사고가 벌어지기를 원하는 사람은 아무도 없으니까요. 그렇죠?」

로이는 무릎을 굽히고 무기를 조심스럽게 홈이 많이 파인 부엌 바닥에 내려놓았다.

「안전장치가 잠긴 상태입니다.」로이가 말하고 타우프가 통역을 했다.

뮐러는 다시 열띠게 속삭였다. 그의 크게 뜬 두 눈이 흔들려 그가 동요하기 일보 직전임을 드러냈다. 일이 참 까다롭게 흘러가네. 로이는 생각했다.

「그가 이쪽으로 총을 밀어 주라고 합니다. 그런 다음 부엌을 나가라네요.」

「알겠소, 오버.」

로이는 타우프의 눈을 뚫어지게 쳐다봤다. 타우프도 로이에게 눈빛을 보냈다. 그는 분명히 메시지를 전달받은 것이었다.

「그래요, 그럼. 발바닥으로 무기를 그쪽으로 밀겠습니다. 살살 보낼게요.」

타우프가 통역했다. 로이는 그의 커다란 부츠를 웨블리 권총 위에 올렸다. 그런 뒤 총이 뮐러가 있는 곳까지 도달하기에 살짝 부족할 정도의 힘을 가해 그것을 앞으로 밀었다. 그 파괴적인 금속 덩이가 바닥을 쓸며 지나가는 모습에 세 남자는 몰두했다. 총은 로이와 나머지 두 남자 사이 중간쯤에서 멈췄다.

「아,」로이가 말했다. 「별로 잘 보내지지 않네요. 제가 저것을 좀 더 가까이 밀어 드리길 바라시나요?」 그는 뮐러를 향해 물은 뒤 타우프가 통역하는 동안 놈을 관찰했다.

「아니요.」화를 내며 뮐러가 응답했다. 「그냥 가시오.」

로이는 뒤로 돌아서 밖으로 나간 뒤 문설주를 통해 안을 다시 살폈다. 뮐러는 분명 이다음에 어떤 선택을 할지 고민하고 있었다. 그의 선택지 중 위험이 따르지 않는 것은 없었다. 타우프의 목에 칼을 겨눠 그를 제지한 상태로 총을 잡으려고 손을 뻗는 것은 어려울지도 몰랐다. 총 없이 아파트에서 나가는 것은 더욱 큰 위험을 야기할 것이다. 총을 챙기러 가기 전에 타우프를 칼로 찔러 죽이려는 시도에는 불확실한 결과들이 뒤따를 것이었다.

세상은 이다음에 벌어질 일련의 사건들로 좁혀졌다. 세 명의 운명은 그 순간에 좌우되었다. 로이가 느끼기에는 시간이 느려진 것 같았다. 모든 활동이 여기, 그리고 현재라는 불가침 영역에 집중된 것 같았다.

뮐러는 결정을 내렸다. 로이는 그가 한숨을 깊게 들이쉬며 다음 선택을 실행하기 위해 준비하는 과정을 지켜봤다. 그는 보아하니 신중한 사람인 것 같았다. 이것은 로이에게 자신의 근육들도 긴장시키라는 신호였다.

뮐러는 한스를 앞으로 민 뒤 총을 향해 점프했다. 로이는 이것이 좋지 않은 행동이라고 판단해 빠르게 문을 돌아 뮐러와 같은 자리, 그 좁은 바닥을 향해 몸을 날렸다. 한스는 정신을 차리며 뮐러의 발을 걸어 넘어뜨리려 시도했다. 뮐러가 넘어졌고 그들은, 세 남자 모두 목표물의 언저리에 자리하고 있었다. 뮐러는 칼을 보지도 않고 마구 휘둘렀다. 다른 남자들을 자신으로부터 떨어뜨리기 위해서였다. 하지만 나머지 두 사람은 이 상황에서 살아남기 위해 각자 몸으로 칼을 몇 차례 맞을 각오까지 한 상태였다.

그들은 한데 모였다. 각자 화가 나고 당황한 상태로, 거의 희극적으로 자신들의 생존을 위해 허우적거리고 있었다. 로이는 자신이 단연코 이 싸움에서 승리하리라 생각했다. 그동안 훈련과 경험을 쌓아 왔기 때문이다. 하지만 이 작은 남자는 날렵했으며 그가 예상했던 것보다 힘이 셌다. 한스가 죽을 가능성이 가장 높았다. 하지만 어쩌면 로이의 힘으로 한스까지 살릴 수 있지 않을까. 어이없는 생각도 들었다. 앞으로 일이 어떻게 벌어지든 간에 그것은 추후 가장 행정적이고도 정치적인 난제가 될 것이리라는 생각이.

그들은 필사적으로 몸싸움을 벌였다. 칼이 살에 닿으면서 피가 흩뿌려졌다. 탕 하는 커다란 소리가 아주 찰나의 고요와 정적을 불러일으켰다. 그런 뒤 다시 총이 불을 뿜었다. 긴 침묵이 지나간 뒤 뮐러는 그 공간에서 뛰쳐나갔다.

그는 앉아 있었다. 그의 팔뚝에 난 상처에서 피가 많이 흐르고 있었다. 정장의 회색 천은 피를 흡수하면서 잉크가 흡수지에 떨어지듯 색이 짙어졌다. 그는 살아남을 것이었다. 그의 불행한 동료와 달리 말이다. 동료와 뮐러가 몸싸움을 벌이는 사이 그들의 가슴팍 사이에 꽉 끼여 있던 총이 동료의 턱 바로 밑에서 발사됐다. 그 바람에 동료의 얼굴 반쪽이 완전히 날아가 버렸다. 남은 것은 붉은 살과 신경들, 그리고 피, 또 원색적인 근육과 하얀 뼈가 엉망으로 엉겨 붙은 끔찍한 결과뿐이었다. 잿빛 뇌 조직이 아무렇게나 바닥에 쏟아져 있었다. 눈알

하나가 눈구멍에서 빠져나왔으나 연약한 막처럼 축축한 시신경 다발 하나에 의해 여전히 아직 시신경 교차로에 연결된 채 미친 듯이 그를 노려봤다.

그는 숨을 골랐다. 오한이 느껴졌다. 하지만 아직은 통증이 느껴지지 않았다. 어쩌면 그도 결국 죽어 가고 있는지 몰랐다. 하지만 아니다. 그는 죽지 않을 것이다. 그는 한때 사람의 얼굴이었던 난잡한 살덩이를 다시 쳐다봤다. 그리고 그 몸 쪽으로 기어가 경동맥에서 맥박이 뛰는지 확인했다. 맥박이 전혀 없었다. 그가 처해 있는 상황에서 할 수 있는 더 나은 일이었다. 어처구니가 없군. 그는 생각했다. 그냥 정해진 행동을 할 뿐이었다. 그는 동료의 인식표를 찾기 위해 셔츠 밑을 살폈다. 인식표가 없었다. 인식표는 아마 자신의 것처럼 베를린 병영에 제복들과 함께 있을 것이었다.

그는 바닥에 총을 내버려 두고 일어섰다. 발이 휘청거렸다. 그는 바닥에 대고 엄청나게 구토를 했다. 그것으로 없어지지 않았다. 그 얼굴의 이미지가 머릿속에서 떠나지 않았다. 그는 비틀거리며 집 안의 좁은 통로를 따라갔다. 한편으로는 온기를 찾아가는 행위였으며 또 한편으로는 단순히 그곳에서 벗어나기 위한 행위였다. 침대를 발견하자 그는 외투를 입고 도로 앉았다. 몸이 걷잡을 수 없이 떨렸다. 계단에서 군화들이 터벅거리는 소리가 들려왔다. 그는 정신을 잃었다.

5

그는 러시아 군인 병원으로 옮겨졌다가 신속하게 영국 관할 지역으로 이송되었다. 나중에 알게 된 사실에 의하면 자신의 상사들에게 사건을 보고하며 문제를 야기하고 싶지 않았던 카롭스키가 명령을 내려 이송된 것이었다. 영국 군인 병원에서는 몸에 붙은 정장 옷부터 잘라냈다. 그는 고통의 도가니 속에서 자신의 오른팔이 저렴한 정장의 옅은 줄무늬를 없애버린 피로 얼룩져 검어진 모습을 보았다. 그들은 양 삼각근과 이두근을 깔끔하게 가르고 지나간 자상을 치료했다. 그는 자신의 상처가 심각했지만 생명을 위협할 정도는 아니라고 들었다. 칼이 예리했기에 오히려 다행인 셈이었다. 점차 시간이 지나면 오른팔의 운동성을 온전히 회복할 가능성이 높았지만 아주 긴 회복기를 거칠 예정이었다.

이틀 후, 헌병대 대위가 그를 찾아와 신문했다.

「코트니 대위,」 그가 상냥하게 불렀다. 「저는 크레이그 대위입니다. 이 사건과 관련해 당신을 신문해야겠습니다. 제 의견을 물으신다면 당신 주변으로 불운이 돌고 돌았다고밖에 할 수 없네요.」

「네?」 그가 멍청하게 되물었다.

「국가 관할 지역들을 넘나드는 일을 처리할 때는 문제가 더 생기기 마련이죠. 그러니 이 일을 최대한 깔끔하고 간단히 처리합시다. 네?」

그는 고개를 끄덕였다.

「제가 제안하는 바는, 제가 벌어진 상황을 애기하고 당신이 제 이야기가 정확한지 여부를 확인해 주시는 겁니다. 그래도 괜찮겠죠?」

「좋아요.」

「훌륭하군요.」

크레이그는 단계별로 이틀 전 사건을 풀어 나갔다. 연합국 통제 위원회에서 발행된 명령서를 낭독했다. 카롭스키와의 대화와 지원 인력에 대한 제안도 짚고 넘어갔다. 또 세 명의 적군 군인들이 그들을 보조하도록 위임됐다는 사실을 확인했다.

「그놈들은 무단이탈했기 때문에 호되게 당하겠지요. 최소한 우리 내부 보고서상으로는 말이죠. 그렇다고 우리가 우리의 비난을 러시아 쪽과 공유할 생각은 추호도 없어요. 그러잖아도 상황은 충분히 복잡하니까요. 자, 시간이 촉박해지고 있으니 부디 중요한 부분으로 넘어가도 되겠습니까?」

크레이그는 손에 들고 있는 보고서를 참고했다. 그의 말에 따르면 그 보고서는 러시아의 헌병대가 준비한 것이었다. 영국에는 현장에도, 러시아 수사관들에게도 접근할 권한이 허가되지 않았다.

「저, 그들은 그 아파트에서 발견된 무기들을 목록으로 기록했습니다. 제가 대부분 내용은 짜 맞췄어요. 하지만 사건의 순서가 틀리면 정정해 주십시오. 이 뮐러라는 친구가 당신을 발견하고는 집으로 안내했어요. 당신은 그가 집주인인 줄로 착각했고요. 아마 쾨니히라는 이름이었죠. 자연스러운 일이 었어요. 당신이야 알 수가 없었죠. 당신은 집 안으로 들어갔고 그는 부엌으로 갔어요. 당신네들은 그를 뒤따라갔지요. 그는 카빙 나이프[35]를 서랍에서 꺼내 당신네 둘을 협박했어요. 당신은 그로부터 무기를 빼앗으려고 시도했지만 그가 당신을 칼로 그었어요. 당신은 활동에 제약이 생겼죠. 칼이 어딘가에 달그락거리며 떨어졌고 당신 동료인 한스는 그것을 찾으러 갔어요. 하지만 우리의 뮐러 씨가 자신의 가방을 향해 신속히 달려갔죠. 그리고 보자, 그가 권총을 꺼냈어요. 당신의 통역관은 용기가 가상하지만 약간 멍청한 사람이었는지 그와 몸싸움을 벌였어요. 그러자 그 녀석이 그 통역관을 쏜 뒤 총을 떨구고는 도주했죠. 이 정도면 사실에 어느 정도 부합한다고 보시나요?」

「거의요. 그 총은…….」

「네, 그 총 말이죠. 우리도 그것에 대해 조사를 좀 했어요. 군용으로 지급된 웨블리 권총이었죠. 우리의 기록상으로는 그것이 요크셔 연대에서 복무하는 이등병에게 지급됐다고 나와 있어요. 1945년 4월 빌레펠트에서 분실됐다고 보고됐

---

35 큰 고깃덩어리를 저미는 칼.

고요. 아마 마지막 전투 중에 도난당했을 거예요. 아니, 최소한 우리 기록들에는 이제 그렇게 적혀 있죠. 그러니 우리도 러시아 놈들에게 그렇게 전할 거예요. 그래도 괜찮겠죠?」

「네.」 그가 맥없이 대답했다.

「그럼, 전부 아주 순조롭게 마무리된 거네요. 동료의 일에 대해서는 애석하게 생각합니다. 그래도 피해자가 영국 장교가 아니라 독일 통역관 놈이었으니 다행이에요. 그렇죠?」

6

그는 장례식에 참석했다. 두서없는 수사를 제외하면 이 무미건조한 의례만이 죽음에 대한 유일한 증거였다. 그들 부대는 해체되어 나머지 부대원들은 올더숏으로 보내졌다. 그는 상황만 가능했다면 그들도 장례식에 참여했으리라 생각하는 것이 마음 편했다. 명백하게도 소령은 그것보다 중요한 일이 많은 모양이었다. 신부님이 기록을 하나도 조사해 오지 않아 장례식은 짧게 끝났다. 보아하니 죽은 한스 타우프는 여러모로 수치였나 보다.

그는 자신이 다시 영국으로 보내질지 물었다. 그가 특별히 요청한다면 일이 그렇게 진행될지도 모른다는 답변을 들었다. 라인강 주변을 관할하는 영국군 본부가 바트외인하우젠에 있는데, 그 근처에는 요양 시설도 있었다. 아닙니다. 돌아가지 않아도 괜찮습니다. 영국군 라인 본부에 있는 것으로 만족하겠습니다. 저는 조만간 완벽하게 회복해서 돌아갈 겁니다. 그는 그렇게 말했다.

요양 시설에서 그는 자신의 소지품을 다시금 찾았다. 낡은 여행 가방에서 비 오는 날을 위해 남겨 둔 초콜릿 몇 덩이를 발견했다. 이것도 일종의 비 오는 날이었다. 그는 빠르게 연속으로 초콜릿 세 덩이를 흡입했다. 그런 뒤 화장실로 달려가다 토해 냈다.

그의 진료 기록에 혼란이 있었다. 진료 기록들이 전쟁 중 어느 시점에 전송되는 과정에서 소실된 모양이었다. 그의 인식표를 제복과 함께 놔두고 다닌 것에 대해 담당 의사로부터 핀잔을 들었다. 하지만 나중에 간호병이 어차피 그의 진료 기록에 혈액형이 잘못 기재돼 있었다고 알려 줬다. 「흔히 있는 일이죠.」 간호병이 쾌활하게 말했다. 매일 친숙한 일과들이 반복되며 시간이 흘러갔다. 그의 마음속에서는 일상에 대한 경멸이 자라났다. 아침에는 팔에 생명을 도로 불어넣기 위한 물리 치료 요법이 있었다. 점차 시간이 흐르자 팔이 움직이기 시작했다. 점심은 12시 정각에 먹었다. 오후에 날씨가 좋으면 움직일 수 있는 환자들에게는 건강한 산책이 권장됐다. 비가 오면 모서리가 접힌 책들이 즐비한 도서관에서 시간을 보낼 수 있었다. 저녁때는 실내에서 가능한 게임 판들이 벌어졌다. 퀴즈[36]나 브리지 카드 게임, 또는 설상가상으로 셔레이즈[37] 등이었다. 그는 그것들을 부지런히 피했다.

그에게는 면회자가 없었다. 그의 부하 중 한 명이 올더숏에서 편지를 보냈으나 그는 답장을 보내지 않았다. 그의 선임 장교들은 면회를 가서 병약자이자 실패자와 연결되느니 다른 일에 임하는 것이 낫다는 입장이었다.

주기적으로 그는 군대의 심리 상담사와 만났다. 그들은, 그들이 누군지는 전혀 모르겠지만, 그의 내성적인 태도를 걱정하고 있을 것이었다. 아니면 그냥 평화의 시기에 관례적으로 이루어지는 사치일지도 모르겠다.

「트라우마가 있을 수밖에 없네.」 파슨스가 말했다. 「어이, 자네, 자연스러운 감정이야. 중요한 것은 그것에 휘둘리지 않는 거지.」

「휘둘리지 않아요.」 그가 빠르게 반응했다.

파슨스가 그를 바라봤다. 보아하니 다음으로 할 말을 고민하는 것 같았다.

「좀 암울했겠어. 그렇게 가까이에서 봐야 했던 상황이 말이야.」

「그랬죠.」

「내게 그것에 대해 좀 털어놓고 싶나?」

「별로요.」

36 고리 던지기.
37 동작으로 묘사하여 알아맞히는 스피드 퀴즈의 일종.

「가까웠나? 당신과 이 통역관 사이 말이네.」

「특별히 가깝지는 않았어요. 같이 일하는 사이였죠.」

「같이 어울리기도 했고?」

「그냥 평범할 정도로 어울렸죠.」

「좋은 사람이었나, 그 친구?」

「네, 괜찮은 사람이었어요.」

「그렇군. 당신 입장에선 고통스러웠겠어.」

「선생님께서는 같이 일하던 사람의 얼굴이 코앞에서 총에 맞아 날아가 버리면 기분이 어떻겠어요?」

파슨스는 그 질문을 공정하게 고려해 보는 것처럼 보였다. 「꿈은? 악몽은 없나?」

「없어요.」

「블라이티로 돌아가지 않기로 결정했더군. 그렇지?」

「저는 최대한 빨리 본업으로 돌아가고 싶습니다.」

「그래, 그런 태도를 보여야 잘 풀리지.」

그들의 대화 중 몇 가지는 진부한 길을 따랐다. 파슨스는 그들의 상담 시간이 끝날 때마다 눈썹을 모은 채 메모를 남겼다. 그는 상담실을 벗어나면서 뒤로 문을 조용히 닫고 독서로 돌아가곤 했다. 이렇게 해서 어느 단계에 이르면 파슨스가 그에게 전부 통과했으니 치료를 그만둬도 된다는 평가를 해주리라 생각했다.

그에게 어떤 일을 얼버무리기란 흔한 일이 아니었다. 하지만 그런 그도 목사관에 사는 코트니 목사님과 J. M. P. 코트니 사모님에게 편지를 보내는 일은 최대한 뒤로 미뤘다. 어느 기나긴 6월 저녁, 땅거미가 지기 시작하고 흰털발제비들이 창밖의 어둑해지는 푸른 하늘을 날아다니기 시작할 때였다. 그는 타자기 앞에 앉아 이제까지 받은 걱정이 담긴 몇 편의 편지에 대한 답장을 작성했다. 그는 이제 오른손가락을 어느 정도 쓸 수 있게 됐으며, 이것은 좋은 재활 운동이었다.

〈사랑하는 어머니와 아버지께,〉 그는 편지를 시작했다. 〈이제까지 편지를 보내 드리지 못해 죄송합니다. 감사하게도 제 팔은 좋아지고 있으며 저는 이 괴로운 편지를 쓸 수 있게 됐습니다.〉

그는 다음에 무슨 얘기를 써야 할까 고민했다. 그러다 마침내 내용을 간결하게 유지해야겠다고 결론 내렸다. 그가 일컫는 〈사고〉는 그의 삶을 되돌릴 수 없을 정도로 바꿨다. 어쩌면 그것은 단순히 그가 군 복무를 시작하면서 겪은 변화들을 정형화시켰을 뿐일지도 모른다. 그는 당분간 영국으로 돌아가지 않기로 했다. 옥스퍼드 대학교의 자리로도, 그의 가족들이 사는 집으로도 가지 않기로 했다. 자기 앞에 펼쳐진 미래는 이제 과거와 완전히 달랐다. 당분간 그는 어느 정도 군에 수용된 상태로 남을 계획이었다. 물론 전선 활동은 이제 불가능했지만. 그러다가 그의 운명이 어떻게 흘러갈지 두고 볼 작정이었다. 과거와 깔끔하게 이별하는 것이 어느 모로 보나 최선의 해결책이라고 생각했다. 그래서 그는 더 이상 이들에게 편지를 쓰지 않을 생각이었다. 그들이 그에게 보내는 편지에도 답장을 하지 않을 터였다. 그는 그들에게 자신은 신체도 정신도 모두 온전히 잘 있다고, 또한 이 최종 결정은 온전히 이성적으로 내린 것이라고 알렸다. 이로써 그들이 속상해할 것에는 유감을 표하며 사랑으로 키워 주셔서 감사하다고 전했다.

그는 편지에 들쭉날쭉하고 힘겹게 〈로이〉라고 서명했다. 그러고는 그 종이를 다시 한번 타자기에 삽입해 수기로 편지를 쓰지 못한 점을 사과하는 추신 글을 더했다.

그는 이제 이곳에 신물이 났다. 그래서 파견을 보내 달라고 로비를 했다. 3주 뒤, 그는 브뤼셀에 있는 사무실로 보내졌다. 그곳에서는 전후 유럽에서 연합군의 활동 상태를 성문화하는 작업을 시작하고 있었다.

13장
견뎌 내다

1

그는 자주 깨면서 밤잠을 설치다 병동의 밝은 빛 속에서 온
전히 깨어난다. 그의 주변에서 시끌벅적하게 사무적인 소리
가 들려오지만 그와는 상관없다.

그는 권총이 바닥에서 미끄러지다 멈춘 순간과 세 명의 남
자가 모두 인생의 기로에 이르렀음을 깨달았던 찰나를 생생
히 기억한다. 그가 무기를 향해 돌진할 때 두려움으로 흥분되
어 크게 기뻐하며 가슴이 뛰던 순간을 기억한다. 나머지 다른
두 남자도 그와 같은 행동을 하던 모습도, 다들 충돌하기 직
전에 끝없이 이어질 것 같던 고요도 기억한다. 다른 것들은
거의 기억이 나지 않는다. 그의 머릿속에서는 싸움의 행위가
흐릿하게 이어진다. 칼날이 번뜩이고, 팔에서 통증이 느껴지
고, 그러다 고통이 없어지고, 피가 튀고, 몸들이 충돌하면서
으드득 소리가 나고, 웨블리 권총이 발사되면서 접전하고 있

던 와중에 그 소리가 놀랍도록 크게 들리고. 탕 하고 발사되던 소리가 지금도 그의 머릿속에서 울린다. 하지만 그런 뒤 어떻게 됐더라? 그는 이제 자신이 누군지도 잘 모르겠다.

그는 눈을 뜬다. 병동에서의 소란은 건너편 환자 때문이다. 사람들이 그 환자의 침대 시트를 갈아 주고 있다. 지나치게 극단적인 일은 없으며 감사하게도 그의 침대 쪽을 쳐다보는 사람은 아무도 없다. 그는 다시 생각하기 위해 눈을 감는다. 여기서 조만간 퇴원하고 진짜 삶으로 돌아갈 수 있기를 바란다. 하노버에 있던 사무실은 언제나 지나치게 따분하게 느껴졌다. 지금은 그때가 그립다. 사무실에서 언제나 불을 뿜으며 불만을 표하는 마저리, 그리고 사무직원 삼총사 데릭, 버트, 어니. 그는 미국 PX에서 진짜 커피를 어느 정도 구할 수 있었다. 그들은 그것을 정말 좋아할 것이다. 하지만 그러다 현실감이 되돌아오기 시작한다. 평범한 일상으로 돌아갈 수는 없을 것이다. 그도 왜 그런지는 잘 모르겠다.

그럼에도 불구하고 이 상처만 아물면 그는 여기서 벗어날 것이다. 자세를 바꾸자 통증이 그의 몸을 관통한다. 이상하다. 통증이 팔이 아니라 옆구리에서 느껴지는 것 같다. 생각만 하는 것도 힘이 든다. 피곤하다.

어느 틈엔가 부드러운 목소리가 그의 위에서 들려온다. 「일어나세요, 로이.」목소리가 말한다. 그도 이렇게 대답하고 싶다. 나는 깨어 있다고. 모르겠어? 그냥 눈만 좀 붙이고 싶을 뿐이야. 모든 것이 움직임을 멈추고 존재하기를 멈췄으면 좋겠어. 하지만 목소리는 달콤하다. 버베나 향수 내음도 달콤하다. 그래서 그는 눈을 뜨지 않고는 배길 수가 없다.

그녀가 여기에 있다. 어떻게 이럴 수가 있지? 사랑스럽고 어린…… 아니다. 불가능하다. 그의 머릿속에서 생각이 소용돌이치면서 그는 깨닫는다.

서서히 그의 시야에 초점이 맞춰진다. 아니, 어떻게 자신이 그렇게 멍청할 수 있을까? 나이 든 여자다. 그가 같이 살고 있는 여자. 그녀의 이름이 뭐였더라? 이름을 기억하기란 간단했는데. 최소한 그래 왔는데. 그는 언제나 이름 하나는 잘 외웠으며 그 재능에 자부심을 가져 왔다. 거의 기억이 날랑 말랑한데. 베티다.

그리고 그 이름과 함께 기억의 파편들이 가볍게 떠밀려 돌아온다. 잔디 광장 옆, 마구간을 개조한 작은 시골집. 빈센트. 오 맞다. 빈센트. 여기서 주는 약물들. 그것들 때문일 것이다. 그래서 살짝 상태가 안 좋다. 그것이 다다. 그는 그녀의 손을 잡고 목숨이 걸린 것처럼 꼭 쥔다.

의사가 클립보드를 들고 시야로 들어온다.

「자 그럼, 코트니 씨.」 의사가 부른다.

맞다! 코트니다. 로이 코트니 대위라고 불리기를 정중히 요청한다. 출석 완료.

그런 뒤 모든 것이 제자리를 찾아간다. 세상이 천천히 돌아간다. 행성들이 부드럽게 궤도를 따라 움직인다. 그의 기억은 소리 없이 도로 닻을 내린다. 명료해진다. 그냥 살짝 어지러울 뿐이지. 그는 생각한다.

「코트니 씨, 당신은 끔찍한 낙상을 당했습니다. 늑골 몇 군데에 골절이 생겼죠. 꽤 아플 겁니다.」

왜 저 사람은 이 말을 하는 걸까? 왜 저렇게 크게 말하는 걸까? 늑골이 아프다는 얘기는 굳이 알려 주지 않아도 안다. 하지만 그는 아무 말도 하지 않는다. 자신을 담당하는 저 애송이 남자를 빤히 올려다본다. 길고 헝클어진 머리. 하얀 가운 안에 입은 티셔츠. 면도를 하지 않은 상태. 완전 엉망이다.

「며칠 있으면 완전히 건강해지실 겁니다. 코트니 씨, 완전히 건강해지실 거라고요.」

의사는 격려하는 미소를 보낸다. 로이는 생각한다. 내가 밤사이 무슨 얼간이가 됐나? 그는 기침을 하지만 여전히 말이 없다.

「그리고 그 이후에는 함께 선택을 논의해 봐야겠죠.」

그는 자신이 여전히 베티의 손을 잡고 있다는 사실을 인지하지만 더 세게 잡을 뿐이다. 그가 그녀를 올려다보지만 그녀는 의사를 바라보고 있다.

「면회가 끝나시면 저와 얘기를 나누는 것이 좋을 것 같군요, 코트니 부인.」

「저는 코트니 부인이 아니랍니다.」 베티가 부끄러운 미소를 보이며 말한다. 「그냥 친구일 뿐이에요.」

「정말 죄송합니다.」젊은 남자가 말한다. 「부디 양해해 주세요. 제가 잘못 짐작했군요.」

그의 사과는 정말 진실하다고 믿을 수 있을 정도다. 베티는 믿는 모양새다.

의사는 손을 가운 주머니에 넣은 채 트레이닝복 차림으로 떠나간다.

「몸은 좀 어때요?」베티가 묻는다.

의사의 말을 못 들은 건가? 끔찍해. 고통스럽다고. 하지만 그는 미소를 지으며 말한다. 「괜찮아요. 조금 어지러울 뿐이에요.」

「그간 당신이 과로했나 보네요.」

「어떤 과로요?」

「그 모든 돈 문제도 그렇고 빈센트도 그렇고요.」

「오, 아니에요.」그는 단호하게 말한다. 「조금 아플 뿐이에요. 무슨 바이러스에 걸렸는지도 모르고요. 금방 털고 일어날 거예요.」

「저는 걱정돼요. 서두르시면 안 돼요.」

「내 걱정은 하들 마세요.」그가 말한다. 「후딱 집에 돌아갈게요.」그가 그녀를 올려다본다.

「겁이 나더라고요.」그녀가 말한다.

「그랬겠지요. 꽤나 큰 사고였나 보군요.」

「응급대원들은 훌륭했어요. 현장에 몇 분 안에 나타나 상황을 지휘했죠.」

「그렇군요. 참, 그런데 빈센트와 연락할 수 있겠어요? 그도 내 상황을 알고 싶어 할 거라고 생각해요. 그리고 내가 얼마나 오래 입원해 있어야 하는지에 따라 그가 내게 직접 들르고 싶어 할지도 모르고요.」

「알겠어요. 내게 그의 연락처가 있나요?」

「스티븐이 갖고 있을 것 같아요. 그렇지 않다면 빈센트가 당신에게 준 서류에 있을 거예요.」

「알겠어요.」

「베티?」

「네, 로이?」

「저들이 나를 양로원으로 보내지 않게 해줘요, 제발요.」

「로이, 대체 무슨 말을 하고 있는 거예요? 누가 양로원 얘기를 꺼냈다고요?」

「그냥 상황이 요상하게 돌아가는 것 같아서요. 나는 곧 괜찮아질 거예요. 그러니 저들이 나를 그런 곳에 보내게 두지 말아 줘요.」

「말도 안 되는 소리 마세요.」 그녀가 미소를 지으며 말했다. 「당신은 눈 깜짝할 사이 다시 우리 집에 돌아가 있을 거예요.」

2

「면회 후에 의사 양반이 잠깐 얘기하자고 하더라고.」베티가 스티븐에게 알려 준다. 「그 양반은 로이가 퇴원한 뒤 우리가 〈다른 선택〉을 고려해 볼 것을 제안했어.」

「예를 들어 어떤 것을요?」스티븐이 묻는다.

「완곡하게 표현한 말이 뻔하지 않아? 무슨 〈행복 동산〉 같은 이름이 붙은 절박한 시설이겠지. 의사는 사회 복지사들이 그에게 필요한 것들을 평가해 주길 바라고 있어. 물론 로이가 그런 걸 조금도 원하지 않는다는 사실은 놀랍지도 않지. 그도 파멸의 길이 보이는 거겠지.」

「그 제안을 좀 진지하게 고려해 보실 필요가 있는 것 같아요. 어쨌든 진단명은 뭐예요?」

「늑골 몇 개가 골절됐대. 고통스럽겠지만 그는 회복할 거야. 그들은 그가 쓰러진 원인이 고혈압 때문일 거라고 결론을 냈어. 불안감 때문에 혈압이 높아졌을 거야. 그는 심장 질환이 있어서 약으로 관리 중이었거든. 이번에 그 약의 용량도 배가됐어.」

「불안감요?」

「응, 아마도 빈센트와 돈에 대한 스트레스 때문이었겠지.」

「우리는 그의 스트레스 지수를 높일 만한 일을 하나도 벌이지 않았는데요. 일이 전부 놀라울 정도로 순탄하게 풀리고 있

잖아요. 게다가 그는 뭐라고 표현해도 절대 당황하는 사람이
아니고요.」

「나도 안다. 하지만 그는 정말 나이를 많이 먹었어. 너도 그
점을 유념해야 해. 나처럼. 보기보다 더 약할 거야.」

「양로원이라는 선택을 고려해 보는 것이 좋겠어요.」

「첫 번에 알아들었으니 다시 얘기할 필요 없어. 병원에서
그의 인지 검사를 했더라고. 치매 기미가 있나 보더라. 쓰러
지고 나서 분별력이 떨어졌거든. 검사 결과가 완전히 결정적
이진 않아. 검사를 더 해야 한대. 하지만 병이 나타나는 단계
일 수도 있다고 하더라고. 발병이 확정되면 그의 나이를 고려
할 때 병이 온전히 발현되는 과정도 꽤 빠를 거라 하고.」

「어느 정도로 빠를 거래요?」

「아마 몇 개월 정도로 잡는 것 같아. 어쩌면 1~2년이 될 수
도 있고. 아니면 몇 주일 수도 있고.」

「그럼 결론이 난 것 아닌가요? 그 짐을 베티 할머니께서 다
짊어질 수는 없잖아요. 그를 마땅한 요양 시설로 보내야 해
요. 그런 다음 그와의 관계를 정리하고요.」

「정말 치매라면 초기 단계는 별로 문제가 되지 않을 거야.」
베티는 감정 없이 말한다. 「정신이 멀쩡한 시간들도 길 거야.
시간이 지나면서 혼란이 증가하겠지. 의사들은 그것을 추적
관찰할 거야. 그리고 양로원이라는 선택은 나중에 언제라도
할 수 있는 거니까.」

「하지만 왜요? 그냥 다 내려놓으세요.」

「내가 이기적인 것일 수도 있겠지만 나는 그럴 수가 없단다. 내려놓을 수가 없어. 아직은 안 돼. 이 일을 붙잡고 있어야겠어. 겁내지 않을 거야. 그가 퇴원하면 너도 알다시피 우리는 이 짓을 단 몇 주만 더 하면 돼. 그가 사고 당하기 직전에 내게 우리 집 안방을 같이 쓰자고 제안하더라. 그게 믿어지니?」

「그래서 뭐라고 하셨어요?」스티븐이 조용히 묻는다.

「뭐라고 했겠어? 그냥 웃어넘겼지. 어쩌면 〈행복 동산〉에서 2인실을 같이 잡는 것도 생각해 볼 필요가 있겠어.」

스티븐은 명백하게도 그녀의 유머에 공감하지 못한다.

「우리는 사랑에 대해 말했어.」그녀가 말한다. 「아니, 최소한 나는 그랬지.」

「사랑요?」

「응. 사실, 어쩌다 나온 말이었지. 그냥 무슨 말이라도 하려다 보니 그랬어. 내가 단지 그의 생활 언어에 사랑이라는 단어가 존재하지 않는 것 같다고 말했을 뿐이야.」

「살짝 부적절했다고 생각하진 않으세요? 그에게 사랑에 관해 논하다니요!」

「제럴드가 말하는 줄 알겠네.」

「죄송해요. 그냥 좀 위험 부담이 있어 보여서요. 그리고 잠깐 그의 편을 들자면 80대에 접어든 수많은 남자 중 그 질문에 쉽게 대답할 수 있는 사람은 별로 없을 거예요.」

「그렇지. 질문을 받은 그도 좀 헤맸어. 어쨌든 나는 위험에 대해서는 별로 신경 쓰지 않는단다. 이 모험 자체가 하나의 거대한 위험 부담이잖니. 게다가 그가 그렇게 불편해하는 모습을 지켜보는 것도 꽤 재미있어. 언제나 확신으로 사는 남자니까. 어쩌면 방금 벌어진 상황을 고려했을 때 내가 좀 잔인했던 것일 수도 있겠지. 그렇다고 내 입장이 달라지는 것은 아니지만. 그 대화는 금방 끝났어.」

베티는 차를 따른다.

「저는 그냥…….」

「응?」

「베티 할머니가 걱정돼서 그렇죠.」

「괜찮아. 모든 일이 온전히 내 통제하에 있으니까.」

「저도 알아요. 하지만 걱정은 되는걸요. 이건 떠맡기에 엄청난 일이니까요. 게다가 그와 신체적으로 이렇게까지 가까이 지내시는 것도요. 저는 일이 안 좋게 끝날까 봐 걱정돼요.」

「네 걱정이 굉장히 고맙구나, 스티븐. 네가 그 자리에서…… 소위 요새 말로 말하자면 〈뒤를 봐준다〉라는 표현이었지 아마? 그렇게 내 뒤를 봐주고 있다는 사실을 안다는 것만으로도 엄청난 차이가 있단다. 하지만 나는 그를 견뎌 낼 수 있어. 정말이야.」

「저는 베티 할머니를 너무나 존경해요. 그래서 그가 할머니를 다치게 할 수도 있다는 생각만 해도 속이 뒤집혀요.」

「오, 스티븐, 그는 나를 다치게 할 수 없어. 나도 꽤 강단이 있단다. 게다가 내 젊은 시절에 어느 정도 경험을 쌓긴 했지만, 그렇다고 내가 네 과찬을 특별히 받을 만하다고 생각되지도 않는구나. 나는 그냥 아주 평범한 사람이란다.」

「그렇지 않으세요.」

「아니, 그래.」 그녀는 고집했다. 그들은 말이 없어졌다.

「하지만 고마워.」 그녀가 마침내 인사한다. 「너는 내게 정말 많은 도움을 줬단다. 게다가 이렇게 말하는 것이 실례일지 모르겠지만 너는 내게 좋은 친구이기도 했어. 내가 이 모든 것을 실행할 수 있게 만들어 준 것이 바로 너였단다. 네 도움이 있으니 나는 그를 감당할 수 있어.」

3

「무엇을 가져와야 할지 모르겠더라고.」 빈센트가 웅얼거린다. 「포도를 사올까 생각했어. 아니면 뭔가…….」

「나는 포도를 몹시 싫어해.」 로이가 말한다.

「그것은 몰랐네.」

「벨스 스카치 위스키 반병도 좋겠지. 내 베개 밑에 넣어 놓을 수 있게 말이야.」

「어쨌든, 이것들을 가져왔어.」 빈센트는 로이에게 한 상자의 값싼 초콜릿이 담긴 갈색 종이봉투를 준다. 로이는 그것을 말없이 받아들인 뒤 침대 옆 탁자에 올려놓는다.

「우리 일이 여전히 제대로 진행되고 있는지 확인하고 싶었어.」로이가 말한다.

「지금 농담하는 거지? 일을 전부 보류시키자고 할 줄 알았는데. 상황이 더 확실해질 때까지.」

「그 말인즉슨 내가 여기서 나설 때 관에 실릴지 안 실릴지 확실해질 때까지라는 말이지.」

빈센트는 그를 쳐다보며 그의 추측을 부정하지 않는다.

「아냐.」로이가 말한다. 「내가 활동을 못 하게 되려면 한 번 쓰러지는 것 가지고는 택도 없지. 멍이 들고 몸이 쑤시긴 하지만 이것에 지지 않아. 다운되긴 했어도 KO당하진 않았다고. 금방 집으로 돌아갈 거야. 나로선 최대한으로 달리자는 입장이야.」

「확실해? 내 말은…….」

「왜? 빈센트, 너 갑자기 겁이라도 나는 거야? 베티가 네게 속눈썹을 깜빡이며 아양이라도 떨었어? 너 정신이 살짝 나간 거야?」

「아니, 그런 것은 전혀 아니야.」빈센트가 불같이 화를 내며 말한다. 「꼭 알아야겠다면 그냥 당신의 뒤를 걱정해 주느라 그러는 거라고.」

「그것은 진심으로 고맙군. 하지만 그럴 필요 없어. 나는 몇 년간 충분히 잘 대처해 왔어.」

「로이, 이건 미친 짓이야. 그녀를 대상으로 사기를 치는 것은 자살 행위라고. 그와 비슷한 것이든가. 거기에 당신 살림도 깔끔하게 잘 차려 놨잖아. 그녀가 당신을 돌봐 주고. 당신에게 지금 필요한 건 더 많은 돈이 아니라 그런 거라고.」

로이가 웃음을 터뜨린다. 「너 다른 생각이 드는구나, 그렇지? 너답지 않군. 내가 이 모든 일의 한복판에서 뎌져 버려 네가 뒤처리해야 할 난장판을 만들어 놓을 것 같아? 나는 이것이 네게 더 유리하다고 생각했는데. 베티는 계약을 파기할 성향의 사람이 아니야. 내 위험 부담금도 네 뒷주머니에 챙길 수 있을 거야. 너는 수익을 많이 얻을 거고 그다음에 할 일은 깔끔하게 자취를 감추는 것뿐이잖아.」

「아니, 그게 아니야, 로이. 이건 미친 짓이라고. 대체 왜 이 짓을 하는 거야?」

「전에도 말했잖아. 이게 내가 하는 일이라고.」

「그것만으로는 이유가 안 돼, 로이. 그녀를 망치고 당신 자신도 망칠 거라고.」

「그것만으로도 이유는 충분해.」 로이가 날카롭게 말한다. 「내가 내 입장을 네게 설명할 의무는 없어. 너는 입 닥치고 내가 원하는 일을 하도록 충분한 보수를 받고 있잖아. 아니면 노리는 것이 그거야? 이것이 우리가 함께할 마지막 건이라고 생각해서 더 많이 뜯어 가려는 심사야? 얼마를 원하는데? 60퍼센트? 70퍼센트?」

빈센트는 고개를 절레절레 흔든다. 「아니야, 그게 아니라고. 나는 그냥 당신이 이 일을 하면 안 된다고 생각해.」

「그럼 이 일에서 빠지겠단 말이야? 정말 그렇다면 미리 말해 주는 정도의 예의는 지킬 수 있었잖아. 말하건대 나만 난장판에 남게 될 테니까.」

「아니야, 로이. 나는 여전히 함께할 거야. 당신이 확실히 원하는 것이 이거라면 말이지. 그냥 당신이 원한다면 이 건에서 철수할 시간이 아직 있다고 말한 거야. 악감정은 없어. 이제까지 내가 한 일에 대해 보수를 받을 생각도 없고. 나는 우리가 이 일에서 손을 떼면 더 좋을 것 같아서 그래.」

로이는 침대에서 긴장을 이완하며 더 침착한 어투로 말한다. 「아니, 우리는 이 건을 끝까지 붙잡고 늘어질 거야. 씁쓸한 끝을 볼 때까지. 이봐, 빈센트, 이게 내 삶이야. 이리저리 빠져나가고 계략을 짜는 것이. 이게 나야. 그리고 이게 너고. 그건 우리 둘 다 알고 있어. 빈센트, 나는 너를 반응하게 만드는 것이 뭔지 알아. 아니, 때가 되면 나는 어떤 탐욕스러운 대상이 멍청한 짓을 하도록 설득하면서 현장에서 죽을 거야. 어쩌면 그것이 이번 대상일 수도 있지. 다음 대상일 수도 있고. 자, 이제 우리 할 일을 해도 될까?」

14장
1938년 12월
머나먼 나라

1

베를린에 벌써 눈이 찾아왔다. 스텝 지대 너머의 차디찬 바람이 몰고 온 것이었다. 콘라트 타우프와 그의 아들은 맹수의 이빨처럼 사나운 눈보라 속에서 거리를 행진했다. 대화는 불가능했다. 단지 비장한 결의로 전진할 뿐이었다.

타우프가 초인종을 울렸다. 그런 뒤, 장갑을 벗어 벽돌에 대고 쳤다. 장갑에 남아 있는 눈을 털어내기 위해서였다. 한스는 그를 따라 하고는 잿빛 하늘을 올려다봤다. 굵은 눈송이들이 떨어지다 바람에 붙잡혀 사납게 회오리쳤다. 그것은 혼돈과 닮아 있었다.

하인 하나가 문을 열더니 말없이 그들을 안으로 맞아들였다. 그들은 조심스럽게 외투를 벗었다. 그리고 그들의 작은 아파트 안방에 깔린 카펫만 한 도어 매트에 발을 쿵쿵 쳐댔다. 눈과 물의 흔적이 도어 매트에 후드득 떨어졌다. 한스는 몸을 떨었다. 온기 덕분에 밖이 얼마나 추웠는지 새삼 느껴졌기 때문이다.

그들은 어디로 가야 하는지 알고 있었다. 하인은 그들의 외투를 챙긴 채 고개를 까딱하며 인사를 남기고 떠났다. 바람과 눈, 그리고 어둠침침한 도시에서의 번잡함으로부터 떨어진 이곳은 조용했다. 묘하게 매력적으로 차분했다. 들려오는 것은 집 안 저 멀리 어디에선가 나는 속삭임뿐이었다. 저녁에 있을 크리스마스 무도회를 준비하는 소리였다. 그 무도회에는 한스도, 그의 부모님도 초대받지 못했다. 그러니 슈뢰더와의 만남은 짧을 것이었다.

그들은 계단을 올라 슈뢰더의 서재로 향했다.

「아, 환영합니다.」슈뢰더가 인사했다. 「콘라트, 잘 지냈나요? 한스도? 밖이 춥죠. 커피 한 잔 마시겠어요? 아니면 슈냅스[38]라도?」

「그럼 작은 잔으로 한 잔 부탁드릴게요.」타우프가 말했다.

슈뢰더가 찬장에서 술병과 잔을 찾았다. 「이곳은 혼돈 그 자체입니다. 오늘 저녁에 있을 파티 때문이지요. 마그다는 제정신이 아니에요. 그녀는 그것에서 활기를 얻죠. 초대하지 않아서 죄송합니다. 그게 나을 거라고 생각해서 그랬어요.」그는 그것을 아무렇지 않게 말했다.

「괜찮습니다, 이해해요. 어차피 저희가 어울릴 종류의 행

---

38 과일로 만든 브랜디.

사는 아닐 듯싶네요.」

「저 또한 같은 입장입니다.」 슈뢰더가 미소를 지으며 말했다. 「하지만 저는 의무적으로 참여해야 하지요. 당신도 알다시피 그 끔찍한 나치 놈들은 한 명도 초대하지 않았지만 그래도 우리의 관계는 주목을 피하는 것이 최선이라고 생각되는군요. 우리 둘 모두의 안위를 위해서요. 레나테는 잘 지내나요?」

「네, 언제나처럼 아주 바쁘죠.」

「그럼, 꼬마 한스야, 너는 이제 몇 살이니?」

「열네 살입니다, 선생님.」

「한스, 너도 우리와 함께 슈냅스 한 잔 즐기는 것은 어떻겠니? 아버지께서 허락하신다면 말이다.」

「아니요, 선생님. 저는 괜찮습니다, 선생님.」

「한스, 함께해도 된다. 네가 원한다면.」 그의 아버지가 말했다.

「아니에요, 아버지. 저는 그 맛이 별로일 것 같아요.」

「참 합리적인 젊은이네.」 슈뢰더가 미소를 지으며 말했다. 「악마의 음료는 최대한 오랫동안 피하는 것이 좋단다. 너를 위한 걸 부엌에 주문해 두마. 뭐가 좋겠니? 집 안 어딘가에 초콜릿 케이크가 좀 있을 텐데.」

「괜찮습니다, 선생님. 저는 배가 고프지도 목이 마르지도 않아요.」

두 남자는 활활 타오르는 난로 앞에서 서로 마주 보는 가죽 소파에 음료를 들고 앉았다. 한스는 계속 서 있었다. 그의 손에는 모자가 들려 있었으며 그의 신발은 계속 눈 녹은 물을 카펫에 떨구고 있었다.

「자, 그럼 콘라트, 가장 최근 소식은 뭔가?」

한스는 이 방에 매료됐다. 벽들은 바닥에서 천장까지 비싸 보이는 짙은 적갈색 책장들로 둘러져 있었다. 그리고 선반마다 책이 가득했다. 책장들과 어우러지는 작은 사다리도 있었다. 용도는 가장 꼭대기 칸의 책들을 꺼내는 것이었다. 그의 침대만 한 크고 묵직한 책상이 창문 앞에 방 안을 바라보도록 놓여 있었다. 책상 위는 온갖 종이로 뒤덮여 있었다. 그 종이들은 차곡차곡 쌓여 깔끔하게 정리돼 있었다. 한스는 상상했다. 그 종이 더미들은 각각 슈뢰더 씨 기업 왕국의 일면을 다루고 있으리라. 호기심과 대담함에도 불구하고 그는 그 서류들을 살필 정도의 무모함은 없었다. 그에게 기회가 있었더라도 그건 마찬가지였다. 방은 구획별로 불이 켜져 있었다. 커다란 램프 등이 책상의 표면에 불빛을 비추었다. 책장에 달린 은밀한 조명들은 책장 사이에서 위치 파악을 돕는 용도였다. 그리고 두 대의 묵직한 금속 플로어 램프가 소파 뒤에 각각 하나씩 설치돼 있어 맹렬하고 밝은 빛을 발했다. 이곳이야말로 그가 은신처로서 원하는 유형의 공간이었다.

두 남자는 자신들의 일에 대한 논의가 급해서 명백하게도 한스의 존재를 잊은 모양이었다.

「전쟁은 무조건 발발할 거예요.」슈뢰더가 말하고 있었다.

「다들 그렇게 생각하고 있지요.」그의 아버지가 응답했다.

「아니요, 제 말은 저들이 준비가 끝나는 대로 전쟁을 일으킬 의도가 확고하다는 거예요.」

「선생님께서 그걸 어떻게 아시죠?」

「라벤슈타인을 통해서요. 우리가 그에게 돈을 대주고 있거든요. 그가 엄밀히 말해 우리의 동조자는 아니지만 그렇다고 엄밀히 말해 동정심이 없는 사람도 아니거든요. 그는 슈피어 씨의 개인적인 친구예요. 그는 앞으로 6개월 동안 생산량을 늘리라는 요청을 받았어요. 내년까지 이어질 분쟁에 대한 준비 목적으로 특별히 받은 요청이었어요. 히틀러가 갈등을 촉발시킬 일종의 구실을 만들 거라더군요. 아마도 그 구실은 단치히일 거고요. 당신의 비밀 연줄들에게 알려도 됩니다.」

「그럼 외교적인 노력들은요? 그리고 영국의 유화 정책은요?」

「라벤슈타인 말로는 이것이 히틀러답다고 하네요. 그는 체임벌린을 이용하기 좋은 멍청이로 여기고 있어요. 영국에도 몇 개월간 시간적 여유를 가져다주겠지만 우리 기술들을 날카롭게 벼릴 수 있는 시간 또한 확보해 줄 거예요. 히틀러는 체임벌린이 그의 계획에 영향을 끼치게 놔두지 않을 겁니다. 영국은 결국 전혀 도움이 안 돼요. 그래도 콘라트, 요는 그래서 우리가 무엇을 할 수 있느냐 하는 거예요. 유대인들을 향한 잔학 행위들은 증가할 걸로 예상돼요. 라벤슈타인의 말에 따르면 강제 수용소 프로그램 개발 계획들이 아주 잘 착수됐대요. 또한 그들은 유대인들을 동독으로 대거 강제 이주시킬 것도 고려하고 있답니다. 군국화가 된 마당이니 우리는 지옥으로 가는 길을 멈출 수가 없겠어요. 지금이야말로 당신과 당신 친구들이 행동할 순간입니다.」

「알베르트, 질문은 언제나처럼 여전히 같아요. 정확히 어떻게 행동하라는 겁니까? 우리에게는 아무런 군 조직도 없어요. 게다가 돈도, 무기도, 전문 지식도 없죠. 우리는 학살될 거예요. 저는 기자예요, 정치인이 아니고. 하물며 지도자도 아니죠. 저는 무엇을 해야 하는지 전혀 모르겠어요. 공장들에 불안의 씨를 뿌리기엔 너무 늦었어요. 공장 사람들은 애국적 열정으로 그득한걸요.」

「나라 밖에 있는 당신의 친구들은요?」

「알베르트, 저는 진보주의자예요. 그리고 제게도 인맥들이 있죠. 하지만 영국과 그 동맹국들요? 그들은 이성을 유지하기에 전적으로 너무 늦을 때까지도 그저 심사숙고하고 합리적으로 굴 거예요. 사실 이미 너무 늦었지만 그들은 그걸 모르죠. 단지 주데텐란트[39]가 먼 나라라고만 생각해요. 게다가

---

39 당시 체코슬로바키아 서부 지역으로 1938년 뮌헨 협정에 의해 독일에 합병되었다.

그들은 폴란드와 체코슬로바키아도 똑같이 여길 거예요. 또 상황이 닥치면 프랑스와 네덜란드도 똑같이 여길 거고요. 그들은 우리가 그들의 이해관계에 개입하지 않는 이상 우리 모두 아주 멀리 있는 존재라고 생각해요. 그리고 우리가 정작 그들의 이해관계에 개입하는 순간에는 이미 행동하기에 너무 늦을 거고요.」

「그럼 우리가 할 수 있는 것부터 해야겠네요.」

「저도 동의해요. 어떤 일을 계획하시나요?」

「다음 몇 년간 유대인들이 가장 많은 고통을 받을 겁니다. 그들은 오늘날보다도 더 피해를 많이 볼 거예요. 저는 앞으로 벌어질 일들을 생각하면 치가 떨려요. 우리가 유대인이었다면 마찬가지 상황이었을 거예요. 그냥 그렇게 태어났을 뿐인데, 그냥 종교가 다를 뿐인데 생기는 일이라고요.」

「그래서요?」

「그러니 우리는 그들을 구할 방도를 마련해야 해요.」슈뢰더가 말했다. 「그들이 최대한 많이 탈출할 수 있게 하는 방도요. 자금이라면 제가 준비할게요. 아주 많은 자금을요. 하지만 실질적인 세부 사항은 당신이 나라 밖에 있는 당신 친구들과 함께 만들어 나가야 할 겁니다.」

콘라트가 말을 멈추고 한스 쪽을 쳐다봤다.

「한스,」그가 말했다. 「미안하구나. 네가 거기 있다는 걸 잊어버렸어. 우리의 정치적인 대화로 너를 지루하게 만들었구

나. 이제 나가 봐도 된다.」

「한스,」슈뢰더가 불렀다. 「가서 우리 딸들을 찾아보지 그
러니? 걔들도 집 안 어딘가에 있을 테니 말이다.」슈뢰더가 일
어섰다. 그는 서재의 문을 닫기 전에 한스가 통로를 따라 내
려가는 모습을 지켜봤다. 한스는 그의 시선을 느꼈다.

그는 통로를 따라 터벅터벅 걸었다. 그러면서 시험 삼아 뛰
며 자신의 발이 소리를 죽이며 안락하게 털이 긴 카펫에 파고
드는 느낌을 즐겼다. 저 멀리서 하인들이 빠르게 돌아다니는
소리와 가구들이 옮겨지는 소리, 식기류와 그릇들이 식탁에
놓이는 소리 등이 났으나 위에서는 조용했다. 그는 문을 하나
열었다가 또 하나를 열었다. 하지만 아무도 없었다. 그는 격
식을 차린 응접실을, 그리고 그 이후에는 넓은 복도의 반대편
에 자리한 작고 아늑한 방을 살폈다. 밖에서는 눈이 엄청 많
이 내리고 있었다.

마침내 한 침실 문 뒤에서 흥분한 목소리들이 들려왔다. 한
스는 문을 천천히 열었다. 그들이 거기에 있었다. 세 명의 누
나가.

샤를로테가 기뻐하며 깔깔댔다. 「오, 우리 꼬맹이 한지[40]잖
아. 어서 들어와, 어서.」

한때는 그들의 꼬맹이 한지인 것이 좋았다. 그들의 향기로
운 존재를 접할 수만 있다면 무엇이든 견딜 수 있었다. 하지

40 한스를 귀엽게 부르는 애칭.

만 이제는 꼬맹이라고 불리는 것이 억울했다. 그는 그들 중 어느 누구보다 키가 컸으며 힘도 훨씬 셌다. 그들이 그를 놀리고 있다는 느낌에 기분이 더욱 안 좋았다.

그럼에도 불구하고 그는 들어갔다. 샤를로테는 셋 중 둘째로 열여덟 살인데, 한스가 보기에는 가장 변덕스러웠다. 또한 그가 생각하기에 가장 예쁜 누나도, 그가 가장 키스를 하고 싶은 누나도 그녀였다. 그녀의 입술은 빨갛고 도톰한 입술은 잘 여문 과일 같았다. 하지만 셋 중 누구와도 키스할 수 있다면 한스는 만족스러울 것이었다. 장녀인 하넬로레는 다른 두 자매보다 훨씬 더 진지했다. 그녀는 이미 아버지 공장에서 일을 시작했다. 아넬리제는 한스보다 세 살 많았지만 그의 눈에는 그냥 너무 어렸다. 그녀는 마냥 한참 미성숙했다.

이 소녀들 모두 야망도 지성도 갖추지 못했다. 그들은 전부 경박했으며 그는 경박함에 익숙하지 않았다. 그의 아버지와 어머니는 진지하고 배려심이 많았으며 그 또한 그렇게 되라고 격려했다. 이 가족 안에서는 가장 막내인 릴리가 공부파일 것이었다.

「한지, 우리는 오늘 밤 파티에 입을 드레스를 입어 보고 있었단다.」아넬리제가 일부러 수줍은 척하면서 말했다. 「너도 드레스 볼래?」

「어, 응.」한스는 얼굴을 붉히며 말했다. 「그래도 좋을 것 같은데.」

그들이 모두 웃었다. 「오, 우리 한지.」 샤를로테가 말했다. 「너도 오늘 밤 무도회에 올 거니? 네가 우리 왕자님이 되어 줄 거야?」

「어, 아니. 나는 안 갈 건데.」

「그만 놀려, 샤를로테.」 하넬로레가 말렸다. 「한지, 아버지와 같이 온 거니?」

「응.」

「나는 정말 아빠가 빨리 일을 그만하셨으면 좋겠는데.」 아넬리제가 말했다. 「아빠도 준비하셔야 하잖아.」

방에서 깨끗한 비누의 냄새와 그들 모두의 향기가 났다. 한스는 거의 몸이 배배 꼬일 정도로 부끄러웠다. 그럼에도 불구하고 이 자리에 있다는 것이 기뻤다. 모든 것이 밝아 눈이 부셨다. 그는 손을 뻗어 그들 중 한 명을 만지고 싶었다. 그들 중 한 명이 그를 만진다면 더할 나위 없었다.

「너 좀 덥지 않니, 한지?」 샤를로테가 물었다. 「아넬리제, 이 안이 덥지 않아?」

「맞아.」 그녀의 여동생이 대답했다. 「너무 흥분돼.」

「하넬로레 언니, 언니의 중위님이 오늘 밤 이곳에 왔으면 좋겠어?」

「글쎄, 그가 초대를 받아들이긴 했는데.」

두 여동생이 동시에 깔깔 웃었다.

「그가 친구들도 좀 데려왔으면 좋겠다.」 아넬리제가 말했다.

그들은 한스가 그 자리에 없는 것처럼 수다를 떨었다. 그도 그런 태도에 괘념치 않았다. 오히려 자신이 투명인간이 되어 그 자리에 언제나 있을 수 있었으면 좋겠다고 생각했다. 그들을 지켜보기 위해. 여기는 샤를로테의 방이었다. 한스는 그녀가 오늘 밤을 위해 준비하는 과정을 지켜보고 싶었다. 또 그녀가 돌아왔을 때, 거울 앞에서 조심스럽게 화장을 지우고 어두운 머리칼을 흔들어 풀고 드레스를 벗을 때 옆에 있고 싶었다. 그녀가 속옷을 벗는 모습과 그녀의 풍만한 가슴이 속박에서 풀리는 모습을 보고 싶었다. 그녀가 속바지를 벗는 모습을 보고 싶었다. 그리고 그 밑에 자리한 부위의 모습과 향내, 그리고 맛과 느낌을 음미하고 싶었다.

한스는 뻐근함을, 딱딱해지는 욕망을 느꼈다. 그들이 자신의 상태를 알아챌까 봐 감히 움직일 수가 없었다. 그들은 웃으며 크게 떠들고 그의 주변에서 움직였다. 그러는 동안 그는 침대 가장자리에 다소곳이 앉아 있었다.

「미안.」의문을 품은 하넬로레의 눈과 마주쳤다는 사실을 자각한 한스는 사과했다. 「누나, 뭐라고 했어?」

「한지가 또 몽상에 젖었나 봐.」하넬로레가 웃으며 말했다. 「너도 우리가 드레스 입은 모습을 보고 싶으냐고 물었어.」

「어, 응.」그가 대답했다.

「그래, 그럼. 우리가 준비하는 동안 밖에서 몇 분 있어야 할

348

거야. 그럼 나가 봐. 밖으로.」

하넬로레는 한스를 씩씩하게 문밖으로 밀어냈다. 거기에서 그는 순종적으로 기다렸다. 감히 열쇠구멍 사이로 안을 염탐하지 않았다. 단지 뻣뻣하게 가만히 서 있었다.

마침내 문이 다시 열렸으며 아넬리제가 문밖으로 고개를 내밀었다.

「패션쇼 시작.」아넬리제가 외치고는 문을 활짝 열었다.

한스가 방 안으로 들어가자 소녀들이 차례대로 그의 앞에서 자태를 뽐내며 걸었다. 그렇게 돌고, 미소를 짓고, 포즈를 취하며 그의 쪽으로 키스를 날렸다. 그는 크게 감동했으나 무표정이었다. 그들이 방 안을 바라보도록 돌려 놓은 화장대 의자에 앉아 속으로 침만 삼켰다. 아넬리제가 그의 다리를 가볍게 건드렸다. 그러자 그는 그녀의 손이 그를 스치고 지나간 자리를 뚫어지게 쳐다봤다. 향수와 여자 내음에 그는 흥분되기 시작했다. 하넬로레가 그의 머리를 쓰다듬자 그는 얼빠진 미소를 지었다. 소녀들이 함께 춤을 추고 있는데 아넬리제가 한스에게 손을 뻗었다. 그는 일어섰다. 그녀가 그를 자기 쪽으로 끌고 왔다. 그는 손을 그녀의 허리에 부드럽게 올려야 한다는 것을 알았지만 그 이상은 무지했다. 그녀는 그를 마치 거미줄로 묶어 놓은 것처럼 데리고 다니며 우아하게 움직였다. 그는 한껏 열심히 그녀의 리드를 따르며 쿵쾅거렸다.

하넬로레가 웃음을 터뜨리며 손뼉을 쳤다. 「아빠가 우리에게도 아빠의 샴페인을 좀 마셔도 된다고 허락해 주셨으면 좋겠다.」그녀가 말했다.

한스도 이유 없이 깔깔 웃었다.

샤를로테가 한숨을 내쉬며 자신의 몸을 다시 침대 위로 날렸다. 그녀의 널찍한 드레스가 위로 펼쳐졌다. 한스는 그녀의 레이스 속치마를 볼 수 있었다. 그는 시선을 돌리지 않았다. 잠시, 정말 한순간, 그녀의 속바지가 보였다.

무의식적으로 한스는 춤추기를 멈췄다. 그는 아넬리제를 자신에게로 가까이 끌어오면서 여전히 샤를로테를 바라봤다. 아넬리제가 저항했지만 그는 힘이 센 청년이었다. 그녀의 허벅지가 그의 딱딱하게 선 부위에 닿는 것이 느껴졌다. 그 느낌이 좋았다.

「하지 마.」아넬리제가 크게 외쳤다. 「한스, 안 돼. 내 드레스가 구겨지잖아.」

한스가 아넬리제를 풀어 주자 그녀는 황급히 그에게서 떨어졌다. 방에 침묵이 돌았다. 세 소녀 모두 그를 쳐다봤다. 그 상호적 행동의 온전한 의미가 모두에게 명백해졌다.

결국 하넬로레가 억지로 쾌활함을 흉내 내며 입을 열었다. 「한스, 우리는 이제 오늘 밤을 위한 준비를 해야 해. 네 아버지도 지금쯤이면 너를 기다리고 계시지 않을까?」

한스는 하넬로레의 눈빛에서 멸시를 느꼈다. 씨발년들. 말 없이 방을 나가며 그는 뒤로 문을 쾅 닫았다.

분노하며 한스는 통로를 따라 쿵쾅거렸다. 걸음마다 발을 뻥뻥 차올리며 걸었다. 그를 지나치던 하녀 하나가 그에게 부엌으로 내려와 생크림을 올린 핫초코 한 잔 마시지 않겠냐고 권했다. 그는 그녀를 노려봤다. 이 집을 증오했다.

릴리는 창가 자리에 있었다. 책상다리 자세를 해서 그녀의 발이 다리 밑에 깔끔하게 깔려 있었다. 그녀는 책을 읽고 있었다. 한스가 방을 지나치자 그를 다시 불러왔다.

「한스 오빠! 한스 오빠! 눈 온 것 봤어?」

한스는 속으로 신음을 삼켰다. 다른 년들에게 신물이 났는데 이제 이 어린애까지 상대해야 하다니. 그는 단연코 자신이 어두운 마음을 따라가던 길을 계속 갈 수도 있었다. 하지만 무언가에 의해 다시 돌아왔다.

「응, 봤어.」

릴리가 일어서더니 문 앞으로 왔다.

「환상적이지 않아? 나는 나중에 밖에서 놀아도 되냐고 엄마에게 물어볼 건데.」

「오늘 밤에는 무도회가 있잖아. 게다가 곧 어두워질 텐데.」

「나는 무도회에 참석하지 말래. 일찍 자야 하니까. 하지만 가족들이 뭐라고 하든 계단에서 다 지켜볼 거야. 내일 눈밭에서 놀 수도 있으니까. 한스 오빠도 와서 같이 놀래?」

릴리는 자매 중 가장 막내였다. 그의 부모님은 그녀가 슈뢰더 부부의 늦둥이라며 농담을 했다. 그는 늦둥이인 것이 왜 그렇게 웃기는 일인지 몰랐다. 그녀는 열 살이었다. 어린애였다.

문제는 릴리가 한스를 좋아한다는 것이었다. 물론 그녀의 언니들과 같은 방식으로 좋아하는 것은 아니었다. 그녀들에게 한스는 한낱 애완동물이었다. 강아지였다. 릴리는 그를 우러러봤다. 그는 그녀의 영웅이었다. 부끄러운 일이었으나 그것이 온전히 불쾌하지도 않았다. 가끔 그는 그녀가 자신에게 한껏 집중한 것을 즐기기도 했다. 하지만 다른 때는, 지금처럼, 그 무한한 관심에 짜증과 경멸이 한가득 느껴졌다.

「싫어.」한스가 대답했다. 「다른 할 일이 많거든.」

「유감이네.」

「나는 더 이상 애들이 하는 놀이는 하지 않아.」

릴리는 슬프게 그를 올려다봤다. 그녀의 갈색 눈이 호기심 어린 눈빛으로 그를 살폈다. 한스는 자신의 무자비한 태도로 인한 효과를 즐겼다. 그리고 일부러 눈빛에 차가운 무관심만 내보였다.

한때는 그녀를 받아 줬다. 한때는 그녀가 이렇게 짜증 나지 않았다. 한때는 그 또한 어린아이였다. 심지어 그는 그녀가 이모로부터 생일선물로 받은 목걸이의 로켓에 넣겠다며 그의 금발을 잘라 갈 때도 참을성 있게 앉아 있었다. 사실 그때 머리를 너무 많이 잘라 간 느낌이 들었지만 말이다. 그녀는 그것을 멀리 들어 햇볕에 비추고 행복해하며 살폈다. 그러다가 그것에 뽀뽀를 한 뒤 로켓 속에 고이 넣었다. 그 모습에 그는 홀로 킥킥댔다. 그는 기억했다. 그리고 이제는 그러지 않을 것이었다.

한스는 손으로 릴리의 팔을 건드렸다. 그녀의 차가운 피부가 느껴졌다.

「우리 이제 어떤 놀이를 하자.」그가 제안했다.

「그래.」그녀가 응답했다.

그는 그녀를 그녀의 방으로 몰아넣은 뒤 문을 닫았다. 밖에서는 눈이 펑펑 내리고 있었으며 하늘의 잿빛에 황혼이 지고 있었다. 그들은 서로를 가까스로 볼 수 있었다.

그는 그녀 앞에 서서 양손으로 그녀의 팔뚝 바깥쪽을 잡아 그녀가 그를 마주 보게 만들었다. 그가 그녀를 내려다봤다.

「너는 저들처럼 키스를 해본 적 있어?」

「누구처럼?」

「저들 말이야, 어른들처럼.」

「어른들은 다른 식으로 키스를 해?」

「응, 너도 해볼래?」

「오빠랑?」

「응, 물론이지.」

「글쎄, 응. 해보지 뭐.」

한스는 작은 여자애에게 손을 내리뻗어 그녀를 그의 쪽으로 잡아끌며 몸 가까이로 데려왔다. 그녀의 체취를 맡고 그의 가슴에 전해지는 그녀의 온기를 느낄 수 있었다. 그는 그녀의 팔을 쓰다듬은 뒤 왼팔로 그녀의 등허리 부분을 감고 다른 쪽 팔을 그녀의 어깨에 걸쳤다. 영화에서는 그렇게나 자연스러워 보이던 그 동작이 어색했다. 하지만 결국에는 그가 원하는 대로 자세를 잡을 수 있었다. 그녀의 윗배가 그의 딱딱하게 선 성기와 맞닿으며 그것이 그의 아랫배를 눌러 오게 만들었다. 그녀가 못 알아챌 수 없는 상황이었다. 그도 그녀가 알기를 원했고.

한스는 자신의 입을 그녀에게 댔다. 그녀의 눈이 휘둥그레지며 당혹감을 보였다. 그는 그 두려움이 좋았다. 얘도 언젠가는 예쁘장하게 크겠는데. 그는 생각했다. 입술이 닿는 순간 그는 자신이 완전히 다른 인간이 되리라 상상했다. 나중에 그는 그렇지 않다는 것을 깨닫겠지만.

그는 자신의 입을 그녀의 부드러운 입에 대고 세게 누르며 끈질기게 그녀의 입술을 벌리려고 움직였다. 하지만 그녀의 입술은 벌어지지 않았다. 릴리의 입 근육에 힘이 들어갔다. 그는 혀를 그녀의 입안으로 밀어 넣고 그녀의 이를 두드리며 마침내 억지로 진입할 길을 만들었다. 머뭇거리며 그녀는 굴복하고 마지못해 그에게 자신을 열어 줬다. 흥분하며 그는 혀로 탐색을 했다. 그는 이런 식의 일을 하는 것이 처음이었다.

마침내 그가 숨을 헉 쉬었다. 릴리가 그를 바라봤다. 두려워하며 숨을 헐떡이는 그녀가 그로부터 떨어지기 위해 움직였다. 하지만 그는 여전히 그녀의 팔을 움켜잡고 있었다.

「키스가 좋았어?」한스가 의욕적으로 물었다.

「글쎄…….」릴리가 확신 없이 말을 끌었다.

「우리 다시 해볼까?」

「모르겠어. 오빠가 하고 싶다면.」

한스는 다시 고개를 숙였다. 이번에는 더 자연스럽게 이루어졌다. 그는 그녀의 침으로 인해 자신의 혀에서 느껴지는 축축함을 만끽했다. 그의 혀가 다시 안쪽을 구석구석 돌아다녔다. 마치 상대에 대해 새롭고 근본적인 무언가를 발견하는 기분이었다. 상대가 릴리일지라도 그랬다. 점차 그는 오른손을 놓고 그녀의 치마를 올렸다. 그녀는 빠져나가려고 했지만 그가 다른 쪽 손으로 그녀를 꽉 잡고 있었다. 그의 혀가 계속 탐색하는 동안 그의 손은 그녀의 속바지 고무줄을 찾았다. 그는 자신의 손가락들을 그 밑으로 밀어 넣어 그녀의 허벅지의 대리석처럼 부드러운 피부를 느꼈다. 그녀가 바동댔으나 그는 그녀의 머리카락을 한 움큼 쥐고 매섭게 당겨 그녀가 순응하도록 만들었다. 짜증스럽게도 그녀는 훌쩍이고 있었다. 그는 자신이 찾고자 하던 살결의 틈을 발견하고는 검지로 그곳을 위아래로 만져 보다가 자신의 진짜 목적지를 확인했다. 그가 손가락을 그녀의 부드러운 틈새에 거칠게 쑤셔 넣자 그녀가 움찔했다. 두 번째 시도에서는 두 손가락을 쳐 올렸으나 그녀의 치골에 막혔다. 그녀가 아파서 소리쳤다. 그가 놔주자 그녀는 바닥에 쓰러졌다.

그는 충분히 할 만큼 했다. 릴리의 용도는 끝났다. 그녀는 아랫배를 움켜쥐고 소리 없이 흐느끼고 있었다. 그는 호기심에 자신의 손가락 냄새를 맡았다. 「더러운 개년.」그가 중얼거렸다. 「누구에게든 감히 말하기만 해봐.」

이게 다야? 별로 즐겁지가 않았다. 그는 성을 내며 복도를 따라 서재로 향했다. 어쩌면 관계의 전 과정을 다 했어야 했나 보다. 어쩌면 그래서 그랬을 수도 있겠다. 어쩌면 그 끝에는 원래 아무것도 없는지도 모른다. 어쩌면 여자들은 남자들을 이렇게 가지고 노는 건지도 모른다. 그렇게 마구 흥분하게 만들었다가 이런 식으로 허무만 남기는 것인가 보다. 씨발년들, 감히 나에게 창피를 줄 수 있을 거라 생각하다니.

한스는 문가에 멈춰 섰다. 두 남자는 아직도 얘기를 나누고 있었다. 그는 귀를 문에 가져다 댔다.

「어떤 때는 제가 유대인이었으면 좋겠다는 생각이 듭니다.」슈뢰더가 말하고 있었다.

「진심으로 하는 말은 아니시겠죠.」콘라트 타우프가 호응했다.

「사실 진심이에요. 그랬다면 최소한 부당하게 괴롭힘을 당하는 제 친구들 사이에서 고개만은 당당히 들고 다닐 수 있었을 테니까요. 현 상황에서는 우리 나라가 박해자들과 박해를 받는 자들로 나뉘고 있어요. 이 일에 연루되지 않겠다고 선택하는 자들 또한 첫 번째 부류에 속하게 되죠. 우리는 콘라트,

당신과 같은 사람들이 필요해요.」

「알베르트, 당신과 같은 사람도 필요하고요.」

「하지만 나는 공개적으로 반대 의사를 표하지 않잖아요. 당신은 하고요. 당신은 동료들의 안위를 위해 직접 위험에 뛰어들고 있어요. 그런 용기야말로 특별하죠.」

「또는 그것을 어리석음이라고 칭할 수도 있지요. 게다가 저는 꽤 조심스럽게 행동하고 있어요. 글을 쓸 때는 제 한계가 느껴져요.」

「당신은 그들에게 대놓고 대항하잖아요. 당신과 레나테는 용감한 사람들이에요. 역사 속에 남을 인물들이라고요.」

「어쩌면 불가피한 일에 대항하며 한심하게 투쟁했다고 남을 수도 있겠죠.」 콘라트가 말했다. 「그것도 글로써. 후세가 비웃겠군요. 저, 당신이 주신 정보를 제가 다른 이들에게 전달하는 것이 정말 괜찮겠어요?」

「어차피 전달할 것 아닙니까. 그리고 네, 물론 저는 당신이 그렇게 해준다면 기쁘겠어요. 상황의 심각성을 그들이 깨닫게만 만들어 준다면 뭐든 좋아요. 그리고 물론 저는 더 많은 참여를 할 겁니다. 뭐가 요구되든 간에 상관없이요.」

「우리는 네트워크에 대해서도 생각해 봐야 해요. 전쟁을 부추기는 세력에 어떤 피해를 줄지도 생각해 봐야 하고요.」

「필요하다면 수단과 방법을 가리지 말고 실행하세요. 어중간하게 하기엔 이미 늦었어요.」

「당신은 용감한 사람이에요, 알베르트. 당신이 자신에 대해 뭐라고 하든 간에요.」

한스는 그들에게 악감정이 들었다. 정치놀음이나 하며 자화자찬하고 스스로를 속이는 멍청이들이란. 아버지가 이런 사람이라니. 한심했다. 구역질이 났다. 세상의 모습을 바꿀 수 있다고 착각이나 하고. 그들의 환상이 어떻든 간에 진짜 세상은 사뭇 다르게 생겨 먹었다. 그는 문을 두드린 뒤 망설이며 열었다.

「아버지……..」

「세상에, 시간이 벌써 이렇게 됐나?」 콘라트가 놀랐다. 「우리는 어서 집으로 돌아가 봐야겠어요. 오늘 저녁에 또 다른 모임이 잡혀 있거든요.」

「그리고 저는 무도회에 참가할 준비를 해야겠군요.」 슈뢰더가 말했다. 「좋은 밤 되십시오, 콘라트. 잘 가거라, 한스.」

2

다음 날 아침에야 눈이 멎었다. 하지만 여전히 매섭게 추웠다. 한스는 새벽 6시에 일어나 일상적으로 하는 아침 세안을 최대한 빨리 끝냈다. 화장실 창문 안쪽으로 얇은 한 층의 얼음이 얼어 있었다.

한스의 어머니는 이미 부엌으로 와 작은 레인지 앞에 서 있었다. 그녀가 한스에게 커피를 따라 주자 그는 김이 모락모락 피어오르는 그릇을 양손으로 감쌌다. 그녀는 부풀어 오르는 계란 하나를 프라이팬에서 꺼내 그의 접시에 올려 줬다. 그와 함께 호밀 빵 두 조각, 그리고 충분한 양의 버터도 놔줬다. 그는 그것들을 감사의 인사 없이 받아들였다.

「아버지는 어디 계세요?」 한스가 물었다.

「아버지는 벌써 나가셨단다, 모임이 있으셔서.」

어머니가 지켜보는 가운데 그는 말없이 식사를 했다.

「왜요?」 그가 물었다.

「아무것도 아니야. 네가 정말 빨리 자라고 있어서 그런 거란다. 더 이상 어린애가 아니구나.」

한스는 끙 소리를 내고는 치즈가 있냐고 물었다. 요새 그는 항상 배가 고팠다.

「한스, 학교는 어떠니? 남자애들이 아직도 아버지를 가지고 뭐라고 하니?」

「아니요, 별로 그러지 않아요. 그러는 것도 지루해졌나 봐요.」 이 말의 반은 진실이었다. 그는 괴롭힘을 줄일 전략들을 발견해 냈다.

「너도 알다시피 우리가 지지하는 쪽이 옳은 편이란다.」

「저도 알아요. 그것에 대해서는 어머니께서 충분히 설명해 주셨어요.」

「하지만 학교생활이 너무 힘들어진다면 아버지와 내게 꼭 말해야 해. 그런 문제는 가족이 함께 논의할 필요가 있단다. 그 문제에 대해서는 직접 볼프 교수님을 찾아뵈어야 할지도 모르겠구나.」

「그럴 필요 없어요.」 한스가 무뚝뚝하게 말했다. 그들이 교장 선생님과 얘기 나눌 생각을 하니 웃기지도 않았다. 부모님은 볼프 교수님과 만나는 것이 대체 무슨 소용이 있을 거라고 생각할까? 의심의 눈초리를 받고 있는 빨갱이 기자 콘라트 타우프가 나치 정권의 지역 지도자 후보로 거론되고 있는 헤르만 볼프와 이야기를 나누다니? 부모님은 여기서 어떤 의견의 일치를 보는 것이 가능하다고 생각하시는 걸까? 그는 상황을 정리하는 스스로의 방법이 있었고, 그것에는 부모님의 개입이 필요 없었다.

「괜찮아요, 문제없어요. 제 성적은 괜찮지 않나요?」

한스는 자신의 성적이 좋다는 것을 알고 있었다. 그의 부모님은 둘 다 요새 뭇사람들의 입에서 혐오를 동반하며 오르내리는 바로 그 용어, 즉 〈지성인〉이라고 불렸다. 그 말인즉슨 최소한 성취를 위한 기본적인 자질은 그에게 있을 것이라는 말이었으니까. 그 자질로 그가 무엇을 할지는 온전히 그에게 달렸다. 그는 절대로 부모님처럼 이런저런 가망 없는 운동들에 자신의 가능성을 낭비하지 않을 것이다.

「한스, 네가 돌아왔을 때쯤에는 내가 외출해 있을지도 모르겠구나.」 그의 어머니가 말했다. 「노이퀼른에서 모임이 있거든. 열쇠는 옆집 셰르너 부인에게 맡겨 놓으마.」

「알겠어요.」한스는 관심 없이 무뚝뚝하게 대답했다.

그는 어두운 거리를 따라 학교로 걸어갔다. 새벽빛이 나타나려면 아직 멀었다. 눈의 보드라운 폭신함은 사라졌다. 이제 얼어붙은 눈이 발밑에서 탄탄하게 느껴졌다. 주요 도로들은 효율적으로 청소가 된 상태였으나 인도와 산책로 들은 여전히 눈으로 덮여 있었다. 그래도 최소한 빙판길이 되진 않았으니까. 딱딱해진 눈만으로도 충분히 위험했으나 다니지 못할 정도는 아니었다. 코에서 김이 자욱하게 나왔다. 일정한 걸음으로 전진하는 동안 자신이 숨을 들이마시고 내쉬는 소리가 들렸다. 빌헬름가의 구석에 있는 유대인 상점들은 간밤에 또다시 불태워졌다. 타다 남은 불씨들이 빛났으며 그보다 나이가 별로 많지 않은 풋내기 나치 돌격대 무리가 서로 농담 따먹기를 하며 온기를 유지하기 위해 들끓는 잔해를 발로 찼다. 숨죽인 하얀 도시 경관 속에서 그들의 목소리가 울려 퍼졌다.

학교에 들어서자 한스는 곧바로 따뜻함을 느꼈다. 그가 비서실로 향하는 동안 파이프 관들과 라디에이터들이 딸깍거리고 탁탁 소리를 냈다. 대부분의 남학생이라면 엄중하게 돌려보냈을 것이다. 하지만 한스 타우프는 아니었다. 비서는 그에게 학교가 끝나면 1시 15분에 다시 오라고 말했다.

아침은 끔찍하게도 천천히 흘러갔다. 라틴어 시간 다음에는 불가피하게 수학 시간이 찾아왔으며 그다음에는 화학 시간과 독일어 시간이었다. 한스는 이 모든 과목에 뛰어났다. 그것이야말로 미심쩍은 부모님에도 불구하고 그가 선생님들 사이에서 여전한 인기를 누리는 주된 이유였다. 또래 학우들 사이에서도 공부를 도와줌으로써 어느 정도 존경을 받았다.

학교가 끝나자 같은 반 친구들은 재빨리 나갔다. 게슈타 포[41] 형제가 있다는 누군가로부터 다른 누군가의 삼촌이 들은 얘기인데, 블루멘가 꼭대기에 있는 보석상의 유대인 주인이 곧 체포될 것이며 나치 돌격대들이 그곳을 약탈하고 뒤질 거라고 했다. 즐길 만한 오락거리였으며 아마도 볼 만한 기이한 구경거리가 될 것이었다.

한스는 학교에 남아 대기실에 앉아서 교장의 서재로 들어오라는 소리가 들리기를 기다렸다. 지난주에 같은 공간에서 볼프 교수님과 나눈 대화가 떠올랐다.

「네가 왜 히틀러유겐트[42]에 가입하고 싶어 안달이 났는지 이해한단다.」볼프가 말했다. 「하지만 우리는 그것의 결과에 대해서도 고려해야 해. 너도 네 부모님과 사이가 안 좋아지기를 바라지는 않잖니. 어쨌든 네가 독일 제국을 섬길 더 나은 방법이 있을 거라는 생각이 드는구나. 히틀러 총통께서도 네가 다른 방법으로 도와주길 선호하실 거다. 영예를 위한 시간은 미래에도 있을 거야.」

41 나치 독일의 비밀경찰.
42 독일의 나치 청소년단.

그는 당시의 결론에 따랐다. 그리고 이제는 제안할 일이 있었다. 아주 위험한 제안이었지만, 그의 멍청한 부모가 만들어 놓은 난장판에서 벗어나려면 이 방법밖에 없었다.

「들어와라, 한스.」볼프가 말했다. 그는 학구적인 대학교수이자 나치당의 간부였다. 3년 전, 신뢰할 수 없었던 전 교장이 자리에서 물러난 뒤 볼프가 그 자리에 낙하산으로 들어왔다. 서재에는 또 다른 남자도 서 있었다. 전체적으로 봤을 때 볼프보다 덜 학자 같고 더 현실적인 사람 같았다.

「게슈타포인 베버 씨를 소개하지.」

베버는 한스와 통할 부류의 사람 같았다. 꼿꼿하고 근육질에 건강한 그는 한스의 예상보다 젊었다. 베버는 한스와 손을 단단히 잡고 악수를 한 뒤 한스의 눈을 들여다봤다. 한스는 베버가 그의 영혼을 들여다봤을지도 모른다는 느낌을 받았다.

「자, 그럼.」베버가 말했다. 「자네가 국가를 섬기고자 한다고 알고 있네. 은밀하게 하고 싶다지. 자네 입장에서 무척 다행이게도 내겐 이런 일들에 대한 경험이 있다네. 은밀하게 진행하는 것에 대해서 말이네. 그럼, 이제 자네가 하고 싶은 말을 해보겠나?」

직설적이고 핵심을 찔렀다. 이것이야말로 한스가 바라던 바였다.

「네, 경관님.」한스는 응답하고 나서 처음에는 더듬거렸으나 점차 자신감을 회복했다. 「저는 경관님께 제안할 것이 있으며 그에 대한 보답으로 저도 바라는 것이 있습니다.」

베버가 미소를 지었다. 「협상이라. 그래, 온당한 범위 내에서라면 그렇게 할 수 있지. 하지만 우리 둘 모두에게 득이 되어야겠지. 내가 어떻게 자네를 도우면 되겠나?」

「제 부모님은 바보 같습니다, 경관님도 저도 그 점을 알고 있죠. 그럼에도 불구하고 저는 부모님을 사랑할 수밖에 없습니다. 그분들은 하시는 일 때문에 교도소에 가게 될 가능성이 높아요. 저도 알고 있습니다. 하지만 제가 그분들을 만류할 방법이 하나도 없어요.」

「부모님과 이야기는 해봤나?」

「아니요, 이야기를 시작할 가치도 없는걸요.」

「그러는 편이 나을 수도 있겠지. 그들이 네가 느끼는 바에 대해 모를수록 좋겠군.」

「저도 그렇게 생각했어요. 하지만 그래도 부모님을 구하고 싶습니다.」

「장하군. 계속해 보게.」

「저는 경관님께서 원하실 만한 정보를 가지고 있습니다. 하지만 동시에 제 부모님도 보호하고 싶습니다.」

베버는 다시 미소를 지었다. 모든 문제에는 그에 마땅한 해결책이 있다는 식의 미소였다. 「이해하네. 딜레마로군. 우리가 이 문제를 해결할 수 있을지 보지. 어떤 정보인가?」

「경관님, 저는 제가 경관님께 정보를 넘겼을 때 어떤 일이 벌어질지 먼저 합의하는 것이 좋겠다고 생각했습니다.」

「글쎄다, 그것은 상황에 따라 다르겠지. 자네는 어떤 식이기를 바라나?」

「저는 제 부모님이 나라를 떠났으면 좋겠습니다. 저는 이곳에 남고 싶지만 그분들과 함께 가야겠죠. 부모님께선 저 없이는 떠나지 않으실 테니까요.」

「알았네. 이것을 허락하려면 그 정보가 우리에게 매우 중요한 것이어야 하네. 게다가 자네 부모가 나라를 떠나는 것은 우리에게도 나쁜 일이 아니야. 한편으로 보면 불충한 자극제들이 조국 밖으로 보내질수록 좋으니까. 하지만 명분도 없이 그들이 떠나게 만드는 것이야말로 문제가 되겠지. 그들을 강제 추방하는 것은 좋은 선례가 되지 않을 테니까. 반면 그들이 단순 도피를 한다면…… 자네도 알겠나?」

「네, 저도 그 생각은 해봤어요.」한스가 말했다.

「오, 좋군. 매우 좋아.」베버가 다시 미소를 지었다.

「그리고 첫 번째 문제에 대해 대답하자면, 저는 제 정보가 충분히 가치 있을 거라고 생각합니다.」

「흐음, 두고 보지. 원론적으로 내가 이 문제를 승낙하려면 자네가 먼저 정보를 내게 맡겨도 된다고 믿어야겠지. 내가 약속하지. 하지만 당연히 자네가 내게 알려 준 내용이 별것 아니라는 생각이 진심으로 든다면 거래는 없을 것이네. 그 정도면 충분히 공평하다고 볼 수 있겠나? 나를 신뢰하나?」

「네, 경관님.」

「좋은 친구군. 그럼 우리가 일을 진행해 볼 수 있겠지. 거래 하겠나?」

「네, 경관님. 이 내용을 서면으로 받을 수 있을까요?」

베버가 웃음을 터뜨렸다. 「이런 식의 거래는 일반적으로 계약서를 요하지 않는다네. 하지만 그래, 그렇게 하는 것이 자네 입장에서 더 안심된다면 어떤 서류에라도 서명을 해주 지. 그러나 자네의 안전을 생각해서, 내가 그 문서를 보유해 야 할 거야.」

「그건 괜찮습니다, 경관님. 저는 경관님을 믿어요.」

「좋아, 그럼. 얘기를 시작해 보겠나, 한스 타우프.」

「저는 알베르트 슈뢰더와 제 아버지가 슈뢰더 씨의 서재에 서 하는 이야기를 엿들었습니다.」

「그 슈뢰더는 공장주 슈뢰더가 맞나?」

「네, 경관님. 그들은 정부에 대한 논의를 하며 전쟁을 피할 수 없을 거라는 얘기를 하고 있었습니다.」

「그래서?」

「슈뢰더 씨는 이것이 끔찍하다고 말했습니다. 그와 제 아 버지는 이 상황에 대해 어떤 조치를 취할 수 있을지 논의했어 요. 슈뢰더 씨는 유대인들이 나라를 떠날 수 있도록 자금을 지원하겠다고 했습니다. 총통에 대한 반대 세력을 돕고 싶어

했죠. 나중에는 슈뢰더 씨의 공장들에서 전쟁 물자를 훼손하는 일에 대해 논의했습니다.」

「사보타주를 말하는 건가?」

「네, 경관님. 슈뢰더 씨는 독일의 전쟁 물자를 훼손할 수 있다면 공장들이 피해를 입는 것을 감수하겠다고 제 아버지에게 말했습니다. 그리고 이 정보를 나라 밖으로 퍼뜨려 달라고 요청했어요.」

「다른 말은 없었나, 한스?」

한스는 그가 한 이야기가 충분하지 않을지도 모른다는 느낌을 받았다. 「네, 경관님. 슈뢰더 씨가 제 아버지에게 자신이 유대인이라고 털어놨습니다. 그에게 유대인의 피가 흐른답니다.」

「그렇군.」 베버가 반응하며 이 이야기를 적어 내려갔다. 「이것은 중요할 수도 있겠군. 그렇지 않을 수도 있고. 나도 잘 모르겠네. 자네는 당시 어떤 말이 누구로부터 나왔는지 정확히 기억할 수 있나?」

「네, 경관님. 그리고 전부 사실입니다.」

「자네 이야기를 의심하는 것은 아니네. 하지만 이것에 대해 곰곰이 생각해 볼 필요는 있어.」

「경관님, 우리의 거래는요?」 한스가 조심스럽게 물었다.

「자네는 걱정할 것 없네. 내 쪽의 약속은 지킬 것이네. 문제는 우리가 이 정보를 가지고 무엇을 할 수 있을지에 대한 것이지. 그것에 따라 이 정보가 중요한지 판가름 날 거야. 자네는 진술서에 서명할 의향이 있나?」

「네, 경관님.」

「잘됐군. 자네에게 아버지를 해외로 나가게 만들 방도가 있다고 하지 않았나?」

「네, 경관님. 그것은 볼프 교수님의 도움이 필요합니다.」

「그렇군. 더 얘기해 보게.」

나중에 한스는 다음 날 교장실에서 다시 이야기하자는 합의를 하고 이제 가보라는 소리를 들었다.

「볼프, 당신은 저 애를 믿습니까?」 베버가 물었다. 「아이가 이야기를 잘못 들은 건 아닐까요?」

「그는 굉장히 똑똑한 아이입니다. 네, 저는 그의 말을 믿어요. 하지만 우리에게는 일종의 도의적인 문제가 생기지 않았습니까.」

「어떤 문제요?」

「아이는 미성년자입니다. 라디오에 나오신 총통을 욕했다며 부모님을 고발한 경우도 있다지요. 하지만 이것은 그것과 꽤 다른 상황입니다. 그 결과가 중대해질 수도 있어요.」

「저도 그것은 유념하고 있습니다. 하지만 그런 어려움은 극복할 수 있을 것 같습니다.」

「경관님에게 그가 한 말을 확증해 줄 증거라도 있습니까?」

「그건 확인해 봐야 할 문제입니다. 솔직히 말했을 것 같지가 않군요. 그들이 어린 한지 앞에서 두서없이 이야기했을지는 모르지만 타우프와 슈뢰더는 평소 신중한 인물들입니다. 당연히 우리도 타우프가 그 집에 방문했다는 사실은 알고 있죠. 하지만 그 이상은······.」

「저 애가 슈뢰더와 그의 아버지에 대한 추가적인 정보들을 구해 올 수 있을지 확인해 보고 싶은 생각은 없습니까?」

「그것이 가능하리라 생각되지 않는군요. 어차피 그가 한 이야기만으로도 둘 모두에게 유죄 선고를 내리기에 충분합니다. 법정에서 그것을 입증할 수만 있다면요. 또한 우리에게 이런 식으로 이러쿵저러쿵할 시간적 여유가 없어요. 내년 이맘때쯤······.」

「이건 근거 없는 열네 살의 증언입니다.」

「따지자면 그렇게 볼 수도 있겠지요. 하지만 이는 설득력이 있어요. 게다가 이것에 대한 세부 사항을 문서화하면 더욱 설득력을 얻으리라고 봅니다. 그의 나이가 그의 신뢰성에 저해가 되지 않아요. 그가 한 말은 온전히 믿을 수 있는 내용이었습니다. 게다가 이런 측면도 있죠. 슈뢰더가에 대한 의구심이 꽤 만연하답니다. 그들에게는 보헤미안 친구들이 있어요. 또한 올바른 이상을 옹호하기 위한 노력을 전혀 안 하죠. 솔직히 말하자면 제 동료들은 이 상황에서 알베르트 슈뢰더를 제거할 수 있는 뚜렷한 이유라면 무조건 환영할 겁니다. 슈뢰더의 사업은 알차서 전쟁 물자에 도움이 될 수 있어요. 하지만 그 사업의 주도자가 잘못됐어요. 슈뢰더는 신뢰할 수 없는 인물로 여겨지고 있죠. 그에 대한 이유들은 아주 타당해 보이더군요. 게다가 그 타우프도 사라지게 만들 수 있다면 좋겠죠. 이 이야기의 진위 여부를 조금 느슨하게 판단할 가능성이 있다고 봅니다.」

「어떻게 느슨하게 말입니까?」

「예를 들어 한스의 나이에 대한 사실은 얼버무리고 넘어가는 것이 더 편하겠죠.」

「하지만 법정에서 소환당하면…….」

「오, 한스가 증인으로서 실제로 법정에 서게 될 것은 걱정할 필요가 없습니다. 우리 국가는 공공 의식이 투철해 비밀 정보를 제공하는 사람들을 보호하지요. 인민 법정의 재판장은 단순히 진술서를 낭독하고 제 증언만 참고할 겁니다.」

「경관님께서는 관련 사실들을 누락시킬 마음의 준비가 되셨나요?」

「물론 아니죠. 저는 단지 그 애의 나이가 이 진술과 특별한 관련이 없다고 보는 겁니다. 더욱 중요한 덕목은 그의 신뢰성이지요. 그런데 그 부분에 대해서는 이미 확인이 끝나지 않았습니까. 성인의 보고 중에도 이보다 훨씬 덜 상세하고 덜 정확한 것들이 넘쳐납니다. 더욱이 독일을 보호하는 것과, 절차상 이유로 익히 알려진 범죄자들이 처벌을 면하도록 허락하는 것 사이에서 선택해야 한다면 우리는 무조건적으로 정의 편에 서서 안전을 기해야 하지 않겠습니까. 이 사건에 대해 하룻밤 동안 고민해 보죠. 부디 내일 아이가 다시 찾아오게 해주십시오.」

3

다음 날 아침, 한스는 첫 교시부터 볼프 교수님에게 불려가 차를 타고 쿠르퓌르스텐담 근처의 낯선 사무실로 이동했다. 그 과정이 그를 흥분시키는 동시에 불안하게 만들었다. 그는 그 암울한 장소에서 쉽게 감금될지도 모르는 일이었다. 메르세데스벤츠 차량이 건물 밑에 주차된 다음, 그는 안내를 받으며 승강기를 타고 4층에 있는 빈 사무실로 올라갔다.

사무실에는 호두나무 판목들이 둘러져 있고 짙은 남색 카펫이 깔려 있었다. 윤을 낸 긴 회의용 책상 주변에는 가죽으로 덧씌워진 의자 열두 개가 놓여 있었다. 한스는 책상 주변을 돌며 그것들을 두 번이나 세어 봤다. 한쪽의 긴 벽면은 만(卍)자 무늬 깃발로 뒤덮여 있었다. 그는 자부심에 전율이 일었다.

베버가 다른 두 남자와 함께 급히 사무실에 들어왔다. 그가 입은 검은 제복이 너무도 말쑥해 한스는 곧바로 하나 갖고 싶어졌다. 베버가 〈*Heil, Hitler*(히틀러, 만세)〉라고 말하고는 경례를 했다. 한스는 이것이 장난인지 시험인지 가늠이 안 됐다. 어쨌든 그도 팔을 뻗은 뒤 대담하게 〈*Heil, Hitler*(히틀러, 만세)〉라고 응답했다. 그가 자신의 방에서 이 인사를 연습했을 때나 반에서 경례를 했을 때보다 훨씬 기분이 고양됐다. 이것은 진짜였다. 그는 살짝 키가 커진 기분이었다. 성인 남자 셋이 미소를 지었다. 그가 느끼기엔 그 미소들이 살짝 거만했다.

베버는 사무적이었다. 「자, 그럼 타우프 군.」

베버가 자신을 지칭한다는 사실을 한스가 깨닫기까지 시간이 조금 걸렸다. 베버는 다른 두 남자와 함께 책상의 한쪽 면에 자리 잡고 한스에게 반대쪽에 앉으라고 권했다.

「법무부 소속 동료 둘을 소개하지. 엥겔 씨와 치글러 씨라네. 자네가 몇 가지 심각한 주장을 했지. 그래서 우리는 자네의 진술을 받아들이는 과정에서 그것이 온전히 정확한지 확인해야 한다네. 어떻게 해서든 오심만은 피해야 하니까. 변호인단이 존재하는 이유는 이 진술이 독일 법에 근거해 받아들여졌으며 벌어질 수 있는 미래의 법적 절차들에서 인정될 것임을 확인시켜 주기 위해서라네.」

법적 절차들이라. 한스는 자신이 전날 베버에게 넘긴 정보에 대한 불가피한 결과가 바로 이것이라고 이해했다. 아니, 이해한다고 생각했다. 하지만 그 말을 두 귀로 직접 들으니 모든 것이 더욱 현실적으로 다가왔다. 꺼림칙한 기분이 속에서 피어올랐지만 그것을 쉽게 가라앉힐 수 있었다. 그 슈뢰더 개자식은 어차피 조국을 배신할 계획을 세우고 있지 않았던 가. 그로 인해 그 가족이 굴욕당하고 파괴된다고 해서 어쩌라 고? 그들은 그 모든 것을 당하고도 싸다.

「자네, 이해했는가?」 베버가 물었다.

「네, 경관님.」 한스가 대답했다.

침착하고 상냥하게 그들은 한스가 전날 베버에게 전한 이야기를 하나씩 짚어 나갔다. 한스는 기억력이 뛰어나기에 자신이 한 말을 거의 토씨 하나 틀리지 않고 기억할 수 있었다. 그는 같은 대사에서 거의 벗어나지 않았다. 이상한 세부 사항들을 모험 삼아 추가하긴 했으나 베버나 그의 두 변호사에 의해 더 많은 정보를 제공하라는 격려를 받을 때도 한꺼번에 많은 이야기를 덧붙이지는 않았다. 세 남자 앞에는 동일해 보이는 문서 사본이 놓여 있었다. 그들은 문서 내용과 이야기를 단계별로 신중히 대증했다.

엥겔은 한스가 자신의 아버지와 슈뢰더의 이야기를 엿듣던 환경에 대해 심층적으로 파고들었다.

「처음 부분을 들을 때는 제가 방 안에 같이 있었습니다.」 한스가 설명했다. 「그분들은 제가 그 자리에 있다는 것을 그냥 잊었어요. 슈뢰더 씨는 간절히 논의를 시작하고 싶어 했습니다. 그러다 제가 방에서 나갔고 나중에 다시 돌아왔어요. 그때 문밖에서 나머지 내용을 엿들었죠.」

「자네가 대화 내용을 명확히 들었다고 자신할 수 있나?」

「네, 선생님.」

「그리고 방 안에 다른 사람은 아무도 없었나? 두 화자의 목소리를 꽤 명확히 알아챌 수 있었나?」

「네, 선생님.」

엥겔은 얇은 입을 꾹 다물었다.「그럼 자네는 이 두 개인의 직접적인 말을 인용한 건가?」

「네.」

「슈뢰더 씨의 말에 자네 아버지가 어떤 반응을 보였는지 묻고 싶군.」두 변호사 중 상대적으로 친근한 태도를 보이는 치글러가 말했다.「내가 이해하기로 자네 아버지는 사회주의자지.」

「아버지께서는 자신을 진보주의자라고 칭하십니다, 선생님. 제가 정치에 관해서는 잘 모르지만, 그 말은 아버지께서 좌파라는 뜻 아닌가요?」

「그렇지.」치글러가 한스를 향해 미소를 지었다.「자, 그럼 자네는 슈뢰더 씨가 제안한 내용에 대해 자네 아버지가 기뻐했다고 생각하나?」

베버는 치글러를 옆으로 노려본 뒤 한스의 방향으로 경고하는 시선을 보냈다.

「아니요, 별로 기뻐하지 않았어요, 선생님. 정말이에요. 물론 제가 그분들의 표정을 보지는 못했지만요.」

「제가 잠시 끼어들어도 되겠습니까, 치글러 변호사님?」베버가 입을 열었다. 「한스는 자신의 아버지가 슈뢰더 씨의 대범한 발언에 충격을 받았다는 인상을 받았답니다. 제가 그 내용을 메모해 놨죠. 내가 적어 놓은 것이 정확하다면 한스, 자네는 당시 〈우리 아버지의 개인적 관점이 어떻든 간에 그분은 국가적 위기 시기에 절대 자신의 나라를 배신하지 않을 분입니다〉라고 말했던 것 같은데, 이것이 맞나?」

「네, 경관님.」

치글러는 계속해서 집요하게 파고들었다. 「어떤 이유에서인지 슈뢰더 씨는 자네 아버지가 이 정보를 제3세력에 전달해 줄 거라는 인상을 받은 것 같더군. 그래서 물어본 거라네. 왜 이런 믿음이 생겼는지 짚이는 부분이 있나?」

「전혀 없습니다, 선생님.」

「알겠네.」치글러가 다시 미소를 지었다. 그들의 일도 거의 끝나 갔다.

베버는 그들이 보고 있던 문서 사본 세 장을 한데 모은 뒤 서류 묶음의 가장자리를 깔끔하게 정돈했다. 한스가 보기에 다소 여성스러운 몸짓 같았다.

「한스, 이것은 자네의 서명을 받기 위해 준비한 진술서라네. 꼼꼼히 읽어 보게. 법적 효력이 있는 문서야. 그런 뒤 만족한다면 각 사본에 서명을 해주게.」

한스는 잠시 뜸을 들이며 문서를 읽는 척했다. 실제로는 그의 몸에서 아드레날린이 솟구쳐 집중할 능력이 사라진 상황이었다. 아무렇지 않게 그는 세 장의 사본에 서명했다.

「자, 그럼,」 베버가 엥겔과 치글러를 향해 입을 열었다. 「두 분은 일 처리를 시작하셔도 됩니다. 저는 타우프 군과 함께 실질적인 세부 사항에 대한 논의를 좀 해야겠군요.」

두 변호사는 방에서 물러났다.

「사흘이야.」 베버가 말했다. 「내가 자네에게 보장할 수 있는 시간은 그것뿐이네. 내가 일을 질질 끌면 영장을 발부하는 과정이 더 길어질 가능성이 있긴 하지만 자네가 확실히 보장받을 수 있는 기간은 최대 사흘이야. 그러니 자네는 그때까지 떠나도록 해. 그다음부터 나는 우리의 협의가 애초에 존재하지 않았다는 입장을 취할 것이네. 그사이 우리가 합의한 내용 이외의 이유로 자네 부모님이 체포되어도 같은 입장을 취하겠네. 이해했나?」

「네, 경관님.」

「볼프 교수님에게 다 이야기해 놨네. 오늘 중으로 그는 우리가 협의한 대로 행동할 것이네.」

「감사합니다, 경관님.」

「그리고 자네 부모님도 출국 비자가 필요할 거야. 그들은 볼프 교수님을 통해 그것들을 구해야 하네. 볼프 교수님이 자네 부모님께 뭐라고 할지는 내가 미리 말해 두겠네. 외국 입국 비자에 대해서는 내가 할 수 있는 것이 없네. 자네 아버지

에게도 필요한 것들을 구해 줄 해외 인맥이 있을 거라 생각
하네…….」

「아마 그럴 겁니다, 경관님.」

베버는 기분이 어느 정도 좋아졌다. 「그럼 남은 것은 우리
의 서면으로 된 계약서뿐이겠군.」 그는 주머니에서 종이를
한 장 꺼내더니 그것을 잠시 바라보다가 한스에게 서명하라
고 건넸다. 한스는 그것을 읽지도 않고 서명했다.

베버가 말했다. 「런던이라. 자네 아버지가 가려는 곳이 거
기라고 생각하는 건가?」

「네, 경관님.」

「자네는 그곳에 있을 때도 독일 제국을 섬길 준비가 돼
있나?」

「물론입니다.」

「언제나 해외의 반체제 분자들이 이룬 짜증 나는 소규모 공
동체들을 예의주시할 필요성은 있다네. 자네도 우리의 동료
중 한 명으로부터 연락받을 수도 있네.」

「네, 경관님.」

「한 가지는 명확하게 짚고 넘어가야겠네. 나는 자네 아버
지를 배신자라고 생각하네. 그를 보내는 것은 자네와 내가 거
래했기 때문이야. 나는 약속을 꼭 지키는 사람이라네. 내게
결정권이 있었다면 나는 개인적으로 자네 아버지의 목을 비
틀겠네. 하지만 상황이 이렇지. 우리에게는 거래가 있네. 자

네는 매우 용감하고 매우 영리한 독일 젊은이네. 게다가 고국을 섬겼고. 그건 기록으로 남을 것이네. 잘 가게. 자네에게 행운이 따르길 바라네.」

학교로 돌아가는 차 안에서 한스는 대화를 머릿속으로 되뇌며 베버의 비꼬는 말을 한마디씩 전부 음미했다. 그래, 너도 씨발이다. 그는 생각했다. 그리고 웃었다.

4

그날 저녁, 한스의 아버지가 기사를 쓰고 있는데 문을 두드리는 소리가 들렸다. 한스는 얼른 창가로 가서 거리를 내려다봤다. 차는 하나도 보이지 않았지만 베버가 그들의 약속을 어길 거라고 한껏 예상하고 있었다. 그의 아버지는 책상에서 허둥댔다. 당혹스러워하며 자기 앞에 놓인 책상 표면에 붙어 버린 것 같은 서류들을 집어 들려고 분투했다. 레나테가 안방으로 연결되는 문을 열자 콘라트는 모든 것을 침대 밑으로 밀어 넣었다. 한스는 그의 부모님도 이 행동이 헛수고라는 것을, 하나의 몸짓에 지나지 않는다는 것을 알리라 확신했다.

한스는 아버지가 심란한 마음을 가라앉히고 문으로 향하는 모습을 지켜봤다.

「아, 볼프 교수님.」그가 놀라워하며 인사했다.

「타우프 씨.」

「어서 들어오세요.」

볼프는 집에 들어서서 도어 매트 위에서 발을 쾅쾅 구르며 신발에서 축축한 눈을 털어내고는 자신의 외투를 한스의 어머니에게 건넸다. 그러고는 작은 아파트 안을 둘러봤다. 그는 호기심을 숨기려고 했음에도 불구하고 그것이 확연히 드러났다. 한스는 볼프 교수님이 두 진보주의 지성인의 은신처에서 무엇을 보리라 기대했는지 알 수 없었다. 타락한 생활을 나타내는 불결하고 더러운 진창? 혁명가들 집단이 서로 격론을 펼치는 모습? 숨겨 둔 무기와 폭발물? 볼프가 진짜로 본 것은 완벽하게 평범한 집이었다. 그곳은 화장실 하나, 작은 침실 두 개, 그리고 거실을 대신하는 좀 더 널찍한 방, 식사 공간, 그리고 작은 부엌으로 이루어져 있었다. 깨끗하고 정리정돈이 잘되어 있었다. 물론 조금 낡고 오래돼 보이긴 했다. 타우프가는 히틀러가 총리가 된 이래로 번창하지 못했기 때문이다.

한스는 자신의 교장 선생님을 이곳에서 보니 이상했다. 볼프는 깐깐한 사람 같았다. 그의 서재라는 낯익은 환경에서는 신중하게 정리해 놓은 책들과 책상의 매트 위에 깔끔하게 줄지어 놓은 연필과 볼펜들에서 안정감을 느낄 수 있어 온전히 자신의 집처럼 편안해했다. 그러나 이곳에서 그는 불안해 보였다. 눈동자가 앞뒤로 흔들리고 손가락들은 빠르게 움직이며 아무 목적 없이 맞물렸다 떨어졌다 돌렸다 구부리기를 반복했다.

「학교에 관한 건가요?」 한스의 아버지가 물었다. 「한스가 무슨 일이라도 저질렀나요?」

「뭐라고요?」 볼프가 말했다. 그의 얼굴이 복잡하게 일그러졌다. 그는 이 일에 적합하지 않군. 한스는 생각했다. 하지만 그의 불편함도 나름의 용도가 있을지 모르겠다. 「아, 아니요, 그런 일은 전혀 없습니다.」

콘라트와 레나테 타우프는 잠시 기다렸다.

「그럼요?」 콘라트가 물었다.

「아, 네. 괜찮으시다면 제 생각에는 우리끼리 이야기를 나누는 것이 더 좋을 것 같군요.」 볼프가 한스 쪽을 바라봤다.

「한스 없이요?」 레나테가 물었다.

「그렇습니다.」

「우리는 아들에게 아무런 비밀도 만들지 않습니다.」 콘라트가 말했다. 「할 이야기가 있으시다면 그것이 뭐든 그의 앞에서 하셔도 됩니다.」

「제 생각에는 오히려…….」

「괜찮아요, 아버지.」 한스가 말했다. 「저는 제 방에서 책 읽고 있을게요.」

한스는 눈이 덮인 뜰이 내려다보이는 자신의 작디작은 방으로 갔다. 그리고 침대 위에 책 한 권을 펼치지 않은 채 올려뒀다. 그는 문 앞에서 귀를 기울였다. 볼프는 조용히 얘기하려고 노력하고 있었지만 언제나 과장되게 선언하는 것에 익숙해 엿듣는 것이 그다지 어렵지 않았다. 부모님의 반응은 파악하기가 더 어려웠다.

「타우프 씨,」 볼프가 입을 열었다. 「우리는 최소한 한 가지만은 서로 동의할 수 있을 것 같군요. 다시 말해 거의 모든 주제에서 서로 의견이 한참 다르지요. 저는 당신의 관점에 결단코 동의할 수 없으며 그만큼 당신도 제 관점을 불쾌하게 여기리라 생각합니다. 그러나 아무리 당신의 관념이 잘못됐다고 해도 당신은 아직 당신의 나라를 믿고 있을 테지요. 그러므로 저는 자비라는 사명하에 이곳에 찾아왔습니다. 당신의 아들은 꽤 괜찮은 청년으로 자랄 거라고 기대됩니다. 하지만 당신의 관점 때문에 아들의 미래는 파괴되겠죠.」

콘라트 타우프는 들리지 않게 응답했다.

「아니, 아니, 아니요.」 볼프가 말했다. 「저는 당신 방식의 오류를 지적하고 당신을 개종시키거나 설득하려고 이 자리에 온 것이 아닙니다. 그러기에는 상황이 이미 너무 많이 진행됐죠. 저는 매우 구체적이고 실질적인 목적을 가지고 이곳에 왔습니다. 그리고 당신도 이로써 제가 꽤나 개인적인 위험을 감수하고 있다는 것을 알아 주셨으면 좋겠군요. 당신은 우리가 5년 전과 비교해 매우 다른 세상에 살고 있다는 것을 이해해야 합니다.」

침묵이 돌았다. 한스는 부모님이 말을 하는지 듣기 위해 귀를 한껏 기울였다. 하지만 이 침묵은 볼프가 계속해서 열변을 토하기 전에 극적인 효과를 주기 위한 모양이었던 것 같다.

「저는 우리의 차이를 뒤로하고 당신이 심각한 위험에 놓여 있으며 그것이 닥치기 일보 직전이라는 사실을 알리러 왔습니다. 당신도 알다시피 저는 당의 일들에 굉장히 깊이 관여하고 있지요. 정보에 밝은 사람으로부터 들은 바에 따르면 당신을 체포하라는 영장이 발부됐다고 합니다.」

한스는 부모님의 충격받은 표정을 아주 생생하게 상상할 수 있었다.

「그 이유는 제게만큼이나 당신에게도 명확할 겁니다. 저는 이 소식을 은밀히 들었어요. 결과는 명백하죠. 당신은 폭동을 선동한 죄로 재판을 받게 될 겁니다. 재판 결과도 예상 가능하고요. 한스의 미래는 불확실해질 겁니다. 운이 좋으면 고아원으로 보내지거나 입양되겠죠. 하지만 그런 일이 일어날 가능성도 아주 낮다고 봅니다. 결국 그에게는 두 배신자의 아들이라는 낙인이 찍힐 테니까요.」

볼프는 감정 없이 이야기했다. 「다른 결과는 있을 수 없습니다. 그것에 대해서는 전혀 의심할 여지가 없지요.」그는 이제 무시하는 투로 말했다. 마치 특히 멍청한 학생에게 말하는 것 같은 말투였다. 「저는 제가 아는 사실들을 확신합니다. 이런 위기 시기에 국가는 자신의 적이 누군지 정확히 파악하고 있어야 하니까요.」

한스는 아버지가 씁쓸한 말투로 중얼거리는 소리를 들었

다. 그러는 동안 볼프가 테 없는 안경 너머로 아버지를 직시하며 경멸하는 모습이 상상되었다.

「저는 당신과 논쟁을 벌이기 위해 이곳에 온 것이 아닙니다, 타우프 씨. 당신의 무고한 아들의 미래를 망치지 않도록 돕기 위해 온 거죠. 당신에게 사실들을 어느 정도 전달하려고요. 그 사실들을 가지고 어떻게 하든 그것은 당신이 결정하십시오. 원하신다면 저를 고발하셔도 됩니다. 그러면 우리 둘 다 법정에 서게 되겠지요. 저는 그 위험까지 이미 계산을 마친 상태입니다.」

볼프는 시끄럽게 헛기침을 하고 나서 말을 이었다. 「물론 당신이 영웅이 되겠다고 선택할 수도 있죠. 당신이 지지하는 바가 무엇이든 그것을 위한 순교자가 될 수도 있어요. 제가 비정하다고 느끼는 부분은 당신이 아들을 희생시키는 것도 괜찮게 여긴다는 점입니다. 아무래도 그게 당신의 특권이며 당신과 같은 사람들의 사고방식이겠죠.」

콘라트 타우프는 다시 입을 열었다. 한스의 귀에는 그의 말이 들리지 않았으나 분노하는 말투였다.

「아니요, 저는 한스에 대한 문제로 개입할 수 없습니다. 공식적으로 저는 아무것도 모르는 상태니까요. 일단 체포가 이루어지면 한스는 어디론가 보내지겠죠. 어딘지는 저도 모릅니다. 그리고 그때 제가 뭔가 하기란 불가능하겠죠.」

한스는 레나테가 끼어드는 소리를 들을 수 있었다. 레나테

의 목소리는 새됐고 여전히 개별 단어들을 알아듣긴 어려
웠다.

볼프는 계속해서 그녀의 말을 끊으며 자신의 말을 이어 갔
다. 「제가 보기에 당신이 어느 쪽을 선택해야 하는지는 명백
합니다. 게다가 당신에겐 시간이 얼마 없습니다. 저 또한 이
번 방문이 헛수고였다는 생각이 드는군요. 하지만 그렇지 않
기를 바랍니다.」

무거운 발소리가 방을 건너다 돌아왔다. 한스는 그것이 아
버지의 발소리라고 추측했다. 누군가가 의자를 시끄럽도록
뒤로 끈 뒤 그 위에 털썩 주저앉았다. 어머니의 목소리로 달
래는 말투가 들려왔다.

「아, 맞다.」볼프는 마치 자신이 뭔가 중요한 이야기를 잊은
것처럼 탄성을 질렀다. 「보통 상황이라면 당신이 출국하는
것이 어려운 일이겠지요. 하지만 제게 인맥이 있어서 출국 비
자를 구할 수 있을 것 같습니다. 당신이 어디로 가든 그곳의
입국 비자는 직접 구하셔야 할 겁니다. 그것이 합당하겠지요.
저는 마지막으로 단 한 번 이 도움을 드릴 의향이 있습니다.
오직 한스만을 생각해서 움직이는 겁니다. 저는 내일 새벽
6시 30분에 학교에 있겠습니다. 하룻밤 동안 다음 행동을 고
민해 보고 나서 제 도움을 원하신다면 그곳에서 만나죠. 여행
용 증빙 서류들을 챙겨 오십시오. 그 이후부터는 더 이상 당
신을 돕지 않을 겁니다.」

그 뒤로 그들은 마지막 한마디를 짧게 주고받았는데, 볼프가 큰 소리로 명백하게 화를 내며 말했다. 「제가 감수하고자 하는 잠재적 문제들을 이해하시기 바랍니다. 당신의 아들을 위해서요. 좋은 밤 되십시오.」

한스는 문이 쾅 닫히는 소리를 들었다. 그는 얼른 자신의 침대로 가서 책을 들었다. 하지만 그의 문은 그로부터 몇 분이 지나서야 열렸다.

아버지가 한스의 방에 들어오기 전에 문을 두드렸다. 그는 조용히 말했다. 「한스, 네 어머니와 내가 너와 논의할 일이 있단다.」

5

이틀 뒤 저녁, 프랑크푸르트 역에서 한스와 그의 아버지는 파리로 향하는 야간 기차가 출발하기를 기다리고 있었다. 콘라트 타우프는 말끔한 차림이었다. 선동가다운 턱수염도 밀어 버리고 머리도 다듬은 상태였다. 그는 최대한 안심시키는 말투를 구사하며 간간이 아들에게 중얼거렸다.

그들은 전날 아침 베를린에서 기차를 탔다. 레나테는 그곳에서 그들의 흔적을 정리하기 위해 남았다. 콘라트와 레나테 타우프는 착실하고 질서 정연한 사람들이었다. 그래서 그들의 일을 현명하게 처리해야 한다는 시민적 책임감을 느꼈다.

볼프의 방문 후 독일을 떠나야 한다고 결정하고 나서 저녁에 세 사람은 부엌 식탁 앞에 앉아 리스트를 작성했다. 콘라트는 내일 아침에 일어나자마자 볼프를 보러 가서 출국 비자들을 얻어 오기로 했다. 그런 다음 영국 대사관으로 이동할 예정이었다. 영국 대사관에 그가 아는 사람이 있는데 그 사람이 프랑스와 영국을 위한 입국 비자를 만들어 줄 거라고 확신했다. 그도 레나테도 볼프의 제안이 그들에게 죄를 뒤집어씌우기 위한 계략일지 모른다는 걱정을 표하지 않았다. 한편으로 한스는 그들의 본능적인 믿음에 감동할 뻔했다. 하지만 그의 내면에서는 그와의 거래 중 베버가 보인 선의에 대한 의심의 싹이 자라고 있었다.

비자를 확보한 뒤에는 콘라트와 레나테가 은행으로 가서 현금을 최대한 많이 인출하고 잔금은 레나테의 여동생 계좌로 이체하기로 했다. 그들은 기차표도 사야 했다. 신중하게 짐을 싸고 가족과 친구들에게 보낼 편지도 써야 했다. 당연히 모든 일을 하루 만에 다 할 수는 없었다. 그래서 리스트에 남은 나머지 일들을 처리하기 위해 레나테는 베를린에 하루 더 남기로 합의했다. 그 다양한 항목에는 식료품점의 대금을 결제하는 일도 있었다. 또 레나테가 근무하는 사회 복지 센터에서 그녀의 친구들에게 그녀와 남편이 며칠 간 바바리아로 휴가를 떠날 거라고 알리는 일도 있었다.

한스는 그들이 볼프 교수님의 말을 진지하게 들었다면 어머니가 모든 일을 내려놓고 그냥 함께 떠나야 한다고 우겼다. 부모님이 그들의 상황을 온전히 인식하지 못한다는 것을 알았기에 그들의 논리에 반박했으나 헛수고였다. 「그들이 원하는 것은 나란다, 한스.」 그의 아버지가 말했다. 「네 어머니는 위험하지 않아. 그냥 떠날 수는 없잖니. 모든 것을 정리해야지.」 한스는 절박하면서도 동시에 짜증이 났다. 하지만 더 이상 우겨도 의미가 없을뿐더러 그 행위로 인해 그가 잠재적으로 위험해질 수 있다는 것을 알았다.

계획상으로는 레나테가 기차에서 그들과 합류하기로 했다. 하지만 명백하게도 그런 일은 없을 것이었다. 플랫폼에 있는 거대한 시계가 방금 밤 11시를 지났다. 증기가 일어 때묻은 구름을 이루며 성당에서나 볼 수 있는 아치들과 웅장한 터미널 역의 유리 지붕에 다다랐다. 그러는 동안 기차의 엔진은 힘을 모았다. 쌕쌕 소리와 기차의 출발이 임박했다는 방송이 밤의 고요를 깨뜨렸다. 인공 불빛 아래에서 단색으로 보이는 플랫폼 위에는 아무런 움직임이 없었다. 승객들은 기차에 올랐고 이제 기다리는 일만 남은 것 같았다. 4분 남았다. 그들은 기차에 올라탄 다음 뒤로 문을 쾅 닫았다.

「나중에 우리를 따라잡겠지.」 콘라트가 속삭였다. 「우리는 그녀를 파리에서 볼 수 있을 거야.」

기차에는 더 비어 있는 칸들이 몇 개 있었지만 콘라트는 이번 칸에서 마지막으로 남은 두 자리에 앉자고 고집했다. 그래서 조용히 눈총을 받았다. 그들의 여행 동반자들은 보아하니 사업가들 같았으나 그다지 잘나가는 부류는 아닌 모양이었다. 침대칸이 따로 없는 2등석에 탔으니 말이다. 홍일점인 여성도 있었다. 금발에 예쁘장하며 30대쯤 되어 보인다고 한스는 생각했다. 그녀는 남자들을 향해 반항적으로 입술을 비죽였다. 감히 쳐다보거나 말을 걸어 보라며, 그렇게 하면 후환이 있을 거라는 신호였다.

기차가 덜컥 하고 움직이기 시작하더니 천천히 교외를 지나 보이지 않는 어두운 시골 지역으로 향했다. 기차는 겨울밤을 헤치며 나아갔다. 그들은 영국으로, 그 머나먼 나라로, 지리학적으로 멀다고 하지 못하겠다면 사상적으로 멀다는 것은 인정해야 하는 그 나라로 향하고 있었다. 양쪽으로 흔들리는 움직임, 엔진의 규칙적인 쿵쿵 소리, 그리고 철로가 찰그락거리는 소리가 편안하게 들려왔다. 흥분이 밀려왔다 지나간 뒤라 한스는 매우 지쳐 잠이 들었다.

그러다 갑자기 잠이 깼다. 기차는 정지해서 고요한 상태였으며 기차 안은 어둠침침했다. 그의 아버지가 한스의 어깨에 기대어 있었다. 아버지의 머리가 축 늘어졌다. 조심스럽게 한스는 아버지를 건드려 그의 머리가 통로 창 쪽으로 굴러가게 밀어냈다. 그 행위로 인해 작게 쿵 하는 소리가 났다. 콘라트는 깨지 않았다. 기차칸 안에서 힘겹게 숨을 쉬는 소리가 났다. 또 방심한 채 체취를 내뿜는 여덟 명의 몸에서 악취도 났다. 그 악취는 여성의 달콤한 라벤더 향내에 의해 완화되었다. 보아하니 다른 누구도 깨어 있지 않은 것 같았다.

한스의 눈이 어둠에 적응하고 있었다. 그는 창밖을 바라봤다. 등들이 보였지만 간판들은 전혀 보이지 않았다. 그의 아버지와 마주 보는 자리에 그 여성이 앉아 있었다. 그녀는 구석 비좁은 자리에 앉은 채 그녀 옆에 자리한 얇은 콧수염의 이방인과 접촉하지 않으려고 조심했다. 그녀 또한 잠이 들어 있었다. 입을 벌린 채 치마가 말려 올라간 상태였다. 한스는 그녀의 윤이 나는 스타킹을 위로 잡아 주는 가터와 그를 설레게 만드는 도자기 같은 살결을 명확하게 구경할 수 있었다. 그는 뚫어지게 쳐다봤다. 그러다 뭔가가 그의 시선을 들어 올리게 만들었다. 그녀가 그의 눈을 쳐다보며 심술궂게 미소 짓고 있었다. 그러더니 다리를 더욱 벌렸다. 덕분에 한스는 하얀 다리를 더 많이 구경하고 그녀의 속옷에서 살짝 도는 광택까지 확인할 수 있었다. 그가 추측하기로 그녀의 속옷은 부드러운 비단으로 만들어졌으며 살구색이었다. 물론 속옷의 세부 사항들을 실제로 확인할 수는 없었다. 여자는 미소를 지으며 눈을 감았다. 그러더니 몸을 더 뒤로 기대며 그녀의 다리들을 한스 쪽으로 아주 살짝 돌리는 것 같았다. 어쩌면 이것은 그가 상상한 것일지도 모른다. 하지만 그녀의 피부와 그 천의 모습만으로도 충분히 생생했다.

한스는 이것이 그의 사타구니 사이에 유발하는 기분 좋은 감각에 집중해 봤다. 잠시 그 흥분감이 머리를 깨웠다. 하지만 다시금 잠이 밀려왔고 기차는 여정을 계속했다.

이후 한스는 다시 깼다. 같은 칸에 있는 다른 사람들은 모두 이미 움직이고 있었다. 부스스했으나 기차에서 내릴 준비를 하고 있는 것이었다. 넥타이를 바로 매고, 머리를 빗고, 모자를 머리에 쓰고, 손가락들로 눈에서 졸음을 쫓았다. 여성은 침착하게 립스틱을 바르며 무표정하게 한스를 쳐다봤다. 스포트라이트 조명이 열차 칸의 어둠을 꿰뚫었다.

「몇 시죠?」한스는 자신의 의도보다 더 크게 물었다.

「3시 40분.」그의 아버지가 응답했다. 「우리는 아헨에 왔어. 여권 확인을 위해 내려야 할 거야.」

기차 차장이 통로를 따라 내려오며 지나치는 칸의 창문마다 두드렸다.

「모두 내리십시오.」기차 차장이 외쳤다. 「빨리요.」

같은 칸을 차지하고 있던 사람들이 어색하게 일어섰다. 그들은 사과하며 더 많은 자리를 차지하기 위해 예의 바르게 다투고 있었다. 한스의 아버지는 자신의 가방을 향해 손을 뻗었다.

「그것까지 챙길 필요는 없어요.」남자들 중 하나가 설명했다. 「이건 그냥 서류 작업이랍니다. 그들은 밀수품에 관심 없어요. 그냥 사람들만 확인하는 거죠. 당신도 조만간 충분히 빠르게 돌아올 겁니다.」

콘라트가 고개를 끄덕이고는 가방을 받침대 위에 남겨 두었다.

그들은 줄지어 기차 칸에서 나와 기차에서 내렸다. 금발 여성이 앞장서고 그 뒤로 질서 정연한 후미에 사람들이 붙으며 세관으로 스멀스멀 기어들어 갔다. 객차에서 나오자 쓸쓸할 정도로 추웠다. 역의 중앙 홀도 그다지 더 따뜻하지 않았다. 플랫폼을 건너며 한스가 기차의 길이를 따라 시선을 옮겼다. 사람들이 독일 기관차를 분리하고 있었으며 옆 플랫폼에서는 그것의 대체용인 프랑스 기관차가 마치 조급하게 기다리는 것처럼 증기를 뿜어냈다.

중앙 홀 안으로 들어서자 한스는 그의 쪽으로 달콤하게 떠밀려오는 그녀의 향수 내음을 맡았다. 그리고 그녀의 우아한 등을 내려다보자 그녀의 스타킹의 곧고 검은 이음매들이 보였다. 그는 다시 그 윤기 나고 부드럽게 주름진 천 조각과 그것이 감추고 있는 부분에 대한 생각을 하게 됐다. 그녀는 상아 담뱃대로 담배를 피웠다. 그는 그 향기를 탐욕스럽게 들이마셨다. 그녀에 대한 모든 것을 원했다.

한스의 아버지는 불안해하며 주머니 안쪽을 뒤져 서류가 있는지 확인했다. 여성은 고개를 돌리더니 말했다. 「정말 불편하지 않나요? 기차에서 내렸다가 다시 타야 하다니요. 저들은 아주 최근에 이런 조치를 도입했답니다.」 그녀는 거만한 미소를 지으며 담배를 빨아들였다.

「네.」 콘라트가 상기된 채 응답했다. 「당신은 파리로 자주 여행을 가시나요?」

「오, 네, 저는 패션 디자이너거든요. 스튜디오 몇 군데와 함께 일하고 있어요. 당신은요?」

「저는 기자입니다. 콕토 씨에 대한 기사를 준비하고 있거든요. 파리에는 몇 년만에 가는 겁니다.」

「저 사람은 당신 비서인가요?」

「오, 아니요. 제 아들 한스입니다. 그도 파리를 구경할 때가 됐다고 생각했거든요.」

「그렇군요.」 그녀가 말하며 그를 돌아봤다. 「그 또래 청년이라면 파리에서 볼 것이 정말 많겠네요.」

한스가 그녀를 직시하며 잠시 그녀의 시선과 마주했다. 그녀의 얼굴에서 음모를 꾸미는 듯한 미소가 보였다. 그는 그것이 매력적이라고 생각했다. 하지만 바로 그때, 사람들의 줄이 움직이기 시작했다.

한스는 양옆을 바라봤다. 그녀는 그를 보고 실실 웃고 있었다. 명백하게 그를 놀리는 것은 아니었지만 그의 흥분을 재미있어했다. 한스는 그녀에게 손을 뻗어 그녀를 만져 보기를, 그녀의 치마 밑 살결을 느껴 보기를 갈망했다. 그녀의 팔을 만져 보는 것도 괜찮았다. 오직 그녀가 존재하며 그도 존재한다는 것을 깨닫기 위한 감촉일 터였다. 하지만 줄이 빠르게 줄기 시작해 그녀도 자기 자리로 돌아가야 했다.

침침하게 불이 켜진 통로를 통과하는 승객들 양옆으로 두 개씩, 총 네 개의 가대식 책상이 세워져 있었다. 일련의 과정이 어떻게 돌아가는지 파악하기는 쉬웠다. 책상마다 회색 야전복 차림의 남자가 두 명씩 있었다. 야전복의 옷깃에는 히틀러 친위대의 표식인 SS가 새겨져 있었다. 야전복 차림의 남자 중 한 명이 앉아서 질문했고 그러는 동안 나머지 한 명이 마치 겁을 주려는 것처럼 일어서서 대상을 회의적으로 바라봤다. 통로 옆에는 네 명의 남자가 더 있었다. 그들이 모든 것을 총괄하고 있었다.

사람들이 한 사람씩 호명을 받고 앞으로 나갔다. 일은 적당히 빠르게 처리됐다. 사람들이 더 깊은 질의를 받을 대상으로 뽑히는 경우는 무작위 같았다. 종잡을 수 없었다. 하지만 대부분의 사람에게 시련이란 오로지 그들의 서류를 자세히 확인하고 피상적인 질문을 몇 가지 받는 일이었다.

그들 차례가 점점 가까워졌다. 콘라트는 친위대원들이 자신들의 일에 매진하는 모습을 여념 없이 지켜봤다. 마치 그렇게 하면 다음 몇 분간 안전하게 협상하는 문제에 대해 어떤 답이라도 구할 수 있는 것처럼 말이다. 한스는 아버지에게 그만 불안하게 행동하라고 속삭였다.

그들 앞에 있던 여성이 호명됐다. 그녀는 자신 있게 앞으로 나가더니 몸을 살짝 돌려 한스와 그의 아버지를 향해 다시 미소를 지었다. 그의 아버지는 정신이 딴 데 팔려 있어 그녀를 보지 못했다.

한스는 그녀가 책상 쪽으로 걸어가는 모습을 지켜봤다. 아주 멋지게 움직이네. 한스는 생각했다. 그녀는 두 남자에게 차례로 밝은 미소를 보이고는 자신의 서류를 깔끔하고 결단성 있게 그들 앞에 놓았다. 남자들은 옅은 관료주의적 미소로 화답했다. 그녀가 농담을 했으나 한스에게는 정확히 어떤 말이 오갔는지 들리지 않았다. 그녀가 아버지의 동요를 그들에게 알리는 것일 수도 있었다.

앉아 있던 남자가 웃음을 터뜨리고는 자신의 동료를 바라봤다. 동료는 책상 위에 놓인 서류 중 한 장을 집어들었고 나머지 한 명은 그녀의 여권을 훑어봤다. 한스는 흥미 없는 척하면서 오로지 상황이 어떻게 돌아가는지에만 집중했다.

한스와 그의 아버지는 이제 줄 맨 앞에 서 있었다. 하지만 앞으로 나오라는 호명이 없었다. 다른 책상에서는 모든 활동이 끝났다. 유일하게 처리되고 있는 사람은 아까의 금발 여성뿐이었다. 그녀는 주위가 조용해진 것을 의식하지 못하고 활짝 미소를 지은 채 친위대원들과 생동감 있게 대화를 나누고 있었다. 당연했다. 그녀는 표식자였다. 그래서 그녀는 그들과 이야기도 나눴던 것이다. 그녀는 그들을 색출해 내기 위해 그자리에 있었던 것이다.

한스는 생각했다. 그녀는 금방 다시 기차에 탈 것이며 대체 그 멀끔하지만 신경질적인 기자와 그의 잘생긴 아들은 어떻게 됐는지 물을 것이다. 그는 그들의 짐이 어떻게 될지 궁금했다. 어떤 낮은 계급의 직원이 기차로 파견되어 배신자들의 가방을 색출하고 그들을 조사하기 위해 데리고 갈지도 모를 일이었다. 그는 주변을 살폈다. 언제고 장갑 낀 손이 그의 팔을 잡을지 모른다고 예측했다.

관계자 중 한 명이 은밀하게 수신호를 보내고 있었다. 그러나 그 여성은 그 수신호를 인지하지 못했다. 그림자 속 세 남자가 수신호에 반응해 움직이기 시작했다. 이제 끝이구나. 한스는 마음을 다잡았다. 하지만 누군가가 쥔 것은 그의 팔이 아니었다. 남자들은 자신들의 동료가 있는 책상 쪽으로 다가섰다. 잘 연습된 동작 한 번으로 그들은 여자의 겨드랑이 밑을 잡더니 그녀를 빠르고 효율적으로 통로 뒤쪽 문으로 안내했다. 그녀는 아무 말도 안 했다. 완전히 충격을 받았나 보네. 한스는 생각했다. 소동은, 참고로 그것은 소동이라고 부를 수밖에 없는 것이었기에, 몇 초 안 되어 끝났다. 책상 앞에 앉아 있는 남자는 그녀의 서류들을 깔끔하게 하나로 쌓아 올린 뒤 일어서더니 자신의 동료를 데리고 문을 통과했다.

「*Mein Herr! Bitte schön.*(다음 선생님! 나오세요.)」

한스와 그의 아버지는 짜증 나는 말투로 크게 외치는 남자의 목소리를 듣고 동시에 놀랐다. 그들은 책상 중 한 곳으로 나오라고 호명되고 있었다. 검사 과정은 간단하지만 위압적이었다. 맞춰야 할 기차 시간표가 있었다. 늦어진 시간만큼 서둘러야 했다. 친위대원들의 사기가 4분의 1 정도 줄어든 상태였다.

　2분도 안 되어 그들은 말없이 기차 쪽으로 다시 걸어갔다.

15장
서명과 함께 거래가 성사되다

1

그는 풀어져 있는 오른쪽 소맷동의 첫 번째 커프스단추를 단춧구멍에 끼우느라 낑낑거리며 생각한다. 음모와 은밀한 개입의 잠재력을 처음으로 온전히 받아들인 순간이었다. 그 전까지 그는 상호 이득이 되도록 비밀리에 협의하는 일이 적대적인 국가들뿐만 아니라 개인들 사이에서도 이루어질 수 있다는 사실을 이해하지 못하고 있었다. 그는 별들을 재배치해 자신의 이해와 일치하는 성좌를 만들 수 있는 힘과 가능성을 쥐고 있었다. 이것이 그때의 계기를 통해 그가 깨달은 바였다.

베버는 상대적으로 속이기 쉬운 대상이었다. 볼프는 그의 지성, 학문적 성과와는 별개로 멍청이에 불과했다. 그럼에도 불구하고 이번 사건에서 배워야 할 점들이 있었다. 그는 베버가 정직하게 약속한 바를 이행하는지에 따라 자신이 너무 휘둘리도록 처신했다. 베버가 그의 책무를 확실히 이행하도록 견제해서 균형을 이뤄야 했다. 그는 그 계기로 한층 더 현명해졌다.

그리고 물론 그의 어머니 문제는 대단히 유감스러웠다. 지금으로선 어머니에 대한 표현으로 그것만이 적절하다고 느껴졌다. 자신에게 생명을 준 여성에게 퍼부어도 모자랄 감정이 결핍된 것 같은 표현일지라도, 솔직한 느낌이 그랬다. 사실 그는 어머니에게 있어서 애로 사항이었다. 어머니가 사회적 이론을 제시하고 주장하는 와중에 어머니의 자궁에서 무심코 밀려 나온 존재였다. 어머니는 그에게 어린 나이부터 정치관을 주입하려고 시도했지만 결실은 없었다. 부모님 중 콘라트가 더 낭만적이고 보수적인 사람이었다. 콘라트는 마음 내켜 하지 않는 레나테가 짜증을 내도 아들을 바라보게 만들었다. 그리고 대부분 콘라트가 어린 한지를 돌봤다.

그는 회복한 상태여서 컨디션도 비교적 괜찮다. 병원에서의 상황은 아슬아슬했다. 그는 자신이 어떤 시설로 보내질 것이라고 백 퍼센트 확신하고 있었다. 그들의 역할이 바뀌었더라면 그는 뒤도 돌아보지 않고 베티를 보내 버렸을 것이다. 그러니 베티에게 아낌없는 찬사를 보낸다. 회복 중인데도 손이 떨린다. 그는 오늘따라 유난히 더 작아 보이는 단춧구멍에 커프스단추의 뾰족한 부분을 넣는 데 계속 실패하고 있다. 점점 짜증이 난다.

그는 한숨을 쉰다. 오, 베티 같은 부류와 비교했을 때 그는 엄청난 일들을 겪었다. 레나테는 그들이 독일을 떠난 다음 날 체포됐다. 그의 아버지는 그 사실을 나중에 알게 됐다. 베버는 그들이 협의한 내용만을 절대적으로 지켰다. 나머지 상황은 예측 가능하게도 여론 조작용 재판, 『푈키셔 베오바흐터』[43]에 실린 보고 기사, 그리고 유죄 선고였을 것이다. 어쩌면 어머니가 체포당한 시점부터 어머니가 선고받은 시점 사이 독일 내 태도가 강경해졌다는 점은 미처 생각지 못한 부분이라고 볼 수도 있었다. 1939년 3월에 어머니는 슈판다우 막사 앞 총살형 집행대에서 처형됐다. 이런 상황에 무슨 할 말이, 또는 할 생각이 더 있겠는가? 그것은 유감스러운 일이었지만 부모님의 고집스러운 어리석음으로 인해 촉발된 결과였다. 이제 그는 어머니에 대한 기억이 거의 없다.

그는 짜증을 내며 셔츠를 벗어 침대에 던져 버린다. 미리 잘 준비해 둔 덕에 또 하나의 셔츠가 빳빳하게 다려진 채 옷장 안 옷걸이에 걸려 있다. 이 셔츠에는 성가신 이중 커프스 대신 일반 단추가 달려 있다. 그는 조끼 차림으로 잠시 거울 앞에 선다. 오 세상에. 처진 젖꼭지. 상완의 잿빛 살덩이가 깃발처럼 팔에 매달려 있는 모습. 심하게 붉은 얼굴. 우유처럼 탁하고도 누런 홍채. 옥수수수염 같은 백발. 기어이 그것이 진

---

43 1920년부터 발행된 독일 나치당의 기관지. 원래는 나치당과 상관없는 뮌헨의 작은 신문이었으나, 아돌프 히틀러가 인수하여 당 기관지로 성격이 바뀌었다.

행되고 있다.

아버지와 그는 스코틀랜드의 시골집으로 이송됐다. 버치라는 사람이 아버지에게 사정을 설명했다. 버치는 베를린 영국 대사관의 2등 서기관이었다가 영국 정보부로 옮겨 온 중간 지위 공무원이었다. 그동안 한스는 시골집의 상냥한 가정부가 돌봐 줬다. 결국 버치가 그들을 어떻게 처리할지 결정을 내렸고 그는 봄 학기 시작에 맞춰 헤리퍼드셔에 있는 기숙 학교로 보내졌다. 그의 아버지는 런던으로 가서 BBC 방송국에서 선전을 쓰고 독일의 정치적이고 지적인 망명자들의 바다에서 헤엄치며 그들 사이에서 나치 첩자들을 솎아 냈다. 방학이 되면 한스는 아버지와 함께 퍼트니에 있는 작은 집에서 함께 지냈다.

알베르트 슈뢰더의 체포 및 재판 또한 언론의 관심을 끌었다. 슈뢰더가 유죄로 판명 나 처형됐다고 발표됐다. 망명자들의 네트워크를 통해 슈뢰더의 가족은 보호 구금 중이라는 소식이 들려왔다. 보호 구금이란 모두 익히 아는 것에 대한 완곡한 표현이었다. 그 이후의 일들은 냉담함 속에서 불가피하게 벌어졌을 것이다. 혜택을 있는 대로 전부 누리던 특권층이었으나 어쩌다 정권과 관계가 틀어져 버린 가문, 슈뢰더가에 대해 언급하는 이는 아무도 없었다.

그는 다시 몸을 일으켜 세우고 가슴을 편다. 넥타이를 매고 머리를 빗는다. 퇴물이 되는 순간이 코앞일지라도 그는 여전히 이 자리에서 건재하다. 생명력과 힘이 넘친다. 이제 무대에 오를 시간이 거의 다 됐다.

전쟁 발발 이후, 콘라트 타우프는 C 그룹의 독일인으로 분류됐다. 즉 전혀 위험인물로 치부되지 않는다는 의미였기에 그는 직장을 유지할 수 있었다. 1940년에 독일이 영국 해안에 접근하고 기습이 시작되면서 상황이 극적으로 변했다. 모든 독일 국민은 억류됐으며 타우프도 예외가 아니었다. 버치가 힘을 써서 한스만은 학교에 남을 수 있도록 해줬다. 또 관료 체계를 극복해 콘라트를 풀어 주려 노력했다. 하지만 그 과정이 너무 더뎠다. 콘라트는 1940년 10월 자살했다. 절망과 슬픔 때문이었을 것으로 추측됐다. 장례식은 잡다한 망명자들과 버치라는 고독한 인물이 참석한 불편한 행사였다. 당시 버치는 다른 애도자들과 말을 섞지 않으려고 노력했다. 한스가 그 어색한 조의를 나눈 상대가 버치였다. 버치야말로 자신보다 더 많이 동요하는 것 같았다. 그는 아버지의 자살이 나약함의 표시라고 생각했으니까. 그의 학비를 계속 대주고 나중에 통역관이라는 돈벌이 쏠쏠한 취업 자리를 알아봐 준 사람도 버치였다. 취업 후에 그는 그 처진 콧수염의 늙고 수척하고 음울한 독신남과 거리를 두고자 신경 썼다.

내가 살아온 삶이란. 그는 회상하며 양볼에 오드콜로뉴 향수를 살짝 뿌리는 것으로 마지막 준비를 마친다. 그는 이 순간과 마주하기 위해 준비됐다. 말쑥하다. 정신도 차렸다.

2

「나들이옷인가요, 로이?」스티븐이 얼굴에 조롱 조의 미소를 띠며 말한다.

「스티븐,」베티가 말린다. 「얌전히 굴어야지. 우리 같은 노인네들은 항상 무슨 중요한 일이 있을 때 차려입는단다. 나도 신경 좀 쓴 것 안 보이니?」

베티는 저 녀석에게 너무 무르다. 「우리 같은 사람들에게는 기준이라는 것이 있단다.」그가 아무렇지 않게 말한다. 보아하니 스티븐은 항상 입는 청바지에 티셔츠 차림이고 머리는 중구난방으로 산발이다.

「빈센트와 몇 시에 보기로 했지?」베티가 묻는다.

「그가 조만간 도착할 것 같은데요.」스티븐이 대답한다.

베티는 식탁 준비가 잘 됐는지 확인한다. 우유 주전자와 설탕 그릇과 찻잔이 잘 있고 주전부리용 깡통에는 은박으로 포장된 비싼 비스킷이 가득 채워졌는지 본다. 그러는 사이 그는 살짝 불안하게 서서 스티븐의 눈을 노려본다. 그 적의에 스티븐의 얼굴에서 미소가 사라진다.

초인종이 울린다. 스티븐은 빈센트를 위해 문을 열어 준다.

그들은 중대한 사업을 개시하기 위해 식탁 앞에 모여 앉는다. 두 투자자가 한쪽에, 빈센트와 스티븐이 반대쪽에 자리한다.

빈센트는 일련의 서류들을 꺼낸다. 그의 연기는 정말 뛰어나다. 서류들은 전문적으로 제시됐으며 거기에 적힌 내용들도 적합하다. 빈센트는 진지하게 그들과 함께 양식을 짚어 나간다. 그들과 관련 있을지 없을지 모를 조항들과 하위 조항들을 신중하게 지적하며 베티를 위해, 그리고 표면상으로는 로이도 생각해서 난해한 법률 용어들을 설명한다. 베티와 로이는 주기적으로 고개를 끄덕인다. 하지만 로이는 베티가 내용을 전혀 따라오지 못한다고 확신한다. 그녀는 로이와 빈센트가 정확히 원하는 상황에 처해 있다.

스티븐은 조금 더 문제다. 그 청년은 확실히 능력이 부족해 보이는데도 불구하고 빈센트는 그가 똑똑하며 관찰력이 좋다고 평했다. 그는 서류 작업을 신중히 따라왔으며 금융 기관들을 확인했다. 한때 로이와 빈센트는 조세 피난처에 있는 실질적으로 존재하지 않는 은행에서 가짜 계좌를 만들까 고려했다. 그랬더라면 베티는 제3자를 통해 기분 좋게 예금할 수 있었을 것이며 로이도 이 일에 자신의 돈을 들여야 하는 불편을 피할 수 있었을 것이다. 물론 그 금액이 베티가 내야 하는 금액보다 훨씬 적지만 절대로 적은 액수는 아니다. 빈센트와 로이는 스티븐의 관찰력을 고려할 때 이 방법은 위험 부담이 너무 크다고 판단했다. 빈센트는 통장 잔액을 웃도는 액수의 수표라는 고전적인 수법을 주장했지만, 요새 같은 인터넷 시대에는 잘 통하지 않는 방법이었다. 그렇다면 달리 방법이 없었다. 그냥 거금을 들일 수밖에. 로이의 본능에 어긋나는 행위였지만 하기 싫은 일도 해야 할 때가 있기 마련이었다.

「그럼 다 됐네요.」빈센트가 말한다. 「이제 서류에 서명할 준비 되셨나요?」

빈센트는 볼펜을 내민다. 로이는 그것을 거절하고 안주머니를 뒤져 자신의 비싼 만년필을 꺼낸다.

「내 생각에는 이런 일도 살짝 폼 나게 진행하는 것이 좋겠군요.」로이가 말한다.

「그래요.」베티가 활짝 웃으며 동의한다. 「모든 일은 폼 나게 처리해야죠. 우리도 그런 식에 익숙해져야 해요.」

각자 서명해야 하는 서류가 한 다발이다. 베티는 로이가 그의 서류들을 처리하는 동안 기다려준다. 그의 손이 떨려 서명이 불안정하며 가늘고 길다. 그는 일을 마치자 베티에게 자신의 만년필을 건넨다. 베티도 깔끔한 손 글씨로 서명한다. 그런 다음 스티븐 차례다. 그는 진행 과정을 지켜본 증인으로서 서명해야 한다. 그러고 나서 빈센트는 서류들을 한 차례 더 찬찬히 살피며 잘못된 부분이 없는지 확인한다.

「좋아요.」빈센트가 마침내 말한다. 「자금 이체를 실행할까요?」

빈센트는 서류 가방에서 노트북을 꺼내 전원을 켠다. 스티븐은 베티의 노트북을 가져온다.

「두 분 모두 각자 은행에서 자금 이체를 걸어 놨나요?」빈센트가 묻는다.

「네.」두 사람이 응답한다.

「그럼 그 이체를 승인하는 작업만 남았군요. 이체는 즉시 이루어질 거예요.」

「내가 먼저 할까요?」로이가 미소를 지으며 말한다. 자신이 베티보다 먼저 통장에 돈을 넣으면 이체 행위 자체가 더욱 신빙성 있어 보이리라.「빈센트, 어떻게 할지 알려주게.」

「물론이죠. 비밀번호는 직접 입력해야겠지만 그것에 대해선 어떤 버튼을 눌러야 하는지 제가 알려 드릴게요.」

「가망 없어, 나는.」로이가 말한다.「늙은 개에게 새로운 묘기를 가르칠 수는 없지.」

스티븐이 주의 깊게 지켜보는 가운데, 빈센트는 로이의 은행 홈페이지에 접속한다. 그 후 자신의 노트북을 식탁 반대편으로 가져간다. 베티, 스티븐, 그리고 빈센트가 시선을 돌려준 사이 로이가 로그인한다. 그런 뒤, 그들이 원하는 창을 빈센트가 찾아 띄운다. 로이는 미소를 지으며 지켜본다. 꽤나 무의미한 기대를 한다. 그러는 와중에 빈센트가 말한다.「됐네요, 로이. 이제 당신이 해야 할 일은 화면의 간단한 메뉴를 실행하는 것뿐이에요.」

「메뉴라고?」로이가 말한다.「이런 걸 메뉴라고 하나?」

「그래요. 자, 〈이 자금 이체를 실행하기를 원합니까?〉 그렇다면 커서를 〈네〉 상자에 올린 뒤 클릭하세요.」

로이는 착실히 지시를 따른다. 마우스로 커서를 너무 느리게 움직인다. 그러면서 확연하게도 이런 일을 안 해본 사람의 솜씨처럼 보이기를 바란다.

「자, 〈이 자금 지급을 확정하기를 원합니까?〉 다시 〈네〉에 클릭하세요. 물론 막판에 확신이 안 서면 〈아니요〉에 클릭하시고요. 여기서부턴 일을 되돌릴 수 없습니다.」

재빨리 로이는 〈네〉 상자를 클릭한다.

「다 됐어요.」 빈센트가 자신의 자리로 돌아가면서 말한다. 「자, 베티, 당신도 똑같이 하시겠어요? 그사이 저는 헤이스 앤드 폴슨 사이트에 로그인하겠습니다.」

「헤이스 앤드 폴슨이라고요?」 베티가 묻는다.

「영국령 버진 제도 은행이에요.」 스티븐이 침착하게 설명한다.

「그랬지, 내 기억이 문제군.」

베티는 스티븐을 그녀 쪽으로 부른다. 조심해야지. 로이는 생각한다. 너무 많은 관심을 보이면 안 된다. 그럴 리도 없지만. 수년간 쌓인 경험이 있는데.

베티는 골똘히 커서를 올리고 클릭하는 일에 집중하며 그녀의 은행 계좌에 접속한다. 어깨 너머에서 스티븐이 그녀에게 방법을 설명해 준다. 그리고 마침내 그녀도 일을 끝낸다. 그녀는 기대하는 눈빛으로 시선을 든다.

「로그아웃하는 것을 잊지 마세요.」 스티븐이 말한다.

「오, 맞다.」베티는 얼빠진 말투로 대답한다.「나도 참 바보 같지.」

「그럼, 다 됐네요.」빈센트가 말하며 다시 일어서서 자신의 노트북을 책상 위, 베티와 로이 사이에 놓는다.「저도 이제 헤이스 앤드 폴슨 사이트에 로그인할게요.」그는 작은 키보드를 다룬다. 계산기 정도의 크기로, 그의 주머니에서 나온 것이다. 베티는 그를 약간 놀란 표정으로 바라보지만 그는 그녀를 무시한다.

「자, 그럼 여기서 헤이스 앤드 폴슨 계좌의 현 잔액을 확인할 수 있어요.」그는 클릭해서 또 다른 링크로 접속한다.「그리고 여기에는 그 계좌로 이체된 내역이 있어요. 두 분의 이체 내역도 확인하실 수 있을 거예요.」

「오, 그럴 수 있어서 참으로 다행이네.」베티가 말한다.

로이는 그녀를 씁쓸히 지켜본다.

「두 분 모두 이 계좌에 로그인할 수 있어요.」빈센트가 설명한다.「제가 두 분의 로그인 세팅을 어떻게 하는지만 차근차근 알려 드리면 됩니다.」

그는 자신의 서류 가방에서 봉투 두 개를 꺼낸 뒤 그것을 두 사람에게 하나씩 준다. 봉투 안에는 설명서 한 권과 키패드가 있는데, 빈센트는 그 키패드가 가장 중요하다고 말한다. 로이는 이미 몇 차례나 이 과정에 대한 안내를 받으며 실행해 봤으나 적당히 멍청하게 군다. 그러는 동안 빈센트는 과정에 대한 안내를 다시 짚어 나간다. 그리고 로이에게는 로그인 환경을 구축하는 와중에 비밀번호를 정하고 기억하라고 시킨다.

「빈센트, 나는 우리가 왜 이 짓을 하는지 모르겠네.」그들이 일을 끝마치자 로이가 말한다. 「나는 컴퓨터에 꽝이야. 게다가 아까 것은 절대 다 기억하지 못할 텐데. 심지어 내겐 컴퓨터도 없어.」

「당신과 베티가 제 클라이언트로서 계좌에 24시간 접속 권한을 갖고 있다는 사실이 중요합니다. 원할 때면 언제든 잔고를 확인할 수 있어야죠. 그냥 형식적인 절차라고 치부하셔도 돼요. 하지만 중요하답니다.」

이것이 중요하다는 것은 지당한 말이다. 하지만 로이는 베티를 바라보며 잘 모르겠다는 뉘앙스로 어깨를 으쓱한다. 「내가 뭐라고 했어, 베티. 그는 깐깐한 사람이야. 정말 깐깐한 사람이고말고.」

베티 또한 도움을 받으며 과정을 차근차근 실행한다. 로이의 눈에 그녀는 살짝 어리둥절해 보인다.

「자, 그럼,」빈센트가 입을 연다. 「우리 일은 이제 다 정리됐네요. 이 작은 장치들을 이용해서 언제든 계좌에 로그인할 수 있답니다. 여러분에게 온전히 접속권이 있지만 부디 제게 알리지 않은 상태에서 출금하진 마세요. 제가 여러분의 대리로 투자하기 위해 자금을 이쪽저쪽으로 옮겨 놓을 수도 있거든요. 저 또한 여러분의 중개인으로서 통장에 접속할 수 있게 돼 있습니다. 공동 계좌에 잔액이 얼마나 있는지 확인할 수 있으며 간헐적으로 돈이 입금되는 것도 보실 수 있을 겁니다. 여러분에게 주기적으로 손익 계산서를 보내 투자금을 정확이 어떻게 굴리는지 알려 드리겠습니다.」

「손실과 이익의 손익요?」스티븐이 묻는다.

「비유적 표현이에요. 제 판단이 옳다면 손실은 없을 것입니다. 위험 인자들에 대해선 자세히 설명해 드렸죠.」

베티가 한숨을 쉰다.「휴, 다 끝나니 살 것 같네요. 이 일 때문에 머리가 좀 아팠거든요. 제 생각에는 이제 축배를 들 시간인 것 같은데요.」

「오, 맞아요.」로이가 말한다.

베티는 찬장에 있던 유리잔들과 시원하게 냉장고에 넣어둔 샴페인을 가져온다. 그리고 스티븐에게 샴페인의 코르크 마개를 따달라고 한 뒤 네 개의 잔을 채운다.

「나는 한잔하죠.」로이가 말한다.

「저는 사양하겠습니다. 감사합니다.」빈센트가 말한다. 「운전을 해야 해서요.」

그들은 서로 건배를 하고 즐겁게 샴페인을 마신다. 그러는 동안 빈센트는 서명된 서류들을 투명한 플라스틱 폴더에 끼워 넣고 자신의 노트북도 보호 케이스에 집어넣고 볼펜들을 서류 가방 안 정해진 위치에 챙겨 넣는다. 마침내 그는 간결하고도 예의 바른 작별 인사를 남긴다.

3

이제 둘만 남았다. 스티븐은 샴페인을 한 잔만 마시고 떠나 로이와 베티가 병을 비우게 됐다. 로이가 샴페인 대부분을 마셨다. 그래서 사실 살짝 술기운이 올라왔다. 그는 술도 예전처럼 못 마신다. 술이 센 것은 유용한 능력이지만 더 이상은 그것도 의미 없다. 베티를 속일 때는 필요 없다.

「자, 이제 우리 여생의 첫날이군요.」

「네.」 베티가 말한다. 「빈센트가 우리의 돈을 잘 관리해 주겠죠?」

「우리 자기, 그는 자신의 돈인 것처럼 관리해 줄 거예요. 자랑해도 될 만큼 잘 해줄 거예요.」

「그럼 6개월 내로 어느 정도 수익을 기대할 수 있는 거죠?」

「물론이죠. 이제 봐놓은 크루즈 여행을 같이 예약하죠.」 그는 미소를 지으며 조용히 의기양양해한다.

「당신이 그렇게 빨리 런던에 가봐야 해서 아쉽네요. 이번 주말은 함께 보내는 것이 좋겠어요. 로버트를 대신 이곳으로 부르면 안 될까요?」

「그게, 안 될 것 같아요. 아무리 생각해도. 로버트는 어차피 하루 정도만 왔다 갈 거예요. 벨기에에서 열리는 키친 컨벤션에 가야 한다더라고요. 하룻밤만 런던에 잠깐 들를 거래요. 게다가 지금쯤이면 이미 출발했을 거고요.」

「저도 그를 만나 보고 싶네요.」

「분명 때가 되면 다 만나겠죠.」로이가 말한다. 「이제 우리에게 확실한 수입이 생겼으니 그를 보러 시드니에 함께 갈 수도 있고요.」

「그러면 정말 좋겠어요. 당신은 나보다 세상을 훨씬 많이 봤겠죠.」

「어느 정도 인생을 살아 보긴 했죠. 나름 두근거리는 순간도 많았고요. 소란스러운 일도 있었고, 무분별한 일도 있었고, 하고 나서 상처투성이가 되는 일도 있었죠. 나는 다채롭고 풍요로운 인생을 살았어요.」그의 머리가 술기운에 어지럽다. 말조심해야 한다는 생각이 어렴풋이 든다.

「물론 그랬겠죠.」베티가 말한다. 「그런데 저번에는 꽤나 단조로운 삶을 살아왔다고 했잖아요.」

「오, 너무 자기 자랑을 하는 것도 보기 안 좋잖아요. 나는 당신이 상상조차 할 수 없는 일들을 직접 겪었어요.」그는 미소를 지으며 생각한다. 참으로 그렇고말고. 그녀는 전혀 짐작도 못 하겠지만. 「하지만 어쨌든, 나는 이제 짐을 싸야겠네요. 내일 스티븐이 역까지 데려다 줘도 정말 괜찮대요?」

「그럼요.」베티가 그를 미소로 되돌아본다.

16장
릴리 슈뢰더

1

당시 그녀는 그것을 제대로 이해하지 못했지만, 티어가르 텐 저택이 공격당하면서 릴리 슈뢰더의 삶은 끝났고 이전과 완전히 다른 삶이 시작됐다.

한스를 통해 릴리는 순수하고도 순수한 악의를 처음으로 경험했다. 전에 거리에서 젊은 남자들이 분노에 구겨진 얼굴로 고함치며 겁에 질린 수염 난 할아버지들을 밀쳐 대는 모습을 본 적이 있었다. 그녀는 그 모습에서 증오와 비슷한 뭔가를 감지하긴 했다. 하지만 그때마다 아무리 더 구경하려고 목을 빼도 부모님은 그녀를 품위 있는 커피숍이나 고급 자동차나 카데베 백화점으로 데리고 갔다. 한스와 단둘이 있었던 그 겨울의 황혼 녘 전까지, 그녀는 이런 것들을 어렴풋한 정도로만 인지했다. 그녀도 세상에는 불화가 존재하며 자신이 그것으로부터 차단돼 있다는 것을 알고 있었다. 하지만 그 이상은 아니었다. 특권과 보호막이 전부 무너져 버릴 거라고는 상상도 못 했다.

릴리는 고통스러워하며 누워 있었다. 맥박은 들쭉날쭉하고 몸이 잘게 떨렸으며 묵직한 통증이 그녀를 뒤덮었다. 그 고통이 그녀가 생각하는 것만큼 정말로 심한 것인지, 아니면 수치와 경악으로 고통이 증폭된 것인지는 알 수 없었다. 고통이 지나갈지도 의문이었다. 그녀는 그것 때문에 최소한 다음 몇 시간이나 며칠 안에 죽을지도 모른다고 확신하고 있었다. 물론 이것에 대해 아무에게도 말하지 않을 것이었다. 그녀의 어머니에게조차 말하지 않을 것이었다. 한스가 그렇게 하라고 시켜서가 아니라 너무도 죄책감이 들었기 때문이다. 그녀는 더러움과 수치를 초래했다. 그리고 어째서인지 그것을 남에게 털어놓는 순간 그것이 전염될 것 같았다.

점차 통증이 조금 사그라졌다. 하지만 더러운 기분은 그렇지 않았다. 그녀는 다급히 화장실로 향했다. 저녁 파티 전 간단한 식사 시간에 맞춰 준비하기 위해서였다. 그녀는 대야에서 최선을 다해 씻었다. 두꺼운 카펫과 그녀의 하얀 원피스에 물이 튀기는 것을 전혀 신경 쓰지 않았다. 그런 뒤 다시, 그리고 또다시 씻기를 반복했다. 팬티에 비누칠을 해 혈흔을 제거해 보려 했으나 결국 팬티를 세탁물 바구니에 넣어야 했다. 방 안에서 그녀는 아직도 피가 나고 있지 않은지 확인한 뒤 새 팬티를 입었다. 그러고는 팬티 안쪽에 조심스럽게 손수건 하나를 깔아 놨다. 혹시 나중에 다시 피가 날까 봐서였다. 이런 일련의 행위 중 어느 것 하나도 그녀를 더 깨끗하거나 안전하다고 느끼게 만들어 주지 못했다.

식사 시간은 침울했다. 파티를 앞두고 있는 반짝이는 저녁 분위기도 아니었고 평상시 저녁 분위기도 아니었다. 오직 어머니만이 전에 없이 밝아 보였다. 언니들은 다른 생각에 정신이 팔려 있는 것 같았으며 걱정스러움을 표하는 태도로 서로 속삭였다. 아버지는 이런 거창한 무도회를 별로 좋아하지 않았지만, 〈우리 딸들〉을 위해, 그리고 사회적 관례에 따라 그냥 맞춰 주고 있었다. 릴리는 보통 무도회를 계단 위에서 지켜보곤 했다. 거기에서 봤을 때 아버지는 수줍어하고 진중한 천성에도 불구하고 행사의 주최를 잘 해냈다. 하지만 이날 저녁에는 밖에서 눈이 내리는 모습을 멍한 시선으로 바라보고 있었다.

「여보, 사람들이 이런 날씨에 찾아오지 않을까 봐 걱정하고 있는 거예요?」 마그다가 물었다. 딸들은 보통 어머니가 아버지를 〈여보〉라고 부르면 너무 좋아했다.

「네?」 그가 되물었다. 「뭐라고 했어요? 미안해요. 네, 얼마나 많은 사람이 약속을 취소할지 생각하고 있었어요.」

「저는 그런 사람이 한 명도 없을 것 같은데요. 눈 때문에 앞길이 막힌 베를린 사람은 별로 없을 거예요.」

「당신의 말이 맞을 것 같군요.」 그가 비꼬며 미소를 지었다.

「그래도 그런 희망이라도 품는 것은 괜찮잖아요? 그렇죠?」

「알베르트, 당신은 이런 행사를 저만큼이나 좋아해요. 당신도 아시잖아요.」

「여보, 그 말이야말로 매우 의심쩍군요.」

「일단 사람들이 도착하면 당신도 괜찮아질 거예요.」

「당신 말이 맞겠죠.」그는 미심쩍게 말하고 다시 창문 쪽을 바라봤다.

「릴리, 언니들이 치장하는 것은 구경해도 돼. 하지만 그다음에는 네 방으로 가야 해. 그리고 8시까지만 책을 읽고 불을 끄거라.」

「네, 엄마.」릴리가 대답했다.

「오늘 저녁은 분위기가 굉장히 이상하네.」마그다가 억지로 쾌활하게 말했다.「보통 같으면 너희 셋은 수다 삼매경에 빠지고 나는 너희 의무를 상기시키기 위해 끼어들잖니. 그리고 릴리, 너도 질문에 질문을 이어서 하고. 그런데 오늘은 아무도 들떠 보이지 않네.」

「오, 우리는 들떴어요, 엄마.」한넬로레가 표 나게 의욕적으로 말했다.「당연히 들떴고말고요. 무도회는 환상적일 거예요. 저는 한껏 기대하고 있는걸요.」

릴리는 언니들을 따라 샤를로테의 방으로 갔다. 그곳이 무도회를 위한 치장과 화장을 할 방으로 지정됐기 때문이다. 그들은 각자 옆방의 욕조에서 목욕을 하고 돌아와 치장의 과업

을 시작했다. 먼저, 속옷을 한 세트 입어야 했다. 그런 뒤 머리
모양을 만들고 그것을 헤어스프레이로 고정해야 했다. 드레
스들은 입을 때 정교한 머리 모양을 흐트러뜨리지 않기 위해
아주 조심스럽게 끌어 올린 후 고개를 넣고 내려야 했다. 그
들은 팔찌, 목걸이, 그리고 귀걸이를 착용하고 거울 앞에서
점검했다. 그리고 마침내 화장대 앞에 앉아 각자 하넬로레가
갖고 있는 비싼 일련의 화장품으로 화장을 시도했다. 평상시
보다 깔깔거리고 설레는 모습이 적었다. 한번은 아넬리제가
진지하게 〈한지가……〉라고 이름을 언급했다. 릴리도 그 소
리를 들었지만 아넬리제는 릴리를 보자 말을 멈췄다. 그런
뒤, 어머니가 와서 언니들을 재촉했고 언니들은 떠났다. 릴리
는 침대에 앉았다. 주변으로 옷가지들이 여전히 온기를 품은
채 너저분하게 놓여 있었다. 언니들에게 자신의 이야기를 털
어놓지 못해 외롭고 심란했다.

아래층에서 음악이 퍼져 나갔으며 손님들이 도착하기 시
작했다. 릴리는 몇 분간 뜸을 들였다가 언제나 차지하는 층계
참 자리로 갔다. 그곳에서는 출입구가 내려다보였다. 하인 중
한 명이 거대한 현관문을 열 때마다 차가운 바람이 층계까지
불어왔다. 군복 차림의 멀끔한 청년들, 부모님의 친구들, 언
니들의 깔깔거리는 여자 친구들, 그리고 의무적으로 참가하
는 사교 손님들이 도착했다. 그때마다 바우어가 거드름 피우
는 큰 목소리로 발표했으며 손님들은 그녀의 부모님과 언니

들과 악수를 나눴다.

릴리는 자신이 더 이상 그 행사에 관심 없다는 것을 깨닫고 조용히 자기 방으로 돌아갔다. 옷을 벗는 동안 한스의 금발이 든 로켓을 발견했다. 그녀는 그것을 목에서 잡아당겨 풀어 버린 뒤 나무 바닥과 굽도리널 사이의 틈에 던져 넣었다. 그 안에는 그녀의 비밀 노트들, 주로 그녀가 한스에게 썼으나 한 번도 보내지 않은 유치한 연애편지들이 보관돼 있었다. 다시는 그 로켓을 보고 싶지 않았다.

2

구름의 그림자가 지나가듯 행사도 지나갔다. 손님들은 다음 날 평할지도 모른다. 슈뢰더가 사람들이 전년에 비해 덜 기뻐 보였다고. 알베르트가 다른 곳에 정신이 팔려 있었으며 괴팍했고 그 집 딸들도 조금 냉담했다고. 나중에 그들의 전후 사정이 드러날 거라고.

다음 날 아침, 가족들은 깨면서 자신들이 전날 밤 파티에 더 성의를 보여야 했다고 후회했다. 마그다는 샴페인을 너무 많이 마셨다. 남편과 딸들의 산만한 태도에 불안하고 약간 불편한 느낌이 들었기 때문이다. 그래서 지속적인 두통에 시달렸다. 알베르트는 사무실로 일찍 출근해 장부 걱정을 하며 언제쯤 타우프와 다시 만날지 고민했다. 하넬로레는 날이 밝아지면서 기분도 함께 좋아지자 아버지보다 한 시간쯤 뒤 아버지와 같은 건물의 그녀 자리로 출근했다. 샤를로테와 아넬리제는 늦은 아침 식사를 하고 크리스마스 선물을 사러 쇼핑을 갔다. 릴리도 몸에서 느껴지던 고통이 사라졌다. 그녀는 당시의 일이 자신이 기억하는 대로 벌어졌다는 것이 다소 믿기지 않았다. 그렇게 그녀는 집중력이 흐트러지고 불행한 기분으로 자신의 창가 자리에 앉아 독서를 했다.

그로부터 아침이 세 번 더 지나간 뒤, 나치의 친위대원들이 새벽 5시에 들이닥쳤다. 릴리는 처음에 그 소란을 듣지 못했다. 하지만 층계참으로 나왔을 때는 아버지가 고개를 숙인 채 수갑을 차고 맵시 좋은 제복 차림의 두 남자를 따라 큰 계단을 내려가고 있었다. 아버지는 그녀도, 자신들의 방 앞에 서 있는 잠옷 차림의 언니들도 돌아보지 않았다. 마그다는 문 앞에서 대기하며 하얀 풍경 속으로 들어가는 작은 행렬을 지켜봤다. 그녀는 남편에게 작별 인사를 하는 것조차 허락되지 않았다.

그들이 어느 정도 유명세 있는 가족이라는 점은 행운이었다. 덕분에 추접스러운 나치의 돌격대원 무리가 아닌 친위대의 관심을 받을 수 있었기 때문이다. 그들은 하찮은 폭력배들 대신 교양 있는 폭력배들로부터 대우를 받을 수 있었다. 친위대원들은 슈뢰더가 인맥이 좋다는 것을 유념하고, 간사하게 예의를 지키며 절차를 철저히 따랐다.

여자아이들은 사적인 공간에서 옷을 입고 그들의 어머니와 후딱 아침을 먹는 것까지 허용됐다.

「당국에서 이것이 실수였다는 것을 곧 깨달을 거야.」어머니가 말했다. 하지만 릴리는 어머니의 말이 네 명의 딸을 향한 것인지, 나치 친위대원들을 향한 것인지, 아니면 그들을 위한 음식 준비도 허락받지 못해 서서 지켜보고 있는 하인들을 향한 것인지 확실치 않았다. 아니면 어머니 자신을 향한 말일 가능성도 꽤 있었다. 좌우간 어머니의 말은 절박하게 들렸다. 「단순한 신원 오인 사례일 뿐이야.」

나치 친위대의 책임자가 정중하게 말했다. 「다 함께 그런 것이기를 바랍시다. 그동안, 여러분을 보호 구금하는 것이 제 의무입니다. 여러분 자신의 안전을 위해서요. 우리는 시민들이 당신 남편의 체포 소식을 들었을 때 어떻게 나올지 예측하지 못해요. 슬프게도 너무 많은 사람이 자신들의 손으로 직접 법적 제재를 실행하려고 하죠. 여러분은 수용소로 이송될 것입니다. 듣기로는 그곳도 어느 정도 편안한 환경이라고 해요. 물론 여러분의 아름다운 저택만큼 호화롭지는 않겠지만요.」그는 스스로에게 미소를 허용했다. 「부군의 서재에서 제가 우연히 본 작품은 뒤러의 것인가요? 훌륭하더군요. 저도 한 때 미술사를 공부했거든요. 자, 이제 준비가 되셨나요? 부디, 각자 작은 가방을 하나씩 챙기십시오. 그리고 여러분이 두려

위할 것은 하나도 없습니다. 당신들이 하는 말이 진실이라면 금방 이 저택으로 돌아오실 수 있을 테니까요. 우리는 독일의 사법 체계를 믿어야만 합니다.」

승합차 하나가 그들을 도시 외곽에 자리한 익명의 건물로 데려갔다. 이동 중에 그들은 감히 속마음을 공유할 수도, 서로에게 가짜로 안심시키는 말을 해줄 수도 없었다. 승합차는 두 개의 대문을 지났다. 그들의 접수는 사무적이었지만 정중하게 진행되었다. 그들의 소지품은 표지가 딱딱하고 커다란 일지에 개별적으로 기록된 뒤 보관을 위해 옮겨졌다. 작은 방에서 그들은 획일화된 회색의 거친 상하복을 한 벌씩 받았으며 그것으로 갈아입으라는 지시를 들었다. 심지어 릴리를 위한 어린이용 상하복도 있었다. 여성 경비가 그들을 감시하면서 그들의 옷을 커다란 갈색 종이봉투 안에 넣었다. 다시 접수 데스크로 돌아오자 마그다는 그들의 소지품을 기록한 일지에 서명하라는 지시를 받았다. 그들은 하얀 벽의 차디찬 방으로 안내됐다. 그곳은 다섯 개의 좁은 침대가 간신히 들어갈 정도 크기였다. 침대 시트나 베갯잇은 없었다. 오직 더러운 이불만이 하나씩 각 침대 발치에 개어져 있었다.

그들의 어머니는 중얼거리기를 반복했다. 「이것은 오해야. 우리는 곧 집에 갈 거야.」

결국 샤를로테가 어머니의 말을 끊었다. 「그런 말은 하지 마세요, 엄마. 우리 모두 무슨 일이 벌어질지 알고 있잖아요.」

그녀의 어머니는 그녀를 뚫어지게 쳐다봤다.

「아니야, 샤를로테.」하넬로레가 부드럽게 말했다.「그건 우리도 모르는 일이야. 어쩌면 엄마 말이 맞을지도 모르지. 그리고 릴리는…….」

하넬로레는 릴리를 바라보며 미소를 짓고 눈빛으로 동생을 달랬다. 하지만 샤를로테는 개의치 않았다.「우리도 잡혀간 다른 가족들을 봤잖아. 그리고 그들을 잊었지. 돌아온 사람은 아무도 없었어. 엄마 말은 기적이나 일어나야 가능한 거라고.」

「글쎄, 그럼 우리는 그 기적을 믿어 보자고.」아넬리제가 말했다.

그들은 다시 침묵했다.

3

공식으로 임명된 피고측 변호인이 마그다와 그 딸들을 구류 시설의 작고 허름한 사무실에서 만났다. 릴리는 그의 이름을 들은 기억이 없었다. 구식 윙 칼라 셔츠를 입은 남자 변호사는 상냥해 보였다. 하지만 그는 유일한 의자에 앉아 흔들리는 탁자 위에 자신의 신문들을 펼쳐 놓고 마그다가 탄원자처럼 그의 앞에 서 있게 만들었다. 릴리는 상황에 집중하려고 노력했지만 자꾸 밖에서 나무들이 바람에 흔들리는 광경으로 눈이 갔다.

남자가 마그다에게 말하기를, 가족 변호사는 안타깝게도 그들을 대표할 수 없는 상황이라고 했다. 어쨌든 그 변호사에게 선임비를 지불할 정도로 자금이 충분히 남아 있을지도 의문이었다. 그들의 자산은 판결이 날 때까지 몰수 상태였기 때문이다. 그는 법원에 의해 임명됐으며 그들을 위해 최선을 다할 것이었다. 그렇게 설명한 변호인은 위로의 미소를 지은 뒤 말을 이었다.

「부군의 건은 2주 후에 심리될 것입니다.」변호인이 말했다. 「그런 뒤에야 당신의 처지가 더 명확해질 겁니다. 하지만 고려해야 할 부분이 여럿인데, 특히 부군의 유대인 혈통도 그중 하나죠.」

「하지만 제 남편은 유대인이 아닌걸요.」

「물론입니다. 그럴 수도 있지요. 하지만 국가가 그 주장에 반박할 것처럼 보이더군요. 부군의 조부모 중 한 명 이상이 유대인이라는 주장이 있습니다. 현재 조사가 착수되고 있지요. 하지만 부군의 모계 조부모가 포메라니아[44]에서 자란 점을 고려하면 조사가 어려워질 수도 있겠지요. 우리는 폴란드 정부 당국에 의존하고 있습니다.」그는 무력한 미소를 살짝 지으며 마그다를 바라봤다. 「부군의 모계 조부모 중 한 명 이상이 유대인인지 여부는 단연코 부군이 1급 또는 2급 비아리

44 독일과 폴란드 북부 발트해 연안의 지역.

아인인지에 대한 판결에 지대한 영향을 끼칠 것입니다.」

릴리는 그 논리를 따라가는 것이 벅찼다.

「하지만 남편의 모계 조부모님은 모두 유대인이 아니었는 걸요.」마그다가 말했다. 「그들은 독일인이었어요. 단치히 출신이었고 독일 여권을 갖고 있었다고요. 그 정도는 간단히 확인할 수 있을 텐데요.」

「그 정보를 확신하실 수 있습니까?」

「그게, 아니요. 별로 중요하다고 생각해 본 적 없는 부분인걸요.」

「그렇지요.」변호인이 쾌활하게 호응했다. 「확인에 들어갈 겁니다. 부지런히요. 당연히 정부가 단순히 시민 한 명의 주장을 그대로 받아들일 수는 없지요. 게다가 부군의 신뢰성에 의문이 들기에 가족 전체의 신뢰성에도 의문이 드는 상황입니다. 그것을 고려해…… 음…… 정부는 당신의 혈통 또한 신중히 확인할 것입니다.」

「물론이죠.」마그다가 말했다. 「이해합니다.」

「당신이나 당신의 부군이 당국에 사실을 숨기면 재판에 악영향을 미칠 것입니다. 그리고 부군의 재판 결과에 여러분 모두의 앞날이 달려 있죠.」

「저는 알베르트가 절대로 독일에 불충하지 않을 거라고 확신해요. 그 사람은 정치에 관심이 없어요.」

「물론 당신은 그렇게 주장하겠죠. 하지만 그렇다고 국가가 전적으로 그것을 믿고 그냥 받아들이리라 기대할 수는 없죠. 특히 이런 상황에서는 말입니다.」

마그다는 남자를 뚫어져라 쳐다봤다. 릴리의 주의가 분산됐다. 그녀가 하고 싶은 거라고는 집으로 돌아가 부드러운 깃털 침대에 눕는 것뿐이었다. 다시 눈이 내리기 시작했다. 그녀는 바람에 눈송이들이 날리는 광경을 지켜봤다. 추웠다. 이곳은 언제나 추웠다. 그리고 따분함과 더러움과 절망이 그들의 불결한 작은 방 안에 쌓여 갔다.

마침내 윙 칼라 차림의 우스꽝스러운 작은 남자가 작별 인사를 하고 있었다.

「저는 모든 일이 최선으로 잘 풀리리라 확신합니다.」남자가 말했다. 그러는 동안 아넬리제는 흐느꼈다. 「우리는 조만간 다시 만나 다음 행동을 고민할 것입니다.」

그녀의 어머니는 아직 운 적이 없었다. 심야에 그녀가 불면으로 밤을 지새울 때도 릴리는 어머니의 얼굴에서 눈물을 보지 못했다. 하넬로레는 몸을 떠는 아넬리제를 끌어안았다. 샤를로테는 멍하니 앞만 쳐다봤다. 릴리는 슬펐지만, 정확히 왜 슬픈지는 몰랐다. 아마도 언니들이 괴로워하는 모습과 어머니의 그림자 진 얼굴 때문이었을 것이다.

4

릴리가 윙 칼라 차림의 변호사를 다시 보는 일은 없었다.

그 나날들이 그토록 소중한 시절이라는 사실을 그들이 알았더라면. 당시에는 전혀 그렇게 느껴지지 않았다. 그들은 추운 겨울 날씨 속에서 암울한 뜰 주변을 산책하며 잠깐씩 탈출하는 것 외에는 방에 갇혀 지냈다. 그녀는 그들이 그 방에 감금된 것인지, 아니면 선택해서 그곳에 남아 있는 것인지 몰랐다. 굳어 있는 얼굴의 여자가 가끔씩 빈약한 식사를, 그것도 대개는 이미 식은 채로 가져다주었다. 릴리가 통로를 따라가다 보면 나오는 악취가 고약한 화장실을 쓰고 싶어 할 때마다 어머니가 함께 가줬다. 통로에는 인적 하나 없었다. 그럼에도 릴리는 저 멀리, 건물의 다른 어딘가에서 아이들이 떠드는 소리를 들을 수 있었다. 그 소리가 행복하게 들리지는 않았지만, 그것은 어쩌면 그 소리에 자신의 감정을 이입시켰기 때문일 수도 있었다. 그녀는 뭔가 심각하게 잘못 돌아가고 있다는 것을 알고 있었다. 하지만 그녀의 아버지가 그들에게 이런 일이 닥칠 만큼 엄청나게 나쁜 행동을 저질렀으리라고는 믿을 수 없었다.

그 시절은 단 몇 주뿐이었으며 그동안 특별한 일이 있었던 것도 아니다. 하지만 릴리는 그 이후 몇 년보다 그 시절을 더욱 생생하게 기억했다.

릴리는 일단 잠에서 깬 뒤 거친 이불로 자신의 몸을 더 꼭꼭 싸매고 추가적인 온기를 구하고자 노력하며 일과를 시작하곤 했다. 그런 뒤, 조용히 누워 반대편 침대에 잠든 어머니를 지켜봤다. 그녀가 어머니에게 닿을 수 있을 정도로 침대들은 가까이 놓여 있었지만, 그러다 어머니를 깨울까 봐 절대 그런 시도를 하지 않았다. 마그다는 거의 탈진한 상태였다. 하지만 때때로 릴리는 목을 빼 어머니의 얼굴 쪽으로 자신의 얼굴을 디밀어 뺨에 닿는 어머니의 숨결을 느끼곤 했다. 그렇게 어머니가 살아 있다는 것을 확인했다. 모진 추위가 찾아오면 마그다는 릴리를 그녀의 좁은 침대로 초대하곤 했다. 그러면 그들은 이불 하나 위에 다른 이불을 또 올렸다. 마그다는 릴리에게 팔을 두르며 꼭 안아 주고 릴리의 지저분한 머리에 자신의 얼굴을 묻었다. 그러면 릴리도 몸의 뒤쪽이 전부 어머니와 닿을 때까지 파고들었다. 하지만 침대가 너무 작아서 릴리는 밤에 제대로 잠이 들지 못했다. 버틸 수 없이 추운 날이 아니면 자신의 침대도 충분히 따뜻하다고 고집했다. 왜냐하면 어머니도 잠이 필요하다는 것을 알고 있었기 때문이다.

그들은 모두 함께 기상했다. 그러면 릴리는 어머니와 언니들이 서로에게 〈괜찮아, 이 정도인 것이 다행이지, 곧 다 끝날 거야〉라고 위로하는 표정을 억지로 지어 보이는 과정을 지켜봤다. 그들 중 아무도 그 위로의 말을 믿지 않았다. 하지만 그것이 하루하루 버텨 내는 방법이었다. 언니 중 한 명이 아침 식사를 할 만한 빵 한 조각과 물을 찾아올 때도 있었다. 그러면 그들은 이야기를 나눴다. 한때 살았던 삶에 대한 이야기는 피하고, 대신 나중에 즐길 삶에 대한 이야기를 했다. 릴리는 그녀가 선생님이 될 것이며 절대 결혼하지 않을 거라고, 바바리아의 작은 마을로 이사해서 조그만 시골집에서 살 거라고 결심했다.

「설마 그 시골집이 진저브레드로 만든 거니?」 샤를로테가 웃으며 물었다.

「물론이지.」 릴리가 응답했다. 「아니, 어떻게 알았어?」

종종 대화가 끊어졌다. 그 이유를 릴리는 도저히 추측할 수 없었다. 아넬리제가 자매들로부터 등을 돌리고 흐느끼곤 했다. 그러면 하넬로레가 그녀를 달래 줬다. 그리고 샤를로테는 허공을 멍하니 바라봤으며, 눈가에 회색 주름들이 파인 마그다는 한숨을 쉬었다.

오후에, 아마도 묽은 수프 한 공기를 먹은 뒤, 그들은 외출이 허가돼 건물 주변을 산책할 수 있었다. 그러면 마당에서 산책했는데 마당의 한쪽 경계는 창문을 포함해 아무것도 없는 벽면이었고 나머지 세 면은 경작되지 않는 관목지였다. 그들은 도시 외곽의 어딘가에 있었으나 릴리의 체감으로는 그들이 독일 내에 있는 것 같지도 않았다. 윗부분에 고리 모양으로 세 번 휘감은 가시철사로 장식한 높은 울타리들이 그곳의 경계를 표시했다.

저녁이면 또다시 이야기를 나눴다. 그때는 언제나 마치 누군가를 깨울지도 몰라 조심하는 것처럼 낮게 속삭이는 말투를 썼다. 아니면 그들이 만들어 낸 유치한 게임을 조용히 하기도 했다. 절대로 알베르트 슈뢰더에 대한 이야기는 하지 않았다. 또 릴리의 내면에서 무언가가 절대 어머니에게 아버지에 대한 이야기를 묻지 말라고 경고했다. 어느 순간에 다다르면, 그 순간은 절대 예측 불가였지만, 갑자기 전등이 모조리 꺼졌다. 다시 잠을 청하려고 노력해야 하는 시간이 찾아온 것이었다.

5

아버지의 재판 절차에 대한 소식은 전무했다. 그들의 삶은 보이지 않는 절차들이 완수되고 결정이 내려지기를 기다리는 일로 점철됐다. 그 정도는 어머니와 그들의 구류를 감독하는 사람들 사이에 암묵적으로 합의된 것 같았다. 감독관들은 보통 걱정이 가득하며 몹시 곤란해하는 표정을 보이는 평범한 사람들이었다. 아니면 이 또한 릴리가 나중에 그들에게 덧씌운 모습일 수도 있었다.

다음 단계는 당국 특유의 성격대로 정확하게 이루어졌다. 그 과정은 교묘했다. 마그다는 아래층 수용소 관리실로 가서 몇 가지 법적인 문제를 논의하라는 지시를 받았다. 그녀는 순종하며 고개를 숙인 채 건장한 감독관을 따랐다. 그녀는 이미 이곳의 돌아가는 방식에 익숙해진 상태였다.

「엄마가 돌아오면 같이 프랑스어를 좀 연습하자.」그녀가 말했다. 그들은 함께 프랑스어 공부를 해왔다. 책이 없어서 마그다와 아이들의 개별 지식에 의존해야 했다. 그것은 시간을 때우기 위한 방법이었다.

몇 분 뒤에 감독관이 돌아왔다. 그녀가 밝은 어투로 말했다. 「샤워들 해라. 드디어 보일러를 고쳤거든. 너희들끼리 먼저 이용해. 어머니께서도 돌아오시면 샤워를 하실 수 있을 거야.」

감독관은 얇고 뻣뻣한 수건들을 건넸다. 색이 바래고 풀어진 올들이 매달려 있었지만 최소한 빨아 놓은 수건들이었다. 그것 중 하나는 마그다를 위해 침대에 놔뒀다. 자매들은 줄지어 긴 리놀륨 통로를 따라가다 이제까지 한 번도 본 적 없는 방으로 들어섰다. 그곳은 나머지 시설보다 잘 관리돼 있었다.

「새 옷도 줄 거야.」감독관이 말했다.「건강 검진도 한 번 할 거고. 너희가 샤워할 준비를 할 수 있도록 자리를 피해 주마. 샤워장은 저기만 통과하면 바로란다. 지저분한 옷들은 구석에 쌓아 놓으렴.」

그들은 옷을 벗은 뒤 벤치에 놓여 있는 새 속옷과 바지, 그리고 튜닉들을 바라봤다. 하넬로레는 그들이 벗은 옷들을 개어 하나로 쌓아 올린 뒤, 수건들을 챙겨 들고 문을 통과했다.

그곳은 그들 모두가 함께 서 있을 정도로 공간이 충분하고도 남는 공동 샤워장이었다. 샤를로테가 수도꼭지를 발견했고 그들은 세찬 물줄기가 따뜻해지는 광경을 지켜봤다. 결국 물은 김이 날 정도로 뜨거워졌고 그들은 자신들을 치유해 줄 것 같은 물줄기 밑으로 걸어 들어갔다. 릴리는 어머니가 방을 나선 이후 아무도 말을 하지 않았다는 사실을 깨달았다. 하지만 지금은 깔깔거리며 속삭이고 있었다.

온수가 폭포처럼 그들 위로 쏟아지자 다시 태어나는 기분이 들었다. 심지어 비누도 있었다. 때로 잿빛이 된 물줄기들이 발밑에 있는 수챗구멍으로 흘러내려 갔다. 마침내 감독관이 옆방에서 외치는 소리가 들렸다. 「시간 다 됐다.」

기분이 들뜬 채 그들은 벤치 옆에서 몸을 말리고 깨끗한 옷으로 갈아입었다. 샤를로테는 수건들을 깔끔히 쌓아 놨다.

감독관이 클립보드를 들고 다녔다. 「이제 건강 검진을 할 차례다.」그녀가 말했다. 「그 후에는 부디 곧장 방으로 돌아가도록.」그녀는 다른 방으로 이어지는 문을 열었다. 문 너머로 릴리는 안경을 쓰고 하얀 가운을 입은 여자가 서서 기다리고 있는 모습을 확인할 수 있었다.

「슈뢰더, 하넬로레.」감독관이 외치자 하넬로레가 그녀와 함께 방 안으로 걸어 들어갔다.

「나중에 다시 봐.」하넬로레가 미소를 지으며 말했다.

감독관은 그녀 뒤로 문을 굳게 닫았다. 남은 세 소녀는 들떠 있었다.

「일이 잘 해결됐나 봐. 어쩌면 엄마가 관리실에서 나누는 애기가 그것일지도 몰라.」아넬리제가 말했다.

「우리는 곧 집에 갈 거야.」릴리가 말했다.

「나는 내 옷 중 가장 좋은 옷을 입고 무도회장에서 춤을 출 거야.」샤를로테가 말했다.「나 혼자서만.」

몇 분밖에 안 지났는데 다시 문이 열렸다. 하넬로레는 돌아오지 않았다.

「그녀는 방으로 돌아갔단다.」감독관이 안심시켜 주는 미소를 보이며 말했다.「자, 슈뢰더, 샤를로테.」

샤를로테가 가는 길에 손을 살짝 흔들어 주며 방 안으로 걸어 들어갔다. 작은 우려의 마음이 릴리의 의식을 스쳐 지나갔다. 하지만 아넬리제가 집에 돌아가면 하겠다는 일을 계속해서 나열하자 그 우려도 곧장 사라졌다. 잠시 후, 아넬리제도 가버렸다.

홀로 남겨진 채 릴리는 생각하기 시작했다. 어머니는 언니들에게 서로 분리될 때는 그들 중 한 명이 꼭 막내와 함께 있으라고 일렀다. 하지만 걱정할 필요 없었다. 그들은 집으로 돌아가는 중이었다. 아니면 최악의 경우 샤워만 하고 몇 분 뒤 방에서 다시 모일 것이었다.

몇 초밖에 안 지난 것 같은데 문이 다시 열렸다.

「슈뢰더, 엘리자베트.」[45] 감독관이 불렀다.

45 엘리자베스의 독일식 발음이며 이 이름을 줄인 애칭이 릴리, 또는 베티다.

「하지만 아직 시간이 되지 않았는걸요.」릴리가 말했다.

「당연히 됐지. 애야, 네가 몽상에 빠졌었나 보다. 이제 따라
오렴.」

릴리는 자리에서 일어섰다.

6

릴리는 문턱을 넘는 순간 무슨 일이 벌어지고 있는지 감지
할 수 있었다. 딱히 상황을 가장하고 있지도 않았다. 여기서
부터 하넬로레와 샤를로테, 그리고 아넬리제를 꾈 때 저들이
어떤 속임수를 썼는지는 전혀 알 수 없었다. 릴리가 호명되어
앞으로 나갔을 때는 그런 속임수를 쓸 필요도 없었다. 아이였
기에 그녀는 다루기가 쉬웠다.

릴리는 맥없이 감독관을 따라 통로를 지나 계단을 내려가
고 건물의 금속 후문을 통과해 수송 대기장으로 갔다. 열 살
인 그녀는 이미 자신의 새로운 생활에 대한 타협점과 한계점
을 깨닫기 시작한 상태였다. 훗날 그 지식은 그녀의 기민한
지성과 더불어 생존에 중요한 역할을 담당할 것이었다. 그녀
는 발버둥 치거나 저항하지 않았다.

한참 후에, 릴리는 아이비리그 대학교 중 한 군데에서 객원
교수로서 한 학기를 보냈다. 그러다 결석한 동료 대신 강단에
서기로 합의하는 실수를 저지르고 말았다. 당시 대신 해야 하

는 강의 내용이 유대인 대학살에 관한 이야기였던 것이다. 명백하게도 대학 관리자들은 그녀의 삶에 대해 알지 못했다. 단지 그녀가 20세기 유럽 역사와 정치 전문가라는 것만 알았다. 그녀의 경험들은 자신에 대해 공개하기로 결정한 몇 안 되는 정보 가운데 없었다. 그러니 대학 교수진을 탓할 일은 아니었다.

질문을 받던 중 세 번째 줄에 앉아 강좌 내내 감사할 정도로 열심히 들어 준 예쁘장한 여학생이 강제 수용소를 겪은 사람들에 대해 감탄했다. 「와, 정말 용감했네요. 그렇게나 아프고 그렇게나 고통스러웠는데.」

이 발언에 동의한다는 웅성거림이 들려왔다. 하지만 한 시간 내내 계속 딴짓하며 자신의 공책에 뭔가 열심히 쓰던 한 남학생이 발언하겠다며 자신의 연필을 들어 올렸다.

「저는 그 생각에 공감할 수 없겠는데요.」 그는 칭얼거리는 투로 천천히 말했다. 그 말투가 릴리는 거슬렸다. 「그 사람들은 용감하지 않았어요. 그들에게 선택권이 없었던 거죠. 그들은 그냥 그 상황에 놓여 있었던 거예요. 그리고……」 그는 자신의 연필을 더 열정적으로 흔들며 말했다. 「그들은 저항하지 않았잖아요. 왜 그랬을까요?」

릴리는 자신이 뭐라고 대답했는지 생각나지 않지만 강의실 안에서 소동이 났던 것은 어렴풋이 기억했다. 하지만 이상할 정도로, 그녀는 한편으로 그의 말에 동의했다. 그녀는 영웅이 아니었다. 그냥 생존자였을 뿐이다. 그녀는 매주 빵 한 조각을 더 얻을 수만 있다면 동료 포로들을 언제든 배신했을 것이다. 또 그렇게 해서 죽음을 피할 수만 있다면 보초들 중 누구든 그녀의 다리 사이로 환영했을 것이다. 강제 수용소에서 그녀의 삶은 전혀 숭고하지 않았다.

전쟁이 끝나 일단 안전해지자, 릴리는 주기적으로 당시 몇 년을 회상해 보려고 애썼다. 하지만 특히나 스코틀랜드의 경계에 자리한 농가가 제공하는 안락함 속에서는 기억하기를 실패했다. 그 모든 일을 겪은 릴리와 현재 엘리자베트의 관계를 회복하기란 불가능했다. 그들 사이의 연결고리는 끊어졌다. 당시의 릴리는 다른 세계 속 다른 사람이었다. 그녀의 기억 속에서는 티어가르텐 저택에서 열린 무도회 파티들과 수용소에서 언니들과 어머니와 함께 대기하며 지내던 지루한 시간들이 훨씬 생생했다. 손가락을 그녀의 몸 안으로 박아 넣던 한스 타우프의 이미지 또한 생생했다. 대담하고 포악하고 악마 같았던 금발과 푸른 눈의 한스 타우프가.

수용소에서의 더러움과 고통과 두려움과 절망은 나중에 그녀가 상상할 수 없을 정도였다. 그녀는 사건들을 기억해 내지 못할 뿐만 아니라 그 당시 느꼈던 감정의 자취조차 불러일으키지 못했다. 적절한 표현을 구할 때면 그 단어들 자체로부터 거리감이 느껴졌으며 자신을 살균하고 마취한 것 같은 느낌이 들었다. 그녀의 팔뚝에 새겨진 번호 문신까지 포함해 문헌적 증거들이 무엇을 가리키든, 이 몸이, 이 손들이, 이 정신이 그 모든 것을 다 겪고도 다시 일어섰다는 사실을 전혀 믿을 수 없었다. 그녀는 악몽에 시달리지도 않았다. 그것은 지금의 자신이 예전의 자신과 동화되는 것이 불가능하기 때문이라고 여겼다. 물론 전문 심리학자는 달리 판단했을 것이다. 그녀는 현실 부정 중인 모양이었다. 억눌린 기억들이 있으며 그것들은 언젠가 그녀에게 돌아와 그녀를 해칠 것이었다. 하지만 그녀는 과거를 재방문할 의사가 전혀 없었다. 그녀는 생존했으며 그것으로 충분했다.

릴리가 생존한 방식은 최대한 하찮은 존재가 되는 것이었다. 나중에 알게 된 사실에 따르면 그녀는 원래 고아원으로 보내졌어야 했는데 서류상 오해로 수용소에 보내진 것이었다. 최소한 기록상으로는 그랬다. 그것은 익명의 강력한 공직자를 뒷배 삼아 배신자 가족에게 보이는 막연한 개인적 반감의 결과일 수도 있었다.

처음에 거친 상하복을 입은 채 가축 수송차에서 내려 불안하게 햇살 쪽으로 다가섰을 때, 릴리는 상냥하고 나이 있는 유대인 부부에게 입양됐다. 그녀는 금방 그들의 손녀로 여겨졌으며 수용소 지역 공동체의 일원이 됐다. 나중에 그녀는 그들의 생김새나 이름을 떠올리지 못했다. 여성의 따뜻한 포옹과 남성의 미소에 대한 흐릿한 회상만 할 뿐이었다. 하지만 그들 얼굴의 이목구비와는 연결이 되지 않았다. 어느 순간,

그 부부와는 헤어졌다. 그들이 가족 관계를 파기한 것인지 죽은 것인지 여부는 그녀가 기억할 수 없을뿐더러 애초부터 모르는 사항이었다. 다른 매우 많은 사람처럼 그들의 존재가 사라졌다. 그리고 그녀는 단지 불결한 바다에 떠밀린 것이었다. 파도들에 의해 이리저리 던져진 것이었다. 그냥 그 모든 일의 중심에서 작은 점만이라도 되려고 노력했다.

그녀는 또다시 이송됐다. 개별적으로 뽑힌 것이 아니었다. 단순히 가축 무리의 일부처럼 취급됐다. 그렇게 기차에 태워져 다른 곳으로 갔다. 그녀는 자신이 어디에서 왔으며 목적지가 어디인지도 몰랐다. 그런 일이 세 번이나 벌어졌다. 수용소마다 특유의 성향과 지형을 갖고 있었으며 그녀는 그것들에 자신을 적응시켜야 했다. 전부 영혼을 파괴한다는 면에서는 동일했다. 보초들의 지루한 눈빛에서 벗어나기만 하면 개별 인격은 여전히 존재했다. 그것은 확실했다. 하지만 그것도 체계적으로 으스러지고 있었다. 그녀의 존재는 일, 배고픔, 그리고 피곤함과 질병들을 피하려는 절박한 노력의 연속으로 변했다.

하지만 해방으로 이어지던 날들은 기억이 아주 잘 났다. 갑자기, 그녀의 시점에서는 갑작스럽게, 수용소에 활기가 돌았다. 지난 몇 달간 보초들은 그들에게 더 강도 높은 일을 시켰고 음식도 공급이 더욱 부족해졌다. 작업반에서 어렴풋이 보이는 굴뚝 네 개짜리 회색 건물로 보내지는 사람들의 수가 날마다 점점 늘었다. 그럼에도 상황이 돌아가는 속도가 점점 느려지는 것 같았다. 그리고 보초들은 얼굴을 찌푸리기 시작했으며 일종의 무기력함에 빠지는 것처럼 보였다.

수용소 안의 인원은 점차 줄어들었다. 그러던 어느 날 한밤중에 수용소가 전동기 소리와 사무적인 외침들로 시끌벅적해졌다. 수감자들은 소장과 마지막으로 남아 있던 보초들까지 차를 타고 가시철사가 에워싸고 있는 어두운 숲속으로 이동하는 모습을 지켜봤다.

그럼에도 여전히 그들은 기다리는 것 외에 아무것도 할 수 없었다. 식량이 없었으나 부엌이나 보초들이 머물던 막사에 무단 침입하는 사람은 아무도 없었다. 그들은 식량 없이 며칠씩 보내는 일에 익숙했다.

그로부터 3일이 지나서야 처음으로 영국 지프차가 수용소 앞을 지나갔다. 차에 타고 있던 사람들은 너무도 충격을 받은 모양새로 그들의 자리에 앉아 있기만 하다 급히 다른 곳으로 이동했다. 그날 이후, 구원이, 또는 이 세상에서 가능한 구원과 최대한 그 비슷한 것이 찾아왔다. 엘리자베트는 나중에 영국군들이 대문을 연 이후의 날들보다 당시 구원을 기다리던 그 시간들을 더 생생히 기억했다.

엘리자베트는 운 좋게도 발진 티푸스에 걸린 상태였다. 그들이 해방됐을 때 영국군은 가장 가까운 마을에서 빵과 치즈와 고기를 약탈해 왔다. 영국군은 잘 몰랐고, 후미한 음식을 허겁지겁 해치운 포로들도 모르긴 마찬가지였다. 넘쳐나는 단백질과 지방으로 배를 채우자 그들의 소화기가 그것에 적응하지 못해 몇 명이 사망했다. 반면 엘리자베트는 식욕이 전혀 없었다.

최소한 엘리자베트에게 그 당시는 즐거운 시절이 아니었다. 군인 병원에 입원해 있는 동안 심한 우울증이 찾아왔다. 이것이 석방이란 말이지. 그녀는 너무 무감각해 기쁨을 느낄 수 없었다. 그렇다고 슬픔이 느껴지지도 않았다. 지난 사건들의 무게와 목격한 비인간성이 그녀를 짓눌렀다.

몇 개월이 지나서야 엘리자베트는 부모님과 언니들의 운명에 대해 처음에는 긴가민가하게, 그리고 나중에는 좀 더 확실히 알게 됐다. 알베르트 슈뢰더는 반역죄로 유죄 판결을 받았다. 마그다는 그의 공범으로 유죄 판결을 받았다. 둘 다 처형당했다. 이 정도까지는 기록에 남아 있었다. 그러나 언니들에게 무슨 일이 벌어졌는지는 끝까지 확실하게 나와 있지 않았다. 기록상에는 수용소로 보내진 직후의 일들이 명확하지 않았다. 게다가 그 후 흔적들도 단편적이었다. 엘리자베트는 의심할 여지없이 알고 있었다. 그녀의 언니들은 어느 단계에 이르러 강제 수용소에서 비명횡사했을 것이다. 그것은 누락된 기록들에서 도출할 수 있는 사실이었다. 언니들의 이름은 연합국에 의해 신중히 기록된 생존자들의 신원 목록에 들어 있지 않았다.

엘리자베트는 언니들이 아직 살아 있을지도 모른다는 희망을 아주 미미하게만 품고 있었다. 그런 일은 없을 것이라는 사실을 알게 됐을 때는 슬퍼하지도 못했다. 사실상 언니들은 그녀와 헤어진 순간 죽었으며 그들의 시체는 그녀가 목격했던 높디높은 시체 더미에 추가됐다. 엘리자베트는 자신의 차가움이 부끄럽지 않았다. 그녀 자체가 차가웠다.

1946년 3월에 엘리자베트는 하노버 인근의 전쟁 난민 수용소를 떠났다. 그리고 기차를 타고 오스탕드로 향한 뒤 배를 타고 영국 해협을 건넜다. 그녀는 영국으로 이송되고 있었다. 따뜻한 봄바람을 맞으며 배에 오르자 마음이 설렜다. 죄책감은 없었다.

7

엘리자베트 슈뢰더는 애매모호한 나이가 되었다. 더 이상 아이가 아니었지만 그렇다고 어른이 된 것도 아니었다. 그녀는 존 바버라는 사람과 그의 아내 엘리너의 보호 아래에서 지내게 됐다. 존 바버는 참전 후 최근 옥스퍼드에 있는 펨브룩 칼리지로 돌아온 교수였다. 나풀나풀하고 하얀 잠옷 드레스와 가운 차림에 긴 회색 머리를 자유롭게 풀어 헤친 엘리너는 희미한 은빛 유령처럼 커다란 자코비언 양식의 저택 복도를 아침저녁으로 지나다녔다. 그녀는 상냥한 여성이었다. 하지

만 엘리자베트가 바버가에 합류한 지 얼마 안 돼 엘리너는 난
소암을 진단받았다. 명백하게도 엘리너에게 죽음이 찾아오
고 있었다. 엘리자베트는 자신 곁으로 다시 찾아온 죽음 앞에
서 전혀 주눅 들지 않았다. 그리고 바버가 사람들도 그것을
그녀에게 다정하고 솔직하게 알려 줬다. 그렇다고 해서 존 바
버가 저택의 방마다 서성이며 절망하는 것을 막지는 못했다.
그는 마치 어딘가에서 이 모든 것의 해결책을 찾을 수 있으리
라 믿는 것처럼 보였으며 그의 포동포동하고 발그레한 얼굴
은 얼떨떨하고 정신 산만한 표정이었다. 또한 홀로 있을 때만
울려고 했다. 하지만 서재나 창고에서 중간 문설주가 있는 창
문들을 멍하니 바라보며 길 잃은 아이처럼 흐느끼는 모습을
엘리자베트는 한두 번 본 것이 아니었다.

존과 엘리너 바버에게는 자식이 없었다. 그래서 그들 집에
젊은이의 존재가 있는 것에 익숙하지 않았다. 이 점은 엘리자
베트의 마음에 들었다. 그녀는 이방인 이외 그 어떤 다른 취
급도 받고 싶지 않았다. 오래되고 메마른 저택은 그들 셋이
하루에 한 번도 마주치지 않을 정도로 넓었다. 자신의 자아
를 회복하면서 이런 환경이야말로 엘리자베트에게 꼭 필요
했다.

바버가 사람들의 목적은 그녀가 영국에서의 삶에 친숙해
지도록 돕는 것이었다. 그녀는 영어를 한마디도 못 했다. 그
래서 그녀에게 독일 낭만주의 문학을 전공한 학자가 양부모

가 된다는 건 큰 이점이 있었다. 그 중년 부부가 그녀를 가르치고 돌봐 주며 그녀가 자신감을 쌓아 올릴 수 있도록 도와줄 것이었다.

하지만 막상 닥치고 보니 그들은 도래한 상황으로 인해 소용돌이 속을 멍하니 응시하며 그 안으로 조심스레 첫발을 디디느라 바빴고, 그녀가 그들을 돌보고 있었다. 엘리너의 상태는 급격히 나빠졌다. 엘리자베트는 엘리너를 간병하는 일이 조금도 힘들지 않았다. 그리하여 엘리자베트는 엘리너가 고통 속에서 몸부림칠 때 그녀를 달래며 수많은 밤을 보냈고, 엘리너가 원하는 것을 가져오고 가져가기를 반복했으며, 엘리너가 마지막 몇 달간 더욱 지옥 속으로 빠지는 동안 그녀의 몸에서 나온 악취 나는 분비물들을 차분히 치워 줬다. 게다가 앞으로 닥칠 상황에 대해 엘리자베트는 걱정하지도 않았다. 그녀에게 죽음은 아주 친숙했다. 그것은 멸시하거나 두려워할 대상이 아니었다. 그냥 있는 그대로였다.

동시에 엘리자베트는 다시 사람으로 살아가는 방법을 배웠다. 연민도 다시 느끼기 시작했다. 엘리너 바버가 1947년의 기나긴 겨울 끝자락에 세상을 떠났을 때 엘리자베트는 자신이 예상했던 것보다 더 동요했다. 전쟁 중에 그녀가 직접적으로 인지하고 있던 수천 명의 죽음, 바로 인근에서 목격했던 수백 명의 죽음, 그런 것들은 이와 비슷한 감정을 일으키지 않았다. 그녀는 그런 것에도 무감각한 자신이 짜증 났다. 하

지만 존 바버는 슬픈 와중에도 그녀를 부드럽게 위로했다. 그
래도 최소한 그녀가 다시 느낄 수 있게 된 것 아니냐고.

1950년에 이르러 엘리자베트는 대학에 대한 고민을 했다.
처음에는 옥스퍼드 대학교에 지원하고 싶어 했다. 그러면 그
녀가 계속 존 바버와 함께 그 저택에서 살 수 있었기 때문이
다. 하지만 그가 그 생각에 반대했다. 어느 날 오후, 그는 차 한
주전자를 우린 뒤 부끄러워하지는 않으나 머뭇거리는 태도
로 그녀와 함께 거실에서 마주 앉았다.

「애야, 아무래도 네게 다른 곳에서 공부하라고 말해야 할
것 같구나. 네가 이곳, 옥스퍼드에서 공부하는 것은 아예 논
외 대상이란다. 너는 이 저택 너머에서의 삶을 발견해야 해.
너 자신만의 삶 말이다. 그리고 네가 나와 묶여 있으면 안 돼.
게다가 내 입장에선 네가 정말 여기 남게 된다면 내가 네게 부
적절한 감정을 품게 될 것이 불 보듯 뻔하단다.」

엘리자베트가 웃음을 터뜨리며 말했다. 「존, 말도 안 되는
농담 좀 하지 마세요.」

「아니야, 내가 뚱뚱하고 나이도 쉰세 살이나 먹었지만, 애
석하게도 내게 그런 감정들이 여전히 남아 있단다.」

「하지만 존, 당신은 정말 좋은 사람인걸요.」

「네가 나에 대해 더 잘 알았다면 그 생각을 번복하겠지. 나
는 그런 일면을 결단코 남에게 보이지 않는단다. 나도 그렇지
않았으면 좋았을 거라고 생각해.」

「존이 저를 보내 버리면 저는 너무 서운할 거예요.」

「단연코 나도 마찬가지일 거야. 하지만 그것이 네게 최선이라고 확신해. 더 넓은 세상을 발견하는 일, 새로운 지평을 보는 일, 진정으로 독립하는 것이. 게다가 내게도 네가 그러는 편이 낫겠지. 우리는 학기 사이사이 보면 된단다. 그것이 네가 원하는 거라면 말이다.」

「존도 알다시피 당연히 원해요.」

엘리자베트는 자신의 상처받은 마음을 숨겼다. 그 느낌에 자신이 사람임을 확인받을 수 있어서 삐딱하게 기뻤다. 그녀는 존의 의견에 순순히 따랐다. 정식으로 서류를 작성해 그녀의 성을 바버로 바꾸는 일은 그녀의 생각이었다. 하지만 그러면 존이 기뻐할 것을 알았기에 한 일이었다.

「실질적인 면에서 그렇게 하면 상황이 더 수월해지긴 하겠지.」 존이 말했다. 「전쟁으로 인한 상처는 아직 생생해. 그래서 우리의 가장 명망 높은 교육 기관에서도 오해가 생긴단다. 게다가 〈슈뢰더〉라는 성을 제대로 읽을 줄도 모를 거야. 너 자신에게 바버보다 더 흔하디흔한 성을 붙여도 된단다. 예를 들어 스미스도 있고.」

「아니요.」 엘리자베트가 말했다. 「바버가 딱 좋아요.」

엘리자베트 바버는 1951년 9월 케임브리지 대학교에 입학해 역사를 공부했다. 입학하는 데 있어서 부분적으로는 그녀의 과거를 이점으로 여긴 대학 관계자들의 태도와 더불어 존 바버의 인맥이 어느 정도 작용했다는 사실을 그녀도 알고 있었다. 하지만 동시에 자신이 굉장히 똑똑하다는 것도, 그녀 앞에 놓인 지식들을 모조리 탐욕스럽게 소화하며 지난해들을 보냈다는 것도, 그리고 그녀의 미래 삶에 학계가 굉장히 중요한 비중을 차지하리라는 것도 알고 있었다.

8

엘리자베트는 졸업하면서 자신이 성인이 됐다는 사실을 처음 진정으로 이해했다. 지난 3년간 그녀는 열심히 공부하며 지냈다. 젊은 여성들은 그들의 남성 동급생들과의 경쟁에서 살아남으려면 당연히 그래야 했다. 그녀는 성공하려면 가장 가까이 있는 남성 경쟁자보다 실력이 훨씬 월등해야 한다는 것을 알았다.

존 바버는 졸업식에 참석했으며 그녀에게 유니버시티 암스 호텔에서 맛이 그냥 그런 점심을 사줬다.

「그럼 이제부터는 어떤 계획이 있니?」 그는 디저트를 먹으며 물었다.

「저도 잘 모르겠어요.」 그녀는 이 진부하고도 너무 빤한 질문에 김이 샌 채 응답했다. 「생각 안 해봤어요. 그냥 잠시 휴식을 취한 뒤 할 일을 찾아야겠죠.」

「공무원도 괜찮은 선택일 수 있어. 그 업계도 언제나 똑똑하고 젊은 인재들을 모으려고 하니까. 아니면 무역업에 종사할 수도 있겠지. 네 학위 하나만 놓고 봐도 너는 그 업계에서 많은 이가 원할 인재상이니까. 게다가 그들이 너를 직접 보면 무조건 감탄하겠지. 하지만 나는 콩깍지가 씐 상태로 너를 보니까.」

「존, 저 완전 멍청이 아니에요? 아니, 제가 그 고민을 단 한 번도 안 해본 것 있죠. 단 한 순간도요.」

「뭐, 급할 것은 없으니까.」

「선생님이 되는 것도 좋을 것 같아요.」그녀가 말했다.「맞아요, 그게 제 적성에 잘 맞을 거예요. 아니면…….」

「응?」

「제게 교수가 될 기량이 있을까요? 지방의 레드브릭 대학군[46] 중 한 군데에서 말이에요. 여기처럼 대단한 곳 말고요. 제가 그런 곳에서 교수 자리를 노려 볼 만할까요?」

존의 얼굴에 함박웃음이 피었다.「가짜로 겸손할 것 없어. 당연히 그것도 가능성이 있지. 가능성뿐일까. 나는 네가 교수가 될 거라고 확신한다. 내가 미리 추천 좀 해둘까? 내게 옥스퍼드 대학교 말고도 다른 몇 군데에 인맥이 있는데.」

엘리자베트는 그를 빠르게 쳐다봤다.「아니요, 제발 그러

---

46 19세기 영국의 주요 산업 도시에서 설립한 시립 대학으로 버밍엄 대학교, 브리스틀 대학교, 리즈 대학교, 리버풀 대학교, 맨체스터 대학교, 셰필드 대학교 등이다.

지 마세요. 이 일은 제 능력으로 이루고 싶어요. 제가 혼자서 제 길을 찾아야 해요. 이해하시죠?」

「물론이지.」그가 말하며 다시 미소를 지었다.

엘리자베트는 그 순간 자신의 자아를 찾았다는 사실을, 아니 다른 사람들에게 의견을 구하거나 그들의 허락을 받지 않고도 살아갈 정도의 충분한 자아를 회복했다는 사실을 깨달았다. 그녀 앞에서 기회들이 반짝였다. 그것들을 잡는 것은 그녀의 몫이었다. 그녀는 무슨 일을 할지 확신이 서지 않았다. 하지만 그것은 온전히 자신이 정해야 했다.

두고 보니 존이 예상했던 것만큼이나 일이 쉽게 풀렸다. 그녀는 이미 그녀의 지도 교수와 약속을 잡아 그녀에게 도움을 준 것에 감사 표현을 할 예정이었다. 차를 마시며 엘리자베트는 그녀의 여성 지도 교수에게 조심스럽게 물었다. 「공부를 계속하기 위해 지원서를 작성하려는데 교수님께서 혹시 저를 추천해 주실 의향은 없으신가요?」

「그러잖아도 네가 그렇게 묻기를 바라고 있었단다.」그녀의 지도 교수가 해진 가죽 소파에 뒤로 기대앉으며 말했다. 「물론 추천해 주고말고, 기쁜 마음으로 해주마.」

「추천 절차가 어떻게 되는지 혹시 아세요?」

「절차라고?」지도 교수가 물었다. 「오, 당연히 이상한 서류를 하나 작성해야겠지. 여름 동안 어느 단계까지 오면 인터뷰가 잡힐 거야. 하지만 내 생각에는 그…… 절차라는 것의 중요한 부분은 이미 해결된 것 같구나.」 그녀는 엘리자베트를 바라보며 그녀에게 미소를 보낸 뒤 말을 이어 갔다. 「물론 우리는 대학원생 자리의 유력한 후보들에 대해 교수 휴게실에서 비공식적으로 논의를 한단다. 거기에서 네 이름은 정기적으로 등장해. 네가 붙을 거라는 말을 액면 그대로 받아들여도 될 것 같구나. 게다가 네 앞으로 장학금도 전달될 거라고 꽤 확신하고 있어도 돼.」

9

케임브리지 대학교는 단순히 그녀의 교육을 위한 장소가 아니라 그녀의 마을이 됐다. 여기에서 그녀는 성년의 삶을 살았다. 배부받은 방을 편안하게 꾸몄으며 시장에서 싸지만 감각 있는 예술 작품을 사기도 했다. 일할 때는 덜 흥분하고 덜 불안해했으며 여가 시간에는 요리하는 법을 배웠다. 샤를로테를 떠올리니 자신은 악기를 배울 기회가 없었다는 점이 아쉬웠다. 샤를로테는 열여덟 살에 실력이 뛰어난 플루트 연주자가 돼 유럽 수도의 예술 학교에 입학할 가망을 보였다. 엘리자베트는 만족할 만큼의 실력을 갖추기엔 이미 너무 늦었다고 판단했다. 대신 클래식 음악을 열렬히 받아들이고, 다닐 수 있는 모든 공연에 참석했다.

그 조용하고도 상냥한 마을은 구석구석 빠짐없이 전부 그녀의 것이었다. 그녀는 그곳의 골목들과 공원들을 탐험하며 그녀가 이전에 몰입했던 대학 생활을 잠시 접어 뒀다. 공동 계단에서 만나는 사람들과 수다를 떠는 것이 즐거웠지만 열렬한 지성주의로 가득한 그곳에서 그 밖의 것들에 대해서는 별로 즐기지 않았다. 친구들을 사귀었지만 자전거로 닿을 수 있는 인근 마을의 술집에서 그들을 만나는 것을 선호했다. 그녀는 계속해서 자신이 어떤 성향들로 이루어졌는지, 그리고 무엇이 그녀를 기쁘게 만들고 불쾌하게 만드는지 발견해 나갔다. 8년 전이었다면 기쁘거나 불쾌하다는 개념 자체가 그녀에게 이질적이었을 것이다.

그녀는 일반적인 학생이 아니었다. 동기 대학원생들과는 거리를 유지했으며 대학의 학생회실에나 드물게 모습을 드러냈다. 그녀는 몇 안 되는 그녀의 여성 동기가 어떻게 옷을 입는지 분석하고는 그와 다른 길을 가기로 했다. 제1차 세계 대전 밑에 깔려 있던 경제 상황들에 대한 학위 논문을 준비하면서 처음으로 그녀는 자신이 의무적으로 해야 할 것 같은 이야기가 아니라 진짜 그녀의 의견을 말하기 시작했다. 그녀의 지도 교수는 한때 인습 타파주의자였으나 지금은 땀내를 풍기고 셰리주나 홀짝이는 어리석은 사람이었다. 그래서 그는 그녀를 위험 분자로 여겼으며 그녀는 그것을 칭찬으로 받아들였다. 그것은 어쩌면 그가 그녀에게 어설프게 접근했다 거절당한 일과 연관 있을지도 몰랐다. 당시 그녀는 그에게 모호성도 오해의 여지도 전혀 남기지 않았다.

우울하게도 접근해 오는 남자들이 더 있었다. 그들을 만나고 나서 그녀는 낙심했다. 왜냐하면 그녀의 지도 교수처럼 그들도 그녀가 무엇을 상징하는지, 즉 매력적인 젊은 여성이며 섹스를 기대할 수 있는 대상이라는 점에만 관심을 갖는 것 같았기 때문이다. 그들이 그녀와 나누는 모든 지적인 교류는 전부 겉핥기식이었으며, 그 와중에 그녀에게 잘난 체를 했다. 그것들은 그녀를 반대급부로 밀어내기 위해 만들어진 대화들이었다. 그녀는 확고부동하게 그들에게 거절을 표하다 앨러스데어 매클리시를 만났다. 그는 법학 대학원생이었으며 켈트족의 잘생긴 외모를 갖춘 조심스러운 스코틀랜드인이었다.

그 뒤로 이어진 일들은 간단하고 절제되고 합리적이었다. 우정 뒤에 공식 연인 사이가 됐으며 마침내 앨러스데어가 존 바버를 만나기 위해 어색하게 옥스퍼드를 방문했다. 어색한 기분은 거의 바버의 몫이었다. 그는 엘리자베트의 결정에 자신이 왈가왈부할 자격이 없다고 생각했다. 이 상견례는 형식상이자 예의상 하는 일이라고 앨러스데어가 설명하자 분위기가 누그러졌다. 바버가 반대하는 입장을 보였다고 해도 그와 엘리자베트는 어차피 결혼했을 것이다. 하지만 앨러스데어 매클리시는 전통 방식을 고수하기를 좋아했다.

그런 뒤 엘리자베트는 대학의 선임 연구원이 됐다. 그녀의 인생은 한참 뒤, 은퇴할 때까지 탄탄대로일 것 같아 보였다. 하지만 그녀는 에든버러 대학교의 교수 자리에 지원함으로써 그 탄탄대로를 버렸다. 이것은 미래의 남편 커리어를 신경 썼다기보다는 그녀 자신의 선택이었다. 그녀는 지원에 성공했으며 앨러스데어가 케임브리지 대학교에서 공부를 마치는 동안 그녀는 에든버러로 이사해 그녀의 연구를 어떻게 펼칠 것인지 정확히 계획했다.

엘리자베트 매클리시는 자신을 그다지 사색적인 사람이라고 생각하지 않았다. 천성이 그랬다 하더라도 학자로서의 경력이 요구하는 일들과 함께 아이들을 키우는 일이 겹치면서 자기 성찰 시간이 저해되기에 충분하고도 남았다. 게다가 실제로 그녀의 천성은 그러지 않았다.

1997년에야 모든 것이 다시 멈췄으며, 그녀는 1945년의 공허함 속으로 다시 빠져들었다. 통절히 의식하고 있었다. 그녀는 자신을 방종하고 있었다. 하지만 그간의 세월 동안 그녀가 살면서 이룬 모든 것이 전부 무너져 버린 것 같은 기분이 들었다.

그런 생각이 들었을 때, 그녀는 미소를 짓고 있었다. 앨러스데어의 장례식에서였다. 그들이 교회에 들어서려고 대기하던 중 손녀가 그 질문을 불쑥 내뱉었다. 불쑥 말하는 것이 다소 어맨다의 방식이었다.

「서로가 지긋지긋한 적은 없었어요?」그녀는 마치 모든 인간관계가 필연적으로 그렇게 된다는 것처럼 물었다. 「그냥 자신만의 일을 하고 싶은 적은 없으셨나요?」

조금이라도 덜 사랑하는 사람이 이렇게 말했다면 엘리자베트는 다소 엄한 태도를 보였을 것이다. 하지만 그 질문에 그녀는 회상에 잠겨 동떨어져 있는 미소를 불러냈다. 그 미소는 향후 수년간 그녀의 얼굴에서 보일 것이었다. 그리고 그녀의 눈 또한 정신을 따라 저 먼 어딘가에 집중했다. 그녀의 내면에서 어떤 부분이 어맨다의 단조로운 노래같이 듣기 좋은 스코틀랜드식 억양에 다시 기분 좋게 놀라는 것을 막을 수 없었다.

「글쎄다, 나는 나만의 일을 꽤 했던 것 같구나.」엘리자베트가 대답했다. 「앨러스데어는 내가 그러기를 바랐을 거야. 하지만 내가 원한 것은 안정성과 지속성, 그리고 우정이었지. 애석하게도 우리는 꽤나 지루한 부부였어. 과거에는 개성이 그다지 좋은 덕목으로 여겨지지 않았단다. 에든버러 대학교 같은 곳에서는 그것이 더 심했고. 우리 옷장에는 숨겨 놓은 해골들이 없단다.[47] 너희가 우리를 보고 꽤나 실망했겠구나.」

「아니에요, 아니에요.」어맨다가 말했다. 「우리는 할머니를 정말 많이 존경해요. 저도 제 인생을 그처럼 단순하게 살 수 있었으면 좋겠네요.」

47 숨겨 놓은 어마어마한 비밀이 없다는 말.

「복잡한 세상이란다, 애야. 어쩌면 1950년대는 일종의 유예나 환상이었을지도 모르지. 내 어린 시절의 삶은, 엄밀히 말해 단순했다고 할 수는 없겠구나.」

「저도 알아요. 저는 그런 뜻이 아니라, 그냥.」

「괜찮단다. 내가 설교하려는 것도 아니고. 어쩌면 내가 그렇게나 심란한 삶을 살았기 때문에 안정적이고 확실한 무언가를 원했을지도 모르겠어. 전쟁 후, 다른 수백만 명의 사람 또한 그랬겠지. 물론 그런다고 과거의 실수나 잘못이 정당화되지는 않는단다. 하지만 모든 것을 이해하려고 발버둥 치는 너희 젊은 세대들을 생각하면 마음이 안 좋긴 해. 내가 또 어른 행세를 하려 하는구나. 미안하다. 존 레넌이 했던 말이 뭐였지? 밤을 견딜 수 있게 해주는 것이라면 뭐든 괜찮다고. 아마 그의 말이 옳을 거야.」

그녀는 알았다. 그녀의 말은 신중히 고른 것으로 상황에 맞아떨어지는 것처럼 보였지만 사실 정신의 중요한 부분은 다른 곳에 가 있었다. 이것은 지루한 교수진 회의 중에 머릿속으로는 논지를 구성해 나가고 있거나 강의 중에 속으로 어떤 생각을 시험해 보는 등 전문적으로 동시에 여러 일을 처리하는 것에 익숙해진 그녀에게는 별로 어려운 능력도 아니었다. 하지만 그렇다고 그녀가 가족들에게 일반적으로 사용하는 능력도 아니었다.

상황을 고려한다면 그녀가 별세한 남편과 부모님, 언니들,

그리고 그녀 자신에 대해 생각하고 있다는 것이 그리 큰 잘못은 아닐 것이었다.

앨러스데어의 죽음은 전혀 갑작스러운 일이라고 할 수 없었다. 4년 전쯤 전립선암으로 진단받은 그는 즉시 은퇴했다. 또 그에게 남은 시간이 두 달에서 5년 정도일 거라고 들었기에 그 기간 동안을 어떻게 보낼지 계획을 세우기 시작했다. 세계 일주 크루즈, 스포츠카 같은 버킷 리스트, 또는 감상적인 고별 파티 등은 그의 계획에 없었다. 간단하고 조용히 자신의 가족들과 함께 편안한 시간을 보내기를 그는 원했다. 자신의 예후가 그렇게까지 나쁘지는 않다. 그가 세상을 뜨기 일주일 전, 죽음이 임박했다는 사실이 너무도 분명했을 당시, 그는 그렇게 말했다. 반면 엘리자베트는 자신이 이 상황을 견딜 수 있을 거라고, 습관적인 씩씩함으로 슬픔을 쫓을 수 있을 거라고 자신을 속였다. 그녀는 어쨌든 상실에 익숙했으니까.

하지만 실제로는 그녀의 삶이 무너졌다. 특유의 무심한 미소, 즉 자신은 절대 무너지지 않는다는 대외적인 표현은 남아 있을 것이다. 그리고 그녀는 계속해서 밖으로 드러내는 감정들을 조심스럽게 조절할 것이다. 오직 혼자 있을 때만 눈물을 보일 것이다. 자신을 절제해 실제 생활에서 통제를 잃지 않을 것이다. 은퇴 후에도 그녀의 감독하에 이어지는 몇 가지 연구 작업에 집중하고, 집과 뜰을 깔끔한 상태로 완벽하게 유지하며, 자선 행사에도 부지런히 관심을 가질 것이다.

엘리자베트는 표정 없이 교회 좌석에 앉아 있는 동안 이 모든 것을 예견했다. 그녀 주변에서 벌어지는 장례 의식이 어디저 멀리서 이루어지는 것 같았다. 슬픔은 찾아올 것이다. 그녀는 알고 있었다. 그래도 슬픔에만 빠져 있는 것은 자제해야했다. 그녀의 상실감은 바닥이 없는 우물에 계속해서 외쳐 대는데 아무런 응답도 메아리쳐 돌아오지 않는 것 같은 느낌이었다. 이 정도는 판에 박힌 일이다. 그녀는 자신에게 그렇게말했다. 아니, 그 이상인가? 그녀는 자신의 슬픔을 다른 이의슬픔과 비교하는 것 자체가 무의미하듯, 그 질문에 대한 답을구할 수 없었다. 앨러스데어의 부재를 예민하게 느끼지 않는것도 부자연스러운 일일 것이다. 그는 다른 이들이 보기에는너무 평범한 사람처럼 보였기에 너무 놀라운 남자였다. 실력은 있는데 소심하고 카리스마가 없다. 그것이 그에 대한 은연중 평가였을 것이다. 하지만 그녀에게도, 그녀의 아이들과 손자 손녀들에게도 절대 그렇지 않았다.

어떻게든 엘리자베트는 자신의 인생을 재건해야 했다. 그녀의 이기적인 생각에 마음의 고통과 함께 죄책감이 밀려왔다. 심지어 지금조차 그녀는 부모님과 언니들을 애도하는 것이 불가능했다. 그들의 삶은 반론의 여지도 없이 훨씬 비극적이었으며 그들의 죽음은 가늠할 수 없을 정도로 훨씬 끔찍했음에도 불구하고 말이다. 그들이 살아 있는 모습을 상상하기도 어렵다. 그녀는 장례식이 진행되는 동안 그렇게 생각했다. 그들을 온기가 있는 실체로, 생각과 감정과 성향이 있는 존재로 상상하기 힘들었으며, 그들의 죽음에 대해 생각하기도 어려웠다. 울기는커녕.

3년 정도 후, 엘리자베트는 과거에 무슨 일이 벌어졌는지 확인해 보기로 결심했다. 그녀는 한 번도 자신의 과거라는 수수께끼에 대한 답을 구한 적이 없었다. 진정한 만족을 위해, 진실을 파헤치기 위해 그녀가 필요로 하는 이론들을 알아보지도 않았다. 그녀는 단 한 번도 힘든 일의 〈일단락〉이라는 그 끔찍한 미국식 가치를 추구하지 않았다. 그 모든 기억이 저 깊숙한 곳에 꽁꽁 묶인 채 자리해 다시는 수면 위로 떠오르지 않을 것에 온전히 만족하고 있었다. 그리고 당연히 복수는 원하지도 않았다.

하지만 이제 그녀는 알고 싶었다. 그녀는 자신이 정확히 무엇을 구하고 있는지 확실하지 않았다. 정보인지, 진실인지, 복수인지, 어떤 애매모호한 채무에 대한 변제인지. 엘리자베트는 한때 그녀의 지도하에 박사 후 연구원이었으며 지금은 잉글랜드 북부에 있는 대학의 교수인 제럴드 글로버를 고용했다. 그리고 그에게 남는 시간에 그녀를 대신해 연구해 달라고 요청했다. 그녀가 스스로 연구를 진행할 수도 있었다. 하지만 당시에는 확실하지 않은 이유들로 연구가 논증을 바탕으로 독립적이고도 객관적으로 이루어지기를 바랐다. 제럴드는 그 일을 대학 방학 기간 중에 엄격한 비밀 유지라는 조건 하에 착수했다. 그러는 과정에서 일련의 연구생들도 고용했는데 그들 중 마지막으로 고용된 이가 스티븐 데이비스였다.

1980년대 엘리자베트가 제럴드의 지도 교수였을 당시, 그는 그녀 자신도 모르는 그녀의 마법 같은 매력에 빠져들었다. 그는 아주 기꺼이 연구를 진행할 의향이 있었으며, 보더스주에 있는 화강암으로 장식된 그녀의 드넓은 저택에서 그녀를 인터뷰했다. 그녀는 녹음 자료를 위해 세 시간 이상 떠들며 결혼 직전까지 그녀의 삶에 대해 세부적으로 나열했다.

「그럼 찾으시는 것이 무엇인가요?」 제럴드가 걸걸하게 물었다.

「나도 확실히는 모르겠어. 너무 모호한 대답이 아닌지 모르겠네.」

「당연히 모호하죠. 그 대답으로는 완전히 불충분해요.」

「그렇다면…… 답을 구하는 것이라고 할게.」

「엘리자베트 교수님, 왜 이러세요. 그 정도로는 택도 없어요. 너무 두리뭉실해요. 그것보다 더 구체적으로 말씀하셔야 해요. 교수님도 연구 프로젝트를 충분히 많이 해보셨잖아요. 우리끼리 하는 말을 아시잖아요. 〈연구는 애초에 얼마나 구체적으로 이루어졌는지에 따라 그 질이 결정된다〉라는 거요.」

「제럴드, 그것은 우리끼리 하는 말이라기보다는 네 말 같은데. 별로 특별히 인상적이지도 영감을 자극하지도 않는 말이잖나?」

「알겠습니다.」 제럴드는 답답함에 고개를 저으며 말했다. 「하지만 그 말은 온전한 사실이잖아요. 제가 교수님을 정신이 오락가락한 노인으로 여기기를 바라지는 않으시잖아요. 교수님께서 답을 구하고자 하는 질문들이 대체 뭔가요?」

「네가 방금 들은 내 인생 이야기로 미루어 보면 그게 명백하지 않나?」

제럴드는 어느 정도 뜸을 들였다. 마치 자신의 인내력을 끌어모으는 것 같았다. 「그것은 그럴 수도 있고 아닐 수도 있습니다. 교수님께서 답을 구하고자 하는 단 하나의 질문이 무엇인가요?」

「글쎄, 아버지와 어머니가 어쩌다 기소당했는지, 그리고 어쩌다 우리가 강제 수용소로 보내졌는지 알고 싶은 거겠지?」

제럴드는 손가락을 꼼지락거렸다. 「더 구체적으로 풀이하자면요?」

「더 구체적으로 풀이하자면 〈누가 거짓말을 했을까? 그리고 왜 했을까?〉 정도지.」

「드디어 진전이 있군요. 할렐루야! 〈누가〉라는 질문만으로도 충분히 어려운 논제일 거예요. 〈왜〉라는 것은 풀이하기가 아예 불가능할 수도 있고요. 교수님도 당시 당국이 단지 교수님의 아버님을 싫어해서 그랬을 수도 있다는 것은 알고 계시죠? 교수님의 진술로 미루어 보자면 아버님은 엄밀히 말해 당국의 비위를 맞추기 위해 애쓰신 분은 아니니까요. 당국이 그냥 사업 경쟁자가 하는 악의적인 말을 우연히 듣고 움직였을 가능성도 충분해요.」

「가능하긴 하지, 제럴드. 하지만 나는 그랬을 가능성이 굉장히 낮다고 봐. 너도 나도 알다시피 그 당시에는 당국이 최소한 적법한 절차를 밟는다는 대외적인 모습을 유지하고 있을 때였어. 어딘가에 이 사건에 대한 보고가 올라 있을 거야.」

「그 보고가 러시아의 손아귀에 있을 가능성도 농후해요. 아니면 처분됐을 수도 있고요. 저는 우리가 이 문제를 해결할 여지가 그렇게 많지 않다고 봐요.」

「참 낙관적이기도 하지. 제럴드, 내가 그래서 너를 좋아하는 거야.」 엘리자베트는 그를 향해 함박 미소를 지었다. 그는 자신도 모르게 그녀에게 넘어가 있었다. 「제럴드, 어딘가에 실마리가 있을 거야. 너도 그러리라는 걸 알잖아.」

실마리는 정말로 있었다. 8년이라는 시간을 몽땅 쓰고 나서야 실마리를 찾을 수 있었다. 제럴드와 그의 조수들이 실마리의 끝을 잡아당기자 난제는 점차 풀려 나가기 시작했다.

어느 겨울날 저녁, 제럴드와 스티븐은 엘리자베트와 함께 그녀의 거실, 통나무를 포식하는 벽난로의 불 앞에 모여 앉았다. 제럴드는 스티븐에게 그들의 조사 결과를 보고하라고 시켰다. 「파워포인트 따위는 절대, 절대 준비하지 마.」 엘리자베트는 제럴드가 그 수줍음 많고 안경 너머로 긴 속눈썹을 지닌 꽤 예쁘장한 청년을 향해 그렇게 말했으리라는 것을 알았다. 「빌어먹을 시각 자료도 필요 없어. 그냥 말뿐이야. 그리고 너무 미리 짜놓은 각본을 읽듯이 하지는 마. 교수님은 대화를 나누는 것 같은 뉘앙스를 좋아하셔.」

수많은 이름이 거론됐다. 승진되지 못해 불만스러워하던 알베르트 슈뢰더의 공장 중간 관리자. 좀도둑질을 해서 마그다에게 해고된 하인. 헤르만 괴링을 사적으로 알던 경쟁 사업체의 주인. 파시스트에 가까운 관점을 표방해 마그다의 살롱 파티 중 조롱당했던 작가. 마지막에 가서 그들은 후보자 목록을 추려내는 데 성공해 하나의 유력한 인물을 얻었다.

한스 타우프.

10

그들은 마구간을 개조한 시골집의 거실에 모여 있다. 가구들을 다 빼고 나니 엘리자베트의 눈에 그곳이 평소보다 더 작아 보인다. 엘리자베트는 남아 있는 부엌 의자 두 개 중 하나에 앉는다. 제럴드가 나머지 하나를 차지하고 스티븐은 서 있는다.

「그럼 그가 떠난 거군요.」제럴드가 말한다.

「내 생각에는 그런 것 같은데, 네 생각은 어떠니?」

제럴드는 엘리자베트를 바라본다. 당혹감과 불쾌감이 뒤섞인 그의 표정은 지도 교수였을 때부터 봐와 너무 익숙하다. 그녀는 그의 그런 표정이 아직까지도 의문이다. 자신의 감정을 잘 숨기지 못하는 것일까? 아니면 이것도 책략의 하나로, 저 달걀을 닮은 민머리 속에서 진짜로 스치는 생각들을 숨기기 위해 일부러 보이는 모습일까?

「음, 제가 그를 두 시간 전에 역까지 데려다줬어요.」스티븐이 말한다. 「그가 기차 타는 모습도 봤고요. 제시간에 맞춰 떠났어요.」

「그래, 그럼 우리가 그를 볼 일은 이게 마지막이겠네.」제럴드가 말한다.

「흐으음.」엘리자베트가 모호하게 말한다. 「우리도 어서 움직이는 것이 좋을 것 같구나. 내 기차 시간은…… 스티븐, 기차 시간이 언제지?」

「한 50분 뒤예요. 시간은 충분해요.」

「현실적인 절차 말이다, 그걸 다시 함께 짚고 넘어가야 하지 않을까?」

「이 집에 대한 임대차 계약은 이번 달 말까지예요.」제럴드가 말한다. 「하지만 교수님이 안전하게 기차에 탑승하시고 나면 우리가 오늘 오후 열쇠를 여기에 갖다 놓을 거예요. 보시다시피 가구들은 중고품 가게로 가져갔어요. 청소부들은 월요일에 올 거고요. 그럼 이 일도 끝이네요.」

「그가…… 그게…… 다시 돌아오면 어쩌죠?」스티븐이 묻는다.

「내가 그에게 쪽지를 남길 거야. 이미 쪽지를 써놨어.」

「뭐라고 적으셨어요?」제럴드가 묻는다.

「그건 내 사생활이니 신경 쓰지 마세요, 젊은이.」그녀가 응답한다. 「쪽지가 일을 대부분 정리해 줄 거야.」

「제 추측으로는 그가 돌아오지 않을 것 같아요. 오히려 자신이 손해 본 일에서 얼른 손을 떼겠죠.」

「그건 나도 확신하지 못하겠네.」엘리자베트가 생각하며 말한다. 「돌아오지 않으면 그에게 쪽지를 하나 복사해서 보내 주지 뭐. 그가 계속 추적 가능하다는 전제하에 말이지.」

「일이 어느 쪽으로 흐르든 그 양반은 굉장히 크게 실망할 거예요. 자금 이체는 모두 실행됐지, 스티븐?」

「네, 계좌는 오늘 아침에 전부 비워졌어요. 빈센트가 그 불가피한 일을 몸소 해줬죠. 그리고 네, 다 확인했어요. 전부 엘리자베트 교수님의 계좌로 안전하게 이체돼 있어요. 로이의 투자금까지요. 아니, 한스의 투자금이라고 해야 할까요? 오직 엘리자베트 교수님만 그 계좌에 접속할 수 있어요. 제가 모든 기록을 갖고 왔어요. 은행 사이트에 로그인할 때 쓰는 그의 키패드도 갖고 있고요. 교수님께서…….」스티븐이 엘리자베트를 의문의 눈빛으로 바라본다.

「그래, 내가 그것들을 갖고 있으마.」그녀가 말한다. 「그의 소지품들은?」

「그것들은 다 싸서 그가 여기 남겨 둔 낡은 짐 가방 안에 처넣었어요.」스티븐이 말한다. 「그것들도 중고품 가게에 가져가라고 했어요. 그것도 안 되면 근처 쓰레기장에 버리고요.」

「알겠어.」

「빈센트가 그렇게 우리 쪽으로 합류한 것은 운이 좋았죠.」제럴드가 말한다.

「그게, 그의 배경을 생각하면…….」스티븐은 말한다. 「그가 합류하지 않았더라도 일이 가능하긴 했을 거예요. 힘들었겠지만요.」

「전혀 운이 아니었어. 스티븐이 그 부분의 일을 굉장히 영리하게 해냈어.」엘리자베트가 말한다. 「숨겨진 재능의 힘이었지.」

엘리자베트는 스티븐을 향해 미소를 짓는다. 그도 그녀를 바라보고는 부끄러워하며 미소로 화답한다.

「본업에서 기분 전환이 되는 일이었죠.」제럴드가 말한다. 「저는 제가 금융 사기극에 발을 담글 줄 꿈에도 몰랐어요.」

「맞아.」엘리자베트가 동의한다. 「나도 이런 일을 다시 하고 싶지는 않아.」

「그래도, 이제 다 끝난 거죠, 네?」

「흐으음.」그녀가 말한다. 「이제 갈 시간인 것 같네.」

17장
계획 변경

1

마침내 엘리자베트의 여정은 끝나 집으로 돌아가게 됐다. 청회색 하늘 밑의 기차역 플랫폼에 서니 평화로웠다. 시골 특유의 톡 쏘는 향을 머금은 공기는 그녀가 기억하는 것보다 더 신선했다. 그녀의 소지품들은 미리 배송시켜 놨다. 그래서 그녀의 손에 든 것은 핸드백뿐이다. 앤드루는 그녀에게 차를 타고 한 번에 오라고 제안했지만, 그녀는 그것이 사치라서 거절한 것이 아니었다. 그렇게 할 경우엔 같은 자리에 계속 갑갑하게 있다가 겉만 번지르르한 영국식 상업주의의 상징과도 같은 고속 도로 휴게소들이 나오면 잠시 차에서 내려야 한다. 그러는 과정이 지나치게 피곤했을 것이다. 게다가 그녀는 기차를 좋아한다. 옛날의 친근한 맛은 사라졌지만 철도 위에서라면 단순히 이동하는 것이 아니라 여행하는 기분이 들었다. 그녀는 런던의 인파를 뚫고 패딩턴 역에서는 빠르게 지나녔다. 아니, 팔팔한 80대 노인이 다닐 수 있는 최대한 빠른 속도로 지나다녔다고 해야겠다. 그 후, 택시로 갈아타고 가다도 떼기시장 같은 킹스크로스 역으로 입성해 1등급 라운지로 곧장 들어갔다. 그곳에서 상냥한 짐꾼 하나가 정해진 시간에 그녀를 마중 나와 그녀의 자리로 안내해 줬다. 그 인간과는 우연히도 마주칠 가능성이 없었다. 그가 어디에 있는지는 모르지만 추정되는 자신의 수익을 계산해 보고 있을 것이며 당연히 그의 상상 속 부엌 디자이너 아들을 만나고 있지는 않으리라. 그녀는 그자를 로이라고 부르지 않는 것에 익숙해져야 한다.

그리고 함박 미소의 앤드루가 여기 있다. 그의 할아버지를 꼭 빼닮은 외모에 할아버지와 똑같이 수줍은 순진함을 보인다. 그는 플랫폼에서 가볍게 뛰어올라 엘리자베트를 조심스럽게 포옹한다.

「할머니!」 그가 말한다. 그녀는 눈물을 멈출 수 없다. 그의 스코틀랜드식 사투리는 여전하다. 「다시 보니 너무 반가워요.」

「나도 반갑구나, 앤드루. 다들 어떻게 지내니?」

「아주 잘 지내죠. 다들 할머니를 보고 싶어 해요. 할머니께서 오늘 저녁 집에서 조용히 지내고 싶어 하실 수도 있을 거라고 생각했어요. 어쩌면 아빠와 로라 이모가 들를 수도 있지만, 가족 식사는 내일 저녁에 하기로 했어요. 할머니를 보니 너무 기쁘네요. 할머니의 모든 일이 잘 풀렸을 거라고 생각해요. 오시는 길은 어땠나요?」

「괜찮았어, 고맙다. 다시 여기 공기를 마실 수 있게 되니 좋구나. 문제는…….」

2

「젠장!」

「젠장!」 그는 다시 욕을 한다. 하지만 그래도 기분이 전혀 나아지지 않는다.

그는 조끼와 팬티 차림으로 호텔 스위트룸 침대 옆에 서 있다. 이 사치로 소소히 자축하는 중이다. 빈센트는 예상했던 대로 그와 함께 즐기기를 거절했다. 그리하여 그는 이 자리에 있다. 홀로. 그의 능력으로는 어쩌다 한 번씩 이런 사치를 감당할 수 있다. 이제 베티의 비상금까지 잘 챙겨 놨으니 더욱 그렇다. 그 생각까지 하니 다시 그 지점으로 돌아오게 된다. 젠장. 이번 욕은 머릿속으로만 한다. 말로 뱉어 봤자 전혀 효과가 없기 때문이다.

마구간을 개조한 시골집에서 그가 가져온 작은 여행 가방의 내용물들이 침대 위에 펼쳐져 있다. 시골집에는 그의 방에 오래된 옷가지를 조금 남겨 놨다. 그것은 베티가 어쩌다 들어갈 경우를 대비해 오로지 그럴듯하게 꾸미기 위한 용도였다.

어찌 됐든 이번 외출은 그가 아들을 만난다는 명목하에 주말만 잠시 떠나 있는 거니까. 그녀는 그 아들이 존재하지 않는다는 것과 그녀가 그를 다시는 보지 못할 거라는 사실을 알지 못한다.

그는 베티에 대해 궁금해하지 않는다. 이제 일이 끝나 마침표까지 찍었으니 그에게 그녀는 더 이상 존재하지 않는 사람이다. 그는 돌아가지 않을 것이다. 그녀에게 돈이 하나도 남아 있지 않다는 사실을 그녀가 깨닫기까지 얼마나 걸릴까? 그런 것을 추측하는 일도 다 부질없다. 그녀나 젊은 상아탑 손자가 그나 빈센트를 추적하려고 시도한다면 생각을 좀 해봐야 할 것이다. 물론 그들은 경찰에 신고할지도 모른다. 잘들 해보라지. 매니언이라는 성을 다시 부활시켜야 할지 고민해 봐야겠다. 당장 결정할 필요는 없다. 지금은 상황을 전부 만끽할 때다.

그 빌어먹을 키패드. 그것을 가져올 수만 있다면. 빈센트는 혹시 모르니까 기회가 오는 대로 최대한 빨리 돈을 그의 개인 계좌로 이체시키라고 말했다. 그리고 지금이 그 기회다.

그는 다시 키패드를 찾아보며 머리를 긁적인다. 속옷 두 장과 셔츠 두 장. 침대 위에 내용물을 전부 쏟아 낸 세면도구 가방 하나. 면도기 하나. 면도크림 튜브 하나. 면도솔 하나. 발한 억제제 한 통. 치약 한 개. 치질 연고 하나. 마지막 두 가지는 서로 헷갈리지 말아야지. 그는 홀로 낄낄대고는 다시 과업에 집중한다. 작은 태블릿 PC는 있다. 그 모든 시간 동안 그는 형편없이 낡은 짐 가방의 안감 속에 태블릿과 태블릿 충전기를 비밀리에 숨겨 뒀다. 그리고 그것으로 빈센트에게 이메일도 보내고 상황이 어떻게 돌아가는지 확인하며 은행 잔고를 확인했다. 하지만 그에겐 키패드도 필요하다. 세면도구 가방 안을 살피고 그 망할 것이 깔끔하게 갠 셔츠들 사이에 끼여 있는 것은 아닌지 확인한다. 체계적으로 그의 여행 가방의 주머니를 전부 뒤진다. 모두 완전히 비어 있다. 옷장 속 옷걸이에 걸어 둔 재킷으로 향하더니 그것을 꺼낸다. 지갑, 잔돈 몇 푼, 휴대 전화, 손수건, 그리고 반쯤 비워진 두 배 진한 민트사탕 한 통은 이미 빼서 침대 협탁에 깔끔하게 늘어놓은 상태다. 그는 주머니들을 다시 뒤져 본다. 비어 있다. 바지도 똑같이 한다.

젠장.

그는 이제 이런 실수들을 너무 쉽게 저지른다. 한때 이런 실수를 하면 말 그대로 끝이었던 시절이 있었다. 그의 수많은 계략은 정확성과 정교한 타이밍을 요했다. 최소한 이번 건에서는 조금 느슨해져도 괜찮다. 이런 소소한 사업은 이번을 마지막으로 끝내도 괜찮을 것 같다. 최소한 당분간은 말이다. 그는 스스로에게 작은 미소를 보낸다. 키패드는 여전히 짐 가방 안에 있을 것이다. 태블릿 PC와 함께 그것을 보관하고 있었으니까. 하지만 자신이 그것을 여행 가방에 집어넣은 기억이 날 것도 같다. 우리를 시험하는 거지, 이런 자잘한 수수께끼들이란. 기억이란 이상한 것이다. 장난을 친다.

아, 어쨌든. 짜증은 나지만 그냥 애로 사항일 뿐이다. 격언도 있지 않은가? 자잘한 것에 목숨 걸지 마라. 그는 스카치위스키를 한 모금 마시고는 휴대 전화를 집어 든다. 빈센트가 해결해 줄 수 있다. 그가 이체할 수 있다.

휴대 전화 신호가 잡히지 않는다. 그는 휴대 전화 화면에 고도로 집중하며 스위트룸을 마구 돌아다닌다. 하지만 소용없다. 지친 기색으로 그는 셔츠와 바지를 입고 신발 끈을 맨 뒤 승강기를 타고 1층으로 내려간다. 이 호텔에서 청구하는 터무니없이 높은 비용은 지불하지 않을 것이다.

호텔 로비에서도 신호는 여전히 잡히지 않는다. 그는 파크 레인 거리로 나선다. 여름 저녁의 햇살을 받은 하이드 파크의 전경이 아주 훌륭하다. 그는 도시의 하루가 끝나 가는 내음을 들이마신다. 달궈진 아스팔트 냄새, 디젤 배기가스 냄새, 그리고 방금 깎은 공원의 풀 냄새가 난다. 여전히 수신이 안 된다. 이상하다.

스위트룸으로 돌아온 그에겐 책상 위 전화기를 이용하는 것 외에 선택권이 없다. 빈센트의 전화번호를 누르지만 상대가 전화를 받지 않는다. 음성 메시지를 남기라는 소리를 듣지만 일단 지금으로선 그러지 않기로 한다. 그는 태블릿 PC를 켠 뒤 책상 위의 카드에 적혀 있는 설명을 따른다. 인터넷에 접속됐다. 마침내 그는 헤이스 앤드 폴슨 은행의 사이트를 검

색한다. 온라인 은행 거래 사이트에 접속하지만 키패드 없이
는 로그인을 할 수 없다. 영국령 버진 아일랜드 지역 대상 고
객센터 전화번호를 검색한다. 이대로 진행하면 요금을 톡톡
히 치러야 할 것이다.

　그는 전화번호를 누른다. 그러자 미국식과 영국식 억양이
섞인 밝은 목소리가 응답한다.

　「안녕하십니까? 헤이스 앤드 폴슨 은행의 상담사 셰일라
입니다. 전화 거신 분의 성함을 여쭤 봐도 되겠습니까?」

　「제 이름은 로이 코트니입니다.」

　「네, 안녕하세요, 로이 씨. 제가 어떻게 도와드릴까요?」

　「저는 그쪽의 고객입니다. 제 계좌에서 돈을 좀 이체하려
고 하는데 키패드 거시기인가 뭔가 하는 것을 안 가져 왔어요.
비밀번호를 입력하는 그것 말입니다.」

　「H&P 패드를 말씀하시는 건가요?」 상담사가 즉각 묻는다.

　「맞아요.」

　「알겠습니다. 여기서 우리가 무엇을 할 수 있을지 살펴봐
드릴게요.」

　「제가 이쪽에서 H&P 패드 없이 로그인할 수 있는 방법 없
을까요?」

　「글쎄요…… 없을 것 같네요. 로이 씨, 어디 계시죠?」

　「런던요.」

　「네, 영국의 런던 말씀이십니까?」

「맞습니다.」

「그리고 로이 씨의 H&P 패드를 잃어버리셨다고요.」

「엄밀히 말해, 그것은 아니고요. 제가 그것을 가져오는 것을 깜빡했습니다. 집에 두고 왔어요. 호텔에서 숙박 중이거든요.」

「알겠습니다. 로이 씨에게 키패드를 새로 보내 드릴 수는 있습니다. 보안 차 몇 가지만 질문드리겠습니다. 그런 다음 이전의 H&P 패드를 취소하고 새것을 발행해 드릴게요. 새 H&P 패드는 바로 보내 드릴 수 있습니다. 먼저 로이 씨에 대한 개인 정보와 계좌에 대한 정보가 필요합니다.」

그는 상담사에게 둘 다 알려 준다. 그리고 그녀는 그를 컴퓨터상에서 발견하자 기뻐하며 작은 탄성을 지른다. 그는 실존한다.

「자, 그럼 로이 씨, 이제 우리에게 남은 일은 기존 패드를 취소하고 새 패드를 보내 드리는 것뿐입니다.」

「얼마나 기다려야 그것을 받을 수 있을까요?」

「며칠 안으로 도착할 겁니다, 로이 씨.」

「그러면 안 돼요. 당장 이체해야 하거든요. 오늘이나 내일 중으로요. 제가 전화상으로 이체할 방법은 전혀 없을까요?」

「물론이죠, 로이. 폰뱅킹 애플리케이션을 설치해 놓은 상태이고 미리 이체 설정을 해 두셨으면 가능합니다.」

「그러지 않았어요.」

「알겠습니다.」 보아하니 셰일라도 이제는 아이디어가 다 떨어진 모양새다. 「그게……요, 로이 씨, 보시다시피 우리는 고객님들의 보안을 유지하기 위해 특히 애씁니다. 그래서 모든 폰뱅킹 환경을 갖추지 않으셨다면 죄송하게도 이체는 불가능할 것 같네요…….」

「그럼 지점이라도 있나요? 런던 지점이 있어요?」

「있긴 합니다. 하지만 은행 지점이 아니라 증권 회사예요. 그리고 로이 씨의 기록을 보니 로이 씨의 계좌는 온라인 거래만 가능하도록 신청되어 있네요.」

「결국 제가 집에 가봐야 한다는 말이네요, 그렇죠?」

「그래 보이네요, 로이 씨. 다른 사람이 H&P 패드를 대신 가져다드리지 않는 한요. 불편을 드려서 죄송합니다. 하지만 정말 달리 방법이 없어 보이네요. 런던에서 멀리 사시나요?」

「90분 정도 이동해야 하는 거리죠.」

「그나마 다행이라고 여겨야 할까요. 로이 씨, 달리 제가 도와드릴 일은 없을까요?」

「괜찮습니다.」

「그럼 헤이스 앤드 폴슨 은행으로 전화해 주셔서 감사드립니다.」

그는 격분한 채 수화기를 내려놓는다. 한 번 더 빈센트에게 전화를 걸어 보지만 여전히 응답이 없다. 그는 음성 메시지를 남긴다.

달리 방법이 없다. 그는 그곳에 다시 돌아가야 할 것이다. 생각해야 한다. 아들이 비행편을 놓쳤다. 이틀 정도 연기됐다. 그 정도 이야기로 무마해야 할 것이다. 그는 내일 기상하자마자 돌아갈 것이다.

그는 시골집에도 전화를 걸어 본다. 자동 응답기가 돌아간다. 베티가 또 차 마시러 외출한 모양이다. 아니면 낮잠을 자고 있거나. 조바심을 내며 그는 말한다.「전화 받아, 베티.」하지만 그녀는 전화를 받지 않는다. 그는 음성 메시지를 남긴다. 아들의 일정이 연기됐으며 몇 가지 물건을 더 챙겨 가야 해서 다음 날 아침에 돌아갈 거라는 메시지다. 얕은수지만 급한 불이 먼저다. 그녀는 절대 의심하지 않을 것이다.

3

열쇠가 열쇠 구멍을 긁는다. 그들은 잠시 서로를 바라본다. 마치 그들이 합의한 내용을 확인하는 모양새다. 앤드루는 문을 약간 열어 놓은 채 차가 담긴 머그컵 두 잔을 들고 부엌으로 향한다.

낮밤으로 지치는 날이었다. 그들은 아주 잠시만 엘리자베트의 집에 들렀다. 그녀가 옷을 좀 챙기고 그녀의 자녀들에게 마음을 바꿔 미안하다고 전하기 위해서였다. 그들은 앤드루의 큰 차에 탔으며 그는 A1 도로를 따라 제한 속도보다 몇 킬로미터 빨리 운전했다. 가는 길에 앤드루는 호텔 방들을 잡았으며 엘리자베트는 스티븐과 간략한 대화를 나눴다. 그래서 스티븐은 임대업체로부터 시골집의 열쇠를 다시 받아왔다.

그들은 밤 10시에 호텔에 도착했다. 스티븐은 그들과 호텔 로비에서 만났다. 「이렇게 빨리 다시 만나게 될 줄 몰랐네요.」 그가 말했다.

「마음이 계속 불편하더라고.」 엘리자베트가 설명했다.

「그가 다시 돌아올 거라는 보장은 없어요.」

「원래 이 세상에서 보장되는 것은 있다 하더라도 거의 없어. 하지만 내 생각에 그가 돌아오지 않고는 못 배길 것 같아. 그 많은 돈이 코앞에 있다는 생각에 그는 괴로울 거야. 게다가 당연히 빈센트와도 연락이 닿지 않을 테고. 이번 한 번만은 무슨 엉뚱한 변명을 들고 위험을 감수하러 오겠지.」

「하지만 키패드가 없어진 것 때문에 우리를 의심하진 않을까요?」

「그러지 않을 것 같은데. 그는 자신이 실수로 두고 갔다고 생각할 거야. 그는 점점 건망증이 심해지고 있으니까. 네가 그의 가방을 들어 주는 척하면서 그것을 훔쳐갔다고는 생각도 못 할 거야. 한편으로 그는 굉장히 의심이 많지만 다른 한편으로는 말도 못 하게 쉽게 믿으니까.」

엘리자베트는 지쳤다. 온몸이 아파 오고 머리는 지끈거렸다. 다음 날 아침, 그녀는 자신이 어제 스티븐에게 살짝 짜증을 냈는지도 모르겠다고 생각했다. 하지만 그녀는 잘 잤으며 깨어나니 개운했다.

그리고 이제 열쇠가 열쇠 구멍에 주저하듯 꽂혀 있다.

「자,」 그가 집에 들어오자 그녀가 말한다. 「당신의 메시지는 받았어요.」

그는 방 거실 한가운데 서서 주변을 둘러본다. 마치 충격을 받은 것 같다. 잠시 후에야 그는 입을 연다. 「세상에, 여기서 무슨 일이 있었던 건가요?」

그는 부엌에 있는 앤드루를 확인하고는 그를 심술궂게 노려본다. 이에 앤드루는 그를 가벼운 시선으로 바라보지만 아무 말도 하지 않는다.

「저놈은 누군가요?」 그가 여행 가방을 바닥에 내려놓으며 묻는다.

「로버트의 일정이 연기됐나요?」 엘리자베트가 되묻는다.

「네, 그의 비행편이 취소됐어요. 내일 아침 비행기로 도착한대요. 나는 그때 로버트를 만날 거예요.」 그는 그 말을 거의 무의미한 독경처럼 뱉는다.

「네, 네.」 엘리자베트가 응답한다. 「당연히 그러시겠죠.」

「나는 호텔에 방을 잡을게요……. 하지만 베티, 무슨 일 있었어요? 대체 무슨 일이 벌어지고 있는 거냐고요.」 그는 그녀를 뚫어지게 쳐다본다.

「이쯤 됐으면 상황이 명료해지지 않았을까 했는데요.」그녀는 차분하게 대답한다. 「아니, 어쩌면 명료해졌는지도 모르겠네요. 어쨌든 요새 젊은이들이 하는 말처럼, 〈뭐래니〉. 상관없어요. 결국에는 전부 명료해질 테니까요.」

「베티, 대체 무슨 말을 하는 거예요? 그리고 저자는 누구예요?」그는 자신의 머리를 홱 돌려 부엌 쪽을 가리킨다.

「오, 쟤는 앤드루예요. 너 괜찮니, 아가?」

「네, 괜찮아요.」앤드루가 외친다.

「앤드루는 혹시 모르는 상황에 대비해서 여기 있어요.」

「어떤 상황 말인가요?」

「그런데 로버트는 어때요? 그의 일정이 지연되어 짜증 났겠네요.」

「걔는 괜찮아요. 그가 시드니 공항에서 전화를 줬어요.」

「그가 정말 그랬어요? 당신의 휴대 전화로요? 그 통화야말로 진짜 비쌌겠는데요.」

「네, 하지만 그도 할 수밖에 없었죠. 안 그랬다면 내가 그의 일정을 어떻게 알았겠어요.」

「이상하네요.」그녀는 여상한 말투로 말하면서도 여전히 그의 눈을 직시한다. 「당신의 휴대 전화는 끊긴 지 좀 되지 않았나요?」

「당신이 어떻게 알아요? 청구서라도 왔나요?」

엘리자베트는 아무 말도 하지 않는다.

「뭐, 로버트가 내게 호텔 데스크에 메시지를 남겨 놓았을 수도 있겠네요.」그가 말한다.「요새 좀 정신이 오락가락해요, 내가.」

「네, 정말 그래요, 그렇죠? 나는 당신이 그를 공항에서 만나려고 한 줄 알았는데요.」

「오, 그랬었죠. 그런데 계획을 바꿨어요.」그가 더 확신을 보이며 말한다.

「보아하니 너도나도 사방에서 계획을 바꾸고 있네요.」

「그게 무슨 말이에요?」

「이제 좀 알겠지 않나요? 아주 조금은? 정말 실망스럽네요. 나는 언제나 당신이 모든 일을 훤히 파악하고 있는 줄 알았는데요. 우리 좀 앉을까요?」

그녀가 한쪽 의자에 앉고 그가 다른 쪽 의자에 앉는다. 그는 다시 헐벗은 공간을 둘러보더니 말한다.「이게 다 뭐예요, 베티? 무슨 일이 벌어지고 있는 거예요?」

「차근차근 설명해 줄게요. 그래도 되겠죠?」그녀는 마치 그의 안위가 가장 중요하다는 것 같은 걱정스러운 표정으로 그를 바라본다. 그러고는 봉투 하나를 들어 보인다.「당신에게 쪽지를 남겨 놨어요. 하지만 그것만으로는 진정 충분하다는 생각이 들지 않더라고요. 게다가 공평하지도 않고요. 그래서 서로 얼굴을 보고 이야기하는 것이 최선이겠다고 결정했어요. 게다가 정말로 계획이 변경됐거든요. 당신이 다시 돌아오기로 결심해 줘서 얼마나 기쁜지 몰라요.」

「뭐 때문에 내가 다시는 돌아오지 않을 거라 생각했죠? 내가 로버트와 만나고 나서 말이에요.」

엘리자베트가 한숨을 쉬고는 잠시 뜸을 들인다.

「그것은 잊어버려요. 우리 조금만 참아 보죠. 괜찮겠죠? 자, 정확히 어디서부터 시작해야 할까? 이야기의 처음부터 시작할까요, 끝부터 시작할까요?」

「베티, 내가 당신을 온전히 이해한다고 착각한 적은 단 한 번도 없어요. 하지만 이번에는 진짜 모르겠군요. 무슨 일이 있었나요? 베티, 내게 말 좀 해줘요.」

엘리자베트는 그냥 그를 향해 미소만 짓는다.

「걱정하지 마요, 베티. 우리가 다 해결할 수 있을 거예요. 내가 런던에서 돌아온 다음에 말이죠. 우선 나는 하던 일을 계속해야겠어요. 위층에서 몇 가지 물건만 챙기면 돼요. 그런 다음 택시를 불러 탑시다. 당신은 내가 고속 도로 모텔 중 하나에 며칠 간 체크인해 줄게요. 내가 돌아오면 이 모든 일을 정리할 수 있을 거예요. 장담컨대 나는 살면서 이보다 심한 일도 겪어 봤는걸요.」그가 안심시키는 미소를 짓는다.

「물론 그러시겠죠.」엘리자베트가 호응한다.

「그럼 나는 어서 위층에 올라갔다 올게요. 그다음에 같이 떠납시다.」

그가 천천히 일어서려는 순간 엘리자베트는 그녀의 핸드

백에서 뭔가를 꺼내 든다. 「당신이 잊어버리고 안 가져갔다는 게 이건가요?」 그녀는 헤이스 앤드 폴슨 키패드를 들어 보인다. 그는 얼어붙은 채 그것을 바라본다.

「이제야 상황 파악이 좀 되시나요?」

그는 다시 자리에 털썩 주저앉는다. 표정에는 변화가 없다.

「내 직업 덕분에 꼼꼼한 조사가 얼마나 유용한지 알게 됐죠. 내가 느낀 바에 따르면 당신은 가볍게 훑어보고 그냥 내버려 두는 습성이 있는 것 같거든요. 전부 노출돼 있었어요. 내 일, 그리고 내 삶의 대부분에 대한 정보 말이에요. 원하면 누구든 알 수 있었죠. 전부는 아니더라도 대부분은요. 관심을 갖고 파보기만 하면 됐어요. 제럴드는 이 일이 성공할지 장담하지 못했어요. 하지만 나는 당신을 알았죠. 당신의 자만심도 알았고요. 그 끔찍한 술집에서 당신과 만난 순간부터 나는 당신을 알아봤어요. 사진들도 도움이 됐죠. 하지만 당신을 직접 마주해 보니 너무나 명백했어요. 심지어 저조차 그 당시에는 위험 부담이 조금 있다고 생각했어요. 우리 모두 그랬죠. 하지만 우리는 당신의 안하무인격 성향을, 타깃만을 외곬으로 좇는 당신의 습성을 고려하지 못했던 거예요. 아무래도 시간이 좀 지났으니까요. 그러니 내가 어느 정도 유리한 입장이긴 했어요. 하지만 그래도 그렇죠.」

엘리자베트는 달콤한 미소를 지었다.

「나한테 무슨 얘기를 하려는 거예요? 당신이 내게 사기를 치려고 했다는 건가요? 만약 그렇다면…….」

「다시 생각해 보니 이야기의 가장 처음, 그 언저리에서 시작하는 것이 좋겠네요. 작은 소년의 이야기와 함께요. 아니, 상대적으로 큰 소년이었죠. 한스 타우프라는.」

그는 황급히 고개를 든다. 한 템포의 반의 반 박자보다도 짧게, 아주 잠시 멈칫하던 그가 말한다. 「당신이 무슨 이야기를 하는지 전혀 모르겠군요.」

「흐음, 나도 당신이 그렇게 나올 거라고 예상했어요. 하지만 당신은 한스잖아요. 그렇지 않나요?」 그녀는 그를 의문의 시선으로 바라본다.

「아니요, 당연히 아니죠. 이봐요, 베티. 나는 로이예요. 당신도 그걸 알잖아요. 나는 그, 뭐시기, 한스였나요? 그놈이 아니라고요.」

「그럼 당신은 한스 타우프를 모르나요?」

「그런 말을 한 적은 없어요. 우연하게도 내가 전쟁 직후 함께 일했던 독일인의 이름이 한스였어요. 그는 내 통역관이었죠. 생각해 보니 타우프가 그의 성이었던 것 같군요. 내가 하노버에 주둔하고 있을 때요. 하지만 그는 비극적인 끝을 맞이했어요.」

그녀는 고개를 끄덕인다. 「네, 직무 중 살해됐다고 들은 것 같네요.」

그는 놀라워하는 표정이다. 「맞아요. 당시 나는 그와 함께 있었어요.」

「그랬죠, 당신이? 함께 있었고말고요. 정말 이상한 사건이었어요. 그렇지 않나요? 당신과 그는 너무 닮아 있었어요. 그당시에 대한 모든 진술이 그렇게 밝히죠. 우리는 하노버 사무실에서 근무하던 예전 직원 몇 명을 추적할 수 있었어요. 그들은 이제 거의 우리만큼이나 나이를 먹었더군요. 그들이 〈무시무시한 2인조〉에 대해 아주 호감을 갖고 이야기하더라고요. 그리고 내가 공식 기록들에 대해 좋아하는 점은 그것들이 너무나, 음, 공식적이라는 거예요. 그런 관공서 용어들 뒤에 숨어 있는 감정들을 파헤치는 것도 재밌거든요. 영국 쪽의기록은 명백히 러시아 쪽을 달래고 사건 전체를 덮기 위해 꾸며졌더군요. 너무나 눈에 보이게요. 러시아 쪽의 기록들도 볼수 있었으면 정말 좋았을 거예요. 둘을 비교하고 대조하고 싶었거든요. 하지만 당연하게도 불가능하겠죠. 우리는 차선으로라도 만족해야 했어요. 그것도 충분히 좋았고요. 그것은 우리 가족 같은 동독의 기록들이었어요. 2001년도에야 우리가조사를 시작했어요. 그 기록들은 전부 베를린 장벽이 무너진이래로 10년 이상 방치돼 있던 거예요. 처음에는 우리도 그쪽을 살필 생각을 못 했어요. 물론 내가 편하게 불러 〈우리〉죠. 정확히 말하자면 제럴드와 그의 보조들이에요. 제럴드는 내가 돈을 주고 고용한 조사원이에요. 스티븐의 상사죠. 제럴드가 내 아들, 마이클인 척했어요. 하지만 이 이야기는 나중을 위해 아껴 두는 것이 좋겠어요. 당신이 보기에 내가 이야기를 너무 빨리 진행하고 있는 것 같은가요, 한스?」

그는 그녀를 확인하고는 노려본다.

「내가 어디까지 얘기했죠? 오, 맞아요. 제럴드의 지인 중 한 명이 슈타지[48]에 대한 연구 프로젝트를 진행하고 있었는데 그녀가 우리 일을 한번 빨리 훑어봐 주겠다고 했어요. 빨리 훑어봐 준다는 말은 물론 1950년대 기록들을 몇 주간 살피는 일을 말하죠. 우리 학계 사람들은 그런 유의 일을 너무도 사랑하거든요. 알다시피 건초 더미에서 바늘 찾기 같은 일들 말이에요. 그러자 거기에 있었어요. 1957년에 동독의 첩보 기관과 소련이 공동으로 영국 국방부 차관에게 접근하려 했던 미션. 보아하니 실패한 모양이더군요. 그리고 기록상 잊혔어요. 우연히 그 내용을 보게 된 사람에게는 그것이 의미하는 바가 별로 없었을 거예요. 그냥 냉전 당시 수두룩하게 벌어진 장난 중 하나라고 생각했겠죠. 하지만 우리가 보기에는……」

「이것이 다 나와 무슨 관련 있죠?」 그가 살짝 무례한 투로 묻는다.

「당연히 전부 관련 있죠. 그들이 접근했던 대상은 로이 코트니라는 어떤 군인이었어요. 그리고 코트니는 흔하지 않은 성이잖아요. 그 보고서에 중요한 몇 가지가 있었어요. 그중 하나는 한스 타우프가 살해됐다고 주장되는 1946년의 사건

48 동독의 비밀경찰.

481

에 대한 보고였죠. 관련 서류들 사이에는 당시 러시아 장교의 보고를 요약해 놓은 것도 있었어요. 그는 생존자가 한스 타우프라고 확신하고 있었지요. 보고와 불일치하는 자신의 생각을 남겼어요.」

「우리는 카롭스키를 오후에 딱 한 번 만났어요. 그는 굉장히 도움이 안 됐고요.」

「맞아요, 카롭스키가 그의 이름이었어요. 당신은 이름을 기가 막히게 기억하죠. 그는 생존자가 한스 타우프라고 너무나 확신하고 있었어요. 그래서 나중에 그 남자를 런던에서 찾아내 그에게 공갈 협박을 시도했죠. 이 얘기는 이제 넘어갈까요?」

「마음대로 하세요.」 그는 대충 어깨를 으쓱했다.

「내가 당신을 지루하게 만들고 있나요? 또 다른 흥미로운 점은 한스 타우프가 1938년에 부유한 가족 하나를 게슈타포에 고발하는 일에 중요한 역할을 맡았다는 거죠. 그 부유한 가족은 슈뢰더가였어요. 그 부모는 처형당했고 아이들은 강제 수용소로 보내졌죠. 타우프의 아버지는 그의 아들과 함께 독일에서 도망쳐 나왔어요. 그의 어머니는 그렇게 운이 좋지 못했죠. 그래서 동독은 타우프와 간절히 이야기를 나누고 싶어 했죠. 아니, 타우프가 아니라 코트니인가요? 어느 쪽 이름으로 정할까요?」

그는 경계하며 그녀를 향해 고개를 든다. 「마음대로 하세요. 나로선 전혀 알 수 없는 말들만 하고 있으니. 그는 아주 질이 나쁜 놈이었군요, 그 타우프라는 사람요. 그가 나를 위해 일할 당시에는 이런 이야기를 하나도 모르고 있었어요.」

「네, 그는 1938년에 열네 살밖에 안 됐어요. 여기서 또 학술적으로 흥미롭다고 할 만한 논제가 제시되죠.」

「뭐죠?」

「어느 나이부터 우리의 행동에 대한 진정한 책임을 질 수 있을까요? 이 나라에서 책임을 법적으로 묻는 나이는 열 살이에요. 한스, 당신은 열네 살 때 당신의 행동에 대한 책임이 있다고 생각하나요?」

그는 끙 소리를 낸다.

「개인적으로 나는 한스가 자신의 생각과 행동에 대해 충분히 주도적이었다고 생각해요. 그는 슈뢰더가 사람들을 경멸했고 자신의 진보적인 부모님도 경멸했어요. 하지만 무엇보다 자기 자신을 가장 경멸했죠. 그래서 그는 모든 것을 버렸어요. 심지어 게슈타포와 서면으로 계약까지 했죠. 1957년에 카롭스키는 그 계약서를 가지고 그와 대면하려고 했어요. 제 생각에 한스는 알베르트와 마그다 슈뢰더, 그리고 하넬로레, 샤를로테, 아넬리제, 그리고 릴리에게 자신이 무슨 짓을 하는지 아주 잘 알고 있었던 것 같아요.」

「다 헛소리예요. 나는 로이 코트니라고요. 나는 도싯에서 자랐어요. 참전했고요. 내 삶을 살았어요. 그래서 어쩌라고요?」

「정말로 충실히 살았더군요. 우리가 전부 다 확인했어요. 요양 기간, 스탠브룩 경과의 생활, 그리고 그 후 런던에서 그 모든 모험을 일삼던 시간들 말이죠. 참고로 스탠브룩 경의 개인 기록 보관소에서 자세한 정보를 많이 얻을 수 있었어요. 제럴드가 그것을 열람할 수 있게 됐거든요. 당신은 꽤 추적하기 힘든 인물이더군요. 하지만 제럴드도 그의 일을 아주 잘하죠. 그의 보조들도 마찬가지고요.」

「다 헛소리예요. 이 모든 것에 대한 증거가 어디 있죠?」

「증거요? 글쎄, 제럴드가 그의 일을 꽤나 꼼꼼하게 해나갔어요. 역사는 일반적으로 증거에 대한 것이 아니랍니다. 진실 또는 우리가 파헤칠 수 있는 진실에 가장 근접한 내용에 대한 거죠.」

「아무것도 없군요, 그렇죠? 대체 이것이 전부 당신과 무슨 관련 있단 말입니까?」그의 얼굴이 시뻘게졌다.

앤드루가 거실 쪽으로 움직여 오기 시작한다. 하지만 베티가 말린다. 「괜찮아. 한스는 성급하게 행동하지 않을 거야. 그렇죠, 한스?」

「내 이름은 한스가 아니라고요.」그가 악문 잇새로 말한다.

「당신이 이것만으로는 납득하지 않을 거라고 생각했어요.」그녀는 마치 그가 한 말을 듣지 못한 것처럼 기쁘게 이야기를 이어 간다. 「당신에게는 역사에 대한 단순 해설보다 더 강력한 무언가가 필요할 거라고 예상했어요. 우리가 베를린으로 떠났던 여행을 기억하나요?」

「네.」 그가 무미건조하게 대답한다.

「멋지지 않았나요? 슈프레강 위에서의 일몰 하며, 베를린 필하모니 관현악단의 풍성한 연주 하며. 그래도 각자의 시간도 좀 필요하긴 한 것 같았어요. 당신은 뭔가 싫증이 나서 지루한 것처럼 보였거든요.」

그는 엘리자베트가 말을 이어 가도록 기다려 준다.

「나는 티어가르텐 인근에 있던 그 예쁘장한 저택들로 돌아가 볼까 생각했어요. 심지어 그 저택 중 하나의 문을 두드리기도 했죠. 아니요, 지금 나는 당신을 놀리고 있는 거예요. 이미 그로부터 몇 주 전에 예약을 잡아 놨었어요. 저택의 주인들은 기뻐했죠. 내가 그곳을 둘러보도록 흔쾌히 허락해 주셨어요. 내 이야기를 잘 따라오고 있기를 바라요, 한스.」

그는 시무룩하게 말이 없다.

「특정 목적이 있었어요. 단순히 슈뢰더가 사람들이 살았던 저택을 구경하기 위해 그곳에 간 게 아니었어요. 1층으로 당당히 진입했죠. 알베르트의 서재는 새로이 단장되어 최첨단 기술들이 도입돼 있더라고요. 더 이상 그 끔찍했던 어둠침침한 나무 인테리어는 보이지 않았어요. 나는 항상 그 인테리어가 꽤나 답답해 보인다고 생각했거든요. 조금 위압적이기도 했고요. 침실 중 한 군데도 들어가 봤어요. 이제는 그곳에도 전부 카펫이 깔려 고상한 베이지 색상의 고급 털들이 폭신하더라고요. 애석하게도, 주인분들에게 카펫의 한쪽 구석을 들어 올려 달라고 요청해야 했어요. 우리 자기, 당신은 내가 무슨 이야기를 하고 있는지 전혀 모르죠?」

「조금도 모르겠군요.」

「부디 인내를 가지고 들어 주세요. 우리가 카펫을 걷어 올리자 그것은 여전히 거기 있었어요.」

「거기에 뭐가 있었나요?」 그는 억지로 인내하며 묻는다.

「당연히 굽도리널과 바닥 사이 틈이 있었죠. 그리고 더욱 놀라운 것은 그 오랜 세월이 지났는데도 목걸이의 로켓 역시 있었다는 거예요. 우리는 손전등을 비추어 그것을 확인할 수 있었지만 꺼낼 수는 없었어요. 저택의 주인분이 드라이버로 그것을 간신히 꺼냈죠. 곧 중요한 부분이 나올 거예요. 약속해요. 사실 거의 다 왔어요. 우리는 편지들과 로켓을 용케 꺼낼 수 있었어요. 하지만 당연하게도 가장 중요한 물건은 로켓이었죠.」

「오, 그렇군요.」

「편지들은 철없는 어린 소녀가 두서없이 쓴 것들이었어요. 하지만 로켓은 당신의 머리카락을 담고 있었거든요.」

「내 머리카락이라고요? 내 머리카락이라니, 그게 무슨 말인가요?」

「기억 안 나요? 내 방에서 일어난 일이었죠. 나는 당신에게 머리카락을 좀 달라고 설득했어요. 하지만 분명 당신은 승낙했다 다시 생각하는 모양이었어요. 그래서 아주 도끼눈을 하고 있었죠. 지금 당신의 눈초리와 살짝 비슷하게요. 그럼에도 불구하고 나는 당신의 기분을 모르는 척하고 계속 고집했어요. 당시 나는 봄에 갓 태어난 어린양만큼이나 밝기만 했죠. 당신이 예상했던 것보다 내가 머리카락을 더 많이 잘라 가자 당신은 매우 화를 냈죠. 나는 웃었고요. 하지만 당연히 당신도 기억하겠죠. 행복했던 시절이니까요.」

엘리자베트는 그를 향해 활짝 웃고는 한숨을 쉰다.

「물론 이런 상황에는 지성을 이용해야죠. 기술도 적용하고요. 로켓을 되찾는 것은 단지 향수에 취해서 벌인 일이 아니었어요. 더 많은 이유가 있었죠. 일종의 증거 자료였어요. 제럴드는 꽤나 까다로운 성격의 소유자예요. 그리고 당신처럼 모든 일이 의심할 여지 없이 결정적이기를 바라죠. 그리고 DNA 검사란 경이로워요. 당신은 여기서 지내는 동안 집에 당신의 샘플을 충분히 많이 남겼어요. 그래서 단순히 그것을 로켓에 있던 머리카락과 함께 실험실로 보내고 나서 결과를 기다리기만 하면 되는 일이었죠. 이제는 내 이야기를 얼추 다 파악했을 거라고 생각하는데요.」

「그것은 오래전 이야기예요, 베티.」그가 지친 기색으로 말한다. 「당신을 뭐라고 부를까요? 베티, 릴리?」

「엘리자베트가 내 이름이에요. 나는 그것의 철자와 발음이 독일식인 것을 선호하죠. 그것은 내 별스러운 점들 중 하나예요.」

「하지만…….」

「그것들은 전부 같은 이름을 줄여 부른 것일 뿐이잖아요. 쯧쯧, 잘 따라와요. 어쨌든 이야기가 겨우 여기까지 왔네요. 네, 오랜 시간이 흘렀어요. 하지만 나는 그것이 어떤 의미를 갖는지 모르겠군요. 내가 보기엔 시간이 흘렀다고 해서 사실들이 지워지지는 않는 것 같거든요.」

「내가 왜 로이 코트니로 살고 있는지는 복잡해요.」

「사실, 엄밀히 말하면 당신은 로이 코트니로 살고 있지 않아요.」그녀가 끼어든다. 「오히려 그 반대죠.」

「내가 말을 정정하죠. 너무나 정확하군요. 원래는 다 일련의 오해들이었어요. 로이는 끔찍하게 죽었고 나는 심하게 다쳤어요. 나는 의식을 잃은 상태였고 러시아인들은 우리를 영국 관할 지역으로 빨리 돌려보내려고 노력했어요. 그들은 우리 둘을 혼동했고 그로부터 거짓말이 눈덩이처럼 불어났어요. 그러다 통제가 안 되기 시작했고요.」

엘리자베트는 그를 회의적으로 바라본다.

「내가 이용했어요. 스스럼없이 인정할게요. 하지만 내게는 달리 선택할 여지가 별로 없었어요. 나는 통역관에 불과했어요. 이후에 고용되리라는 보증도 없었죠. 솔직하게 나갔다면 군인 연금을 전혀 못 받았을 거예요.」

「당신의 영어 실력은 그 당시에도 좋았나 보군요. 꽤나 큰 도박을 건 일이었을 텐데요.」

「나는 4년을 영국에서 보냈어요. 그중 3년은 학교에 다녔고요. 나는 언어를 잘해요. 당신도 나를 알잖아요. 나는 뭐든 얻을 것만 분명하면 사지도 걸잖아요. 그 위험 부담은 계산된 거였어요.」

「당신은 로이의 가족들을 조금도 배려하지 않았어요.」

「그게, 그렇죠. 당신은 잊고 있어요, 릴리. 당시는 힘든 시절이었고⋯⋯.」

「나는 잊지 않았어요, 한스.」

「그렇죠, 물론 잊지 않았죠. 당신도 너무 다 잘 알죠. 살아남기 위해 분투하는 것이 뭔지도 알지요. 나도 그러는 것일 뿐이었어요. 살아남는 것이었다고요. 그리고 무엇을 해도 코트니 대위를 되살릴 수 없었어요. 릴리, 당신이 살아남아서 정말 기뻐요. 언제나 당신이 그러기를 바라고 있었다고요.」

엘리자베트는 그를 끊임없이 살핀다. 「나는 진심으로 당신이 나를 엘리자베트라고 불러 줬으면 좋겠네요. 아니면 나도 당신을 한지라고 부를까요?」

그는 부여잡은 자신의 두 손을 내려다본다. 「제정신이 아닌 시절이었잖아요. 몇 년간 세상이 미쳐 돌아갔어요. 하지만 당신 가족이 잡혀간 일은 나와 관계가 거의 없었어요. 게슈타포가 나를 압박했어요. 내가 하기 싫은 말들을 하게 만들었고요.」

「기록상으로 보이는 이야기와는 사뭇 다르네요. 동독에는 꽤 철저한 기록들이 남아 있었거든요.」

「엘리자베트, 그들이 나를 속였어요. 내 말을 믿어 줘야 해요.」

「내가 정말 그래야 하나요?」 그녀가 묻는다. 「그럼 당신이 내게 저지른 일에 대해선 어떻게 해석해야 하나요?」

「언제요?」

「당신이 나를 폭행했을 때요.」

「당신을 폭행했다고요?」

「우리 좀 더 구체적으로 이야기해 볼까요? 크리스마스 파티가 열리던 날 밤, 내 침실에서요. 당신 아버지가 우리 아버지와 이야기를 나누고 계실 때요. 당신이 당신의 야만적인 손가락들로 나를 더듬었을 때요. 인간이 얼마나 비인간적일 수 있는지 내게 알려 줬을 때요. 나는 그 덕분에 비인간성에 대해 이해할 수 있게 됐으니 어쩌면 감사해야 할지도 모르겠네요. 꽤나 유용한 가르침이었거든요.」

「그런 일은 전혀 생각이 안 나는걸요. 당신이 상상한…….」

「뭘 요? 그런 일이 벌어졌다는 것을요? 그 짓을 한 자가 당신이었다는 것을요?」

엘리자베트는 일정한 목소리로 말하고 그는 아무런 지적 없이 듣고만 있다. 그가 눈꺼풀을 들어 올리더니 그녀에게 업신여기는 눈빛을 쏜다. 하지만 그녀와 시선을 계속 마주하지 못한다.

「참 웃겨요. 당신에 대한 나의 가장 생생한 기억은 그 일이 있고 나서 당신이 손가락 냄새를 맡던 장면이거든요. 당신은 그 전반적인 상황에 대해선 아무 생각 없이 실망만 하는 것 같더라고요.」

그는 숨을 쉰다. 「그래서 당신이 원하는 것이 뭔가요?」

「당신은 바로 본론으로 들어가기를 원하는군요. 언제든 거래는 가능하답니다. 그러니 요지로 들어가서 세부 사항들을 조정하자고요.」

「자, 그래서요?」 그는 용기를 긁어모아 그녀를 바라본다. 「당신이 원하는 것이 뭔가요?」

「정말 좋은 질문이네요. 하지만 우선 내가 이것부터 물어 볼게요. 당신은 당신의 행동이 어떤 결과를 빚을지 상상해 본 적 있나요?」

「온전히 해보지는 않았어요. 당신의 부모가 어떤 식으로든 어려움을 겪게 되리라는 정도로만 이해하고 있었던 것 같아요.」

「흐으음, 그럼 왜 그랬어요? 당시 당신이 원하는 대로 내가 응답해 주지 않아서 그렇게나 실망했나요?」

「나도 잘 모르겠어요.」 그가 해명한다. 「당신의 언니들이 내게 못되게 굴었어요. 나는 속상했고요. 우리 아버지는 정말 바보였어요. 나는 아버지에 대해서도 화가 나 있었어요. 부모님이 전부 멍청했어요. 두 분이 끌려가면서 나도 그들과 함께 끌려갈 것이 뻔히 보였어요. 이것은 그 문제를 해결할 방도였어요. 최소한 일시적으로는요.」

「게다가 행복하고 유복한 슈뢰더가라는 문제도 함께 해결할 방도였겠죠.」

「나도 잘 모르겠어요.」 그는 어깨를 으쓱한다. 다시 시무룩한 열네 살 소년이 된 기분이다.

「뭐 때문에 그런 혐의를 주장하게 됐나요? 그냥 사소한 원한으로 그런 건가요?」

「아버지들은 전쟁 물자를 파괴하겠다는 이야기를 나누고 있었어요.」

「그럼 이른바 우리의 유대인 혈통은요?」

「게슈타포 남자가 듣기를 원하는 말이 대충 그것이라고 생각했어요. 내가 가고자 하는 곳에 도달하기 위한 수단이었다고요.」

「그것은 거짓말이었어요. 우리 가족은 유대인 혈통이 아니라고요.」

　그는 엘리자베트를 바라보며 말한다.「당신 가족에 유대인의 피가 흐르고 있는지 여부는 내가 알지 못했어요. 물론 그러지 말았어야 한다고는 생각해요. 그냥…… 당시에는 필요한 말이었어요. 게슈타포 경관은 내가 그 말을 꼭 하도록 시켰어요.」

　「그것이 핵심은 아니에요. 우리가 유대인인지 아닌지 따위는. 나는 내가 유대인이 아니더라도 유대인으로 여겨졌다는 걸 기쁘게 생각해요. 내가 당시의 고통과 함께한 사실이 자랑스러워요. 이것도 자랑스럽게 생각하고요.」영국으로 이사 온 이래 그녀는 언제나 조심스럽게 긴팔 옷을 챙겨 입었다. 게다가 특히 그와 같은 집에서 살게 된 뒤에는 더욱 신경 썼다. 하지만 지금 그녀는 소매를 걷어붙이고 그의 앞으로 팔뚝을 거칠게 내민다. 거기에는 삼각형과 숫자들로 이루어진 문신이 보인다. 그는 무표정이다.「요는 당신이 애초에 고발한 것 자체가 잘못이라는 거예요. 우리가 유대인이든 아니든 그건 상관없죠. 당신의 미성숙한 행동에 대해 아무리 핑계를 대도 당신에겐 당신이 한 말에 대한 책임이 있어요.」

　그는 엘리자베트를 바라본다. 마치 그녀가 무슨 말을 했는지 이해하지 못하는 모양새다.「내가 아무 말 안 했어도 상황은 별반 다르지 않았을 거예요.」

　「하지만 당신은 아무 말 안 하지 않았잖아요.」

「당신 아버지와 우리 아버지는 국가를 상대로 모의하고 있었어요. 나는 아무런 거짓말도 하지 않았어요.」

「그분들은 악을 상대로 모의하고 있었어요. 당신은 악과 함께 모의하기로 선택했고요.」

「나는 열네 살이었다고요. 신이시여, 세상에. 내가 대체 그런 것들을 어떻게 계산했겠어요.」

아주 잠시 동안 둘 다 말이 없다. 엘리자베트는 에너지가 다 고갈된 모양이다. 그래도 곧 다시 입을 연다.

「정말 궁금하군요. 죄책감이 느껴지지 않나요?」

「뭐에 대해서요?」

「그 일 중 어느 것에 대해서라도요. 나, 내 가족, 당신의 가족, 로이 코트니, 밥 매니언 등에 대해서요.」

「죄책감이라, 그것은 매우 어려운 감정이죠. 없어요.」

「그럴 리가요. 정말 못 느끼는군요. 그렇죠?」

「그것은…….」

「일종의 방책이었나요?」

「그렇게 가혹하게 말하지 말아요. 내가 해야 하는 일이었어요. 다른 선택을 할 여지가 없었다고요. 아니, 내 생각에는 그랬어요. 살아남기 위해서는 해야 하는 일이었어요. 그것에 대해서는 당신도 아주 잘 알잖아요.」

「그리고 이후에는요?」

「이후에요? 이후에는 과거지사가 됐죠. 다시 되돌릴 수 없

494

는 일이었어요. 어떤 일도 내가 유발시킨 게 아니에요. 나는 그냥…… 단지 그냥…….」

「네?」

「눈앞에 보이는 기회들을 잡았을 뿐이에요. 그게 그렇게 끔찍한 일인가요?」

「그럼 지금은요?」

「나는 나이가 들었어요. 이미 벌어진 일은 벌어진 일이고요. 그것을 다시 바로잡을 수는 없어요. 그러니 나 자신을 죄책감으로 고문해 봤자 무슨 이득이 있겠어요?」

「죄책감을 느끼는 것도 선택할 수 있는 문제인 줄은 몰랐네요.」

「내게 원하는 것이 뭔가요? 돈? 나는 이해가 안 가요.」

엘리자베트는 이제 더 침착해졌다. 그녀는 목소리를 더 낮게 깔고 신중하게 말을 골랐다. 「나도 알아요. 당신은 굉장히 많은 것을 이해하지 못하죠. 내가 당신으로부터 아무것도 원하지 않을 수 있다는 점을 이해하지 못해요. 합의할 수 있는 사안이 없을 수도 있다는 것을, 대가를 치를 방법이 없다는 것을 이해하지 못하죠. 나도 계획이 바뀌었어요. 그러니 나도 당신에게 할 이야기가 있어요.」

그는 그녀를 바라보기만 할 뿐 입을 열지 않는다.

「남편이 세상을 떠났을 때 나는 길을 잃었어요. 내가 막 남편을 잃은 다른 과부들보다 더 외로움을 탔는지는 판단할 길이 없네요. 하지만 내 정신은 곧장 전쟁 직후 상태로 돌아갔어요. 당신은 내가 해방됐을 때 행복했을 거라고 생각할지도 모르겠네요. 하지만 그때 나는 연약함과 덧없음을 느꼈어요. 두려움만 가득하고 텅 비어 버린 앞날이 보였어요. 앨러스데어가 세상을 떠났을 때도 같은 두려움을 느꼈어요. 다시 의미를 찾아야 했어요. 그것을 종교에서 찾을 생각은 없었죠. 그것에 대해서만은 우리 둘 다 생각이 같겠네요. 그래서 다른 무언가가 필요했어요. 그리고 마침내 그것을 찾았죠. 바로 진실을 구하며 이런저런 추정을 하는 일요.」

「그래서 우리가 이 자리까지 온 거군.」그가 조용히 말한다.

「네, 어떻게 보면 꽤나 우스꽝스럽죠.」그녀가 인정한다. 「다 늙어 빠진 닭대가리 두 마리가 목에는 주름이 지고 흐물흐물해져선 다 잊힌 일들에 대해 떠들어 대는 모양새라니. 그래도 배울 점은 있었어요. 필사적으로 의미를 구하는 일요. 그것이야말로 우리의 차이점 아닐까요. 그렇지 않나요?」

그의 눈빛에 분노가 차오른다.「그럴지도 모르죠.」

「우리 어디까지 얘기했죠? 맞아요. 내가 무엇을 원하냐고요? 우리가 처음으로 일에 진전을 보이기 시작했을 때부터 그것은 계속 진화해 왔다고 해야겠네요. 우선 나는 그냥 알고 싶었어요. 그러다 우리는 사건의 진실을 어느 정도 발견하게 됐죠. 우리는 범인이 당신일 수밖에 없다는 것을 알았어요, 한스. 달리 다른 사람이 없었어요. 그다음 문제는 당신을 어떻게 추적할지에 대한 거였죠. 당신은 꽤나 붙잡기 어려운 사람이잖아요.」

그는 쓴웃음을 지어 보이고는 말한다.「내 인생의 테마죠.」

「정말 그래요.」그녀가 가소롭다는 듯이 말한다.「그것도 그렇게 어렵지는 않았어요. 우리가 어떤 과정을 거쳤는지 전부 설명하지는 않을게요. 하지만 당신의 무모한 모험들과 고생들을 거의 다 확인한 것 같네요. 이런데도 아직 가짜로 겸손할 기분이 드나요?」

그는 고개를 저었다.

「그럴 줄 알았어요. 우리의 소소한 연구는 탄력이 붙으면서 나름 저절로 굴러가기 시작했어요. 특히 제럴드는 뼈다귀를 문 개와 같았죠. 그는 마치 복수의 화신 같기도 했어요. 그렇게나 유한 사람이 그러니 아주 놀랍죠. 절대 거스르면 안 되는 사람이에요. 그리고 마침내 당신이 나타났죠. 대낮처럼 환하게. 로이 코트니. 빈센트는 우리가 놓친 세부 사항들을 채워 줬어요. 굉장히 도움이 많이 됐죠.」

「빈센트가?」그가 놀라워하며 묻는다.

「네, 우리가 빈센트와 일단 만나고 난 뒤 우리의 사립 탐정 친구가 그를 꽤 쉽게 추적할 수 있었죠. 우리는 그와 조용히 대화를 나누어 볼 만한 가치가 있을지 고민했어요. 그의 선조들을 확인하고 나니 당연히 가치가 있겠더라고요. 당신은 그의 할아버님이 제2차 세계 대전 직전 폴란드에서 망명해 온 유대인이었다는 사실을 알고 있나요? 아마 몰랐겠죠. 스티븐은 아주 훌륭하게 그를 말로 설득했어요. 그러고 나니 그는 흔쾌히 도와주려 하더라고요. 그의 입장에선 과거의 잘못을 살짝 만회하고자 하는 의도도 있었어요. 그는 비어 있던 몇 가지 연결고리를 채워 줬죠.」

한스는 털썩 주저앉지만 반항적으로 그녀를 쳐다본다.

「우리는 당신을 발견했지만 역사학자들이라는 틀에 갇혀 있었죠. 그래서 사립 탐정을 고용했어요. 칭퍼드 출신의 좋은 청년이었죠. 그는 각종 문제를 뿌리부터 캐줬어요. 꽤나 경이로웠죠. 당신은 당신의 아파트를 거의 벗어나지 않았지만 인터넷으로 만난 상대들과 아주 활발히 데이트를 하고 있었어요. 이제 당신도 이야기의 흐름을 알겠죠. 굉장히 많은…… 이를 어떻게 표현해야 할까요…… 〈나가리〉들이 있더라고요. 우리 친구는 당신이 만나고 나중에 차버린 상대들을 부지런히 추적해 그들과 면담을 나눴어요. 당신이 한 달에 다섯 명까지도 차버렸다는 사실을 아나요? 저는 그 시장에 외로운 할머니들이 그렇게나 즐비하다는 사실이 꽤 놀랍더라고요.」

엘리자베트가 쾌활하게 말을 이어 가는 동안 로이는 인상을 찌푸린다.

「거기서 도출된 결과가 어땠는지는 당신도 잘 알 거예요. 당신은 대부분의 여성을 첫 만남 이후에 다시 만나지 않았죠. 그리고 당신이 두 번째 만남까지 진행한 여성들은 관심 대상들이었고요. 당신은 관계를 매우 급하게 진전시키고 싶어 했고 그들의 재정적 상태에 매료돼 있었죠. 그들에게 상당한 주의를 기울이는 것처럼 포장을 잘 해놓고는 정보를 캔 다음 관계에 본격적으로 집중했어요. 매번 상대 여성이 당신 기준에 못 미치거나 그녀가 어쩐지 당신을 불편해한 것 같더군요. 이 정보는 우리가 짠 계획의 기본이 됐어요. 나는 당신에게 직접 다시 연락하고 싶은 마음이 굴뚝같았어요. 하지만 당시에는 그 모든 정황에도 불구하고 당신이 한스 타우프라는 확신이 완전히 서지 않았죠. 그러나 그 문제에 대한 해결책은 꽤나 간단했어요.」

「온라인 데이트 사이트를 통해 나를 만나는 것이었군요.」

「정확해요. 꽤나 멋지지 않아요? 우리는 기본적인 계획을 세웠어요. 나는 이 작은 시골집을 장기 렌트한 다음 이사했어요, 상황이 어떻게 돌아갈지 두고 보자는 심사였죠. 그런데 당신이 우리의 미끼를 그대로 물었다는 표현이 정확할 것 같네요. 그렇죠? 제럴드는 나중에 스리 카드 트릭[49]이라고 불리는 것이었나요? 어쨌든 그것을 해보자고 제안하더라고요. 당신의 속임수에 내가 넘어가 주는 동안 실제로는 내내 내가 당신을 속이는 거죠. 필요한 모든 장비가 있었어요. 스티븐은 IT의 귀재예요. 하지만 몇 가지 사항을 운에 맡기긴 했죠. 이 일의 묘미는 내가 실제로 당신의 돈을 필요로 하지 않는다는 거

49 카드 석 장을 엎어 놓고 퀸을 알아맞히는 도박.

였어요. 그러니 상황이 너무 어려워지면 그냥 이 일에서 손을 떼면 그만이었죠. 하지만 우리는 꽤 잘했어요. 안 그래요?」

그는 그녀의 의욕적인 눈빛에 응답해 주지 않는다.

「믿을 만한 이야기를 꾸미려면 필요하다고 생각해 구성한 연극에서 제럴드가 내 아들 마이클 역을 연기했어요. 그의 아내는 진짜로 그의 아내였고, 그의 딸은 초반에 함께하던 보조 연구원 중 하나였는데 찬조 출연을 위해 잠깐 돌아왔던 거예요. 그리고 스티븐은 물론 스티븐이었죠. 당연히 내 손자가 아니고요. 우리 모두 이 극을 훌륭하게 소화해 내지 않았나요? 특히 스티븐이 잘했죠? 우리가 함께 크리스마스를 보내자던 초대를 당신이 거절했을 때 우리 모두 안도의 한숨을 쉬었다고요. 나는 당신이 그럴 줄 알았어요. 그리고 당연히 나는 검사를 하지 않았죠.」

「검사라고요?」

「이야기가 지금 꽤 중구난방이죠?」 그녀는 명랑하게 말한다. 「DNA 검사요. 나는 저택에 들르지 않았어요. 물론 진짜로 갔다면 그림이 참 괜찮았겠죠. 괜찮은 이야기이지 않나요? 당신도 내 이야기를 인정해 줬을 거예요. 나는 목걸이의 로켓을 가져오지 못했어요. 그것이 아직 그곳에 있는지도 의문이네요. 심지어 그것이 있었다 하더라도 그 머리카락을 검사할 수 있었을까요? 그것으로 증명되는 것이 있긴 했을까요? 제럴드는 이 모든 기술적인 것들에 굉장한 관심을 보여요. 반박할 여지가 없는 증거를 구할 방법은 그것뿐이라고 생각했죠. 하지만 우리는 더 나은 방법을 알아요. 그렇지 않나요? 나는 그에게 너무 문자 그대로 모든 것을 해석하지 말라고, 어떻게든 우리가 방법을 찾아낼 거라고 말했죠. 그래서 찾아냈어요. 그렇지 않나요?」

「그래서 당신 말의 핵심은요?」

「핵심이라고요?」

「이 이야기로 무슨 말을 하고 싶은 건가요? 내가 얼마나 멍청한지 드러내 보이는 것 외에 말이에요. 당신이 내 돈을 전부 가져갔다고 생각하면 맞나요?」

「아, 네, 돈이 있었죠. 돈은 당신에게 정말 중요한 가치예요. 그렇죠? 아니면 승리 대 패배의 느낌에 흥분하는 걸까요? 어쨌든 별로 상관없어요. 당신의 돈을 가져가는 것이 우리의 계획이었어요. 그것은 제럴드의 다분히 원초적인 복수 본능을 만족시켰어요. 스티븐도 꽤나 그 생각을 실천하고 싶어 했죠. 당신을 직접 만나 본 후에는 더욱요. 하지만 실제로는 내가 결정한 바였어요. 나는 이 방법을 통해 당신을 과거에 묻을 수 있을지도 모르겠다고 생각했어요. 그리고 우리 모두 이 여정을 꽤나 즐겼죠.」

그는 그녀를 뚫어져라 쳐다본다.

「너무 겁먹은 표정 짓지 마세요. 계획이 변경됐다고 했잖아요. 기억하죠? 기존 계획 때문에 꽤 오랫동안 불편한 기분이 없어지지 않더라고요. 하지만 어제 집으로 돌아가는 길에 야 다시 생각해 봤어요. 나는 그 방법이 옳지 않다고 판단했어요. 나는 당신과 똑같은 사람이 되고 싶지 않았어요. 쪽지도 마찬가지였죠. 예의에 어긋나는 짓이었죠. 오히려 나는 당신을 위해 당신을 직접 대면한 상태에서 이야기할 의무가 있었어요.」

「내가 아니라 당신 자신을 위해서겠죠.」

「어째서 그렇죠?」

「내가 꿈틀거리는 모습을 보는 만족감을 느끼기 위해서 겠죠.」

「한스, 당신은 정말로 모든 사람이 당신과 똑같이 생각한다고 판단하는군요. 나는 사실 이 대화를 하기가 두려웠어요. 게다가 엄밀히 말해, 내 눈에는 당신이 별로 꿈틀댈 부류의 사람처럼 보이지도 않고요. 나는 단지 당신을 한 번 더 마주하는 것이 보다 공평하다고 생각했을 뿐이에요.」

그는 엘리자베트를 바라보며 신랄하게 웃는다. 그녀의 눈에 비친 그는 도로 그 억울하고 경멸스러운 열네 살 소년이다. 그녀 위에 서 있던 그 소년. 일시적으로 그녀가 불안하게 서서 넘어질 뻔하다 균형을 잡는다.

「당신의 돈과 관련해서만 하는 말인데, 전부 돌려줄게요. 내가 수표를 준비했어요.」

엘리자베트는 그녀의 핸드백 안에 손을 넣더니 종이 하나를 꺼낸다. 그리고 그것을 그에게 내민다. 떨리는 손으로 그는 수표를 향해 손을 뻗더니 날래게 뺏어 간다. 그는 수표를 찢기 일보 직전이다.

「안 돼요.」 엘리자베트가 사무적으로 말리자 그는 멈춘다. 그는 종잇조각에 아주 작은 흠집 하나만 낸 상태다. 「불쾌하다고 떼쓰며 장황하고 극적인 행동을 벌이기 전에 잘 생각하기 바라요. 당신은 언제나 그렇게 충동적이고 기분 변화도 심했죠. 설사 당신의 마음이 바뀌더라도 나는 수고롭게 또 하나의 수표를 발행해 주지는 않을 거예요.」

그는 양팔을 여전히 뻗은 상태로 손가락 사이에 수표를 들고 있다. 그의 팔이 병약하게 떨리는 동안 그는 스스로 생각할 시간을 갖는다. 그리고 마침내 팔을 내리고 수표를 지갑에 깔끔히 넣어 둔다. 그러는 내내 그녀를 꾸준히 노려본다. 저 눈빛이란. 그녀는 생각한다. 하지만 모든 것은 시간과 함께 지나가기 마련이다.

5

그들은 샌드위치를 먹고 있다. 앤드루를 보내 사 온 것이다. 엘리자베트는 그에게 빨리 갔다 오라고 속삭였다. 그녀는 엄밀히 말해 두렵다기보다 불편한 마음이 더 컸다. 그녀는 한스를 지켜본다. 그의 관심은 오로지 음식과 그 앞에 놓인 종이

컵에 든 커피에 집중돼 있다.

「그럼.」 엘리자베트가 입을 연다. 「이로써 다 끝난 것 같군요.」

한스는 이제 더 차분해 보인다. 심지어 얌전해 보이기까지 한다. 어쩌면 이 모든 상황에 체념한 것일지도 모른다. 앤드루가 집 밖으로 나갔을 때 그녀가 느꼈던 물리적 두려움이 이제 살짝 터무니없게 느껴진다. 그녀는 자신의 감정들을 내비치지 않았기를 바란다. 그랬다면 그에게 일종의 승리였을 것이기 때문이다.

「이해가 안 되는군요.」 그가 고개를 저으며 말한다. 「당신의 소소한 사기극 말이에요. 이런 일을 당하고도 속상하지 않았다면 거짓말이죠. 게다가 불필요한 일이기도 했고요. 왜 내게 그냥 말하지 않았나요?」

「다른 사람들은 몰라도 당신만은 그 이유를 이해할 줄 알았는데요. 일단 일이 시작되고 나니 꽤나 흥미롭더라고요. 나는 내 안에 이런 모습이 있는 줄 몰랐어요. 하지만 물론 그런 모습이 당신에게는 자연스럽겠죠.」

「흐으음, 내가 진 것 같군요. 새로운 가르침을 얻기에 우리가 삶을 꽤 많이 살긴 했지만 내 생각엔 뭔가 배운 것 같아요.」

「정말요? 그것이야말로 놀라운 일이겠는데요.」

그의 얼굴이 상처받은 표정으로 변한다. 「꽤나 심한 말인데요.」

「심한 말이라, 홍미로운 단어 선택이네요.」

「내가 실수도 좀 했습니다. 인정할게요. 내가 절대 의도하지 않은 결과들을 가져온 일도 있었어요. 나는 성인군자가 아니에요…….」

「아니고말고요.」

「하지만 이 모든 것을 뒤로할 수 있기를 바라요.」

「훌륭하네요.」 그녀가 말한다. 「하지만 어쩐지 믿기 어렵군요.」

「거짓말을 하는 행위는 내 일부인 것 같아요.」 그가 차분하게 주장한다. 「그것은 내 정체성이에요. 나도 내가 유식해서 이런 일이 벌어지는 어떤 심리학적인 이유를 주장할 수 있었으면 좋겠네요. 내가 기억하는 한 나는 언제나 그랬어요. 최소한 게슈타포 경관과의 일이 벌어진 이래 그래 왔다고요. 하지만 내 말이 맞잖아요? 거짓말은 우리가 우리의 삶을 이어 나가는 방식이에요. 이 세상에 우리가 적응해서 사는 방법이고요. 중고차를 팔고 있든, 총리가 됐든, 기후 변화 과학자가 됐든 상관없이 말이죠. 그냥 상황이 원래 이래요. 진실이야말로 부차적인 거죠.」

그는 그녀를 바라 보며 미소를 짓는다. 부드럽게 간청하고 있다.

「호음.」 그녀가 말한다. 「그러지 않을 것 같은데요, 한스. 무례하게 굴 생각은 없는데, 아니 내게 무례하게 굴 생각이 있었군요. 정말 우리가 세상 돌아가는 방식에 대해 논의할 수 있다고 생각해요? 거짓말은 우리가 우리의 삶을 간단히 이어나가는 방식일 뿐이라고요? 정말 그런 한마디 가지고 이 모든 것을 카펫 밑으로 쓸어 숨길 수 있다고 생각해요? 한마디의 시도로 당신이 자유로워지게요?」

「엘리자베트, 너무 엄격하게 굴지 말아요.」

「네, 하지만 내 생각에는 정확하네요.」

그는 고개를 돌린다.

「한스.」 그녀는 말한다. 「이것은 복수하고자 하는 행동도, 심지어 정의의 행동도 아니에요. 당신은 당신의 삶이 무엇에 이르렀는지 알잖아요. 꽤나 실망스럽겠어요.」

「그건 당신 생각이죠.」

「맞아요, 내 생각이죠. 그리고 내 생각엔 이처럼 자기 변명적인 법석을 떨어도 당신에게 별로 도움이 안 될 거예요.」

「당신이 감히 누군데 나를 판단하나요?」

「나야말로 당신을 판단하기에 꽤나 적합한 사람이라고 생각하는데요.」

「말 다 했어요?」

「지금으로선요.」

「나는 당신이 무슨 생각을 하는지 관심 없어요. 당신의 용서를 구하는 것도 아니고요.」

「이래야 당신답죠. 나도 당신이 그렇지 않다고 확신해요.

용서라는 개념이 당신 머릿속에 등장할지도 의문이고요. 이해한다는 개념도 마찬가지예요. 하지만 무한에 가까워지는 두려움은 알겠죠. 나는 확신해요. 당신은 나만큼이나 그것을 느끼고 있어요. 우리 두 사람의 차이라면 당신은 어디에서도 용기를 구할 수 없다는 점이죠.」

「그럼 당신은 있나요? 당신의 무의미한 종이 쪼가리에나 의지한다는 건가요?」

엘리자베트는 미소를 짓는다. 「당신이 일부러 둔한 척하고 있다고 생각하고 싶어요. 하지만 그런 게 아니죠, 당신은? 정말로 이해하지 못하고 있는 거예요.」

「무엇을 이해하지 못한다는 거죠?」

「선(善)이 정말로 존재한다는 사실을요. 우리가 그것을 아무리 부정하려고 노력해도 그것과 반대되는 개념이 존재하듯 선도 존재해요. 오, 그냥 잊어버려요.」

엘리자베트는 한숨을 쉰다.

그는 끙 소리를 내며 성급하게 묻는다. 「당신이 내게 원하는 바가 뭔가요?」

「뭘 원하냐고요? 정말 아무것도 없어요. 당신이 회개하기를 기대하는 것도 아니에요. 당신 안에서 그렇게 많은 분노가 타오르고 있는데 그것이 가당키나 하겠어요. 당신과 화해하고 싶은 마음도 없어요. 당신이 이해했으면 좋겠다는 생각조차 안 드네요. 그냥 당신의 눈을 바라보고 당신이 주는 위압감과 존재감을 있는 그대로 느끼고 싶어요. 당신으로부터 살아남는 것, 그것이 이 일의 핵심이에요.」

엘리자베트는 그를 향해 미소를 짓는다. 그 미소에는 그녀조차 놀라울 정도로 온기가 담겨 있다. 적의도 아니고 승리감도 아니다. 그것은 어쩐지 만족감과 유사하다. 이 순간 미소를 지을 수 있다는 사실이 기이한 방식으로 해방감을 준다.

「당신이 잘못되기를 바라지는 않아요.」그녀가 말한다.「정말 그래요. 한동안 나는 당신을 향해 악의를 품었어요. 하지만 그것이 사라졌어요. 나는 당신을 넘어섰어요. 그러니 내 생각에 우리의 관계는 이 정도에서 정리하는 것이 좋을 듯싶네요. 앤드루?」

6

몇 초 뒤, 그들은 집을 나온다. 앤드루는 엘리자베트를 위해 차 문을 열어 준다. 앤드루는 허둥대며 재킷 주머니를 여기저기 뒤진다. 그 행동은 한스가 보기에 지나치게 과장되었다. 열린 차 문 너머로 앤드루가 그녀와 이야기를 나누는 모습이 보인다. 그러더니 그가 도로 집으로 돌아온다.

앤드루는 문을 두드린다. 딱히 자신 있게 두드리는 소리가 아니다.

한스가 대답하기까지 시간이 좀 걸린다. 그런 뒤 처음으로 앤드루를 위아래로 살핀다. 전에는 그에게 별 관심을 두지 않았었다.

이 앤드루라는 놈은 그녀와 조금도 닮지 않아 보인다. 체구가 넓어 통통해 보이기 일보 직전이며 검은 머리는 흐트러져 있다. 햇볕에 그을려 거의 라틴계와 같은 얼굴은 그 질감이 찰흙 같다. 그는 이런 평가를 당하는 동안 쑥스러운 미소를 지으며 순종적으로 서 있다. 외모만 믿을 수는 없는 일이지만…… 그 말이 정말로 진리지만…… 그는 굉장히 가벼운 부류의 사람처럼 보인다. 아무런 존재감이 없다. 엘리자베트와는 다르다. 그 부분만큼은 엘리자베트를 인정해 줘야겠다. 하지만 더 고민해 보니, 한때 그녀도 그에게 앤드루처럼 보였던 것 같다. 자기 만족적이고 단편적인 사람처럼. 오, 그렇다. 인간이란 정말로 기만적일 수 있다. 그럼에도 불구하고 신체적으로는 둘이 매우 다르다. 앤드루는 거대하고 볼품없는 체구를 갖고 있다. 마치 의욕만 앞서서 그가 사랑하던 무언가를 짓누를지도 모를 것 같은 외양이다. 엘리자베트는 아담하고 가냘프다. 코와 입도 오밀조밀하며 눈이 크다. 앤드루는 무언가 빤해 보이며 못생기고 매우 쑥스러워한다. 엘리자베트는 직설적이고 도전적이며 애를 태운다. 그리고 이제 한스의 눈에는 아름다워 보인다. 엘리자베트. 그녀를 꼭 그 이름으로 불러야 한다. 기억하자.

「죄송합니다.」 앤드루가 그들 사이의 침묵을 깨며 말한다.

「제가 휴대 전화를 놓고 간 것 같네요.」

「오.」한스가 뚱하게 반응한다.

「그리고 할머니께서는 이 집의 임대 계약이 월요일에 종료된다는 것을 당신에게 상기시켜 주라고 하시더라고요. 그다음에는 중개인들이 들어올 거랍니다. 하지만 어차피 여기에는 가구도 없고…….」앤드루는 특유의 스코틀랜드식 사투리를 쓴다.「잠깐 좀 들어가도 될까요?」그가 묻는다. 그의 미소는 여전하지만 자신감이 점점 줄어든다.「아마 휴대 전화가 부엌에 있는 것 같거든요.」

「뭐라고?」한스가 묻는다.「오, 마음대로 해.」

한스는 한쪽으로 선다. 하지만 오직 부분적으로만 길을 내준다. 그래서 앤드루는 그를 불편하게 지나가야 한다. 그는 꿰뚫어 보는 것 같은 시선으로 그 젊은이를 바라본다. 그러자 앤드루는 그의 눈을 피해 부엌으로 요란하게 향한다.

「여기 있네요.」앤드루가 부엌에서 외친 뒤 다시 돌아온다. 앤드루의 표정이 적대감을 품은 것으로 바뀐다.「내내 제 주머니 속에 있었네요. 하지만 우리 둘 다 그것은 알고 있었잖아요. 그렇죠?」

한스는 문고리를 가만히 잡고 있다. 이 별 볼 일 없는 놈을 그의 인생에서 영원히 쫓아낼 준비가 되어 있다. 하지만 앤드루도 문을 조심스럽게 민다.

「여기서 이러지 맙시다, 네?」앤드루가 말하며 거실로 들어가 한스를 향해 신호를 보낸다. 하지만 한스는 그것을 충분히 빠르게 알아채지 못한다.

한스는 그럭저럭 온순하게 따라준다. 하지만 경멸감을 숨길 시도도 하지 않고 앤드루를 바라본다.

「왜?」 한스가 묻는다.

「당연히 우리도 당신에 대해 다 들었어요.」 앤드루가 말한다. 「할머니는 우리가 모르는 비밀을 만드는 분이 절대 아니시거든요. 할머니께서 당신에 대해 말씀해 주셨어요. 하지만 전혀 현실감이 없었죠. 한 소년이 한 소녀의 가족에게, 제 가족에게 이렇게나 많은 피해를 끼칠 수 있다는 사실이 불가능해 보였거든요. 그래서 당신을 만나는 것이 좋았어요.」

「그래서?」 한스는 이 얘기에 지루해한다.

「그래요, 당신을 만나 보니 한때 너무나 초현실적이었던 것이 정말 자연스럽게 느껴지네요. 앞뒤가 다 맞아떨어져요. 할머니의 말씀이 옳아요. 당신은 악해요.」

「그래서, 할 말 끝났나?」

앤드루의 진지한 태도가 흐트러지면서 미소가 자리한다. 「사람들은 저를 좋은 놈으로 알고 있죠. 저는 농업 보험 회사에 다니고 있어요. 그다지 고소득 직종도 아니고 야망도 별로 없죠. 저는 일을 열심히 하고 제 고객들과 잘 지내요. 그것으로 만족하죠. 아마도 사람들은 저를 작은 동네에서 친근하게 열심히 일하는 사람 정도로 여기겠죠. 저도 그것엔 불만이 없어요. 하지만 겉으로 보이는 게 다는 아니죠.」

「정말 그러냐?」 한스가 정신 사납다는 듯이 눈을 굴린다.
「아주 흥미롭다고 해주지.」

「하지만 우리 둘 다 진심으로 당신이 더 흥미롭다는 걸 알
고 있죠. 그렇죠? 아무도 무엇이 당신을 움직이게 만드는지
정확하게 알지 못해요. 그렇죠? 그것은 당신 자신도 마찬가
지고요. 추측하건대 저는 당신이 다른 누구보다 자신을 가장
증오할 것 같아요. 할머니도 그런 말씀을 하셨고요.」

「참으로 프로이트적이군. 아니, 융스럽다고 해야 하나?」

「저도 모르겠어요. 제가 아는 것은 당신이 매우 불행한 남
자라는 사실이에요. 비참하고 늙은 망나니요. 정말이지 당신
은 안락사라도 당해야 마땅해요.」

한스는 경계하며 움찔한다. 그의 눈이 휘둥그레진다.

「그렇다고 제가 바로 그런 식의 무언가를 할 거라는 말은
아니고요.」 앤드루가 부드럽게 말한다. 「저는 어찌 됐든 상냥
한 거인으로 알려져 있거든요. 제 할아버지처럼 말이죠. 하지
만 당신이 여생을 걱정하며 사는 것이 정당하다는 생각은 드
는군요.」 그는 머뭇거린다. 「돈은 당신에게 정말 중요해요.
그렇죠? 아니면 돈이 상징하는 바가 중요한 건가요?」

「참으로 통찰력이 있군. 네 할머니가 초조하게 기다릴 것
같은데. 네가 그녀에게 경의를 표한다는 건 알고 있지. 나를
뒤흔들어 놓으려 했다면 실망시켜서 미안하군. 너보다 더 덩

치가 큰 사람들도 그런 시도를 했지. 하지만 실패했단다.」

「그 말도 진실일 거라고 믿어 의심치 않아요. 저는 친절한 사람입니다, 타우프 씨. 하지만 제게도 꽤나 불친절한 구석이 있지요. 일반적으로 저는 그 부분을 잘 숨겨 두기를 좋아해요. 하지만⋯⋯.」

앤드루가 한 발 다가서서 한스의 가슴을 손으로 찌른다. 한스는 움찔한다. 그의 등이 벽에 닿는 느낌이 든다. 그리고 그의 무릎이 밑에서 무너지기 시작한다.

「수표.」 앤드루가 말한다.

「뭐라고?」 한스가 묻는다.

「수표요. 할머니께서 당신에게 준 거요.」

「오.」 그는 자신의 주머니를 어설프게 더듬거리다 지갑을 꺼낸다.

「고맙습니다.」

앤드루는 수표를 들어 올린 뒤 그것을 확인하고는 몇 조각으로 찢어서 카펫에 던져 버린다.

「그게 말이죠, 할머니는 굉장히 도덕적인 사람이에요.」 앤드루가 말한다. 「용서도 굉장히 잘하시고요. 저는 복수심이 더 강하죠. 그것에는 남성 심리적인 부분도 일부 작용하겠죠. 그것이 프로이트의 이론인지 융의 이론인지는 모르겠지만 아무튼 상관없어요. 당신이 당신의 경험에서 무언가 배웠는지를 가지고 조바심 내지는 않겠어요. 하지만 당신이 단지 물

질적으로라도 고통받았다는 사실에 대해 만족감은 누려야겠
네요. 아주 원초적이고 단순한 방식이죠. 하지만 제 성향이
원래 그런 걸요. 자, 이제 몸조심하세요.」

앤드루는 몸을 돌려 집을 떠난다.

18장

악화된 상황

나는…….

그냥 조금만 있으면 돼. 아주 건강해지는 거지. 금방 털고 일어날 거야. 상태가 점점 악화되고 있을 뿐이야. 네 일이나 신경 써. 너. 그래, 너. 할 말 있으면 이리 와보든가. 내가 겁을 내냐? 너는 이게 재밌니?

「므, 므, 모, 모, 모…….」 그는 말을 더듬거린다. 「모오오린!」 그는 결국 모음을 길게 늘인 발음으로 울부짖는다.

그들의 이름이 머릿속을 본의 아니게 쉬지 않고 돌아다닌다. 그는 그것을 멈출 수가 없다.

모린. 데이브. 샤를로테. 밥. 마틴. 찰리. 브린. 레나테. 마그다. 마를레네. 아넬리제. 콘라트. 하넬로레. 로이. 그들이 다 여기 있다. 게다가 그들이 다가 아니다. 프라이스. 크레이그. 타우프. 코트니. 스미스. 당장은 누군지 딱히 떠올리지 못하는 다른 이들도 있다.

그들이 전부 그를 지켜보고 있다.

「실비아.」 애처로운 속삭임이다. 겁에 질린 그의 마음이 얼음처럼 차갑다.

그와 그녀가 커다란 침대의 향수 뿌린 이불들 사이에 누워 있다. 그의 상체에 맺힌 땀이 식고 있다. 마치 그가 폭우를 맞은 것 같은 모양새다. 그의 머리는 흠뻑 젖었다. 그의 어깨에서 짭짤한 방울들이 흘러내려 실크 천을 검게 물들인다. 그는 그 모습을 지켜본다. 사정하고 싶은 욕구를 참는다. 곧 다시 격하게 추삽질을 해야 할 것이다. 추삽질과 혀 놀림. 이것이 잔인한 눈을 한 그녀가 좋아하는 방식이다. 그리고 그녀는 바라는 것을 꼭 얻는다. 그의 지친 상태에는 개의치 않고. 옆방에서 토미 경도 정부 부처 출신의 깡마른 청년으로부터 그가 원하는 것을 얻고 있다. 깔끔하게 정리돼 있다. 바퀴들 안에 바퀴들이 구르며 바퀴들에 기름칠을 한다. 두 침대의 스프링이 동시에 규칙적으로 삐거덕거린다. 기이한 당김음으로 이루어진 교향악이다. 더러운 개자식, 토미 경. 그리고 그들 전부 다, 개자식들이다. 그의 몰락을 음모하는 자들. 다들 한통속이다. 찰리 스탠브룩, 알베르트 슈뢰더, 늙은 콜 왕, 브린, 버니, 스미스, 오래된 라이언스 은행에서 정확함만을 고수하던 빌어먹을 프라이스 씨. 그리고 나머지 사람들. 그에게 별로 좋은 때가 아니다. 하지만 떨리는 네 입술에서 그 족제비 같은 콧수염 몇 가닥을 잡아 뜯어내기에는 아주 적당한 때지. 당신네들 전부에게 제대로 쓴맛을 보여 주겠어. 베버, 레나테 타우프, 그리고 그녀의 보잘것없는 남편, 당신네들이 나를 속일 수 있을 것 같아? 다시 생각해 봐야 할 거야. 그냥 나 좀 내버려 두라고.

그는 여전히 땀을 흘리는 상태로 그녀 위에 다시 올라탄다. 그녀가 쾌락으로 얼굴을 찌푸리는 동안 베버가 특유의 미소로 그를 다시 꼼짝 못 하게 만든다. 그래서 애야, 슈뢰더가 사람들은 유대인이 맞지? 네, 경관님. 애야, 크게 말해라. 확신하는 말투가 아니잖니. 네, 경관님. 좀 낫네. 그럼 너는 어떻게 이것을 확신하지? 슈뢰더 씨가 제 아버지에게 말했습니다, 경관님. 그러면 너는 그 이야기를 증언할 준비가 됐니? 무슨 얘기죠, 경관님? 법정에서요? 아니, 세상에 증언해야지. 이렇게 말인가요, 경관님? 아무런 옷도 입지 않은 채로요? 그래, 물론이지. 네게 별다른 선택권도 없지 않니? 사면초가 상태지. 그리고 너는 변소에 얼마나 오래 있었지? 버니, 그가 얼마나 오래 있었나? 정확히 33분이었어, 브린. 그래, 다 풀렸네. 너는 변소에 정확히 33분간 있었어, 그렇지? 우리가 화장실 칸들을 확인할 때 네 모습이 어째서 안 보였지? 우리는 알고 싶어. 그렇지 않나, 친구들?

탕! 그리운 우리 로이. 그의 생명이 경각에 달려 있다. 아니, 그는 언제나 정확한 표현을 좋아했지. 엄밀히 말해 그의 눈알이 실 같은 조직에 달려 있다. 한스는 그것을 향해 손을 뻗어 뽑아내고 싶다. 그렇게 로이의 모습을 정리해 주고 싶다. 어서 해. 밥이 말한다. 하라고. 그래서 한스는 한다. 그것의 물컹함이 느껴진다. 그것을 더 세게, 더더욱 세게 쥔다. 그것이 부드럽게 터진다. 그것을 위로 높이 들고 있으니 걸쭉한 액체와 점액이 그의 팔목과 팔뚝을 타고 흘러내린다. 그를 끌고 와서 이불 위에 눕혀야 한다. 차갑디차갑고도 차가운 비가 그의 머리 위로 쏟아져 내린다. 땀이 그의 이마를 따라 흘러내려 시야가 흐릿해진다. 보이는 것이라고는 밥의 내장에 생긴 저 과자깡통 크기의 구멍뿐이다. 이제 이불 위에 잘 누웠어, 밥. 다 최선을 위해서야. 내가 이 일에 대해 생각하는 동안 입 좀 닥치라고. 버니가 그들의 관심을 끄는 동안 마틴이 나를 끄집어내 줘야겠어. 버니의 상스러운 농담 중 하나로 될 것 같은데. 씨발, 빌어먹을, 밥. 왜 그런 짓을 해야 했어? 너무 우라지게 춥잖아. 그리 놀랄 일도 아니네. 내가 출혈이 날 정도의 중상을 입었네. 하느님 맙소사, 내가 떨고 있잖아. 그냥 그의 외투나 챙겨. 아무도 모를 거야. 만약 발각되면 그냥 충격을 먹어서 그랬다고 둘러대. 혼란스러웠다고. 진실로부터 그리 동떨어진 얘기도 아니잖아. 대체 무슨 빌어먹을 일이 벌어지는 거야? 신이시여, 이제 내 발이 젖었어요. 다 땀을 그렇게나 흘려서 그래. 실비아, 내 사랑, 아직 안 끝났어? 그는 충격을 먹고 그녀를 내려다본다. 기차 안에서 봤던 여자다. 마를레네, 그는 그녀를 그렇게 부른다. 그녀는 죽은 것처럼 보인다. 다들 뭐를 쳐다보고 있어? 나는 아무 짓도 안 했다고. 상대가 어린

애인데 당연히 아무 짓도 안 하지. 아무리 빌어먹을 슈뢰더가의 애라고 하더라도 말이야. 베버, 당신은 그들에 대해 아주 잘 알고 있지. 그 집 여자애들은 흔한 싸구려야. 왜 나를 노려보며 그런 말투를 쓰는 건데? 너와 빈센트, 둘 다? 비니, 걱정스러운 얼굴을 하고 있네. 그렇지? 찌푸린 인상과 안경만 보이는군. 알겠어. 잘 했어. 그런데 이제 연기는 끝내도 돼. 나잖아. 기억나? 무슨 표적이 아니라고. 그만 좀 재촉해, 이 빌어먹을 스코틀랜드 개자식아. 그리고 너희끼리 웅성거리는 것도 그만둬. 크게 말해. 다시 뭐라고?

우리가 그것을 감수할 수는 없을⋯⋯.

버텨 내지 못할 것⋯⋯.

아니요, 그 스트레스가⋯⋯.

흐으음⋯⋯.

그의 상태로 미루어 보았을 때⋯⋯.

우리가 시도를 해⋯⋯ 에이, 바보 같은 생각⋯⋯.

우리가 할 수 있는 일은 별로 없⋯⋯.

그냥 여기서 끝내는 것이⋯⋯.

빌-어-먹-을, 시-끄-러-워.

세상에, 이 안이 덥다. 피처럼 시뻘건 불빛들이 번쩍거리는데. 마틴, 확실히 마무리한 거 맞아? 이게 무슨 빌어먹을 난장판이야. 젠장, 네게는 아무것도 믿고 맡길 수 없겠어. 빨리 도망쳐야겠는데. 브뤼셀이 가장 안전한 도박이지. 아니면 파리든가. 사실 우리는 크리용 호텔에 묵을 거야. 각하께서 도심에 계실 때 가장 좋아하시는 건물이지. 사실 각하께서는 살짝, 음, 가벼운 유흥을 즐기고 싶어 하셔. 내 말 잘 알아들었지? 정말 훌륭해. 제대로 된 서비스를 제공하고 적절히, 에헴, 비밀을 지켜 주면 충분한 보상을 해줄 의향이 있다네. 찰스? 우리도 이제 시작이야. 살살 찌르고, 찌르고, 윙크하고, 윙크하고. 너는 내 말을 못 믿을 거야. 마틴, 네가 설명해 봐. 하하하하하하. 아니, 나는 러시아에서 오지 않았어. 세상에나. 크로아티아 출신이야. 제대로 된 독일인이라고. 그래도 우리는 사업을 함께할 수 있어, 그렇지? 진행해 보라고, 친구들. 나는 그냥 여기서 현명하고 신비해 보이는 분위기로 앉아 있을게. 저 망나니 카롭스키의 얼굴에서 미소를 지워 버려. 나는 누군가의 피를 좀 봐야겠어.

Und Sie, Herr Schröder? Nein. Bin gar kein Jude, echt deutsch.(그럼 당신은요, 슈뢰더 씨? 아니요. 저는 유대인이 아니고 정말로 독일인입니다.) 너무 춥다.

이제 조용하다. 어둡기도 하다. 그의 가슴속에서 심장이 갇힌 채 죽어 가는 새처럼 펄떡이는 느낌이 느껴진다. 불이 켜지면서 한 커플이 무대에 선다. 남자는 겨자색 바탕에 빨간 윈도페인 체크무늬가 그려진 스리피스 정장을 입고 있다. 체크무늬는 그의 빨간 수염과 어울린다. 그는 중절모도 쓰고 있다. 능숙하고 세련되게 그것을 살짝 벗었다 다시 쓴다. 여자는 조용하고 거만하다. 그녀의 얼굴에는 냉소적인 미소가 걸려 있다. 그녀는 검은 이브닝드레스에 다이아몬드 장신구를 착용하고 있다. 명성이 자자한 코미디언들, 콘라트와 레나테 타우프다!

「자,」 관객들이 낄낄거리기를 멈추자 콘라트가 활짝 웃으며 운을 떼운다. 강렬한 조명 아래에서 땀이 분장용 화장품과 뒤섞여 콘라트의 이마에서 뚝뚝 흐른다. 「자, 여러분, 자신의 사랑스러운 엄마와 아빠를 배신한 독일 청년에 대한 이야기를 들어 보셨나요? 아, 잊어버리시죠. 이런 둔한 개자식들.」

무대로 투척되는 토마토와 계란들이 비처럼 쏟아진다. 부부는 팔로 그것을 막는다. 올가미 하나가 위에서부터 내려온다. 불빛이 꺼진다. 그리고 다시금 조용해진다.

두 번째 공연이 시작되자 불빛이 더 서서히 켜지고 더욱 어둡다. 연기가, 탐스러운 연기가 지저분한 카바레 클럽 주변으로 회오리를 친다. 사회자가 무대에 선다. 그의 고정된 미소는 사방, 구석구석으로 악의를 뿌린다.

「자, 신사 여러분,」 그가 독일어로 말한다. 「여러분은 그녀의 언니들을 만나 보셨습니다. 세 명 다요. 그녀의 어머니도 만나 보셨습니다. 그녀는 어려요. 하지만 여러분은 그녀에게 반하실 겁니다…….」

「빨리 진행해, 베버. 그리고 무대에서 내려오라고.」

베버는 머뭇거리고 땀을 흘리더니 다시금 하얀 이가 번뜩이는 특유의 스포트라이트 같은 미소를 선보인다.

「신사 여러분, 여러분의 지대한 즐거움을 위해 제가 소개하겠습니다. 유일무이한 릴리 슈뢰더입니다.」

그가 무대 밖으로 춤추며 퇴장하자 모두 조용하다. 그녀는 무대 뒤편에서 등장한다. 처음에는 윤곽만 보이던 그녀의 모습은 점점 더 확연해진다. 그녀는 주름이 자글자글하며 갈피를 못 잡고 있다. 진홍색 실크 술들이 그녀의 지치고 늙은 젖꼭지에 매달려 있다. 그녀의 속바지는 뼈만 앙상한 엉덩이에서 흘러내린다. 그녀가 입을 연다. 그는 몹시 겁이 난다. 얼음 같은 식은땀이 흐른다. 그녀 뒤로 굴뚝들의 윤곽이 보인다. 거기에서 황홀한 연기들을 내뿜고 있다. 다들 소리 없이 박수만 친다.

「릴리.」 그가 호소하듯이 외친다. 하지만 아무도 그의 소리를 듣지 못한다. 「너는 어린아이에 불과해. 나의 작은 릴리, 나는 절대 그런 의도로…….」

그는 공연을 놓쳤다. 공연 중 어느 지점에선가 졸았던 모양이다. 베버가 영예로운 여성의 연설에 만족해하며 그 내용을 기록하고 있다. 그녀가 회의실을 나서는 길에 새로이 귀족으로 책봉되어 화려한 가운 차림인 마틴과 마주친다. 마틴은 그녀의 팔을 톡 건드리며 말한다. 「모린, 언제나 네 깡따구 하나는 기가 막혔지. 그 보잘것없는 로이 말고 나와 사귀었어야지.」

다시 어두워진다. 그리고 고요하다. 그리고 이제는 매우 춥다. 영국인들이란. 그들은 자신들의 웅장한 저택에서 절대로 난방을 하지 않는다. 그는 건너편을 바라본다. 그녀가 거기에 있다. 마를레네다. 아니, 그녀가 마음에 들어 하는 이름, 아무것으로나 불러도 좋다. 그녀는 간호사복을 입고 있다. 그에게 그녀의 부드러운 살구색 실크 속옷을 충분히 구경시켜 준다. 그래도 그 기차에 다시 타야 할 텐데. 미친 듯이 춥다. 이제 가야 할 시간이다. 모두 결국에는 같은 운명이다. 이미 엎질러진 피를 가지고 울어 봤자 소용없다. 그러니 그냥 진행하자. 약해질 때가 아니다. 그의 손가락들이 둔하다. 그의 값싼 담배에 불을 붙이지 못하겠다. 어서, 밥. 그냥 빨리 좀 진행하자고. 실비아가 기다리잖아. 그래, 그 얼음 여왕 말이지. 토미가 반대편으로 넘어가 동성애자가 된 것이 놀랄 일도 아니지. 그는 몸을 떨고 자신의 손가락 냄새를 맡는다. 연극이라. 릴리는 이것을 그렇게 불렀다. 그리고 그녀의 말이 맞다. 이제 마지막 연극의 시간이다. 마지막 소동. 하늘에 계신 우리 아버지여, 이름이 거룩히 여김을 받으시오며……. 그다음에 어떻게 되더라?

릴리.

어머니.

아버지.

너무 춥다. 너무 무섭다. 나를 용서하세요.

Ich(나는)······.

한스 타우프의 손을 잡아 주며 그의 임종을 지켜 줄 사람이 있었더라면 그 사람은 그가 미소를 지은 채 잠들다 평화롭게 떠났다고 회상할 것이다. 하지만 당시 병동은 다소 시끄러웠고 다들 바빴다. 그래서 그로부터 20분이 지나서야 창문에서 멀리 떨어진 구석 자리 침대에 있던 상냥한 할아버지가 더 이상 그들 곁에 있지 않다는 사실이 발견됐다.

19장
심오한 작별 인사를 위한 시간은 없다

엘리자베트 가족이 그녀의 침대 옆에 모여 있다. 처음에 스티븐은 자신이 불청객이 된 기분이 들었다.

그녀는 1인 병실에 있다. 모던한 밝은 나무로 세련되게 꾸며진 방이다. 그녀는 선과 튜브 등을 통해 여러 장치에 연결돼 있다. 방 곳곳에 놓인 화병의 꽃들이 지독히도 달달한 냄새로 방을 가득 메운다. 하지만 스티븐은 그녀가 얼마나 생화들을 좋아하는지 안다. 그러니 이것도 그녀의 취향에 맞춘 것일 터이다.

그녀는 의식이 들었으며 기민해 보인다. 자녀들과 그들의 배우자들, 그리고 손주들이 그를 바라보자, 그는 자신을 소개한다. 물론 앤드루는 그를 알고 있다.

「자, 그럼,」 그녀는 충분히 쾌활하게 말하지만, 평상시와 같은 생동감은 결여돼 있다. 「다들 내가 이 잘생긴 청년과 개인적으로 잠깐 이야기를 나눌 수 있도록 자리를 비켜 주겠니?」

그들은 말 한마디 없이 그녀의 말을 따른다. 그리고 그를 지나치며 슬픔을 예견하는 지친 기색과 그를 환영하지만 풀죽은 미소 사이를 오락가락하는 표정들을 짓는다. 그들은 어리둥절해 보인다. 그녀는 그를 가까이 부른다. 그는 침대 옆 의자에 앉는다. 그가 손을 잡자 그녀는 미소를 짓는다.

「상냥한 스티븐.」 엘리자베트가 그를 부른다.

「많이 고통스러우신가요?」 스티븐이 묻는다.

「조금. 하지만 내게 모르핀 진통제를 투입하지 말라고 요청했어. 여태껏 정신을 잘 차리고 살아왔는데 마지막 남은 며칠을 정신 나간 상태로 보낼 이유는 없잖아?」

스티븐은 미소를 짓는다.

「네가 울 필요는 없어.」 그녀가 말한다. 「최소한 나를 위해서는 말이야. 너 자신을 위해서라면 모를까. 하지만 나는 전쟁 속에서 죽었어. 내게 벌어졌던 그 모든 일 속에서. 나는 무관심해졌어. 그들의 예언이 실현된 거지. 나는 인간 이하의 존재가 돼버렸단다. 나는 죽었던 거야. 그런 뒤 강제 수용소를 떠나면서 다시 살아났어. 정말 멋진 인생을 살았지. 죽었다 다시 태어났어. 내 인생은 그랬어. 그리고 또 누가 알아. 내가 알려지지 않은 다른 차원에서 다시 살아날 수도 있을지. 하지만 그건 어쩐지 실현되지 않을 것 같네.」 그녀는 마치 난제를 가지고 고민하는 것처럼 조용히 말을 덧붙인다. 「그럼 한스는 분명히 죽은 건가?」

엘리자베트는 알고 있다. 하지만 확인이 필요하다.

「한스가 죽은 지 18개월도 더 됐어요.」 스티븐이 그녀에게 재차 확인시켜 준다.

「그래, 물론 그렇지. 그래도 믿기지 않지?」 그녀는 명백하게 어리둥절해하며 말한다.

「뭐가요?」

「세상에 그와 같은 사람들이 존재한다는 것이. 하지만 정말로 존재해. 그것도 정말 많이 있지. 너무 불행한 사람들이야. 네가 그들 중 하나가 아닌 것을 다행으로 여기렴.」

그들은 몇 분 더 이야기를 나눈다. 그런 뒤, 스티븐은 자신이 가야 할 시간이라는 것을 깨닫는다. 그의 생각에 그녀가 어딘가에 소속되어야 한다면 그것은 당연히 그녀의 가족이어야 한다.

그가 일어서자 그녀는 말한다. 「이런 때야말로 진부한 이야기들이 최고지. 우리는 인사에 심오한 의미를 담으려 하지 말자고. 스티븐, 너를 다시 보게 되어 정말 반갑다. 정말 좋아 보이는구나.」

엘리자베트는 그를 향해 고개를 끄덕이며 재촉한다.

「그리고 베티 할머니, 아니 엘리자베트 교수님도 좋아 보이세요.」 그는 순순히 거짓말을 한다. 「안녕히 계세요.」

「잘 가렴.」 그녀가 인사를 하자 그는 단호하게 문 쪽으로 몸을 돌린다.

작가의 말

언제나 저는 작가의 말에 뭐라고 해야 할지 모르겠습니다. 사람들에게 감사를 표하는 일은 사적으로 했을 때 훨씬 낫다는 생각이 제 머릿속에서 주를 이루고 있거든요. 공공연하게 마구 하는 말은 어쩐지 거짓처럼 느껴질 수 있잖아요. 그래도 일단 시작하겠습니다…….

다음 분들에게 깊은 감사를 표합니다. 커티스 브라운 창작 글쓰기 학교의 크리스 워클링, 애나 데이비스와 루퍼스 퍼디. 제게 작가의 능력이 있을지도 모른다고 믿게 응원해 주시고 정말 잘 지도해 주셔서 감사합니다.

커티스 브라운 6개월 온라인 강좌를 같이 들었던 동료 학우들에게, 저와 함께 인내하며 제게 평을 남겨 줘서 고맙습니다. 여러 평을 통해 새로운 시각을 얻었으며 전부 생각을 자극하는 평들이었답니다.

영국 바이킹 출판사와 북미 하퍼콜린스 출판사의 완벽한 팀에게도 감사를 드립니다. 특히 저의 환상적인 두 에디터,

바이킹의 메리 마운트와 하퍼콜린스의 클레어 와크텔에게 감사를 전합니다.

저에게는 낯선 신세계였던 이 과정에서 길을 찾아가도록 도와준 커티스 브라운 에이전시 직원 전원에게 감사를 표합니다. 그리고 무엇보다 당연히, 훌륭한 에이전트 조니 겔러에게 감사를 표합니다.

또한 잊지 않고 제 첫 번째 독자이자 제 모든 것의 첫 번째인 캐서린에게 감사를 표하며 그녀에게 이 책을 바칩니다.

저 자신과 제 글을 만들어 가는 데 중요한 역할을 담당했던 수많은 사람을 빠뜨렸네요. 가족들, 친구들, 동료들, 그리고 그 외 많은 분들에게 너무나 큰 빚을 졌습니다. 또한 제가 인생을 어떻게 살면 안 되는지 보여 주신 분들도 감사 인사를 받아 마땅합니다. 감사한 사람이 너무 많아 셀 수 없을 정도네요(두 부류 모두요).

이 책에 등장한 모든 오류나 부족한 점은 전부 저 혼자만의 것이라는 사실은 말할 필요도 없겠지요.

옮긴이의 말

이 책의 주인공인 사기꾼 로이는 못됐다. 아니, 속된 말로 못돼 처먹었다고 해야 할 것이다. 하지만 그의 과거를 알게 되면 한편으로는 짠해지기도 하고 그가 악행을 벌이게 된 계기가 최소한 머리로는 이해가 되는 부분도 있다. 그렇다고 그가 용서받을 수 있는 수위의 사기들을 친 것은 아니다. 그는 못돼 처먹었다고 하지 않았나. 이처럼 작가 니컬러스 설은 그의 데뷔작인 『굿 라이어』를 통해 우리에게 아주 현실감 있는 악인을 소개해 준다.

책의 도입부를 읽을 때는 주인공이 사악하고 한심하게 느껴진다. 그러다 중간 부분으로 가며 그의 과거에 있었던 일화들을 접하면 사악한 주인공의 심리가 이해되기 시작한다. 더 높은 곳으로 올라가고 싶고, 더 나은 인생을 살고 싶고, 닥친 기회들을 최대한 활용하고 싶어 하는 심리 말이다. 그런데 바로 이 점에서, 야망을 가슴속에 품어 본 사람이라면 자신도 모르게 그에게 공감하고 만다. 심지어 그가 불쌍해 보이는 지점도 있다. 그리고 그런 파렴치한 악인에 공감하는 자신을 발견하는 경험이란 섬뜩하다. 책의 후반부에서는 다시 주인공을 향했던 동정심이 사라지며 그가 역시 천하의 나쁜 놈이었다는 생각이 든다. 그에게 공감했던 자신이 부끄러워지기도 한다. 그런데 한편으로는 주인공의 기저 심리, 즉 자기 자신을 향한 무한의 혐오감이 이해된다. 그리고 자아가 불안한 한 개인의 선택들이 얼마나 큰 파장을 일으킬 수 있는지도 보게 된다. 사람은 누구나 자기 자신을 온전히 받아들이고 사랑하려고 하지만 그것이 잘되는 사람도 있는 반면 잘 안 되는 사람도 있다. 후자의 경우라면 이 책의 후반부 속 주인공을 보며 그런 불안을 얼마나 지양해야 하는지에 대한 경각심이 생길 것이다.

니컬러스 설이 우리에게 면밀히 소개해 주는 또 다른 주인공이 있다. 바로 로이가 사기를 치려는 대상인 아름다운 그녀, 베티다. 처음에는 사기의 대상인 그녀가 안타깝다. 하지만 이야기가 계속 진행될수록 이 인물도 뭔가 의뭉스럽다는 생각이 든다. 그리고 후반부로 가면 의뭉스러웠던 점이 풀리면서 이 인물에게 빠져든다. 개인적으로 나는 그녀가 일을 풀어 가는 방식에 감탄을 금치 못했으며 그녀에게 엎드려 절하고 싶은 심정이었다. 내가 그녀였더라도 그녀와 같은 선택을 할 수 있을까 싶었기 때문이다.

이처럼 이 책은 〈두 주인공이 다 했다〉라고 해도 과언이 아니다. 나는 마치 심리 상담사가 된 것처럼 의자에 앉아 로이와 베티라는 두 사람의 이야기를 들으며 그들을 뼛속까지 이해하게 된 것 같은 기분이 들었다. 새로운 사람을 만나고 그 사람을 알아 가는 아주 흥미로운 경험이었으며 나 자신을 되돌아보게 만드는 경험이었다.

한편 이 책의 또 다른 묘미는 독자가 로이와 베티의 과거를 통해 제2차 세계 대전과 그 직후라는 시대를 만나 볼 수 있다는 것에 있다. 이야기 속에서 당시가 얼마나 반인륜적이며 카오스적인 시절이었는지 고스란히 보인다. 독일 나치가 어떻게 사람들에게 반인륜적인 행동을 하도록 선동했는지도 엿보인다. 그런 간접 경험 또한 강력한 파장으로 다가왔다.

그리고 마지막으로 이 책을 통해 젊음의 향수를 잊지 못하는 노인의 심정이 되어 볼 수 있다. 마음은 앞서 나가는데 몸이 따라 주지 않는 것에 대한 절박함과 두려움을 경험해 볼 수 있다. 더 나아가 누구에게나 찾아오는 죽음 앞에서 어떤 식의 임종을 원하는지 생각해 보는 계기도 될 수 있다. 젊은 주인공들이 판을 치는 이 시대 소설들 가운데 이렇게 노인들을 매력적이고 흥미롭게 풀어낸 경우는 만나기가 쉽지 않다. 나이 든 주인공들의 이야기에 젊은 주인공들만큼 자극적인 에너지를 부여하기가 일반적으로 어렵기 때문이다. 하지만 이 소설에서는 그 어려운 일을 해냈다. 젊은 주인공보다 더 강력한 에너지를 가진 노인들을 소개하며 풋내 나는 주인공들보다 훨씬 풍부하고 깊이 있는 이야기들을 선보인다.

앞서 언급했듯이 이 책은 작가 니컬러스 설의 데뷔작이다. 그는 영국 콘월에서 자라 영국의 바스 대학교와 독일의 괴팅 겐 대학교에서 공부했다. 그 후 4년간 가르치는 일에 종사하다 영국 정보부 요원으로 25년 이상 활동했다. 그리고 2011년에 퇴직한 후 글쓰기를 공부해 작가로 데뷔했다. 그의 과거 이력은 별로 알려져 있지 않다. 그래서 더욱 궁금해지는 작가다. 독일과 영국을 배경으로 펼쳐지는 다채로운 이야기들 속에서 정보원으로 활동했던 작가의 과거가 녹아 있는 것 아닐까 하는 생각이 든다.

니컬러스 설은 다양한 작가들을 좋아하고 그들로부터 영향을 받았으나 좋아하는 취향은 한결같다고 한다. 하나의 장르에 구속되지 않는 일종의 하이브리드 소설, 그러면서도 이야기가 탄탄하고 흥미진진해야 한다고 말한다. 그의 그런 한결같은 취향이 데뷔작에도 고스란히 드러나 있다. 이 책은 금융 사기 스릴러물인가 싶으면서도, 역사물인가 싶고, 두 인물의 감정적 교류와 신경전에 집중한 심리물인가 싶은 매력이 있다. 그렇게 그 모든 장르의 요소들이 다 조금씩 섞인 그의 이야기는 탄탄하고 깊이 있으며 흥미진진하다. 그가 추구하는 〈장르 불문한 좋은 이야기〉에 완벽하게 부합하는 것이다.

나는 이런 『굿 라이어』를 삭힌 홍어라고 표현하고 싶다. 처음에는 〈이것이 좋은 것이라는데 뭐지?〉 하는 생각이 들고 뒤에 가서는 코가 찡하도록 톡 쏘는 반전이 있으며 그 맛에 한번 빠지면 다시 찾게 된다는 홍어처럼, 책을 끝내자마자 다시 처음부터 읽고 싶게 만드는 매력이 있다. 장르를 불문하고 읽고 또 읽고 싶어지는 여운이 있는 이야기를 만나고 싶은 독자, 사기꾼의 내면이 궁금하며 그의 행보를 간접 경험하고 싶은 독자, 과거를 극복하는 카타르시스를 느끼고 싶은 독자, 인간의 선악, 야망, 자격지심 등에 대한 고민을 한 번쯤 해본 독자들에게 이 책을 적극 추천한다.

2019년 11월
이윤진

옮긴이 **이윤진** 원광대학교 한의학과를 졸업하고 동 대학교 한방 병원에서 전문의로 근무했다. 현재 낮에는 한의사이자 엄마, 밤에는 전문 번역가로 활동 중이다. 옮긴 책으로 케빈 콴의 『크레이지 리치 아시안』, 사이먼 리치의 『천국 주식회사』, 『지상의 마지막 여친』, 제인 니커슨의 『푸른 수염의 다섯 번째 아내』, 앤 러브와 제인 드레이크의 『당신이 살아 있는 진짜 이유 : 무시무시하지만 이유 있는 전염병과 의학의 세계사』, 피어스 브라운의 『골든 선』, 『모닝 스타』, E. O. 키로비치의 『거울의 책』 등이 있으며 윤문영의 『평화의 소녀상』을 영어로 번역하기도 했다.

굿 라이어

발행일   2019년 11월 30일 초판 1쇄

지은이   니컬러스 설
옮긴이   이윤진
발행인   홍지웅 · 홍예빈
발행처   주식회사 열린책들

경기도 파주시 문발로 253 파주출판도시
전화 031-955-4000 팩스 031-955-4004
www.openbooks.co.kr

Copyright (C) 주식회사 열린책들, 2019, *Printed in Korea.*
ISBN 978-89-329-1994-2 03840

이 도서의 국립중앙도서관 출판예정도서목록(CIP)은 서지정보유통지원시스템 홈페이지(http://seoji.nl.go.kr)와 국가자료공동목록시스템(http://www.nl.go.kr/kolisnet)에서 이용하실 수 있습니다.(CIP제어번호:CIP2019042429)